国家社科基金
后期资助项目
GUOJIA SHEKE JIJIN HOUQI ZIZHU XIANGMU

中国当代短篇小说演变史

The Evolution History of Chinese Contemporary Short Stories

段崇轩　著

中国社会科学出版社

图书在版编目(CIP)数据

中国当代短篇小说演变史/段崇轩著. —北京：中国社会科学出版社，2015.12

ISBN 978-7-5161-7334-3

Ⅰ.①中… Ⅱ.①段… Ⅲ.①短篇小说—小说史—中国—当代 Ⅳ.①I209.7

中国版本图书馆 CIP 数据核字(2015)第 300770 号

出 版 人	赵剑英
责任编辑	郭晓鸿
特约编辑	席建海
责任校对	董晓月
责任印制	李寡寡

出 版	中国社会科学出版社
社 址	北京鼓楼西大街甲 158 号
邮 编	100720
网 址	http://www.csspw.cn
发 行 部	010-84083685
门 市 部	010-84029450
经 销	新华书店及其他书店

印 刷	北京君升印刷有限公司
装 订	廊坊市广阳区广增装订厂
版 次	2015 年 12 月第 1 版
印 次	2015 年 12 月第 1 次印刷

开 本	710×1000 1/16
印 张	33
插 页	2
字 数	604 千字
定 价	118.00 元

国家社科基金后期资助项目

出 版 说 明

后期资助项目是国家社科基金设立的一类重要项目，旨在鼓励广大社科研究者潜心治学，支持基础研究多出优秀成果。它是经过严格评审，从接近完成的科研成果中遴选立项的。为扩大后期资助项目的影响，更好地推动学术发展，促进成果转化，全国哲学社会科学规划办公室按照"统一设计、统一标识、统一版式、形成系列"的总体要求，组织出版国家社科基金后期资助项目成果。

全国哲学社会科学规划办公室

目　　录

序　言

　　中国当代文学史就像一部众声合奏的交响曲，而短篇小说如同其中的第一小提琴，它形体小巧、音质清雅，却往往起着引领、规范、提升整个乐曲、整个创作的特殊作用。短篇小说60年的发展历程，可谓一路坎坷、一路辉煌。它探索出一种具有中国特色的短篇小说审美范式，带动了中长篇小说乃至其他文体的创作实践，涌现了一批又一批优秀作家和作品，形成了一种强劲的文学传统和丰富的创作经验。同时，它前期受政治文化的支配，甚至蜕变为极"左"文学；后期受商品经济文化的冲击，退居边缘一蹶难振，常常找不到自己的文化位置和自主品格，深刻地制约着它自身的发展，有许多负面经验和沉痛教训。短篇小说是一种特别的文体，它的历史、现状、未来，对中国小说乃至整个文学，有一种"四两拨千斤"的作用。它已走过了整整一个"花甲"，应该认真回顾、总结一下它的演变历程了。

　　当代文学史家一般把20世纪70年代后期到80年代称为文学新时期。那是一个短篇小说的时代，无论是思想内容还是艺术形式，都得到了空前的变革和发展，它所达到的深度、广度和高度，足可与五四现代小说相比肩。当代文学史家则把90年代之后称为多元化时期。这是一个文学走向边缘、开始分化，短篇小说进入消沉、寂寞、探索的时期。它的"失宠"，有着深刻的社会、文化、文学等复杂原因。从社会发展看，90年代之后中国进入一个市场化、世俗化时代，坚守精英立场的短篇小说，受到了大众读者的冷淡和放弃。从文化局势看，大一统的主流文化已不复存在，大众文化、政治文化、精英文化多元共存。而短篇小说既不能融入前两种文化，又难以坚守后一种文化，文化之根的动摇使它难以"根深叶茂"。而从文学环境看，长篇小说对现实的及时反映、纪实文学对时代的近距离书写、散文随笔对世俗人生的自由抒发，实际上侵占了短篇小说固有的优势和长项，甚至瓦解着短篇小说的本质特征。而面对越来越复杂的生存环境，它还没有找到自己的新路和对策。在这样一种社会、文化和文学背景下，深入地探索、梳理短篇小说的发展历史、成败得失，一定会对作家和评论家真正把握它的深层规律、寻求它的新生之路，有所启迪和裨益。

短篇小说的"不景气"，不仅仅是中国的文学现象，也是世界的文化现象。19 世纪的现实主义、浪漫主义以及批判现实主义，创造了一个文学的"黄金时代"，短篇小说具有崇高位置，诞生了莫泊桑、契诃夫、欧·亨利等一大批短篇小说巨匠。而 20 世纪后的现代主义和后现代主义，则把文学推上了一条"离经叛道"之路。这与现代社会的发展，与人们思想观念的激变，有密切关系。正如陈众议所说："文学从摹仿到独白，从反映到窥隐，从典型到畸形，从审美到审丑，从载道到自慰，从崇高到渺小，从庄严到调笑，从高雅到恶俗……观念取代了情节；小丑颠覆了英雄；'阿喀琉斯的愤怒'蜕化为麦田里的脏话；'路漫漫其修远兮，吾将上下而求索'变成了'我做的馅饼是世界上最好吃的'；诸如此类，不一而足。此外，世界文学走到今天，恰好于 20 世纪末化合成形形色色的后现代思潮，而后现代思潮的出现客观上又正好顺应了跨国资本主义的发展。""然而，奇怪的是过程中始终不乏奇崛的背反及由此化生的特殊丰碑……因此无论背反还是坚守，经典作家貌似厚古薄今，本质上却与希望相同，即必定蕴含着某种乌托邦式的理想主义精神。"① 在当前的世界文学中，同样是长篇小说独占鳌头，短篇小说偏安一隅。但边缘化的短篇小说，依然有众多的杰出作家在耕耘，同样呈现出异彩纷呈的瑰丽景观。特别是在那些文学传统深厚的国家，如美国、英国、德国、法国、俄罗斯、意大利、加拿大等，短篇小说依然居于重要地位，依然受到普通读者特别是作家们的喜爱。新时期文学以来，中国的一些专业出版社与杂志社，致力于世界短篇小说的译介，如人民文学出版社、译林出版社、译文出版社以及《外国文艺》《世界文学》杂志，作出了很大贡献。有众多外国短篇小说作家，为中国的作家和读者所谙熟，如英国的沃尔夫、格林、莱辛、麦克尤恩，法国的加缪、勒克莱齐奥，德国的黑塞、弗兰克、米勒，加拿大的阿特伍德、门罗，美国的福克纳、契弗、厄普代克、福特、摩尔，俄罗斯的普宁、巴别尔，日本的川端康成、小川洋子，等等，其中不乏获诺贝尔文学奖的小说大家。特别是海明威的"冰山"理论，马尔克斯的魔幻现实主义，博尔赫斯的"迷宫"叙事，卡尔维诺的"晶体"

---

① 陈众议：《文学中的文学·总序》，高兴主编：《小说中的小说》（欧洲卷），译林出版社 2010 年版，第 2、3 页。

艺术结构,卡佛的"极简主义"等,更为中国的年轻作家所追捧和借鉴,给中国的短篇小说注入了新的活力和生机。同时,中国一些优秀作家的短篇小说,也被不断译介到国外,走进世界文学格局,形成了一种互动、对话关系。尽管世界文学中的短篇小说处在"低谷"之中,但它的成就是不应低估的,它的未来是充满希望的。

中国当代短篇小说的发展与中国现实社会的变迁几乎是同步的。匈牙利思想家卢卡奇在谈到小说与时代的关系时指出:"它不只是创造总体的真正客观性的惟一可能先天条件,而且也由于小说的结构类型与世界的状况基本一致,就把这种总体即小说提升为这个时代具有代表性的形式。"①这就是说,小说的内在结构与社会的深层规律有一种一致性,因此小说就成为时代的代表性形式。而以敏感、及时地表现以社会现实为特征的短篇小说,更是如此。短篇小说作为审美创造可以超越社会人生,却不能割断同社会人生的联系。这是文学的一种宿命。

中国当代 60 年的短篇小说,就穿行在中国当代波澜激荡的历史"隧道"中。它同样经历了"一体化"文学时期;极"左"、阴谋文学时期("文革"时期);变革和创新文学时期("新时期");多元化文学时期四个文学阶段。且由于社会变化与文学演进相互作用的结果,每一阶段又形成了迥然不同的文化特征。1949—1966 年为"一体化"时期,短篇小说最先兴起,真正起到了带动、规范、提高整个文学特别是中长篇小说的重要作用。不管是来自解放区的赵树理、孙犁,还是来自国统区的沙汀、路翎,抑或刚刚成长起来的李準、王汶石、王愿坚等,都在努力建构一种民族化、大众化的短篇小说范式,竟创造了中国当代文学史上短篇小说的第一个高潮期。这一时期短篇小说的文化特征,是题材的凸显。把文学创作分成优先发展的工业、农村、革命战争题材,以及次要关注甚至调控的知识分子、古代历史等题材,这种做法显然是违背艺术规律的,但它客观上促进了国家主流文学的建构。"十七年"短篇小说带有鲜明的政治化、功利化色彩,是一种典型的乌托邦文学。但它质朴、刚健、宏大,显示了一个时代、一个民族的思想和精神风貌。1966—1976 年是"文革"时期。大部分文学门类几近枯萎,唯有短篇小说表现活跃、影响广大,既有沉痛教训也有可贵经验。这一时期短篇小说的重要特征是政治性,为政治服务演变成了为"文化大革命"的战略部署充当工具,短篇小说走向异化、沉沦之途。这是中国文学最惨痛的教训。但与此同时,短篇小说也在艰难

---

① [匈] 卢卡奇:《小说理论》,燕宏远、李怀涛译,商务印书馆 2012 年版,第 84 页。

觉醒,有些作家不自觉地写出一些富有思想艺术价值的作品,有些作家在充满矛盾的写作、思考中,逐渐成长起来。其创作经验值得发掘和研究。1977—1989 年称为文学新时期。短篇小说再一次充当了时代序曲中第一小提琴的角色。它不仅参与了改革开放的社会进程,同时也开始了自身的反思与变革。这一时期短篇小说的文化特征是浓烈的思潮性,各种思想观念、各样艺术创新,推拥出一批批优秀作家和杰出作品,形成了短篇小说史上的第二个高潮期。刘心武、高晓声、蒋子龙等的现实主义力作,掀动了伤痕、反思、改革文学的一系列浪潮;王蒙、宗璞等借鉴西方现代派表现方法,开创了中国小说的意识流先河;韩少功、阿城、李杭育等的"寻根小说",力图建造一种民族文化小说,并同西方文学形成一种对话、交流的关系;刘索拉、残雪、格非等的现代、先锋小说,使中国的现代派终于"落地生根",小说真正具有独立的审美品格;而汪曾祺的抒情文化小说、林斤澜的"怪味"小说,在小说的艺术空间开辟出一方独异、深厚的天地。新时期短篇小说丰富、新锐、奇崛、博大,是当代短篇小说史上的一座丰碑。尽管它还存在着浮躁粗放、鱼龙混杂的时代局限。1989—2009 年是短篇小说的多元化时期。这一时期有 20 余年,时长已超过既往的每个时段,且还在继续延伸。面对市场化、世俗化的社会形态,面对多元化的文化格局,它逐渐失去了应对能力,滑向社会和文学的边缘。它力图把握复杂多变的现实生活,但思想资源匮乏而难有新的洞见;它自觉坚守精英知识分子立场,往往受到大众读者的冷落;它在艺术形式和叙事语言上精益求精,却缺乏本质性的变革和创新。短篇小说这一时期的文化特征,是思潮退隐,现象浮出。多种多样的文学现象,支撑、丰富着短篇小说世界。譬如范小青、刘庆邦、王祥夫等的底层叙事,譬如曹乃谦、郭文斌、刘亮程等的乡村系列小说,譬如陈染、徐坤、潘向黎等的女性写作,譬如毕飞宇、邱华栋、徐则臣等的城市小说,譬如聂鑫森、孙方友、谈歌等对古典小说传奇、笔记写法的承传与创新。文学现象的不断涌现,标志着社会生活和文化观念的多元共生。短篇小说在边缘地带,获得了广大的生存、发展空间。

西方叙事学和文体学认为,每一种文学文本都是一个完整、独立的"有机体",内容与形式相互依存,是不可分割的。这种观点有其合理性,却有点绝对。事实上,评论家解读文本,往往把内容与形式剥离开来,分而论之。短篇小说 60 年的历史,在思想内容上跟踪时代、千变万化。经历了不同时期:题材"圈定"、思想强暴、思潮喷涌、现象迭出等一系列变化和遭遇。但在艺术形式上,其变化却要缓慢、微小得多,它同样经历了四个时期的艰难探索、起伏沉浮。它从"十七年"时期的单纯、浪漫、教条模式，发展到"文革"时期的极"左"、阴谋、工具模式；从新时期文学的变革、创新、恢宏形态，演进到"多元化"时期的多样、幽深、精微乃至复杂形态，可谓一路坎坷，脱胎换骨。短篇小说发展尽管还存在诸多问题，但它终于有了自觉的主体意识，有了自己的独立品格。当然，内容的变化和形式的演变，有时是分头进行的，更多时候则是相互促进的。

关于短篇小说的特征和规律，历来众说纷纭，未有定论。鲁迅用形象的比喻揭示它的特征：是"巍峨灿烂的巨大的纪念碑底的文学之旁"的"一雕阑一画础"，是"时代精神的大宫阙"。卢卡奇同样用比喻显示了它的功能，是社会变革历史的"尖兵"和"后卫"。卡尔维诺却说得很明白："……我们有相当活跃的新闻业，也有在环境和现象方面都颇具实况效果的电影艺术。文学于是就有了另一项任务：揭示历史转折点，揭示重要时刻，揭示钟表结构上将来未知的一步跳跃，而不是今天那种滴答声。"① 他们揭橥的都是短篇小说的核心问题——现实性。何谓现实性？简单说就是短篇小说在表现生活时，不仅要描绘出社会人生的种种情状和变化，还要揭示出现实深层的脉动与走向。哪怕是描述想象世界、历史故事，也应当渗透一种现实思想和精神。这就要求作家对现实生活有真切体验和感悟，还要对现实生活具有思想洞察和把握能力，使小说立足于生活前沿和思想前沿。这样的文学才会有价值、有魅力。20 世纪 90 年代之后的短篇小说，之所以同现实、同读者发生了脱节现象，就在于作家和急剧变动的现实生活产生了隔膜，而新的理念、思想的匮乏又直接丧失了对现实生活的透视和把握能力。"以其昏昏，使人昭昭"，自然使读者失去了兴趣。从 20 世纪 90 年代到 21 世纪，中国社会进入一个复杂而艰难的历史转型期，从计划经济到市场经济，从古老的农业文明到现代工业科技文明，将是一个漫长、痛苦的转变过程。短篇小说遭遇这样一个时代，就要求作家以更自觉的行动深入正在变化的现实生活，以更新锐的思想观照历史的动向，才有可能写出切中当下而又贯通古今的精品和力作来。时代给文学、给短篇小说提出了更严、更高的要求。在这方面，新时期短篇小说的经验，依然可供借鉴。

现在，中国当代文学已成为一门显学，出版了几十部当代文学史，但短篇小说史是一个"空白"。《中国当代短篇小说演变史》以纵横交错的

---

① ［意］伊塔洛·卡尔维诺：《短篇小说集》（上），马小漠译，译林出版社 2010 年版，第 6 页。

基本构架，较全面而深入地展示了短篇小说 60 年的演变过程和深层规律。纵线上，把 60 年短篇小说分为四个时期，每一时期都做了宏观论述。对当代文学史忽略的"文革"时期，也进行了较为细致的发掘和梳理。绪论一章，则对当代短篇小说的发生、历史分期和高潮期、短篇与中长篇的文体比较、短篇观念的演进四个方面作了集中探讨，形成了一个较完整有序的短篇小说发展脉络。横线上，从四个时期的不同文学概况进行布局，从题材、思潮、现象等角度归纳作家，着重解读了 15 位代表性作家、50 个重要作家、数百篇重点作品，显示了当代短篇小说多姿多彩的艺术景象。本书着力探索了短篇小说的文体演变、艺术规律，始终把它作为全书的主旋律，同时揭示了它同政治、社会、文化、人生等复杂而微妙的关系。本书重点评述了数十位重要短篇小说作家，尽可能做到全面把握、突出重点，让读者从中大致可以一窥全豹。本书努力寻求一条理性与感性相融合的写作路子，学院派治学的严谨、宏观、理性，协会派写作的灵动、鲜活、感性，均不偏废、努力融通，以期达到一种寓情于理、雅俗兼备的治学之境，能够让专业的和普通的读者所接受、所认同，进而在当下的小说创作、文学发展中起一点润物无声的微薄作用。

第一章　绪论

第一节　从"现代"到"当代"

1949 年 7 月召开的全国"第一次文代会"，启动了"当代文学的伟大开端"。短篇小说同其他文学门类一样，走进了一个更广阔的社会环境和新异的历史时期。但追踪寻影，当代短篇小说的源头却始自 20 世纪 40 年代的革命解放区。它在 40 年代的十几年时间中，由小到大、由弱到强、历经坎坷，形成了一种独具特色的革命文学形态。五四新文学历经 20 年代到 30 年代的几度演变，在 40 年代的革命解放区"脱胎换骨"，在与革命文学的痛苦磨合、矛盾、改造中，渐渐融入了"大一统"的革命现实主义文学潮流中。应该说，解放区文学只是特定政治区域和战争状态下的文学，它的局限性是显而易见的，但在 1949 年之后却被奉为唯一的正宗文学，强行推广到全国，这就给它的发展带来了诸多困难和挑战。同时，树大根深的五四新文学传统，也依然对当代文学发生着深刻的、潜在的影响，致使革命文学的体制化建构步履维艰。短篇小说是一种最贴近政治、社会、文化和审美的特别文体，在它的兴起、流变和发展中，可谓气象万千、"刀光剑影"、风雨兼程……

一

五四新文学一路奔流，到 20 世纪 40 年代前后遭遇了新时势和新问题。一是随着战局的变化，全国被分隔成几个区域，文学也须顺应时势作出应对。二是文学中的"左翼"力量，一直在致力"大众化"运动，面对全民族的抗战斗争，这一问题有待"破茧"。正如钱理群等指出的："文学史家通常便以不同的政治区域为文学分割命名，如国统区文学、解放区文学、上海'孤岛'文学和沦陷区文学等。几个区域的文学都受战争环境（乱世）的影响，又都共同承接着'五四'以来新文学的传统，有着同属于'40年代文学'的共性的方面；但如果要比较具体地考察这一时期的文学发展历史，就必须注意到：不同区域社会制度与政治文化背景直接影响和制约着文坛的状态，各个区域的文学面貌也有所不同。由于国统区在全国所占面积最大，拥有作家最多，而且有不同的流派倾向，文学思潮与创作都比较活跃，所以比起其他区域文学来，也更能代表'40年代文学'的主潮。然而在不同的战争阶段，文坛的变化巨大，呈现不同的基调与风貌。"① 这就是说，40年代之际的中国文学，已"三分天下"，呈现出更加复杂多样的文学形态。国统区和沦陷区的文学依然延续着启蒙文学的主潮，而解放区文学则别开生面，创建了一种通俗化、大众化的革命文学，成为40年代之后中国文学的基本雏形和主要源流。40年代的中国文学，成就依然是卓著而丰硕的，短篇小说无疑是其中的重要方面。国统区进步的和革命的作家，积极关注和反映战争状态下的中国现实，暴露和讽刺社会生活中的腐败、黑暗现象。沙汀、张天翼、艾芜、钱锺书、许地山、师陀、汪曾祺、萧红、骆宾基等，创作了大批思想艺术俱佳的短篇小说。沦陷区的进步作家，则在追求一种现代的通俗小说模式，让文学真正走进市民读者群中。张爱玲、苏青、梅娘等，创作了一批雅俗共赏的短篇小说。这一时期的《在其香居茶馆里》（沙汀）、《华威先生》（张天翼）、《石青嫂子》（艾芜）、《纪念》（钱锺书）、《铁鱼的鳃》（许地山）、《果园城》（师陀）、《鸡鸭名家》（汪曾祺）、《小城三月》（萧红）、《一九四四年的事件》（骆宾基）、《封锁》（张爱玲）等，成为现代短篇小说史上的经典篇章。

而在以陕甘宁边区为中心的革命根据地和解放区，则是别样的世界和风景。战争、革命、土改，翻天覆地。推广群众文艺、组织作家创作，如火如荼。但在思想文化领域内部，并非风和日丽。因为云集解放区投身革命的，既有现代知识分子，也有"左翼"作家，还有马克思主义理论家。他们在许多重大问题上，思想、观念并不一致。解放区在文化、文艺问题上的多次论争，盖出于这种阶层的不同和思想上的差异。李洁非、杨劼说："'救亡'更多是作为当着民族紧急关头文学所兴起的一种呼声，吸引了作家的注意力，而并未改变'五四'以来文学的基本性质；多数作家心中，仍然延续着'启蒙'的角色和意识。"② 正是在这样的背景下，为了统一知识分子、文艺家的思想认识，为了促使文学更好地为战争、革

---

① 钱理群、温儒敏、吴福辉：《中国现代文学三十年》，北京大学出版社1998年版，第446页。
② 李洁非、杨劼：《解读延安》，当代中国出版社2010年版，第224页。

命以及工农兵服务,中共中央于1942年5月召开了为期21天的文艺工作座谈会,毛泽东发表了《在延安文艺座谈会上的讲话》(以下简称《讲话》)。毛泽东以党的最高领导人的身份,紧密结合文化和文艺中的众多现象和问题,回答和论述了革命文艺长期关注并亟待解决的一系列理论课题,是马克思主义文艺理论"中国化"的重要成果。在文学的社会属性上,《讲话》明确指出了它的"阶级性",而"革命文艺是整个革命事业的一部分,是齿轮和螺丝钉"。在文学的服务对象上,《讲话》坚定地认为,"我们的文学艺术都是为人民大众的,首先是为工农兵的"。在文学与生活的关系问题上,《讲话》鲜明提出,"人民生活……是一切文学艺术取之不尽,用之不竭的唯一源泉"。作家"必须长期地无条件地全心全意地到工农兵群众中去"。在文艺批评问题上,《讲话》突出强调,"文艺批评有两个标准,一个是政治标准,一个是艺术标准",革命文艺"以政治标准放在第一位,以艺术标准放在第二位"。千锤打锣,一锤定音。毛泽东的《讲话》,在革命解放区复杂而多样的文化语境中,确立了一种权威的声音、至高的准则,强有力地推动了解放区革命文学的成长和发展。但毋庸讳言的是,《讲话》是毛泽东社会思想的重要组成部分,带有明显的激进化、理想化的"乌托邦"色彩,它所要解决的是战争环境中党领导文艺运动的指导思想、基本策略,具有历史的局限性和片面性。

革命解放区始终是把文学艺术当作政治的一部分来领导和创建的。1938年10月,鲁迅艺术学院成立,旨在培养大批的革命文艺家;1940年1月,陕甘宁边区文化协会第一次代表大会召开,选出了新的理事机构;之后一批文艺刊物应运而生,如《文艺战线》《中国文化》《大众文艺》《文艺月报》《谷雨》《诗刊》等。党报《解放日报》创办伊始,就设有文艺专版,经常推出短篇小说作品,既有名家新作,也有新人习作,对推进短篇小说的发展起了重要作用。

解放区作家基本有两种类型。一种以本土作家赵树理为代表,他们土生土长在农村,接受过或长或短的学校教育,他们熟悉农村社会和各种农民乃至民间艺术,有着与普通农民共同的人生经历。当农村革命风起云涌,千千万万农民奋起斗争的时候,他们被深刻地震撼和感动了,自觉地拿起笔投入了创作。另一种以外来作家丁玲、周立波为代表,他们接受过五四新文学的熏陶,有根深蒂固的启蒙意识,但在新的政治和文化环境中,他们努力改造自己,不断地"工农化",不断地向大众艺术靠拢,写出了耳目一新的作品。不管是哪一类作家,毛泽东的《讲话》都是他们唯一的"圣经"。如果说赵树理等本土作家,与农村和农民有一种天然的感情，他们更容易理解《讲话》精神，写出吻合主流政治和大众需要的作品；那么丁玲、周立波等外来作家，则需要克服自己的知识分子观念，在思想和感情上经历痛苦转变，像《讲话》所说的全心全意深入工农兵中去，才有可能写出政治和艺术合格的作品。

短篇小说是一种敏锐、便捷、精巧的文体，最容易受到文学界和各阶层读者的关注、喜爱。20世纪40年代的革命解放区，短篇小说得到了比其他文体更强劲的发展。先看本土作家的崛起。赵树理深感五四新文学同底层农民的隔膜之深，长期探索小说的通俗化、大众化。1943年创作了《小二黑结婚》《李有才板话》，一经发表，风靡解放区；之后又创作了《地板》《催粮差》《福贵》《传家宝》等一批土色土香的短篇小说杰作，被誉为解放区"文学创作上的一个重要收获，是毛泽东文艺思想在创作上实践的一个胜利"①。同样是本土作家的孙犁，却在黄土漫漫、硝烟弥漫的革命解放区，奉献出了闪耀着湖光山色的短篇小说精品：《荷花淀》《芦花荡》《嘱咐》《采蒲台》《山地回忆》等。他承传的是现代文学史上以废名、师陀、沈从文为代表的抒情文化小说的文脉，他给解放区文学平添了新的色彩、格调和写法。另一位本土作家柳青，中学时期就接受过大量五四新文学和西方小说的浸染，因此他一出手创作的作品，不仅有着浓郁的乡土特色，同时蕴含着深厚的启蒙思想。这一时期他的短篇小说有《地雷》《土地的儿子》等。还有康濯（他不是北方人，但谙熟农村和农民）的《灾难的明天》《我的两家房东》，山西作家马烽的《金宝娘》《村仇》，束为的《红契》，孙谦的《村东十亩地》，等等，都是解放区短篇小说的优秀之作。

来自大城市的进步、革命作家，在短篇小说创作上也不甘示弱，以他们敏锐的思想和纯熟的艺术，创作了众多力作。丁玲的《我在霞村的时候》《在医院中》，不仅表现了解放区新的变化和生活，同时揭露了革命队伍内部的官僚主义作风和农民中的小生产者的思想习气，是两篇难得的佳作。周立波创作了回忆上海监狱生活的《麻雀》《第一夜》，还有表现解放区农村生活的《牛》等，显示了他深厚的外国文学修养和对民间艺术语言的自觉汲取。刘白羽既是一位随军记者，又是一位部队作家，他的短篇小说《政治委员》《战火纷飞》《无敌三勇士》等，表现了抗战和解放战争的艰难残酷，歌颂了战士和民众的勇敢、献身精神。他的作品与《讲话》精神是相通的，代表了40年代革命战争题材文学所能达到的高度。

---

① 周扬：《周扬文论选》，人民文学出版社2009年版，第564页。

本土作家和外来作家，不同思想、内容和风格的短篇小说，共同构成了解放区文学的瑰丽景观。

但解放区的主流政治要求的是一种"大一统"的革命文学，对不同思想、格调的作品，采取了持续不断的批评乃至批判。20 世纪 40 年代初，一些中央领导和八路军将领，就十分关注《解放日报》上的短篇小说，对一些作品很有意见，社长博古曾从中央驻地杨家岭带回过批评意见。被指名批评的作品有严文井《一个钉子》、朱寨《厂长追猪去了》、马加《间隔》等。① 可见副刊作品的影响之大，各阶层读者对短篇小说的要求之高。1942 年 6 月，《解放日报》发表文章，批评丁玲《在医院中》，"主题不明确"，"医院的描写过分黑暗"。作家"站在资产阶级知识分子的立场上"，"宣扬了个人主义"。同年 7 月，又是《解放日报》，展开了对陆地《落伍者》的讨论，批评方认为：这是一篇"不真实的作品"，"描绘出了一个与旧式部队无大区别的八路军"，作者是从"变了质的立场之上"，对一个落伍的军人表现了"同情和亲切"。甚至对孙犁的《荷花淀》，1945 年有评论家发表文章，认为"充满了小资产阶级情绪"，"缺少敌后艰苦战斗气氛"。在 40 年代的解放区文学中，这样的例子举不胜举。

解放区短篇小说是一种既竭力统一又充满矛盾的文学。毛泽东的《讲话》，在建设一种朴素、明朗、理想的工农兵文学的同时，却排斥、割裂了对现代启蒙文学的继承，并把文学的这种深层矛盾，带进了当代文学中。

二

全国第一次文代会上，有两个令人注目的"亮点"，就是代表解放区和国统区的两个报告。周扬是以胜利者的姿态报告解放区的文学工作的，列数了小说、诗歌、戏剧等多方面的辉煌成就，特别提到赵树理、康濯、刘白羽等的多篇短篇小说。他把解放区文学称为"新的人民文艺"，这一文艺形态是在《讲话》思想的指引下创造的。他指出："毛主席的《在延安文艺座谈会上的讲话》规定了新中国的文艺的方向，解放区文艺工作者自觉地坚决地实践了这个方向，并以自己的全部经验证明了这个方向的完全正确，深信除此之外再没有第二个方向了，如果有，那就是错误的方向。"② 这就把毛泽东在解放区的文艺讲话，提升为指导全中国的文艺纲

---

① 王培元：《延安鲁艺风云录》，广西师范大学出版社 2004 年版，第 263 页。
② 周扬：《周扬文论选》，人民文学出版社 2009 年版，第 371 页。

领，用工农兵文学、社会主义文学，取代了五四以来的多元化文学。茅盾代表国统区作的文学报告，虽然基调是"在种种不利条件下，我们打了胜仗"，"国统区文学运动还是有其显著成就的"。但他更着重反思了"存在着若干严重的缺点"，并从理论上检讨了"人道主义""个人主义""小资产阶级的思想观点""欧美资产阶级文艺的传统"等对国统区文学的负面影响。同时对"文艺大众化""政治与艺术"、作家的主观性同立场、观点的关系等问题，表达了对毛泽东文艺思想的臣服和认同。他声称："但是无论如何，因为有了毛泽东的'文艺讲话'，有了解放区的文艺运动的范例，国统区内的文艺思想也就渐渐地有了向前进行的正确的轨迹了。"① 茅盾的报告不仅是对 20 世纪 40 年代国统区文艺的总结，也是对整个现代文学的反思和检讨，是对启蒙文学的扬弃，表达的是主流政治的思想观点。他知道国统区文学已成为"陈迹"，与周扬所称的"新的人民文艺"是不能相容的，与毛泽东的《讲话》精神是格格不入的。国统区的作家必须以新的姿态走进新的社会、创造出新的文艺。茅盾的报告对五四新文学有釜底抽薪的意味。

新中国成立之后，毛泽东和执政党以解放区文学运动为经验，加快了"一体化"文学体制和机制的建构。中国文联正式成立之后，又相继成立了中华全国文学工作者协会（后改名为中国作家协会）等七个协会，1953 年中国作协升格为与中国文联并列的部级机构。文联作协的机关报刊《文艺报》《人民文学》迅速创办。在《人民文学》创刊号中，短篇小说是重要栏目，所占篇幅最多，发表了刘白羽、康濯、马烽的三篇作品。一篇革命战争题材，两篇农村生活题材。之后，全国各省市作协也纷纷创办刊物，与《人民文学》模式大同小异，短篇小说栏目是其中的重中之重。全国各省市作协以及报刊社，都把促进短篇小说的发展和繁荣作为重要"任务"。召开短篇小说研讨会，讨论、推荐短篇小说作品，发表短篇小说研究文章，是经常性的、持续不断的文学活动和举措。

短篇小说是作家特别是青年作家走上创作道路的重要阶梯，同时也是激发整个文学创新的"点火器"。因此 20 世纪五六十年代的众多作家和评论家，都热衷探讨短篇小说艺术。作家周立波、赵树理、艾芜、杜鹏程、王愿坚、茹志鹃等，评论家孙楷第、唐弢、魏金枝、侯金镜等，都曾发表过精辟的短篇小说研究文章。特别是茅盾，集短篇小说家、文学研究

---

① 茅盾：《在反动派压迫下斗争和发展的革命文艺》，引自陈思和主编《中国当代文学 60 年》卷一，上海大学出版社 2010 年版，第 11 页。

者和文坛领袖为一身，对短篇小说的创作和理论给予了高度重视，发表过一批专门文章。通过探讨规律、解读名家、年度述评、剖析新作、指点新人等方式，有力而有效地促进了短篇小说的健康发展。尽管当时的文学创作有许多清规戒律，但他凭借自己的深厚学养和对艺术的谙熟，在短篇小说的艺术特性、人物塑造、结构安排、语言运用、风格追求等问题上，发表了卓然不群的思想见解，对维护短篇小说的艺术品格，抵制激进文艺思想的横行，发挥了无可替代的重要作用。

一个时代的文学需要一个时代的作家。特别是中国走进全新的社会主义时代，更需要一批新的作家去描绘、去歌颂。在作家队伍的重组、更替、扶持上，执政党及文学体制做了细致艰苦的工作。1949 年之后的作家队伍，实际是由三部分人构成的。一是来自解放区的进步、革命作家，本土的革命作家，如赵树理、柳青、孙犁、康濯、马烽等，成为这一时期创作的中坚力量，居于中心位置，尽管其中的个别作家在以后遇到了一些挫折。外来的进步作家，有的成为主流作家，如刘白羽、周立波、杨朔等；有的则不再能适应新的时代从事创作，如丁玲等。二是来自国统区的大批进步作家，这一部分的情况尤为复杂。从短篇小说文体看，茅盾、巴金、沙汀、艾芜、张天翼、沈从文、路翎、师陀等，在 20 世纪三四十年代均有著名作品。新中国成立后也在努力学习、追赶时代，有的写出了新作，却难以超越过去；有的做了文学部门的领导，甘做人梯，不再创作。他们难以丢弃深入血液的五四启蒙思想，难以写出充分体现"新方向"的作品，文学体制已把他们划到"边缘区"。从整体而言，他们中的大多数，在新中国成立后已结束了艺术生命。三是新中国成立后迅速成长起来的青年作家，50 年代轰轰烈烈的社会主义革命和建设，激发了众多文学青年的创作热情，一批青年作家脱颖而出，以短篇小说闻名的作家有刘绍棠、李準、王汶石、峻青、王愿坚、茹志鹃、胡万春、浩然等。他们更多地继承了解放区作家的创作思想和方法，对新时代的火热生活有着更深切的感受和认知，作品更吻合社会主义现实主义主潮，因此被文坛视为新生力量，进入中心作家的行列。

建设社会主义文学，必须有一批"又红又专"的工农兵作家，而不能依靠知识分子作家，这是当时的共识。正如周扬所说："正确地帮助和指导工农群众创作，发现和培养工农作家、艺术家，是我们文学艺术方面的最重要的任务之一。"① 为了快速有效地培养青年作家特别是工农兵作

---

① 周扬：《周扬文论选》，人民文学出版社 2009 年版，第 415 页。

家，1951 年国家成立了中央文学研究所，后改名为文学讲学所、鲁迅文学院，培养了一批又一批青年作家，遍布全国的各行各业。后来人们戏称其为中国作协的"黄埔军校"。同时，中国作协和各省市作协，建立了专业作家体制，专门吸纳有突出成就的作家特别是工农作家，进入文学体制，成为专业人才。这是具有中国特色的文学体制才会有的设计和措施。

三

当代文学史家洪子诚指出："相对而言，在题材的处理上，当代长篇小说侧重于表现'历史'，表现'逝去的日子'，而短篇则更多关注'现实'，关注行进中的情境和事态。当代政治、经济生活的状况，社会意识的变动，文学思潮的起伏等，在短篇中留下更清晰的印痕。但受制于社会政治和艺术风尚的拘囿，比较长篇，它在思想艺术上受到的损害也更严重。"[1] 小说家族是由短篇、中篇、长篇构成的。但由于它们特性的不同，因此承担的社会使命也不同，所以命运遭际也迥然有别。"十七年"时期，中篇小说是欠发达文体，人们关注的只是短篇和长篇小说。短篇小说是文学的"前卫"，它在 20 世纪 50 年代初中期率先活跃、发展起来；经过数年的探索、积累，然后才有了长篇小说——"后卫"——在 50 年代中后期到 60 年代的跟进、发达。短篇虽小，但"小中含大"，对整个小说创作的影响是深刻而广大的。

毛泽东的"乌托邦"文学构想，包含着两种既对立又统一的元素，一个是"破坏"，另一个是"建设"，二者轮流运作、相辅相成。他说："我们不但善于破坏一个旧世界，我们还将善于建设一个新世界。"[2] 他把这种"破坏、建设"哲学也充分运用到了文学事业中。建设一种朴素的、全新的、理想的社会主义文学，破坏那种暗淡的、古旧的、异质的"封资修"文学，始终贯穿在 20 世纪五六十年代的文学中。短篇小说在这一历史时期首当其冲。

客观地讲，建构社会主义文学有其历史原因和合理内涵。在"一穷二白"的基础上建立一个新型国家，文学作为鼓舞和教育广大民众的重要"武器"，它自然应该是明朗的、理想的，也应该是通俗的、民族的。问题在于，政治意识形态把解放区文学的思想和模式全盘照搬，并把它扩

---

① 洪子诚：《中国当代文学史》，北京大学出版社 1999 年版，第 87 页。
② 毛泽东：《在中国共产党第七届中央委员会第二次全体会议上的讲话》，《毛泽东选集》，人民出版社 1964 年版，第 1329 页。

大化、绝对化，就把文学推向了危险的"独木桥"。20 世纪五六十年代卓绝的文学建设，主要表现在如下几个方面。

一是要求文学特别是短篇小说，努力表现社会主义时代的本质规律和光明面，以先进的思想和乐观主义精神团结、鼓舞民众。当时的作家，不管是来自解放区还是国统区，都虔诚地相信苏联模式的社会主义制度，憧憬着更美好的明天，在创作上努力学习社会主义现实主义，创作了一大批鲜活刚健的短篇小说佳作。如孙犁《正月》、秦兆阳《农村散记》、沙汀《卢家秀》、周立波《山那面人家》、刘绍棠《大青骡子》、浩然《彩霞》、刘真《春大姐》等，都真诚地表现了国家的巨变、农村的新貌、普通民众身上焕发出来的新道德新风尚，等等。二是要求作家深刻揭示出现实生活中两个阶级、两条路线的斗争，不论长篇小说还是短篇小说都是如此。20 世纪 50 年代，这种斗争是一种客观存在。如马烽《村仇》、李准《不能走那条路》、束为《老长工》等，反映农村社会主义运动中地主阶级的捣乱、个人发家与集体道路的冲突、地主与长工关系的戏剧性变化，等等，都写出了生活的真实和严峻，在艺术上也达到了一定高度。但 60 年代之后，在阶级斗争基本消失的社会背景下，依然强令作家写充满斗争硝烟的作品，就是一种违背现实、强暴艺术的极"左"行为了。三是要求作家塑造社会主义先进人物和英雄形象，且身份须是工农兵。如杜鹏程《延安人》中的工程处主任黑成威和小黑妈，峻青《老水牛爷爷》里的老农民老水牛、焦祖尧《时间》中的老工人季艾水、马烽《我的第一个上级》里的水利局局长老田、李准《耕云记》中的气象员萧淑英，等等，都是思想高尚、事迹感人、性格鲜明的工农兵形象。但这样的形象后来逐渐走向了概念化、雷同化。四是要求作家取法民间文艺和传统文学，努力创造人民群众喜闻乐见的民族形式和中国风格。在建构国家文学的初期，这一要求有其合理性。譬如赵树理、康濯、马烽等的短篇小说，更注重故事的完整曲折和农民语言的创造性运用；譬如周立波、沙汀、方纪等的短篇小说，更倾心人物形象的刻画和情节结构的创新。在叙事语言上，众多作家都在追求一种朴实、凝练、刚健的时代格调和韵味。在当时"一体化"的文学思想规约下，竟产生了姿态纷呈的艺术形式和语言风格，这不能不说是一个奇迹。

"建设"是艰难的，"破坏"是无情的。前者是为树立"样板"，后者是为扼杀"异端"。短篇小说是 20 世纪五六十年代的"重灾区"。被批判的作品，大多出自抱有启蒙思想的知识分子作家之手，少数源于被倚重的主流作家手笔。被批判的作品主要有三种类型。第一种是直面现实，揭露了社会问题和黑暗现象的作品。如萧平《除夕》、从维熙《并不愉快的故事》、赵树理《"锻炼锻炼"》、李国文《改选》、王蒙《组织部新来的青年人》，等等，这些作品敏锐地表现了农业社经济的艰难、人心的涣散、干群的矛盾、国有工厂工人同领导的冲突、组织部门的官僚主义倾向，等等，显示了作家的思想洞察力和社会忧患感，对于克服当时的极"左"路线和思想是有积极意义的，却受到了主流话语的尖锐批判："暴露社会阴暗面""歪曲和污蔑""农村现实"，把党的工作"描写成一片黑暗、庸俗的景象"……将这些作品一棍子打死。第二种是表现人的正常人情、人性和爱情生活的作品。人的精神情感生活，本来是文学的一个永久主题，但在五六十年代成为一个危险的"雷区"，稍有不慎就会"踩爆"。如萧也牧《我们夫妇之间》、路翎《洼地上的"战役"》、方纪《来访者》、刘真《英雄的乐章》等，均表现的是不同时期的人物正常、美好的人情、人性，青年男女之间复杂、微妙的爱情及婚姻生活，却遭到了评论家严厉的批判，指责为：作者在"玩弄人民"，"提倡一种新的低级趣味"；把"正义的战争"同志愿军的"理想和幸福"作了"对立"描写；"作品中的人物，灵魂里充满了浓厚的资产阶级的没落、颓废情绪"；最通用的判词是："作者站在资产阶级立场上"，"企图改造世界、改造党"。第三种是塑造多样化人物的作品。毛泽东《讲话》强调描写工农兵人物，并没有限制写其他人物。但激进的理论家们将其演变成了：作品主人公必须是完美的工农兵形象，其他人物只能是配角或是反面人物，以致最终发展成一套"三突出"创作原则。如秦兆阳《改造》刻画的是一位土地主形象，陆文夫《小巷深处》描写的是一个妓女的改造经历，西戎《赖大嫂》塑造的是一个泼妇式的农村女性，这些作品无一例外地受到了严厉批判。评论家会质问：难道生活中只有这样的人物吗？塑造这样的形象目的何在？这种批评和批判愈演愈烈。1957年"反右"运动中，姚文元在《人民文学》发表长文《文学上的修正主义思潮和创作倾向》，一口气列举了同年发表的七位作家的九篇短篇小说，有刘绍棠《田野落霞》、刘宾雁《本报内部消息》、丰村《一个离婚案件》、宗璞《红豆》、陈登科《爱》，等等，认为这是国际国内的修正主义思潮在文学创作上的顽强表现，必须坚决斗争、彻底扫除。由此可见，这一时期激进和极"左"的文化思潮横行无阻，短篇小说生存与发展举步维艰。

当代短篇小说直接延续和发展了20世纪40年代解放区的文学传统，同时形成了自己的风貌和特色，它比此前更加精湛、规范、成熟了。创造了一个独具特色而又硕果累累的鼎盛时期。但它的缺陷和问题也是严重的。它突出了社会主义文学特征，却丢弃了五四的精英文学传统；它强调了向民间的民族的艺术形式的继承，却排斥了对西方现代文学方法和手法的借鉴。它越来越激进化、政治化，最终沦落为一种极"左"政治的工具，它的衰败也就是必然的了。

第二节　四个时期两次高潮

一

中国当代文学60年的发展中，短篇小说作为一种特别的文体，它敏锐而及时地反映着社会人生的一系列深刻变化，满足着最广大的读者群的思想和审美需求，引导着中篇、长篇小说以及其他文学样式的发展与演进，对文学和社会产生了不可替代的影响。它在60年的风雨历程中，几经曲折坎坷，走过了四个时期，形成了两次高峰期。梳理和探索它的艺术轨迹，可以清晰地窥见社会、文化和文学风云变幻的一幕幕投影，可以深切地感到作为一种文体的生长、沉浮和蜕变的一步步跋涉。

当代短篇小说是在继承解放区文学传统和五四小说传统的基础上，艰难地发展起来的。关于短篇小说的本质特性，众多的杰出作家、评论家给予了精辟的阐发。鲁迅不仅以他横空出世的现代小说创作，同时也以他鲜活精深的小说观念，引领着短篇小说的发展潮流。他关于"为人生"，"改造国民性"，"巍峨灿烂的巨大纪念碑"之旁的"一雕阑一画础"，"借一斑略知全豹，以一目尽传精神"，"选材要严，开掘要深"等诸多论述，至今仍深刻地影响着作家们的创作。新中国成立之后，茅盾不再创作短篇小说，却始终关注、引导着全国的短篇小说。他关于短篇小说截取生活"横截面"、抓住"典型片段"的观念，同样秉承了现代小说的基本精神，在"十七年"文学中发挥了某种"权威"作用。新时期文学之后，短篇小说从复苏到兴盛，无论是思想观念还是审美追求，都走向了变革和开放。富有探索精神的王蒙指出："由于短篇小说只是截取生活的一点、一滴、一片、一段、一面、一角，所以特别能够多样化，也特别需要多样化。"[①] "……可以着重写故事，也可以着重写人物，也可以着重写某一种氛围、场面、情绪，还可以着重写对话。"[②] 短篇小说是一种不断生长、拓展着的文体。尽管对它的理解、言说千变万化，但它的精短性、现实

---

① 王蒙：《王蒙文存》第21卷，人民文学出版社2003年版，第190页。
② 同上书，第191页。

性、开放性，是万变不离其宗的本质特性。

短篇小说同社会人生的密切关系，众多读者对它的格外垂青，注定了它在建构"国家文学"中的独特命运，它受到的"偏爱"和"扶持"也远远超过了其他文体。其一是创办刊物。如中国作协的《人民文学》和各省市文联作协的文学刊物，办刊宗旨上行下效，发表的文学体裁各样都有，但短篇小说是主要的、首要的文学门类，这就为短篇小说的繁荣提供了广阔的园地。其二是开展研讨、评论活动。60 年间，关于短篇小说以及作家作品的研讨会，大约召开得最勤、最多。譬如 1949 年 9 月的座谈会，1964 年大连的农村题材创作座谈会，1977 年 11 月的座谈会，这些开在重要时刻的讨论会对短篇小说创作都产生过重大影响。对短篇小说作家作品的推介、评论乃至批判，则成为《文艺报》《人民文学》以至《人民日报》等国家级报刊的常规措施。其三是举办评奖活动。"十七年"时期反对成名成家、物质刺激，没有搞过什么文学评奖。大规模的、制度性的文学评奖是从新时期文学开始的，而开风气之先的是短篇小说评奖。国家级的全国优秀短篇小说评奖，1978—1988 年共评出九届 188 篇获奖作品。从 1995 年开始的鲁迅文学奖其中短篇小说奖是重头奖项，到 2009 年五届共评出 25 篇短篇小说。此外，全国性选刊《小说月报》举办的"百花奖"到 2007 年已评过 12 届，获奖的短篇小说达上百篇。这是文学上的一种"举国体制"，它强有力地推动了短篇小说的兴旺发达，但同时在某种程度上也限制、束缚了短篇小说的自然生长与自由发展。

汪曾祺说："短篇小说能够一脉相承地存在下来，应当归功于代有所出的人才，不断给它新的素质，不断变易其面目，推广、加深它。"① 确实，短篇小说的持续发展，一方面依赖于社会的孕育、理论的启迪，另一方面又仰仗了一代一代优秀作家的实践和创新。60 年间，中国文坛上始终活跃着一支学养丰厚、潜心艺术、不断更新的短篇小说作家队伍，这大约在世界文学史上也是罕见的。有些作家短篇小说是他的强项，同时也兼写中篇、长篇小说；而有些作家一生专事短篇小说，是名副其实的短篇小说作家。"十七年"时期，来自解放区和国统区的作家，以及在新的时代成长起来的作家，构成了一个背景不同、目标一致的短篇小说作家阵营。具有代表性的作家有周立波、赵树理、孙犁、马烽、沙汀、艾芜、杜鹏程、峻青、王愿坚、茹志鹃、李準、王汶石、胡万春、浩然等，他们在创

---

① 汪曾祺：《短篇小说的本质》，钱理群编：《二十世纪中国小说理论资料》第 4 卷，北京大学出版社 1997 年版，第 439 页。

造具有民族特色的文学过程中，融入了各自的个人风格，形成了短篇小说的第一次高峰期。新时期文学中，"归来"的"五七"作家、"返城"的"知青"作家，还有在改革开放中崭露头角的新一茬作家，组成了一个思想解放、生机勃勃的短篇小说作家群体。突出的作家有：王蒙、汪曾祺、高晓声、林斤澜、刘心武、蒋子龙、张弦、张洁、陆文夫、陈建功、何士光、韩少功、贾平凹、王安忆、张炜、史铁生、李锐、铁凝、残雪、苏童等。他们以深厚的生活体验、开放的思想观念、新锐的审美追求，在短篇小说上发奋耕耘，创造了短篇小说的第二次高峰期。20世纪90年代之后，中国文学进入一个分流和多元时期，整个文学在社会生活中逐渐边缘化，短篇小说更是走向了边缘的边缘。但现有的文学体制未变，对短篇小说的重视和扶持依旧，众多的实力派作家对短篇小说仍然矢志不渝，短篇小说同样有不俗的表现和丰硕的成果。在新时期文学就已经颇有建树的作家，成为这一时期最活跃的力量。如迟子建、范小青、毕飞宇、刘庆邦、聂鑫森、裘山山、阿成、王祥夫、徐坤、郭文斌、石舒清、红柯、乔叶等。短篇小说的消沉已历多年，它正在积蓄力量、走出重围。

二

短篇小说同整个文学的发展历史，既有着相同的步调，又有着自己的特点。短篇小说的四个发展阶段和两次创作高峰，似乎显得更为界限分明、有声有色。

第一个时期是1949—1966年，可以称为短篇小说的"开创"时期。新中国刚刚成立，百废待兴，民情振奋，广大作家不论属于哪种类型，都虔诚地投入了火热的革命和建设中，一边深入生活一边努力创作。文学被纳入整个国家机器中，成为意识形态中的重要组成部分。毛泽东的《讲话》是文学发展的指导纲领，建立一种民族的、大众的、理想的社会主义文学，是全体作家的奋斗目标。在"大一统"的、"计划经济"的理论思想的支配下，文学的题材问题得到高度的重视和筹划，有些题材（如农村、革命历史）受到了重点组织和扶持，有些题材（如知识分子、爱情生活）则受到了轻视乃至抑制。农村题材短篇小说是最先发展和兴盛起来的，是整个"十七年"文学中的亮点。产生重要影响的有《登记》《套不住的手》《山那面人家》《不能走那条路》《我的第一个上级》《"三年早知道"》《大青骡子》《风雪之夜》《赖大嫂》等。革命战争题材短篇小说同样十分发达，受到广大读者喜爱的有《老水牛爷爷》《黎明的河边》《党费》《七根火柴》《初雪》《洼地上的"战役"》《百合花》《英雄的乐章》等。工业题材短篇小说是 20 世纪五六十年代鼎力倡导和扶助的，但一直发展缓慢，得到文坛关注和好评的有《延安人》《光辉的里程》《家庭问题》《二遇周泰》《时间》等。反映社会问题的小说如《组织部新来的青年人》《改选》《"锻炼锻炼"》等，表现爱情婚姻的作品如《我们夫妇之间》《在悬崖上》《红豆》等，描述历史人物的小说如《陶渊明写"挽歌"》《白发生黑丝》《杜子美还家》等，这后两类作品以其思想的敏锐、题材的新颖和风格的独特，得到了文坛和读者的赞誉，却遭到了极"左"路线的批判和打击，它们是"十七年"文学中的丰硕成果，代表了精英知识分子写作当时所能达到的最高水平。

第二个时期是 1966—1976 年，是短篇小说的"沉沦"时期。许多论者都认为，"文革"文学是"一片空白"。其实这是一种"误读"。中长篇小说、诗歌、散文、报告文学乃至文学批评写作，当时都受到了重创，虽然也有一些应景之作发表，但整体上是混乱、萧条的，唯有短篇小说，在这一时期却呈现出一种"独放异彩"的景象。广大读者无书可读的文化渴求，"文革"逐步升级的政治需要，是促成短篇小说发展的主要原因。1972 年之后，各省市以至全国的文艺刊物陆续复刊和新办，出版社开始出版文学书籍特别是短篇小说集。1973 年上海人民出版社出版了《朝霞》文艺丛刊，第二年同时出版同名文艺杂志，办刊宗旨就是直接为"文革"服务，短篇小说被当作政治"利器"。当时发表的短篇小说，大体上有三种类型。一种是"激进"的甚至极"左"的——它突出表现的是所谓的"阶级斗争和路线斗争"，代表作有浩然《杨柳风》《战斗的堡垒》，士敏《暗礁》《胸怀》等。另一种是"阴谋"的——它突出描写"文革"的运动和斗争，甚至为"四人帮"政治阴谋作舆论准备，如姚真《红卫兵战旗》、清明《初春的早晨》、史汉富《布告》、伍兵《严峻的日子》等。还有一种是"探索"的——"文革"的严酷统治并没有让作家们的怀疑和思索完全窒息，他们在有限的空间中创作了一些富有探索意味的作品，表现了生活的某种真实，刻画了一些感人的劳动者形象。譬如古华《仰天湖传奇》、叶蔚林《大草塘》、成一《梨乡春色》、叶文玲《当月计划完成的时候》、颜慧云《牧笛》、蒋子龙《机电局长的一天》等。如果说前两类作品反映了"文革"短篇小说的"沉沦"，那么后一类作品则显示了这一文体在逆境中的艰难"觉醒"。文学园地的开辟和文学活动的恢复，为后来的新时期文学培育和储备了一大批创作人才。

第三个时期是 1977—1989 年，可以名为短篇小说的"勃兴"时期。动乱结束，新时期开始，短篇小说再一次扮演了文学"轻骑兵"的角色。

一般文学史是把 1978 年中共十一届三中全会召开、文学全面解冻，作为新时期文学的标志的。但事实上 1977 年 11 月刘心武《班主任》的发表，就昭示了新时期文学的滥觞。在新时期的前中期，始终有一个与时代浪潮密切呼应的文学思潮，形成了一条波澜激荡的文学河流，而短篇小说正是引领文学的一个个潮头。譬如"伤痕文学"中的《班主任》《伤痕》《枫》《被爱情遗忘的角落》等，"反思文学"中的《李顺大造屋》《悠悠寸草心》《灵与肉》《我的遥远的清平湾》等，"改革文学"中的《乔厂长上任记》《三千万》《乡场上》《内当家》《围墙》等。这些作品以新锐的思想、激越的感情和强烈的情节，批判了"四人帮"以及极"左"路线的罪行，歌颂了改革开放的壮举，揭示了现实生活的深层脉动，给广大读者以深刻的启蒙和有力的鼓舞。1985 年之后，随着社会改革向纵深发展，文学再难以承担"号角"的使命，开始"向内转"——实现自身的回归，短篇小说又一次引导了文学潮流。"寻根小说"中的《归去来》《树桩》《系在皮扣上的魂》等，"现代小说"中的《山上的小屋》《无主题变奏》《十八岁出远门》等，"新写实小说"中的《狗日的粮食》《塔铺》等，这些作品卸去了沉重的社会、时代重负，把着力点转向了对文化的审视，对日常生活的观照，对小说本身的观念、形式、手法的变革上来，是短篇小说的一次深刻转型和了不起的进步。但这一转型，也预示了短篇小说高峰期的退潮，由社会的"中心"向"边缘"的滑落。

第四个时期是 1989—2009 年，似可谓短篇小说的"沉潜"时期。1989 年之后，商品经济汹涌而来，中国逐渐融入全球"一体化"进程，国家由"计划经济"过渡到了"市场经济"时代。在这样的环境和背景下，文学数十年依赖的主流思想"靠山"已然丧失，文化和文学开始走向多元化。长篇小说、文化散文、网络文学等成为时代的"新宠"，短篇小说受到了空前的"冷遇"。但作为一种具有久远历史、"精英"品格的短篇小说，并没有一蹶不振，它在边缘地带，重新寻找自己的位置，发现本身的优势，尝试自身的变革，逐渐从"山重水复"的困境走向了"柳暗花明"的天地。表现现实生活尤其是底层社会，是它始终如一的"兴奋点"，代表性的作品有《坚硬的稀粥》《秀色》《制造声音》《上边》《城乡简史》《美满家庭》等。揭示人在社会转型期间，躁动而幽深的精神、情感世界，是它在新的时代真正深入的领域，出色的作品有《厨房》《亲亲土豆》《哺乳期的女人》《相爱的日子》《白水青菜》等。发掘本土文化、探索民族精神，是它的又一种创作动向，如《小哥儿》《穆桂英挂帅》《吉祥如意》《东莱五记》等。从中国古典小说、西方现代小说中提取富有生命力的元素，熔铸一种和谐精深的艺术文体，是一部分短篇小说的追求目标。如韩少功《山南水北》、聂鑫森《古城旧事》、孙方友《陈州笔记》、残雪《雪罗汉》《都市的村庄》《老蝉》等，都呈现了这样一种态势。

三

当代短篇小说60年，既有宝贵经验，亦有沉痛教训。

在短篇小说的前行历程中，出现了两次低潮期，即"文革"时期和20世纪90年代之后的多元化时期。当然两个时期性质不同，不能混为一谈。短篇小说在"文革"中的活跃、盛行，绝不是偶然的。它是激进的、极"左"的文艺思想和思潮发展的必然结果。后来《朝霞》杂志上公开号召"热情歌颂""文化大革命"，"努力表现""同走资派斗争"，更把刚刚活跃起来的短篇小说创作，演变为"阴谋政治"的一部分。短篇小说在中国古代，只是一种"道听途说""街谈巷议"的文人加工，只是到近现代历史中，才上升为一种有关政治、社会、人生的"大说"。短篇小说是一种"精致""敏锐"的艺术文体，它自然不能超然世外，但也不应该成为某种政治乃至集团的"御用"工具。利用自身"短平快"的优势，主动臣服和取悦于某一时期的政治，丧失了艺术的自尊和自由，污染以致毒害了读者的心灵，这正是"文革"短篇小说留下的惨痛教训。进入多元化时期的短篇小说，已走过了20年路程。实事求是讲，它在一个复杂多变的社会、文化环境中，坚守精英立场，不断调整新变，产生了不少力作和精品。但它为什么显得疲软乏力，广大读者不买账呢？其中自然有社会、文化原因，但更重要的是它自身存在问题。首先是短篇小说从整体上疏离或者说远离了社会中心，在扑朔迷离的现实变革面前有点晕头转向，把它的艺术目光更多地转向了生活琐事、情感纠葛、人生回忆、地域风俗等方面。其次是短篇小说开始出现清浅化、娱乐化的"媚俗"倾向。它当然可以"大说"，也可以"小说"，艺术样态越多样化越好。但当下的问题是，相当一部分短篇小说在追求好看、趣味、新奇的时候，淡忘了短篇小说本应有的精湛、深邃、诗性这些重要属性。最后是短篇小说生产数量庞大，但力作和精品较少，庸作、劣作充斥报刊，拉平和降低了短篇小说的整体艺术质量。

文学总是波浪式向前发展的，会有兴有衰、有沉有浮。短篇小说的高峰期出现在"十七年"和"新时期"，有着复杂的历史根源。20世纪五六十年代的短篇小说，是"国家文学"中的重要组成部分，它对整个文学起了积极的探索、带动作用,它难以超越那种激进的、理想的"乌托邦"创作模式。但这一时期的短篇小说又有着鲜明的特色和长处。譬如那种醇正、浓郁的民族化形式和风格,譬如那种立足于"人民性"基础上的雅俗共赏的审美追求,譬如在艺术形式和叙事语言上精益求精的创造精神,显示了"开创"时期文学的崇高、自信和生机。这是一种宏大的、刚健的文学,其中有许多优秀传统依然值得继承。新时期短篇小说开放的广度和达到的高度,堪与五四小说相媲美。但它绝非完美无瑕、炉火纯青。它甚至未脱"十七年"文学的旧痕,留有较多的政治意识形态色彩。在艺术表现上前期显得粗放、保守,而后期则显得狭隘、偏执。然而这一时期的短篇小说,直接承传了五四小说的思想和方法,延续了"大众化"写作传统,同时积极吸纳中国传统小说、西方现代小说乃至民间文艺的精华,形成了一种海纳百川、多元互补的文学气象。它在政治、时代、民众之间找到了一个最佳爆发点,充分释放了短篇小说的潜能和魅力。它在思想探索、题材选择、人物塑造、结构营造、形式借鉴等各个方面,都有很多珍贵经验需要重新估价和发扬。

回望60年的短篇小说史,使人们犹如看到一部浓缩的政治、社会、文化演进史,看到一部形象的艺术、审美变迁史。"十七年"的短篇小说如同"奇峰隆起",在一个贫穷、动荡的社会环境和残破、荒凉的文坛上,短篇小说应运而生,形成一种鲜明的大众化、民族化艺术形式和风格。尽管它有着浓郁的激进思想和"乌托邦"色彩,但它毕竟在那个时代创造了一个文学的"奇迹"。极"左"、阴谋时期("文革"时期)的短篇小说就像一棵"荒漠孤树",整整十年的"革命""浩劫",政治、经济乃至文化、道德,已成一片荒漠,"四人帮"以及极"左"阵营,精心扶植了革命样板戏与短篇小说两种文艺门类,前者属于艺术,后者属于文学,用以推行落实他们的思想路线和政治阴谋。但在当时活跃的短篇小说创作中,依然有着符合生活规律的创作和"冒险"的艺术探索,成为埋藏在喧嚣时代的文学"火种"。改革创新时期("新时期")的短篇小说恰似"一江春水",冬天过去,春天来临,短篇小说如江河之水,冲决着冰封的堤坝和狭窄的河床,参与着整个国家的改革开放,引领着各种文学体裁的探索,同时向五四文学、古典小说、西方现代派文学积极借鉴,形成了一种执着进取、海纳百川的浩大气象。多元化时期的短篇小说好比是"柳暗花明",面对20世纪90年代之后的市场化、世俗化社会,面对文学特别是短篇小说自身的"边缘化"状态,短篇小说一面坚守精英思想立场,另一面适应社会和读者的需求，探索更广阔的社会人生领域，呈现出一种多样化、个性化、内倾化的复杂态势。短篇小说在整体上处于下滑、消沉状态，但它在思想内容和表现形式上却显得自由、成熟了。从"奇峰隆起"到"荒漠孤树"，从"一江春水"到"柳暗花明"，充分显示出短篇小说这一文体的曲折命运和强劲的生命力。

第三节　小说家族中的"骄子"

一

　　小说的分类是多种多样、纵横交错的。譬如从题材内容分、从表现时代分、从表现方法分，等等，而最适用、最通行的是按照体量的大小、篇幅的长短，把它划分为长篇小说、中篇小说、短篇小说以及小小说四类。杂志设置栏目，评奖圈定门类，都会区别出界限分明的长篇、中篇、短篇小说几种形式来。在小说家族中，长篇、中篇、短篇小说，都是手足兄弟，并无高下轻重之分。它们各有自己的特点和优势，谁也不能取代谁。但相较而言，短篇小说个性鲜明、变化多样，同社会、文坛、读者的距离更贴近，因此受到了更多的"宠爱"与重视，成为小说家族里的"骄子"。

　　短篇小说是一种最古老又最年轻的文体形式。中国古代小说滥觞于魏晋南北朝的"志怪"和"志人"文学，这些篇幅短小、故事简单的片段，就是最初期的短篇小说。欧洲小说的起源要晚得多，14世纪中期出现的《十日谈》是文艺复兴时期的重要作品，开创了西方文学的短篇小说先河。短篇小说的脱颖而出，才有了长篇小说、中篇小说的缓慢形成、逐渐兴起。短篇小说在长期的发展历程中，后来沿着"短篇故事"和"短篇小说"两条轨道向前推进。前者继承了古老的"说故事"传统而长久不衰，后者则融合了现代的"诗意化"形式而面目一新，有时又相互借鉴、交融，使短篇小说始终保持着与时俱进、常变常新、青春勃发的状态。

　　从现代文学到当代文学的一百年中，长篇、中篇、短篇小说，都得到了前所未有的发展。有文学史家称：一部文学史其实就是一部小说史。但实事求是讲，短篇小说的发展更为深刻、巨大。它的长足发展，又直接带动了现代文学、当代文学的进步和壮大。不管是五四时期小说的现代转型，还是"十七年"时期文学的"大众化""民族化"风格的建立，抑或"新时期"文学在思想艺术上的变革开放，短篇小说都扮演了"先驱者"的角色。

关于短篇小说的艺术特性和规律，古今中外的众多作家、评论家都作过精辟论述。五四时期，就有不少大家关注和研究过短篇小说。鲁迅说：短篇小说"只顷刻间，而仍可借一斑略知全豹，以一目尽传精神，用数顷刻，遂知种种作风，种种作者，种种所写的人和物和事状，所得也颇不少的。而便捷，易成，取巧…… 这些原因还在外"①。胡适说："短篇小说是用最经济的文学手段，描写事实中最精彩的一段，或一方面，而能使人充分满意的文章。"② 茅盾说："短篇小说的宗旨在截取一段人生来描写，而人生的全部因之以见。叙述一段人事，可以无头无尾；出场一个人物，可以不细叙家世；书中人物可以只有一人；书中情节可以简至仅是一段回忆。"③ 这些发表于 20 世纪一二十年代的观点，阐述的正是现代短篇小说的基本形态、取材特点、结构样式等。

当代文学史上，也有诸多作家、评论家对短篇小说的内在规律发表过真知灼见。王蒙指出："短篇小说毕竟和中篇小说不同，它应该是精练的、单纯的。单纯不是简单。它的人物是单纯的、故事是单纯的、结构是单纯的，但是单纯应该和无限的东西、复杂的东西、丰富的东西联系着。"④ 黄子平认为："……短篇小说在表现社会现实内容方面有着与新诗相似的'截取方式'。它们都要求选取典型的、简练的画面（或意象），以一当十地，用渗透激情的有机结构加以连缀和'化合'，创造出'言有尽而意无穷'的境界…… 去暗示出社会现实的整体性内容。"⑤ 很显然，当代作家、评论家所坚守的依然是现代短篇小说的审美特征，同时对它的艺术特点及创作规律的认识更深入、更清晰了。

尽管对短篇小说的论述车载斗量、千差万别，但有几个最突出的特点是人们都能感受得到的：譬如对现实生活的敏锐性，表现形式的精粹性，艺术探索的多样性等。正是这些特征，使它同社会生活、意识形态、作家创作、读者需求发生了密切而复杂的关系。它备受青睐，也深受牵制，有时甚而是严重伤害。

---

① 鲁迅：《〈近代世界短篇小说集〉小引》，《鲁迅全集》第 4 卷，人民文学出版社 1981 年版，第 131 页。
② 胡适：《论短篇小说》，引自严家炎编《二十世纪中国小说理论资料》第二卷，北京大学出版社 1997 年版，第 37 页。
③ 茅盾：《自然主义与中国现代文学》，引自严家炎编《二十世纪中国小说理论资料》第二卷，北京大学出版社 1997 年版，第 230 页。
④ 王蒙：《王蒙文存》第 19 卷，人民文学出版社 2003 年版，第 142 页。
⑤ 黄子平：《论中国当代短篇小说的艺术发展》，《文学评论》1984 年第 5 期。

二

作品字数是划分长篇、中篇、短篇小说的外在依据，字数的限定又与文体各自的内在结构密切相关。长篇字数在 13 万至数十万乃至上百万之间，但多数情况在 20 万 ~ 30 万。中篇字数在 3 万 ~ 13 万范围，而大部分在 3 万 ~ 5 万。短篇字数在 2000 ~ 13 万，而最理想的篇幅在 5000 ~ 8000 字之内。契诃夫、莫泊桑、欧·亨利、鲁迅、沙汀、孙犁等经典作家的短篇小说，6000 字左右的篇幅是最常见的。正如杨劼所说："短篇小说、长篇小说、中篇小说之间，必定存在着情节规律上的不同，以致本事素材如果纳入一种形式，其情节结构必定异乎假设以另一种型式叙述出的样态；……短篇小说，就是单一动机、直接解决的情节结构。凡是符合上述定义的小说作品，不论篇幅长短，都是短篇小说。"① 这就是说，小说的内在结构制约着它的篇幅字数，由此区分出长篇、中篇、短篇小说来。短篇小说是一种"单一动机、直接解决"的结构模式，因而决定了它的篇幅不会太长，也不会太短，5000 ~ 8000 字是一个常态篇幅。正是这样的结构和篇幅，使它具有一种别样的特点和魅力。

短篇与长篇的比较。长篇小说起源于短篇小说，最初是一个个短篇串联起来组合成长篇，后来才有了独立的长篇文体。它是一种大型乃至巨型的叙事作品，有着广阔的生活画面、漫长的历史跨度、众多的人物形象、复杂的矛盾冲突，因此能成为一个时代的宏大"史诗"，揭示出社会生活的某种本质规律来。它具有一种多重动机、层层推进、错综复杂的结构形态。长篇小说是小说家族里的"重型武器"，是"巍峨灿烂的巨大的纪念碑"式的文学形式。但真正的长篇小说的创作具有相当的难度，没有丰厚的创作准备的作家是难以胜任的。同时文体的笨重复杂，在瞬息万变的现实生活面前也显得"尾大不掉"。而短篇小说恰恰具有长篇小说没有的优势。它灵动、敏锐，正好吻合发展、变化中的现实生活；它单纯、易学，许多文学青年都可以一试身手，进而走入文学殿堂。正因如此，它受到了不同层次作家的青睐，也得到了文学体制的大力扶持，使它成为最活跃的文体。

短篇与中篇的比较。中篇小说是一种后发达文体，直到 20 世纪 80 年代之后才迅速崛起、影响日隆，成为小说家族中的重要一员。此前的"十七年"时期、五四时期，中篇小说虽然存在，但一直默默无闻，数量

---

① 杨劼：《普通小说学》，江苏文艺出版社 2011 年版，第 140 页。

很少、影响甚小，评论和研究几近处于"缺席"状态。因此，中篇小说的艺术特征和规律，一直是模糊甚至暧昧的。关于中篇小说的艺术特征，长期以来有两种观点。一种观点认为它是一种小于长篇、大于短篇而具有中等规模的叙事作品。有时像一部压缩的小长篇，有时像一篇扩展了的长短篇。至于它本身具有什么样的内在秩序和规律，作家和评论家很少去探究。新时期以来的多数中篇小说，都是这种"非驴非马"的产物。它之所以受到读者的欢迎，往往是因为故事的好看，而并非艺术上的创造。另一种观点认为，中篇小说有它独特的结构形态和叙事方式，它或写一个人物琐碎的生平，或记某一地域独异的生活状态，或展示一册日记、几份书信……破除了小说固有的逻辑、因果结构，表现出"中篇小说自己的特色：高细节、低强度；过程绵长、而结论弱化"①。这样一种情节结构才真正属于中篇小说，而运用这一结构的作品虽然有，却并不多。短篇小说比起中篇小说来，它的艺术特性则是较为稳定、清晰的，有不少评论家始终在关注和研究，且有从古到今的众多典范性作品。许多作家都热衷创作短篇小说，这一文体更容易形成自己的创作个性和风格，也更便于得到文坛和读者的认同。

短篇与小小说的比较。小小说是 20 世纪 80 年代后期兴起的一种新型文体。几百字到一二千字的精短小说，古来有之，现当代著名的短篇小说作家，都不乏这样的精短之作，却似乎不能称为小小说。80年代后期出现的小小说，有自己的艺术特色、创作群体、发表园地。它是一种"平民艺术"，作者来自普通民众、读者源于底层社会，有着广阔的文化市场和阅读需求。它摄取现实生活中的众生百相、世事变幻、奇闻逸事…… 一人一景一事、片片段段，情节逼真、结构简单、语言质朴，体现着普通百姓的思想情感和审美趣味。小小说是一种扎根民间、正在生长的艺术。比起经典化、精英化的短篇小说，存在着思想清浅、文化匮乏、手法简陋等不足。它的生存和发展存在着悖论：演变成纯熟的短篇小说，将失去自己的地位和属性；保持现状，又难以进入高雅文学殿堂。

短篇小说比之长篇小说、中篇小说、小小说，确有自己的特点和优势。但同时也有自己的局限和劣势：譬如灵活的个性容易被外在的政治、世俗力量所左右；譬如表现技法的高难度往往约束了作家思想和艺术的发挥。在这些方面，中长篇小说又显出了自己的优势。

---

① 杨劼：《普通小说学》，江苏文艺出版社 2011 年版，第 157 页。

三

一种文体的兴衰，取决于它的作用和价值。短篇小说之所以长盛不衰、几度辉煌，就在于它对作家创作、文学发展，有着特别的、重要的作用和价值。

长篇、中篇、短篇小说的特性和规律，要求作家在创作实践中须有相吻合的思维方式和创作经验。文体在"挑拣"作家，作家在选择文体，二者之间是一种双向选择。有些作家的思维适宜写长篇小说，譬如茅盾、巴金、柳青、陈忠实等，他们的作品题材宏大、构思严谨，颇有"史诗"气魄。他们也写短篇小说，但总是篇幅较长、内容庞杂、缺乏灵气。有些作家的思维则擅长写短篇小说，譬如鲁迅、沙汀、孙犁、林斤澜等，他们的作品自然天成、机智巧妙、氤氲着一种诗情画意。他们也有中长篇小说，却大抵质量平平。茅盾曾经自我反思说："我的若干短篇，都带点压缩的中篇的性质。沙汀的作品在那时才是货真价实的短篇，我是很佩服的。"① 这正是思维方式不同造成的结果，长篇小说的创作思维，应该是一种纵横交错的"推进式"思维，它总揽全体、紧扣主线、起承转合、长驱推进，最终创造出一个宏大而有序的世界来。它最需要的是作家的想象、整合、理性等思维能力。短篇小说的创作思维，则是一种求深求新的"钻探式"思维，它选准"焦点"、层层深入、不断发现、直达底层，最后营造出一方精美而深远的境界来。它更需要的是作家的直觉、灵感、诗情等思维潜能。一个作家要在创作上有所造就，必须弄清自己的思维类型，选准所使用的文体，潜心探索，积累经验，在创作中充分发挥出自己的艺术个性和才华。

短篇小说对不同类型作家的创作，都有重要的促进作用。文学新人、青年作家从短篇小说上发展，入门相对容易，训练较为扎实，可以有效提高各种艺术表现能力，使自己尽快成熟起来。倘若具有一定的文学功底，再进入中篇、长篇小说创作，就容易、顺利得多。如果感觉更适宜短篇小说，则可坚持下去，在短篇小说上开创出一片天地来。林斤澜说："我觉得写小说，应从短篇开始，像高尔基和鲁迅讲的那样。高尔基说写短篇可以锻炼我们写得精练。"② 而精练，不仅是短篇小说，同时也是所有文体

---

① 茅盾：《茅盾论创作》，上海文艺出版社 1980 年版，第 586 页。
② 林斤澜：《小说的主题与总体构思》，《小说创作二十讲》，中国文联出版公司 1985 年版，第112 页。

创作的一种重要要求。成熟的、优秀的作家坚持短篇小说创作，也会不断丰富自己的表现形式和手法，提升自己的艺术境界和能力，对于创作中篇、长篇小说也是极为有益的。韩少功说过："我觉得实验性的小说最好是短篇，顶多中篇，长篇则完全没有必要。因为一个作家如果想玩玩观念、玩玩技法，有十几页就完全可以表现了，没必要写那么大一本来重复。"① 这就是说，艺术观念和艺术形式上的探索、创新，更容易在短篇小说文体上获得成功，当实验变为成熟的经验时，才可以适当地、局部地运用到中篇、长篇小说上。如韩少功、莫言、王蒙等，都是小说创作上的"全才"，他们总是把短篇小说创作中的新经验，运用到中长篇小说上，才保证了他们的创作不断出新、充满生机。

短篇小说对一个时期的小说乃至整个文学，往往起着引导、规范、提升的多重作用。短篇小说在表现现实生活和人物方面具有便捷性，在借鉴外来的和其他的艺术形式方面具有先锋性。这就使它总是成为一块文学"特区"，率先探路，形成经验，带动整个文学。五四短篇小说，20世纪40年代解放区短篇小说，就是典型例证。杨义在《中国现代小说史》中指出："现代短篇小说诞生于1918年，比中篇小说早三年，比长篇小说早四年。它是现代小说界的长子，也是有出息的长子。"② 它形成了一系列写事抒情的现代美学原则。"'五四'小说美学变革的根本意义，在于使世界上一个最古老的小说文明体系返老还童。自此，我国小说沿着现代化道路前进，已成不可逆转的趋势了。"③ 40年代的解放区文学，扩展或者说改变了中国现代文学的发展路向，使文学真正实现了"通俗化"和"大众化"。但在小说、诗歌、散文、戏剧文学等门类中，最有代表性的还是短篇小说。赵树理、孙犁、刘白羽、康濯、马烽等的一大批短篇小说，忠实地体现了毛泽东的《讲话》精神，在表现内容、塑造人物、艺术形式、语言风格上，形成了一整套大众化、民族化的审美特色。它不仅规范了整个解放区文学，同时影响了新中国成立后的文学。这种影响既有正面作用，也有负面效应。

四

匈牙利著名文学理论家卢卡奇对小说作过深入研究，认为短篇小说

---

① 韩少功：《大题小作》，人民文学出版社2008年版，第115页。
② 杨义：《中国现代小说史》（一），人民文学出版社1986年版，第144页。
③ 同上书，第150页。

"绝不声称要表现全部社会现实，也不表现一个根本性的、当前的问题的全部内容"。它"抑或是用大型史诗和戏剧的宏伟形式来反映真实的一种先行表现，抑或是在某个时期结束时的一种尾声，一个终点号"，是"宏大形式的先驱者和后卫"。① 这种"尖兵"（先驱者）和"后卫"的角色，也唯有短篇小说才能胜任。当代文学史说明了这一点。

"十七年"文学时期，面对翻天覆地、百废待兴的时代，当各种文学体裁还"找不着北"的情势下，短篇小说就活跃起来。作为"尖兵"，它在表现正在进行的革命和建设方面，作出了杰出贡献。农村题材创作方面，赵树理、周立波、李準、王汶石等，逼真地描述了农村的巨变、新人的成长以及尖锐复杂的社会矛盾。工业题材创作领域，虽然进展缓慢，但杜鹏程、胡万春、陆文夫等，初步展现了工业战线的宏大变革和工人阶级的英雄形象。在揭示社会人生"问题"方面，萧也牧、方纪、李国文等，直面现实、针砭时弊，受到了各方面的关注，也受到了不应有的批判。作为"后卫"，在描述已经逝去的旧中国历史和革命战争方面，短篇小说同样表现突出，峻青、刘白羽、王愿坚、路翎、刘真等，从红军长征到抗日战争，从解放战争到抗美援朝，都留下了浸染着血与火的篇章。陈翔鹤、黄秋耘、冯至等一批知识分子作家，则把艺术目光投向了历史深处，摄取历史片段、刻画古代人物，借古讽今、意味深长。短篇小说"尖兵""后卫"一肩挑，才迎来了中篇小说、长篇小说对"现实""历史"的大规模发掘和展现。当然，"十七年"文学是在政治意识形态的支配下建构的，既有民族性的精华，也有激进、极"左"的糟粕，是需要仔细辨析的。

20世纪70年代末到80年代的新时期文学，短篇小说同样起到了"尖兵"和"后卫"的显著作用。但在这一时期的作品中，现实和历史，有时可以分离开，有时则交织在一起。在蒋子龙、柯云路、高晓声等的改革文学，在刘醒龙、关仁山、何申等的"现实主义冲击波"小说中，作品直面现实、讴歌变革，揭示问题、抨击丑恶、展示愿景，充分表现了壮阔而艰难的改革开放进程。在卢新华、刘心武、郑义等的伤痕文学，茹志鹃、张弦、王蒙等反思小说中，作家则把目光从现实延伸到"文革""十七年"乃至革命战争年代，批判极"左"政治、揭露体制弊端，推动了改革开放的思想大潮。而在韩少功、阿城、李杭育等的"寻根文学"创作中，一代年轻作家既发掘本土文化的"优根"，又揭橥传统文化的"劣

---

① 参见《评〈伊凡·杰尼索维奇的一天〉》，《卢卡契文学论文集》（二），中国社会科学出版社1981年版，第554—555页。

根"，企图建构一种新的民族文化，实现同西方文化对话和融合的社会理想。新时期短篇小说是生机勃发、海纳百川、与时代同步的。但也存在着依附政治、新旧混杂、僵硬粗糙的局限和缺点。

中国和外国的文学史证明，短篇小说是一种灵活、多变、生长的艺术文体。它既能充当"尖兵"有力地表现现实生活，也能胜任"后卫"完满地描绘历史图画。20世纪90年代之后，中国文学进入多元化时代，包括短篇小说在内的整个文学滑向社会的边缘地带，短篇小说原有的优势逐渐失去，但它依然恪守精英品格，努力伸入人们浩瀚复杂的情感精神领域，继续沿着鲁迅改造国民性的道路作着不懈的探索。它在人的情感精神领域同样可以有所作为。短篇小说只要既坚守自己的艺术特性又不断变革创新，就总会走向振兴和强大。

第四节　"短篇观"的演进

思想观念支配创作实践。观念史其实就是文学史。短篇小说是一种最自由、最多变的文体。关于它的艺术特性和规律的认识、争论，历来各持己见、众说纷纭。但一个时代、一个群体，总会有一种基本的、相近的艺术观念，可称"短篇小说观"。把这些观念连缀、排列起来，就构成了一部艰难曲折的观念史。而艺术观念的产生和发展，无不是特定社会的政治、经济、文化、审美等合力作用的结果。60年来的短篇小说，作家作品难以计数、思想观念错综复杂。作家、评论家就短篇小说特性和规律的言论可谓浩如烟海。但仔细梳理、辨析，依然可以找到一条主线和几个段落。那就是20世纪五六十年代的"一体化"时期、七八十年代的"新启蒙"时期，80年代中期的"大变革"时期，90年代之后的"软着陆"时期。

一

1949—1966年的"十七年"，是当代短篇小说的一个黄金时代。而在艺术观念上，却是封闭单一、强求一律的。毛泽东的《讲话》是唯一的方向、纲领，一切文学门类都必须遵循。短篇小说由于它的敏锐快捷、读者众多等特点，受到了政治意识形态和文学体制的格外重视和扶持。当时其实有一个无形的、硬性的关于短篇小说的要求和准则。如要跟踪时代生活的变化和发展，如要塑造新人、英雄形象，如要运用革命现实主义乃至

"两结合"创作方法，如要采取通俗化、大众化的形式和手法，等等，带有明显的政治性、功利性和狭隘性。只有少数作家、评论家，能够突破主流政治的束缚，表达出较纯粹的艺术观念来。然而，由于全社会对"乌托邦"理想的信仰，对社会主义文学的狂热，竟使众多进步的和革命的作家，在朴素的、激进的"短篇小说观"的支配下，发挥自己的艺术才华，创造出一大批独具特色、富有时代精神和民族风格的优秀作品，这不能不说是一个奇迹！

五四文学实现了中国古典短篇小说向现代短篇小说的转型，众多杰出作家共造了一个文学的高峰。鲁迅、胡适、郁达夫、沈从文等关于短篇小说的精辟论述，显示了现代短篇小说的全新风貌和品格。精英思想、突出的人物、多样化结构、简短的篇幅等，是现代短篇小说的基本特征。20世纪40年代兴起的解放区文学，在建构革命文学的进程中，率先发展了短篇小说这一文体。它在表现当下的革命斗争和生产建设，在塑造工农兵人物形象，在借鉴民间的、传统的艺术形式等方面，探索出一条宽广的道路。赵树理、柳青、孙犁等的短篇小说，形成了一种质朴新颖的艺术模式。新中国成立后的当代短篇小说，身后主要有两个传统或者说资源，即五四文学和解放区文学。应该说这两个传统都有自身的价值和优势，可以同时继承并实现互补。但当代文学却偏向、选择了后者，而轻视、排斥了前者。解放区文学顺流而下成为新中国的主流文学。五四文学在艰难的改造中，努力融入当代文学，并发挥着潜在的影响作用。对于外国文学的引进、译介，也采取了严格的控制，作家们熟知的只有巴尔扎克、托尔斯泰、契诃夫、莫泊桑、欧·亨利、高尔基等经典现实主义作家。

一个作家、评论家的文体观念，往往蕴含着他一定的思想倾向和文化积淀。在对短篇小说特性和规律的论述中，就可看出当时两种不同的思想观念和二者的矛盾、转化。解放区文学的代表性作家赵树理，是以短篇小说闻名文坛的，但他很少就这一文体发表见解，他论述的往往是文学之外的话题，但又与文学的发展紧密相关。他说：民间文艺"这份遗产是人民大众自己创造的，所以在内容上、在风格上都和人民大众没有隔阂。我们的文学要为人民大众服务，自然就不得不重视这份遗产，就不得不以它作为一个开展文艺运动的基础，就不得不从它中间来吸取营养，丰富自己"①。从农村生活中发现素材、问题，从民间文艺以及古典小说中汲取艺术形式，这正是赵树理小说的创作命脉。另一位著名作家周立波，则是

---

① 赵树理：《赵树理全集》（4），北岳文艺出版社2009年版，第260页。

从精英知识分子立场转变到人民大众立场的，他在谈到自己的小说艺术追求时说："为了使作品合群众口味，要注重情节；故事要有头有尾，上下衔接，首尾照应；善恶爱憎非常分明；人物要富于行动，尽量避免有关心理的静止的叙述；心理当写，但要使它在人物自身的行动之中透露出来；除开一些属于'过门'性质的段落不能不用简洁的叙述而外，作者要避免干枯的叙述，着重细致的描画，要让活生生的人物的行为风貌的画面一幅一幅在读者面前耀目地展开。"① 周立波是深谙西方文学和中国古典小说的，却有意识地疏离了前者而走进了后者，使他的短篇小说更具有了现实意义和民族神韵。赵树理、周立波的小说达到了一个新的高度，他们的追求没有错，但自觉不自觉地偏离五四新小说的做法却是偏颇的。而这正是当时的政治形势和文学方向使然。

而一些承传了五四新文学传统的作家、评论家，热衷探讨的却是短篇小说的艺术特性，发表了大量有价值的见解。他们不能自由地谈论小说的思想、内容等问题，但可以专业地探讨小说的文体、形式等。这大约是一种文学上的策略。茅盾是一位短篇小说大家，新中国成立后却再没有写过一篇作品。但他凭借自己对现代短篇小说的谙熟和在文学上的重要地位，发表了大量关于短篇小说艺术的文章，有力地促进了短篇小说的健康发展。他多次谈到短篇小说的特性问题，指出："短篇小说主要是抓住一个富有典型意义的生活片段来说明一个问题或表现比它本身广阔得多，也复杂得多的社会现象的。长篇小说则不同，它反映生活的手段不是截取生活一片段，而是有头有尾地描绘了生活的长河。短篇小说的人物不一定有性格的发展，长篇小说的人物却大都有性格的发展。"② 这一论述揭示了短篇小说的基本特性，对于维护这一文体的现代品格，抑制短篇篇幅越来越长的现象，产生了积极效果。评论家、编辑家魏金枝，不赞成茅盾短篇小说截取生活"横断面"的观点，认为现实生活中的关系是错综复杂的，有大矛盾，有小矛盾，往往自成一个或大或小的纽结。"对作者来说，取用那个大的纽结，就是一部长篇；取用那个小的纽结，就成为一个短篇，这里并没有什么横断面和整株树干等等的分别存在。"③ 这就更深入地揭示了短篇小说和现实生活的关系，发展了茅盾的思想。在短篇小说艺术上深钻细研的林斤澜，1957 年发表了一篇《闲话小说》的杂文，表达了一

① 周立波：《关于民族化和群众化》，《人民文学》1960 年第 11 期。
② 茅盾：《茅盾文艺评论集》（上），文化艺术出版社 1981 年版，第 307 页。
③ 魏金枝：《大纽结和小纽结》，《文艺报》1957 年第 26 期。

种更加开放的艺术观念，认为短篇小说应该多一些样式和味道，有的可以刻画典型人物，有的可以叙述传奇故事，有的可以描绘独特场景，有的可以抒发诗意情绪……①这就突破了当时以故事为主的小说模式，带有明显的五四小说观的味道。

"十七年"文学中的一些中青年作家，并没有在短篇小说的艺术模式上作茧自缚，而是兼容了传统写法和现代写法的优长之处，形成了一种较为灵活和开放的表现形式。譬如王汶石在谈到艺术构思时说："文学艺术的根本规律之一，就是以部分暗示全体，就是解剖一只麻雀；而且刀锋指处，首先是麻雀的心脏，而不是一根根遍数羽毛。掌握了作品的心脏，就掌握住了作品的生命，从而也会顺利解决全部作品结构的各个部分。"②譬如茹志鹃在谈到如何体现作家的个人风格时道："长篇它有个故事情节来吸引人，而短篇要在非常集中的、非常有限的篇幅里给人家更多的东西。我觉得一定要找到这个东西。这东西也就是典型。同时，我又用这双眼睛在大家共见的生活中，去找出单单属于我的东西。什么东西？这里就与我的兴趣、我的美学观都是结合起来的。"③譬如王愿坚在谈到短篇小说的艺术特征时说："'以小见大'，短短四个字，它把篇幅的小和概括的大这两个矛盾着的东西，一下子在创作中统一起来了。用小的去反映那个大的，以部分显示全体，通过一雕栏、一画础，让人们看到整个宏伟的殿堂。"④这些观念也许并不新奇，但它们突破了当时的主流观念，确实把握到了现代短篇小说的奥秘，促使这些作家创作出了别具一格、多姿多彩的优秀作品。

黄子平指出："赵树理、孙犁、沙汀。也许可以说，他们分别代表着短篇小说的各项主要艺术功能——叙事性、抒情性和讽喻性，在那新旧交替的大时代中发挥着作用。"⑤20世纪五六十年代的"一体化"文学对短篇小说的艺术模式是有着严格选择的。为什么以赵树理为代表的叙事性小说成为主流文学？就是因为它更适宜表现时代生活，更容易被大众读者接受。当然，赵树理1958年之后的创作因更偏重揭露社会问题而遭到了冷落和批评。而孙犁的抒情模式和沙汀的讽喻模式，连作者自己都觉得不合时宜，过早地枯萎了。代之而起的是那种充满编造和说教的故事情节小说，

---

① 林斤澜：《闲话小说》，《文艺报》1957年第5期。
② 王汶石：《漫谈构思》，《论短篇小说创作》，人民文学出版社1979年版，第135页。
③ 参见《茹志鹃研究专辑》，浙江人民出版社1982年版，第50页。
④ 王愿坚：《艺海荡桨》，解放军文艺出版社1999年版，第82页。
⑤ 黄子平：《论中国当代短篇小说的艺术发展》，《文学评论》1984年第5期。

在"文革"时期又堕落为极"左"和"阴谋"文学，最终走向了末日。

二

　　"文革"结束，新时期开始，短篇小说迅速迎来了它的第二个黄金时期。此时的文学，呈现出一面扬弃、另一面"回归"的激烈态势。即扬弃那种"政治化""假大空"的写作方式，回归"十七年"文学，回归五四文学的道路上去，重建真正的现实主义，肩负起"新启蒙"的历史使命。思想观念引领创作实践。为了实现创作上的突破、变革，作家们凭着改革开放的契机，如饥似渴地吸纳着古今中外的思想文化精华，特别是西方现实主义、现代主义的文学营养。荒诞派、象征主义、黑色幽默、意识流以及萨特、海明威、福克纳、卡夫卡、川端康成等，成为作家们钟情的对象。强劲的中国现代文学源流和西方现代主义潮流的相汇，改变了作家们的文学思想和观念，创作了春潮般的伤痕文学、反思文学、改革文学大潮。《伤痕》《班主任》《李顺大造屋》《剪辑错了的故事》《乔厂长上任记》《乡场上》等一批短篇小说杰作，成为这一文学潮流的标志性作品。

　　诚然，新时期的主流文学，还是以现实主义为深厚根基的。对社会人生的深入观照，人物塑造上的典型化方法，谋篇布局上的中规中矩，都显示了一种现实主义的固有特色。但在具体的、局部的表现方法和手法上，却进行了大胆的借鉴、革新。从作家们的小说观念上，就可以看到这种变化的根源。王蒙是新时期初期重返文坛的重量级作家，他在长篇、中篇、短篇小说上都有突出的建树，但对短篇小说情有独钟，研究也格外深入。对这一文体的特性，看得也更加全面、辩证："短篇小说毕竟和中篇小说不同，它应该是精练的、单纯的。单纯不是简单。它的人物是单纯的、故事是单纯的、结构是单纯的，但是单纯应该和无限的东西，和复杂的东西、丰富的东西联系着。"① 他在短篇小说表现方法的借鉴上，观念也越发宽容、开放："小说首先是小说，但它也可以吸收包括诗、戏剧、散文、杂文、相声、政论的因素。有人说某一篇小说像散文，如果不是同时能够论证这篇小说并不是小说，那么，'像散文'的评语，其实是一种褒奖。如果说是'像诗'，那就更加让人鼓舞。"② 正是这种海纳百川式的短篇小说观，使王蒙创造了最丰富多样的艺术世界。发表过《我是谁》《泥

---

① 王蒙：《王蒙文存》第 19 卷，人民文学出版社 2003 年版，第 142 页。
② 同上。

沼中的头颅》等短篇小说的宗璞，曾经说过："西方现代主义、超现实主义的作品并非全是呓语，而有可借鉴之处。"她把自己的作品分为现实主义和超现实主义两种类型，后一类作品"透过现实的外壳去写本质，虽然荒诞不经，却求神似"①。宗璞、谌容、茹志鹃等，都在她们的短篇小说中运用了荒诞、象征、意识流等现代手法。汪曾祺是一位天才的短篇小说家，他直接继承了中国现代文学史上以废名、沈从文为代表的抒情小说文脉，又取法外国现实主义文学，并把自己写散文的方法运用到小说中，兼容并蓄形成了一种散文化的抒情小说文体，创作了《大淖记事》《受戒》等艺术精品。他说："散文化的小说一般不写重大题材。在散文化小说作者的眼里，题材无所谓大小。他们所关注的往往是小事，生活的一角落，一片段。即使有重大题材，他们也会把它大事化小。散文化的小说不大能容纳过于严肃的，严峻的思想。"② 汪曾祺的抒情文化小说，在新时期文学中影响深远，既启迪了"寻根派"作家如阿城等的崛起，又吸引了"抒情派"作家如何立伟等的追随。

新时期文学前期和中期，有两种文学思潮平地突起，波及深广。一是"意识流"小说，一是"寻根派"文学。二者的突起，都与小说观念的改变密切相关。

"意识流"小说是 20 世纪 80 年代初期大规模引进中国的。乔伊斯、普鲁斯特、伍尔夫的作品，使新时期作家们看到了一种新颖而自由的创作表现方法。王蒙在他的短篇小说中，率先借鉴和运用了意识流方法，创作了《春之声》《海的梦》《夜的眼》等一批让人耳目一新的作品。他在谈到自己的小说观念时说："意识流的手法中特别强调联想，这也颇能引起人们的兴趣。联想，反映的既不是思维中的综合、推理、判断，也不是记忆、叙述、想象中实有的或虚拟的事物在时间和空间形式中所发生的连续运动，它反映的是人的心灵的自由想象，纵横驰骋。现实的材料经过联想的重新排列组合，就像万花筒一样花样翻新、大放异彩。看来零乱，其实有内在的统一性。"③ 这就是说，小说观念的改变，一方面依赖异质文学的刺激，另一方面源于对社会人生的体验与领悟。在王蒙同时和之后的不少作家，如李陀、史铁生等，在创作中都运用了意识流方法，有的是整体上的借鉴，大多数则是局部的使用。

---

① 宗璞：《小说和我》，《文学评论》1984 年第 3 期。
② 汪曾祺：《汪曾祺全集》第 4 卷，北京师范大学出版社 1998 年版，第 79 页。
③ 王蒙：《王蒙文存》第 21 卷，人民文学出版社 2009 年版，第 185 页。

"寻根派"小说的冲击似乎更大、更强一些。作为一种文学思潮、流派，它不仅有理论主张，而且有创作群体，创作实绩也相当丰富。既有短篇小说，但更主要的是中篇、长篇小说。拉美魔幻现实主义文学，特别是加西亚·马尔克斯的《百年孤独》的译介和传播，使中国作家们意识到：回到本民族的文化传统依然可以具有现代性，足以同世界文化和文学构成对话关系。这些作家首先对小说观念进行了变革和扩张，把文化引入文学。代表性作家韩少功在《文学的"根"》中指出："文学有根，文学之根应深植于民族传统文化的土壤里，根不深，则叶难茂。"但寻根"不是出于一种廉价的恋旧情绪和地方观念，不是对歇后语之类浅薄的爱好，而是一种对民族的重新认识，一种审美意识中潜在历史因素的苏醒，一种追求和把握人世无限感和永恒感的对象化表现"[1]。这些论述创造性地把小说与文化融为一体，表现了作家自觉的文化意识。另一位重要作家郑万隆，在《我的根》里，把小说的内涵分成三层，第一层是社会生活形态，第二层是人生意识和历史意识，第三层就是文化积淀。他提倡："每一个作家都应该开掘自己脚下的'文化岩层'。"[2] 这对韩少功的观点是一种补充和深化。在寻根作家眼里，小说只是一种可见的形象世界，文化才是它的根基和灵魂。这一观点是偏激的，但也是深刻的。寻根文学代表性的短篇小说有韩少功《归去来》、阿城《树王》、贾平凹"商州"系列短篇、扎西达娃《系在皮扣上的魂》、李杭育《最后一个渔佬儿》等。

三

小说文体最深刻、最彻底的"大变革"，发生在20世纪80年代中期前后。短篇小说自然首当其冲，因为文体的实验适宜在小的体式中进行。但在狭小的文体中实验往往会捉襟见肘，在比较开阔的中篇小说体式中倒更显得游刃有余。因此这场"大变革"的成果既有短篇小说，更有中篇小说。文学史家把这场"大变革"统称为"现代主义思潮"，包括现代派小说和先锋派小说两部分。而实施这场小说"大变革"的，是比王蒙、汪曾祺、林斤澜等更年轻的一代作家。他们没有太多的历史包袱，思想观念更加敏锐、激进。而此时西方现代主义文化和文学，正汹涌进入中国。米兰·昆德拉、罗布—格里耶、约瑟夫·赫勒、博尔赫斯等现代派小说以及他们新异的文学观念，深刻地激荡和改变着年轻作家的创作思想和审美观念。

---

① 韩少功：《文学的"根"》，《作家》1985年第4期。
② 郑万隆：《我的根》，《上海文学》1985年第5期。

现代派小说的代表性作家作品，短篇小说有徐星的《无主题变奏》，刘西鸿的《你不可改变我》，残雪的《山上的小屋》《公牛》等，中篇小说有刘索拉的《你别无选择》《蓝天绿海》等。如果说王蒙、宗璞等前代作家，是在现实主义框架下，较多地借鉴了现代派表现形式；那么徐星、刘索拉、残雪等，则是从思想内容到艺术形式，全面接受了西方现代主义文学，而这种接受又是在他们对现实社会人生的体验和认识的基础上完成的。在他们的作品中，充分表现了年轻一代在社会生活中的叛逆、独行以及他们的自我、孤独、虚无意识。表现了生存世界的压抑、变形、荒诞，展示了人的渺小、变态和丑陋。在表现形式和手法上，则更全面、自由地运用了荒诞派、象征主义、黑色幽默、意识流等艺术手段。有评论家称：这是"真正的中国现代派的文学作品"。

有什么样的文学观念就会有什么样的小说作品。在一般读者看来，刘索拉的小说是对西方现代派作品的模仿，但作者却说："《你别无选择》中真正重要的东西是真实，是我真正体验的一种生活方式，并不是非得要去模仿外国的某部作品。如果不是有真实的体验，而只是想往那些书上靠，就会没有说服力。"① 这就是说，作品中表现的那一群音乐学院的大学生，他们对个性的狂热追求，他们躁动、错乱、荒唐的生活行为，完全是作家的一种真实感受和体验。而小说就是忠实地把这些东西呈现出来。残雪是一个感觉奇异、想象丰富、思想独特的真正现代派作家。她在 20世纪 80 年代中期出道，不管文坛风云变幻，矢志不渝地坚持现代派创作道路，发表了大量短篇、中篇、长篇小说佳作，而短篇小说又是她的强项。她的创作观念也更加自觉、清醒："在文学家中有一小批人，他们不满足于停留在精神的表面层次，他们的目光总是看到人类视界的极限处，然后从那里开始无限制地深入。写作对于他们来说就是不断地击败常套'现实'向着虚无的突进，对于那谜一般的永恒，他们永远抱着一种恋人似的痛苦与虔诚。表层的记忆是他们要排除的，社会功利（短期效应的）更不是他们的出发点，就连对于文学的基本要素——读者，他们也抱着一种矛盾态度。自始至终，他们寻找着那种不变的、基本的东西（像天空，像粮食，也像海洋一样的东西），为着人性（首先是自我）的完善默默地努力。"② 残雪在这里用"精神""极限""无限制""虚无""永恒""不变的""基本的""人性""人类"等词汇，用来表达她对作家、文学的

---

① 刘索拉：《行走的刘索拉：兼与田青对话及其他》，昆仑出版社 2001 年版，第 156 页。
② 残雪：《究竟什么是纯文学》，《大家》2002 年第 4 期。

意义和价值的理解、认识，这正是她的文学观和小说观，从中可以看出米兰·昆德拉、卡夫卡、博尔赫斯等对她产生的潜移默化的影响。

先锋派小说是与现代派小说几乎同时出现，但延续时间更久、势头更强的一个文学潮流。一般认为，它是指20世纪80年代中期涌现的一批具有创新意识、形成了鲜明叙事风格的年轻作家所开创的文学。重要作家有马原、洪峰、扎西达娃、苏童、余华、格非、吕新等。主要作品集中在中篇小说上，短篇小说有马原的《游神》、余华的《十八岁出远门》、格非的《风琴》、吕新的《那是个幽幽的湖》等。

先锋小说的主题内容与艺术形式颇有点"惊世骇俗"。其主题可以概括为两个词："人性"和"生存"。正如评论家指出的："先锋小说那里的人性和生存却又非同一般。在人性方面，先锋小说看到的更多的是人性的丑陋和污浊，比如暴力、罪恶等；而在生存方面，先锋小说所看到的则是生存的苦难与荒诞，比如宿命的、神秘不可知的死亡。在这一低沉阴暗的描述中，先锋小说始终弥漫着一种近乎绝望与虚无的情绪。"① 而在艺术形式上，先锋派小说家热衷效仿、移植西方现代、后现代小说的叙事方法和手法。对技巧的痴迷，常常大于对作品思想内容的关注，甚至带有"游戏"的味道。因此在一些评论家看来，先锋派小说家大多是形式主义者。譬如对元小说叙述的精心实验，对小说时间的游戏式安排，对叙述空白的巧妙设置，对反讽、戏仿、拼接等叙事语言的大量运用，等等。这些都使小说的固有成分发生了颠覆、变化和重组，形成了一种崭新而又怪异的文体。

马原和苏童的创作代表了先锋派作家的某些艺术观念。马原在阐述元小说叙事方法时明确说："与利用逆反心理以达到与效果有关的，是每个作者都密切关注着的多种技法。最常见的是博尔赫斯和我的方法，明确告诉读者，连我们（作者）也不能确切认定故事的真实性——这也就是声称故事是假的，不可信，也就是在强调虚拟。"② 传统小说全力营造的是事件的真实性，而马原刻意制造的是故事的虚拟性。用这种解构手段，表达自己的世界观，挑战读者的阅读经验。苏童是一位特别注重小说叙事艺术的作家，他说："我借到了博尔赫斯的小说集，从而深深地陷入博尔赫斯的迷宫和陷阱里，一种特殊的立体几何般的小说思维，一种简单而优雅的叙述语言，一种黑洞式的深邃无际的艺术魅

---

① 陶东风、和磊：《中国新时期文学30年》，中国社会科学出版社2008年版，第214页。
② 马原：《小说》，《文学自由谈》1989年第1期。

力。坦率地说，我不能理解博尔赫斯。我为此迷惑，我无法忘记博尔赫斯对我的冲击。"① 苏童正是在这种"迷惑"和"冲击"中，探索到了小说叙事艺术的真谛，创造了他雅致而从容、明晰而幽深的短篇小说叙事文体。

现代派小说、先锋派小说在新时期文学中掀起了一场艺术变革的风暴。它的探索、经验和实绩，是值得充分肯定的。但它偏激、灰暗的社会人生思想，艺术形式上的盲目照搬和实验，对普通读者审美经验的无视和挑战，终于使它在 20 世纪 90 年代末期走向了终结。

四

1990 年之后，中国进入市场经济时代，一个物质化、世俗化的社会全面展开。文化"三分天下"，政治的、精英的、民间的各踞一方。在这样的形势和语境中，文学逐渐滑向了社会边缘。长篇小说、报告文学等迎合市场和读者，有所升温。短篇小说却依然坚守精英立场，探索着世俗化时代的社会和人生，进入了一种长时期的消沉状态。现代派、后现代派似乎已是明日黄花。雷蒙德·卡佛小说叙述中的"极简主义"、卡尔维诺小说结构中的"晶体模式"，受到了作家们的喜爱。短篇小说已丧失了对宏大叙事的兴趣，也淡漠了对表现形式和手法的热情，回到了现实生活、底层社会，回到了民族传统、本土经验，实现了一次无奈的"软着陆"。短篇小说观也因势而变，不再那样上下求索、想入非非，而是回到文体本身，回到作家经验，力图在坚实的基础上实现再一次振作。

对短篇小说特性和规律的发现、阐释，始终没有停止，比之 20 世纪八九十年代，却显得务实、深入多了。王安忆短篇、中篇、长篇小说创作并举，后以长篇小说为主，而对短篇小说一直情有所系，发表过很多真知灼见。她说："小说不是现实，它是个人的心灵世界，这个世界有着另一种规律、原则、起源和归宿。但是构筑心灵世界的材料都是我们所赖以生存的现实世界。"② 她又说："短篇小说的大道在于找着本来就是短篇的故事，长篇则是找着本来就是长篇的故事，故事本身就确定了规模，规模本身也确定了故事。"③ 这些论述，充满艺术思辨，耐人寻味。铁凝同样短篇、中篇、长篇小说兼写，但对短篇小说更看重、更"痴迷"，她的所悟所见，形

---

① 苏童：《寻找灯绳》，江苏文艺出版社 1995 年版，第 3 页。
② 王安忆：《心灵世界》扉页，复旦大学出版社 1997 年版。
③ 王安忆：《漂泊的语言》（散文卷），作家出版社 1996 年版，第 337 页。

象而透辟。她说："短篇小说好似体操项目中的吊环和平衡木，吊环和平衡木给运动员提供的条件较之其他项目更为苛刻，但那些技艺不凡的健将却能在极为有限的场地翻跃、腾飞，创造出观众意想不到的潇洒和美。……我甚至不断以一位美国作家的话给短篇小说助威，他说他终生喜欢短篇小说，是因为人生不是一部长篇，而是一连串短篇。"[1] 铁凝把短篇小说同人生的一个个"景象"联系起来思考，是对人生和艺术关系的宝贵发现。

短篇小说的艺术特性和规律是一个永恒的话题。它值得永远言说，但也许永远也说不清楚。它被赋予无数种概念和说法，但万变不离其宗的"道"就隐藏其间。这个"道"其实是需要作家自己去领悟的，他人的说法只能是一种参考，作家悟出了这个"道"，并能转化成自己的创作实践，就可以写出好的作品。因此，20 世纪 90 年代之后，作家们很少再对短篇小说作形而上的思考了，他们更多谈论的是自己心目中的、自己理解的短篇小说。而在这种理解中，蕴含更多的是作家的人生经验和中国传统文化元素。

从几位代表性作家的小说观念中，就可窥见文学思潮的"回归"趋势。

贾平凹说："我的小说越来越无法用几句话回答到底写的是什么，我的初衷里是要求我尽量原生态地写出生活的流动，越实越好，但整体上却极力去张扬我的意象。我相信小说不是故事也不是纯形式的文字游戏，我的不足是我的灵魂能量还不大，感知世界的气度还不够，形而上与形而下结合部的工作还没有做好。"[2] 贾平凹这里谈的是小说创作的体验与追求，自然包括长篇、中篇、短篇小说全部文体。追求小说的本真状态和形神的合一，折射出的是道家的文化精神。

莫言说："作家在写小说时，应该调动起自己的全部感觉器官……你的味觉、你的视觉、你的听觉、你的触觉或者是超出了上述感觉之外的神奇感觉。这样，你的小说也许就会具有生命的气息，它不再是一堆没有生命力的文字，而是一个有气味、有声音、有温度、有形状、有感情的生命活体。"[3] 把小说当作一个人一样的生命去体验、去描写，这种观点中同样渗透着中国的古典文化。

刘庆邦说："真的，一篇好的短篇小说就如同一首诗，离开短篇小说本身，再说一句就是多余。……我愿意拿短篇小说与瀑布相比照，除了觉

---

[1] 贺绍俊：《铁凝评传》，郑州大学出版社 2005 年版，第 133 页。
[2] 贾平凹：《我心目中的小说》，《小说评论》2003 年第 6 期。
[3] 莫言：《小说的气味》，当代世界出版社 2004 年版，第 2 页。

得短篇小说的开头、中段和结尾与瀑布有许多对应之处，还因为觉得好的短篇小说是自然的造化，是神来之笔，不可多得。它的美像瀑布一样，只可体会，不可言传。"① 瀑布，自然天成，气势浩浩，短小而壮美。刘庆邦从自然景象中领悟了短篇小说的特征，赋予了短篇小说一种天然品格，可谓独出心裁。

毕飞宇说："与小说有关的一些东西中，我特别感兴趣的是小说的生成，或说小说创作的第一动因。人在写作时，身体里会有一些柔软的部分，这些柔软的部分一旦被触动，就会有一些调皮的东西迸发出来，这些迸发出来的东西很可能就是一部作品。从我个人来讲，作品的产生大多来自自己身体里迸发出来的东西，它们是经验、情感和愿望。"② 认为小说表现的是人的经验、情感和愿望，这种观点并不新鲜。但毕飞宇抓住了全部情感中的"柔软的部分"，认为它既是触动作家创作的动因，又是作家表现的重心，这就是一种天才的发现了。他的那些诗意丰盈而又意蕴深远的短篇小说精品，正是这种小说观生长出来的果实。

短篇小说遭遇了一个复杂的生存环境，面临着文体自身的危机。它需要总结 60 年来走过的道路以及积累的经验和教训。认识和把握现实社会的脉动、走向，重新寻找自己的位置、优势，调整和变革自己的艺术观念、表现形式，它才有可能走向重振和繁荣。

---

① 刘庆邦：《说多了不好》，《当代作家评论》2005 年第 1 期。
② 毕飞宇：《情感是写作的最大诱因》，《文学报》2007 年 6 月 28 日。

第二章 "一体化"文学时期(1949—1966)

第一节 概论:"乌托邦"文学的兴与衰

短篇小说与"国家文学"

古老而又年轻的短篇小说,同整个文学一起跨进了一个全新的环境与时代。1949—1966 年,是中国社会艰苦摸索、不断"革命"的一个非凡时期。短篇小说作为一种特别的文体,它积极响应时代的呼唤,顺应大众的需求,遵从作家的良知,为建构一种崭新的共和国文学,付出了巨大努力,留下了大批的优秀作品,在中国现当代文学史上又创造了一个短篇小说的黄金时期。如果说五四时期,鲁迅、郁达夫等造就了现代短篇小说史上的第一个高潮,那么20 世纪五六十年代,赵树理、周立波等又共创了第二个高潮。但是,对刚刚开始的当代文学来说,它则是第一个高潮,与此前的五四文学有着诸多不同。五六十年代,中国的政治、经济、文化环境错综复杂、翻云覆雨。短篇小说是时代的"宠儿",受到了格外的重视和扶植,得到了长足发展。但它又是各方面注目的"焦点",常常遭受审视和批判,成为文学领域的"重灾区"。在它 17 年的探索、发展中,充满了建立的艰难和"打压"的痛苦。把它作为一面镜子,可以从中窥见整个中国社会的历史变迁、文学的时代命运、短篇小说的自身演变。

任何一个时代的文学的发生,都不可能是突如其来的,总是有着丰富的资源和强劲的传统。中国当代文学的发生,正如陈思和所指出的:是以"来自解放区战争实践的文艺传统为发展基础,同时也在思想斗争和思想改造的基础上有条件地吸收'五四'革命文艺传统的战斗力量"[1]。也就是说,"解放区文学"和五四文学,构成了新中国文学的主要资源和传

---

[1] 陈思和主编:《中国当代文学史教程》,复旦大学出版社 1999 年版,第 17 页。

统。五四文学是一种真正意义上的现代文学，是在西方文化和文学的滋养下成长起来的，它以启蒙为使命，创造了一种刚健的"人的文学"。解放区文学则是继承了"左翼"文学，在 20 世纪三四十年代特定的战争、文化环境中，建构起来的新型文学，它强调的是文学与政治的密切关系，突出的是文学的"人民性"，它倾向于从中国的民族文化，特别是民间文艺中汲取营养。两种文学传统，都有其历史的合理性。但 1949 年之后的当代文学，却选择了"一体化"道路，即把解放区文学奉为正宗，而对五四文学采取了改造、压抑甚至清除的方式。洪子诚概括说："'当代文学'这一文学时间，是'五四'以后的新文学'一体化'趋向的全面实现，到这种'一体化'趋向的解体的文学时期。"①

短篇小说历来是文学领域中最活跃的文体，它在不同历史时期都有不俗的表现。以五四文学精神为传统的现代短篇小说，在 30 年时间中创造了辉煌的实绩，它所达到的高度，可以说超过了新诗、散文、戏剧文学等文体。而在小说家族中，它比中篇、长篇小说似乎更突出些。鲁迅、郁达夫、茅盾、沈从文、老舍、沙汀、张天翼、钱锺书等，以他们具有鲜明个性的作品，奠定了中国现代短篇小说的深厚根基。而在 20 世纪 30 年代末期到 40 年代的以陕甘宁边区为主的几大根据地和解放区，小说创作则呈现出一幅"战地黄花分外香"的景观。来自异地的"左翼"作家写出了他们"脱胎换骨"的新作，土生土长的本土作家在时代的激发下大显身手。长篇小说主要有《吕梁英雄传》《李家庄的变迁》《新儿女英雄传》《太阳照在桑干河上》《暴风骤雨》等。短篇小说有赵树理《小二黑结婚》《福贵》《催粮差》，孙犁《荷花淀》《芦花荡》《嘱咐》，丁玲《我在霞村的时候》，马烽《金宝娘》《解疙瘩》，刘白羽《无敌三勇士》，杨朔《月黑夜》，康濯《我的两家房东》，华山《鸡毛信》，管桦《雨来没有死》，等等。虽说当时的一部分作品，政治意义大于审美价值，艺术表现也嫌简单粗放，但它们及时地表现了火热、壮阔的革命战争和农村运动，把工农兵人物推上了历史和文学的舞台，在艺术上创造性地吸纳了古代和民间的形式和手法，体现了毛泽东对新文化和新文学的构想理念。应该说，解放区文学是对五四文学疏离现实和民众倾向的一种纠偏，是对中国现代文学发展的一种丰富和拓展。就当时涌现出的一些具有代表性的短篇小说来看，它的思想起点很高，艺术也已相当成熟。这就难怪延安的文学理论家周扬宣称："我们今天在根据地所实行的，基本上就是明天要在

---

① 洪子诚：《中国当代文学史》，北京大学出版社 1999 年版，第 IV 页。

全国实行的。为今天的根据地,就正是为明天的中国。"①

1949 年新中国成立后,短篇小说的迅速发展,与"国家文学"的建构密切相关。在新中国成立前夕的 7 月召开的全国第一次文代会,实现了长期分割的解放区和国统区文艺家的"大会师",拉开了中国当代文学的帷幕。郭沫若和周扬在报告中先后使用了"新中国的人民文艺"(郭)和"新中国人民的文艺"(周)这样极为相似的概念。尽管这一概念与若干年后提出的"国家文学"的概念有诸多不同,但其宗旨是一致的:就是建立属于国家意志支配的、为国家利益服务的文学艺术。正如有学者所阐释的:"国家文学是国家权利的一种意识形态(表现方式),或者就是国家意识形态的一种直接产物,它受到国家权力的保护。同时,国家文学是意识形态领域中国家权利的代表或代言者之一,它为国家权利服务。"② 在 20 世纪五六十年代的文学中,有一连串宏大概念,我们似乎可以这样来梳理和概括:国家文学是一个核心的、根本的概念,它的性质是社会主义的,它的服务对象是人民大众特别是工农兵,它的风格是民族的、大众的、通俗的。它必须接受党和国家的领导,成为整个革命事业的"齿轮和螺丝钉",它的指导纲领是毛泽东的《讲活》。这是一个崇高的、美好的、富有诗意的文学构想,但又是一种想象的、理念的"乌托邦"式的文学理想。杨匡汉、孟繁华指出:"毛泽东对新文化的猜想,不仅具有一定的乌托邦成分,而且存在着阻碍实现的诸多矛盾。"③ 在这样的背景下,短篇小说充当了国家文学的"先行者"。因为诗歌、散文在创作上虽然快捷,但在反映生活的广度和深度上并不理想。长篇小说虽然厚重有力,但创作周期长、难度也较大;中篇小说的发展一直较为缓慢,由于概念和疆域暧昧不明,作家们兴趣不足。而短篇小说不仅有着五四文学和解放区文学的经验和传统,而且许多跨入新中国的作家在短篇小说创作上已是轻车熟路,又正值壮年。就文体特征看,它具有表现生活敏锐、创作手法灵活、构思写作较快的多方面优势。特别是短篇小说那种内在的诗性、精神性、深刻性等品质,与新中国成立初期那种高昂、激越、浪漫的时代情绪,可谓一拍即合。

中国当代文学的"一体化"体制,首先是按照国家的意志和需要,要求或者说强制文学向某一种"方向""道路""形态"发展,具体说就是解放区文学模式,并把它演变、独尊为居于支配地位的文学。这在国家

---

① 周扬:《新的人民的文艺》,《周扬文集》第 1 卷,人民文学出版社 1984 年版,第 513 页。
② 吴俊、郭战涛:《国家文学的想象和实践》,上海古籍出版社 2007 年版,第 1 页。
③ 杨匡汉、孟繁华:《共和国文学 50 年》,中国社会科学出版社 1999 年版,第 31 页。

初创时期，文化和文学思潮十分混乱的背景下，有其历史的必然性和合理性。其次，"'一体化'指的是这一时期文学组织方式、生产方式的特征。包括文学机构、文学报刊，写作、出版、传播、阅读、评价等环节的高度'一体化'的组织方式，和因此建立的高度组织化的文学世界"①。由于短篇小说的自身特征和它在现实社会中的"重要作用"，它自然而然地成为着力扶持的一种文体。一是创办刊物，自 1949 年 10 月全国文协（中国作协前身）创办《人民文学》杂志后，各省（市）也陆续办起了文学杂志，形制大同小异，成为地方性的"小人民文学"。从上而下的文学月刊，都把发表短篇小说作为主要"任务"。这就为短篇小说的迅速兴起提供了广阔的园地。二是开展评论和研究。利用刊物和报纸，有组织地对短篇小说的文体、创作、作家、作品等，进行广泛、深入的评论和研究，推动短篇小说创作的发展和提高。譬如 1951 年《文艺报》开辟专栏，发表了何家槐、许杰、李纳、陈学昭等人谈短篇小说的文章；1957 年《文艺报》再次开设专栏，推出茅盾、冰心、端木蕻良、魏金枝等探讨短篇小说的论文。这些文章旨在研究短篇小说的本质特性，指导当下短篇小说的创作。此外，作家茅盾、周立波、赵树理、孙犁、老舍，理论家孙楷第、巴人、侯金镜等，发表过大量关于短篇小说的评论文章，形成了一个持续不断的短篇小说研究热潮。对优秀短篇小说作家作品的推介，对"问题"短篇小说作家作品的批评，则更是《文艺报》《文艺学习》《人民文学》等报刊的常规举措。三是推荐"样板"作品。如 1951 年《人民日报》推荐了马烽的《结婚》和谷峪的《新事新办》；1954 年又推荐了李準的《不能走那条路》。《人民日报》是国家的权威报纸，它的推介带有明确的导向性。它对这些作品关于新生活、新人物的歌颂，对阶级斗争、路线斗争的揭示，在表现方式上对民族化、大众化的追求的肯定和倡导，充分体现了意识形态对文学的规范和要求。四是召开创作讨论会。1949 年 9 月，刚刚成立两个月的中国文协，就组织召开了短篇小说座谈会。这大约是第一个专业性会议。在此后的 17 年间，从全国到地方，短篇小说研讨会开得最多。具有代表性的是 1964 年中国作协在大连召开的农村题材短篇小说创作座谈会，文艺界领导、著名作家、评论家参加了会议。虽然会议内容没有集中在短篇小说艺术问题上，但涉及了当时小说如何表现现实生活，怎样描写英雄人物、中间人物等重要课题，对后来的短篇小说创作产生了很深的影响。正是在这样一种体制的运作下，短篇小说在思想、内容、形

① 洪子诚：《问题与方法》，生活·读书·新知三联书店 2002 年版，第 188 页。

式等方面,越来越呈现出趋同倾向,不同创作思潮、观念之间的分歧与冲突,也在逐渐加剧。

"十七年"文学时期,是一个有利于短篇小说发展的时代。但"乌托邦"文学的种种清规戒律,又限制了作家的艺术创造,甚至折断了他们飞翔的翅膀,给短篇小说的发展造成了伤害。当时的作家队伍,大体上由三种类型构成,即五四型作家、解放区作家和新中国成立后成长起来的新一代作家。三类作家,尽管思想观念、艺术趣味有很多不同,但在政治意识形态的规约下,努力贴近时代、表现革命和建设、追求民族风格,成为共同的向往和追求,创造了短篇小说的壮丽景观。任何一个作家都难以超越时代局限,在"十七年"作家身上,都打上了鲜明的政治、时代烙印。但后来的文学史,只认同主流作家和作品,把一些非主流和"异质"的作家作品打入冷宫,这显然是不公允的。应该把不同类型的作家和作品,都纳入文学史视野中,还原一个真实的、完整的历史。从解放区走过来的一批作家,是被视为主流作家的,譬如赵树理、杜鹏程、孙犁、马烽、康濯等,他们承袭和发展了解放区文学传统,在新的时代发奋创作,写出了一批具有民族特色的清新、刚健的作品,有许多进入了"红色经典"的行列。但即便是这一类作家,后来的文学命运也不是一帆风顺的。孙犁或许觉得自己那种清丽、抒情的笔调已不适应轰轰烈烈的时代,过早地停止了反映现实生活的短篇小说创作,而在新时期之后开辟出一条笔记小说路子。赵树理难以表现所谓的阶级斗争、路线斗争,屡屡受到质疑和批评。马烽也曾因热衷写"中间人物",在创作上遭遇挫折。新中国成立后成长起来的新一代作家,是在解放区作家的直接影响下走上文坛的,受到了格外的关注和扶持。譬如李準、王汶石、浩然、胡万春等,他们对新的生活、新的人物有着更敏锐的感受和理解,创作出一大批鲜活、明快、扎实的短篇小说。他们的作品与解放区作家的作品,构成了"十七年"文学的基本形态和风貌。但这批作家大多数的艺术生命是短暂的,只有李準、浩然几位后来又有新的创作。秉承了五四文学精神的一批作家,文学和人生命运是最为复杂的。巴金、沙汀、艾芜等老一辈作家,在20世纪三四十年代均有优秀的短篇小说问世,积累了丰富的创作经验。新中国成立后他们也曾热切地期望通过深入抗美援朝、农村变革、工业建设等火热生活,写出"无愧于时代"的短篇小说。但思想观念的不适应、艺术表现的缩手缩脚,虽有作品发表,但已很难超越过去,创作生命日渐萎缩。更年轻的萧也牧、路翎等,以知识分子的启蒙思想去审视生活,表现各种人物深层的情感、精神世界,写了一批具有艺术深度的作品,成为短篇小说中的"奇葩",但这些作品一"出笼"就遭受到无情批判。不仅毁掉了他们的艺术生命,甚至付出了惨重的人生代价。

卢卡契认为:短篇小说是中篇、长篇小说等宏大形式的"尖兵"和"后卫"。尽管"十七年"短篇小说命运多舛,但它的创作实绩是丰硕的,社会作用是强大的。它是作家走向文坛的基础,众多作家通过短篇小说的严格训练,一步一步成熟起来,开始中篇、长篇小说创作,成为当代文学的中坚力量。有些作家则一生执着这一文体,成为优秀的短篇小说作家,如王愿坚、茹志鹃、王汶石、林斤澜等。它是艺术探索的"轻骑兵",短篇小说在主题思想、人物塑造、结构安排、叙事方式等方面的创作实践,直接影响和引导着整个文学,特别是中篇、长篇小说的发展走向。20世纪50年代初期,短篇小说应运兴起,并一直保持着强劲的势头,此后才有了中篇小说(如《铁木前传》《在和平的日子里》《狠透铁》《来访者》《水滴石穿》等)的渐次升温,但中篇小说的发展一直较为缓慢。到50年代后期至60年代,长篇小说才厚积薄发,进入丰收期,涌现了《三里湾》《林海雪原》《红旗谱》《山乡巨变》《青春之歌》《上海的早晨》《创业史》等一批佳作。正如文学史家评价的:"在五六十年代的范围和程度都很有限的艺术革新中,短篇有时倒是表现了更多探索的锐气。"①

卓绝的"建构"

"乌托邦"是人类16世纪初就幻想的一种完美的理想社会形态。20世纪上半叶的苏联和中国,竟把这一幻想初步地、部分地变成了现实。美国著名的中国问题研究专家莫里斯·迈斯纳,在他的多部著作里阐述了毛泽东思想与乌托邦社会主义的关系,指出:1949年之后的毛泽东思想,逐渐变成了一种"乌托邦式预言","共产主义目标"加上"经济发展思想"和"现代价值观"混合的一种"意识形态"。② 既然整个社会构想是"乌托邦"的,那么"为政治服务"的文学艺术也自然是"乌托邦"的。而《讲话》正是体现毛泽东政治构想的一份文学蓝图。洪子诚概括道:"文学'从属'政治并'影响'政治的观点,必然产生对于文学的'规范性'要求。不仅为文学写作规定了'写什么'(题材),而且规定了'怎么写'(题材的处理、方法、艺术风格等)。如必须主要写工农兵生

---

① 洪子诚:《中国当代文学史》,北京大学出版社1999年版,第87页。
② [美]莫里斯·迈斯纳:《马克思主义、毛泽东主义与乌托邦主义》,张宁、陈铭康等译,中国人民大学出版社2005年版,第110页。

活，注重塑造先进人物和英雄典型；必须主要写生活的'光明面'，'以歌颂为主'；必须揭示'历史本质'，展现生活的'客观规律'，表现对历史发展的乐观主义；风格和形式必须易懂、明朗，反对晦涩朦胧；文学批评必须坚持'政治标准第一，艺术标准第二'。"① 毛泽东之所以制定这样一部文学律令，正是要为他的社会构想提供精神资源和动力，同时把文学建构成一种全新的社会主义文学。正如周扬说的，这是一种"历史上从未有过的最先进最崇高的文学"。

在"乌托邦"文学的实验上，20 世纪 40 年代解放区短篇小说已有成功经验，在五六十年代短篇小说创作上，更把这种经验发展到了一种极致。这是一场艰苦卓绝的文学建构。

其一是要求文学表现社会生活的"本质规律"和"光明面"，用先进的思想和乐观主义的精神团结和鼓舞人民。为了创造这样的文学，在创作方法上也仿效苏联作了硬性的规定，从现实主义提升到社会现实主义，又升格为革命现实主义和革命浪漫主义相结合。由于短篇小说在表现现实生活方面有敏锐、及时的优势，因此反映当时正在进行的社会主义革命和建设，成为它的首要内容。如孙犁的《正月》，是较早反映全国土地改革之后农民命运的巨大变化的。作品巧妙地从三代女性命运入手，着重写了第三代多儿姑娘在新的社会环境中，怎样走向自强、自立，不仅掌握了自己的人生，而且成为新农村的领导干部，塑造了一个有柔有刚、富有诗意的理想形象。秦兆阳的《农村散记》，以散文的笔法，写农村从互助组到农业社的历程中，老中青几代农民集体观念的成长和生产干劲儿的高涨。沙汀的《你追我赶》，写的是农村"大跃进"运动中的劳动竞赛，是作家的一篇应景之作。但通过作家对竞赛场面的精细刻画，我们可以窥见当时的时代气氛和人们的精神状态。这些作品确实有着过多的"理想"色彩，但正是这种"理想"，成为鼓舞人们行动的精神动力，成为文学的一种时代印记。

揭示两个阶级、两条路线的斗争，是对当时文学的一种普遍要求。在现实生活中，这种斗争确实是客观存在的，只是政治意识形态把它给"放大"和"夸大"了。如马烽的《村仇》，描述两个村子之间旷日持久的水利之争，表面上是一种宗族矛盾。但在土改运动中，在宗族冲突的背后则交织着错综复杂的阶级斗争，幕后策划者正是两个企图阻挠土改的顽固地主。作品对现实生活的揭示是敏锐、深刻的。李準的《不能走那条

---

① 洪子诚：《中国当代文学史》，北京大学出版社 1999 年版，第 12 页。

路》，周扬曾给予高度评价，认为"最早地从艺术上表现了农村中社会主义和资本主义两条道路的斗争"①。作品揭示了历史发展的"本质规律"，塑造了一个鲜活、丰满的老农民宋老定的典型形象。束为的《老长工》，写的是农业社成立初期的阶级斗争，新中国成立前姜成金是地主，郭在先是长工。而新中国成立后郭成为生产队队长，姜变为划成中农的普通社员。主仆关系发生了戏剧性变化。作者没有写二者之间那种壁垒分明的阶级冲突，而是通过日常生活情节（譬如称谓的改变、派工、劳动、斗嘴等），凸显了二者之间那种内在的对峙、较量，以及他们各自的性格特征。读来感觉逼真、深切，耐人寻味。

　　表现新型的人际关系，反映社会道德风尚的进步，是对当时作家们的一种积极号召。新中国成立初期，社会由乱到治，人际关系多变。在这样的背景下，为了建立一个理想社会，就必须倡导一种新的文明、道德、风尚，而其核心就是社会主义价值观。刘绍棠的《大青骡子》写的是农业社社员桑贵老头与依然是单干户的亲家婆的关系。农村的亲家之间是必须互敬互助的，因为它关系到双方儿女的和睦。但桑贵老头为了保护农业社的大青骡子，不惜得罪亲家婆以及老伴、女儿，就是不把骡子借给亲家婆使用，因为他是一个以社为家、把集体牲畜当作"宝贝"的人。新的社会体制改变了固有的人际关系，使一些先进农民的集体观念空前提高。康濯的《春种秋收》，是作家最优秀的短篇小说，写社会主义建设时期，青年团干部周昌林与"问题"青年刘玉翠从相互"看不起"到逐渐相爱结婚的曲折过程。揭示了农村历史变迁中，青年一代的觉醒、进步、转变、成长，以及社会主义初期农村新道德、新风尚的形成。作品生活鲜活、故事引人、写法朴素，可谓那一时期的经典之作。吉学沛的《一面小白旗的风波》，写的是农村夫妻之间的关系，但这里已没有了男尊女卑、夫唱妇随的陈迹，女性完全获得了"半边天"的地位，与男人形成了一种平等互助的新型夫妻关系。女主角叶俊英是一位坚持原则的副社长，而丈夫李良玉反而成为需要帮助的落后社员。在表现爱情生活方面，如刘真的《春大姐》，高晓声的《解约》，陆文夫的《介绍》等，则集中表现了封建婚姻的破除、自由恋爱的风行、新的择偶观的兴起等浩浩荡荡的时代潮流。

　　其二是把描写农村、工矿和革命战争题材作为文学创作的重心。描写这些领域被称为"重大题材"或"重要题材"。在作者扶持、作品发表以

① 周扬：《建设社会主义文学的任务》，《文艺报》1956年第5—6期。

及发表后的推介、奖励方面,有关部门给予"政策倾斜",有效地刺激和促进了重大题材作品的创作。作为"国家文学",有"计划"地突出某类题材、引导创作的发展,自然是可行的。但如果把"倡导"变为"指令",就会忽视和压抑其他题材样式的创作。当时,城市题材、科技教育题材、知识分子题材等创作的严重滞后,就与这种文学策略上的偏颇有密切关系。

农村题材短篇小说的强劲发展,贯穿了20世纪五六十年代。这不仅是因为现代文学中有一个生生不息的乡土文学传统,而且更为重要的是农村始终是中国革命和建设的"重心"和"焦点",同时也是因为几代、几类作家大都聚集在这一领域内。赵树理、周立波、沙汀、孙犁、骆宾基、秦兆阳、马烽、康濯、孙谦、西戎、束为、胡正、王汶石、刘绍棠、浩然等,他们虽有中篇、长篇小说创作,但更有优秀的短篇小说名世,有些则堪称短篇小说作家。他们以数不胜数的短篇精品,呈现了中国农村的历史足迹和艰难探索,创造了五四乡土小说之后又一个农村小说的巅峰期。工矿题材小说创作,是"国家文学"极为关注、重视的一个方面。因为"工人阶级是领导阶级",工业是国家建设的"主导"。所以当时的权威报刊《人民日报》《文艺报》《人民文学》等,不断号召作家去写工矿题材作品,经常讨论文学如何反映工矿生活、塑造工人形象等问题。但以农业文明为根基的中国社会,工矿题材文学的生长极为缓慢,作家队伍亦难成阵容。在"十七年"中,除了几部差强人意的长篇小说外,主要成就集中在艾芜、草明、杜鹏程、胡万春、费礼文、唐克新、焦祖尧等的短篇小说上。国家在扶持工矿题材创作上始终没有达到预想的目标。

表现革命战争题材的短篇小说创作,在20世纪五六十年代成果卓著。重温战争故事、描述英雄人物、回忆军民之情,不仅可以普及革命历史、宣传先驱事迹,同时可以激发人民群众的奋斗精神和建设热情,培育年轻一代的爱国思想和高尚品格。在这一题材的作家中,既有参加过革命战争并已有创作成就的中青年作家,也有亲历过革命战争、新中国成立后才执笔创作的青年作家。长篇小说以"史诗"式的气势,再现了波澜壮阔的历史画面;而短篇小说以"微雕"般的精致,定格了电光石火的瞬间。刘白羽、孙犁、石言、峻青、王愿坚、茹志鹃、刘真、萧平等,创作了一大批佳作。刘白羽的《早晨六点钟》、峻青的《老水牛爷爷》等,以浪漫主义的笔调,描述了人民战士艰苦英勇的战斗和人民群众对解放战争的无私援助以及付出的惨重代价。王愿坚的《七根火柴》《党费》等,则用巧妙的情节、精湛的构思,浮雕似的凸显了战争年代的艰难困苦与先烈们的坚定信念。茹志鹃的《百合花》，刘真的《长长的流水》等，以女性作家真诚、深情的口吻，叙述了革命队伍中男女青年、"姐妹"之间那种纯真、美好、温馨的感情。1950 年抗美援朝战争爆发，许多作家开赴前线体验生活，创作了一些感动人心的短篇小说。如王西彦的《朴玉丽》、和谷岩的《枫》、巴金的《军长的心》等。但总体上没有脱掉此前英雄主义表现模式，在思想和艺术上鲜有新的拓展。

其三是把塑造新人、英雄形象，作为文学创作的一项重要使命。毛泽东《讲话》中就提出了描写工农兵、表现"新的人物，新的世界"的观点。评论家陈荒煤在 1951 年的《为创造新的英雄的典型而努力》一文中说："我们的创作，今天不仅仅是要从'落后到转变'这样一个公式里脱拔出来，改变到去写进步的人物，而且，要大大发扬革命的浪漫主义；不仅仅只是去写进步的积极的新人，而是要创造和雕塑新人的英雄形象。"[1] 把描写正面人物，一步步地提升到英雄人物的尺度，这是现实生活呼唤英雄的一种需要，也是建构社会主义"乌托邦"文学的一种期待。短篇小说在这一方面作出了巨大努力，塑造了各种各样的新人、英雄形象。但有意思的是，新人和英雄往往是老一代的工人和农民。譬如杜鹏程《延安人》中某铁路工程处主任黑成威和他的老伴儿小黑妈，如焦祖尧《时间》里的老工人季艾水，如马烽《我的第一个上级》中那位农民出身的县水利局局长老田，等等。在当时的短篇小说中，青年一代的新人形象也有一些。如周立波《腊妹子》里的王腊梅，如浩然《喜鹊登枝》中的韩玉凤，唐克新《第一课》里的小吴，王汶石《新结识的伙伴》中的吴淑兰、张腊月，林斤澜《新生》里的"姑娘大夫"，任斌武《开顶风船的角色》中的鲁牛子，等等，这些人物身上没有历史重负，性格鲜亮，富有生气，有着很强的时代色彩，却存在着表面化、概念化、模式化的倾向。

赵树理是一个善于写各种各样农民形象的高手，但他最成功的人物还是老一代农民。在强制作家"大写英雄人物"的情势下，他对英雄人物却提出了自己的观点：认为："他们应该有远大的理想，一声不响，勤勤恳恳地在那里建设社会主义，别人知道他，也是这样干，别人不知道他，也是这样干。"[2] 在这种思想支配下，他在《套不住的手》中塑造了一个勤劳、纯朴、热心，把劳动当作人生需要和最大快乐的老农民陈秉正的形

---

① 陈荒煤：《为创造新的英雄的典型而努力》，《文艺报》1951 年第 1 期。
② 赵树理：《当前创作中的几个问题》，《赵树理全集》第 4 卷，北岳文艺出版社 2000 年版，第 420 页。

象；在《实干家潘永福》里刻画了一位苦干实干、心系群众、具有传统农民勤俭和务实品格的县干部形象。在 20 世纪五六十年代那样一种激进的文学氛围中，这样一种"英雄人物"的出现，真是寓意深长，甚至有点"反讽"的味道。赵树理把"英雄人物"还原回了坚实的土地上，他用自己的创作实践反衬了"乌托邦"文学的虚幻和可疑。

坎坷的求索

在建立"乌托邦"式的国家文学的进程中，采取了两种"战略"，一是强化"创新"，二是不断"破除"。毛泽东说："不破不立。破字当头，立也就在其中了。"所谓"立"，就是要动员各种力量，建构一种全新的、纯粹的社会主义文学；所谓"破"，就是要使用国家权力，清除那种"异端"的文学和思潮。短篇小说由于它同现实政治和生活的密切关系，"立"，它是"近水楼台"；而"破"，也是"首当其冲"。

正如一些论者说的："'一体化'格局的形成，是一个持续的、充满剧烈斗争的过程。在这个过程中，各种文学主张、文学力量之间，互相渗透，又剧烈冲突，构成了紧张的关系，构成了规范和挑战，控制和反控制的复杂情景。"[1] 当然，在"大一统"的政治体制下，还不能说有一个"对抗性"的文学体系。但"主流"文学同"异端""异质"文学力量之间的矛盾、斗争乃至渗透、转化，是确乎存在的。被视为"异质"的文学，正是那种秉持了五四传统的文学，或者吸收了五四精神的部分"主流"文学。20 世纪五六十年代，是一个硝烟弥漫的斗争时代。在文化学术界，就有对电影《武训传》的批判，对胡风文艺思想的清算，对《红楼梦》研究的批判，等等。而在短篇小说这块领地，从 1950 年批评秦兆阳《改造》开始，到 1954 年批判路翎《洼地上的"战役"》，到 1959 年争论赵树理《"锻炼锻炼"》，到 1965 年讨伐陈翔鹤《陶渊明写"挽歌"》，被批判的作家涉及近 20 位、作品数十篇，称为文学领域的一块"重灾区"毫不夸张。

"十七年"短篇小说是一个整体，"一体化"是基本形态。在这种整体格局中，始终有一个或隐或显的五四文学思潮。承袭这一思潮的作家，一方面努力改造自己向"主流"文学靠拢，另一方面坚持自己的文学思想，作着艰难而执着的探索，创作了一大批富有思想锋芒和艺术个性的作品，它们是"十七年"短篇小说不可或缺的一个组成部分。

---

[1] 洪子诚：《问题与方法》，生活·读书·新知三联书店 2002 年版，第 188 页。

这类作品不仅更敏锐、深刻地表现了那个时代的社会人生现实，同时丰富和拓展了"十七年"短篇小说的创作道路，使五四文学精神得到部分的承传。

梳理这类作家的创作，主要有如下几个特点。

坚持直面现实的良知和勇气，通过文学揭示社会的深层问题和矛盾。当时的意识形态规定，社会主义文学应以表现光明为主，反映社会问题、描写反面人物，只能成为整个光明的陪衬。揭示社会问题乃至"阴暗面"也是允许的，但必须限定在一定范围内，且预先已有"划定"。这也是苏联文学的经验。但承传了五四传统的作家，他们往往有自己的独立思想，自觉地在社会生活中发现问题，并期望通过创作"干预生活"。譬如老一代的沙汀，是一位严谨的现实主义作家，他也希望在新的时代找到自己的位置，实现创作上的"过渡"。但在他的《堰沟边》里，通过乡总支书记陶青山这一人物，展现了农业社工作的困难、社员们的不满等种种现实，作品笼罩着一种沉重、忧郁的情调。这与那种人造的欢快、热烈的时代旋律显然是不和谐的，显示了现实主义文学的力量。萧平的《除夕》，同样是以农村干部的家庭为视点，写了农业社社长家境的窘迫、工作的辛苦，各种社员的生活状况和他们同集体的离心力，写得细腻、深切，揭示了"大跃进"热潮中一种真实的农村境况。但这篇作品一发表，立刻引起了争论和批评，《人民文学》还专门开辟了"读者论坛"。有读者指出："《除夕》的写作方法与右派分子的'写真实''暴露社会阴暗面'是一脉相通的。"意识形态的思想观念，已渗透到了普通读者的意识中。揭示农村社会问题和"危机"最为深刻的是赵树理的《"锻炼锻炼"》，这个矛盾重重、隐晦曲折的文本，一方面表现了当时农业社部分社员自私自利、离心离德的倾向，另一方面反映了一些社干部独断专行、以权压人的工作作风，以及二者之间的对立和冲突。难怪一些读者当时就敏感地嗅出这是对"农村现实"和"整个社干部"的"歪曲和污蔑"了。

作家们对当时社会问题和矛盾的揭示，是深刻的，也是广泛的。柳溪《爬在旗杆上的人》批评了省委干部在农村工作中脱离实际瞎指挥的官僚主义作风；耿龙祥《入党》以漫画手法讽刺了某些领导以党的化身自居的丑陋面孔；从维熙《并不愉快的故事》揭橥了某些农业社领导"只管社不管人"导致的民心涣散的严峻现实；李国文《改选》提出了工厂中现行体制下谁来代表工人的权利和利益的重要问题。这些作品都属于社会"问题小说"，故事情节生动明快，人物形象鲜明有力，艺术手法灵活多样。特别是主题思想，已触及一些敏感、深刻的政治和社会问题，如党政干部的官僚主义、个人品质，农民、工人的权利、利益，等等，表现了作家们的一种现实情怀和独到眼力。这些作品出现在 1956—1958 年更加激进的时代大潮中，是难能可贵的。当然，由于这些作品是以反映社会问题为主要创作目的，因而也存在着主题直露、写法粗糙的缺憾。特别值得称道的是王蒙发表于 1956 年的《组织部新来的青年人》。作品以年轻干部林震刚到组织部的工作经历为主线，一层一层地揭示了党的组织部门的官僚主义、主观主义、不负责任的诸多病象，是一篇富有锐气和生气的短篇力作。但作品一发表就受到了激烈的批判，作家从此中断了创作，走上一条坎坷的人生之路。

深入展示丰富复杂的精神情感世界，拓宽短篇小说的表现领域。20世纪五六十年代的"主流"文学，也强调刻画人物的思想、情感和精神，但它必须是正面的、积极的、高尚的。那种自然的、日常的乃至潜在的情感、心理，往往被视为"资产阶级和小资产阶级"的东西。这就从根本上阉割了人的丰富性和完整性。正是在这一点上，一些作家坚持"人的文学"的基本思想，努力探索和表现人的"内宇宙"，创作出一批具有艺术深度的优秀作品。表现爱情、婚姻生活是他们首先突破的领域。从 1950 年萧也牧的《我们夫妇之间》，到 1956 年邓友梅的《在悬崖上》、1957 年宗璞的《红豆》、丰村的《美丽》等，一批反映知识分子情感、爱情生活的作品，无一例外地受到了批评乃至批判。

揭示战争中人的美好人情、人性，是作家们在短篇小说创作中的又一个贡献。萧平的《三月雪》，写战争年代母亲与幼女的生离死别，新中国成立后孤女与前辈的意外重逢，打开的是历经战火的革命者纯朴、赤诚、仁爱的情感世界。刘真的《英雄的乐章》，被批评家们指责："作品中的人物，灵魂里充满了浓厚的资产阶级的没落、颓废情感。"其实，小说刻画的正是年轻战士最自然、最美好的一种情感和理想。路翎的《洼地上的"战役"》，遭受了毁灭性的批判，主要问题是作者把"正义的战争"同志愿军的"理想和幸福"进行了"对立"的描写，把"非工人阶级的思想情绪，硬塞到最可爱的人的心里"了。事实上，作品的成功之处就在作家把战争与爱情巧妙地融为一体。这同"资产阶级情感"又有什么关系呢？

塑造多种多样的人物形象，丰富短篇小说的艺术画廊。毛泽东虽然讲过，作家要"根据实际生活创造出各种各样的人物来"。但绝对化的"工农兵方向"，使作家在选取人物上形成了无形的禁区，即工农兵之外的人物不宜写，更不宜作为主角去写。于是形成了创作上严重的雷同化、模式化现象。继承五四文学精神的作家，在人物塑造上勇敢探索，才使这种局面有所改观。秦兆阳的《改造》，刻画了一个农村"废物蛋"式的土地主王有德的形象，在急风暴雨的土地改革中，在村干部和村民的努力下，终于把他"改造"成为自食其力的普通人。有评论者对这样的人物感到诧异，质问："写消极人物的转变，英雄人物的成长，都会给我们以教育和力量，写地主阶级的改造，给我们什么呢？"其实通过这个罕见的地主形象，可以更深刻地认识整个地主阶级，理解土改运动。陆文夫的《小巷深处》写的是新中国成立前做过妓女的一位年轻女性的人生经历，马识途《最有办法的人》写的是过去的旧商人在新时代到处碰壁。这些独特的人物形象，大大丰富了20世纪五六十年代文学的人物画廊。

20世纪60年代前后，一批古朴、纯熟的新历史短篇小说破土而出，塑造了一个个鲜活而丰满的历史人物。作者大抵是老一代的知识分子。师陀《西门豹的遭遇》中的西门豹，忧国忧民、励精图治，敢于抗上、一身正气。《曹操的故事》里的曹操，国难当头、挺身而出，机智幽默、深谋远虑。陈翔鹤的《陶渊明写"挽歌"》中的陶渊明，悠然南山、心系民生，遗世独立、笑对生死。《广陵散》里的嵇康，任情恣性、我行我素，刚直不阿、慨然赴死。冯至《白发生黑丝》中的杜甫，破船为家、与民为伍，诗心不老、白发青丝。黄秋耘《鲁亮侪摘印》里的鲁亮侪，舍弃名利、智斗总督……在一幕幕历史画面中，蕴藏了作家对历史与现实的比照与反思，在一个个历史人物身上，寄寓了作家的内心隐情与人格追求。亦如董之林所评论的："由于这些作品，当代文学与古典和传统的关系骤然密切起来。如果说，在20世纪50年代，继承传统往往局限于一些具体描写，那么此时的历史小说，对传统文人的价值取向，有更深入和直接的吸纳与表现。调动传统人文资源，以弥补新时代的不足，也是这一时期创作'以期无愧于古人，亦无愧于后人'的应有之意。"[①]这批新历史短篇小说的出现，是"十七年"文学中的一道独特风景，其中的众多历史人物，成为整个人物画廊里一组罕见的人物系列。

分流与融合

文学的思想内容与审美形式，总是相辅相成、结伴而行。20世纪五六十年代的短篇小说，是以解放区文学那种民族化、大众化艺术形态作为"主流"的，它蕴含了较多的古代文学、民间文艺因素。五四文学虽然在思想理念上与新的时代有诸多抵牾，但在表现形式和手法上并未构成明显

---

① 董之林：《旧梦新知："十七年"小说论稿》，广西师范大学出版社2004年版，第205页。

冲突，且有一定的优势，可以借鉴和融合，而它带有较多的西方文学和苏俄文学色彩。两种文学传统在不断的分流、冲突、融合和转化中，形成了一段艰难曲折的艺术探索历程。

一是艺术表现模式的探索。短篇小说的艺术表现模式，即是指它以何种文学元素为核心，结构成一种什么样的文学形态。高尔纯把它分成"故事小说""性格小说""心理印象小说"三种类型。[①] 黄子平把它划为"叙事性""抒情性""讽喻性"三种模式。[②] 其实短篇小说的艺术表现模式非常丰富，至少有故事型、人物型、心理型、意境型、讽喻型、象征型等多种类型。而"故事型"是最古老的，中外古代短篇小说基本属于这种类型。在中国，只有到了五四文学，短篇小说发生了重大革命，基本的故事模式由人物、心理、意境等其他元素取而代之，实现了短篇小说的现代转型。但作为源远流长的故事型短篇模式，并没有退出文坛。它不断变革、创新，同其他类型的短篇小说模式和谐共存，而其他现代短篇模式，也积极借鉴故事模式的长处，以适应时代和读者的需要，形成了多元互补的艺术景象。

在20世纪五六十年代，由于大力倡导文学的民族化和大众化，要求全面、深入地描绘时代生活，短篇小说中长于叙事的故事型模式得到了强劲发展。不仅来自解放区的作家继续坚持这种艺术模式，继承五四传统的作家也向这种艺术模式靠拢。最有代表性的是赵树理，他明确地讲："咱们这个国家，这个民族传统（包括文章在内）很长，地方戏曲、中国画、山东快书、评书、竹板书，都可以听听。我自己是有心学民族的东西。"[③] 他还说，"写作上对传统的那一套照顾得多一些"，"目的仍是使我所希望的读者层乐于读我写的东西"。[④] 在他新中国成立后的一系列短篇小说中，都体现了他对"中国式"的故事叙述法的追求。故事引人入胜，讲述有声有色。他的叙事艺术，不仅融汇了古典小说、古代评书的方法，而且吸收了地方戏曲、民间曲艺的技巧，真正形成了一种具有中国气派和神韵的艺术形式。在马烽、康濯、西戎、孙谦等的农村小说中，在刘白羽、峻青等的战争题材小说里，都可以看到作家对故事性的苦心经营。这种文学潮流影响了很多作家的创作，譬如巴金、路翎写抗美援朝题材的作品，都明

---

① 高尔纯：《短篇小说结构理论与技巧》，西北大学出版社1985年版，第22页。
② 黄子平：《论中国当代短篇小说的艺术发展》，《文学评论》1984年第5期。
③ 《赵树理同志谈创作经验》，引自《赵树理专集》，福建人民出版社1981年版，第161页。
④ 赵树理：《〈三里湾〉写作前后》，《赵树理全集》第4卷，北岳文艺出版社2000年版，第277页。

显加强了故事的戏剧性、讲述的技巧性，这在他们过去的创作中是看不到的。此外，石言、陈登科、高缨等的小说，不仅故事生动曲折，而且有古代小说的传奇色彩。但追求故事性的一个负面影响，是短篇小说篇幅的膨胀，有些作品动辄万字，甚至两万余字，成为当时的一个突出问题，但始终没有得到解决。总之，"十七年"短篇小说故事模式的凸显，是意识形态强化文学叙事的一种需要，是古代小说、民间艺术叙事方式的一次"复活"，是大众读者对文学形式的一种选择。它强化了短篇小说的民族特色，拉近了文学同读者的距离。

在20世纪五六十年代，短篇小说的人物型表现模式也得到了普遍运用。五四现代小说在人物塑造上已形成坚实的传统，而社会主义文学又格外强调塑造人物，特别是新人和英雄形象。人物型模式和故事型模式构成了当时的两大艺术模式。故事型小说注重的是故事本身的曲折和完整，选择的是生活的"纵剖面"，人物要服从故事，有时会成为"跑龙套"的角色。而人物型小说着力的是人物性格、精神等的刻画，故事、情节、细节都是服务于人物的，截取的是生活的"横断面"。人物型小说的写作难度更高一些。老舍在谈到短篇小说创作时说："是写人还是写事呢？我觉得，应该是表现足以代表时代精神的人物，而不是为了别的。一定要根据人物的需要来安排事件，事随着人走；不要叫事件控制着人物。"① 如何处理故事与人物的关系，成为一个复杂的课题。在精彩动人的故事中塑造出性格鲜明的人物，自然是最理想的，事实上二者很难兼顾。于是强化短篇小说的人物塑造，逐渐成为作家们的一种共识。周立波、沙汀、方之、杜鹏程、李准、茹志鹃等，都是钟情、擅长刻画人物的。他们不大注重故事情节的有机性，总是按照人物性格自身发展的需要，选择情节和细节，塑造了众多丰满有力的人物形象。而赵树理、骆宾基、马烽等注重短篇小说故事性的作家，也有意无意加强了对人物形象的刻画，使他们笔下的人物比过去更显突出了。短篇小说人物型模式结出了累累硕果。

如前所述，短篇小说的艺术模式是非常丰富的，五四文学已开辟出一片广阔的天地。但20世纪五六十年代的短篇小说，在故事型、人物型模式之外，其他模式的发展很不平衡，或者说受到了压抑和遮蔽。如沙汀在三四十年代形成的讽喻型模式，不仅他自己不再坚持，后继者也很难看到。茅盾曾含蓄地抱怨说："讽刺短篇和幽默短篇还是较少。"② 如孙犁在

① 老舍：《人物、语言及其他》，《谈短篇小说创作》，人民文学出版社1979年版，第96页。
② 茅盾：《茅盾文艺评论集》上册，文化艺术出版社1981年版，第469页。

40 年代形成的那种散文式、抒情性的意境叙事模式，在他创作了少数几篇作品后，就戛然中断。周立波、王汶石与孙犁的审美追求不尽相同，但他们都倾心于意境的营造和情调的抒发，在《山那面人家》和《风雪之夜》等作品中，继续着意境模式的写作，但这样的作品并不多。意识形态倡导的宏大叙事，已不再需要这些讽喻式、意境式的写作方式了。

二是塑造人物形象的实践。"十七年"短篇小说，在人物塑造上进行了坚持不懈的探索和实践，创作了众多富有思想和艺术价值的人物形象，有些已成为人们熟知的典型形象。在塑造人物形象的方法上，当时要求遵循的是恩格斯"除细节的真实外，还要真实地再现典型环境中的典型性格"的"典型化"方法。这无疑强化了人物形象的思想和艺术"含金量"。但短篇小说作为一种"容量"有限的文体，在人物塑造上显然不能强求一律。茅盾指出："我认为，短篇小说因其篇幅的短小，不能要求一定有人物性格的发展（当然也可以有）；至于典型环境中的典型性格，也属于同样情况，短篇小说可以有，也可以没有。有的小说很短，但写出了典型环境，也写出了典型性格，这当然是好的小说；有的短篇把人物写出来了，虽然典型性并不一定强，但也会是一篇好的小说。不能要求所有的短篇小说都有典型环境中的典型性格。"① 他以小说家和评论家等多重身份，维护了短篇小说的艺术特征和创作规律，使作家们获得了一定范围内的创作自由。

表现人物的时代精神特征，是当时作家们的重要追求。譬如西戎《宋老大进城》中那位老农民身上焕发出来的集体主义思想感情；王杏元《铁笔御史》中记工员李镇平为维护集体利益所表现出的铁面无私、敢于斗争的新人个性……这些精神性格虽有"理想化"痕迹，却反映了那个时代人们的一种精神状态。还有为革命舍生忘死的老水牛爷爷，知难而上钻研气象科学的农村姑娘萧淑英，在战争年代像大姐一样关怀帮助年轻战友的李云凤，等等，都是具有时代精神、让人肃然起敬的美好形象。

典型人物最重要的特点，就是共性与个性的有机融合。中篇、长篇小说创造这样的人物，有足够的用武之地，对短篇小说来说，就是一种挑战。20 世纪五六十年代的作家，全身心地深入社会生活，了解和熟悉各种各样的人物，创造性地运用现实主义"典型化"方法，把握人物精神性格中对立统一的"奥妙"，塑造出一批堪称典型的人物形象来。马烽《"三年早知道"》里的赵满囤，是一个活生生的"中间人物"的独特形

① 茅盾：《茅盾文艺评论集》上册，文化艺术出版社 1981 年版，第 405 页。

象。孙谦《伤疤的故事》，在质朴、沉痛的第一人称叙述中，展现了农业社成立前后复杂的社会和家庭矛盾，描述了一个农家几位鲜活的人物，最后衬托出一个木讷、坚韧、宽厚而又具有坚定信念和丰富感情的退伍军人陈友德的感人形象。此外，胡万春《家庭问题》里的老工人杜师傅，西戎《赖大嫂》中农村妇女赖大嫂，郭澄清《黑掌柜》中有旧商人习气的王秋分等，都是具有艺术魅力的成功形象。

三是文学风格的追求。20世纪五六十年代是一个强化"一体化"思想、有许多条条框框的文学时期，却创造了一种朴素、刚健、崇正，具有民族化、大众化特色的文学风格。而短篇小说，又形成了一种个性丰富、千姿百态的艺术风格。这是一个矛盾的文学现象，其中有着复杂的社会和文学原因。在毛泽东的文学构想中，社会主义文学是"革命的政治内容和尽可能完美的艺术形式的统一"的文学，它必须是"新鲜活泼的，为中国老百姓所喜闻乐见的中国作风和中国气派"。这是一个"乌托邦"式的文学理想，但它不仅没有遭到作家们的质疑，反而激发了沉浸在激情中的作家们的向往和追求。政治意识形态的精心规划和作家们的倾力探索，创造了一个文学的神话时代。

作家的艺术风格，自然是社会生活和时代精神作用的产物，但更是作家人生体验、性格心理、审美趣味等孕育的果实。当时的作家，个人经历千差万别，文学修养迥然不同。他们注重对社会人生的感受和体验，把创作当作一种"言志"和"咏怀"的方式。这就使他们的创作呈现出更丰富的个人性格和艺术情趣。也许在对生活、人物的评判上，他们难有独到见地。但在人生抒发、审美体验、语言运用上，还是有着广阔的空间的。同样是描写农村生活，赵树理那种纯朴、幽默、丰厚的风格，与周立波那种明朗、纯净、柔美的风格就大不相同；而与孙犁那种清新、淡雅、抒情的风格也大相径庭。一样是表现革命战争题材，刘白羽的雄浑、浪漫、激越，有别于峻青的悲壮、险峻、崇高，更相异于王愿坚的精巧、凝练、隽永。均为女性作家，茹志鹃委婉、细腻、雅致，而刘真单纯、率真、刚劲。都是描写工矿生活，胡万春的质朴、有力、厚实，与焦祖尧的清丽、刚健、崇正对比鲜明。还有，沙汀的严谨、深邃，杜鹏程的庄重、遒劲，马烽的朴素、纯正，李準的敏锐、深广，王汶石的鲜活、丰盈，林斤澜的精练、别致……无不表现了作家鲜明的创作个性和独特的风格追求。特定时代造就了作家多样化的艺术个性，作家的艺术个性又丰富、强化了文学的时代风格。

"十七年"短篇小说形成了一种独特的艺术模式。它承传了革命解放区的文学传统，吸纳了古典文学、民间文艺的表现手法，开创了一种革命现实主义或工农兵文学路子。在叙事人物上，往往选取全知全能的第三人称"他"，即便是第一人称"我"也知晓所有的人和事，而且总是采取仰视的角度去写先进、英雄人物，给人一种朴素、明朗、昂扬的审美感受。在结构形式上，既注重故事又注重人物，努力创造"典型环境中的典型人物"，充分运用巧妙的细节，形成了一种扎实而成熟的现实主义套路。在叙事语言上，追求准确、简练、质朴，融时代感、口语化、地域性、议论式为一体，呈现出一种浓郁的大众化、民族化特色和神韵。尽管当时也有一批非主流的短篇小说，在内容上表现了社会生活的阴暗面和知识分子的思想探索，在形式上接续了五四新小说的传统，但这些作品的探索是有限度的，在"一体化"的文学潮流中比重很小，且处于被批判、被清除的状态。"十七年"的主流短篇小说，是在激进的文学思想和"乌托邦"的社会理想指引下创造出来的，它在思想内容上是偏激的，在形式手法上是教条的，发展到"文革"时期，就演化成了一种极"左"和阴谋文学。

走向衰退

短篇小说经历了一个跌宕起伏、由盛而衰的演变历程。而它的每一次变化，都与当时的政治、社会、文学的变动紧密相连。意识形态的突转，是它变化的总根源。1963—1964 年，毛泽东两次对文学艺术作出重要批示，宗旨一致，主要有两个方面。一是批评文艺组织部门以及领导层，指出"许多部门至今还是'死人'统治着"，"社会主义改造在许多部门中，至今收效甚微"，"问题不少，人数很多"。"这些协会和他们所掌握的刊物的大多数（据说有少数几个好的），十五年来，基本上（不是一切人）不执行党的政策，做官当老爷"，"最近几年，竟然跌到了修正主义的边缘。如不认真改造，势必在将来的某一天，要变成匈牙利裴多菲俱乐部那样的团体"。二是批评文学艺术的现状和发展的，说道："不能低估电影、新诗、民歌、美术、小说的成绩，但其中的问题也不少。""社会主义经济基础已经改变了，为这个基础服务的上层建筑之一的艺术部门，至今还是大问题。"有些作家和作品"不去接近工农兵，不去反映社会主义的革命和建设"。"许多共产党人热心提倡封建主义和资本主义的艺术，却不热心提倡社会主义的艺术，岂非咄咄怪事。"在一言九鼎的批示中，暗含着毛泽东对当下文艺部门和文艺创作的失望和愤怒。从 20 世纪 40 年代开始，他就谋划一种全新的社会主义的工农兵文学，新中国成立后亲自领导了文艺领域的几次运动，但他期望的全新的文艺却未能建立起来，甚而被封建主义和资本主义支配着。事实上，"十七年"文艺始终在执行着他的思想和路线，已经形成一种独具特色的社会主义文艺。但他的文艺理想太高远、太浪漫，现有的建树远远达不到他的期望。"十七年"文艺在艰难的建设和斗争过程中，为了配合政治意识形态，牺牲了作家和文学的诸多自由，结果却被当作"文艺黑线"遭到否定和批判。由此才有 1966 年《林彪同志委托江青同志召开的部队文艺工作座谈会纪要》的出笼，才有全国性的文艺界"整风运动"，才有绝大多数作家作品的被打倒。至此，"乌托邦"文学构想破灭，包括短篇小说在内的整个文学迅速衰落。而对短篇小说"毒草"的批判，在 1964—1966 年，形成一个"新高潮"。在这样的情势下，短篇小说的发展已无从谈起。

文学内部各文体之间的沉浮交替，也是有其深层规律的。在小说家族中，1949—1963 年的十多年间，短篇小说在全社会的合力下，一直充当着"尖兵"，在表现现实生活、彰显时代精神方面发挥着最大的"功能"。"一鼓作气，再而衰，三而竭。"它的自身能量在不断耗散，它的探索领域在逐渐缩小，滑向衰退是一种必然。特别是 20 世纪 50 年代后期，长篇小说在短篇小说的推动下逐渐成熟，涌上文坛，以它的恢宏和丰富吸引着广大读者，表现"史诗"性的历史、现实生活，成为文学"兴奋点"，进入了长篇小说的"兴盛期"。短篇小说不再"独领风骚"，走向"常态期"。而 1964 年文学的剧烈转折，使它一下跌进低谷。而短篇小说作为"后卫"的复苏，是在 10 年之后的"新时期"，20 世纪五六十年代活跃的一批作家，再度握笔、回首历史、反思人生，谱写出一首首"命运交响曲"。

"十七年"短篇小说的演变轨迹意味深长。1949—1955 年，是新中国成立初期，全国人民精神奋发，干劲高昂，国家的变化日新月异。文学建设上，正如董之林所说："小说在题材选择、表现手法和语言运用方面，体现了素朴、平实而不尚奢华的文风。"可以称其为"朴素年代"。虽然批评、批判的声音持续不断，但短篇小说的发展突飞猛进。在短篇小说的写作模式上，赵树理等的"故事型"，孙犁等的"意境型"，沙汀等的"人物型"，并驾齐驱，成果累累。1956—1959 年，国家的政治、社会和文化建设，一面向纵深发展，另一面又显露出深刻的内在矛盾和"危机"。文学艺术上，"一体化"体制不断强化着"乌托邦"式的"国家文学"，具有中国特色的社会主义文学初步建立起来。而 1956 年"百花齐放，百家争鸣"口号的提出，调动了知识分子作家的创作积极性，富有五四文学精神的作品大量涌现。这是短篇小说最活跃的一个时期，文学史家称为"百花时代"。以歌颂时代、塑造新人为特征的"主流"文学,以揭示社会问题、探索艺术多样性为旨趣的"非主流"(或称"异端")文学,均有众多富有思想和艺术探索的力作。但这些作品很快受到了批判,被认为是"背离了社会主义方向"的"毒草"。这些"主流"和"异端"的短篇小说,代表了当时文学的新高度。

1960—1963年,自然灾害的威胁,"反右"斗争造成的"创伤",以及国际上社会主义国家的分裂等,使国家不得不在政治、经济和文化上作出路线、政策上的"调整",整个社会环境有所"松动"。充满激情和理想的文学黯淡下来,受到了质疑,作家们开始重新审视现实和文学,短篇小说进入一个"调整阶段"。这时的短篇小说虽然不像前期那样活跃,却显得务实而成熟了。一些作品切入社会底层,探索生活中的一些深层问题,表现普通民众的生存和他们的精神性格,显示了久违的现实主义的本色和力量。而一批新编历史短篇小说,以独异的题材、突出的人物、精湛的艺术和老到的语言,含蓄曲折地表现了作家对社会人生的反思、对历史杰出人物的景仰,以及对短篇小说艺术表现领域的开拓,成为历史短篇小说的"绝唱"。这是短篇小说艺术的一个成熟时期。1964—1966年,毛泽东的两次重要批示,使中国文学突然"减速""煞车",一时间不知该往何处去。整个文学开始衰退,短篇小说波及最烈。三年中走红的只有两部长篇小说,《艳阳天》和《欧阳海之歌》,紧接着革命"样板戏"逐渐独占文坛。在建构社会主义文学中最出"风头"、贡献最多的短篇小说,在这个时期却遭受重创,一蹶不振。报刊还在如期发表短篇小说,但已看不到多少著名作家的作品了,年轻作家富有新意的作品也寥寥无几。《中国新文艺大系·1949—1966年短篇小说集》这一时段入选的作品只有8篇,年均不到3篇;《中国当代文学作品精选(1949—1999)·短篇小说卷》这一时段入选的作品成为空白,足以说明当时短篇小说创作的"荒芜"。

"十七年"短篇小说在当代文学中是一个复杂的存在。它承载了那个时代太多的社会内容,它寄寓了当时作家们美好的"乌托邦"理想,它推动了具有民族化、大众化特色的"国家文学"的建设进程。它的经验值得总结。但它自觉地、完全地依附于政治意识形态,丧失了文学的审美品格;它追求民族性而排斥现代性,脱离了五四文学传统;在艺术表现上搞故步自封的单一化,削弱了文体自身的丰富性和多样性。它的教训需要深入反思。

第二节　革命战争文学的"应运而生"

综　述

革命战争小说是"十七年"文学中最有成就和影响的一个领域。同农村题材小说相比，它产生更早、势头更猛，自然没有后者潜力深厚。同工业题材小说相比，它作者队伍庞大，更受普通读者喜爱。它在发展过程中，形成了自己的审美文化观念和创作经验，影响着整个当代文学的风貌和走向。这种影响既有正面作用，也有负面效应。

在新中国成立初期，革命战争小说可谓"应运而生"。刚刚掌握政权的执政党清楚地意识到：要想获得民心、稳固政权，就必须厘清历史、撰写革命历史特别是革命战争历史。以史为鉴可以知兴替。而文学是一种更普及、更形象的传播形式，理应承担起反映革命战争历史的使命来。周扬在1949年7月召开的全国第一次"文代会"的报告中，就号召和要求作家："……现在正是时候了，全中国人民迫切地希望看到描写这个战争的第一部、第二部以至许多部的伟大作品！它们将要不但写出指战员的勇敢，而且还要写出他们的智慧、他们的战术思想，要写出毛主席的军事思想如何在人民军队中贯彻，这将成为中国人民解放斗争历史的最有价值的艺术的记载。"[1] 这就以政治命令的方式，强调了革命战争文学的重要性，规定了它的表现内容、思想乃至艺术方法等。

从概念上讲，"革命斗争历史"是一个更宽泛的概念，它包括第一、第二次革命战争，抗日战争，第三次革命战争即解放战争，还有后来的抗美援朝战争。从革命斗争类型上看，它包括大部队的正面战争，非正规军的游击战争，地下斗争，工人、农民、学生的政治运动和武装斗争，等等。但在整个革命斗争历史中，正规的、游击的革命战争是其中最重要的一种斗争形式，因此受到文学创作的格外重视。与"革命战争文学"相对应的另一概念是"军事文学"，这是从苏联文学中引进的，较为科学、宽泛，但内涵不够明确，因此20世纪五六十年代习惯的称谓是"革命战争文学"。同工业题材一样，中国当代革命战争文学没有深厚传统和众多经典作品。古典文学史上的《东周列国志》《三国演义》《水浒传》等虽

---

① 周扬：《为建设新中国的人民文艺而奋斗》，《中国新文艺大系（1949—1966）理论史料集》，中国文联出版公司1994年版，第102页。

可称为一流的战争文学作品，但在思想和艺术上可资借鉴的经验并不多。而现代文学史上，战争题材文学几乎是一个空白。当时可供参考的只有不断译介过来的苏联文学作品，如西蒙诺夫《日日夜夜》、法捷耶夫《青年近卫军》、奥斯特洛夫斯基《钢铁是怎样炼成的》等。当代革命战争文学最突出的优势，是拥有一支被称为革命作家的基本队伍。在长期的革命历史中，宣传文化始终是革命事业的重要一翼。许多知识分子和有一定文化的工农干部进入这一战线，有的原来就是作家和文学爱好者。特别是在各解放区，都有文艺组织，办有报纸杂志，延安则有相当规模的"鲁艺"。这就为作家的成长和文学的发展提供了足够的条件。革命战争文学的作者，既有解放区文艺部门的作家，也有报刊编辑和记者，还有部队文化文艺工作者，亦有普通士兵和干部。特别是在1942年延安文艺座谈会召开之后，涌现出一大批优秀作家和作品。在周扬主编的《人民文艺丛书》所选入的177篇作品中，描写抗日战争、解放战争和人民军队生活的作品就有101篇，小说自然是其中的"重镇"。可以说，当代革命战争文学延续的是解放区创作的道路，依靠的是来自解放区的作家。

在文学体制的高度重视和扶持下，革命战争文学强劲地发展起来。这是一种全新的文学，毛泽东的《讲话》是它的思想纲领。众多进步的、革命的作家乃至文学作者，真诚地投入革命战争文学的合唱中。他们要写出革命战争的艰苦和悲壮，写出部队指战员的英勇和牺牲，以此来揭示"枪杆子里面出政权"的真理和新中国的来之不易，以此来激励民众特别是青少年的爱国热情。他们奉行解放区文学中逐渐形成的战争文化观念，二元对立、敌我分明，美化人民、丑化敌人，英勇斗争、革命必胜，成为革命战争文学的基本理念。这种理念又渗透扩展到其他题材领域的创作中，导致了当代文学的概念化、模式化、雷同化倾向。革命战争文学在诗歌、散文、戏剧、电影等体裁上都有众多实绩，但最有成就的是小说。长篇小说和短篇小说几乎同时兴起，前者表现了长时段的革命历史斗争，有些作品具有史诗的特色，后者着重描绘了抗战、解放战争乃至抗美援朝战争，表现内容和艺术形式显得更灵活多样。长篇小说代表作有：柳青《铜墙铁壁》、孙犁《风云初记》、杜鹏程《保卫延安》、知侠《铁道游击队》、吴强《红日》、冯德英《苦菜花》、杨朔《三千里江山》等。据不完全统计，新中国成立后的五六年时间，这类长篇小说就有数十部之多。

革命战争题材短篇小说，与长篇小说形成了并驾齐驱的文学风景。有些作家既写长篇小说也写短篇小说，有些作家则是纯粹的短篇小说作家。这里首先应论及的是孙犁，他1913年出生于河北安平县。抗战爆发后在冀中从事抗日宣传、教育、文化工作，并开始文学创作。1944 年赴延安，在鲁艺做教研和教学工作，后回到冀中担任报刊编辑、参加土改工作，业余坚持创作。1949 年随军进入天津，任《天津日报》文艺副刊主编，后担任天津市作协主席。2002 年逝世。在解放区，他发表了《荷花淀》《芦花荡》等作品，开创了革命战争文学的诗意抒情写作道路。新中国成立初期，他既写战争题材小说，如《吴召儿》《山地回忆》《小胜儿》，也写现实农村生活小说，如《正月》等，但艺术质量远逊于前期创作，到 20 世纪 50 年代中期之后中断了小说创作。孙犁的小说描写的是"革命""战争"，但突出的是地域特色和民间生活，彰显的是普通农民特别是年轻女性身上的纯朴人性和美好品德，运用的是平淡、简练、抒情的叙述方式和语言。他吸引了河北一带青年作家并形成了"荷花淀派"，同时深刻地影响着后代作家的创作。孙犁是一位与主流文学保持距离的主流作家，而真正代表主流文学思潮的是如下几位作家。刘白羽的革命战争题材作品气势恢宏、语言华美，属于壮美风格，他在短篇小说上的成就主要集中在新中国成立前，新中国成立后重要作品有《火光在前》《早晨六点钟》。峻青的小说热烈悲壮，洋溢着英雄主义气概，代表作有《老水牛爷爷》《黎明的河边》等。王愿坚的作品情节典型、构思精湛，在短篇小说创作上有典范意义，主要作品有《党费》《七根火柴》等。在革命战争短篇小说创作上，还出现了与主流写作不尽相同的写作形态。譬如茹志鹃的《百合花》表现了宏大的战争背景下一个年轻战士的悄然牺牲，流露了作家对生命、青春的哀悼之情；譬如路翎的《洼地上的"战役"》展示了朝鲜战场上一位志愿军战士的爱情遭遇和心理波澜，呈现出一位军人丰富复杂的情感世界。譬如刘真的《英雄的乐章》描写了两位相恋的革命战士对未来生活的畅想，折射出一种知识分子的追求和趣味。这些作品在一定程度上探索了战争和人生的丰富内涵，都是可贵的艺术精品，却触犯了当时的创作教条，受到了不应有的批评和批判。此外，如知侠的《铺草》、石言的《柳堡的故事》、菡子的《万妞》、李纳的《涓涓流水》、萧平的《三月雪》、邓洪的《潘虎》、陈登科的《大闹七星宴》，抗美援朝题材，如巴金的《军长的心》、王西彦的《朴玉丽》、和谷岩的《枫》等，都是有影响的短篇小说佳作。

　　"十七年"的革命战争题材短篇小说是有成就的，但必须看到，它只是"乌托邦"式社会主义文学的一个组成部分，带有明显的激进的、理想化的乃至极"左"的色彩。它只是亦步亦趋地按照主流意识形态去反映革命战争历史，并未对战争本身、军人的心灵世界进行较深入的反思，与当代世界文学中的战争小说所达到的思想艺术高度存在着巨大差距。正如陈思和等评论的:"中国当代战争小说不像西方战争小说那样重在通过战争表现对人类命运、对个体命运遭遇的观照,体现对人的存在意义和生命意义的思索,而是重在表现战争中的群体风貌、战争的整体和现实结果。与此相应的是,中国作家对战争中大量存在的暴力、血腥的回避,对英雄之外的大量普通个体命运和生命价值的忽视,这都是现代战争文化规范对作家主体制约的结果。"①

峻青:讴歌革命历史 继承前辈精神

峻青的革命战争题材短篇小说,在 20 世纪五六十年代被赋予很高评价,这不仅在于他出色地体现了主流意识形态关于战争文学的思想观念,同时在于他创造了一种浪漫主义的壮美风格。峻青 1922 年出生于山东海阳县农村,幼时家贫,只读过几年小学,13 岁就到工厂当童工。抗战爆发后参加革命,历任胶东《大众报》记者,新华社前线分社随军记者,昌潍地区敌后武工队小队长等职。1948 年随军南下,从事新闻、报纸编辑工作。1952 年在中南文联搞专业创作,同年冬回胶东深入生活。后调上海,任上海作家协会副主席、代理党组书记。峻青 1941 年开始发表文学作品,题材均为革命战争生活。1952 年创作了一系列优秀短篇小说,受到文坛的推崇和广大读者的喜爱。出版的短篇小说集有《黎明的河边》《海燕》《最后的报告》等。此外还出版有散文集《欧行书简》《秋色赋》等。新时期文学中依然有短篇小说、长篇小说发表,但影响不大。

历史是一种客观存在,它会写成什么样子,却往往是由人的主观目的决定的。对峻青这些作家来说,他们亲身参加过漫长而艰苦的抗日战争和解放战争,目睹了无数战友牺牲在战场上,他们的动机和目的很清楚:"是受着内心的一种强烈的感情冲动,觉得非要把我所亲眼看到听到的那些使我深深地受到感动受到教育的人和事写出来不可。""要歌颂革命战争,歌颂革命的英雄主义","让我们永远地记住他们,崇敬他们,学习他们。不但我们这一代,而且还要让我们的子孙后代都要知道:当年他们的先辈们,是怎样给他们取得革命斗争的胜利成果的,是怎样对待工作和生活,个人与集体的"。②讴歌革命战争、凸显英雄主义,以史为鉴、教育后人,就是峻青们的创作宗旨。因此,把和平建设时期的现实生活,同革命战争年代的艰苦斗争联系起来,是自然而然的事情。《老水牛爷爷》

---

① 陈思和主编:《中国当代文学史教程》,复旦大学出版社 1999 年版,第 58 页。
② 峻青:《黎明的河边·前言》,人民文学出版社 1978 年版,第 3 页。

中，作家用第一人称的叙事角度，描写了"我"作为当年的一名战士，重回故乡，看到潍河两岸与农村的巨大变化，内心的激动与喜悦。在同村支书的谈话中，深情地缅怀了一位普通农民的英雄事迹。人称老水牛爷爷的老韦璞，不仅是一位勤劳、仁义、耿直的好人，更是一位战争年代出生入死、机智勇敢，和平时期继续奋斗、抗洪抢险中以身堵堤的英雄人物。作家意在告诉人们：当下幸福生活来之不易，革命历史绝不能忘记，在和平时期依然要保持老水牛爷爷不懈奋斗、无私奉献的精神。《老交通》的现实意义更加明确，作家描写了一个乡村邮政所的日常工作和生活，邮递员小高虽然文化水平高，能说会道，但看不起邮递工作，工作出错还不接受批评，认为这是"熊买卖"，要求调离。于是由王局长讲述了他们的徐主任——"老交通"的苦难人生与感人事迹。老徐是战争年代的地下交通员，为了传送党的秘密文件，牺牲了老婆、儿子，他也几乎死在敌人的枪下。现在却仍然坚守岗位，努力学习、勤奋工作。"老交通"的故事深深地震动和教育了不安于平凡工作的年轻人。作家的创作宗旨是明确的、值得肯定的，但这样的创作观念也是有局限的，他妨碍了作家从更开阔的视野观照和解读革命战争，写出更多样的革命战争生活。

塑造革命战争中的人物形象，突出他们的英雄主义精神，是峻青小说的重要特色。在作家笔下，主人公都是普通战士、农民，有的是十七八岁的小伙子、小姑娘，却在惨烈的战争环境乃至生死关头，都表现出一种顽强不屈、英勇斗争、舍生取义的献身精神。《黎明的河边》中的战士小陈，在护送武工队队长的艰难任务中，表现得那样镇定、机智、英勇，他同敌人同归于尽的行为也是那样壮烈。还有小陈的母亲、弟弟都悲壮地献出了自己的生命。而小陈的父亲陈老头，以他非凡的水性和胆略保证了任务的完成。《党员登记表》里的年轻姑娘黄淑英和母亲黄妈妈，为了守护和保存极为重要的党员登记表，黄淑英机灵、果断、坚强，最终献出了她花朵一样的生命，黄妈妈继承遗志、忍辱负重，保存了革命组织和党的"火种"，等到了胜利的一天。还有《变天》中传递情报的小春来，《烽火山上的故事》里为掩护受伤战士而死去的老大娘，《马石山上》中在解救被围群众中壮烈牺牲的宫班长、大老矫等十位战士，都显示了他们英勇无畏、以身殉道的崇高品格。尽管作家选择、塑造的是一些完美的、理想化的人物形象，但他们确实是一些有激情、有信仰的人，他们已经把个体生命融入群体斗争和革命大业中了。作家更多地肯定了他们的群体精神、"超人"意志，却忽略了他们的个体生命和感情，显示了这一代作家的思想局限和艺术盲点。

创造一种浓烈、绚丽、悲壮的叙事方式和语言,是峻青革命战争小说最引人注目的亮点。他的作品故事情节紧张激烈、有序完整,就像奔腾的河流,波浪相连、惊险壮观,而人物就处在风口浪尖上,显示了他们强劲的性格和精神。同时还嵌入一些有力而典型的意象性细节,强化了作品主题。他笔下的风景描写浓烈开阔,如奔涌的潍河、巍峨的马石山、绿树成荫的村庄,如风雨交加的深夜、漫天飞雪的平原……给故事和人物营造了一个有声有色的自然环境,显示了胶东半岛的地域风景,呈现出一种情景交融的艺术世界。他的叙事语言重描写、重渲染,流畅、热烈、华赡、抒情,就像浓墨重彩、沉郁饱满的西方油画,让读者在瞬间身临其境、融入画中。

深入开掘战士精神世界的路翎

在革命战争小说出现严重的理想化、模式化的情势下,路翎的一批描写抗美援朝的短篇小说和报告文学作品,以逼真、深厚的人物形象和沉郁、独特的艺术风格,受到了文坛和读者的高度关注,众多读者表示真诚赞赏,但由不少著名作家、评论家联手的猛烈批判也接踵而来,作者也随后成为被清查和逮捕的专政对象,沉冤二十余年。事实上,路翎的革命战争题材小说,是对当时文学教条和创作模式的重大突破,代表了这一题材思想和艺术的新高度。路翎(1923—1994)祖籍安徽无为,生于江苏南京。在南京读完小学及初中。后随继父和母亲辗转四川重庆,高中未毕业即辍学四处谋生,此时阅读了大量苏俄文学作品,开始练笔投稿。1940年到国民政府设在重庆的矿冶研究所当办事员,有意识地到矿区体察生活。抗战胜利后返回南京。1948年曾在南京中央大学任讲师讲授小说写作。1949年到南京市军管会文艺处工作,翌年调至北京青年剧院从事剧本创作。1952年冬,他主动要求开赴抗美援朝前线,体验生活、潜心创作。1954—1955年,他的作品备受批判,又因"胡风反革命集团"案遭受株连,中断创作、深陷牢狱。1979年之后,冤案得以平反,回到中国戏剧家协会。路翎的创作集中在1939—1954年。有短篇小说集《青春的祝福》《求爱》《在铁链中》《平原》《朱桂花的故事》《初雪》;中篇小说《饥饿的郭素娥》《蜗牛在荆棘上》等;长篇小说《财主的儿女们》《燃烧的荒地》《战争,为了和平》;剧本《云雀》《人民万岁》等;报告文学集《板门店前线散记》以及一些发表在报刊的诗歌、散文、评论等,凡三百余万字。

路翎的小说创作,简单划分有两个时期。第一个时期是20世纪30年代末到 40 年代。1939 年，17 岁的路翎创作了短篇小说《"要塞"退出以后》，是一篇描写年轻大学生在抗日前线撤退中的转变过程的战争题材作品，次年在胡风主编的《七月》杂志第五集第三期发表。从此，路翎结识了胡风，并成为"七月"流派重要的小说家。他认同并奉行着胡风的文学思想，如文学要表现人民大众"几千年精神奴役的创伤"、创作"是从对于血肉的现实人生的搏斗开始的"，如"主观战斗精神"，等等。正是这些思想支配着他创作了《饥饿的郭素娥》《财主的儿女们》等一批现实主义力作。第二个时期是新中国成立后的五六年间。他反省了自己的创作历程，真诚地说："对于过去我无所留恋，我希望在这伟大的时代中，我能够更有力气追随着毛泽东的光辉的旗帜而前进，不再像过去追随得那么痛苦。"① 经过了 1949—1950 年的十几个短篇小说的创作探索，如《女工赵梅英》《锄地》《粮食》等，他的创作发生了很大变化，他开始塑造新的工人、干部、知识分子的形象，语言也朴实了，格调也明朗了。在这样的基础上，他深入抗美援朝战争，创作了《战士的心》《洼地上的"战役"》等五篇短篇小说，胡风兴奋地赞赏道："把战士的崇高的思想感情，宽阔的美丽的胸怀，朴实而忠诚的性格表现得多么深入，多么逼真。"② 其实，路翎对战士的性格和精神的探索，是谨慎而有限度的，他只是反映了战士起码的人情、人性和心理矛盾、冲突，体现了他一贯的表现"具体的、活跃的、热血的生命"③ 的创作思想。但这种创作追求是有悖于"左"倾文学规范的，因此作品被批为："对部队的政治生活作了歪曲的描写"，"散布消极、动摇、阴暗、感伤的情绪"，"这种爱情是为部队的政治纪律所不容许，是不利于战斗，因之也是和国际共产主义的精神实质相背驰的"。由于作品的"反动性"，再加上路翎与胡风几十年的情谊，被定为"胡风反革命集团"的骨干分子，结束了新中国成立后短暂而旺盛的创作乃至政治生命。路翎是一个继承了五四启蒙文学精神的天才作家，是一个为当代革命战争文学作出卓越贡献的悲剧作家。

着力表现人物真实的性格、行为和心理，把人民战士由"神"还原为"人"，是路翎创作的首要追求。他曾写过七篇反映抗美援朝战争的报告文学，这些作品有的颇像短篇小说，也许是真人真事，因此归入了报告文学。如《从歌声和鲜花想起的》，用素描手法描写了几位朝鲜战士和普

---

① 路翎：《在铁链中·后记》，上海联营书店 1957 年版。
② 转引自巴金《谈〈洼地上的"战役"〉的反动性》，《人民文学》1955 年 8 月号。
③ 路翎：《路翎小说选·自序》，四川文艺出版社 1986 年版。

通民众形象，一位人物突出一个性格侧面，如女游击队员在驻地种花草的爱美性格，矮个结实姑娘倔强的脾气和腿上有伤疤担心将来穿裙子不好看的心理……寥寥数笔，极为真实感人。再如《李家福同志》，主人公李家福是一个由国民党士兵"解放"成为志愿军战士的，作家没有回避他的身份，也没有掩盖他曾经的迷惘、消沉乃至暴躁的性格，而是在这一人物特定的历史、思想状态的基础上，一点一点地写出了他的进步、觉悟和成长，最终成为一个勇敢、机智、进取的连级指挥员，读来令人信服。自然，用短篇小说文体更能展现人物真实、丰富的性格特征。如《战士的心》题旨就很明确，作家发掘的是战士真实的心理活动。班长吴孟才在指挥战士攻击无名高地西山的战斗中，始终能感受到"这个班的力量，这个班的灵魂和呼吸"。他是在用人格和力量，鼓舞着强者更强，激励着弱者变强。众志成城，最终取得了战斗的胜利。《初雪》是作家的一篇重要作品，描写志愿军战士开车护送朝鲜百姓穿过敌人封锁区到后方的艰难历程，故事集中、情节曲折。司机刘强既是一个技术高超、果敢机智的优秀战士，又是一个与朝鲜百姓感情深厚，对小孩子百般呵护，在心底牵挂着母亲、妻子、儿子的侠骨柔肠式的男子汉。把伟大的精神与平凡的性格融为一体。18岁的助手王德贵，在师傅和百姓把他当孩子看待时，他气恼不服，在执行任务中克服了困难时又欢喜而自信，一位年轻战士的性格和心理刻画得逼真鲜活、生动传神。

深入发掘人物的精神世界，写出他们丰富复杂的内心矛盾和冲突，凸显人物的精神品格，是路翎小说创作的重要特征。20世纪五六十年代的革命战争小说，已然形成了一个激进僵化的创作模式。譬如写战争只能写胜利，不能写失败，譬如写战士只能写英雄性格，不能写儿女情长，等等。在峻青、王愿坚的小说中，都可看到这种缺憾。路翎的创作，无疑是对这种创作模式的冲击和超越。譬如《你的永远忠实的同志》写的是一个炮兵班的战斗故事。班长朱德福、二炮手张长仁和年轻战士赵喜山，他们每个人都有自己的心理活动和个人愿望。朱德福在受伤昏迷中想的是："好啊！好啊！我的，我的儿子！"张长仁在开炮中念叨的是妻子的名字："徐桂芳，这一发是代表你打的！"充分显示了他们丰富美好的人情、人性和忠勇无畏的献身品格。被指为"瓦解我军斗志"的《洼地上的"战役"》，其实恰恰是讴歌战场爱情和英雄主义精神的瑰丽诗篇。这场"战役"不仅是敌我之间的"战斗"，同时也是战士内心深处的"搏斗"。勇猛、机灵、憨直的侦察员王应洪，面对朝鲜姑娘金圣姬真诚、大胆的爱情，一面按照部队纪律理智拒绝，另一面又感受着"甜蜜的惊慌"。他在孤独的阵地潜伏中潜意识里已接受了朝鲜姑娘的爱情，他在最后用手榴弹与敌人同归于尽的搏杀中已感受到了爱情的力量和照耀。而班长王顺对这样一种纪律不允许的美好爱情，内心也很矛盾，采取的是理解、同情、关怀的情感态度，既不让它触犯纪律，又不让它受到伤害，充分显示了一个成熟军人的人情和理性。朝鲜姑娘金圣姬呢？经历了内心的悲欢和无果的爱情，更认识到了志愿军战士的纯洁心灵和美好品格，自己也变得更成熟、坚强起来。真实、平凡的性格特点，丰富、深广的心理世界和超拔高尚的精神品格，构成了路翎笔下人民战士的基本特征。

刘真的童年视角与"小资情调"

　　一个作家的人生经历，往往决定着他后来写作的题材内容和艺术风貌。刘真的革命战争题材短篇小说，在 20 世纪五六十年代之所以引人注目，是因为她以传记的手法，描述了一个参加革命的十几岁的女孩子在抗日战争、解放战争中的独特经历和有趣故事，给这一创作领域增添了新的形象和色彩。刘真的小说有两个特点，一是童年视角，二是"小资情调"，前者颇受喝彩，后者则受到了不应有的批判。自然，由于刘真文化、文学修养的不足，给她的小说带来了思想内涵清浅、艺术表现粗糙的诸多缺憾。刘真 1930 年出生于山东夏津县农村，九岁时就参加了革命队伍，先后在冀南第六军分区宣传队、文工队和冀南六地委当演员、宣传员、交通员等。她没有上过学，在部队临时学校和老同志的教育下，开始认字、写日记。1946 年随第二野战军文工团参加解放战争，学写特写、散文、短篇小说。1949 年任文工团创作室主任。1951 年参加抗美援朝战争。曾先后到东北鲁艺、中央文学讲学所学习。1954 年到武汉作家协会成为专业作家。1958 年调河北作家协会任副主席。刘真 1951 年发表反映革命战争生活的短篇小说《好大娘》，此后连续发表了十几篇同类题材的作品。《我和小荣》《长长的流水》等受到了文坛关注和读者的喜爱。她的小说取材于战争，人物大多是儿童、少年，故事引人、语言朴素，因此又常常归入儿童文学类型。中国少年儿童出版社就多次出版她的小说集，如《密密的大森林》《核桃的秘密》等。此外，她还创作有反映 50 年代农村建设的小说，如《春大姐》；描写少数民族生活的作品，如《对！我是景颇族》等。新时期文学之后，她的创作再度活跃，在短篇小说、散文随笔创作上又有新的成果。

　　刘真经历过从抗日战争到解放战争十几年的戎马生活，但当她执笔创作的时候，已是二十几岁的青年了。她是站在 20 世纪 50 年代，以回望的方式重返童年生活,以童年视角观照和叙述历史的。这种重述自然会受到主流意识形态的规范和过滤,但也会保留童年生活的诸多真实,特别是细节的真实。刘真说:"这些作品,大部分是写我个人的生活经历,尤其是写童年的那些篇章。"[①] 这十几篇作品,全部采用了第一人称的叙事角度。"我"有时叫"小王",有时叫"刘清莲",或者干脆叫"刘真"。尽管作者多数情况下是把"我"作为事件的亲历者、叙述者或是成长中的小战士来刻画的,但"我"的形象依然是真实、鲜活、富有个性的。"我"生在农村、家庭贫困。九岁参加革命,做过宣传员、演员、交通员等。生性胆大、聪明、机灵,常常表现出野性、淘气、嘴馋的特点…… 而这正是作者童年的经历和性格。刘真在这些作品中着重表现了三方面的内容。一是反映了战士与百姓的鱼水关系和感情。如《好大娘》描述了一位普通的农家妇女对掉队的八路军小女兵舍身掩护、精心照料的感人故事。如《弟弟》刻画了村里的赵大娘收留了文工团女战士"我","我"女扮男装,与她的儿子赵长生兄弟相称等一系列动人情节。二是表现了革命大家庭的兴旺与温暖。如《核桃的秘密》《红枣儿》《大舞台和小舞台》中,真实地描写了"我"在战争年代的幼稚、淘气,革命组织和老同志对"我"的关怀教育,文艺剧社在敌人"大扫荡"中的战斗和牺牲等。三是歌颂了革命战友之间的生死情谊。如《我和小荣》讲述了"我"同小荣当传递情报的交通员时,结下的患难感情和经历的艰险斗争。这些作品由于运用了第一人称叙事,故事情节又源于真实的生活经历,因此情节引人入胜,情调真挚细腻,语言率真抒情,成为革命战争小说中的动人篇章。

20 世纪五六十年代的革命战争小说,有一条戒律,不允许写个人的思想感情、人际间的友情爱情。一旦触犯,就会戴上"小资情调"乃至资产阶级思想等帽子。刘真的代表作《英雄的乐章》就遭遇了这样的命运。作为一个昔日的女战士、后来的女作家,她自然有丰富独特的人生经历和思想感情,表现这样的内容其实有助于拓展革命战争文学。她的另一篇重要作品《长长的流水》,描述了小刘"我"在党校整风学习期间,县妇救会主任李云凤大姐对"我"的严格教育和真切关照,以及二人之间结下的深厚情谊。作为知识分子干部的李云凤,强迫"我"学文化、写日记、读文学、吟诵自写的诗词、描述未来城市的美景,充分显示了一个知识分子的文化素养和艺术趣味。而"我"在她的教育和引导下,也一步一步走进了文化和文学世界,后来竟成为一个作家。在激进评论家看

---

① 刘真:《短篇小说选·自序》,花山文艺出版社 1983 年版。

来，这无疑是一种"小资情调"。《英雄的乐章》是为了批判的需要，附录发表在《蜜蜂》1959年第24期的，这期刊物还重点推出了题为"高举毛泽东思想红旗，坚决反对修正主义文艺思潮"的本刊评论员文章，指出：作品"以资产阶级人道主义观点，看待革命战争和爱情问题，将个人幸福和革命事业对立起来，厌倦革命战争，幻想和平幸福；摆在我们面前的作品中的人物，灵魂里充满了浓厚的资产阶级的没落、颓废情感，却硬给穿上了革命战士的外衣"。这实在是莫须有的罪名。小说中的张玉克，不仅是一位勇敢、善战、顽强的革命军人，更是一位富有思想、感情丰富、酷爱音乐的文化才子。文工团女战士清莲"我"爱上他、崇拜他，与他心心相印、畅想未来，是一种很自然、很美好的事情。最后，张玉克在战场上壮烈牺牲，清莲对他深情难忘。这是一种纯洁、高尚的战地爱情，它使革命战争变得更加丰富、人性而美丽。

第三节　农村题材小说的"独尊"和模式化

综　述

在"十七年"文学的经典作品名单中，人们一定会发现，农村题材创作占据了最突出的位置和最大的比重。而短篇小说又是其中最"抢眼"的"亮点"，不仅作家众多、作品丰富，而且内容广阔、风格独特，是那个时代格外"受宠"的一种题材。

农村题材短篇小说的蓬勃发展，有两个重要原因。一是源远流长的文学传统在新时代下的"复苏"。中国古代文学中就有关注农村农民，并寄寓作家深切同情和田园牧歌情思的创作思潮。到了现代，鲁迅、茅盾、沈从文、沙汀等一代大家，创造了一个波澜激荡、丰茂多姿的"乡土小说"潮流。到20世纪40年代的解放区文学，赵树理、周立波、柳青、孙犁等一批现实主义作家，又开创了一个立足现实、土色土香的农村题材创作主潮。这一创作主潮，是为现实革命斗争、为广大农民服务的，因此被纳入了主流政治之中。新中国成立后的农村题材文学，继承和发展的正是这一主潮。二是主流政治的刚性要求和文学体制的大力扶持的结果。周扬在1949年7月召开的全国第一次文代会的报告中，就明确指出："国家建设的过程基本上就是一个变农业国为工业国的过程。过去因为我们工作重心在农村，我们的作品反映农村斗争、生产的，就占了最大的比重；……工人阶级、农民阶级和革命知识分子是人民民主专政的领导力量和基础力量，我们的作品必须着重地来反映这三个力量。"① 文学成为国家机器上的"齿轮和螺丝钉"，国家要在农村进行社会主义革命和建设，文学就须密切配合。农村题材小说自然就优先发展起来了。

从 20 世纪二三十年代的"乡土小说"到五六十年代的"农村题材小说"，虽然表现对象依然是农村和农民，但概念变了，思想宗旨和审美趣味也变了。乡土小说，表现的是背井离乡、寓居城市的知识分子作家，对传统乡村的回忆、想象和审视，突出的是地域特色、民间文化、民生疾苦等。农村题材小说这一概念，在四五十年代的官方理论和文章中是没有的，一般用"以农村斗争和农民生活为题材的作品"这样的句式来表述。一直到 60 年代，才正式有了"农村题材小说"这样的概念。如 1962 年 8 月，中国作协在大连开会，会议名为"农村题材短篇小说创作座谈会"。这一概念的缓慢演进，反映了农村作为小说表现题材的不断强调与地位的提升，是乡土小说在新时代的一种"变异"。工业题材、农村题材、革命战争题材，是当时并列的三大文学题材。

从新中国成立初期到"文革"，中国农村经历了一波接一波的革命、运动和建设。从土改到互助组、合作社，从高级社到人民公社，中国的农村面貌和农民命运，可谓翻天覆地、变幻莫测。农村题材小说，就是要跟踪政治和政策，反映农村的时代巨变，表现农民的斗争和生活，特别是农民的进步和成长，突出所谓的"路线斗争"和"阶级斗争"，展示社会主义的发展道路和前景。同时要努力运用"通俗化""大众化"的艺术形式和语言，使农村题材小说真正走进农村和农民中去。应该说，当时选择一条社会主义文学道路，有其历史的逻辑性、合理性，而且奇迹般地创造了一个文学的新时代，涌现出大批清新、刚健的优秀作品。但它思想和体制上的政治化，观念和审美上的激进化，给"十七年"文学带来了严重损害，则是毋庸讳言的。

农村题材短篇小说在 20 世纪五六十年代，不仅得天独厚、强劲发展，而且"百花争艳"，形成了不同的文学思潮和流派。华北山西的"山药蛋派"，作家大都来自革命解放区，赵树理是自然形成的一位"主帅"，重要作家作品有马烽《韩梅梅》《"三年早知道"》，西戎《宋老大进城》《赖大嫂》，束为《好人田木瓜》《老长工》，孙谦《伤疤的故事》《南山的灯》，胡正《七月古庙会》《两个巧媳妇》，等等。这一流派的作品乡土气息浓郁，人物形象逼真，表现手法写实。在第一代作家的扶持和影响

---

① 周扬：《周扬文论选》，人民文学出版社 2009 年版，第 385 页。

下，又有了"山药蛋派"的第二代作家。同属华北的河北一带，还产生了"荷花淀派"。这一流派的"领袖"自然是创作了名篇《荷花淀》的孙犁。孙犁在解放区是以短篇小说闻名的，但新中国成立后作品锐减乃至辍笔。这一流派的代表性作家作品有刘绍棠《青枝绿叶》《大青骡子》，丛维熙《七月雨》《南河春晓》，韩映山《鸭子》《水乡散记》，房树民《一天夜里》《渔婆》等。这一流派着力表现北方水乡的地域特色，追求一种朴素、淡雅、柔美的审美风格，对后来很多作家的创作都有深远影响。湖南地区，在周立波小说的带动和熏染下，则涌现了一个"茶子花派"。主要作家有周健民、谢璞、张步真、刘勇等，创作了一大批短篇小说佳作。这一流派重在书写湖南一带的地域风景、民风民性，呈现出一种细腻、明丽、抒情、隽永的艺术特色。文学流派的产生，标志着作家审美追求的活跃与多样，也意味着短篇小说文体的创造与成熟。但对这些文学流派是否存在，有哪些特征，一直存有争议。

"十七年"时期的农村题材短篇小说作家群，是一个庞大而整齐的创作方阵。它基本由三部分作家组成。一部分是原先生活工作在国统区的进步作家，如沙汀、师陀、蹇先艾、刘树德等，他们在新中国成立前创作了许多优秀作品，但新中国成立后大都担任文艺界领导职务，创作思想与时代渐渐隔膜，虽然也有作品问世，但质量有所逊色。另一部分是来自解放区的革命作家，如赵树理、周立波、孙犁、秦兆阳、骆宾基、康濯、马烽、西戎等，不管是工农作家，还是知识分子作家，他们真诚地热爱国家、献身文学，成为新中国文学的主流作家。再一部分是新中国成立后成长起来的青年作家，如李凖、刘绍棠、王汶石、谷峪、茹志鹃、吉学霈、浩然、林斤澜、段荃法、王杏元等，他们以全新的观念和感情去感知时代巨变，以灵动的笔墨去描写新的农村和农民，创作了大量充满生机的短篇小说佳作，成为文坛的生力军。自然，与老一代作家相比，他们思想文化功底的薄弱、艺术表现方法上的稚嫩，也突出地显露了出来。

马烽：用短篇谱写农村历史

马烽（1922—2004）是当代文学中一位重要的农村题材短篇小说作家。他是"山药蛋派"的"主将"，继赵树理之后成为这一流派的"领军"人物。他出生于山西孝义农村一个贫农家庭。1938年参加抗日游击队，1942年进延安鲁艺附设的部队艺术学校学习两年，之后在晋绥边区的报纸、刊物上担任编辑、主编职务。1951年进京在中国作协学习、工作。1956年又调回山西，长期担任省文联、省作协的领导工作。1989年又奉调中国作协担任党组书记职务，同时兼任副主席。他从 1942 年开始发表作品，著有长篇小说《吕梁英雄传》（合作）、《玉龙村纪事》，中篇小说《袁九斤的故事》，电影文学剧本《我们村里的年轻人》《泪痕》等。而倾力最多、影响最大的是他的短篇小说，一生创作 50 多篇，各个时期均有代表性作品。

马烽的短篇小说，表现了中国农村每个历史时期的社会变迁和斗争生活，以及农村的日常生活和民情风俗，刻画了农村先进的、中间的、落后的等各种各样的农民形象以及他们的精神心理世界。他在小说艺术上既追求"通俗化""大众化"的民族风格，又积极借鉴现当代小说的开放、多样的形式和手法，形成了一种朴素、精练、幽默、厚实的艺术特色。茅盾曾经给予"洗练鲜明，平易流畅，有行云流水之势，无描头画角之态"①的恰当评价。他曾提出短篇小说要追求"新、短、通"的创作主张，即努力表现新的时代和生活、写得短小精悍、写得通俗易懂，他的小说很好地体现了这一创作追求。

马烽在他的一系列短篇小说中，描绘了一幅宏大的、完整的、错综复杂的农村历史长卷。

从抗日战争到解放战争，再到土地改革，是中国农村的反帝反封建时期，史称中国新民主主义革命时期。马烽在短篇小说《张初元的故事》《一个雷雨的夜里》《谁可恶》《金宝娘》《光棍汉》《老瘾戒烟记》《村仇》《赵保成老汉》等作品中，浓墨重彩地描绘了抗日战争的艰难悲壮，解放战争的残酷激烈，土地改革的深广和卓绝。真实地表现了：在长期的战争和革命中，中国农民觉醒和成长起来，涌现出无数先进农民和英雄人物。封建地主阶级退出历史舞台，一个崭新的社会艰难地诞生了。

从互助组到初级社、高级社、人民公社以至"文化大革命"，是中国农村的社会主义改造和建设时期。这 20 多年是一个狂热、探索与屡屡失误交织的时期。马烽在这一段的主要作品有短篇小说《解疙瘩》《结婚》《一架弹花机》《韩梅梅》《"三年早知道"》《一篇特写》《四访孙玉厚》《我的第一个上级》《老社员》等。他真诚地描写了社会主义集体的不断发展和壮大，同时也尖锐地揭示了农村工作中的盲目冒进、或左或右、弄虚作假等现象。他精心塑造了一批勤劳善良、勇于创造、爱社如家的新农民形象，同时深入地展示了中间农民、落后农民被"改造"的曲折和痛苦，他们身上不时抬头的自发倾向，以及公社社员潜滋暗长的同社会主义

---

① 茅盾：《反映社会主义跃进的时代，推动社会主义时代的跃进》，《人民文学》1960 年第 8 期。

的"离心力"。他写了小农经济同社会主义的矛盾冲突,但他并没有上升到路线斗争的高度,更没有去编造所谓的阶级斗争。

新时期文学中"复出"的马烽,面对整个国家从计划经济向市场经济的转型,面对农村新的生产责任制对人民公社体制的取代,他的思想感情经历了一个复杂的转变过程。他在《野庄见闻录》《新任队长钱老大》《结婚现场会》《彭成贵老汉》等作品中,一方面表现生产责任制后农村发生的深巨变化,农民身上焕发出的积极性和创造性,另一方面揭示了农村干部工作中的极"左"遗风和主观主义、形式主义等倾向。

可以说,马烽书写了一部从20世纪40年代初期到80年代中期共40余年的农村变革历史,堪称一部土色土香的农村"史诗"。尽管他遵循现实主义的创作原则,表现了一定的农村和农民生活的真实,但由于他对主流政治、路线、政策的虔诚信奉,也发表过一些歌颂"左"倾路线的作品,个别作品则有明显的概念化、图解化现象,同赵树理相比,显示了他思想和艺术上的某种盲目性和局限性。

在"歌颂"与"暴露"之间的李凖

新中国成立后成长起来的一代青年作家中,李凖是一位成就突出、影响广泛、深受文学体制重视的代表性作家。在人们的印象中,他是一位紧跟时代的"歌颂"型作家,其实他还有多篇"暴露"社会问题、人生现象的现实主义力作。他在二者之间转换、矛盾,显示了这一代作家复杂的思想和创作状态。李凖(1928—2000)出身河南洛阳农村一个乡村教师家庭,后家境破落,15岁开始谋生,在盐号、邮政所当学徒,熟悉了乡镇社会和底层人物。之后还参加了镇上的业余剧团,在银行当职员,在学校做教师,并开始了文学创作。1953年,他的《不能走那条路》发表,轰动文坛和社会,从此改变了他的人生命运。次年调入河南省文联,从事专业创作,并到农村安家落户、体验生活。1980年调到中国作家协会工作,任副主席、文学馆馆长,专业作家。李凖的主要成就是短篇小说创作,凡五十余篇,具有敏锐深刻、鲜明流畅、浑厚朴实的艺术格调。新时期之后出版了反映黄泛区历史悲剧和农民坚强抗争的长篇小说《黄河东流去》。他在电影文学剧本创作上成果丰硕,《老兵新传》《牧马人》《高山下的花环》等风靡一时。

"十七年"文学时期,在"写什么"与"怎样写","歌颂"和"暴露"等问题上都有明确的规定。李凖的创作优势和长处是,他既能及时、准确地把握住时代脉搏和走向,与政治意识形态相吻合,又能真实、敏锐地写出生活和人物的丰富与鲜活，使作品产生出一种艺术力量和魅力。《不能走那条路》《白杨树》，都通过父子两代人的矛盾冲突，表现了单干自发是一条危险的"独木桥"，只有组织起来互助合作才是唯一的光明大道的社会主义思想。《野姑娘》的主题旨在批判农村合作化高潮中，一些农村干部的右倾保守思想和做法，肯定了农民群众走合作化道路的积极性和创造性。20世纪50年代中国农村的集体化道路，是在特定的历史环境和生产关系的条件下的一种势在必行的选择，作家描写这样一种时代趋势，并没有错，也是符合生活真实的。但从集体化到人民公社，成为一种政治运动，愈演愈烈，才走向了荒谬，出了问题。《李双双小传》描写的是1958年"大跃进"和人民公社背景下大办集体食堂的故事，肯定了这一所谓的"新生事物"。作家的主导思想就是盲目的、错误的，它掩盖了"三面红旗"下巨大的社会矛盾和经济危机。这篇作品值得肯定的是对中原农村那种质朴、火热、风趣的家庭生活的描写，以及对李双双能干、泼辣、倔强的性格，以及孙喜旺保守、诙谐、大男子主义性格的逼真刻画。应当把作品的主题思想和现实描写区分开来看待和评价。

李準创作的另一个特点是，塑造各种各样的新人形象，展示新的社会关系和新的伦理道德风尚。譬如李双双在社会主义运动中，由过去被压迫被役使的对象，成为在政治上、经济上、人格上独立的主人，这个由大男子主义主宰的旧式家庭，逐渐变为男女平等、团结合作的新型家庭。譬如《农忙五月天》里，青年团员冬英克服困难，发动群众，创办了托儿所，解决了一系列家庭、人际问题，促进了农业生产。譬如《三月里的春风》中，高级社社长吴忠信接受公社党委的任务，创办公社敬老院，他把孤寡老人当作自己的亲爹娘，精心侍奉，耐心工作，显示了社会主义大家庭的温暖、幸福。尽管这些作品带有某种理想、浪漫色彩，但确实反映了那个时期的时代精神和生活追求。

一个真正的现实主义作家，只要他面对现实、忠于良知，就总会写出生活中的某种真实，暴露出现实中的某些问题。赵树理、沙汀、马烽是这样，李準也是这样。1956年之后，随着"百花齐放，百家争鸣"方针的实行，文学界的思想一时间活跃起来，李準写出了多篇具有现实主义深度的力作。尽管这些作品在艺术上还不够精到、成熟，但它们显示了李準创作上的一种转变。譬如《两匹瘦马》，作家没有回避海眼村农业社的贫穷落后，写了这个村没有大牲口、生产落后，写了食堂吃的是黑馍、生活困难。但农民有心劲儿、有干劲儿，韩芒种用60元买了两匹瘦马，穷则思变，决心摘掉落后帽子。譬如《一串钥匙》，精心塑造了一个自尊、专断、节俭而不乏善良宽厚的旧家长式的农民形象：白举封。这是一个典型的"中间人物"形象。他的"权力下放"标志着家长制的破灭与新的家庭关系的建立，具有深刻的社会和审美意义。

李準这一时期创作的《灰色的帆篷》和《芦花放白的时候》，是两篇真正暴露社会人生问题的力作。前篇尖锐地揭露了文化界配合政治与政策，现编现演、空洞说教的"左"倾宣传方法。用讽刺笔法刻画了一个见风使舵、当面说谎、取悦领导的投机分子形象——县文化馆馆长孔令顺。孔令顺已不仅仅是工作方法方式问题，更是个人的品质问题。后篇深入地揭示了一些上层领导干部，由于环境、地位的改变，出现了喜新厌旧、离婚再娶的社会现象和问题。作家精心安排故事情节，在塑造正面形象——农家少妇周成秀的同时，一步一步刻画了一个自私、冷漠、虚伪的国家干部何干的形象。现代陈世美的出现，是一个十分复杂的社会人生问题，作家的关注和揭露是有意义的，但仅仅从道德层面进行批判也是远远不够的。这两篇作品发表后，受到了猛烈的批判，作者几乎被打成右派。经历了创作上的挫折之后，李準又回到了以歌颂为主的合唱之中，显示了那个时代坚守现实主义创作的艰难。

王汶石：诗情画意写农村

王汶石是一个有着独特艺术风格的作家。正如有文学史家所评价的："尽管作品数量不多，但在短篇小说创作之林中，王汶石却一直享有较高的地位，被公认为新中国成立初三十年中最优秀的短篇小说作家之一。这主要因为，他不但讲究作品的思想质量，尤其讲究作品的艺术质量。在20世纪五六十年代那样的时代背景下，即使不能完全摆脱历史的和政治的局限，也能够基本上做到坚持现实主义的创作原则，使作品既有强烈的时代气息又很少浮夸虚饰的毛病。"① 王汶石（1921—1999），山西万荣县人，祖父三代都是乡村教师。1936 年在县城高小读书时就参加了抗日救亡活动，并加入山西牺牲救国同盟会，后赴延安，历任西北文艺工作团创作员、研究员、团长，开始创作歌词、墙头诗、秧歌剧等。1949 年调边区文协任《群众文艺》《西北文艺》副主编，并任中国作家协会西安分会秘书长，后任陕西省作协、文联副主席等职。1954 年开始专业创作。他的早期创作有秧歌剧《抓壮丁》《边境上》等。50 年代初期多次深入渭南、咸阳农村体验生活，创作了大量题材现实、艺术精湛的短篇小说和少

---

① 金汉：《中国当代小说史》，杭州大学出版社 1997 年版，第 131 页。

量中篇小说。1977 年出版的《风雪之夜》汇集了他的主要中短篇小说，此外还创作有一批诗歌、散文、评论文章。

20 世纪五六十年代的短篇小说，普遍存在着重题材思想、轻形式语言的创作倾向。而王汶石在短篇小说艺术上苦心探索、精益求精，逐渐形成了自己严谨、雅致、诗意的艺术风格。在那个时代，歌颂社会主义道路、表现所谓的阶级斗争和路线斗争、塑造新人形象，已成为不可违抗的创作主潮。王汶石自然也有少数配合形势、图解政策的作品，如肯定"大炼钢铁"的《黑凤》，表现农村阶级斗争的《新任队长彦三》等。但从整体上看，他的创作更富有现实主义内涵和精神，更具有短篇小说艺术的精美和诗意。他特别重视小说的艺术构思，在构思中，苦苦寻觅典型的情节或细节，以此作为作品的"心脏"，然后生发和构筑整个作品，王汶石在当时有这样的艺术自觉确实是难能可贵的。譬如《春节前后》选择在节日三四天时间里，丈夫赵承绪与妻子大姐娃因喂集体牲口发生的矛盾冲突，譬如《新结识的伙伴》截取两位劳动竞赛对手——张腊月与吴淑兰，初次见面的斗嘴交往情节，都是作家煞费苦心提炼出来的"作品心脏"，有了这样的情节，才有了作品精练而丰富的艺术构思。

王汶石是一位"带着微笑看生活"的作家。他的短篇小说绝大部分篇章都是反映从合作化到人民公社这一历史时期的西北农村生活的。他对这一历史变革满怀深情，并把这种感情赋予他所表现的生活和人物，使作品呈现出一种如诗如画式的艺术格调。《风雪之夜》是他的成名作，写河岸村成立农业合作社，乡里区里的干部去村里检查验收。但作家把全部内容浓缩在一个过新年的"风雪之夜"。屋外风雪弥漫、天寒地冻，屋内炉火熊熊、灯火通明。村民们兴奋地议论、畅想，干部们认真地审查、谋划。特别是区委书记严克勤，风里来雪里去，细致工作，严格把关，表现了那一时期农村干部的工作作风和精神风貌。作品洋溢着一种欢快、沉着、激越的艺术情调。还有，《大木匠》里写深秋田野的辽阔、富饶，小镇集会的兴旺、热闹，农家生活的温馨、有趣。《严重的时刻》中写一场大雹灾过后的破败、悲凉，以及干群团结、奋勇抗灾的场面。《夏夜》里描绘了自然美、劳动美、青年男女的爱情美的美好情景。这些生活画面和人物，也许并没有什么新奇之处，但其中饱含的诗情画意，却是永恒的、具有艺术魅力的。

运用讽刺、幽默的表现手法，把现实生活喜剧化，是王汶石的又一创作特色。在作家笔下，很少有离奇曲折的故事情节，他总是按照生活的本来面貌去展示，不管是社会化的还是日常化的生活情景，他总能发现一些有趣的、独特的东西，让人沉醉其间，或忍俊不禁，或耐人寻味。譬如《米燕霞》里，写农村"整风运动"中的贴大字报，本来是一种严肃的政治运动，但在作品中却变成了风趣、幽默的乡村喜剧。对立双方的男青年女青年互贴大字报，似乎并没有恶意和"阴谋"，更像是一场善意的挑战，最后变成了一场男女青年之间的劳动竞赛。譬如《沙滩上》写的也是"整风运动"中，年轻村干部对群众意见的不同态度和做法，塑造了一个吸取教训、改正工作、在逆境中开拓前进的青年干部陈大年的形象。林檎树下懒散贫嘴的陈运来同两位年轻干部打嘴仗，沙滩上人称"百事通"的思荣老汉对两位年轻干部的启发、激将和教育，写得鲜活、细腻、诙谐，读来引人入胜、发人深省。王汶石以他精心的构思、别致的手法、充沛的激情，书写了那个时代的诗意小说。

第四节　工业题材创作的"力挺"与贫弱

综　述

在绘制社会主义文学的蓝图中，工农兵文学是其中的主体，而工业题材文学又是主体中的"龙头"和重心。为了实现这一理想，国家文学体制对工业题材文学给予了高度重视和大力扶持。经过不懈努力，初步建构了一个新的、富有生气的工业文学雏形，取得了一定成就。但与同步前行的农村题材、革命战争题材文学相比，却大为逊色，更与蓬勃发展的工业建设形成巨大差距，直到 20 世纪 70 年代中期"文革"结束，这种状况并未得到改变。可以说，在五六十年代文学中，工业题材文学始终是薄弱和贫乏的。

中国是一个古老的农业国家，农耕文化源远流长。直到近现代以来，随着国门的被迫打开，现代工业才艰难而缓慢地生长起来。也才有了现代文学史上工业题材文学的诞生。如茅盾的《子夜》、郁达夫的《薄奠》、蒋光慈的《短裤党》、路翎的《卸煤台下》、夏衍的《包身工》等少量作品。但这些作品对现代工业的管理与科技，多取审视和批判的态度。新中国成立之后，执政党与毛泽东逐渐意识到，要改变中国的面貌和命运，唯一的道路就是把落后的农业国家变为先进的工业国家，于是提出了"以农业为基础、以工业为主导"的发展国民经济的总方针。同时，毛泽东始终把工人阶级定位为领导阶级，共产党正是工人阶级的先锋队。很显然，从新中国成立伊始，工业就上升到国家的主导地位，工人阶级成为社会的主体阶级。而作为国家文学,反映和表现工业的主导地位和工人的主体形象,自然就成为最重要也是最自觉的时代使命。1949 年 7 月,在北京召开的全国第一次"文代会"上,周恩来在政治报告中就明确指出:"应该首先去熟悉工农兵,因为工农兵是人民的主体。""我们首先要熟悉工人。现在各方面的文艺工作者一般地都不熟悉工人,所以反映工人的作品还很少。我们希望能有一批文艺工作者深入工厂。自己不能到工厂去的,也应该宣传这个号召,把它变成一个运动,推动成千成万的文艺工作者向这方向走去。"① 新中国成立初期,对工业题材创作的倡导和扶持,可以说既是"空前"的也是"绝后"的。对社会主义文学的构想,也是满怀信心的。

为了推进工业题材文学的发展,国家文学体制作了多方面的努力。譬如组织有成就、有经验的作家深入工厂、走访工地,熟悉工业和工人生活,然后进行创作。譬如抓重点作品的打造,发现有苗头的重要作品,就会集作家、编辑乃至相关的专家进行"会诊",反复修改直至出版。譬如抓创作队伍的建设、新人的培养,特别是工人业余作者,发现有潜力有前途的即选送进修,甚至调入作家协会成为专业作家。这些措施是计划经济的做法,但也是有成效的,使工业题材文学逐渐由小到大、由弱到强地发展起来。主要成就表现在长篇小说和短篇小说创作方面。来自解放区和国统区的知名作家,是长篇小说创作的主要力量。如周立波《铁水奔流》、萧军《五月的矿山》、艾芜《百炼成钢》、草明《乘风破浪》、罗丹《风雨的黎明》、李云德《沸腾的群山》、周而复《上海的早晨》等。这些作品表现了工厂、矿山、钢铁、铁路等广阔的工业建设领域的生活,虽然在思想和艺术质量上尚显简单粗糙,但它毕竟呈现了新中国在工业建设上的探索和创造,奠定了当代文学中工业文学的基础。

短篇小说在表现现实生活方面具有敏锐性、及时性,在一个时期的文学发展方面具有探索性、引导性。当时从事工业题材短篇小说创作的作家,一部分是新中国成立前就已经成熟的作家,另一部分是新中国成立后扶植的青年作家,特别是来自工业第一线的文学新秀。女作家草明不仅著有两部长篇小说,还创作有反映工人日常生活和爱情生活的《姑娘的心事》《爱情》等。杜鹏程、艾芜是工业题材创作的代表性作家,在这一时期既有中长篇小说力作,又有短篇小说精品。陆文夫则是一个身份特殊、

---

① 周恩来:《在中华全国文学艺术工作者代表大会上的政治报告》,《文学运动史料选》,上海教育出版社 1979 年版,第 647 页。

经历曲折、在艺术上有高远追求的作家。他曾投身解放区革命，当过新华社记者，做过专业作家，发表过多篇反映城市生活的优秀短篇小说。后在南京与同人组织"探求社"文学社团，被打成右派，下放到工厂参加劳动。他不仅真诚地进行劳动改造、努力钻研技术，而且还坚持业余创作，发表了一批表现工厂工人生活的短篇小说，《葛师傅》《介绍》《二遇周泰》《棋高一着》等成为脍炙人口的佳作。这些作品题材典型、构思巧妙、人物鲜活、写法新颖，茅盾曾写长篇作家论给予极高评价，他说："他力求每一短篇不踩着人家的脚印走，也不踩着自己上一篇的脚印走，他努力要求在主题上，在表现方式上，出奇制胜。"[1] 陆文夫是一个由知识分子作家转变为工人作家，然后又回归知识分子作家的文学精英。他短短数年涉猎的工业题材创作，就超越了当时大多数工人作家。

这一时期成长起来的一批工业题材作家中，有几位还是颇有成就的。文化水平不高、工人出身的胡万春，是最有代表性的一位。费礼文着力塑造青年工人形象，表现他们的进步和成长，创作了《晨》《早春》《成长》等多篇优秀作品。唐克新追求诗意化写法，探索轻松、明朗的叙事语言，发表了《第一课》《种子》《沙桂英》等一批艺术佳制。焦祖尧钟情结实而丰富的煤矿工人形象，创作有《时间》《岗位》《褚三这个人》等众多现实主义力作。此外，还有艾明之《同伴》、陆俊超《国际友谊号》、万国儒《欢乐的离别》、舒群《在厂史以外》等，都是当时有影响的短篇小说，表现了较丰富的工厂工人生活，带动了整个工业题材文学的发展。

为了建构新型的工业题材文学，无数的作家、评论家付出了巨大的努力。1956 年召开的中国作协第二次理事会上，周扬在报告中批评说："工业建设和工人斗争仍然是文艺创作中的一个比较薄弱的方面，需要作家们今后在这方面付出更多的努力。"[2] 尽管竭尽全力，但结果是"乌托邦"式的文学理想最终幻灭，工业题材文学搞得虎头蛇尾。究其根源似乎有三个方面。一是中国的现代文学，没有形成工业文学的创作思潮和传统，作家作品很少，缺乏可资借鉴的典范和经验。二是新中国成立后的工业题材作家，不管是哪一种类型，基本上还是一种传统的、农耕的文化心理结构，与现代工业生产和工业文化存在着隔膜和抵牾，难以走进全新的工业和工人世界。三是当时激进的、极"左"的文学思想和规范，束缚了作家在思想艺术上的探索和创新，窒息了文学的生命。工业题材小说的突破

---

① 茅盾：《读陆文夫的作品》，《茅盾文艺评论集》（下），文化艺术出版社 1981 年版，第 646 页。
② 周扬：《为创造更多的优秀的文学艺术作品而奋斗》，《人民文学》1953 年 11 月号。

和振兴,则要等到 1976 年之后蒋子龙的《机电局长的一天》、柯云路的《三千万》等发表的文学"新时期"。

杜鹏程:雕塑工人形象 彰显时代精神

在 20 世纪五六十年代文坛上,杜鹏程的工业题材小说具有重要地位和"轰动"性影响。他的作品故事情节简练而强烈,人物形象突兀而有力,思想格调高昂而激越,表现手法精到而多样,在同类作家创作中可谓独领风骚。杜鹏程(1921—1991)出身陕西韩城县农村一个贫农家庭,少年时代住过孤儿院和教会学校,当过店铺学徒,后在乡村学校读书时接触了五四新文学作品。1937 年投身抗日救亡运动,1938 年奔赴延安,在抗大分校、鲁迅师范学校学习,后分配到陕甘宁边区农村、工厂工作。1947年担任西北野战军新华社随军记者,后任新华社新疆分社社长。这一时期创作了数十万字以战争为题材的通讯、散文、剧本、报告文学等。新中国成立后担任陕西省文联、作协副主席,从事专业创作。他从 1949 年年底开始创作长篇小说《保卫延安》,历时五载、九易其稿,1954 年出版。作品真实全面地再现了艰苦卓绝的延安保卫战,形象有力地刻画了众多战士、干部直至彭德怀副总司令的英雄形象,成为革命战争题材的典范之作。之后他深入大西北宝成、成渝等铁路工地生活,直接担任工程处领导职务,创作了大批表现铁路建设和工人生活的优秀中短篇小说。中篇小说《在和平的日子里》,不仅塑造了新的历史时期继续保持奋斗精神和崇高理想的老干部阎兴,同时刻画了一个消沉蜕化的官僚主义者梁建的典型形象,在现实主义创作上具有突破意义。此外,他还出版有散文、评论著作。

新中国成立初期的工业题材小说创作,还处在草创、探索阶段,而且在思想和艺术方面,有许多条条框框。杜鹏程也难以超越时代和思想的局限,在实现生活描写和思想探索上进行根本突破。他的独特之处是:凭借自己丰富深切的人生体验,和对工业、工人生活的谙熟,总能把握住典型的题材和情节,洞悉到现实和历史的联系,塑造出坚实有力的人物形象,揭示出他们内在的精神性格特征,开创出工业文学的新天地来。

杜鹏程在他的小说中描写了一系列的工人形象,这些人物大都是正面形象,写得铿锵有力、英气逼人。茅盾评价说:"他的作品中的人物形象是用巨斧砍削出来的,粗犷而雄壮。"[①] 老一辈革命战士的形象是刻画得最成功的。如《延安人》中的黑成威,昔日是革命战争中的红军英雄,

---

① 茅盾:《反映社会主义跃进的时代,推动社会主义时代的跃进》,《人民文学》1960 年 8 月号。

现在是铁路工地上的严格管家（材料主任），艰苦的岁月已使他衰老、迟缓，但一投入工作他就精神抖擞、青春焕发，他永葆着战争年代那种艰苦拼搏、无私奉献的精神品格。他的老伴小黑妈，不管是战争年代还是和平时期，都是丈夫最忠实的支持者，身为工人家属，却承担着工地后勤、工会乃至新生儿接生等众多义务工作，有一种自觉的、强烈的主人公精神。如《第一天》里工程处党委书记赵志群、处长杨方，他们从朝鲜战场上胜利归来，征尘未洗又转移到铁路建设工地，他们精诚团结、筚路蓝缕、苦钻技术，铁路建成，又将带领队伍踏上新的战场，表现了这一代人听从国家召唤，藐视一切困难，奋力创造奇迹的英雄主义精神。年轻一代人的形象也描绘得生动感人。如《年轻的朋友》中那位机灵调皮、技术高超、在危急关头舍身救人的卡车司机王军，《工地之夜》里那位关心工程建设、处处为总指挥排忧解难的小车司机老赵，都刻画得性格鲜明、品格高尚。年轻知识分子的形象，在当时的工业题材小说中较难处理，不常看到，杜鹏程知难而上，同样刻画了几位成熟的人物形象。《光辉的里程》中的贺俊，曾经是个有点高傲、自负的大学生，但在工程局黎君局长的关怀教育下，在艰苦复杂的工作环境的磨炼下，终于成为认真负责、勇于创新的年轻工程师。《工程师》里的工人后代李永江，在爷爷、父亲的严格要求和言传身教中，由一位普通工人迅速成长为独当一面的工程技术干部。这些都写得真实、细腻而深切。工人家属的形象在杜鹏程的笔下也独放异彩。《平常的女人》里那位继承丈夫遗志、在工地坚持烧开水整整四年的郑大嫂，是那样平凡而伟大；《夜走灵官峡》中那个遥望着父母亲在工地劳动的身影，"坚守岗位"看护妹妹的小男孩儿成渝，是那样可爱而感人。在这些人物身上，闪耀着一种"大写的人"的光辉，凝聚着一种高昂向上的时代精神。

　　杜鹏程继承和拓展了现实主义的表现方法，创造了一种刚健、丰富、抒情的艺术风格。这在工业题材小说普遍存在着概念化、简单化的时代中，是难能可贵的。首先是在现实生活中发现那种闪光的典型情节和细节。譬如《延安人》中黑成威一遇到紧急情况，就会召唤自己的老伴儿："小黑子妈！来！扶我一把！"老太太就冲上前去，大显身手，局面马上扭转。譬如《工地之夜》里司机老赵一看到工程总指挥的举动，就知道他要说什么、需要什么，老赵已经为他作了准备和安排。这样的典型情节，对于表现人物可以说以一当十，只有沉潜在生活深处的作家才能发现。其次是创造了多样的艺术结构。譬如《年轻的朋友》《工地之夜》有完整而精彩的故事，是一种情节结构小说。《平常的女人》《延安人》着力于塑造人物,是一种人物模式小说。《夜走灵官峡》工笔描写大雪、深山、孩子,是一种意境结构小说。现实主义的内在规律不变,但情节结构灵活多样。最后是营造了一种粗犷、坚实、深邃、高昂,而又渗透着哲理和抒情元素的叙事格调和语言,它折射出一个有坚定信仰的作家的思想和情感,也折射出那个时代的一种精神和追求。

"大处着眼,小处落笔"的艾芜

艾芜与杜鹏程,写的都是工业题材,但创作风格却恰好相反。杜鹏程崇山峻岭、高亢浪漫,艾芜则清风明月、柔美隽永。两种风格都有长处,但后者似乎更吻合短篇小说特性。艾芜(1904—1992),四川省新繁县人,父亲是乡村教师。曾在成都省立第一师范学习,因不满守旧的学校教育,反抗家庭包办婚姻,1925年离家出走。此后五六年时间,他奔走在云南边疆、缅甸、新加坡等地,做过杂役、当过小学教师、报馆编辑和副刊编辑,并开始文学创作。1931年回到上海,与沙汀联名给鲁迅写信,受到鼓励和指导,坚定了从事文学的信心。次年加入中国左翼作家联盟,开始发表以流浪生活为背景的短篇小说。抗战期间,投身革命文艺运动,辗转于湖南、广西、四川之间。新中国成立后,任重庆市文化局局长、文联和作协负责人。后定居北京,从事专业创作。1965年又全家迁回成都。20世纪五六十年代,他曾几度深入鞍钢、大庆和小凉山等工业第一线体验生活,创作出了一批优秀的工业题材小说。他创作勤奋、题材多样、数量庞大。表现云南地域风情与民众生活的短篇小说集《南行记》《南行记续编》曾广受好评。还出版有多部散文、评论集。工业题材创作方面,1958年出版的长篇小说《百炼成钢》,是新中国最早的表现现代大工业的重要作品之一。他的一批描写工业和工人生活的短篇小说,结集为《夜归》,取材新颖、手法别致,令人赞赏,为工业题材文学的发展作出了宝贵贡献。

20世纪五六十年代的主流文学,强调正面表现革命和建设生活,塑造完美的新人物形象。创作上经验丰富,谙熟短篇小说艺术特性的艾芜,自然难以违抗主流文学思想,但他更懂得"大处着眼,小处落笔"的创作真谛。他有意识地捕捉工业建设主战场之外的日常、平凡生活作为小说题材,自觉地选取普通工人乃至家属作为描写对象,迂回出击、以小见大,同样表现了或者说更艺术地表现了工业建设的非凡成就与工人阶级的动人形象。客观地讲,艾芜在创作的主题、人物等方面并没有提供更新颖、深刻的内容,但在提炼生活和艺术手法上却是独辟蹊径的。他表现了普通工人艰苦严格的工作和创造性劳动。《采油树下》中的年轻女工卜晓明，除夕的风雪之夜，还须坚守在油井的值班室看守机器、定时操作，伴随她的是辛劳和孤独。《剪刀》里的爆破工人柳明章，废寝忘食，用坏了家里的剪刀，弄坏了家里的铁皮用具，一门心思扎在铁矿爆破的技术革新上，有一种自觉而强烈的主人公意识。他表现了青年工人的进步和成长。《灰尘》中的马万祥和《衬衣》里的陶至宏，都是年轻的采油工，他们在复杂的社会中还缺乏分辨能力，在工作、生活中容易犯自由主义错误，但在队长、指导员的影响和教育下，在工业化劳动的磨炼中，一步一步地成长、成熟起来。他还刻画了一些工人妻子的形象，如《春天的风》中的赵冬梅、《车菊英》里的车菊英，她们的丈夫是工人甚至是劳模，却都有一种大男子主义性格；她们参加社会活动、学习油井管理技术，却遭到了讽刺、阻碍。但随着她们能力的提高，社会作用的显现，保守的丈夫终于理解、认识了她们。通过这些饶有趣味的夫妻矛盾、家庭纠葛，读者更真切地窥见了工业建设的蓬勃发展和工人阶级的精神品格。

创作内容总是在选择着艺术形式。艾芜在他的短篇小说写作中，一是较多地运用了意境营造的方法。譬如《雨》写环市火车上的查票员徐桂青，在茫茫雨雾中对那位埋头读书的男孩子的想象、牵挂和爱慕；《输血》里的电话员郁琳，在嘈杂的汽车上临时作出为受伤工人输血决定的心理经过，都写得情景交融、真实动人。二是大量采用了心理描写手法。譬如《新的家》中写农村少妇郝学英坐火车去钢厂探望丈夫，丈夫却迟迟不见，所经历的不快、气愤、谅解等一系列心理活动；《夜归》里的青年工人康少明深夜搭车回家，对那位漂亮、骄傲的赶车姑娘的感激、胆怯、爱恋的复杂感情，均刻画得精心入微、生动有趣，让人们看到那个沸腾的时代普通人真实的情感和愿望。但这些心理描写不是通过静止的手法去展示的，而是通过人物的行动、表现，运用简练、灵动的白描语言凸显出来的。意境营造、心理刻画等艺术形式的运用，使艾芜的小说形成了一种简练、细腻、优美、隽永的艺术风格。

胡万春：回到原汁原味的工厂和工人生活中

杜鹏程与艾芜写出了别具一格的工业题材小说，但它们本来的身份是作家，因此笔下的图画与工厂工人生活就难免有点"隔"。胡万春是来自工厂、经过多年培养的工人作家，尽管他的创作在思想艺术上还有诸多不足，但更富有生活的原汁原味儿，更能代表工人的思想感情。从这一层面看，工人作家的创作自有它的特色和不可替代的价值。胡万春（1929—1998）祖籍浙江鄞县，出身上海一个贫困的工人家庭。只上过两年免费的贫民小学。十七岁进上海钢铁厂当学徒、工人。新中国成立后历任工厂工会干部、副主席、党委宣传部部长等职。1952年开始发表短篇小说,后被选送到中国作协文学讲习所学习,返沪后任《萌芽》编委,从事专业创作。"文革"期间,曾任上海作协革委会主任。他的自传体短篇小说《骨肉》《卖饼》《金色的梦》等,写童年时代的家庭困境、艰难求生和乡下避难,朴实自然、深切感人。20世纪50年代末60年代初,是他创作的黄金时期,陆续出版了反映工厂和工人生活的短篇小说集《青春》《爱情的开始》《谁是奇迹的创造者》等,在文坛影响甚大。此外,他还创作改编电影文学剧本《家庭问题》《钢铁世家》,话剧《激流勇进》等,都是表现工业题材的力作。

生活之于作家,入得越深才可能看得越清。胡万春以他长期而丰富的生活体验与观察,在创作中提出了诸多有关工业和工人的重要问题。虽然他不可避免地受到了主流意识形态的影响,甚至去歌颂"浮夸风",但他揭示的社会人生问题,比当时不少作家要更准确、更深刻一些。如在他的代表作《家庭问题》中,表现了一个工人家庭父子两代人的矛盾,提出了老一代如何培养教育下一代的问题,年轻一代如何保持工人阶级的传统和本色的问题。这是当时一个极为普遍的社会问题。如在《特殊性格的人》里,展示了干部队伍中,爱厂如家、敢闯敢干的先进干部和不谙厂情、保守右倾的落后干部之间的冲突。作品的主题是深刻的。在《内部问题》中,作家有意向"阶级斗争"靠拢自然是不可取的,但他揭示的副厂长王刚与徐厂长之间的矛盾斗争,则是很有典型意义的。围绕"新字三号"技改方案,王刚既正视困难又坚定支持。而徐厂长则态度暧昧、见风使舵,表现出一种十足的官僚主义做派。老干部徐厂长的这种表面沉稳、周全、原则与骨子里的胆小怕事、个人主义的精神状态,正是当时一种典型的官僚主义倾向。如在《晚年》《前辈》等作品中,作家突出地表现了退休工人精神上的孤独、老一辈人的等级观念,均是一些重要的社会人生现象。没有对现实生活的深入体察,是难以写得这样真实、深切的。

20世纪五六十年代大力提倡塑造工人形象特别是先进工人形象,但实绩并不理想。胡万春笔下的工人形象,不仅本色、地道,而且丰富多样,为人物画廊增添了许多崭新的形象。《家庭问题》中的杜师傅,通过与小儿子的一场矛盾,真实地显示了他心怀国家、以厂为家、克勤克俭、严以教子、刚正自尊的崇高形象。还有《步高师傅所想到的》里的步高师傅,都是一些坚实而有个性的老工人形象。《特殊性格的人》中的工人干部王刚，在旧社会历尽艰辛也难以生存，新社会则成为可以大显身手的工厂主人公。他性格正直、粗鲁，同时又洒脱、睿智。他在工厂生产和抢险中调度有方、指挥若定，而在埋头作画时又凝神静气、挥毫泼墨。一个丰富而独特、豪壮而柔情的工人形象呈现在读者面前。《闪光》里的年轻工人陆大伟，外表丢三落四、邋邋遢遢，而内里却是一个认真、严格、负责的人，当车间的检验员可谓适得其所。《心声》中的马阿土，则是一个诚实热心、任劳任怨的"无名英雄"。没有对各种各样的工人烂熟于心，是写不出这样各具个性的人物来的。

胡万春还忠实地呈现出了工厂生活的色彩、形态、诗意和神韵。他写工厂的面貌与劳动场面，气势宏伟、浓墨重彩，像一幅大画面的油画；写工厂领导及人与人之间的矛盾冲突，则正面交锋、尖锐激烈，层层展开；而写工人家庭日常生活、青年人谈情说爱，又精雕细刻、如诗如画，显示了作家创作风格的丰富与灵活。但总体上看，胡万春的创作存在着激情有余、思想不深，粗犷过之、细腻不够的缺陷。

第五节　社会人生探索小说的生生不息

综　述

洪子诚在《中国当代文学史》中说："在 20 世纪 50—70 年代，文学主张和文学创作的统一性是这个时期文学的总体面貌，但在某个时候、某些作家那里，时或有偏离规范的'异端'现象出现。对本时期的那些偏离或悖逆主流文学规范的主张和创作，本书用'非主流'这一用语来表示。"[①] 在当代文学发展中，至少有两种文学传统在发生作用，一是 40 年代崛起的延安革命文学传统，二是 20 年代发源的五四启蒙文学传统，但国家文学体制是把革命文学传统奉为主流的。处于压抑、边缘状态的启蒙文学传统并没有退出历史舞台，它始终存在、绵延不绝，并在一定的历史气候下偶露峥嵘，与主流文学形成了一种矛盾、靠拢、缠结的复杂关系。这一"异端"的非主流文学的主要特征，表现在对社会人生的大胆、深入探索上，而主要体裁则集中在短篇小说方面。

社会人生探索小说从 1950 年就崭露头角，一直到"文革"时期，可谓生生不息。它曾经出现过两次活跃期。一次是 1956—1957 年上半年，

---

① 洪子诚：《中国当代文学史》，北京大学出版社 1999 年版，第 137 页。

毛泽东提出："百花齐放，百家争鸣"的方针，激发了广大作家的创作热情，他们在"写真实""干预生活""暴露黑暗"等文学主张的激励下，创作出一大批思想尖锐、艺术新颖的短篇小说力作。另一次是60年代初期，国家走向全面调整，文化艺术稳步发展，短篇小说又出现了一批艺术佳作。不过，这两个时期时间都很短。在20世纪五六十年代，继承革命文学传统的主流文学得到了得天独厚的发展，但公式化、概念化的倾向日趋严重。承袭五四文学传统的社会人生探索小说，虽然处于逆境，但依然成果丰硕。二者互补才构成了当代文学的灿烂景观。五六十年代的探索小说是值得充分肯定的，它对社会现实中的诸多重要问题和现象，乃至革命战争、历史生活等领域，都进行了深入而广泛的探索；它对各种各样的人物，如工人、农民、战士特别是知识分子的生活情状以及精神情感，都做了细腻而深邃的发掘。它突破了激进的、极"左"的文学教条和禁区，抵达了当代文学的一种新的高度。但这种带有"异端"色彩的短篇小说，都受到了或轻或重的质疑与批判，重点批判的就有五六十篇之多，有些富有才华的年轻作家因此而被打成"右派"，如王蒙、刘绍棠、李国文、陆文夫等，中断了他们的创作生命乃至政治生命，成为当代文学中的一块"重灾区"。

社会探索小说是这类小说中的"重器"，达到了较高的思想艺术水准，遭到的批判也最为猛烈。在主流政治的严厉规训下，当时的文学已不敢触及较深的社会矛盾和问题，不敢描写人物的复杂性格和心理，几近变成了顺应政治、歌功颂德的"御用"工具。社会探索小说只是涉及了现实生活中一些个别的、表层的、突出的现象和问题，就触犯了清规戒律。秦兆阳1950年发表的《改造》，通过描写土改运动中一个"废物蛋"地主的嬗变过程，提出了如何认识、对待、改造那些有可能转变的地主的重要问题，却被指责为"掩盖了阶级矛盾的本质和敌我分明的阶级立场"，"无原则地歌颂了一个地主如何成了个'新人'"。王蒙《组织部新来的青年人》、刘绍棠《田野落霞》、柳溪《爬在旗杆上的人》、从维熙《并不愉快的故事》、张庆田《"老坚决"外传》等，笔锋都指向党政部门领导干部身上形形色色的官僚主义，或积极推行"左"倾路线和政策，或高高在上"瞎指挥"，或唯命是从搞"浮夸风"，或为了升迁弄虚作假……有的官员已不仅仅是思想和工作作风问题，而是个人的人性和品质问题了。这些作品思想敏锐，问题准确，在当时引起了强烈的社会共鸣。耿龙祥《入党》《明镜台》，则深入某些党政干部的性格和心理，揭示了他们以党的化身自居的无意识心理、同普通民众越来越隔膜的麻木心态等，显示了作者较深的思想洞察力。李国文《改选》《第一杯苦酒》，前篇提出了国营工厂同普通工人的关系问题，工人已不再是工厂的主人，代表工人利益的工会主席已变得人微言轻。后篇则描绘了铁路建设战线严重的官僚主义、本本主义风气，刻画了一个不畏权威、敢想敢干而又活泼开朗的年轻女技术员形象。作者善于发现问题，在艺术上追求一种厚重沉郁的格调。赵树理的《"锻炼锻炼"》，则真实而鲜活地表现了人民公社的现实情景和普通农民的生存状态，提出了农村干部应当怎样领导生产、怎样解决人民内部矛盾等一系列问题，是典型的"问题小说"。其他如白危《被围困的农庄主席》、李準《灰色的帆篷》、南丁《科长》、李易《办公厅主任》、李古北《奇迹》《破案》等，都从不同侧面反映了种种社会现象和问题，可谓现实主义短篇小说力作。

人生探索小说在"一体化"的文学生态下也在艰难地生长。主流文学在写人问题上有许多成文和不成文的规则，导致作家在写人的路子上越走越窄，出现了严重的简单化、模式化现象。人生探索小说继承了五四文学"为人生""人道主义"等创作思想，在人物的类型上、人物的情感领域等方面，作出了有力的拓展，对当代文学产生了深刻影响。先看对人物类型的拓展。方纪《让生活变得更美好吧》，描写了一个在农村名声不好，但实际上是一位个性鲜明、富有才华和激情的年轻女性形象，突破了对人物的阶级定性、好坏标准的规范。方之的《杨妇道》是一篇讽刺小说，刻画了一个自私、狡猾、落后的农民形象，把这样的人物放置到了作品主人公的位置。欧阳山的《乡下奇人》中的农村基层干部赵奇，反对虚报产量、坚持实事求是，认真到跟众人抬杠的地步，是农村干部中少见的"奇人"。马烽《"三年早知道"》里的赵满囤，是一位聪明幽默、小集体观念严重的喜剧人物；西戎《赖大嫂》中的赖大嫂，是一个自私撒泼、在村里横着走道的泼妇形象。这两位人物极富生活气息和文化内涵，却被作为"中间人物"典型多次批判。此外，陈翔鹤、黄秋耘等，则在他们的短篇小说中，塑造了一些独特的历史人物形象。尽管探索小说中的人物还不是那样丰富、厚实，但在当时的文化语境中，能有这样一些面目一新的形象，亦属难能可贵。

再看对人物爱情、婚姻生活方面的拓展。对这一领域，一直是主流意识形态严格防范的，制造了种种禁区，形成了"没有爱情的婚姻和缺乏爱情的婚姻"的畸形文学现象。人生探索小说在这一题材上作了大胆的突破，涌现出一批优秀短篇小说。首先谈到的是萧也牧1950年在文坛上引起轩然大波的《我们夫妇之间》，这是当代文学史上最早出现的爱情婚姻小说,它表现了知识分子和工农干部这两个阶层之间的文化差异和冲突,具有强烈的现实意义和深远的历史意义。邓友梅的《在悬崖上》,写的是一位年轻知识分子在浪漫爱情与世俗婚姻之间的徘徊与煎熬,凸显出知识分子敏感、矛盾、幽暗的情感精神世界,作者否定了主人公的见异思迁和小资情调。宗璞的《红豆》讲述了一个缠绵悱恻而又理性决绝的革命与爱情的矛盾故事,其中蕴含了丰富的历史和人生内涵。丰村1956—1957年发表了多篇反映爱情、婚姻、家庭生活的小说,有《周丽娟的幸福》《在深夜里》《一个离婚案件》《美丽》,这些作品从更开阔的生活视野切入,表现了一些进步青年思想的简单、对爱情的无知,因爱情与工作的矛盾造成的恋人之间的情感危机,一些知识女性在复杂的社会环境、人际关系、道德舆论下爱情和婚姻的悲剧。从这些作品中,可以看到20世纪五六十年代封闭的社会氛围和保守的价值观念,看到人们被扭曲的精神情感状态。还有孙谦《奇异的离婚故事》《有这样一个女人》,讲述的都是人物不幸的爱情婚姻故事,局限在"痴心女子负心汉"的模式中,反映了作者一种传统的思想道德观念。

社会人生探索小说,在揭露和批判现实生活中的阴暗现象和问题,发掘和解剖人生中的精神情感特别是爱情婚姻中的困境与难题等方面,作出了巨大的努力和有效的拓展。当时,不管是来自国统区的知识分子作家,还是源于解放区的工农作家,抑或新中国成立后成长起来的青年作家,都或多或少地运用了批判现实主义的方法和手法,可见五四文学精神对作家的影响之深。但实事求是地看,当时的探索小说,由于是在被压抑、被批判的文化氛围中生长的,由于作家缺乏更多的成功作品可以借鉴,因此有些作品在思想和艺术上还显得生涩、粗糙、浅薄,真正成熟、高精的作品还不多。譬如对官僚主义的揭露,还不能从更高的文化、机制的层面去剖析;譬如对爱情生活的描写,大多拘泥于从社会、道德的角度去观察,还未能从人的情感、心灵、生命的层面去展开……真正对五四启蒙文学的承接和发展,到新时期文学才得以实现。

萧也牧:在知识分子与工农之间

1950年春天,新中国刚刚成立,还处在百废待兴的时刻,《人民文学》第一卷第3期发表了萧也牧的短篇小说《我们夫妇之间》,想不到这篇写夫妻日常生活的作品,竟"引爆"为文学界一个重要事件,竟把作者一步一步推向悲剧的深渊。萧也牧(1918—1970)出身浙江吴兴县一个民族资本家家庭,就读东吴大学附属中学,毕业于杭州电业学校。1937

年抗日战争爆发，他和几位进步青年，几经曲折辗转，抵达山西抗日前线，考入临汾山西民族革命大学。1938 年到五台山所在的晋察冀边区工作，历任《救国报》《前卫报》《工人报》等报纸编辑、记者。抗战胜利后，曾任张家口铁路分局工人纠察队副政委。新中国成立后，先在团中央宣传部工作，后调中国青年出版社文学编辑室任副主任，编辑出版过多种优秀图书和经典长篇小说。因发表过多篇"毒草"小说，1958 年被划为"右派"，此后饱受折磨，几番沉浮，1970 年在河南"五七"干校被迫害致死。1980 年平反昭雪。他在少年时代就酷爱文学，抗战时期发表过多篇反映农村运动和革命战争的短篇小说、通俗故事，如《掀帘战》《拿炮楼》《退租》等。新中国成立后创作有短篇小说《识字的故事》《我们夫妇之间》《海河边上》，中篇小说《锻炼》，报告文学《罗盛教》等。百花文艺出版社 1980 年出版的《萧也牧作品选》收集了他的主要作品。

萧也牧是一位纯正、严谨的知识分子作家，在长期的革命斗争中，他遵循毛泽东《讲话》精神，在创作中既体现了革命文学的现实性、大众化特征，又蕴含了知识分子那种细腻、抒情的韵味，与周立波的创作路子相近。他努力反映广阔的社会生活，塑造工农兵新人形象。农村生活是他驾轻就熟的题材领域，《识字的故事》写农村减租运动中农民的识字要求，刻画了一个发愤认字的农会干部苗正文；《货郎》塑造了一位沉默倔强、命运多艰，在土改中勇敢地向地主索要土地的货郎担"不二价"的形象。还有《大爹》中年高七十、勤劳俭朴的烈属老人周洛宾；《小兰和她的伙伴》里年幼沉稳、组织青年参加劳动的团干部牛继兰；都逼真鲜活、富有乡土气息。工业题材也是他尽力探索的领域，《携手前进》写天津纺织厂几位年轻工人的互相帮助和劳动竞赛，《母亲的意志》写纺织工人的妈妈对儿子的拳拳母爱和送子参军的大义举动，人物都深切感人。革命战争生活是他十分熟悉的题材，《秋葵》讲述抗战期间，战地医院护士秋葵，秘密藏匿和保护生病的八路军战士"我"——老白的惊险故事；《连绵的秋雨》回忆战争年代，部队医院医务员李小乔，带领三位伤病员转移、脱险的情节；两位年轻的女兵，肩负重任、细心认真、勇敢无畏，显示了革命战士的美好形象和高尚品格。

萧也牧小说的另一个艺术特色是，他在革命现实主义的基础上，融入了抒情、诗意的元素。他十分喜爱和推崇孙犁的短篇小说，曾精心编辑出版了孙犁的《白洋淀纪事》。中国现代文学史上以沈从文为代表的抒情小说潮流，经由孙犁，又在萧也牧的手中得到了继承。他的小说注重故事情节，却绝不追求"戏剧化"，显得更轻松、散淡、日常化。他的小说钟情生活气息、地域特色，有一种朴素、温暖的诗意。他的小说语言质朴、清新、洗练、含蓄，是一种大众化了的知识分子语言。特别是他的小说热衷表现伦理亲情与爱情，如《沙城堡的风暴》写战争年代革命干部与亲生女儿的生离死别，《母亲的意志》写艰难时世中母子相依，《海河边上》写和平岁月青年工人的自由恋爱，均写得情深意浓，诗意绵绵，充分显示了一个知识分子作家的生活取向与艺术趣味。

从革命解放区走过来的工农作家，一般注重写政治、社会现象和问题；而知识分子作家萧也牧更多关注的是人际关系、男女感情以及其中蕴含的人性、文化。应该说这是更普遍、更永恒的文学主题。这正是萧也牧与一般作家不同的地方，也是他最容易暴露的所谓的"小资产阶级思想和情调"，而被注意、批判的所在。在他为数不多的作品中，爱情题材占了较大比重。如《秋葵》写秋葵一家对"我"的掩护、照料，自然可以归结到军民一家的主题上，但"我"与秋葵之间显然萌发了一种患难与共、情投意合的朦胧爱情。《海河边上》工人后代张大男和马小花，青梅竹马、两小无猜，在新中国成立初期的工厂变革与劳动竞赛中，互相激励、帮助，抵制家庭包办婚姻，建立了自由而美好的爱情。《爱情》表面看是批评那种重恋爱轻工作的人生态度的，但作者着力表现的是知识分子李吉和石婴夫妇俩忠贞不渝的爱情、天长地久的思念，以及丈夫为报杀妻之仇在战场上决一死战的精神。作者笔下的爱情是丰富多彩、自然纯朴、忠贞美丽的，它自然不能见容于主流文学思想和规范。

在革命文学发展中，有一个敏感而突出的思想和创作问题，就是如何看待和表现工农兵与知识分子以及二者的关系。理论上不难阐释，创作上却难以把握。萧也牧努力锻炼和改造自己，以期达到工农化的境界，但在创作中常常出现矛盾和困惑。如《我和老何》中，是把知识分子"我"与工农干部进行比较描写的，"我"从开始觉得老何"可笑""小气"，到目睹了他的劳动本领、组织能力和群众感情，才深切感受到："他是劳动人民的好儿子，他是我的好老师。"作者的这种认识是真诚而坦率的。《我们夫妇之间》是作者进城之后的新作，由于环境和氛围的改变，他更真实、自由地表达了自己的思想和感受。作品中的妻子——张同志是一个出身贫寒、没有文化，但工作出色、忠于家庭和丈夫的工农干部。她看不惯城市里的奢华生活、恃强凌弱，更不能容忍丈夫的小资情调、挥霍浪费。她是一个倔强、狭隘、保守的女人。她"立志要改造这城市"。但在城市生活和文化的熏陶下，她的言语、行为、衣着等也在悄悄改变。作品中的"我"——李克——是一个生在城市的知识分子干部，一进入城市，

"对我是那样的熟悉，调和……好像回到了故乡一样"。高楼大厦、精美装饰、跳舞厅、爵士乐……无不觉得亲切舒适、如鱼得水。而对妻子的言语行为、生活情趣等，越来越不能适应，乃至常常发生矛盾和争执，几近走向了决裂的边缘。但经历了一些事情之后，"我"逐渐认识到了她的正直、善良和可贵，夫妻关系又和好如初。小说通过夫妻间的日常生活情景，实际上表现了一个深刻而宏大的时代主题，即知识分子和工农干部所代表的城市、乡村两种文化，在新的社会环境中必然会发生矛盾冲突，这种文化冲突很难化解，会长期存在下去。执政党干部根深蒂固的农民意识在接管城市之后，如何建设和改造城市乃至整个国家？小说思想内涵丰盈，人物形象鲜活，叙事语言洒脱，是作者创作的一次超水平发挥。作品发表之后，受到了众多读者特别是知识分子读者的赞赏，改编成电影故事片更扩大了小说的影响。但作品的思想倾向显然是同意识形态相悖的。1951年，文艺界的重要人物丁玲、陈涌、康濯、冯雪峰等纷纷撰写文章，批判作者"是依据小资产阶级的观点、趣味来观察生活、表现生活"的，歪曲了革命知识分子和丑化了工农干部形象，夫妇二人如同旧戏里的"两个丑角"。作者的态度是在"玩弄人民"，散播"新的低级趣味"，其本人是"一个最坏的小资产阶级分子"。萧也牧于1951年第5卷第1期《文艺报》发表了《我一定要切实地改正错误》，诚恳地作了自我检讨。《我们夫妇之间》的文学事件已成往事，但它折射了20世纪50年代初的一些作家，在知识分子与工农问题上的困惑与探索，折射了主流意识形态对"异端"文学的倾力剿灭。

现实主义道路上的独辟蹊径——方纪

作为作家的方纪，其独特之处一是他勇于探索，在小说、散文、诗歌领域均有不同凡响的作品，二是他一生忠于革命、位列文化官员，书写了一部曲折而瑰丽的传奇人生。方纪（1919—1998），河北束鹿县人，其家庭在农村可谓小康。1934年束鹿县立中学毕业，到北京大学当旁听生，对文学产生兴趣，参加了"左联"，与进步学生成立文学社团，创办文艺刊物。1936年受党组织派遣回到家乡束鹿县，担任三联县县委书记，建立革命抗日武装。抗战爆发后南下武汉、长沙、桂林、重庆等地，做青年宣传工作，发表了不少诗歌、报告文学和时论。1939年与一批青年奔赴延安，先后在陕甘宁边区文艺界抗敌协会、中央党校三部、解放日报社工作。参加了1942年召开的延安文艺座谈会，发表短篇小说多篇。1945年后任热河省文联主席，后调冀中参加土改运动。新中国成立后到天津，历任天津市《天津日报》文艺部主任、文化局局长、作家协会主席、市委宣传部副部长等职。1963 年到"文革",他曾以"漏网胡风分子""反革命修正主义分子""攻击中央文革"等多项罪名,受到无休止的批判和斗争。1968 年被投入监狱,达七年之久,身体严重致残。十一届三中全会后获得平反。1998 年病逝。他的创作开始于 20 世纪 30 年代中期,四五十年代为高峰期。小说创作长篇、中篇、短篇均有,但数量不多。长篇小说有反映农村土改斗争的《老桑树下的故事》。中篇小说《不连续的故事》是一组系列短篇小说。短篇小说有十多篇,《纺车的力量》《让生活变得更美好吧》《园中》《来访者》是他的代表作,其中数篇有过争议、受到批判。他的散文数量较多,负有盛名,描写 1945 年延安民众在机场送毛泽东赴重庆谈判的《挥手之间》影响甚大,但也开罪于江青、受到政治迫害。他又是诗人,诗集《不尽长江滚滚来》《大江东去》,是应周恩来邀请,考察长江全貌之后的激情之作,成为当代诗歌中的力作。此外,他还发表了多篇报告文学、文学评论。

　　20 世纪 40 年代兴起的延安革命文学,在创作的思想内容和艺术形式、语言方面,越来越政治化、模式化,革命现实主义走进了一条狭窄的胡同。作为知识分子作家的方纪,他一面让自己的创作向毛泽东的《讲话》靠拢,另一面继承五四文学精神,在现实主义道路上作着谨慎而执着的探索,使他的创作呈现出一种独特的思想和艺术风貌。正如弋兵所评价的:"他勇于塑造各种人物典型,也敢于尝试各种表现方法。这一点,他在他的当代同行中,应该说是表现得比较突出的。"①

　　革命文学的人物塑造问题,一直是一个重大而复杂的文学课题。方纪自然知道应当塑造先进的工农兵和革命知识分子形象,但知识分子固有的现代理念,使他在塑造人物时,总是采用理性审视的方式,从人物身上发掘传统的"国民性",促进人物的转变与进步,以成为新的、现代的国民。《不连续的故事》虽有贯穿始终的"我"和影林村支部书记何永两位叙事人物,但一组五篇作品都可独立成篇,每一篇只写一位到两位人物。这些人物都是普通农民,身上都有这样那样的局限性和缺点。扛长工的郭东成,人老实、力气大,在地主面前总有一种"奴性"意识;赵双印和何青臣都是好庄稼人,却目光短浅,缺乏阶级意识,大半辈子为争土地闹得难分难解;单身汉陈二庄,不仅懒,又好偷,在人生命运面前丧失了信心;贫农赵明云一直被人算计,就认定"人心是块坏肉",人人都是自私

---

① 弋兵:《一条值得继续探索的路》,《方纪小说集》,百花文艺出版社 1981 年版,第 337 页。

的。天翻地覆的土改运动，不仅使他们在经济上翻了身，在人格、人性和思想上也翻了身，正在一步步地成为新人。支部书记何永自然是一位先进农民，为人诚实、善良，办事细致、沉稳，真实而可亲，但形象并不高大。方纪在《副排长谢永清》中刻画了一个战士形象，他在战场上是勇敢、机智、顽强的英雄，但在平常生活中却啰唆多事、斤斤计较，是一个有缺点的战士。作者笔下出色的人物形象是《园中》的韩大爷，新中国成立前他是旧王府的花工，新中国成立后是新政府的园丁，在几十年养护花草的生涯中，他的生命已与自然、花草、建筑融为一体，是一个富有文化韵味的艺术形象。

在方纪被批判的短篇小说中，塑造了一些有个性和深度的人物形象。《让生活变得更美好吧》里的小环，是一个漂亮潇洒、能说会唱、性格倔强的现代女性形象。但在封建文化和习俗还很深厚的农村，她被视为"浪荡女人""在村里制造淫乱风气"。在农村革命斗争中，她显示了自己的才能和价值，逐渐被社会和人们所认可、欢迎。但作品当时却被批评为"歪曲描写""妇女社会作用"，宣扬"恋爱至上"……实在是强词夺理。方纪最得心应手的是刻画知识分子形象。1945 年创作的《纺车的力量》，描写了大学电机工程专业毕业生沈平，在根据地的纺线运动中面对一架中世纪的古老纺车，在思想、情感和心理上发生的深刻蜕变，显示了知识分子在"工农化"改造过程中的痛苦、艰难和异化，是一篇蕴含着丰富复杂的社会人生内含的杰作，但一直没有得到准确、充分的阐释。1957 年创作的《来访者》，同样是写知识分子的。作品发表后受到了严厉而长久的批判，被姚文元指控为"丑化社会主义社会和美化极端个人主义者的作品"。罗荪则认定它"是一篇对新社会的'控诉书'"。作品中的主人公康敏夫，本是一个在政治上、学术上前途无量的大学青年教师，却陷入一场与有艺伎经历的曲艺演员的悲剧爱情中，以致断送了自己的生活和前途，成为一个被教养改造的"右派"。作者设计的康敏夫的结局是勉强的、生硬的。但在这一人物身上，蕴藏了作者对知识分子的丰富感受与深邃思考。作者在理智上是否定、批判主人公那种自私、狭隘的爱情观念和行为的，但在情感上却掩饰不住对主人公那种充满激情、罗曼蒂克的爱情方式与举动的欣赏和同情。康敏夫是一个承袭了五四自由精神的现代青年，是一个不懂世事人生的"书呆子"。作品中的曲艺演员"二姑娘"，也是作者精心塑造的。她深陷污泥，但依然善良而纯正，把演唱当作自己的生命。她渴望自由和爱情，却不愿意成为关在家中的"笼中鸟"，是一位坦诚、多情、理性、自强的美好女艺人形象，在她身上寄寓了作家的一种理想人格。

方纪在短篇小说的表现形式和叙事语言上，也是不拘一格、勇于创新的。譬如在结构模式上，他既采用通行的故事情节模式，也运用以形象为中心的人物模式；还使用由一幅画面构成的场景模式，如《晚餐》《开会前》，突破了现实主义的单调格局。譬如在叙事视角上，他的小说有第一人称、第三人称。还有由两个叙事人组成的双重视角，《不连续的故事》《来访者》就运用了这种新颖、复杂的叙述视角。譬如在叙事语言上，有的采用了大众化、通俗化的语言，质朴、鲜活，富有生活气息。如《魏妈妈》《副排长谢永清》；有的则选择了知识分子的语言，高雅、丰富，具有书卷韵味，如《纺车的力量》《园中》。而简练、刚劲、理性、抒情是他基本的语言风格。

宗璞：书写大变局中的知识分子

与萧也牧、方纪相比，宗璞是一位更年轻、更纯粹的知识分子作家。她的创作特点是，表现了20世纪40年代到五六十年代这一历史大变局中，各种各样知识分子的人生命运与精神历程。宗璞1928年出生于北京，祖籍河南唐河县。抗战爆发后，未上完小学就随父亲冯友兰于1938年到昆明，就读于南菁小学、西南联大附中。1945年抗战胜利后回到北京，考入南开大学后转清华大学学习外国文学，打下了良好的文学基础。同时广泛阅读中国古典、现代文学作品，文化与文学修养愈益丰厚。1951年大学毕业后，曾在中国文联、《文艺报》社工作。1959年下放河北省农村劳动，1960年调《世界文学》编辑部工作。宗璞的创作开始于大学时期。长篇小说有《南渡记》《东藏记》(《野葫芦引》第一、第二卷)，中篇小说有《三生石》，短篇小说近30篇，代表作有：《红豆》《不沉的湖》《我是谁》等。她还是一位优秀的散文家，重要作品有《西湖漫笔》《奔落的雪原》《紫藤萝瀑布》等。此外还创作了一系列童话。

宗璞是一位追求进步、人格纯正的作家。她的小说创作有两种题材类型。一类是直接描写工农生活的，另一类是表现知识分子生活的。她的短篇小说处女作发表于1947年的《大公报》，题目是《A·K·C》，故事发生在法国巴黎。作者认为是一个"编造的爱情故事"，"价值不大"。她虽然有接触工人、体验农村的经历，但对这些领域并不熟悉，所以努力去写这类题材，反映了她对以工农兵为主体的主流文学的认同与力图进入主流文学的一种努力。《诉》写了一位女工人，以第一人称的叙述方式，控诉旧社会的黑暗，歌颂党和政府带给她的新生活。这是新中国成立初期流行的写作主题和模式，在思想和艺术上并无新意和深意。《桃园女儿嫁窝谷》写的是农村农民生活，取材于她下放劳动的见闻，作品描写老四爷和晚姐父女的高尚精神和行动，虽无什么独特之处，但小说巧妙井然的故事情节，绵密精粹的叙事语言，显示了作者厚实的文学功底。真正体现宗璞创作实力的是知识分子题材小说，除了少量几篇工农题材小说外，其余大量的长、中、短篇小说写的均是知识分子题材。主流意识形态对这一题材同样有一套创作规范，宗璞理智上想依循这套规范写作，但她的经历、学养、境界、趣味等，却常常使她的创作表现出知识分子的思想倾向和艺术情调来，造成了文本内在的矛盾，遭到了极"左"文学的批判。

　　20世纪40年代末到五六十年代，是中国社会的一个大动荡、大转型时期。知识分子作为一个特殊的阶层，既要发挥启蒙和引导民众的作用，又要自我"改造"、同工农兵融为一体，充当着一个十分尴尬的角色。宗璞虔诚地相信主流政治为知识分子设计的人生道路，但一进入创作实践，就会产生许多困惑和矛盾。《后门》写的是18岁的高中生林回翠，面对高考选择什么样的升学方式所展开的家庭生活和思想矛盾，显示了一个知识分子家庭所坚守的社会原则和对子女的严格教育。在已经露头的"后门"现象面前，林回翠和母亲已感受到了社会风气的变异与抉择的艰难。《不沉的湖》写的是年轻有为的舞蹈演员苏倩，在经历左腿骨折之后的痛苦和振作的历程。舞蹈团领导老徐用他的亲身经历和谆谆教诲，使苏倩终于明白："迷上自己的艺术事业是极应该的"，可"最先该迷上自己的革命事业"。苏倩在克服了自己的"小资产阶级思想"后，融入了集体的、革命的大业，做了一名幕后的编导。但她对视为生命的艺术的挚爱、痛失之情，是难以放下的。革命事业其实难以替代个人事业，有时只是一种无奈而已。《知音》的主题思想更明朗，作品中的老教授韩文施、学生石青，前者代表了有弱点的知识分子，后者代表了完美的党政干部。在十几年的世事沧桑中，先是正直的教授"救"了闹学运的学生，后是成为政工干部的学生在人生选择、农村锻炼、科学实验上"救"了教授。二者成为音乐、科学、政治上的"知音"，走上了知识分子政治化、党政干部知识化的道路。故事情节是真实的，但作者的结论却是浪漫的、理想的。二者之间的距离其实是万水千山，并不是那样容易结合和转化。宗璞的代表作《红豆》，表现了一位年轻女大学生在浪漫爱情与悲壮革命之间的犹豫与抉择。江玫与齐虹，郎才女貌，他们在科学、音乐与生活情趣方面一拍即合，有共同的"小资情调"。但同窗好友萧素所从事的革命活动、解放事业，更深刻地吸引、鼓舞着江玫的青春和生命。在恋人即将远赴美国、革命就要胜利的时刻，江玫选择了革命和祖国，表现了一代青年"爱情诚可贵，甘为革命抛"的远大追求。这不仅仅是一篇爱情小说，更是一篇小资产阶级知识分子在时代变迁中怎样选择、成长的小说。作品故事情节曲折动人，人物形象鲜活有力，思想意蕴深广新颖，情感格调沉郁高雅，体现了作者丰富的生活积淀和创造能力。作品发表于《人民文学》1957 年第 7 期"革新特大号"，此时文艺界的"反右"运动已全面展开，作品在全国重要报刊被批判一年之久，指责作者宣扬了资产阶级的"爱情观"和"人情味"。作者虽未被打成"右派"，却被处以下放农村劳动的惩罚。新时期文学之后，作家继续坚持对知识分子题材的创作，发表了《弦上的梦》《我是谁》《谁是我?》《泥沼中的头颅》等一批力作和精品，在思想内容和表现形式上都有崭新的拓展。

第六节 新编历史小说的昙花一现

综 述

1960 年前后的新编历史短篇小说创作潮流，可谓"十七年"文学中的一道独特风景。这一潮流虽然短暂，但佳作不少，影响深刻，体现了一批精英知识分子作家在历史夹缝中的思想追求和艺术探索。

1957 年的"反右"斗争，1958 年的"大跃进"运动以及 1960 年前后几年的严重自然灾害，给中国的政治、经济、文化带来了巨大创伤和严峻危机。在这种情势下，从 20 世纪 60 年代初开始，国家被迫实行全面的退却式"调整"，社会和文化领域的控制有所松动，文学艺术创作逐渐复苏，于是一个多门类的历史题材创作潮流悄然兴起，渐成潮流。现实题材创作清规和禁区多多，作家们一时难以找到创作路径和感觉。历史题材由于同现实的距离，倒可以作一些自由的发挥和想象，同时也能融入自己的现实感受和思考，因而就成为一些作家自觉不自觉的选择。

历史题材创作首先在戏剧艺术上开花结果，戏剧向来就有表现历史故事和人物的传统，出现了田汉编剧的《谢瑶环》、孟超改编的《李慧娘》、吴晗创作的《海瑞罢官》等。短小犀利的杂文也活跃起来，从古代历史、稗史、传说和笔记中撷取材料，引申发挥议论当下的社会人生现象，出现了邓拓、吴晗、廖沫沙以"吴南星"为笔名的"三家村札记"系列文章。在这样的文学氛围中，短篇小说作为一种便捷而有力的文体，一时间也风生水起。1959—1962 年短短三四年时间，以古代历史为题材的短篇小说，就在全国各大刊物报纸发表了四十余篇，与革命历史题材短篇小说呈现出迥然不同的风貌。这些作品选取古代历史中的重要事件和杰出人物，再现历史、反观现实，古今杂糅、暗含讽喻，大多带有"新编"特征。这些作品熔古典写法和现代形式为一炉，思想沉郁、构思精湛，故事巧妙、叙事老到，充分显示了短篇小说的艺术优势和魅力。这些作品一发表，就受到了文坛的关注和广大读者特别是知识分子读者的青睐，评论家纷纷撰写文章推介，自然也出现了一些批评的声音，其风头之健似乎超越了戏剧和杂文的创作。

一个值得注意的现象是，历史短篇小说的作者，大都不是那些名噪一时的中青年作家，而是一些从事古代文学和文学评论研究、编辑的老一代学者，或是有着丰厚的历史文化修养的老诗人、老作家。他们有的搁笔多年，有的并不写小说，此时却不约而同地聚在了短篇小说的麾下。譬如陈翔鹤、黄秋耘、蒋星煜、徐懋庸、师陀、姚雪垠、冯至、萧军等。正如董之林指出的："20世纪60年代初，一部分作家由现实而转向传统，从古代的文人理想中，他们发现了与革命时代久违的气息。比如在专制的黑暗面前，以清高的姿态保持正人君子的气节；追求恬淡、自然的生活状态和人际关系；把生活中入世和出世的矛盾统一于'达则兼济天下，穷则独善其身'的传统哲学，等等。对小说家来说，眷顾传统，固然在于传统文化品格的魅力，但传统之所以征服了他们，还在于它有让人心动、与一味强调革命和斗争不尽一致，讲究温柔、敦厚、通达而和谐的审美意境。"① 这就是说，历史题材小说作家，他们书写历史的目的，一方面在于从历史事件和人物中，发现社会、文化和人生的规律与真谛；另一方面在于以古鉴今、指陈时弊，传承文化、寄托理想，抒发知识分子的思想、情感、愿望，赋予浓厚的现实情怀和意义。

历史题材小说创作，在中国文学长河中有着久远的传统。中国古代文学中就有一个强大的史传文学潮流。在中国的现代文学史上，鲁迅、郭沫若、茅盾、郁达夫、废名等，继承和发展了这一传统，创作了一大批新颖深刻的历史题材小说，在20世纪三四十年代形成了一个可观的现代历史小说思潮。特别是鲁迅，他坚持13年陆续写了8篇历史短篇小说，于1936年辑集出版了《故事新编》，开创了现代历史小说的先河，深刻地影响和提升了这一创作潮流。《故事新编》取材于有据可查的历史事实和传说，雕塑了女娲、后羿、大禹、老子、庄子、墨子等一批独特的历史人物

---

① 董之林：《旧梦新知："十七年"小说论稿》，广西师范大学出版社2004年版，第214页。

形象。作家用强烈的现代思想和生命意识观照古今，把历史与现实熔为一炉，表达了他对历史、现实、人生的深邃洞察。在表现方法上，则把现代短篇小说形式、杂文手法以及象征、讽刺、幽默、暗喻等技巧高度统一，形成了现代历史小说的一座艺术峰巅。在当代文学中，历史小说创作并未断流，但很不活跃，只是到50年代末60年代初，才在特定的政治和文学环境中突起一个高潮。鲁迅的《故事新编》同样深刻地影响着当代作家的创作。徐懋庸在《鸡肋》的题记中说："拟鲁迅《故事新编》之法，敷衍成为小说。"① 蒋星煜有意识地把他的历史小说集命名为《历史故事新编》。师陀的历史小说有论者称：深得鲁迅《故事新编》的精髓。这些作家在尊重、忠实历史事件和人物的基础上，都力求借鉴鲁迅的表现形式和手法，重新发现历史、变革流行的写作手法，达到"新编"的目的。当然他们远未达到鲁迅的高度。按照鲁迅的观点，历史小说可以分为两类，一是"博考文献，言必有据"，二是"只取一点因由，随意点染，铺成一篇"②。"十七年"文学中的历史小说，其实也是分为两种类型的。蒋星煜、师陀、姚雪垠的小说，就保留了更多的历史真实性，虽然有些篇章有一定的现实性。而陈翔鹤、黄秋耘、冯至的小说，现实内涵和寓意就较为强烈。比较而言，前一类小说拥有更多的普通读者，后一类小说在文学界的影响更大一些。当代文学史看重的是后一类小说。其实二者都是"十七年"文学的重要组成部分，共同构成了当代历史小说的独特风景。

在新编历史短篇小说创作领域，产生了一批优秀作家和作品。陈翔鹤在20世纪20年代初就开始小说创作，但新中国成立后工作和兴趣转移到了古典文学研究和编辑上。1961年发表了《陶渊明写〈挽歌〉》，1962年发表了《广陵散》，声名鹊起，使他成为历史短篇小说的代表性作家。但这两篇作品1965年受到了严厉批判，作者在"文革"不断升级的1969年被迫害致死。黄秋耘是一位评论家、散文家，很少涉猎小说创作。1962年到1963年连续发表了《杜子美还家》《鲁亮侪摘印》《顾母绝食》三篇历史短篇小说，在1964年就遭到了不应有的批判，作者被指为"借古讽今"。师陀是现代文学史上的著名作家，创作有大量短篇、中篇、长篇小说。50年代曾力图在表现农村、工厂的新生活方面有所作为，但实绩平平。1959年在文坛上"替曹操翻案"的风潮的鼓动下，连续创作了三篇"曹操系列小说"，塑造了一个真实、多面、复杂的历史人物形象。虽然

---

① 徐懋庸：《鸡肋》，《当代》1981年第1期。
② 鲁迅：《故事新编·序言》，《鲁迅全集》第2卷，人民文学出版社1981年版，第342页。

在写法上有诸多"新编"之处，但思想内涵并无明显的现实意义。而同年创作的《西门豹的遭遇》，无论是描写古代社会现象，还是叙述官场风气，读者都不难看到现实的影子和作者对现实的思虑，因此在"文革"中同样受到了讨伐。蒋星煜是一位沉迷古代文化和戏剧的学者，又是一位勤奋的历史小说作家，他在1947年就发表了历史短篇小说《嵇康之死》，五六十年代一直耕耘在历史题材上，代表作有《李世民与魏徵》《王勃登临滕王阁》《包拯》《海瑞》等。但他的历史小说不刻意追求现实内涵和寓意，着力于真实、准确地还原历史，从中发掘和表现中国的传统文化。他的历史小说兼具故事性、通俗化和文学性，更适宜普通读者和青少年阅读。正因这种通俗化特色和现实性的稀薄，他的历史小说一直没有得到当代文学史的应有关注。

　　20世纪60年代前后的新编历史短篇小说，竟吸引了那么多老作家加盟，不能不说是一个奇迹。有的作家一生只写过一两篇历史短篇小说，但在思想和艺术上却达到了相当的高度，成为这一领域的精品力作。徐懋庸是一位老革命、评论家，1959年创作了"为曹操翻案"的短篇小说《鸡肋》，作品截取曹操杀杨修的历史事件，细腻而深入地展示了威权赫赫的魏王复杂、沉重、矛盾、沮丧的精神情感世界。正是痛感理想的幻灭、局势的无奈、生命的衰退、心灵的孤独，等等，才使他作出了从斜谷退兵、杀死妄猜圣意的杨修的决定。曹操与杨修的关系，从君臣相惜到卸磨杀驴，暗含了作家对当权者与知识分子关系的洞察。这是历史小说中的一篇杰作，可惜没有引起足够的注意。小说家姚雪垠1962年发表的《草堂春秋》，叙述的是杜甫流落成都，在郊区茅屋栖身的艰难日子。冯至是一位著名诗人，发表于同年的《白发生黑丝》，描写的是杜甫晚年以船为家，在湘江边的漂泊生活。两篇作品都表现了杜甫忧国忧民、壮志未酬、与民众同甘共苦、誓为民众呼号的悲苦而崇高的形象。这些作品中都寄寓了作家的一种社会和人生理想。还有包全万、刘继才的《杜甫在夔州》、桂茂的《孤舟湘行纪》都从不同角度和侧面塑造了杜甫的感人形象。老作家萧军的《伍子胥与渔夫》，是他1956年创作的长篇小说《吴越春秋史话》中的一章，描述了伍子胥从郑国出逃，在老渔夫的帮助下渡过溧洧河的遭遇，描绘了一位在危难中依然表现出有仁有义、勇敢机智的精神品格，怀揣为父兄报仇、平定天下理想的壮士形象。从这些作品中不难看出，不管是忠实历史事实的小说，还是强化现实内涵的作品，都在思想和艺术上作出了可贵的探索，都具有"新编"的特色。它扩展了当时短篇小说的表现疆域，接续了现代文学中的历史小说余脉，丰富了当代短篇小说的艺术世界。

1962 年之后，随着国家文艺政策的再度收缩，阶级斗争口号的重新提出，历史题材小说不断受到批评和批判，被扣上"影射""恶攻"的罪名，这一题材的创作戛然中断。直到新时期文学之后，在苏童、叶兆言、毕飞宇等的笔下，才再一次得到延续和发展，他们的作品被称为"新历史主义小说"。

陈翔鹤：寄人生理想于历史人物

20 世纪 60 年代前后涌现出的新编历史短篇小说潮流中，陈翔鹤的《陶渊明写〈挽歌〉》和《广陵散》，起了引领和推动的重要作用，分别发表在《人民文学》1961 年 11 月号与 1962 年 10 月号上。作品塑造了陶渊明、嵇康两个具有独立自由品格，不与统治阶级合作的历史人物形象，寄寓了知识分子作家的一种人生和人格理想。作品在知识界产生了广泛影响，秋耘在《文艺报》发表推崇文章称："陈翔鹤同志的近作《陶渊明写〈挽歌〉》，真可以算得是'空谷足音'，令人闻之而喜。"[1] 但从 1965 年之后，两篇小说都受到了严厉批判，作者也因此深受其害。

陈翔鹤（1901—1969）出生于四川重庆。1919 年毕业于成都省立一中，1920 年考入上海复旦大学外语系，1923 年转入北京大学研究生班学习，专攻英国文学和中国文学，听鲁迅的课程达三年之久。1923 年起，和林如稷、冯至、杨晦等文学同人，成立"浅草社""沉钟社"，创办文学刊物，从事文学创作和活动。1927—1936 年，先后在山东、吉林、河北等地中学任教，1937 年抗日战争爆发后返回四川，担任全国文艺界抗敌协会成都分会常务理事，从事文艺界统战工作和革命活动。新中国成立后历任川西文教厅副厅长，四川省文联副主席，四川大学教授，中国科学院文学研究所研究员，《文学遗产》主编及《文学评论》常务编委等职务。"文革"时期，因两篇历史题材短篇小说，犯下所谓的"影射罪"，被无情批斗，1969 年含冤辞世。

陈翔鹤是五四文学之后涌现出来的进步作家，在小说创作上深受鲁迅、郁达夫影响。同时又是一位具有丰厚的西方文学修养和中国古典文学积淀的知识分子作家。他的短篇小说处女作《茫然》发表在《浅草季刊》1923 年第 1 卷第 1 期，描述一位贫困、懦弱的青年，面对物质和精神的双重困境，企图反抗却无路可寻，只能寻找感官刺激来麻醉自己的灵魂。充满了自我意识和感伤情调，表现了五四退潮之后知识青年的生存与精神

---

① 秋耘：《陶渊明写〈挽歌〉》，《文艺报》1961 年第 12 期。

状态。此后，沿着这条浪漫、抒情的路子，陈翔鹤创作了一大批短篇、中篇小说，如《悼》《不安定的灵魂》《转变》《独身者》《给南多》等。冯至认为："都可以说是作者的自传或自白。……这些小说抒情的、浪漫的色彩比较浓厚，它们共同的特点是伤感。"① 作为一个具有现实主义精神、投身革命斗争的进步作家，陈翔鹤也创作了一批揭露、批判现实生活的小说。如《古老的故事》以一个知识分子的经历为线索，揭露了国民党统治的中心区域的黑暗、混乱和腐败。在《傅校长》《绅士的长成》中，则刻画了一些校长、绅士等人物，表面上的道貌岸然和本质上的腐败堕落。此时，作者早期创作中的感伤情调变成了辛辣的讽刺笔法。但作者的这两类创作在思想和艺术上还缺乏创新，因此影响并不大。

　　20 世纪 50 年代之后，陈翔鹤基本搁置了小说创作。一方面是他的工作和兴趣转移到了古典文学编辑和研究上；另一方面他大约觉得自己驾轻就熟的感伤和讽刺写法已经不合时宜。十七年间，他只创作了四五篇短篇小说。《喜筵》是写工厂和工人生活的，作者并不熟悉，写得没有特色。《方教授的新居》描述了一位著名的生物学教授在政治运动中的尴尬遭遇，显示了作家对国家的政治斗争和知识分子命运等问题的忧虑与思考，可以说是作家数年之后的历史短篇小说的一个前奏。陈翔鹤大器晚成，在花甲之年才奉献出两朵艺术"奇葩"。

　　《陶渊明写〈挽歌〉》是新编历史短篇小说的发轫之作、代表之作。极"左"批评家给它捏造了四条罪状："恶毒攻击党的庐山会议"，"把进攻的矛头直接指向我们敬爱的党中央"，"险恶地为右倾机会主义鸣冤"，宣扬"极端阴暗的对于生死问题的看法"。这自然是"影射"式批评捏造出来的诬陷之词。小说通过陶渊明晚年的隐居生活和情感精神，精心塑造了一个逼真、丰满、可敬的历史人物形象。他人格高洁、舍弃名利，决不与权臣、市侩为伍。如对江州刺史来拜访的应付、拒绝，对"冷漠而傲慢"的慧远法师的生气与批评。他归隐田园、以劳动为乐，饮酒作诗、享受天伦之乐。表现了一个杰出诗人的传统文化观念和人间情怀。他达观平和、洞悉生死，决不同意慧远的陈腐观念，"死去何所道，托体同山阿"，"人生实难，死之如何"，给自己提前准备了《挽歌》和《自祭文》。表现了他融合庄禅、顺应自然的生死观。作家突出而艺术地表现了一位传统文人身上的清高人格、自由思想和人间情怀，寄寓了他对这种人格、人生的崇敬与向往。当然，作家写这样一位历史人物，自然是有现实

————————
① 冯至：《陈翔鹤选集·序》，四川人民出版社 1980 年版。

动因的。新中国成立后一次一次的政治运动,已经使知识分子固有的思想、人格、尊严乃至地位,破碎脱落、无从谈起。作家意在通过历史人物,唤起知识分子的自主意识,重建自己的思想和人格。而这源于现代知识分子的独立、自由思想,是同主流意识形态格格不入的。

《广陵散》同样是一篇新编历史短篇小说的精品力作。极"左"批评家也为它罗列了多条罪状,认为作者是在"发泄自己对政治和社会的不满心怀","宣泄长期积压在他们心头的对党、对社会主义的憎恨和厌恶的情绪"。作品主人公嵇康,与陶渊明既有相同的一面,也有迥异的另一面。相同的是他们均为一代名流,有着高峻的人格和独立的个性,对昏暗腐败的统治阶级都采取了不合作的态度。不同的是,作为"竹林七贤"之首的嵇康,比陶渊明年轻气盛,又与曹魏皇室有姻亲关系。他表面上崇尚老庄、皈依自然,放荡不羁、不堪俗流;骨子里却是忧国忧民、刚正不阿,行侠仗义、铁骨铮铮。他与权贵阶层水火不相容,他对司马氏的篡权公开批评,他为朋友的危难两肋插刀。特别是在刑场镇定自若弹奏《广陵散》乐曲,显示出一种坚贞不屈、英勇无畏的精神。作家着力表现了他率真、英勇的一面。作家是在通过对历史人物的重新发现和塑造,比照现实社会中知识分子的虚伪、懦弱、奴性,隐含着作家对知识分子群体的不满、批评和期望。陈翔鹤用他的作品和生命,书写了一阕知识分子的"绝唱"。

"以古喻今"的黄秋耘

黄秋耘是评论家、散文家,或者说是杂家,但他偶尔为之的历史短篇小说,却在 20 世纪 60 年代的文坛引起了不大不小的反响。评论家眼光敏锐、长于思考,他借历史事件和人物,反观现实、指陈弊端,抒发自己的胸臆,呼唤知识分子的良知,有着独特的讽喻和启迪作用,因此也极易受到极"左"批评家的注意和讨伐。黄秋耘(1918—2001)出生于香港,在爱尔兰人办的中学毕业。1935 年考入清华大学中文系,积极投身学生运动和抗日救亡斗争,1936 年参加了北平学生南下宣传团,从事通信联络工作。1937 年经武汉去广东,先后在八路军办事处等部门工作。1941 年在《青年知识》《学园》《新建设》等刊物从事编辑工作。抗日战争和解放战争期间,在军事部门和部队工作。新中国成立后,先后任广州军管会文艺处创作出版组组长、《南方日报》编委、新华通讯社福建分社代社长等职。1954 年调中国作家协会,任《文艺学习》编委、《文艺报》编辑部副主任。1970 年调回广东,在省革委会宣传办公室工作,又调广东人民出版社，任省出版局副局长。新时期之后，主要负责语文词典的编写出版工作。2001年逝世。他的写作以文学评论为主，兼写多种文体。文学评论辑集的有《苔花集》《古今集》，杂文集有《人己之间》，儿童文学有《高士其伯伯的故事》，回忆录有《风雨年华》。历史短篇小说有《杜子美还家》《鲁亮侪摘印》《顾母绝食》三篇。此外还有两篇反映现实生活的短篇小说，1957年创作的《爪哇牛请了"病假"》描写一个独特的工人形象，但主题是揭露和批判官僚主义现象的，在"反右"运动中受到了批判。1981年创作的《古怪的猫的自白》，是对政治运动中整人者和被整者关系的剖析，带有寓言色彩。花城出版社出版的《黄秋耘文集》四卷，收集了他的主要作品。

历史与现实，常常有着相似与巧合之处。作家选取某段历史和某个人物作为表现内容，绝非无源之水、无本之木，他一定是受到了现实的刺激、暗示，促使他走进历史，去发现现实和历史的相通之处。但作家笔下的历史生活，只是点滴地、部分地与现实生活有相似与巧合，而并不能等量齐观、"对号入座"。譬如《鲁亮侪摘印》中，描写了清朝雍正时期的官吏作风与官场内斗。河南总督田文镜，以严酷手段施政，对老百姓是"严刑峻法，作威作福"；对下属是"专横独断"、说一不二。"生平最恨科班出身的官吏"，对翰林出身的某官吏，初次见面话不投机，就一声断喝："滚你的！"幕僚鲁亮侪未按田文镜的旨意摘掉李知县的官印，田的心腹马上向主子告了密状，布政使、按察使立即站出来要求"从严惩办"，充分显示了官场的官僚主义作风和落井下石风气。20世纪五六十年代的中国政坛，极"左"作风盛行，人与人之间剑拔弩张，黄秋耘对清朝官场的描写，应该说是有感而发的。譬如《杜子美还家》里，作者多次写到唐代"安史之乱"时期的社会现实、官场政风、知识分子的处境，有许多精辟描述。"回顾人间，却是民不聊生，哀鸿遍野。""玄宗皇帝又深居华清宫中，蔽塞聪明，杜绝言路，人民的痛苦一天比一天加深，生产力一天比一天衰落，他老人家却蒙在鼓里，一点儿也不知道。""当今皇上的满朝文武，又是结党营私、争权夺利的多，耿介正直、精忠报国的少。他们夸功邀宠，排斥贤才，只会迎合皇帝的心意，以图巩固自己已经获得的权位。"杜甫痛切地感到"要忠实于自己的职责，就有杀头革职的危险，要想保持自己的官职，就只有唯唯诺诺，随波逐流，伺察着皇帝和上司的脸色办事，过着又可怜又无聊的生活"。自然不能说这些描述、议论都暗指五六十年代的中国社会现实，但它确实蕴含了作家对现实的观察、思考与忧患。50年代末的反"右"斗争、"大跃进"运动，60 年代初的严重旱灾和大饥荒，确实使国家伤痕累累、满目疮痍、危机重重，作家在对历史的叙述中已融入了当下的社会现实和问题。而这些描述恰好给极"左"批评家授人以柄，被指责为"别有用心地影射现实，恶毒地反对党和社会主义"。"《海瑞罢官》是骂皇帝的，《杜子美还家》也是骂皇帝的。"

黄秋耘在三篇历史短篇小说中，精心塑造了四位历史人物，侧重刻画了他们忧国忧民情怀、耿介正直品格和自尊独立的精神。杜甫在 20 世纪 60 年代的历史小说中得到了多次描写，黄秋耘截取杜甫在经历"安史之乱"后回故乡的情节，塑造了一个逆境中的伟大诗人形象。他满腹才情、忠于朝廷，却怀才不遇、报国无门。他情系民众、爱乡爱家，但是赤手空拳、无力回天。他痛恨腐败、蔑视昏官，而只能以笔为旗、挥斥方遒。这是一个身在官僚体制，决不同流合污，期望奋发有为的文人形象。鲁亮侪只是总督府的一个普通幕僚，出身低微，他力图通过自己的努力当差，得到重用和升迁。但面对做县令的优差，面对李知县的不白之冤，他采取了微服查访的办法弄清了真相，拒绝了名利的诱惑，保住了政声极好的李知县，充分展现了他的善良、正直、仁义。他深知违抗了田文镜的命令，不仅断了自己的仕途，而且有坐牢杀头的危险，但他从容应对、晓以实情、分析利害，终于说服严酷的总督收回成命，充分显示了他的智慧、无私、胆略。这是一个真实、高尚、正直的寒儒形象。《顾母绝食》中的顾母与顾炎武也是两位十分感人的形象。在明末清初的历史大动荡中，年近花甲的顾母，为了让儿子毫无后顾之忧地去从事反清复明事业，也为了自己免受清兵的侮辱，毅然绝食，以死报国。而大孝子顾炎武，牢记母亲的遗言，继承母亲的遗志，投身反清复明事业，坚持了 30 年之久。他们的社会理想也许是狭隘的，但热爱国家、反抗侵略的英雄精神却是崇高的。在母子二人身上都流淌着精忠报国的传统文人热血。在 60 年代知识分子不断受到整肃、改造，其地位和价值急遽弱化的背景下，黄秋耘凸显这些历史人物身上的爱国精神、自尊人格和进取精神，无疑是在为知识分子"招魂"!

师陀：对历史人物的重塑与发现

师陀是跨越现代、当代文学的著名作家。他的主要创作成就体现在新中国成立前的长篇、短篇小说方面，新中国成立后他也力图在短篇小说上有所作为，但现实题材总是难有突破，而在历史题材创作上却有意外收获。他的历史短篇小说有两种类型。一类重在对历史人物的重塑，保持生活本身的真实；另一类着力对历史人物的发现和发掘，赋予一定的现实意义。它们共同汇入了新编历史短篇小说的"合唱"中。师陀（1910—1988）出生于河南杞县。在开封读完中学。1931年高中毕业后赴北平谋生。"九·一八"事变后参加反帝大同盟，从事救亡宣传工作。1936年由北京到上海定居，从1941年到1947年，先后任苏联上海广播电台文学编辑、上海戏剧学校教员、上海文华电影制片厂特约编辑。新中国成立后历任上海出版公司总编辑、上海电影剧本创作所编剧。1957年后一直为上海作家协会的专业作家。师陀的创作是从短篇小说开始的，1931年他用芦焚笔名把试写的《请愿正篇》和《请愿外篇》寄出，分别发表在《北斗》《文学月报》上，从此坚定了他的文学理想。20世纪三四十年代，他的短篇小说集就有《谷》《里门拾记》《野鸟集》《落日光》《无名氏》等多种，《果园城记》是这一时期的重要作品，以苍凉、蕴藉而优美的笔调，描述了一个小城的古老历史和各种小人物的命运，是中国社会封闭、停滞的象征，由此奠定了他在现代文学史上诗意抒情小说潮流中的重要地位。他的长篇小说有《结婚》《马兰》和《历史无情》等。《结婚》以战时上海社会为背景，展现了一幅社会混乱、经济凋敝、贫富悬殊、底层人物艰难生存的斑驳景象。他的散文集有《黄花苔》《江湖集》《看人集》和《上海手札》。此外还创作有多种文学剧本。

新中国成立后正值生命黄金期的师陀，也曾决心改造自己的思想和立场，追赶时代大潮和人民脚步，进入主流文学。他曾到河南、山东、东北等地的农村、工厂访问，陆续发表了十几篇短篇小说，辑集为《石匠》，1959年由作家出版社出版。这些作品描写了农村从互助组到合作社的历史变迁以及各种先进的、中间的、落后的农民形象。还有少量几篇描写了新中国成立初期的工厂和工人生活。有些篇章构思精巧、人物突出、语言精湛。但总体上看内涵肤浅、形象单薄、图解时代，思想和艺术均无创新之处。作家固有的那种敏锐、沉郁的情思没有了，忧伤、抒情的笔调不见了。20世纪50年代末到60年代初，文坛上涌动着一个历史题材创作潮流，给苦恼中的师陀以启发和激励，他迅速调整创作路向，应《文汇报》之约率先写出了一组三篇"曹操系列小说"。同年还创作出了《西门豹的遭遇》。在这些作品中，虽然没有陈翔鹤、黄秋耘小说那种明确的、较强的现实意义，但作者在对历史生活和历史人物的描述中，同样融入了他对历史的反思和对现实的思考。在这些作品中，作者沉潜历史，发现了历史的丰富、鲜活、多义，也窥见了历史与现实的相通。他努力再现历史，发现社会规律，塑造丰满的人物形象，追求雅俗共赏的格调，真正显示了他的创作实力和才华，远远超过了他的那些现实题材短篇小说水准。整整

20 年后的 1979 年，也许是一种历史创作情结，也许是意犹未尽，师陀又创作了《李贺的梦》，精心塑造了他的同乡先贤、唐代杰出诗人李贺的悲情形象，其中寄托了他对知识分子人格和命运的思考，可谓 60 年代历史短篇小说创作的一道余脉。

师陀的"曹操系列小说"是 20 世纪五六十年代文学的一个重要收获。当时"替曹操翻案"，不仅是文学的需要，更是主流意识形态的要求，一时间戏剧、小说作品都活跃起来。在中国漫长的社会发展中，由于传统历史观念和道德观念的强调，曹操一直是一个"白脸奸臣""乱世枭雄"的不光彩角色，这是对历史人物的一种误读和歪曲。师陀明确地说："我是反对解放后用'以古讽今''以古喻今'笔法写历史题材的。"① 因此，他要重写曹操，重新塑造一位真实、丰富、多面的历史人物形象。

"曹操系列小说"包括《党锢》《出奔》《青州黄巾的悲剧》三篇作品，分别描述了曹操不同时期的三段故事情节：义救太学生，逃出洛阳城，收服黄巾军。作家摒弃了人们对曹操的历史偏见，还原了一个逼真的、矛盾的、多面的曹操形象。在小说文体上则把戏剧性与日常化融合为一体，既有可读性又耐人寻味。正如邓小红所评价的："从文体形式到改写理念都深得鲁迅《故事新编》，特别是历史小说《起死》的精髓。诸如'还原英雄圣贤回到日常生活''戏谑化的描写''亦庄亦谐的风格'，师陀在'曹操系列'中都有适度的借鉴。"② 如在《党锢》中，曹操还是一个出身官宦、无职无权的热血青年，他同情、支持太学生的反朝廷行动，在千余名太学生无辜被捉的情势下，他串联各方积极营救。在苦无良策的情况下，他单枪匹马潜入大宦官张让府中，以石击窗威胁他放人。显示了他胸怀大志、富有远见，而又勇敢机警、幽默风趣的丰富性格。如在《出奔》里，曹操已是一个投身义事的反董先锋。他深知政局危急，不受董卓的笼络诱惑，决计出逃。在险象环生的逃难途中，他编造谎言，捉而被放，终于逃到安全的陈留县朋友那里，体现了逆境中的曹操审时度势、足智多谋和豁达大度的鲜明个性。而在《青州黄巾的悲剧》中，曹操已经是一个拥有政治资本和军事实力的一方豪杰了。他趁青州黄巾军起义、豪族大户无力抵抗的契机，就势做了兖州牧，初步有了自己的政治资本；他在同黄巾军的对阵、决战中，把握时机、一战而胜，收复了大批的黄巾军，拥有了较强的军事实力，显示了曹操的善抓机遇、军事谋略和乱世崛

---

① 师陀：《〈西门豹〉后记》，《师陀全集》(7)，河南大学出版社 2004 年版，第 340 页。
② 邓小红：《论师陀历史小说"曹操系列"的戏剧化倾向》，《文学评论》2011 年第 4 期。

起。一个英雄人物从此登上了历史舞台。三篇作品截取的只是曹操初期的三段经历和故事，就把曹操的整个性格特征、思想精神都淋漓尽致地表现了出来。虽然师陀的"曹操系列小说"是在主流意识形态的要求下创作出来的，但作家并没有按照主流话语把曹操写成一个符合时代精神的英雄，而是忠实历史、钩沉历史，完成了一次创造性的"重写"。

　　从历史中发现现实、从现实中反观历史，其实并不是作家的有意为之，而是社会人生中的深层规律使然。尽管师陀不赞成历史小说中的以古讽今、以古喻今写法，但在有些历史生活和人物中，就已然蕴含着现实的规律，作家是难以避开的。师陀在《西门豹的遭遇》创作中，就遇到了这样的情况。作家没有回避，而是以发现的态度，把其中的现实性充分地发掘了出来。西门豹的故事发生在春秋战国时期的魏国，在中国几乎妇孺皆知。先看魏国的社会和官场情景。在邺县，官吏千方百计搜刮民脂民膏，实行专制统治。"百姓正像在炽炭上烤，在油锅里烹"，纷纷逃往邻近的赵国。在魏国官场，西门豹刚被任命为邺令，邺县的官吏就打探到了情报，各种力量团结一致，糊弄新官、封锁消息，盛情招待、诱惑腐蚀，企图架空和"俘虏"新上任的官员。西门豹在邺县兴利除害、政绩卓著，魏王却听信谗言，要他交印卸职。而当西门豹为完成水利工程，不得不与官吏同流合污、在宫中行使贿赂时，他却得到了多方拥戴和魏王的表彰肯定。国王昏庸无能、高高在上，官吏媚上欺下、中饱私囊，正直有为的官员如履薄冰、屡屡受挫……这样的社会现实，不仅在古代有，在 20 世纪五六十年代有，在将来还会有。在这篇小说中，西门豹的形象和性格刻画得十分鲜明。师徒设计痛打贪腐官吏，显示了他的有勇有谋、一身正气的性格；揭穿河伯娶妻真相为民申冤，体现他冲决罗网、为民做主的果断胆略；带领民众兴修水利，表现了他为官一任、造福一方的社会雄心。此外，还通过他的家庭生活、他与夫人的关系、他与学生的感情，显示了他的急躁、朴实和隐忍的个性。这是中国历史上的一个清官典型，他的清正廉洁、敢于抗上、实事求是、为民做主的性格和精神，在任何时代都闪闪发光，有着现实意义。

　　师陀晚年创作的《李贺的梦》，同样是一篇有现实意味的历史小说。作家把笔触聚焦在李贺病逝前的幻觉、回忆等一系列心理活动上，展现了李贺短暂一生的命运和他的精神性格，凸显了一位才华横溢、清高傲气、多情宽厚、一生坎坷的悲剧诗人形象。作家似在呼唤着知识分子的一种良知、气节、尊严等精神品格。对于经历过"文革"劫难的知识分子来说，这是多么需要重建的一种人格支柱！

还原历史与传承文化——蒋星煜

有学者这样评价蒋星煜:"他的创作,从 20 世纪 40 年代末开始的第一个作品《嵇康之死》,到前些年发表的《捉刀人曹操》,他几乎没有离开过历史短篇小说领域一步,简直可以称得上是历史短篇创作执着的'专业户'。"① 确实,在当代文学的发展中,像蒋星煜这样钟情历史题材,且创作时间长、作品成果多、社会反响大的作家,似乎还不多见。与陈翔鹤、黄秋耘不同的是,蒋星煜不大关注历史题材的现实内涵与现实意义,他更注重的是还原历史现场,在对历史事件和人物的专心致志的叙述中,呈现出本色、丰富的中国传统文化,并让这种文化"润物细无声"地流进普通读者乃至青少年的心田。他做的是一种普及、传承历史文化的工作。如果说他的某些作品表现出某种或强或弱的现实性,那并不是他的初衷,只是历史与现实的偶然相遇而已。这正是他的作品长期以来被当代文学史忽略的重要原因。

蒋星煜,江苏溧阳人,1920 年生。抗战初期在上海复旦大学会计系读书。后在重庆、南京、广州等地担任图书馆管理员、电影厂编辑、通讯社记者等职务。新中国成立后,先后在上海市军管会文艺处、华东文化部艺术处、华东戏曲研究院、上海文化局艺术处等单位工作。1959 年起,为上海艺术研究所研究员。"文革"时期因几篇历史短篇小说而遭到批判。1977 年重回研究所从事研究和创作。蒋星煜既是一位作家,也是一位学者,他从抗战后期,就开始发表文学作品和文艺评论。他的研究领域十分宽泛,学术著作有《中国隐士与中国文化》《鲁颜公之书学》《西厢罕见版本考》《西厢记的文献学研究》等。他从 1947 年开始历史小说创作,以短篇为主,大都发表于《解放日报·朝华》《文汇月刊》《上海小说》《雨花》《奔流》《巨人》等报刊。20 世纪五六十年代他的历史小说就有广泛影响,不仅成人阅读,青少年也喜欢,特别是《包拯》《海瑞》等在少年儿童出版社多次再版。新时期文学之后,他的历史短篇小说创作更加活跃,到 2002 年累计创作 70 余篇。辑集出版有《刘伯温的寓言》《历史故事新编》《公主的镜子》《蒋星煜历史小说集》等。

蒋星煜说:"我总力求在历史事件、历史人物两方面有我自己的独特感悟,然后恰如其分地表达出来。而这种感悟又绝不是一时心血来潮,也不是勉强的生硬的联系,而确实是客观的存在,而我仅仅是对之发现、开

---

① 吴秀明:《蒋星煜历史小说集·序三》,学林出版社 2004 年版,第 6 页。

掘而已。"① 这就是说，蒋星煜的历史题材小说创作，绝不先入为主、主题先行，以古鉴今、以古讽今，而是沉入历史、苦苦探求，力图把握住历史文化的脉动。同时，他的历史题材创作，绝不是历史学家笔下的普及读物，而是一种真正的文学创作。他有着厚实的古典文学功底，特别是对《三国演义》《今古奇观》等更是钟爱有加。此外，作为当代作家，他也喜欢西方一些现实主义作家，如哈代、莫泊桑、纪德、欧·亨利等，有意识地借鉴了他们诸多艺术表现形式和手段。追求历史小说的故事性、通俗化、文学性，是蒋星煜的创作目标。

中国几千年的历史浩浩荡荡、人物辈出。蒋星煜创造了一个形形色色、千姿百态的历史人物画廊。帝王将相、文人学士、才子佳人、三教九流等应有尽有。他创作得最成功的人物形象是帝王将相，并从他们身上发掘出了独特的传统文化。《李世民与魏徵》是作者的代表作，构思巧妙、人物突出、内涵丰富。作品从李世民在华山击毙猛虎切入，然后展开了李世民与魏徵之间既和谐又矛盾的君臣关系。一个虽有过失，但虚心纳谏、胸怀宽广的英明君主，另一个心系国事、正直忠诚、敢于抗上的刚正净臣，在作品中跃然纸上。在李世民身上体现了一个奋发有为的明君的人性弱点和知错改错的性格以及对忠臣的信赖和尊敬，在魏徵身上凸显了一个文官敢于直言的死谏精神和对社稷君王的忠贞不贰。如果要了解中国古代的君臣关系，了解他们身上的文化品格，这篇作品不啻为一个极好的窗口。包拯、海瑞是中国古代两位杰出的清官、政治家。但在旧的章回小说、说唱文学中，他们都被神话、虚构和戏说了，同历史上的真人相去甚远。蒋星煜对这两位人物以及当时的时代环境，做了深入细致的考证、研究，在忠实历史事件和人物的基础上，在细部进行了合理的推想和想象，创造出两位真实、鲜活、丰满的人物形象。由于人物的故事较多、性格较丰富，作家采用了系列短篇小说的形式，一个短篇着重写一个故事和一个性格侧面，组合起来就是一个完整、突出的人物形象。《包拯》由一组五个故事构成。天长县做知县审理"牸牛被害"案件，表现了包拯的勇于为民做主和断案的果断准确；岭南端州做知州处理"进贡端砚"事件，反映了他查处腐败官吏的坚定彻底和自己的一尘不染；京城任监察御史查办皇上的宠臣铁面无私，显示了他在权贵面前的机智勇敢；出使契丹庆贺活动，展示了他胆大心细、不卑不亢的外交风度；担任开封府府尹勇斗"国丈"重开惠民河，凸显了他的一身正气和为国为民的崇高品格。在他

---

① 蒋星煜：《蒋星煜历史小说集·后记》，学林出版社 2004 年版，第 541 页。

身上积淀着积极进取的儒家文化和清正廉洁的清官精神。《海瑞》由一组八个短篇构成,有"斗钦差""买棺谏君""海龙王""大报恩""不识抬举""私访上新河"等一系列精彩故事。在同昏庸皇帝、腐败高官和贪婪的恶少的较量中,体现了他的疾恶如仇、无私无畏的斗争精神;在不断地向皇帝上疏、向朝廷建言,希望能革新政治、关心民瘼的行动中,显示了他忧国忧民、励精图治的社会责任;在开发水利、发展生产的举措中,表现了他的务实风格和实干精神。海瑞与包拯在廉洁自律、惩治贪腐、办事果断等方面有许多共同点。但性格与作风又有所不同。包拯的性格沉稳,海瑞的个性峻急;包拯在斗争中更机智一点,海瑞的斗争更直接一点。这同明朝和宋朝不同的政治环境、官场氛围有关。在他们身上,都充分体现了中国古代的清官文化精神。其实,《海瑞》和《李世民与魏徵》是蒋星煜的两篇"遵命"之作。1959 年和 1962 年毛泽东在两次讲话中分别谈到海瑞、魏徵精神,要人们学习。《解放日报》遵照上面的指示,约请蒋星煜写稿。但蒋星煜并没有给这两位人物涂抹上什么现实色彩,只是真实地表现了他们的时代和他们的性格。但在后来的批判中,依然把这两篇作品列入影射文学之列、打成"大毒草",作者受到长期的批斗、迫害。真是"欲加之罪,何患无辞"。

中国古代灿若群星的文人学士,也是蒋星煜青睐的人物系列,他精心地刻画他们,发掘他们身上的文化性格。《王勃登临滕王阁》以轻快、优美的语言,描述了 14 岁的王勃路经南京,在老师刘祥道的引荐下,在滕王阁作那篇著名的序文的故事情节,展示了小诗人年少才高、初生牛犊不怕虎的英俊风采。《刘伯温成"仙"记》讲述刘伯温怎样成为"仙人"的有趣过程,他虽然颇有计谋,但也绝非料事如神、真有天助,而是皇帝朱元璋为了证明他的权力的合法性,需要有一位神人辅佐,有意把刘伯温美化、塑造成了"仙人"。作家意在破除笼罩在刘伯温头上的神秘光环,还世人一个真实的刘伯温。《嵇康之死》与陈翔鹤的《广陵散》写的是同一个故事和人物,但蒋星煜笔下的嵇康无疑更真实、具体、客观,小说突出了嵇康遗世独立、决不与当朝官吏同流合污的超然气节,在权贵面前的恃才傲物、铮铮铁骨,为朋友挺身而出、不惧生死的高尚品格。在"竹林七贤"身上都有一种道家精神和风采。《诸葛亮招亲》的故事并未见诸正史,也许来自野史,作者对史实、人物做了广泛的发掘、辨析,然后大胆想象、虚构,创造了一个细腻、温情、美好的爱情故事。诸葛瑾夫人与二弟诸葛亮从玩笑入题讨论婚事,黄承彦与女儿阿丑对婚事的忧愁与对诸葛亮的仰慕,诸葛亮相亲与阿丑的心有灵犀、一拍即合,都描写得合情理、深切动人。虽然写的只是诸葛亮的招亲，却把他的择偶标准、人生志向、文化性格都表现了出来。在择偶上不重外表，只求志趣相投。在文化性格上坚守着"达则兼济天下，穷则独善其身"的儒道互补精神。诸葛亮未曾出山，他的思想、性格、才智就鲜明地显露了出来。

蒋星煜是把他的历史短篇小说当作艺术苦心经营的。他继承中国古典小说的叙事方法，格外重视小说的故事性，每篇作品都有一个完整生动的故事情节；为了使故事富有变化，他常常从小处、细节切入，以小见大、"从一斑窥全豹"。如《张敞画眉》中的画眉细节，《公主的镜子》里贯穿始终的道具——镜子，构思都很巧妙，是一种高明的短篇小说的构思。他汲取西方经典小说和中国现代小说在人物心理刻画上的技巧，在人物的行动中展现人物的动态心理，丰富和深化了人物形象。如《甘罗为上卿》中12岁的甘罗在毛遂自荐出使赵国时的心理活动，《刘伯温成"仙"记》里刘伯温对朱元璋心思的猜测等，都写得自然、逼真而深入。他兼容中国古典小说和当代小说叙事语言的时代特征，形成了一种质朴、准确、鲜活、厚重的语言风格。当然，他的小说也有不足之处，如思想内涵不够丰富新颖，人物形象有的显得单薄清浅，这大约是历史题材小说的一种局限所致。

第七节　周立波[①]：熔民族形式与个人风格于一炉

文学浪潮中的潜心探索

在20世纪五六十年代文学中，周立波无疑是一位举足轻重的作家。在长期的革命生涯和创作历程中，集战士、学者、作家为一身。他涉足的文学领域十分宽阔：既有文学翻译、研究，也有文学教学、评论；既有报

[①]　周立波（1908—1979），原名周绍仪，湖南益阳人。大学肄业。20世纪20年代末，因参加革命活动被大学开除、被捕。1934年参加"左联"，历任八路军前线司令部和晋察冀边区战地记者，延安鲁艺教师，《解放日报》文艺副刊副主编，《中原日报》副社长，北平军调部中共代表团翻译，中共松江省委宣传部宣传处处长，沈阳鲁艺研究室主任，《人民文学》编委，湖南省文联主席，中国作协湖南分会主席。全国第一、第二、第三届人大代表，全国第五届政协委员，中国文联第一、第二、第三届委员，中国作协第一、第二届理事。1934年开始发表作品，著有长篇小说《铁水奔流》《山乡巨变》等，报告文学《晋察冀边区印象记》《南下记》等，译著《被开垦的处女地》（第一部）、《秘密的中国》《多布罗夫斯基》，文论集《思想文学短论》《周立波选集》（七卷）等。长篇小说《暴风骤雨》获斯大林文学奖，影片《解放了的中国》（合作）获斯大林文学奖，《湘江一夜》获1979年全国优秀短篇小说奖。

告文学、散文写作，亦有长篇、短篇小说创作。他最重要的文学成果是两部长篇小说和一批短篇小说。描写1946年东北松花江畔农村土改斗争的《暴风骤雨》、表现1955年湖南乡村合作化运动的《山乡巨变》，已成为红色经典载入文学史册。由于这两部作品耀目的光辉，或多或少地遮蔽了他的短篇小说的实绩和风采。

青年学者邹理指出："周立波作为中国乡土小说作家的代表人物之一，其以故乡生活为题材的一批短篇小说淋漓尽致地表现了故乡的一种原生态之美，深情地描绘了益阳——洞庭湖滨的风俗风情美，刻画了生活在其间的人物群像的思想性格。其作品读起来如见故人，如归故土，竹叶茶花，沁人心脾。"[1] 这里着重谈的是作家故乡题材作品。周立波的创作以短篇小说始，又以短篇小说终，从1941年到1978年，长达37年。《周立波文集》第二卷收有35篇短篇小说，大体是他短篇创作的全部。他以反映故乡生活为主，同时涉及监狱生活、工厂题材以及革命战争，题材也较宽泛。《牛》《麻雀》《盖满爹》《禾场上》《山那面人家》《卜春秀》《湘江一夜》……这些不同时期的代表作品，清晰地显示了他漫长而曲折的创作轨迹，标志着他由一个知识分子作家向风格独特的人民作家的精神演变。

从20世纪40年代的解放区文学到五六十年代的共和国文学，虽然主流意识形态始终在倡导一种革命现实主义文学，但作家们面对的却是一个庞杂、复杂的文学传统。为什么茅盾、巴金、沈从文等在新中国成立之后创作基本中止，不能不说与他们的文学积淀有关。周立波的可贵之处，就在他既能巧妙地吸收五四文学、古典文学以及西方文学中有生命力的东西，转化成新的文学需要的因素，又能深刻地领悟革命现实主义文学的真谛，"百炼钢化为绕指揉柔"，创造出一种新颖别致的文学品种来，从而使他在五六十年代形成了自己的创作高峰期。茅盾对他的创作评价说："从《暴风骤雨》到《山乡巨变》，周立波的创作沿着两条线交错发展，一条是民族形式，一条是个人风格；确切地说，他在追求民族形式的时候逐步地建立起他的个人风格。他善于吸收旧传统的优点而不受它的拘束。"[2] 民族形式与个人风格，其实是很难统一的。如果再把五四文学、西方文学的因素搅和进去，就会更加困难。但周立波做到了。由此可见周立波的大家风范。他的短篇小说看似纯净、淡雅、柔美，但它们的文学和

[1] 邹理：《回归乡土的原生态之美》，《百年周立波》，湖南教育出版社2008年版，第78页。
[2] 茅盾：《反映社会主义跃进的时代，推动社会主义时代的跃进》，《人民文学》1960年8月号。

社会背景，却是斑驳而广大的。

周立波的短篇小说创作历程，似可分为四个时期。1941—1949 年为探索时期。周立波一边在鲁艺担任文学教师，一边开始了短篇小说创作。这一时期他的主要作品，是以自己 20 世纪 30 年代初在上海的监狱生活为题材的一组五篇短篇小说，从这一组作品可以明显地看到他对五四小说和西方文学的承传，作为精英知识分子的思想风貌和审美趣味，走的是一条"欧化"的路子。但同一时期创作的《牛》和《懒蛋牌子》，却是另外一种题材和风格，效仿的是通俗化、大众化套路。其间，毛泽东的《讲话》给予他根本性的影响，使他坚定了走后一条道路的信念。1951—1959 年是成熟时期。作为一位知名作家，他深入北京的工厂生活，后又回到湖南益阳体验农村生活。但由于对工厂、工人的不熟悉，《诸葛亮会》《砖窑和新屋》等三篇工业题材小说，近似于通讯报道。表现故乡生活的一批短篇小说却获得了杰出成功。《盖满爹》《禾场上》《山那面人家》《腊妹子》等是这一时期的代表作品。这批作品，融古今中外的文学精髓为一体，吸纳湖湘一带的自然风光和地域文化为滋养，在民族气魄中体现出个人风格，标志着作家创作的最高水准，是当代短篇小说中的艺术精品。1961—1964 年为徘徊时期。这一时期他集中创作短篇小说，作品数量较多，沿袭的依然是前一时期的创作路子，虽然在艺术手法上更为娴熟，但作品的思想和内容却显得拘谨了、平庸了。代表作《张满贞》《卜春秀》《胡桂花》等并没有超越前期作品。60 年代的中国文学，加快了"一体化"进程，在这样的文学环境中，周立波的创作已逐渐难以适应时代，在勉力写作中显出一种犹疑和乏力来。1978 年可称为爆发时期。十多年辍笔的周立波，再次握笔写了短篇小说《湘江一夜》，这篇反映抗战后期八路军某部南征故事的小说，故事扣人心弦，人物突出有力，其画面的浓墨重彩和笔调的清新刚健，使读者感受到中国古典小说和西方现实主义文学的一种交响。它成为作家生命的绝笔。

周立波是一位纯正的知识分子，一位赤诚的人民作家。建设一个民主的、富强的社会主义国家，开创一种崭新的、理想的人民大众的文学，是他和无数进步作家的崇高信念。为此他像一个宗教徒一样，虔诚地批判、克服自己的小资产阶级思想和行为，坚韧地在革命、战争和建设中锻炼自己，执着地探索一条中国作风和民族特色的文学道路。他对当代文学的贡献是卓著的。但是，他的文学道路也是悲剧性的。他不断地否定自己情有独钟的西方文学，纠正自己的"欧化"倾向，局限了自己的创作思想和艺术表现。他努力地实践革命文学的思想和理念，又束缚了他的艺术才华和创造能力。他在短篇小说创作上的曲折、徘徊、由盛而衰,正是被动选择的结果。

庄汉新在《周立波生平与创作》一书中说:"在我国当代文学史的第一个小说创作高潮中(20 世纪 50 年代中期至 60 年代初期),人们曾用'南周北赵'的称呼,把他和赵树理一起看作我国描绘农村生活的'铁笔圣手'。"① 确实,在"十七年"文学中,周立波与赵树理形成了一南一北双峰对峙的文学景观。但周、赵的创作又各具千秋,迥然有别。赵树理的小说质朴深厚,直面社会现实,富有传统小说和民间艺术的特色,周立波的小说则淡雅柔美,贴近民众生活,融汇了较多的现代文学因素和文人情调。前者比后者深刻,后者比前者艺术。前者属于社会,后者属于审美。有如供人实用的"山药蛋"和让人观赏的"茶子花"。正像贺仲明总结的:"周立波与赵树理,可以说是乡土文学在本土化探索过程中结出的不同硕果,风格各异,魅力不同,都具有共同的本土实质。"②

吸纳五四小说、西方文学的精华

周立波是一位有着深厚的五四文学和西方文学修养的作家。周立波在中学读书时就是一个进步青年,开始接触新文学,阅读鲁迅、郭沫若等的作品,并在同学中组织文学社团"夜钟社"。20 世纪 30 年代初加入中国左翼作家联盟,参加活动、编辑刊物。左联的主将们如鲁迅、茅盾、周扬、夏衍等在思想、文学上带给他耳濡目染的影响。这一时期,他开始了外国文学的翻译和评介,同时进行较为系统的文学理论研究,发表了大量文章。40 年代在延安鲁艺任教的两年间,他开设的"名著选读"课,主要讲授外国作家和作品,包括大量的西方批判现实主义作家,其中不乏杰出的短篇小说作家,如马克·吐温、契诃夫、莫泊桑等。可以说奠定青年周立波思想、文学基础的,正是中国的新文学和西方文学。

40 年代的解放区文学,使中国的现代文学发生了重大转折。纠正新文学中的"欧化"倾向,要求文学为现实的政治服务,为广大工农兵服务,成为一种政治的和时代的要求。周立波认同这种要求,并努力身体力行。但他对文学的"现代性"表现了更多的理解和保留。他说:"我们的文学,'五四'以来,受了外国文学的影响,好影响居多,坏影响也有。"③ "现

---

① 庄汉新:《周立波生平与创作》,光明日报出版社 1985 年版,第 37 页。
② 贺仲明:《文学本土化的深层探索者》,《文学评论》2008 年第 3 期。
③ 周立波:《思想、生活和形式》,《周立波选集》第六卷,湖南人民出版社 1984 年版,第 219 页。

代小说讲究细描，光有故事是不行的，故事是人物的行动构成的，情节是性格的历史。"① 他对五四小说、西方文学的熟悉和把握，使他能够自如地吸纳其中的精华，并运用在他的具体创作中。

周立波 1941—1942 年创作的《第一夜》《麻雀》《夏天的晚上》等一组五篇监狱生活小说，充分显示了他对现代小说艺术的追求。这些作品表现的是作家 20 世纪 30 年代初亲历的上海提篮桥监狱的生活和斗争，其思想内容和表现形式直接继承了五四小说的写法。以"我"——一个进步青年的眼光和叙述，贯穿整个监狱的生活和斗争，是这组小说的重要特点。此外，突出人物性格刻画，借鉴抒情、象征等表现手法，均表现了作家对现代表现手法的谙熟。当然，这组小说在艺术上还不够纯熟、精到。

1942 年春，周立波等几位鲁艺党员教师，受毛泽东邀请到杨家岭窑洞座谈，接着又参加了延安文艺座谈会，之后又进行了整风。这一切都给周立波以强烈的心灵震撼。他真诚地对自己的思想和创作作了一番清理和反省。他说："改造我们这些小资产阶级出身的作家，使我们的思想和生活，一天一天工农化，这是一件切实的要紧的事情。"② 他说："有许多形式，外国很发达，我们不能不学习，不但现在要学习，将来也要的。但是学习绝不是止于模仿，我们要添加自己的新的进去，这叫作创造。"③ 自此以后，周立波告别了那种知识分子的写作模式，开始探索一条大众化、民族化的创作道路。但现代小说的某些思想观念和表现方法，并没有在他的作品中绝迹，而是经过了改造和转化，不露痕迹地化解在文本中，使他的作品氤氲着一种现代气息。

在周立波 1942 年之后的短篇小说中，"欧化"倾向越来越淡薄，民族化特色越来越浓郁。但现代小说的余脉依然不绝如缕。当然这种现代味只是比照主流现实主义小说而言的，它主要表现在三个方面。一是作家主体的个人性。主流小说中的作家主体，往往代表的是某个阶级、某种理念。作家自己是隐蔽的或者无个性的。而周立波的短篇小说中，始终有一位个性鲜明的作家主体。不管是第一人称还是第三人称，无论是下乡干部抑或新闻记者，主宰叙述的都是那位可亲可敬的作家。譬如《山那面人家》中，写山村简朴、隆重的婚礼，可谓细腻入微、原汁原味儿。而作家"我"的那种淡雅、幽默、优美的叙述风格，也体现得淋漓尽致。譬

---

① 周立波：《谈创作》，《周立波选集》第六卷，湖南人民出版社 1984 年版，第 484 页。

② 周立波：《思想、生活和形式》，《周立波选集》第六卷，湖南人民出版社 1984 年版，第 218 页。

③ 同上书，第 219 页。

如《参军这一天》用的是第三人称,作品开篇就写即将参军离家的林桂生,"在家最后停留的这时刻,凝神注视门外的菜地、水田、草垛和茅屋",那种感伤、留恋、慌乱的内心感情,分明夹杂着作家自己的感受和情绪,让我们看到了一个温情而真诚的作家形象。既是一个工农化了的知识分子,又是一个文雅、可亲的大作家,这就是周立波定格在小说中的形象。创作主体的这种个性和品格,保证了他的小说的个人风格和艺术魅力。二是叙事格调的抒情性。"十七年"文学中的短篇小说,总体上灌注着一种斗争哲学、阳刚之气。而周立波却秉承了五四小说和西方文学中的抒情传统,在表现"新的人物、新的世界"过程中,融入了作家的情感、想象和理想,使他的小说具有一种诗意特征。譬如早期的《牛》,写农民们围观母牛生小牛的情景,把母牛的痛苦分娩、小牛在娘肚子里的挣扎,都拟人化了,写得幽默风趣、想象奇妙,抒发了作家一种纯真、欢乐的情感。譬如中期的《"割麦插禾"》,写两个孩子看着俗名叫"割麦插禾"的鸟儿的飞翔、啼叫,引发了他们对遥远的北京城、天安门、毛主席的浪漫想象、美好憧憬,精短的篇幅中蕴含着浓浓的抒情味儿。三是艺术结构的开放性。比之传统小说,现代小说一个显著的变革是结构形式。因周立波谙熟现代小说艺术,因此在结构创造上总是不拘一格,形成了多姿多态的结构样式。

在 20 世纪五六十年代的众多作家中,周立波可以说是一位"先锋派"。他吸纳现代小说的某些创作观念和方法,拓宽了他的民族化创作道路。但他的借鉴又是有限的、谨慎的、被抑制的。这是政治和时代给他造成的局限。

立足民族文学、地域文化之根基

在 20 世纪 40—60 年代,中国文学的核心主题就是实现民族化,所谓建立"中国作风和中国气派"的文学。毛泽东在 1956 年更明确地强调:"艺术的基本原理有其共同性,但表现形式要多样化,要有民族形式和民族风格。"[①] 尽管在促进文学的民族化中,削弱、排斥了对西方文学乃至五四文学的继承,但实现文学的民族化依然有其历史的合理性。如果说赵树理在创作中体现民族化,是水到渠成的事情;那么周立波的探索就会曲折、困难得多。因为他是来自亭子间的作家,是从西方文学和五四文学起步的。但周立波是一个一生追求进步、与时代同行的作家。他认真地改造自己,

---

① 毛泽东:《同音乐工作者谈话》,《人民日报》1979 年 9 月 9 日。

深入工农兵生活，努力学习中国古典文学以及民间艺术，研究湖湘地域文化，终于开辟出一条以民族风格、地域特色为主体兼蓄西方文学精华的创作路子。在他的短篇小说中，清晰地留下了探索的脚印。

对中国古典文学，周立波并不陌生。不仅在年轻时熟读过，20 世纪五六十年代还对几部古典文学名著做过细读和研究。他在《关于民族化和群众化》一文中指出："毛泽东同志早就指示了我们，对于外国作品和古典作品，只能借鉴，不能照搬。看一家模仿一家，达不到民族化的目的，也创作不出独创的风格，在艺术领域，破除迷信，极为重要。"①

小说体现民族化特色，牵扯到内容和写法等诸多方面。从具体创作看，周立波从古典小说中摸索出一些基本规律，他说："中国旧小说的优点之一是故事完整，很少静止的描写，较多行动的叙述。故事是人物的行动的连续，从故事里可以显示人物的性格和品德。"② 他还总结了章回小说吸引人的三个特征，"一是口语化"，"二是有人物"，"三是有故事"。③这就是说，要加强小说的民族化特色，一定要处理好故事、人物、语言三大问题。理论上的自觉，使周立波短篇小说的民族性得到了充分体现。譬如《懒蛋牌子》，就是一篇颇有古典小说韵味的作品。写东北某屯子里的儿童团员，为了响应农会促进生产的号召，专门做了二十块懒蛋牌子，四处寻找偷懒的男女，用挂牌子的方式惩罚和敦促他们。事件本身就很有民间性、戏剧性。小说的结构也是连缀式的，全篇由一个故事贯穿，但人物却是陆续登场，一个连着一个，借鉴了《水浒传》的情节结构法。读来生动幽默，引人入胜。周立波并不是一个擅长写故事的作家，为了强化小说的可读性，他甚至采用了一些传奇手法。譬如《扫盲志异》，写中学生教年轻媳妇识字，一句"你睡哪一头"的问话，引起了封建脑瓜的公爹何大爷的误会以至告官，弄出一场令人啼笑皆非的喜剧，乡土生活表现得活灵活现。周立波在处理故事与人物的关系上可谓煞费苦心。譬如《湘江一夜》写八路军某部向南挺进，横渡湘江。战争的过程写得紧张激烈、严谨有序，主要人物司令员董千、侦察队长门虎、年轻参谋小张等都刻画得遒劲有力、栩栩如生。故事情节与人物性格相得益彰，可以窥见作家对古典小说的结构和对西方小说笔调的借鉴。当然，中国传统小说在写法上也有缺陷，如不大注重环境、心理描写，不善于抒发作者的情感，周立波

① 周立波：《关于民族化和群众化》，《人民文学》1961 年 11 月号。
② 周立波：《读书札记》，《周立波选集》第六卷，湖南人民出版社 1984 年版，第 411 页。
③ 同上。

巧妙地运用西方小说的表现形式和手法，使创作缺陷得到了补救。

丰富灿烂的民族文学，是由各具特色的地域文学构成的。一定的地域环境及其文化，往往会孕育自己的文学流派。以赵树理为首的山西作家创造了质朴、厚重的"山药蛋派"，以孙犁为代表的河北作家培育了明丽、优美的"荷花淀派"。周立波所开创的具有湖湘地域特征的小说，则被称为"茶子花派"。茶子树是湖南常见的树种，冬天开花，花瓣洁白，清香扑鼻，有一种秀雅、醇厚、柔美的神韵，与周立波小说的风格暗暗吻合。正像有评论家总结的："以周立波的故乡生活小说为代表的茶子花文学流派也丰富了中国社会主义乡土文学，推进了中国文学的现代化和民族化进程。"① 周立波是湖湘土地的儿子，在他身上就有湖南人的性格特征，他的小说自然也会呈现出独特的地域文化韵味。

文学作品的主体是人物，人物身上的精神性格是最能体现地域文化的。有评论家说："周立波的作品给人印象尤为深刻的是他所塑造的许许多多浸润着湖湘文化深厚内蕴，体现湖湘文化斑斓色彩的各色各样的山村人物形象。透过这些人物形象的鲜明特色，我们可以窥见湖湘儿女的某些共同的性格特征：'他们总是那么勤俭、朴实、憨厚、正直，讲究情义，敢爱敢恨。'"② 譬如《盖满爹》里的乡支书盖满爹，在工作和生活中体现出来的爱社如家、勤俭节约的境界和性格。譬如《桐花没有开》中的农业社队长盛福元，在科学泡种的实验中，表现出来的踏实、执着的精神和个性。譬如《民兵》里的年轻姑娘卜玉英，在恋人烧伤之后显示出的有情有义、忠贞不渝的高尚人格……都生动传神地凸显了湖南农村各种人物的地域文化性格。风景画和风俗画，是展现地域特色的最佳窗口。譬如《卜春秀》中写益阳一带的山野：初春季节，草木葱茏，阳雀子鸣叫，路边的水井水面如镜，一位怀春的姑娘看着水中的倩影自我欣赏。景美人美，如诗如画。譬如《张满贞》里有一段风景描写，一幅雨中的南国乡景，在作家笔下给写活了。风俗画描写，在周立波短篇小说中更是俯拾即是。《山那面人家》写农村的新式婚礼，农民们的聊天斗嘴，洞房的装饰陈设等，展示了特定时代的农村婚俗。《下放的一夜》写人被蜈蚣咬伤，用蜘蛛吸毒、用公鸡血驱邪的乡土疗法，隐含着一种神秘的民间文化。《胡桂花》写村里的业余排戏、戏场里的情景，显示了益阳农村古老的民

---

① 绍雄：《论周立波故乡生活小说的文学史地位》，《百年周立波》，湖南教育出版社2008年版，第58页。

② 邹理：《回归乡土的原生态之美》，《百年周立波》，湖南教育出版社2008年版，第81页。

情风俗。愈是地域的，往往愈容易成为民族的和世界的。周立波的益阳，已同沈从文的湘西一样，走进了中国文学乃至世界文学。

创新短篇小说的文体

"飘满茶子花香的一阵阵初冬月夜的微风，送来姑娘们一阵阵欢快的、放纵的笑闹。""一连开一两个月的洁白的茶子花，好像点缀在青松翠竹间的闪烁的细瘦的残雪。""看这茶子花好乖，好香啊！"这是周立波在《山那面人家》等作品中描绘的茶子花，把普普通通的茶子花的幽香、精美、乖巧、倔强的风貌和性格都写出来了。这是南国山野中的花，这也是周立波笔下的小说。他的小说自然属于那个革命的、激进的时代，在取材、立意、形式上留有诸多历史痕迹，但他的作品更保留了湖湘的地域风情和底层社会的生存状态。他的作品看似依循主流现实主义的套路，但在结构、手法和语言上，融入了很多新的因素，成为一种别具风貌的小说文体。

周立波在短篇小说的人物塑造上，形成了自己鲜明的艺术特色。有评论家指出："与传统乡土小说的启蒙主题、乡愁主题不同，周立波的故乡生活小说的主题是赞美和歌颂新农村的新人物、新生活。"[1] 20 世纪五六十年代，出于政治的、文学的需要，不断地倡导、强调广大作家要塑造"社会主义新人形象"乃至"无产阶级英雄人物"。在这种"左"的理论的鼓噪下，文学园地涌现了许多"高大全"式的英雄形象。深谙文学理论的周立波，在 1934 年就明确说："伟大的艺术家，不但是描写现实中已经存在的典型，而且常常描画出方在萌芽的新的社会的典型。""我们应当从广大的民众中塑造我们时代的积极的典型。"[2] 因此他对 20 世纪五六十年代提倡写新人物是认同的，但在塑造什么样的人物形象，运用什么样的表现形式上，他有自己的理念和手法。

他塑造了许多新农村中的新人物，但这些人物身上却没有那种政治的和阶级的特性，而是一种源自地域文化、美好人性、新的生活的思想、情感和个性。他深知短篇小说不可能写出那么复杂、深厚的人物性格来，因此捕捉的往往是人物特定环境中某种精神、性格的瞬间闪光。譬如《张满贞》里的张满贞，原来是一个可怜的童养媳。新中国成立后在社会主义革命、建设中锻炼成长，成为县玻璃厂的厂长，后又担任了公社妇女部

---

① 绍雄：《论周立波故乡生活小说的文学史地位》，《百年周立波》，湖南教育出版社 2008 年版，第 59 页。

② 周立波：《文学中的典型人物》，《周立波选集》第六卷，湖南人民出版社 1984 年版，第 4—5 页。

部长。她干一行爱一行,既有基层干部的沉稳、果断,又有年轻女性的热情、温柔,是一位优秀青年干部的代表形象,是新的社会造就了她。譬如《霜降前后》《飘沙子》刻画的是同一个人物——年轻队长王桂香。他不仅团结群众、带头苦干,善于经营、领导有方,且有大局观念,能为邻队着想,选买、喂养又瘦又小的"飘沙子"牛的事迹,凸显了他作为一个新农民的宽广胸怀和高尚风格。周立波敏锐地抓住了这些新人身上的"萌芽"状态的精神性格,作出了富有诗意的描写。作者笔下最成功的是那些年轻漂亮而又有个性的女性形象。腊妹子在广阔、美丽的大自然中学会了游泳、爬树、打弹弓,有一种自由、任性、倔强的假小子脾气。卜春秀面对理想中的爱情和父母主张的婚姻,爱憎分明,主意坚定,把一个年轻姑娘追求自由爱情、反叛旧式婚姻的思想行为写得绘声绘色。胡桂花走出家庭,上台演戏,面临丈夫的误会和村人的议论,凸显出一位腼腆而又内秀、温情而有主见的年轻媳妇形象。在这些女性形象身上,有时代色彩,但更突出的是那种聪慧、泼辣的地域性格和纯真、善良的人情人性。需要指出的是,周立波的小说人物,在类型上比较简单,首先他着力塑造新人物,却忽视了创造更多的中间的、落后的人物形象。其次是人物缺乏应有的深度,他热衷刻画人物美好的、正面的性格侧面,却很少深入人物心理、人性领域,揭示出人物复杂、矛盾、缺陷的一面,导致了一些人物形象的单薄和雷同。他的短篇小说中,称得上典型形象的很少。

周立波在短篇小说的艺术结构上,创造了多样化的结构模式。20世纪五六十年代的现实主义短篇小说,结构上主要有两种类型,情节小说和人物小说,形式较为单调。周立波由于有较厚实的现代小说修养,因此在结构形式上就能兼容并蓄,大胆创新。一是故事情节小说。周立波为了加强小说的民族特色,适应更多读者的口味,创作了许多故事情节类小说;但他在故事叙述中特别注意从塑造人物出发,以人写事,又以事托人。譬如《湘江一夜》写抢渡湘江战役,这样的题材只能以叙述事件为主体,但战争又是由人来指挥、展开的,因此作家紧紧抓住主要人物在战争中的关键作用,故事和人物达到了相辅相成的效果。再如《林冀生》写一位因病住院的市委书记一个早晨的"微服私访",作品自然也要以时间和事件为线索,但在叙述中突出了主人公关心群众生活、认真调查研究的思想和工作作风,因而人物形象也较突出。二是人物性格小说。这是周立波最擅长的一种结构形式,作品以人物性格为核心,叙述情节,渲染场景,刻画细节。但作家在描写人物时,也兼顾了故事情节的完整性、变化性。譬如以人物姓名为题目的《盖满爹》《艾嫂子》《张润生夫妇》《胡桂花》等,都属于这类结构模式。三是场景图画小说。这类小说既没有完整情节，也无突出人物，其结构的核心是画面，把自然景物、人物群像、行动语言等都囊括在一个画面中。譬如《禾场上》，写山村傍晚，开阔禾场，各种人物、聚会神聊。时代气息、地域特色和山村风俗都跃然纸上，是一篇典型的场景结构小说。再如《翻古》，写初冬晚上，农家堂屋，煤油灯下，李二爹与儿子、孙子以及邻居的小把戏们，一边"翻古讲汉"，一边挑选茶籽，古朴的画面余味无穷。四是生活结构小说。这类结构形式依循的是日常生活的片断性、原生态，自然铺陈、散散漫漫，却有一种情调、色彩统一全篇。如《牛》《伏生谷生》就属于这类小说。周立波多姿多态的结构样式，使他的小说平添了现代感和诗意性，对当代小说作出了可贵贡献。

　　周立波在短篇小说的叙述语言上，踹出了一条雅俗共赏的艺术通途。周立波曾经是一位追求"欧化"语言的知识分子作家，但最终形成了一种炉火纯青的民族化、大众化的语言风格。但在这种风格中，又可以感觉到湖湘地域文化、农民方言土语、作家审美趣味的弥散。朴素而高雅、天然而精美、古朴而现代，是他语言风格的基本特征。在他的短篇小说中，叙述语言的整体格调是土色土香、质朴淡雅的，但景物描写、作家旁白却是那种华美、抒情的知识分子笔法，而人物语言则是乡土的、个性的。整体的统一、局部的变奏和"插曲"的特别，使周立波的小说的文体和语体独树一帜、魅力丰盈。

第八节　赵树理①：大众化文学道路上的艰难跋涉

大众化文学与短篇小说

　　在中国现、当代文学发展史上，赵树理之所以具有独特、重要的位

---

① 赵树理（1906—1970），原名赵树礼，山西沁水人。毕业于山西省立长治第四师范学校。1937年参加抗日工作。历任高小及初中教师，山西阳城县新编八区区长，《黄河日报》路东版编辑，《中国人报》、新华书店、《新大众报》编辑。1949年后历任《工人报》记者，全国文学工作者协会常委、创作部负责人，《说说唱唱》主编，北京市文联副主席。全国第八届人民代表大会代表，全国文联委员，中国作协第一、第二届理事，中共第八届代表大会代表，中国曲艺家协会主席。1964年回山西工作，兼任中共晋城县委副书记。"文革"期间遭到残酷迫害，于1970年9月23日含冤辞世。1933年开始发表作品，著有长篇小说《盘龙峪》《三里湾》《李家庄的变迁》，中篇小说《李有才板话》《邪不压正》，短篇小说《小二黑结婚》《福贵》《传家宝》"锻炼锻炼"《卖烟叶》，鼓词《庞如林》《石不烂赶车》，文学剧本《万象楼》《打倒汉奸》，报告文学《孟祥英翻身》，《赵树理文集》（四卷）等。他开创的"山药蛋文学流派"，成为中国当代文学史上最重要、最有影响的文学流派之一。

置，就在于他成功地开创了大众化文学潮流，并为此执着地探索、奋斗了一生。他的创作，真正突破了新文学发展中长期攻克不了的难关，被奉为"旗帜"和"方向"，深刻地影响了现代、当代文学的面貌和走向。但赵树理的创作道路却不是一帆风顺。20世纪40年代他的文学思想和追求，与革命战争、农村运动以及政治意识形态颇多重合，他被推举为主流文学的代表，是他"春风得意"的时期。而五六十年代他继续坚守自己的文学道路，就与越来越失控的社会发展和更激进的意识形态，抵触和矛盾逐渐加剧，他被扣上"落后""右倾"乃至"反动"的帽子，他的大众化创作以及人生命运，也走向了末路。

赵树理在小说创作上长篇、中篇、短篇兼顾，长篇小说有《李家庄的变迁》《灵泉洞》《三里湾》等数部，艺术上最成熟的是后一部。中篇小说有《李有才板话》《邪不压正》等。短篇小说代表作有《小二黑结婚》《地板》《福贵》《传家宝》《登记》《"锻炼锻炼"》《套不住的手》等。在现代文学时期是没有中篇小说概念的，中型规模的小说都划到短篇小说里。因此可以说代表他创作成就的，是众多的中短篇小说。有文学史家指出："比较起来说，赵树理的一些短篇就显得较为成熟。虽然要写好短篇也不容易，或者更困难，赵树理却可以说是短篇的能手，而还缺乏驾驭长篇巨构的天才。"[1] 康濯则在1962年称："赵树理在我们老一辈的作家群里，应该说是近20年来最杰出也最扎实的一位短篇大师。"[2] 其实赵树理在创作谈中，很少单独讲到短篇小说。他只是觉得，短篇小说这一文体，更能及时、有效地反映现实生活和他的思想感情，更能灵活、全面地实践他的大众化文学构想。

用春秋笔法写"问题小说"

赵树理有一句被人广为传播的话，他说自己的作品：是要"老百姓喜欢看，政治上起作用"[3]。他还有一段被人称道的话："我的作品，我自己常常叫它是'问题小说'。为什么叫这个名字，就是因为我写的小说，都是我下乡工作时在工作中所碰到的问题，感到那个问题不解决会妨碍我们工作的进展，应该把它提出来。"[4] 这两句朴实无华、明白有力的话，

① 林曼叔、海枫、程海：《中国当代文学史稿》，巴黎第七大学东亚出版中心1978年版，第96页。
② 康濯：《试论近年间的短篇小说》，《文学评论》1962年第5期。
③ 转引自陈荒煤《向赵树理方向迈进》，《人民日报》1947年8月10日。
④ 《赵树理全集》(4)，北岳文艺出版社2000年版，第424页。

把政治和老百姓、农村工作与社会问题这些有关"国计民生"的重大问题联系在了一起，表达了赵树理的一种社会抱负和文学雄心。正如钱理群等说的："共产党所领导的农村变革与其相应的方针政策对农民命运、心理、情绪的影响，成为赵树理观察与表现农村生活的重心所在。他自觉地追求创作对现实生活的紧密配合的宣传、鼓动作用和指导作用，又不滞留于公式化概念化的困境，他的作品除了融入对农民的挚爱情感，也融入历史考察的理智。"① 但赵树理的"问题小说"，却是含蓄、机智、艺术的。他在小说中提出的问题，往往是一些具体的工作问题、个人命运问题等，但透过这个"窗口"，又让人们窥见农村错综复杂的历史变迁、政治风云、阶级斗争等。小说最初提出的问题，反而显得不那么重要了。赵树理用的是以小见大、由此及彼的艺术手法，可以称为春秋笔法。短篇小说就是一种"借一斑以窥全豹"的艺术，赵树理的思维方式正合短篇小说之道。

1937—1942 年，赵树理在晋东南的革命根据地从事抗日宣传工作，主编报纸副刊，就开始了大众化写作，在《抗战生活》《中国人》等报纸上，发表了三四十篇短小通俗的小小说，这些作品取材当下抗战时期生活，有的揭露日军的种种罪行，有的表现抗日战士和农民的顽强、机智斗争，有的描绘农村的劳动、家庭以及人际交往等民间生活。这批作品生活逼真、题材多样、写法灵活，很受根据地军民喜爱。但从艺术角度讲，构思粗糙、主题肤浅、语言直露，还停留在宣传品层面。

1943—1949 年是赵树理创作的辉煌时期，创作了多部出色、成熟的中短篇小说，这些作品都具有"问题小说"的特征。《小二黑结婚》表面看是写小二黑与小芹的恋爱故事，批判封建婚姻、倡导自由爱情。但"问题"的背后，揭示了根据地农村依然盘踞着封建恶霸势力，一些地痞流氓混入了新政权。阻碍青年婚姻自主的，不仅有旧式家庭的顽固父母，更有农村的封建恶霸势力。作品内涵远远超过了"问题"。《李有才板话》的创作，针对的是"有些很热心的青年同事，不了解农村中的实际情况，为表面上的工作成绩所迷惑"②，作家要揭示出那些"模范村"的真相来，让年轻的工作干部有所警觉。但作家在展开阎家山的矛盾中，更深广地揭开了村政权的选举内幕。权力依然在旧村长阎恒元家族之手，新选入的年轻干部也被一个个拉拢而变质。村干部在开展工作中阳奉阴违、牟取私

---

① 钱理群、温儒敏、吴福辉：《中国现代文学三十年》，北京大学出版社 1998 年版，第 477 页。
② 《赵树理全集》（4），北岳文艺出版社 2000 年版，第 183 页。

利，却哄骗了上级派来的年轻干部，贫苦农民依旧受着压迫和剥削，做着反抗和斗争。作家几乎是全方位地表现了新旧政权转换时犬牙交错的政治、经济、文化斗争。《邪不压正》猛一看好像在写下河村青年软英和小宝的恋爱故事，但故事发生在土改过程中，作家说"这个故事是套进去的，但并不是一种穿插，而是把它当作一条绳子来用——把我要说明的事情都挂在它身上，可又不把它当成主要部分"①。而作家的真正意图是"想写出当时当地土改全部过程中的各种经验教训，使土改中的干部和群众读了知所趋避"②。小说从"婚姻问题"进入，真实而细腻地表现了抗战局势下，土改运动的波折特别是极"左"倾向，农村政权的不纯，流氓分子的捷足先登，中农的犹豫观望……可谓农村土改运动的全景图。赵树理"问题小说"的价值，就在于因作家对农村生活的谙熟与洞察，在自觉不自觉中揭示了许多被遮蔽的深层问题，同时由于作家艺术功底的深厚，避免了这类小说的图解化弊端。

到 20 世纪五六十年代，虽然赵树理依然是文坛的一面"旗帜"，依然有佳作问世，但他的"问题小说"却渐渐暗淡、凋谢了。亦如孙犁说的："他的创作迟缓了，拘束了，严密了，慎重了。因此，就多少失去了当年的青春泼辣的力量。"③ 其原因就在他对现实社会的感受和认识，与政治意识形态发生了诸多错位，他难以准确地把握时代脉搏，更难以提出敏锐而重要的社会问题。譬如意识形态一直在强调和夸大阶级斗争，而赵树理则认为："从生产资料的所有权方面看，农村的阶级是消灭了。"④ 他固执地相信一些理论家"所有制改变了阶级就消灭了"的观点。在根本问题上的"糊涂"和"违上"，影响了他对整个社会的理性判断。《登记》在艺术上是一篇精品，但在思想上是《小二黑结婚》的重复。其他如《表明态度》《老定额》《互作鉴定》《卖烟叶》，都显出了他思想和艺术上的矛盾、困惑和滞涩，呈现出一种下滑状态。这一时期只有《"锻炼锻炼"》隐含了尖锐的社会问题。这篇内涵和结构十分复杂的小说，作家主观上是"批评中农干部的和事佬的思想问题"⑤，但客观上却提出了农业社以及各级干部同普通农民究竟是什么样的关系的重大问题。特别是对中间的、落后的农民，是用调和的方法感化他们，还是用专制的手段压服

---

① 《赵树理全集》(4)，北岳文艺出版社 2000 年版，第 196 页。
② 同上书，第 194 页。
③ 孙犁：《谈赵树理》，《天津日报》1979 年 1 月 4 日。
④ 《赵树理全集》(4)，北岳文艺出版社 2000 年版，第 565 页。
⑤ 同上书，第 425 页。

他们；怎样改变一些农民同社会主义集体的离心离德现象？1958 年正是三面红旗狂飙突进的时期，赵树理在小说中显露出的这些问题，可谓针针见血，体现了一个人民作家的社会良知和现实主义创作的强大力量。

一生坚守"民间立场"

赵树理小说中有一种珍贵元素，就是浓郁的"民间性"，即作品体现出来的民间思想立场和对民间社会生活的逼真展示。陈思和说："他是属于中国民间传统中比较有政治头脑和政治热情的农村知识分子，他把民间传统作为自己安身立命之地，自愿当个'文摊文学家'，完全出于自觉的选择。"① 有论者总是把赵树理说成地道的农民，其实他的身份非常复杂，且存在着内在的矛盾和冲突。大体说来，他是一个"三位一体"的作家。他首先是一个具有现代思想意识的农村干部，作为一名党员他真诚地相信党的思想、路线和政策，但作为一个受过五四思想熏陶的知识分子，他又有一般干部没有的现代思想观念。其次是一个具有政治文化头脑的传统农民，他一生扎根于农村和农民中间，保持着一个普通农民的思想感情、生活习惯，但他又继承了中国历史上那些杰出农民的文化品格，富有一种农民领袖的思想、眼光和性格。此外是一个对民间艺术情有独钟的现实主义作家，他像众多的现代作家一样，投身革命、关注现实，但他的文学理想却是创造一种像民间艺术那样的现代小说。而在多元交织的身份中，有一个坚定的内核，那就是立足民间、为了农民，这是他的出发点，也是他的归属点。

其实一个作家真正深入民间、熟悉民间，就会写出生活的真实，发现社会的问题。但对大多数知识分子作家来说，这却是一件十分困难的事情。赵树理精辟指出："所谓'大众立场'，就是'为大众打算'的意思，但这不是主观上变一变观念就可以解决的问题，因为各阶层的生活习惯不同，造成了许多不易理解的隔阂，所以必须到群众中去体验群众生活。劳苦大众的生活，比起洋房子里的生活来是地狱，我们必须有入地狱的精神。"② 赵树理的优势是，他既像普通农民一样沉在生活底层，又超越了农民的思想、视野的局限。《小二黑结婚》和《李有才板话》中所揭示的农村新政权中的隐患和乱象，没有对农村社会的谙熟于心和明辨是非的政治眼光，是很难发现的。对人的独立、自主、生存、命运的关怀与思考，

---

① 陈思和主编：《中国当代文学史教程》，复旦大学出版社 1999 年版，第 40 页。
② 《赵树理全集》(4)，北岳文艺出版社 2000 年版，第 191 页。

是赵树理创作的重要主题。《福贵》痛切地揭示了主人公由一位好青年变为名声很臭的"赖人"的屈辱历史，批判了封建家族社会的剥削、压迫和伪善的本质，还穷苦农民以善良、勤劳、清白的品格。《孟祥英翻身》和《传家宝》写的都是旧式家庭中的婆媳关系，主宰家庭"领导权"的婆婆，实际上代表的是封建伦理道德，在新的社会环境中，年轻媳妇只有投身社会、参加劳动、勇敢抗争，才能争取到政治、经济乃至家庭地位。赵树理在他的小说中，继承了五四的"立人"思想。《地板》《小经理》虽然题材、人物很不相同，但都涉及了农村革命中的经济问题。赵树理精通农村经济，他从经济问题入手，发现了农村革命中的一些重要"症结"，表现了底层社会的真实情状。

　　杨义指出："赵树理小说的现实主义的一个重要特征，是浓郁的晋东南乡土民俗色彩。他善于写田间劳作和农家百艺，善于写阴阳神鬼迷信和夫妇婆媳长短，那些窑洞里、土炕头、禾场上、槐树下的举止谈吐，在他写来都是得心应手，驱遣自如，贴切自然，直至穷形极相。"[1]中国近现代以来的反封建斗争与运动，已把民间社会冲击得分崩离析。但作为一种根深蒂固的社会"小传统"，它依然顽强地残存着、延续着。赵树理是一个深深浸润于民间生活的人，他在创作中有意无意地表现了许多地域特色的东西，构成了小说一种土色土香的底色。

　　赵树理小说中突出的民情风俗描写主要有如下几个方面。民间信仰风俗描写。《小二黑结婚》中的二诸葛，"抬脚动手都要论一论阴阳八卦、看一看黄道黑道"，用算卦占卜来决定他和家人的行动；三仙姑则是一个老神婆，摆香案、装天神，引得村人纷纷来求财问病。一个村子就有两位活神仙，可见神灵崇拜风气之盛。赵树理是抱着一种含笑的讽刺来描写这种民间风俗的。《求雨》中的龙王庙祈雨，是一种隆重的、虔诚的民间仪式。赵树理一方面活灵活现地描绘了这些民间风俗，另一方面又展现了它在时代浪潮下的土崩瓦解。人生礼仪风俗描写。《盘龙峪》里写十二个青年"结拜干弟兄"，怎样摆供、点香、敬神，怎样磕头、起誓、唱戏，虽然仪式不见得规范，但一帮青年的真诚、义气、豪情，跃然纸上。民间文化娱乐风俗描写。赵树理在多篇小说中写到农村的唱戏、闹红火、办八音会，特别是在《刘二和与王继圣》里，描写了乡村孩子在宽阔的坪上扮演武打戏，在山沟里玩水汪冲旱汪，全村动员在关帝庙看大戏，把民间的文化娱乐活动渲染得有声有色、妙趣横生。

---

[1]　杨义：《中国现代小说史》第三卷，人民文学出版社 1998 年版，第 555 页。

把底层农民推上历史舞台

中国传统社会里，士农工商四大阶层，农民是最庞大、最根本的一个阶层。但在文学艺术中，主要角色是帝王将相、才子佳人等，农民的身影几近于无。从五四文学到左翼文学，知识分子作家都意识到了"要以农工大众为我们的对象"，但农民要么是被怜悯、被启蒙的对象，要么是概念化、公式化的"木偶"，农民距离文艺还很远。只有到了20世纪40年代的解放区文学，到了赵树理笔下，底层农民才真正走进小说，成为堂堂正正的主人公，大众化文学才落到实处。李洁非在评价赵树理的创作意义时说："他是以农民为本位的乡村文学叙事的鼻祖。他是历史上第一个用平行视角来描写和叙述中国农民的作家，也是历史上第一个原汁原味使用农民口语写作的作家。"①

赵树理小说中，农民类型的丰富、典型形象的众多，是许多乡土小说作家难以企及的。他受意识形态的影响，用阶级分析的思想去评判人物，自然有失人物自身的复杂性，但也抓住了特定历史时期人物的本质特征。他较少沿用现代作家典型化的方法去塑造人物，而是采用古典作家类型化的手法刻画人物，注重人物的行动、社会特征，反倒使人物的性格更加鲜明，同样达到了典型的高度。从一定意义上说，这些理念、方法和手法，更吻合短篇小说的写人规律。

精心描绘中间人物。赵树理说："其实，很先进与很落后的人，常是少数，居于中游者，倒是多数。"② 中间人物不仅是多数，而且最能折射时代变化，更富有文学意味。因此赵树理笔下这样的形象最多，刻画也最成功。善良、本分、懦弱，满脑子阴阳八卦的二诸葛；保守、怕事、摇摆，但沉得住气的王聚财；自私、落后、倔强，一心盼望参加革命的儿子改变穷家的杨老太爷。这些都是老一代中农形象，各有性格特点。老秦和老驴都是贫苦农民出身，既善良又勤劳，但前者脑子里装满封建等级意识，有一种怕上欺下的国民劣根性，而后者心甘情愿做财主的长工，表现出一种深入骨髓的奴性。福贵和秋生在村里名声不好，既偷且赌，但他们在本质上是一些有良知、有血性的农民。是不人道的封建社会"逼良为娼"，在新的社会他们很快改邪归正、成为新人。还有屡被上下级批评为"和事""右倾"，实则谙熟农民心理、深懂"中庸之

---

① 李洁非：《典型文坛》，湖北人民出版社2008年版，第158页。
② 《赵树理全集》(4)，北岳文艺出版社2000年版，第644页。

道"的社主任王聚海。这些形象都颇有思想和艺术深度。赵树理格外熟悉农村中的家庭妇女，刻画出许多栩栩如生的艺术形象。譬如在家里役使老实丈夫，用"顶神"的办法吸引青年满足情感渴望的"三仙姑"；年轻时漂亮、风流，经历过痛苦的爱情、婚姻，终于站到了自由恋爱的女儿一边的"小飞蛾"；泼妇式的"小腿疼"；娇气而有心计的"吃不饱"，等等。这些女性形象，在时代发展中表现出某些落后色彩，属于民间形象。对这些中间的、落后的人物，赵树理同情他们的处境，讽刺他们的弱点，揭露他们的劣根，期望他们跟上时代的步伐。

努力塑造先进农民。赵树理在写人上，最得心应手的是那些老一代的中间人物，但在塑造先进、英雄人物上也付出了很大努力。譬如二牛、小二黑、三喜等，譬如小芹、软英、艾艾、金桂等。这些新人形象大多显得简单、清浅甚至有概念化痕迹，但他们纯朴、向上的品格，追求个人幸福和群体事业的精神，代表了部分先进农民的成长方向。在赵树理笔下，最杰出的先进农民形象是李有才和老杨。在这两个人物身上，寄托了赵树理理想农民的愿望。

真情讴歌纯正农民。20世纪五六十年代是一个强制作家写"英雄人物"的时代，但赵树理对这一理论很怀疑，他固执地认为英雄人物的特征是："他们有远大的理想，一声不响，勤勤恳恳地在那里建设社会主义，别人知道他，也是这样干，别人不知道他，也是这样干。"[①] 其实这样的英雄人物跟政治意识形态的要求是毫不沾边儿的，倒很接近民间那种传统的、纯正的农民。1960—1962年，赵树理在创作的苦恼中写出了几个坚实而独特的形象。《套不住的手》以老农民陈秉正的一双手为切入点，真诚地歌颂了老人纯朴、热心、勤劳的品格，突出地表现了他把劳动当作人生需要和快乐的精神境界。《实干家潘永福》是一篇纪实小说，主人公潘永福已是县委委员、农工部部长，他在一项项艰巨的工作任务中，联系群众、苦干实干、精心谋划，创造出非凡的业绩，传统农民那种务实和苦干精神在他身上始终如一。《张来兴》里的老农民张来兴，是一位技艺高超的好厨师，一生走南闯北，伺候过无数东家、官员，但耿直的个性和手艺人的犟劲儿，如铁骨傲然不倒，传统农民的正直和自尊在这位厨师身上永不褪色。这样的纯正农民形象在赵树理过去的小说中是没有的，作家正是用这样的形象对抗和解构着到处流行的

---

① 《赵树理全集》(4)，北岳文艺出版社2000年版，第420页。

"假大空"式的"英雄人物"。

深刻揭露异化、变质农民。赵树理在小说中还刻画了两种"反面"农民形象。一种是已经异化为压迫和剥削穷苦农民的地主、恶霸分子,如阎恒元、王老万、刘锡元、金旺、兴旺等,作家揭露了他们凶狠、贪婪、狡猾的丑恶本性。另一种是在农村革命中成为积极分子、新政权干部后腐化变质的青年农民,如小元、马凤鸣、小旦、小昌等,作家批判了他们自私、享乐、投机、专权的堕落行为。但这两种农民形象,作家没有充分展开,带有简单化、脸谱化的倾向。

执着探索大众化艺术形式

在当代文学怎样发展的问题上,赵树理有自己的独特见解和构想。他认为当代文学实际上面对着三种文学资源和传统,即古典文学的、民间文艺的、外国文学的。事实上在现当代文学的实践中,绝大多数知识分子作家已经把外国文学作为自己的资源去继承和发展了,形成了新的革命文学形态。他尊重新文学,曾经学习、效仿过,但深感其"与人民大众无缘"。解放区文学之后,以民间文艺为资源的大众化文学渐成气候,但依然位居边缘,发展缓慢。他认为当代文学应当在民间文艺的基础上去发展,并把它作为主流,因为"这份遗产是人民大众自己创造的,所以在内容上、在风格上都和人民大众没有隔阂。我们的文学要为人民大众服务,自然就不得不重视这份遗产,就不得不以它为一个开展文艺运动的基础,就不得不从它中间来汲取养料,丰富自己"①。赵树理的思想显然有些偏激,很难被大多数知识分子作家所赞同,但却蕴含着深刻的真理,因此他的探索就注定是孤独、困难的。

20世纪五六十年代的文坛上,有"南周北赵"的美谈。意为南方的周立波和北方的赵树理,均以浓郁的民族内容和风格,在文坛上形成了"双峰并峙"的文学风景。但周立波是从外国文学走向民族形式的,而赵树理是由民间文艺进入民族风格的,二人殊途同归。赵树理在文学的根本问题上,思想是固执的,但在艺术借鉴上则是开放的。正如董之林所说:"赵树理小说既是传统的,又不全是传统的;既是现代的,又不全是现代的,恍然你中有我,我中有你,有一种大俗大雅的气度。"② 可以说,赵树理小说是以民间说唱文艺为样态,以古典白话小说为底色,以五四小说

---

① 《赵树理全集》(4),北岳文艺出版社2000年版,第260页。
② 董之林:《关于"十七年"文学研究的历史反思》,《中国社会科学》2006年第4期。

思想为高度的一种"集大成"文体。

确立在场的"现代说书人",拉近小说同农民读者的距离。钱理群等说:"他对中国以说唱文学为基础的传统小说的结构方式、叙述方式、表现手段进行了扬弃与改造,创造了一种评书体的现代小说形式,既使以农民为主体的中国读者乐意接受,又能够反映现代生活,表现现代中国人的思想、情感与心理。"① 中国古代的评书、话本小说,既是一种文人创作,也是一种民间艺术,其中必然有一个说书人,这已成为一种小说传统,且深受人们喜欢。但现代小说放弃了说书人,写作变成了自说自话,作家隐藏在幕后。赵树理接续了古代小说的传统,在作品中重新确立"说书人",一下子拉近了同农民的距离,恢复了小说之"说"的特性。读赵树理的每一篇小说,读者都会感到有一个在场的、特定的"说书人",端坐面前,娓娓讲述。他既是一个旧式的、民间的说书艺人,口中不时会迸出"读者朋友""闲话少说""书归正传""这里就非交代一下不行了"这样的说书用语,把故事讲得一波三折、细针密线、生动感人;同时又是一个关注现实、思想深刻的现代作家,摒弃了旧式说书人的贫嘴卖弄、故作玄虚的习气,讲得真实简练、入情入理,把爱憎评判融入故事情节的自然推进中。传统说书人的章法、技艺和现代作家的思想、艺术自然融合,形成了一个独特的现代说书人形象。

创造多样化的故事小说模式,提高民族形式的艺术品位。赵树理既钟情传统的故事小说,也熟悉结构多样的现代小说,为了满足农民读者的审美趣味,他把两类小说的写法进行融合和再造,形成了以故事情节为主体、兼顾塑造人物、营造情景等多样化的故事小说模式。大体说来,他的小说有三种叙事类型。一种是故事类模式,如《小二黑结婚》写小二黑与小芹从相爱到受挫到"团圆"的恋爱故事,如《李有才板话》写阎家山从减租减息到改选村政权的严峻斗争,如《登记》写艾艾与小晚从恋爱到"登记"结婚的曲折过程,都有一个起承转合的完整故事,赵树理不仅把故事讲得有波有澜、引人入胜,同时在故事的推进中把各个人物的性格刻画了出来,故事与人物相得益彰。

另一种是人物类模式,这类小说旨在塑造一位丰满的人物形象,却没有一个集中的、动人的故事,适宜用现代小说的写法。但赵树理硬是在写人的小说中强化了故事性,使这种小说同样受到了普通读者的欢迎。譬

---

① 钱理群、温儒敏、吴福辉:《中国现代文学三十年》,北京大学出版社 1998 年版,第 485 页。

如《套不住的手》，作家艺术地抓住了主人公陈秉正一双特殊的手，详细讲述了几个关于手的故事，既使小说有了生动有趣的小故事，又凸显了老农民的感人形象。譬如《张来兴》，作家写一个民间厨师大半生的经历，从"纵剖面"入笔，但在叙述中着重突出了主人公违抗旧局长和巧做煎整鱼两个故事，从"横断面"突破，把人物的品格和个性表现出来了。还有一种是情景类小说，既不着重讲故事，也不着重写人物，只有那么一个环境、一种情景，却要折射时代变化、寄寓社会主题。其实这是一种现代型小说。赵树理借用了这种小说模式，却同样加强了小说的故事特征，譬如早期创作的《金字》是一篇社会讽刺小说，情节只有一个：写教书先生"我"奉命为即将提升的旧镇长写账子，但作家却把写账子的来龙去脉交代得井然有序，可以当故事去读。譬如《田寡妇看瓜》，一篇千字小说，写了田寡妇眼中秋生的两次表现，作家同样把故事的前因后果讲述得颇有趣味，读来历历在目。在刻画人物、展示情景的小说中加强故事性，在讲述故事的小说里突出人物性，无不体现出赵树理的一种艺术苦心，丰富了传统小说的表现能力和审美趣味。

锤炼浑然一体的叙述语言，创造质朴刚健的民族风格。赵树理是当代"语言艺术大师"，在小说语言上进行了长期的探索和革新，形成了独具一格的语言艺术。他把鲜活丰富的农民口语进行提炼、升华，变成了质朴纯正的当代文学语言；他把讲故事式的叙述语言作为小说语言的主体，将描写语言化入叙述之中，实现了语体上的和谐统一；他把评书体的语言方式与现代小说的语言格调相结合，使作品变得既可看又能说。他把提纯的方言土语引入小说，平添了作品的地域特色与民族神韵。概而言之，他的小说语言立足现实，面向大众，融合雅俗，形成了一种朴实、幽默、隽永、刚健的民族特质和风格。

赵树理从20世纪30年代到60年代，在大众化的文学道路上跋涉了40年，为中国的现当代文学开拓了一个壮观的文学潮流。但大众化文学是一项曲折、艰难的事业，其间又与政治意识形态缠绕在一起，因此在60年代中期渐渐走向衰微。赵树理在1966年的一份书面检查中沉痛地说："我在这方面的错误，就在于不甘心失败，不承认现实。事实上我多年所提倡要继承的东西因无人响应而归于消灭了。"[①] 大众化文学激流虽然退潮了，赵树理的思想和他的作品，却是常青的。

––––––––––––––

① 《赵树理全集》（5），北岳文艺出版社2000年版，第391页。

第九节 沙汀①:从"讽刺"到"歌颂"的"过渡"

"左翼"作家的追求

沙汀是横跨现代和当代文学的著名作家。同类型的作家有一大批,但在文学上大都没有跨过那道艰难的"门槛",沙汀却完成了跨越,为当代文学作出了新的贡献。他的转型具有某种特别的意义。许多评论家把沙汀的创作分为两段,新中国成立前为"讽刺",新中国成立后为"歌颂",这自然有一定道理,但似嫌主观武断。事实上,沙汀从轻车熟路的"讽刺"过渡到困难重重的"歌颂",是自觉自愿、坚定不移的。其中有深刻的社会、人生和文学的根源,而最根本的就是作为一个"左翼"作家的社会理想和文学理想对他的烛照和引导。

作为现代文学史上的一位重量级作家,沙汀秉承五四精神和思想,在现代小说特别是现代短篇小说的思想内容和艺术表现上,进行了多方面的探索。但他同那些进步的、自由主义的作家不同的是,他有较长时间的革命经历,参加过"左翼"文学运动,为他在新中国成立之后的文学"过渡"做了铺垫。正如王瑶所概括的:"沙汀在他创作之初,就是努力追求革命现实主义的创作方法的,并且得到了鲁迅和茅盾的指导和支持,他是沿着'五四'革命文艺传统的道路继续前进的。"② 也就是说,沙汀作为一位具有五四传统思想的作家,身上还有一种"左翼"文化精神。二者合而为一,在不同的历史境遇下发挥着不同的作用。

沙汀与中国乡镇社会和形形色色的人物有着不解之缘,前期的创作题材也大抵取之于此。乡镇是介乎于乡村和城市之间的一种社会形态,

---

① 沙汀(1904—1992),原名杨朝熙、杨子青。四川安县人。1926年毕业于四川省第一师范。后参加革命工作,与他人合办辛垦书店。1932年加入左联,任常委会秘书。抗战爆发后,在成都协进中学任教,从事文艺界团结救亡工作。1938年赴延安,任鲁艺文学系代主任,年底随贺龙去晋西北和冀中抗战前线,1940年在中共南方局领导下,从事重庆文化界的联络工作,任中华全国文艺界抗敌协会理事,重庆分会负责人。1949年后历任川西区文联副主任、西南文联副主席,西南文协主席,中国作协党组成员、创委会副主任,四川省文联主席,中国作协四川分会主席,中国社科院文学所所长,中国作协副主席。全国第一、第二、第三届人大代表,全国第五、第六届政协委员,中国文联全委会委员。1932年开始发表作品,著有长篇小说《奇异的旅程》《淘金记》《还乡记》《困兽记》,短篇小说集《航线》《土饼》《苦难》《播种者》《呼嚎》《兽道》《沙汀杰作选》等,长篇报告文学集《随军散记》,中篇小说《木鱼山》《青枫坡》《红石滩》及《沙汀选集》(四卷)等。

② 王瑶:《黄曼君〈论沙汀的现实主义创作〉序》,《华中师院学报》1981年第3期。

它积淀更多的是乡村文化，但也浸染着一定的城市文明。它有自足性，并不等于乡村。吴福辉精辟地指出："……如果真要寻找一位一生专注地描写中国宗法乡镇社会，并以此为自己全部艺术生命的作家，可能非沙汀莫属。"①

沙汀出身四川省安县县城一个旧式家庭，从小目睹了这个贫穷、闭塞的小城镇的世态人情。少年时期参加了当地的民间武装斗争，往来于城乡之间，为他后来创作以乡镇和农村为题材的作品，准备了丰富的积累。沙汀第二次同城镇和农村的深入接触，是在 20 世纪 40 年代。由于他投身革命，受到了当地政府的注意，为了躲避抓捕，他在故乡安县等地东躲西藏七八年时间，更了解了四川西北的农村和农民，并创作了大量的短篇、中篇、长篇小说。沙汀第三次深入农村生活，是在 20 世纪 50—60 年代，虽然担任了四川和全国的多种文艺领导职务，但他一有机会就到农村访问并参与基层工作，不断回到他所熟悉的四川农村根据地。沙汀的创作，是从乡镇延伸到农村，从四川农村扩展到全国农村的；是以一种知识分子的思想和眼光，去观照和表现乡镇、农村生活的。

"左翼"生涯构成了沙汀重要的人生内容和精神支柱。1932 年在上海经周扬介绍，加入中国左翼作家联盟，任常委会秘书等职务，积极参与文学活动，与鲁迅、茅盾等有所接触。1938 年他与何其芳、卞之琳等人同赴延安，曾任鲁迅艺术学院文学系代主任。他还随贺龙去 120 师工作，先赴晋西北根据地，又往冀中游击区，创作了大量反映抗日根据地新生活的散文和报告文学作品。这一系列的行动、经历表明，沙汀是一个追求进步、光明的热血青年，知识分子，革命现实主义作家。

同现代文学史上的众多作家一样，沙汀在文学上也是一个多面手。小说自然是他的主业。创作于 20 世纪 40 年代的长篇小说《淘金记》《困兽记》《还乡记》，分别表现了地主劣绅们为发国难财而展开的明争暗斗、一群乡村知识分子在抗战时期的报国无门与精神苦闷和穷苦农民走向觉醒与反抗的悲壮历程，是现代文学史上的重要作品。中篇小说《闯关》《青枫坡》《木鱼山》，也以其内容厚实、构思严谨而受到好评。30 年代末期抗日根据地之行写出的传记文学《记贺龙》和散文集《敌后琐记》，新中国成立后创作的多篇文艺特写，均是革命文学中的可贵成果。但沙汀在现当代文学史上是以短篇小说著称的。他从 1931 年开始创作短篇小说，

① 吴福辉：《沙汀〈乡镇小说〉序》，上海文艺出版社 1992 年版，第 1 页。

到 1980 年历经半个世纪，共写了 100 余篇作品，各个时期都有代表作。新中国成立前的《航线》《代理县长》《在其香居茶馆里》《范老老师》《医生》等，新中国成立后的《归来》《堰沟边》《卢家秀》《老邬》《夜谈》等，已成为文学史上的经典作品。

1931 年，他与艾芜联名给鲁迅两次写信，并各寄一篇小说，向其求教。鲁迅两次复信，第一次就是著名的《关于小说题材的通信》。鲁迅的回信，给沙汀以莫大的精神鼓舞和创作指导，深刻地影响了沙汀的文学观念和创作实践。关于短篇小说的艺术特性和创作规律，沙汀的论述并不多。但从他的创作和作品中可以看出，他努力继承并践行着鲁迅的文学思想和创作方法。鲁迅在通信中指出的"选材要严，开掘要深"，"现在能写什么，就写什么，不必趋时"，在其他文章中所说的"为人生""改造国民性""巍峨灿烂的巨大纪念碑"之旁的"一雕栏一画础""借一斑略知全豹，以一目尽传精神"等诸多论述，已深深融入了沙汀的文学思想和每篇作品的写作中。

得心应手的"讽刺"

正如钱理群等所评价的："沙汀是抗战之后最杰出的讽刺小说家之一，具有与鲁迅逼似的沉郁厚重的讽刺美学品格。在鲁迅身后，赵树理之前，沙汀在讥刺中国农村现实方面是富有鲜明民族特色的作家。"[1] 在沙汀的前期创作中，他努力效法鲁迅的讽刺艺术，用机智锐利的讽刺"利器"，去表现黑暗堕落的社会和人生，并把这种创作手法锤炼成得心应手的艺术表现形式。

20 世纪三四十年代是一个血与火的时代。国内革命战争、抗日战争、解放战争等重大历史事件，在 20 年时间中接踵爆发。就是在这样的时代背景下，沙汀开始了他的文学道路。1931 年，积极追求进步，并尝试创作了五个短篇小说的沙汀，收到了鲁迅给他和艾芜的回信，信中说："就目前的中国而论，我以为所举的两种题材，却还有存在的意义。""因此我想，两位是可以各就自己现在能写的题材，动手来写的。"[2] 信中所谓的两种题材，是指沙汀和艾芜致信中所说的小资产阶级青年的生存状态和中国社会下层人物的真实生活。鲁迅还鼓励他们积极进取，走出小圈子，发挥文学"对于时代有所助力和贡献"的作用。鲁迅的教诲，使沙汀更

---

① 钱理群、温儒敏、吴福辉：《中国现代文学三十年》，北京大学出版社 1998 年版，第 497 页。

② 鲁迅：《鲁迅全集》(4)，人民文学出版社 1981 年版，第 366 页。

深刻地认识了短篇小说的创作规律，同时坚定了用小说参与社会革命的信念。他说："在我的创作经历中，我是一直记得我是为什么而写作的，在构思任何一篇小说时，从没有忘记考虑：这篇东西对人民革命事业是否有利？它将在现实生活中发生怎样一种作用？因为这是一个关键问题，也是鲁迅先生在文学事业上所再三昭示我们的。"[①] 这就是一个"左翼"作家的文学观。

从沙汀 20 世纪三四十年代的小说创作中，可以清晰地看到一条理性思想主线和三个不同的主题阶段。它与当时的历史发展是互相呼应，甚至是紧密配合的。用文学参与和服务于革命、政治，这是"左翼"文学的一贯主张，因此许多"左翼"作家的作品有政治化、概念化的倾向。沙汀的小说不能说没有这种局限，但很少。他严谨的现实主义创作方法和出色的艺术表现能力，冲淡了小说中的理性"肿块"，他比很多"左翼"作家更纯粹、更艺术。

在沙汀 1931—1937 年的短篇小说中，集中表现了行将崩溃的旧中国社会的黑暗、混乱和腐败。《航线》《代理县长》《龚老法团》《凶手》《在祠堂里》是他这一时期的代表作。在沙汀 1938—1945 年的作品中，则突出了对抗日战争主题的表现。前方在浴血奋战，但在后方的国统区，却把抗战变成了牟取名利的幌子。《防空》《和合乡的第一场电影》《替身》《在其香居茶馆里》等，揭露了基层政府对抗战的冷漠和应付，讽刺了一些官吏乘机发"国难财"的丑陋行径。在沙汀 1945—1949 年的小说中，则强烈地表现了抗战胜利，国共两党内战爆发，人民大众要求和平，广大农村加速衰败的复杂局面与严峻现实。在《催粮》《选灾》《炮手》《酒后》和《范老老师》《医生》等小说中，作家把辛辣的讽刺、无情的批判泼洒在旧的政权和官吏身上，把真诚的感情、美好的期望寄托在普通百姓和知识分子身上。

高超的讽刺艺术是沙汀小说的主要特色。鲁迅说过："讽刺小说是贵在旨微而语婉的，假如过甚其词，就失了文艺上底价值。"[②] 沙汀是深谙鲁迅的讽刺手法的，他用荒诞的情节和细节，独特的人物形象，含蓄的描写语言，把讽刺艺术运用到了一种极致。

四川基层政权中的县长、师爷、巡官、联保主任、镇长、保长、乡约等，是沙汀笔下的主要人物系列，刻画最为成功，讽刺手法也用得最充

---

① 沙汀：《纪念鲁迅先生，检查创作思想》，《新华日报》1951 年 10 月 19 日。

② 鲁迅：《鲁迅全集》(9)，人民文学出版社 1981 年版，第 335 页。

分、自如。《代理县长》中的主人公贺熙，县长赴省、代为主政，但他的所作所为不是为了政事和百姓，而是为了保住地位，自己和同僚捞点钱财。所谓禁止灾民出境、动员灾民买票候赈等举措，都是为了从民众身上刮油。作家把这位代理县长的虚伪、狡黠、贪婪的面目暴露无遗。《龚老法团》里的县农会会长龚春官，和气缓慢、平庸无能，有公文就盖章，有表决就举手，是中国官场中庸官的典型。《联保主任的消遣》中的彭痰，地位低下、生活腐化，但在百姓面前却贪得无厌、作威作福；《防空》里的防空协会主任愚生，投机钻营、愚昧无知，面对一枚50磅的炸弹，就吓得魂飞魄散、逃之夭夭，这些都穷形尽相地显示了旧政权官吏的可憎面目和卑劣品格。

底层社会中的普通百姓，也是沙汀关注的，但作家的态度和情感却较为复杂。他对他们的处境和奋争表现了一种理解和赞赏，但对他们思想性格上的弱点、缺陷，却同样采取了讽刺手法。譬如《三斗小麦》中的小学教员刘述之，他一方面不满于沉闷的国统区生活，渴望奔赴延安进鲁艺学习；但另一方面却混同普通百姓，趁着粮价飞涨而囤积粮食，企图发财。作家讥讽了他的懦弱自私行为。再如《艺术干事》里的一对年轻夫妻，作家肯定了他们期望上前线抗日、追求现代生活方式的思想和行为，但也善意地嘲讽了他们不顾现实环境、我行我素的过分做法。又如《老烟的故事》中的革命青年老烟，作者既同情他被捕坐牢、坚韧不屈的经历，又含蓄地讽刺了他出狱后的神经过敏、疑神疑鬼，他还不是一个坚强而成熟的革命者。

乡镇社会中的老辈人形象，在沙汀的小说中也时有所见。《祖父的故事》中的祖父是一位令人可亲的形象，他办事慎重而细心，但在家里惧内，又有点天真，写得饶有趣味。《人物小记》里盲人幺鸡，他的悲惨遭遇令人感慨，但他在放账赚利和要账时表现出来的吝啬、撒泼和狠心，却可恶可恨，作家给予了不留情的讽刺。

沙汀在20年的创作历程中，已形成了自己独树一帜的讽刺艺术，在新的社会和文学时代中，他面临着弃旧图新、实现自己的转型。

知难而为的"歌颂"

1959年沙汀由作家出版社出版了他在新中国成立后的第一本短篇小说、特写合集，书名《过渡》。有论者称："作家以自己一篇小说的题目作为整个集子的题名，除提示农村生活正处于变革和过渡之中这层意思外，似乎还有意从这里开始，使自己的创作也'过渡'到一个新的阶段，即致力于表现新中国成立后的新的人物和新的世界。"① 其实，沙汀从 20 世纪 50 年代到 60 年代，甚至 80 年代，始终在完成着他在文学上的"过渡"。当时作家张天翼等就担忧：写了那么多讽刺暴露的东西，是否能写出歌颂社会主义新农村的作品？② 但事实证明，沙汀实现了"过渡"，又创造了新中国成立后的文学高峰期。尽管这一"过渡"很艰难，作品也不算多。

沙汀的"过渡"有其独特的社会、个人和思想根源。首先是鲁迅对他的激励和指引，鲁迅在那封内涵丰富、充满辩证思想的通信中，一方面指出要选取现在熟悉的、能写的题材来写，另一方面又强调要克服生活和意识的局限，寻求新路，面向未来。新中国成立之后，沙汀更多地从积极的、理想的层面来理解鲁迅的教诲，坚定了他投身社会主义文学的信念。其次是毛泽东以及《讲话》对他的鼓舞和引导。沙汀把在延安同毛泽东的见面看作终生难忘、深感光荣的事情。他是一个"左翼"作家，毛泽东的文艺思想与他的文艺观念是一脉相承的。如果说新中国成立前他的文学任务是"暴露"旧社会，那么新中国成立后他的文学使命就是"歌颂"新社会了。最后，沙汀在 1938—1939 年的革命根据地之行中，已创作了多部篇记叙贺龙将军英雄事迹的报告文学和描绘根据地新生活新人物的散文作品，这些作品同沙汀过去的讽刺文学迥然不同，可谓沙汀"过渡"之前的一次实验和铺垫。

沙汀这一时期的短篇小说，同绝大多数作家一样，也只能在反映社会主义革命和建设方面，在塑造人物特别是新人方面，作出艰难的探索。在短篇小说的文体、形式、风格等方面，努力体现现代品格和民族特色。但沙汀毕竟是一位有着五四文学传统和功底的作家，因此在观照现实生活时总会有所发现，在刻画人物时总能有所出新，显示了一个现实主义作家的思想洞察力和艺术创造力。

20 世纪 50 年代，中国农村从互助组到合作社到人民公社的一系列社会主义运动，虽存在着过急过快、盲目"左"倾的倾向，但也有其历史的合理性和必然性。对于这样一场革命以及当时出现的每一件新生事物，作家们都采取了深信不疑、真诚歌颂的态度和做法。新中国成立后沙汀的第一批小说，是对正在发生的抗美援朝事件的描写与歌颂。《归来》写儿子报名赴朝参战，母亲从悲伤不愿到送子上路的转变过程。《母亲》写母亲意欲送子参军、担心儿子恋家，想不到儿子已抢先报名的故事情节。两

---

① 郭志刚、董健等：《中国当代文学史初稿》（上册），人民文学出版社 1980 年版，第 262 页。
② 沙汀：《悼念·回忆·誓言》，《人民文学》1977 年第 10 期。

篇作品均表现了抗美援朝的伟大意义,普通民众的热情支持与高尚行为。尽管作品还显得生涩、清浅,但其基调已变得越来越明朗、温暖了。沙汀更多的作品描绘了农村社会主义运动的蓬勃发展。《过渡》通过乡支书任大发的讲述,表现了尝到互助组甜头的农民和干部,对建立农业社的迫切愿望和积极行动。《你追我赶》写"大跃进"运动中,赤山公社几个管理区的干部和社员,互不服气、踊跃争先的劳动竞赛热潮。后期创作的《五千斤苔藤》讲述大旱之年,胜利社热情支持红光社苔藤的故事,表现了人民公社"一方有难、八方支援"的优越性。沙汀的描写、歌颂是真诚、热情的,但他表现的现实生活是表面形态,是为了配合政治和政策,因此又是盲目、片面、肤浅的。

但正如冯健男当时就指出的:"沙汀没有将他的小说写成只是歌声悠扬、风景诱人的牧歌式的作品(我们也很需要我们时代的牧歌),相反的,他写的是一些很使他的人物不愉快的生活片段。"[①] 沙汀一面描写、歌颂着社会的巨大进步,另一面又发现、刻画着现实生活中一些不正常的现象和问题。如《堰沟边》中真实地表现了新成立的农业社自然条件的恶劣,经济状况的严峻,上级政策的多变,农民思想的波动。《老邬》里则敏锐地揭示了农业社初期,不仅有地主富农的暗中作祟,更有蜕化贫农的一心发家、囤积粮食,公开与农业社争粮争利的"挑战"行为。而在《开会》中则以对比的写法,刻画了县委宣传部某副部长在农村工作中的主观武断和在处理基层干部问题上的轻率过火,笔锋直指上级领导中的官僚主义和极"左"作风。在这些地方,均显示了一个现实主义作家的严谨、睿智和胆略。

《风浪》和《一场风波》则是两个内涵和写法较为复杂的文本。前篇通过1957年"大鸣大放"运动中、太阳升农业社发生的一场政治风浪,既写了富裕农民、二流子、退坡贫农向新生的农业社发起的"进攻",也写了农业社存在的官僚主义、思想工作薄弱、管理不当等诸多问题,是通过一个先进农民何秀兰为视角展开故事情节的。后篇写20世纪60年代初某生产队,地主阶级与蜕化贫农结成家族同盟,在生产队内部展开的一场夺权斗争,最终在上级的领导下,又由坚持正确路线的老队长老黄重新掌权。从这两篇作品中不难看出,沙汀是按照当时的主流文学模式,力图写出所谓的阶级斗争和路线斗争的,其政治观念显然受到时代影响。但他对阶级斗争和路线斗争的描写,并没有随意夸大,依然有一定的真实性;同

---

① 　冯健男:《读沙汀的短篇小说》,《人民文学》1958年第8期。

时又揭示了农村中存在的一些严峻问题，这就使他的作品具有了某种现实主义的穿透性和生命力。

20世纪五六十年代，塑造社会主义新人、英雄形象，是所有作家共同的文学"使命"。沙汀也在勉力而为，同样刻画了几种类型的新人形象，虽无多少创新之处，但也显得朴实、鲜活，丰富了当时的人物画廊。农村干部形象是沙汀着力塑造的新人物。《夏夜》中的大队长叶明中，成熟稳健、工作有方，不仅注意科学细致地安排生产，同时注意社员包括妻子的思想、身体、生活情况。在生病住院期间，依然把全大队的工作调配得有条不紊，是一个较完美的农村领导形象。《欧幺爸》里的欧幺爸，则是一个有个性、有缺点的农村干部形象。他资格很老、领导有力、经验丰富，很受大家拥护。但性格执拗，不够虚心，听了上级的批评就闹情绪、撂挑子，但在集体生产的热潮中又幡然醒悟，勇往直前了。这一形象虽然不够深厚，但显得真实可亲。青年形象也是沙汀努力刻画的人物系列。《归来》中的牛中，由新中国成立前的壮丁、流浪汉，成为新中国政府机关的通信员。他要求进步、努力工作，乃至报名参加志愿军，都源于一种朴素的思想感情，把一个时代巨变中的新人形象写得真实而感人。沙汀在五六十年代还写过一批人物特写，如《柳永慧》《范桂花》《洪唯元》，既有新闻性，又有文学性，亦可当短篇小说阅读。代表作《卢家秀》是作家在掌握了大量生活素材的基础上创作的，有人物原型，但并非真名，有很多虚构。这是一个普通的农村女孩子，十二三岁就成为肩负家庭重担的"小主妇"。在农村合作化运动中，她从家庭的束缚中脱颖而出，成为独当一面的生产组长。她在家庭生活中和迟钝的父亲换了位置，由女内父外变成了父内女外，成长为一个支配家庭、集体以及自己命运的新人，是那个时代的典型形象。

尽管沙汀在歌颂文学的创作中，作出了可贵的探索，取得了一定成就，但并不能评价过高。他在后来的文章中多次反思，认为新中国成立后自己作品少、质量低甚至出现差错，是由于自己思想修养薄弱、生活体验不够造成的。其实最主要的原因，一是那个时代文学体制和思想的高度"一体化"，二是他放弃了自己的艺术优势转而去探索了一条非他所长的艺术路子。

"鲁迅体"的承传

吴福辉说："在所有的'左联'青年作家之中，沙汀最得鲁迅的真传——冷静、严谨、针脚缜密，寄沉痛于精微的写实，寓热情于阴郁的嘲笑。"① 在现代文学史上,鲁迅与沙汀都是以短篇小说为主的作家,评论家甚而直称他们为"短篇小说家"。沙汀自然汲取了许多中国现代作家、外国现实主义作家的创作经验,但更佩服、取法的是鲁迅的短篇小说。他直接继承和发扬了鲁迅小说的精神、体式和写法,并形成了自己的特色。他的小说自然不及鲁迅的深广、多变,但在描写乡镇社会和人物、讽刺手法的运用方面,又发展了鲁迅的特征。从 20 世纪三四十年代到五六十年代,沙汀始终在坚守"鲁迅体"的写法,对现代短篇小说的成熟起了推动作用。概括来讲,他在短篇小说的文体模式、地域描写、叙述方式和语言运用方面,都形成了自己的风格和特点,对中国现代、当代文学作出了贡献。

沙汀的创作,促进了现代短篇小说的"经典化"。中国小说的现代转型,是从五四时期开始的,鲁迅以他新颖独创的现代短篇小说和一系列创作理论,开创了一条全新的艺术道路。但现代小说在此时还是一个新生事物,作家作品还不多,写法也不成熟。沙汀以"学生"的身份和心态,一边深钻细研鲁迅的小说和理论,一边开始短篇小说写作,深得现代短篇小说的真谛。因此当他的第一本短篇小说集一出版,就受到了文坛的广泛关注,茅盾及时评价说:"作者用了写实的手法,很精细地描写出社会现象——真实的生活的图画。""他的'对话'部分,是活生生的四川土话,是活的农民和小商人的话。"② 茅盾正是从现实主义描写和现代小说写法的层面予以肯定的。鲁迅短篇小说"表现的深切和格式的特别"等基本特征,都在沙汀的创作中得到了体现。沙汀的短篇小说情节独特、人物遒劲、内涵深邃、结构精致、语言凝练,就像一幅木刻画一样斑驳而简洁,给人沉郁有力的审美冲击。他的短篇小说强化了现代短篇小说的基本特征,使其"经典化",有不少后代作家追随和效仿,促进了中国现代小说的生长和壮大。

沙汀在短篇小说的艺术结构上苦心探索,形成了自己独到而纯熟的表现模式。他的小说模式没有鲁迅那样丰富多样,但显得结实而精致,运用得驾轻就熟。所谓小说模式,就是以哪一种元素为主体,与其他元素合理组合,构成一种基本形态。沙汀在这一艺术规律上有清晰的理性认识,说:"人物和故事,不能机械分开;而要使主题鲜明突出,并完满地表达作者的意图,首先必须注意人物的选择和安排。描写的重点,故事的结

---

① 吴福辉:《怎样暴露黑暗——沙汀小说的诗意和喜剧性》,《文学评论》1982 年第 5 期。
② 茅盾:《法律外的航线》,引自《沙汀研究资料》,知识产权出版社 2009 年版,第 262 页。

构，都是围绕主题、为主题服务的；其中起积极作用的是人物。人物的选择、安排不当，就不可能明确、妥当地表现主题思想，或许还会损害主题思想，削弱作品的感染、教育力量，甚至可能歪曲生活。"① 他的小说大体上有三种模式。首先是故事型。他并不十分注重小说的故事情节，但他尊重中国小说的传统和普通读者的阅读习惯，因此在每篇小说中都有一个较完整的故事情节。如《归来》写主人公从回家到离家的经过，《煎饼》写支部书记走访何大娘的情景……这些情节都充分表现了作品的主题思想，人物虽然也较鲜明，但小说的主体是故事情节。其次是人物型。作为一位现代作家，沙汀更重视的是小说的人物形象，通过人物折射社会和生活，通过人物表达作者的思想。由于作家十分熟悉乡镇和农村的各种人物，因此他的很大一部分作品都是写人物的，有的直取人物名字为作品题目。如《联保主任的消遣》刻画了一个闲散粗俗、欺压百姓的联保主任的形象；《范老老师》塑造了一位关心时局、忧国忧民的老先生形象；《老邬》歌颂了面对困境、坚韧乐观的社主任邬大全；《卢家秀》描写了一个农村女孩子一步步的成长。沙汀笔下的人物，抓住其思想性格的"焦点"，放置在独特的环境和情节中工笔细描、层层展开，因此人物形象格外突出而有力。这正是短篇小说的人物。最后是场景型。有一种小说，情节只是一些生活碎片，人物也不鲜明或者只是一种群像，却创造了一种浓重而富有诗意的场景，同样是好小说。如《航线》写长江三峡一艘客轮的行进和船上的情景，就具有某种象征意义；《一个秋天晚上》写凄风苦雨的深夜，值班班长与流娼的"同病相怜"和相互倾诉，表现了底层人物的艰难与善良；《下乡第一课》写冬夜中两人同行，使知识分子干部认识到了农村女青年的高大和自己的渺小；《夜谈》写两位有叔侄关系的农村干部，在夜谈中表现出来的爱社情感与不同性格。这些作品意境幽深，语言抒情，显示了现实生活光明和诗意的一面，具有更高的审美价值。

沙汀借鉴鲁迅描写鲁镇地域特色的手法，展现了四川乡镇和农村特有的民情风俗与人物形象。在写乡镇风俗上，如《某镇记事》中作家以第一人称视角，展现了故乡小镇的古老、落后、闭塞与浓重的人间烟火气息，特别是"打围鼓""讲圣谕"和"闹土匪"等风俗和事件，更把这块地域的民间文化和历史变迁写得生动传神。在《其香居茶馆里》《公道》等作品中，作家几乎是全景式地描绘了"吃讲茶"的民间传统，案件双方怎样互约请人，主持人怎样秉持公道，看客们怎样观看助阵，写得

---

① 沙汀：《漫谈小说创作中的一些问题》，《人民文学》1960 年第 3 期。

逼真细腻、历历在目。如写农村的老一代干部朱朝中："身材瘦小，胡须已经沙白。刚一解放，他就参加了工作，一般农民都用一种亲昵口气叫他做'老积极'。"他的语言朴实、生动："几架水车的肠子都不全了！""免得临时又满塘蛤蟆叫！"独特的民情风俗描写和逼真的人物形象刻画，强化了沙汀小说的地域特色和地域文化。

沙汀在表现方法和叙事语言上，同样努力继承鲁迅，并形成了自己的艺术风格和个性。他在表现方法上的"绝活儿"无疑是讽刺手法。他把现实生活中的奇怪、荒诞事件放置在一起，深刻地揭露了旧中国的黑暗和腐败。他把否定性人物的身份与行为、外表与内心、言语与行动的相互矛盾交织在一起，尖锐地讽刺了他们人性的堕落和心灵的丑陋。他的讽刺锋芒是尖锐而有力的，但他的描写却是真实、含蓄、机智的，创造了现代文学史上讽刺文学的又一峰巅。但他在新中国成立后却坚决摒弃了自己的讽刺笔法，这是令人遗憾的！在叙事语言上，沙汀也颇得鲁迅的精髓。他的短篇小说以描写为主体，叙述为辅助，精雕细刻的描绘中穿插简洁有力的交代。作者的叙述是一种典型的知识分子语调，而人物语言简短、传神，富有个性又夹杂一些方言土语。他的叙述饱含着分明的爱憎和理性的审视，但落到纸上却显得平静而客观。由此形成了一种含蓄、机智、凝练、深邃的叙述语言和风格。

沙汀的文学生涯是值得深入探究和反思的，沙汀的讽刺艺术是值得珍惜和继承的。

第十节 茹志鹃[①]:抒写"革命时代"的一脉温情

发现和展示被遮蔽的情感世界

短篇小说的长足发展，是由一代一代作家的执着探索推进的，茹志鹃就是一位具有鲜明艺术风格，"润物无声"地影响了 20 世纪五六十年代创作风尚的优秀短篇小说作家。她的创作的重要特性是，在一个剧烈、狂

---

① 茹志鹃(1925—1998)，女。浙江杭州人。1943 年参加新四军，历任二分区文工团、一师服务团演员，苏中公学俱乐部戏剧干事，苏中军区前线话剧团团员、组长，中国作协上海分会《文艺月报》编辑、作品组组长，专业作家。中国作协上海分会理事。1943 年开始发表作品，著有四幕话剧《800 机车出动了》(合作)，小说集《百合花》《高高的白杨树》《静静的产院》等。话剧剧本《不带枪的战士》获南京军区文艺创作二等奖，短篇小说《剪辑错了的故事》获全国优秀短篇小说奖。

热的"革命时代"，发现和揭示了被压抑、被遮蔽的人的精神情感世界，用她富有诗情画意的女性文笔，把人复杂幽深的精神情感，凸显得真实鲜活、优美感伤。在文学创作上设置了重重清规戒律的五六十年代，她的艺术追求可谓标新立异、影响广大。

茹志鹃的创作起步于1943年，在《申报》副刊发表了短篇小说《生活》。在文工团当创作员期间写了大量快板、歌词、话剧。但这只是创作的"准备期"。她真正的创作开始于1954—1955年的《鱼圻边》《姐娌》《关大妈》，显示了她在短篇小说上对情节结构、人物心理等的独到把握。1957—1964年，是她创作的"黄金期"，《百合花》《高高的白杨树》《春暖时节》《静静的产院》《三走严庄》等20多篇短篇小说，深切感人的艺术形象和清新委婉的审美格调，引起了文坛和读者的高度关注，茅盾、侯金镜、魏金枝等给予了热情称赞。尽管她对人的精神情感的探索是谨慎的、有限的，但她同样遭到了激进的、极"左"的评论家的质疑和批评。"文革"时期她被定为专写"儿女情家务事"的"金字招牌作家"，受到了无休止的批判。新时期之后，茹志鹃重新焕发创作青春，发表了《出山》《剪辑错了的故事》《草原上的小路》《条件成熟以后》等近20篇短篇小说，她一面反思社会现实中的一些重要现象和问题，另一面继续探索人们在新的历史时期的精神情感走向，表现了一个现实主义作家的忧患意识和高洁人格。茹志鹃在创作上是一个多面手，写过话剧、散文、报告文学，但影响不大。在小说创作上有长篇、中篇、短篇小说，唯一一部12万字的长篇小说《她从那条路上来》，是以她住孤儿院的经历为题材的自传体小说。两部中篇小说《回头卒》《丢了舵的小船》，在思想艺术上不够厚实纯熟。真正代表她创作高度和风格的，是众多的短篇小说。其中有一些属于儿童小说，写得很精美。正如法国作家苏珊娜·贝尔纳说的："她很早就发现短篇小说是她的最好的媒介，最适宜于发挥她的天赋：缜密、准确、概括……因而一直写短篇。"①

20世纪五六十年代，刘白羽、峻青、王愿坚等，用短篇小说的形式，正面表现革命战争生活，描写完美的英雄人物，在创作上形成了一种模式。而路翎、刘真同样描写革命战争的作品，由于突出了人民战士的人情人性，就招致了激烈批评。在这样的文学氛围中，茹志鹃开始了她的短篇小说创作。她虽然是一个从战争年代走过来的作家，但她是一个文艺兵，并不很熟悉真刀真枪的战争生活。她有自己的审美思想和情趣，更关注的是战争

---

① ［法］苏珊娜·贝尔纳：《和茹志鹃的一次谈话》，《中国文学》1980年第3期。

年代人们的日常生活和思想情感。这就注定了她的创作不会一帆风顺，她也很难依循那一套文学"律令"去写作。王安忆在谈到她母亲的思想性格时说："身上带有小资产阶级知识分子的成分"，"受教育并不多"，"可她喜欢读书，敏于感受，飘零的身世又使她多愁善感"，"少女时代""为生计所苦"，"依然保持了清丽的精神"。"对感情要求很高"，"不容忍低级趣味"，"又特别坚持"，"甚至称得上顽固"。①　敏感、温雅而又执拗，是茹志鹃的性格核心。在短篇小说创作上，茹志鹃有一个女作家特有的审美思想和追求。在取材上，不随波逐流，去写意识形态划定的东西，去写"大家共见的生活"。而要写自己发现的、感兴趣的题材，这是她坚守的"原则"。在人物塑造上，避开描写"神化"的英雄人物，关注日常生活中的平凡人物，写他们的内心世界和一步步的成长，这是她遵循的"人物观"。茹志鹃是一个现实主义作家，但她的文学观却与主流思想有诸多错位。

洪子诚指出："实事求是地说，茹志鹃五六十年代的创作，不能说思想艺术已很成熟，已经取得很高的成就。她的作品，与当代一些作家一样，在对生活的深刻、独特的认识、理解上，是有一定的限度的。"②　综观茹志鹃一生的创作，20世纪五六十年代，她对生活、文学的认识，并没有超越意识形态的基本框架；七八十年代，她对社会、文学的反思，也没有突破思想解放的界域。她只是在一些具体的创作问题上，有自己的独立见解，但依然是在主流思想可以"宽容"的范畴。她并不是一个思想型的作家。她的突出贡献在于，以一个女性作家的敏锐、执着，发现和表现了不同时代人们的精神情感潜流，并用短篇小说这一有限的文体，创造了一种精美、含蓄、温情的艺术风格，丰富了当代文学的审美格局。

战争年代，胜似亲情的同志情缘

《百合花》是茹志鹃的成名作和代表作，也是当代短篇小说中描写革命战争题材的经典篇章。但它的发表和评价却经历了诸多波折。1958年，在"大跃进"的浪潮声中，茹志鹃写出了这篇小说，但连投多家刊物均被退回，意见是"作品感情阴暗，不能发表"。后来在省级刊物《延河》发表。茅盾对作品的主题、人物、风格等给予了及时而高度的评价，认为"反映了解放军的崇高品质"和"人民爱护解放军的真诚"。"不但描出了

① 王安忆整理：《茹志鹃日记》，大象出版社2006年版，第25—26页。
② 洪子诚：《小说的风格、流派》，《当代文学的艺术问题》，北京大学出版社2010年版，第125、129页。

人物的风貌"，"也描出了人物的精神世界"。"有它独特的风格"，"这风格就是：清新、俊逸"。并说："这是我最近读过的几十个短篇中间最使我感动，也最使我满意的一篇。"① 紧接着许多著名评论家、编辑给予了好评，同时也出现了一些批评的声音。这给创作上脚跟未稳的茹志鹃以莫大鼓舞，但也留下了困惑。其实茅盾所概括的作品主题，仅是一个表面的、明朗的、人人可以看到的"所指"，它已被许多同类题材作品表现过了。作品深层的、隐含的"能指"则是，传达了年轻的战友之间、军民之间那种纯洁、美好而又微妙的关爱和温情，它是一种超越革命和战争的普遍人情与人性，是一种胜似亲情的同志情缘。

　　茹志鹃童年、少年时代的孤苦与漂泊，使她对人世炎凉有着痛切的体验，总是渴望着一种人与人的关爱，渴望着家庭的温暖。1943 年，18 岁的她走进革命队伍，深切地感到："从此我就有了'家'。""在这个'家'里"，"周围是熟悉的领导，熟悉的同志"。"不管道路如何艰难，我都觉得踏实可靠，因为前面有同志，有领导，有广大的群众。"② 但新中国成立之后，这个革命大家庭发生了深刻的变化，风暴一次次袭来，人与人的关系变得剑拔弩张，这不能不使敏感的茹志鹃感到痛苦和迷惘。她说："我写《百合花》的时候，正是反右派斗争处于紧锣密鼓之际，社会上如此，我家庭也如此。啸平处于岌岌可危之时，我无法救他，只有每天晚上，待孩子睡后，不无悲凉地思念起战时的生活，和那时的同志关系。脑子里像放电影一样，出现了战争时接触到的种种人。战争使人不能有长谈的机会，但是战争却能使人深交。有时仅几十分钟，几分钟，甚至只来得及瞥一眼，便一闪而过，然而人与人之间，就在这个一刹那里，便能够肝胆相照，生死与共。"③ 痛感人际关系的恶化、温情的流失，才促使茹志鹃拿起笔来，去重新回忆和发现战争年代的生活。其实，对新中国成立之后人际关系的变异，茹志鹃一定早有觉察，因此她才在一篇一篇的战争题材小说中，执着地发掘着当时人与人之间的珍贵感情。正如李建军所言：这"既是表达对人人自危的现实状况的失望，也是抒发对往昔的燃情岁月的追怀"④。

　　表现普通民众与革命战士的鱼水关系，是茹志鹃着力揭示的重要主题。创作于 1954 年的《关大妈》，刻画了一个从普通家庭妇女成为"游

---

① 茅盾：《谈最近的短篇小说》，《人民文学》1958 年第 6 期。
② 茹志鹃：《作者自传》，《茹志鹃小说选》，四川人民出版社 1983 年版，第 381 页。
③ 茹志鹃：《我写〈百合花〉的经过》，《青春》1980 年第 11 期。
④ 李建军：《再论〈百合花〉》，《文学评论》2009 年第 4 期。

击队母亲"的关大妈的感人形象。其实她对革命所知甚少,她只是从直觉上认定儿子和游击队干的都是正事、了不起的事。为了保护革命战士,她经受了敌人非人的折磨,不惜亲手烧毁自己的家,依然无怨无悔。小说表现了只有普通百姓对人民战士和革命战争的拼死支持,才有最终胜利的主题思想。《澄河边上》是一篇沉郁、优美的抒情小说。大部队撤离鲁西南,副连长周玉兆带领一支伤病残小分队,面对敌人的追击、滚滚的澄河,是一位不知名的种瓜老人给他们生火、做饭,扎起扁担筏子,把他们送过河去。作家用诗一般的语言,雕塑了一位爱兵如子、沉着勇敢的老人形象。《三走严庄》是茹志鹃一篇突破性的作品,既表现了广大农民同人民军队的密切关系,又塑造了一位在战争中成长的女性形象,"我"作为工作干部到严庄发动土改,一见年轻媳妇收黎子,就觉得她既是"同志",又像"嫂子",更如"母亲",一见如故,亲如一家。收黎子本是一位娴静、聪明、温顺的年轻媳妇,但在土改斗争、解放战争的锻炼中,终于成为一个热情、干练、勇敢的支前队长。小说表现了一个朴素而根本的主题,军民本是一家,军来自民,民支持军,军民同心,遂有革命的成功。这一主题也许并不新鲜,但作家所表现的革命"大家庭"中的融融乐乐,人与人之间的同甘共苦,却是令人留恋和神往的。

发掘革命队伍中战友之间的深情厚谊,是茹志鹃小说创作中一个璀璨的"亮点"。《同志之间》写某部炊事班的三位战友,老张性格温和、缓慢,工作认真,老朱脾气火暴、快人快语,他们两位是老同志。而团部下来的通讯员小周,只有16岁,虽然机灵能干,但嘴馋、性格犟。老张、老朱都把小周当儿子一样看待。但在如何锻炼、教育小周的问题上,张像慈母,朱似严父,于是发生了一连串的矛盾和纠葛。但他们之间的感情是那样的赤诚、细腻、深厚,把革命部队中同志间的情缘写得感人肺腑。《百合花》在6000余字的篇幅中,一笔写了三个人物,每个都很精彩。其原因并不在于他们表现得多么英勇悲壮,而是作家真实细微地展现了他们全部的精神情感世界,描绘了他们之间瑰丽多姿的情感关系。文工团团员的"我",在战场上邂逅"年轻、质朴、羞涩"的小通讯员,通过几件小事,使"'我'对通讯员建立起一种比同志、比同乡更为亲切的感情。但它又不是一见钟情的男女间的爱情。'我'带着类似手足之情,带着一种女同志特有的母性,来看待他,牵挂他"。两人之间实际上蕴含着一种同乡、战友、姐弟乃至青年男女之间的混沌感情。而那位新娘子和小战士呢?一个是"正处于爱情的幸福之漩涡中的美神",另一个是"年轻的、尚未涉足爱情的小战士",小通讯员对新娘子的喜欢、羡慕、感激,新娘子对小通讯员的耍笑、关切乃至他牺牲后的悲痛，二人之间同样充满了一种微妙情感。虽然作家主观上表现的是同志之情、军民之情，但实际上已展现了青年男女之间一种自然、美好的人情、人性。因此作家后来说写的是"没有爱情的爱情牧歌"①。

重温战争岁月，回忆同志之情，寻找人生意义，成为茹志鹃一生的创作"情结"。《给我一支枪》表现了一个老战士在和平年代，对手握枪杆的峥嵘岁月的怀恋。《高高的白杨树》写的是和平建设时期的生活，但"我"寻找的是一位有可能活着的女英雄以及她的理想在今天的实现。作家新时期创作的《第一个复原的军人》《跟上，跟上》，都是从"现在"切入历史，表现了她对青春、革命、理想的回望，对世俗生活、城市文明的困惑、反思。

茹志鹃对短篇小说的规律、写法，也许缺乏理性的认识和把握，但她的思维和直觉却与短篇小说的特性有一种天然的相通。在人物塑造上，她钟情凡人琐事，写人也不大注重外在的性格描写，而宁愿发掘他们精神情感的变化与成长。譬如关大妈、收黎子，都是一些普通的家庭妇女。种瓜老人、新娘子，连姓名也没有。小通讯员在危急关头是英雄，但在平常生活中显得腼腆、笨拙。这些写法，正吻合短篇小说的写人规律。在表现方法上，茹志鹃十分注重抒情写法和细节的运用。以景寓情，直抒胸臆，使她的小说总是洋溢着一种或淡或浓的诗情。百合花、月亮、白杨树等大量意象的渲染，使她的小说充满生活的质感和气息。

建设时期，新型的人伦之情

茹志鹃是从革命战争年代走进和平建设时期的作家，这两部分生活阅历成为她创作的主要资源。在和平建设题材小说中，最突出的创作特征，一是塑造基层社会中平凡的新人形象，特别是处于转变、成长中的女性形象。二是表现在新的时代中形成的新型人伦关系。她说："在这样一个伟大的时代里，社会风貌的新变化，新人，新事，新的思想，新的感情，新的矛盾，这一切都使我热情难抑，心潮逐浪，我努力去认识，去挖掘这个时代的主题，这个时代中人们独有的精神面貌，这个时代特有的人与人之关系。"②

坚持塑造真实可信的新人形象，着力揭示他们精神情感上的深刻变

---

① 茹志鹃：《我写〈百合花〉的经过》，《青春》1980 年第 11 期。
② 茹志鹃：《〈百合花〉后记》，人民文学出版社 1978 年版。

化，使茹志鹃的人物具有了一种深切动人的艺术力量。她说道："这些男男女女，老老少少，他们虽然不是'风口浪尖'上的风浪人物，也不是高大完美、叱咤风云的英雄；但他们都是实实在在，从各自的起点迈步向前，努力跟上时代步伐的。他们一不矫揉造作，二不自命不凡，是一些一步步走在革命队伍行列之中的人。"① 她特别喜欢刻画年轻的女性形象，这些人物还不成熟，但她们是优美、灵动、富有朝气的。《在果树园里》的小英，是一个穷人家的童养媳，繁重的家务、艰苦的生活，使她变得性格倔强、说话很冲，"不叫人喜欢"。农业社成立果园，她死乞白赖地要求去看果园、学技术。其实她的动机并不是为了什么理想、新农村之类，而是为了逃离压抑的家庭，"自己挣工分自己吃"，实现她理解的妇女"解放"和"独立"，改变"命不好"的人生。小英的思想起点很低，性格有点怪，但在时代巨变中终于成为优秀的新农民。一个坚韧、执拗又有所追求的农家女子形象塑造得逼真而有力。《新当选的团支书》中的小何，有点虚荣、傲气，《阿舒》《第二步》里的阿舒，显得幼稚、莽撞，但她们在老前辈的言传身教和火热的社会实践中，一步步地成熟和坚强起来。但小何、阿舒这两个人物，思想性格描写不够集中，刻画尚不到位，不像小英的形象丰满、结实。

茹志鹃笔下的中老年人物也颇有特色，这些人物身上往往有旧时代的烙印，思想性格较为保守，但在新的社会革命和建设中，新的精神品格在滋长，逐步成为社会新人。如《"快三腿"宋富裕》里的宋富裕，在旧社会是一个胆小谨慎的普通农民，在投身农业社的建设和革命中，才渐渐变为热心、负责、乐观的新农民。如《静静的产院》中的接生员谭婶婶，在她的努力下成立了公社产院，几年间平安接生三百多个孩子，受到了乡亲们的称赞和尊敬。她因此而满足和骄傲。但面对年轻产科医生荷妹的多项改革，面对老姐妹——养鸡员潘奶奶的进步，以及众多产妇的期望，她终于认识到了自己的落后，在时代的推动下开始了新的学习和实践。从谭婶婶的转变中可以感受到那个时代的历史巨变以及人们对自身价值的追求，一个纯朴、慈祥、不甘落后的老奶奶形象跃然纸上。此外，《如愿》里的何大妈、《春暖时节》里的静兰等，都属于这类追踪时代潮流、寻找人生意义、人格独立的普通妇女形象。

聚焦人与人之间，特别是家庭成员之间的"阴晴圆缺"，展现新的社会的人伦感情，使茹志鹃的小说充满了生活气息和人间温情。新中国的成

---

① 茹志鹃：《〈百合花〉后记》，人民文学出版社1978年版。

立，新文化的倡导，改变了千千万万旧式家庭的格局和面貌，出现了一种新的人际和伦理关系，这是整个社会赖以形成的基础。茹志鹃一方面表现了人与人之间新旧思想道德的冲突和消长，另一方面又表现了固有的亲情、爱情、友情等的纯朴、美好。这是她的小说中最动人的"旋律"。

父子与母子感情，是人类的永恒之情，茹志鹃在多篇小说中描绘了这种感情。《胜利百号大地瓜》是作家的早期作品，描写父亲刘老头与儿子刘树生，在种植新品种和老品种地瓜上的一场矛盾。二人尽管互不服气、较劲儿，但在大庭广众下又竭力维护着对方的面子和自尊，写得逼真感人。《回头卒》里的老队长阿根与新队长常喜，是养父养子关系。老队长的退坡自发倾向与新队长的无私奉献行为处于尖锐的矛盾之中，但父慈子孝的人伦亲情化解了他们的僵局，促成了老队长的转化。表现得有情有理。《里程》是写母女关系的，爱女情深但有点自私的王三娘，在当队长的女儿阿贞辛劳忘我精神的影响下，也开始关心集体了。《如愿》中的何大妈，更是一个内涵丰富的新的母亲形象，她在旧社会孤身带着儿子生活，备受艰辛与欺辱；在新社会成为里弄玩具厂的小组长，感到有了做人的自尊，有了一份工资，可以为自己的儿子、孙子，买他们喜欢吃、喜欢玩的东西，在家庭中也有了地位。崭新的生活、和睦的家庭，使这位母亲觉得成了一个全新的人。这一形象折射出的是时代的推进给家庭人伦关系带来的深刻变化。农村的姐娌之间，是一种很难处理的家庭关系。《姐娌》中新进门的二媳妇红英，却以她勤劳、大方、贤惠等新的品格，不仅与嫂嫂处得亲如姐妹，而且化解了婆婆赵二妈与赵大妈的旧恩怨。在红英的新品格中，积淀着忠孝、仁爱、礼让的传统文化，旧的人伦关系焕发着新的时代光彩。

夫妻、恋人关系是一种重要而又复杂的人伦关系，茹志鹃表现得也很有独到之处。《春暖时节》中的家庭妇女静兰，是一个温柔、贤惠、细心的好妻子。但成为工人的丈夫明发，心系工厂、投身"技改"，对家庭和妻子抱一种"随便"的态度，使静兰感受到了一种"情感危机"。后来，静兰积极参加里弄福利社工作，又为改造机器部件煞费苦心，使明发看到了妻子的能力和价值。二人的心贴在了一起，感情也密切起来。小说艺术地揭示了，夫妻爱情只有在男女平等时才能稳固和发展，特别是女性，走向社会、实现自我，才是获得爱情的真正途径。《实习生》是作家写于20世纪50年代后半期的一篇作品，一直到80年代初才修改压缩后发表。当年之所以没有拿出是因为作者觉得它"有点小资产""有点不健康"。其实在这"小资产"情调中，正好体现了作家对现实、功利的婚姻的反思，对纯洁、浪漫的爱情的赞美。作品中的主人公——实习生白鸥，之所以舍弃了务实、温和、体贴同时又是儿时伙伴的水根，而选择了勇敢、强悍、潇洒以至有点高傲冷漠的吕志海，是因为她不愿沿袭那种世俗的婚姻之路，要寻求一种心心相印、纯洁浪漫的真正爱情。这篇小说在艺术上并不纯熟，却是作家的一部重要作品。

在茹志鹃描写和平建设生活的小说中，突出地表现了作家在选材、构思方面的艺术才华。在选择题材和情节上，作家从不正面着眼那种全景的、宏大的现实生活图景，而往往痴迷一个人、一个家庭的日常生活情景，又精心采撷一两个自己满意的情节和细节，然后从容地铺展开。如写刘家父子种地瓜上的一场纠葛，一位大妈星期天早上的家务琐事，夫妻之间技术革新中的思想情感交流，都是单纯而有趣的题材和情节，既表现了时代生活的风貌，又突出了人物的精神情感。在小说的艺术构思上，茹志鹃从不按照流行的写作套路，编造出那种模式化的小说来，而往往按照题材的特点和自己的审美情趣，营构出不拘一格的艺术结构。如《妯娌》《春暖时节》等是故事性较强的小说，如《如愿》《果树园里》等是着力写人的作品，如《鱼圩边》《高高的白杨树》等有浓郁的抒情特征。在20世纪五六十年代，茹志鹃的小说清新雅致、风姿绰约、别具神采。

世俗化时代，人情与"革命"的矛盾纠缠

新时期开始，意味着长期的"革命时代"的终结，也标志着一个世俗化时代的来临。茹志鹃的小说创作，在新时期再度"爆发"，创作了近20部小说作品，同样以短篇小说为主。这一时期的作品，思想内涵上显得深刻、丰富了，艺术表现上愈益开放、灵活了。从题材类型上说，主要有两个方面，社会反思小说和精神情感小说。发掘人物的精神情感，本是茹志鹃一贯的创作宗旨，但此番的表现却是另一种风景了。

茹志鹃的社会反思小说不多，但新时期初期的几篇作品，却清新幽远，引人注目。她在1979年的一次创作会上说："过去十七年来，我写歌颂的是占绝大部分，经过'文化大革命'以后，我脑子更复杂一点了。这脑子复杂以后，有一些东西就想鞭挞，想拿起鞭子来抽它两下子。不鞭挞，也就无法更好地歌颂，不鞭挞也可能掩盖了一些腐败的东西，报喜不报忧的人，从来都没有好人。"[1] 从歌颂到批判，茹志鹃走过了一段艰难

---

[1]　茹志鹃：《漫谈我的创作》，《新文学论丛》1980年第1期。

的历程。发表于 1977 年的《出山》，情节围绕牯山村保护山林的一场矛盾纠葛，展现了农民同上层"浮夸风"和"腐败风"的对立和斗争。万石头是一位辛劳、执拗、敢于抵制各种歪风，把自己献给山林的"看山人"形象，在这一人物身上寄寓了作家对底层农民的崇敬和歌颂。《寻觅》精心刻画了一个阿 Q 式的懒散农民——"岩头"的形象，通过这一人物反思了农民在公社化时代自我的丧失，以及在新时期对人格的"寻觅"。《剪辑错了的故事》是作家这类小说的代表作，获得 1979 年全国优秀短篇小说奖。作品的切入点是"大跃进"年代，各级领导同农民因"大炼钢铁"发生的一系列矛盾，但作家的视野却综览解放战争乃至"文化大革命"，写了领导与农民之间从鱼水关系到主仆关系的戏剧性变化。在某些领导的意识中，"立党"已经不是"为民"，而是为了自己的"政绩"和"升迁"，为了自己的个人意志乃至既得利益。而农民也已看清、舍弃了这样的领导，又在苦苦寻找自己的"领头人"。作品中的老农民老寿、老革命老甘，都是具有历史和思想深度的典型形象。在"文革"刚刚结束，人们的思想还很混乱的时候，茹志鹃能艺术地、尖锐地提出人民与执政党的关系的重大社会问题，十分难能可贵。

茹志鹃新时期的小说创作，主要集中在写人的精神情感生活方面。20世纪五六十年代她鼎力彰显的是人们正面的、美好的精神情感。而新时期她深入揭示的是人的丰富复杂的人情人性，以及面对越来越物质化、功利化的社会，人的精神情感的分裂、矛盾、异化。这些小说虽然深切、细腻，但由于距离作家的人生体验和思想感情太近，因此在艺术上显得有点冗杂、浮泛。如在《家务事》《草原上的小路》《三榜之前》《条件成熟以后》等作品里，作家描写、肯定了正面的、向上的精神情感需求，同时揭示、批判了负面的、消极的人性欲望。如在《一支古老的歌》《着暖色的雪地》《丢了舵的小船》等小说中，作家展现了世俗社会中，人们的精神情感中的矛盾和冲突以及内心的搏斗，折射出社会的影响和人性的沉浮，表现出她对思想道德流向和对社会人生现实的探索。

茹志鹃无疑属于现实主义作家，但在她的创作中融入了独特的个人风格。茅盾曾经说她的作品像"静夜箫声"，"从平凡处显出不平凡"，"作品是耐咀嚼，有回味的"；[①] 陈思和称她的小说"清淡、精致、美丽，在五六十年代的战争小说中是绝无仅有的"[②]。题材的单纯、巧妙，人物的

---

① 茅盾：《〈草原上的小路〉序》，引自《上海文学》1980 年第 5 期。
② 陈思和：《中国当代文学史教程》，复旦大学出版社 1999 年版，第 68 页。

平凡、鲜活，细节的丰盈、灵动，语言的优美、抒情……形成了她玉树临风一样的艺术风格。新时期之后，茹志鹃潜心探索，融汇新机，在艺术表现上显得更加灵活多样。譬如大量使用象征手法，像一盏洁白透明的冰灯、草原上曲曲折折的小路、夜色中闪着粼粼波光的松花江、一幅画着茫茫白雪的油画等，都是意象独特、内涵丰富的象征性物象。譬如意识流手法的借鉴，像老寿梦境中寻找战争年代的老甘、作家"我"在软席车厢里对当年雨中行军情景的梦想，董毓德脑子里出现的风浪中拼命划船的幻象等，均是画面扑朔迷离、意旨却并不费解的意识流描写。这些表现方法和手法的运用，使茹志鹃的小说在精致、纯正的品格中，融入了新异、开放的元素。

第十一节 王愿坚[①]："微雕"革命战争"诗史"

方寸之间的革命"诗史"

一个时代有一个时代的文学。王愿坚是成长、成名于20世纪五六十年代的短篇小说作家，不可能不受到那个时代意识形态、审美思潮的规约。他曾坦言："我们的头脑里都或多或少地有这样那样的'左'的思想指导下文艺思想的禁锢和影响，这种东西是慢慢积起来的，它有点像水壶里的'水锈'。"[②] 但是，艺术之树是长青的。重读他那些精粹、隽永的短篇小说，拂去历史的尘埃，剥离僵硬的思想，依然可以窥见第二次国内革命战争、红军长征时期，逼真、凝重的历史画面；红军将士和苏区民众，艰苦悲壮的斗争生活和崇高的精神风貌。诚然，这历史和人物是被选择和净化的。王愿坚小说最重要的思想艺术特点，一是贯穿始终的"信仰"主题，他把那个时代的人们对革命、对国家（新中国）以及对领袖的信仰，表现得淋漓尽致、历历在目。而信仰是个人乃至人类的永恒课题。二是他对短篇小说文体的不懈探索，他煞费苦心地在极有限的艺术空间里，表现

---

① 王愿坚（1929—1991），山东诸城人。1944年入山东滨海干部学校学习。1945年参加八路军。曾任华东野战军第三纵队文工团分队长、政治部报社编辑、新华支社记者、编辑室副主任。1949年后历任七兵团政治部文艺干事，《解放军文艺》编辑，大型回忆录《星火燎原》编辑，解放军八一电影制片厂编剧、文学部主任，解放军艺术学院文学系主任。1954年开始发表作品。著有短篇小说集《党费》《七根火柴》《后代》《普通劳动者》《珍贵的纪念品》，电影文学剧本《四渡赤水》《闪闪的红星》（合作）等。《足迹》获1978年全国优秀短篇小说奖。

② 王愿坚：《艺海荡桨》，解放军文艺出版社1999年版，第225页。

了某一段宏大的、艰难的革命历史，在中国当代文学中具有创新意义。

20世纪五六十年代的文学史上，出现过反映革命历史和战争题材的创作热潮。这些长篇、中篇、短篇小说的总体倾向是，描写时间较近的抗日、解放战争乃至抗美援朝战争题材的比例大，回到历史、努力全面展示战争过程的写法较突出。王愿坚就是在这样的文学情势中开始了创作，但他有一种逐渐清晰的理性认识。首先是反映革命历史，要同当下的现实联系起来。他说："我们今天走着的这条幸福的路，正是这些革命前辈们用生命和鲜血给铺成的；他们身上的那种崇高的思想品质，就是留给我们这一代人最宝贵的精神财富。"① 作家所重视的，是历史与现实之间的联系，是蕴藏在革命战争中的"精神财富"。其次是"史"与"诗"的关系。再现历史自然重要，但更要从"史"中找到"诗"："研究史实，发现诗情，诗从史出，诗史交融，通过对某一部分历史的外在形态、生活面貌的描摹，把内在的经验、精神、形象、情感……忠实地再现出来，流传下去。"② 王愿坚选择的是短篇小说文体，用这种文体营造宏阔的革命"史诗"显然是不可能的，但把历史中的"诗性"发育成一首首诗篇，又由众多的篇什构成一部交相映照的"诗史"，即用"诗"谱写"史"，则是完全可能的。

王愿坚走上一条革命战争文学的创作道路，与他的家庭影响和人生经历密不可分。他出身一个革命家庭，抗战期间，他的父亲兄姐都参加了革命活动。他15岁时就进入山东革命根据地，亲历过抗日和解放战争，对战争和人有着深切的感受和体验。新中国成立后历任部队杂志、出版社编辑，后转入革命战争题材电影剧本创作。1953年访问了第二次国内革命战争时期的苏区老根据地，听到了大量红军长征时的斗争故事。之后他重走长征路，遍访沿途的自然环境、民情风俗以及革命传说。他说："自从1953年接触红军时期斗争生活的题材起，我就算扑到了革命战争历史上。在这个金矿的矿床上面行走，挖掘，寻找，慢慢地发现：我找的并不是历史本身，而是历史里蕴蓄着的另外一种东西。这种东西可以管它叫作诗。自然，我不懂诗。这里所说的诗，只是一种概括，指的是历史的内涵，包括绚丽的斗争生活，美好的人物形象，发人深省的哲理以及激动人心的思想感情等等。"③

从1954年起，厚积薄发的王愿坚开始了扎实而漫长的短篇小说创作。20世纪五六十年代的代表作有：《党费》《粮食的故事》《七根火柴》《三

① 王愿坚：《后代·后记》，作家出版社1956年版。
② 王愿坚：《艺海荡桨》，解放军文艺出版社1999年版，第33页。
③ 同上书，第32页。

人行》《亲人》《普通劳动者》等，其中有多篇一直作为大学、中学教材的入选篇目。70年代后期作家再度出山，创作了"长征系列小说"，其中《夜》《足迹》《肩膀》《路标》不愧为短篇精品，有几篇获得全国奖项。在王愿坚的全部作品中，除个别作品外，绝大部分作品都表现的是1935年前后闽、粤、赣一带根据地军民的艰苦斗争和红军的长征，部分作品虽然着笔于现在，但倒叙的依然是那一段历史。第二次国内战争是现代革命史上的草创期、转折期，是一个举足轻重的历史时段，在当代文学中反映并不多，王愿坚选择了这一重要历史题材，并用短篇小说文体作出了成功的实践。他的作品已成为"红色经典"中的重要组成部分。

王愿坚在艺术的方寸之间，写出一部瑰丽多姿的革命"诗史"。在《党费》等作品中，描述了苏区人民在国民党军队的再次占据下，艰难的生存和坚韧的斗争。在《足迹》《食粮》等小说里，展现了红军战士爬雪山、过草地时，险象环生的历程和不屈不挠的意志。在《支队政委》等篇章中，刻画了留守老区的游击队，依靠组织、凝聚群众开展的艰苦卓绝的对敌斗争。作家没有回避这一历史时期斗争的艰苦、道路的坎坷，但更着力凸显了红军战士和老区人民对革命事业、未来社会的虔诚信仰。《七根火柴》中的那位无名战士，饥寒交迫、生命垂危，但依然要把夹在党证里的七根火柴留给部队使用，因为他相信革命一定会成功的。《粮食的故事》里那位游击队总务长郝吉标，山上一穷二白，他每天为部队的吃饭穿衣绞尽脑汁，却与儿子想象着未来的"新国家是什么样子"，应该"怎样建设"等问题。坚信美好幸福的新国家终将取代贫穷战乱的旧中国，这是当时蕴藏在所有革命者心中的社会信念。《歌声》描写的是1935年东北抗联战士的斗争故事，却形象地回答了"新国家"是什么样子的问题。几位受伤的战士被日军围困在大森林里，就在他们悲观绝望、准备以死殉职的时刻，他们看到国界那边的苏联，阳光明媚的集体农场、紧张而愉快地劳动着的男男女女，听到用俄语合唱的《国际歌》歌声……于是他们突然间有了勇气和力量，冲出了重围。全新的苏维埃是当时风雨飘摇的旧中国的一个鲜明比照，也是无数革命者和普通人的社会理想。王愿坚深入揭示了那个时代的人们崇高、坚定的精神信仰，正是这种信仰照耀、激励着人们，同舟共济，走向了胜利。这种信仰，战争年代需要，和平日子同样需要。

人物内在的精神品格

1958年，王愿坚的《普通劳动者》发表，在文坛和读者中广受好评。

叶圣陶评价说:"我常常想,雕刻家制作人像,有的地方粗凿,有的地方细雕,粗凿细雕全得其当,不容有丝毫疏忽处,雕成的人像就不仅仅是个形体,而且透露出精神面貌。写小说也应该那样,用笔墨来雕凿,任何部分都不含糊,结果写出几个让人看得见精神面貌的人物,那才是真正的小说,而且不是仅仅告诉人家一个故事的记事文章。我认为这篇《普通劳动者》能够精心雕凿,写出人物的精神面貌,是真正的小说。"① 小说的故事情节并不强烈,只是写了身为部长的林将军在水库劳动中的一些平常情景。但作家却凭借"粗凿细雕"的功夫,把一位老将军质朴随和、关爱青年、壮心不已的精神性格表现得生动传神。精心雕刻、凸显人物的精神品格,这正是王愿坚在塑造人物上执着追求的。

短篇小说怎样写人,既是一个理论问题,也是一个实践问题。王愿坚说:"事件淹没了人物,共性淹没了个性。这是我们的常见病、多发病,'文学是人学',这句话非常值得深思。一定要坚持把人物放在文学的中心,要从人物出发来进行短篇小说创作。"② 在具体创作过程中,避免故事情节、人物共性"淹没"了人物,努力突出人物独特的精神品格,这是创作的一个方面。同时,王愿坚又指出:"在描写真实的基础上追求典型环境中的典型性格,追求题材的典型化和艺术提炼,追求性格的典型性,去深刻地概括我们的时代和生活,应该是我们的美学思想。"③ 这就是说,塑造人物还要谨防那种自然主义的个性化、为外在热闹的个性化倾向,而要鼎力追求那种具有深广艺术含量的典型化境界,这是创作的另一个方面。概言之,王愿坚的短篇小说人物,就是要实现人物精神特征的典型化,他为自己树了一个高难度的艺术标杆。他的人物主要有三种类型:红军战士、苏区农民和革命领袖。

红军战士是作家笔下的主要人物系列,包括长征途中的战士和留守苏区的游击队员。《赶队》中的随军医院护士小何,年龄只有十五六岁,身单力薄。但在艰苦的长征途中,在繁重的照护伤员的工作中,表现得那样天真、快乐、敬业、坚强。"我们少共不说谎"的口头禅,显示了她金子一般的赤诚之心。从一个女战士身上,可以看到众多红军战士的精神状态。《支队政委》中的游击队临时政委胡志得,在他身上展示的是一个红军政治委员清醒、睿智、果敢的思想和精神风貌。《三人行》是一篇艺术

---

① 叶圣陶:《〈普通劳动者〉是一篇很好的小说》,《人民文学》1958 年第 11 期。
② 王愿坚:《艺海荡桨》,解放军文艺出版社 1999 年版,第 157 页。
③ 同上书,第 202 页。

精品，刻画的是红军战士的集体形象，犹如一幅构图谨严、刀法遒劲的浮雕。茫茫草原，路途泥泞，步步险情。三位受伤掉队的战士，互相背着、扶着、拖着，一步一步地向前跋涉。就像天上排成“人”字形的大雁向前飞行。作家选择典型环境中的典型情节，凸显了红军战士的坚定信念和顽强精神。苏区农民在红军长征、蒋军卷土重来的“白色恐怖”下的殊死斗争，同样悲壮而感人。《党费》是一篇构思严谨的力作，年轻妇女黄新是苏区农民的一个典型形象。在根据地最严峻的日子里，她秘密地联系党员、组织群众，为山上的游击队筹集物资。外表看，她是一个文静、细心、温柔的年轻母亲；但在面对敌人搜捕、自己的同志可能遭难的情势下，却表现出一种机智、果断、刚烈的英雄品格。她舍弃了可爱的孩子和自己的生命，保护了战友和一份特殊的党费——一筐咸菜。

王愿坚新时期文学初期创作的“长征系列小说”，集中刻画了红军长征途中，几位革命领袖的形象。《夜》《足迹》《草》《启示》是写周恩来的，把一位日理万机、鞠躬尽瘁、沉着智慧的指挥家形象刻画得逼真感人。《肩膀》《食粮》《标准》《歌》是写朱德的，将一位体恤战士、身先士卒、治军有方的统帅形象描绘得生龙活虎。《同志》是写贺龙的，突出了他乐观豪爽、与兵士打成一片的大将风采。《路标》是写毛泽东的，渲染了他在革命危急关头，体察军心，运筹帷幄的领袖形象。在短篇小说中塑造领袖形象，是有相当难度的。王愿坚凭着他对革命历史的了然于心和对领袖人物的较深把握，选择最能表现人物的情节和细节，塑造了一个个形神兼备的独特形象。

但正如有评论家指出的，王愿坚的人物：“真正称得起文学典型的人物却寥寥无几。”[1] 有些人物“都还描绘得比较简单，还只是剪影式的”[2]。完整的故事情节湮没了人物形象的刻画，理念化的人物共性冲淡了人物精神特征的展示，在王愿坚小说中时有所见。而这种现象又曾是作家竭力避免的。

战争岁月的人性之花

王愿坚小说有一种浓郁的情感色彩。他的正面人物总是充满了丰沛鲜明的情感，作家也把自己真诚的情感倾注笔端。但对这种审美情感却有两种迥然不同的评判。绝大多数评论家认为：他的作品表现了

---

① 朱兵：《欲穷千里目 更上一层楼》，《北京师范学院学报》1982 年第 1 期。

② 西来、杜度：《有益的尝试，可喜的收获》，《文艺论丛》1978 年第 3 辑。

革命者饱满的父爱、母爱、同志之爱，以及对事业、人民、领袖的
爱，是一种崇高的"无产阶级的人性美和人情美"①。而一些激进的批
评家却在"文革"中指称：他的小说"用精心炮制出来的孤儿寡妇的眼
泪作炮弹，肆无忌惮地攻击革命战争"，是在"渲染战争恐怖"，"否定革
命战争"。②

对短篇小说表现审美情感问题，王愿坚说："文艺要有情，作品要表
现革命的人性美和人情美，这不仅是文艺的特点、创作的规律，也是为现
实生活所决定的。革命人民是最富有人性和人情的。"③ 他在小说中，表
现了红军战士、老区人民，在残酷的战争中绽放出来的美好情感、高尚
情操和奉献精神，表现了一种源远流长的伦理道德，才使他的作品具有
一种动人的思想和艺术力量。这是那些简单肯定、武断否定的评论，所
看不到的。

人伦亲情与革命战争的矛盾，是动荡年代最常见的现象。王愿坚捕捉
住了这种矛盾，把人物放在情感的旋涡中，凸显了人物刹那间的内心痛苦
和人性的升华。《党费》中的主角黄新，为了给游击队积攒急需的咸菜，
劈手夺过饥饿的女儿手里的腌豆角；为了保护前来联络的同志，挺身而出
"自投罗网"。因为她为的是革命的胜利，信仰比她的孩子和自己的生命
更重要。《粮食的故事》中的游击队总务长郝吉标，与儿子红七担着粮食
给山上的部队去送，遭遇了敌军的搜捕，为了金贵的粮食和游击队的生
存，他命令儿子从岔路跑走以掩护自己送粮。他"浑身都颤颤起来"，儿
子的脚步声"就跟从我心上跑过去一样"。内心的矛盾、担忧折磨着他。
但"孩子要紧，革命的事更要紧"，他必须选择后者。黄新、冯妈妈、郝
吉标在亲生骨肉与革命事业之间的舍亲取义的行为，并不意味着他们心肠
之硬，而是他们朴素地懂得：只有革命成功了，才会有家、有亲人。"覆
巢之下，安有完卵？"为了明天和大多数人，他们不能不牺牲自己，高洁
的人性在绝境中得到了升华。

战争打碎了各种亲人、家庭关系，同时也形成了新的人际、情感关
系。在王愿坚的许多作品中，不时会发现这样的描写：根据地农民把红军
战士称作自己的"孩子"；特别是他们受伤、掉队后，农民把他们当"儿
女"一样照顾、保护。红军战士也把他们当"父亲""母亲""爷爷"看

---

①　孙光萱、曾文渊：《"要敢于写无产阶级的人性"》，《社会科学》1979 年第 3 期。

②　同上。

③　王愿坚：《大胆表现革命的人性美》，《人民日报》1979 年 11 月 26 日。

待、称呼，战争中结下的"亲情"成为一种永远的亲人关系。"军民一家"的人与人关系保证了中国革命的成功。《老妈妈》中那位连名字也没有的老区中年妇女，丈夫为革命牺牲、两个儿子都投奔了红军。她把20多个受伤掉队的红军战士藏在秘密山洞，成立了一个临时医院，精心为他们疗伤，冒险为他们找食物，终于保存了一支革命力量。她自称是大家的妈妈，说："队伍有头家有主。如今队长不在这里，这个家就由我来当。你们管我叫妈妈，哪个妈妈不疼自己的孩子？有妈妈在，就有你们在。"她的话是发自肺腑的，伤员们叫她妈妈、听她的话也是真心实意的。一个蕴含着"同志的又是母子的"情感的特殊"家庭"，在严酷的战争中形成一种无形的凝聚力。《亲人》是一篇感人的、意味深长的作品。故事发生在新中国成立之后，但源头在战争年代。从战争中走过来的曾司令员，所以要"将错就错"把江西老区的一位烈属老汉认作"父亲"，是因为他深刻感受到"要使这位失去唯一的儿子的老人得到安慰，最好的办法是还给他一个儿子"。而在战争中家破人散的曾老汉，不相信儿子会死，看到报纸上与儿子同名同姓的人，就贸然写信、找上门来。尽管眼睛失明的老人蒙在鼓里，但曾司令员已从理智和情感上认定了这位"父亲"，要以一个亲生儿子的身份为老人尽孝。作品蕴含了一个深广的社会和人的主题：战争年代，军民一家，夺得了政权。和平时期，作为执政者，依然不能忘记与人民的血肉关系。

个人利益与群体利益、国家利益的冲突，是战争中屡屡发生的事情。正是在这种冲突中，显示了人民战士、普通民众的人性和人情美。《火》写的是福建东山岛战役，作品中的林大妈，为了拖住偷袭的敌军，及时给我军报信，忍痛烧掉了家里最值钱的竹子垛作为"信号"，使我军及时赶到打败了敌人。这是一个最普通的山区女人，但她却懂得"舍小家为大家"的道理。《后代》中的战斗英雄黄承谋，出生、成长在一个革命家庭，父亲在红军反"围剿"战斗中英勇牺牲，哥哥投身抗日战争。新中国成立之后母亲又把他送进了部队，在东山岛战斗中立了奇功。战争使无数的家庭残缺不全，却换取了新生的国家，在前赴后继的革命历史中，显示了普通百姓的坚定信念和壮美人性。

诚然，中国的当代战争题材文学，在对战争的反思上，在对个体生命和心灵的开掘上，还存在着诸多局限，有这样那样的条条框框，远不像西方战争题材文学那样深刻、阔大。在王愿坚等作家的作品中，可以明显地看到这种缺憾。但他们对正义战争的歌颂，对战士和民众美好人性、人情的彰显，则是不能随意否定的。

有限空间的精心创造

　　一个优秀的短篇小说作家，必然对他的文体有一种独到的悟性和把握。王愿坚在观看杂技表演时，真正领悟了短篇小说的艺术规律："那是一张直径不过一公尺的小圆桌，两个姑娘穿着旱冰鞋在上边翩翩起舞。她们溜冰动作那么从容自如，情绪那么饱满酣畅，比起在北海和昆明湖的冰场上毫不逊色。然而，也正是因为她们是在舞台上，在这一张小圆桌上，尊重了小小桌面的局限，她们的表演更凝练，也更美妙、更动人，成了艺术。于是，在讲了这个节目和我的感受之后，我说：这就是短篇小说。"① 王愿坚的这一感悟，揣摩到的是短篇小说的"局限空间"和表演者的"美妙创造"。他在多篇创作论中，谈到鲁迅、契诃夫的观点和作品，可以看出这两位短篇大师对他的深刻影响。局限或者说有限空间是什么？就是短篇小说文体的"短小"，王愿坚是真正实践了短篇小说的这一刚性规律的。他没有写过长篇小说，写过一部中篇小说反响甚微。他见诸书刊的 31 个短篇小说，总字数约 25 万，平均一篇作品 8000 余字。这是一些经典作家倡导的短篇小说的理想篇幅。其中"长征系列小说"凡 10 篇，总字数约 48000 字，一篇作品平均不足5000 字。他的代表性作品，《七根火柴》2500 字，《三人行》3100 字，《足迹》3500 字，《路标》6100 字，更是短篇小说中的精品。在中国当代众多的短篇小说作家中，像王愿坚这样尊重文体规律、潜心打造精品的作家是不多见的。

　　王愿坚在具体的艺术形式和手法上，潜心探索，精益求精，使他的作品愈显单纯、凝练、精美。概括讲主要有如下三个方面。

　　首先是寻找恰当的叙述角度和人称。王愿坚创作伊始就很重视小说的叙述问题。他的叙述角度大致有两种类型，即第一人称叙述和第三人称叙述，而又以第一人称叙述为主。在《珍贵的纪念品》《老妈妈》《粮食的故事》等作品中，第一人称叙述方式强化了小说的真实感和吸引力，而作为"访问者"的设置，又可以突出故事的现场感。王愿坚小说第三人称叙述的也不少，但作品中的"他"往往会成为一个视点、一只眼睛，由"他"看出故事和主要人物。《七根火柴》前面出场的人物是掉队战士卢进勇，但主角是那位临死献出火柴的无名战士。茅盾评述说："表面上看，这不是'第一人称'的作品，然而作为故事发展线索的卢进勇，实

---

① 　王愿坚：《艺海荡桨》，解放军文艺出版社 1999 年版，第 81 页。

在是起了第一人称的'我'的作用。"① 把"他"变成"我"去描写，由这只眼睛展开环境、事件和人物，可以突出故事情节的现场感和感染力。"长征系列小说"写的都是革命领袖在特定情景下的特定行为，没有固定的视角是无从下手的，因此作家在作品中都设置了一个"他"。如让《夜》中的勤务员小韦去看周恩来，从《食粮》里的供给员梁思传去感受朱德，由《路标》中的通讯员罗小葆去认识毛泽东……从这些普通战士的眼睛和心理中，让读者看到一个个真实、具体的领袖形象。精心地选择叙述角度和人称，不仅使王愿坚的小说变得真切、新颖，而且大大缩短了作品的篇幅。

其次是营造单纯、精练的艺术结构。侯金镜评价说："王愿坚同志会说故事……但是他不囿于故事，他熟悉许多革命战争时期的惊心动魄的情节，但是他不炫耀情节，不以情节取胜。在他写得好的那些作品里面，生活、人物、故事情节是融合在一起的。"② 在结构创造上王愿坚对自己有着很高的要求，他孜孜矻矻地要在有限的空间中，既要再现历史真实，又要讲述生动的故事，还要塑造出结实的人物形象来。可以说他的多篇小说达到了这样的目标。譬如《党费》以核心情节——为游击队筹集咸菜为主线，故事一波三折，主角黄新的形象也很突出。又如《老妈妈》写一位老区妇女如何带领数十位伤病员，一边治病养伤一边坚持与敌人战斗，惊险的故事与有力的人物形象相得益彰。再如《普通劳动者》着力写一位老将军在水库工地的劳动情景和他同年轻战士之间的有趣纠葛，故事情节细腻生动，人物形象可亲可敬。这些都是成功的例证，作家在处理生活、故事、人物的关系上可谓匠心独运。但也有处理不到位的作品，如《村野的火星》，写一个年轻战士负伤掉队之后，回到群众中间与敌人斗争的故事，作家着力较多的是环境的展示和情节的交代，人物应有的精神和性格就被简单化了。还有《歌声》《征途上》等都有这样的问题。

最后是用好珍贵的细节。王愿坚深谙细节在短篇小说中的强大作用，他说："写小说，一定要重视细节，运用细节，强化细节。在小说写作里，细节是最活跃的因素，最宝贵的成分。'故事好找，零件难求。'你可以听到一个很不错的故事，但不一定能得到有表现力的细节。"③ 王愿坚在历史故事中，在现实生活里，特别注意发现那些闪光的、高含量的细

---

① 茅盾：《谈最近的短篇小说》，《人民文学》1958年第6期。
② 侯金镜：《〈普通劳动者·序〉》，人民文学出版社1959年版。
③ 王愿坚：《艺海荡桨》，解放军文艺出版社1999年版，第165页。

节，一旦得到就精心放置在他的作品中，有些细节甚至发展成中心道具，以此来营造他的整个作品。如一筐咸菜、一条红领巾、七根火柴、三张借条、一册旧账本、一棵毒草、一饭盒野菜汤，等等。通过这些细节，连接了整个情节，突出了人物形象，表现了作品主题，使短篇小说变得精美绝伦。

王愿坚的短篇小说，是中国当代文学中的"奇葩"。尽管还有这样那样的不足、缺憾，但作家在表现革命历史的诗情画意，在雕塑几代人的精神信仰，在短篇小说的文体探索上，依然有值得发掘和借鉴的宝贵经验。

第三章　极"左"、阴谋文学时期
（1966—1976）

第一节　概论:"沉沦"与"觉醒"

非常态下的"独放异彩"

文学史上有一个耐人寻味的现象：当社会处于剧变、转折的时候，往往是短篇小说的活跃、兴盛之时。譬如五四时期、新中国成立初期。1966—1976 年的"文革"十年，国家动荡，文化崩溃，文学荒芜，然而短篇小说却奇迹般地呈现出"独放异彩"的景象。此时的短篇小说，以自己的独特"优势"，实现了同政治意识形态的紧密结合，或者说已变为一种政治文学。政治的需要，迅速地促进了它的普及和发展，以至到"文革"后期，一些作品蜕变成了"阴谋"文学。同时，作为一种具有审美品格的艺术文体，它并没有全部"沦陷"，在部分作品中、在一定的限度内，突破了政治的、文学教条的束缚，显示了作家在生活、思想、艺术方面的可贵探索，涌现出一些好的和比较好的作品，为"文革"结束后短篇小说的崛起积蓄了力量。从审美的高度看，"文革"短篇小说是在非常态的、扭曲的时代环境中发展起来的，确实没有多少优秀作品，艺术上也无什么价值。但从历史的角度看，它的发生和演变、它的内在矛盾以至走向觉醒，却是具有学术价值和社会意义的。

1949—1966 年，毛泽东和执政党始终在努力建构一种全新的、理想化的社会主义文学。应该说这一建构取得了卓著的成就，而短篇小说作出了突出的贡献。但事实证明，这一文学理想是一种虚幻的、偏激的、充满了内在矛盾和"危机"的"乌托邦文学"，因此最终"破灭"了。毛泽东在 1963 年、1964 年的两次重要批示中亲自否定了它。但毛泽东的否定，并不是因为"乌托邦"文学违背了社会和文艺的客观规律而导致了失败，而是因为"十七年"文学没能达到他所期望的高度和目标。于是就有了1966年《林彪同志委托江青同志召开的部队文艺工作者座谈会纪要》的炮制和出笼。"纪要"以更激进、更革命的姿态和思想，彻底否定了"十七年"文艺和30年代文艺，认为中国现当代文学是"黑线专政"，"要坚决进行一场文化战线上的社会主义大革命，彻底搞掉这条黑线"。在对"旧文艺"全面批判的同时，创造"开创人类历史新纪元的、最光辉的新文艺"。于是，"纪要"也就成为进行"文艺革命"和开创"文革文学"的理论纲领。在艺术方面，"革命样板戏"最忠实地贯彻了"纪要"的文艺思想和创作主张。在文学方面，长篇小说《艳阳天》（第三部）、《金光大道》，以及《虹南作战史》《牛田洋》《激战无名川》等，努力体现了"纪要"以及主流文学思想和创作方法。但由于长篇小说绝大部分是写历史题材的，距离现实和读者较远，因此影响并不大。至于诗歌、散文等，多是歌功颂德的应景之作，十年中并无突出表现。在这样的背景下，历史再一次选择了短篇小说，提供了崛起的"机遇"。

"十七年"时期的短篇小说，创造了一个难得的黄金时代。但它最活跃的时候是在1949—1963年。后来，阶级斗争的不断强化，文艺界的整风运动，使包括短篇小说在内的整个文学走向衰落。短篇小说在20世纪五六十年代越来越严密的"一体化"文学体制中，更强化了"敏感性""现实性""战斗性"这些本质属性。所以，当20世纪70年代初"文革"向纵深发展，需要文学来"推波助澜"时，消沉已久的短篇小说便充当了"马前卒"的角色。因为它的本质属性是最容易为现实的政治斗争"利用"的。正如洪子诚所说："短篇小说继续着这种样式在当代的'传统'，即对现实生活的快捷反映。在提出文艺创作'要及时表现文化大革命'，'要充分揭示无产阶级"文化大革命"的本质'的要求时，短篇自然是适当的样式。"①

十年的"文革"文学，可以分为两个时期。1966年"文革"爆发，从国家到地方的文学刊物基本停刊，绝大多数作家被打倒，文坛一片混乱、凋零。这是一个真正没有文学的时期。1971年3月国务院召开"全国出版工作会议"，研究部署全国的出版工作，其中专门提出要恢复和创办文艺刊物。同时一部分作家获得写作和发表作品的自由，又有一些新的青年作者崭露头角。从1972年到1976年，先是各省市继而是全国的文艺

---

① 洪子诚：《中国当代文学史》，北京大学出版社1999年版，第208页。

刊物逐渐复刊或新办，总计约有 40 家。众多的文学刊物为短篇小说的发表提供了充足的园地，部分老中青作家开始写作，为短篇小说的发展准备了创作队伍。此外，1971 年之后，全国各地的报纸逐渐恢复了文艺副刊，经常刊登短篇小说。各省及国家的出版社，也十分注重编辑出版短篇小说集。文学进入一个调整和恢复时期。诚然，在当时的政治、社会气候中，报纸、刊物和出版社，只能亦步亦趋地配合政治意识形态，是推不出有思想和艺术个性的作品的，但毕竟创造了一种文学环境和氛围，使一些作家开始了写作、学习和思考，走上了文学之路。而首先获得生存与发展的是短篇小说。

　　有人说"文革"时期没有文学，是一片"空白"。其实这是一种"误读"。所谓"没有"，是指那种具有一定的思想和艺术创新的作品基本看不到了，但那种激进的、模式化的作品还有很多。就拿短篇小说来说，数十家刊物和报纸，都在发表短篇小说，国家及各省市的出版社，均在出版短篇小说集，短篇小说成为当时最活跃、最重要的一种文体，保守的估计数量也在有两三千篇。在当时文化生活贫乏、文学样式稀少的境况下，它是广大读者最主要的"精神食粮"，其影响是极为深广的。当时较活跃的短篇小说作家，大致有三种类型。一种是在"十七年"就已经成名，后来可以写作的工农出身的作家，如浩然、草明、胡万春、仇学宝等。另一种是"文革"中后期出道的中年和青年作家，如蒋子龙、陈忠实、陈建功、贾平凹、李存葆、陆星儿、韩少功、古华、叶蔚林、谭谈、邹志安、京夫、路遥、郑万隆、孔捷生、成一、李锐、权延赤、黄蓓佳、陈国凯等。这些作家大都生活和工作在农村、工厂、部队，有很大一部分有知青经历。他们后来成为新时期文学的生力军，在短篇小说创作上成就突出。还有一种是"文革"中涌现的思想和创作十分"激进"的青年作家，主要集中在上海地区，阵地是《朝霞》丛刊和月刊。如段瑞夏、士敏、史汉富、清明、立夏、谷雨、崔洪瑞、姚真、伍兵等。可以看出，这些作家有的是笔名，"文革"一结束，很快就"蒸发"了。这三种作家当时创作了大量的短篇小说，成为"文革"文学中的重要部分。这些作品几乎无例外地打上了时代烙印，个别的成为"阴谋"文学的代表作品。但普遍不能代替个别，"文革"文学绝非铁板一块。事实上，"文革"短篇小说也是由三种形态构成的。第一类是创作倾向较为"激进"的，它是在"十七年"文学基础上的"升级"，突出地表现了所谓的"阶级斗争"和"路线斗争"，但也或多或少体现了真实的生活和积极的主题。这类作品所占比例最大。第二类是自觉不自觉成为"阴谋"文学的，它主动地为

"帮派"政治服务,在政治斗争中呼风唤雨,并竭力贯彻了"纪要"的文艺思想和创作观念。第三类是艰难"探索"的,它在时代的边缘寻求着社会、人生、艺术的真谛,力图创造一种真正的短篇小说艺术。这类作品很少,却格外值得珍视。

从"激进"到"阴谋"

"文革"文学经历了一个从"激进"到"阴谋"的过程,短篇小说同样如此。作为"文革"文学理论纲领的"纪要",在全面否定过去文艺的基础上,提出"革命新文艺",要"搞出好的样板"。提出创作宗旨是"要努力塑造工农兵的英雄人物,这是社会主义文艺的根本任务"。提出创作方法"要采取革命现实主义和革命浪漫主义相结合的方法"。树立"样板""根本任务""两结合"等正是"纪要"的核心思想。对于"纪要",不能简单地认为它就是一种"阴谋"文艺理论,同时它也是一种"激进"文艺思潮。有文学史家指出:"'纪要'所表达的,是本世纪以来就存在的,主张经过不断选择、决裂,以走向理想形态的'一体化'的激进文化思潮。"① 这就是说,在中国现当代文学发展历程中,始终有一种"激进"的或极"左"的文艺思潮,只是到了"文革"时期才变得"登峰造极"了。随着"文革"的推进,1968 年于会泳在文章中第一次公开提出"三突出"创作原则,1974 年《朝霞》月刊创刊号在征文中明确发出"努力反映'文化大革命'"的号召,1976 年文化部召开创作座谈会传达江青、张春桥"写'与走资派斗争'的作品"的指令。至此,"激进"、极"左"文艺思潮终于一步步演变为"阴谋"文艺"路线"。可以说,"文革"文学具有二重性,既有一股"激进"文艺潮流,又有一条"阴谋"文艺黑线。二者是递进发展、相互缠绕的,同时又是并行共存、可以剥离的。

对于作家来说,独立自主的"主体性"是创作生命的根本。但长期的"改造""批判""斗争",使这种"主体性"逐渐丧失。"文革"中的走红作家段瑞夏说:"我们把个人投入党的事业,就会获得无穷的力量。只有自觉地把自己置于党的绝对领导之下,才是真正的战士。"② 在"文革"时代,作家已失去了独立思想能力,他们只能按照主流政治话语去创作,至于这"政治话语"是"革命""激进"的,还是"阴谋""反

---

① 洪子诚:《中国当代文学史》,北京大学出版社 1999 年版,第 182 页。
② 段瑞夏、林正义执笔:《阳光和土壤》,《学习与批判》1973 年第 2 期。

动"的，他们很难辨析清楚，于是他们也就成为主流政治话语的生产者。当文学丧失了它的独立自主品格之时，也就是文学的变质沉沦之日。

"激进"文艺思想，贯注在当时的整个短篇小说创作中。这种"激进"的主要标志，是表现所谓的"阶级斗争"和"路线斗争"，用"三突出"创作方法塑造"英雄人物"。这里首先要说到浩然，他是"文革"时期最活跃、最重要的作家，他的长篇小说《金光大道》《西沙儿女》等成为小说中的"样板"。其实他的成名作是20世纪五六十年代的短篇小说《喜鹊登枝》《彩霞》等，这些作品以鲜活的人物和清新的生活气息深受读者喜爱。"文革"期间，他在短篇小说创作上依然辛勤耕耘，收获颇丰。但比之作家"文革"前的短篇小说，思想倾向更加"激进"了，而艺术特色显然"衰退"了。

"文革"时期出道的青年作家，在思想和艺术上显得更为"激进"，趋向极"左"。士敏的短篇小说创作，"文革"前就有一定影响，这一时期的《暗礁》《胸怀》等重点作品受到了当时的更大关注。姚克明的创作也很活跃，他的《区委副书记》，刻画在上海"一月风暴"中走上领导岗位的青年干部苗俊敏，是怎样坚持密切联系群众、倾听农民意见，不断改进工作的。《踏着晨光》描写的是由推粪工人成为区委领导的于春兴，如何保持劳动人民本色，拒腐蚀堵后门，把自己的儿子送上清洁工岗位的。从外部看，两篇作品的主题是积极的，人物是先进的。但作品意在表现"文革"的"大好形势"，揭示人在"文革"中的进步、成长，因此总体倾向是"激进"的、错误的。如上所述的作品，在"文革"时期俯拾即是。以"文革"作为时代背景，以"阶级斗争、路线斗争"作为矛盾主线，从特定的主题思想出发，设置人物关系，编造故事情节，塑造英雄人物，选择叙事方式，成为当时短篇小说创作的通行模式。这样的创作，不需要作家的独立思想和艺术创造，甚至也不需要作家去体验和积累生活，只要按照写作套路，随意虚构、组合就大功告成。这正是当时短篇小说创作变得十分容易，那么多工农兵作者都可以写出作品的根本原因。

"文革"中后期，社会更加混乱，国家机器几近瘫痪。"四人帮"则充分利用思想理论和文学艺术，加快了"政治阴谋"步伐。《朝霞》1974年第1期的征文启事中，号召"工农兵业余作者和革命文学工作者"，"热情歌颂无产阶级'文化大革命'的光辉胜利，大力宣传无产阶级'文化大革命'中涌现的新生事物，努力塑造具有无产阶级'文化大革命'精神的英雄形象"。之后评论界又提出了"努力表现无产阶级同走资派斗争"的口号。江青还亲自授意把《朝霞》丛刊之一《序曲》中写"同走资派斗争"的几个短篇小说，改编成电影、戏剧。"激进"文学一时间蜕变为"阴谋"文学，短篇小说成为最有效的"政治工具"。

"文革"的历史过程及某些侧面，在短篇小说中得到了迅速、有力的表现。姚真《红卫兵战旗》直接描写了1966年红卫兵组织的造反和联合。夏兴《初试锋芒》、清明《初春的早晨》、钱刚《钢浇铁铸》、蒋子龙《春雷》、胡万春《永不停步》等，正面表现了1967年年初上海"一月风暴"浪潮中造反派的联合与夺权，以及夺权之后的所谓"继续革命"。董德兴《前进，进!》、史汉富《朝霞》等，歌颂了知识青年的上山下乡运动，肯定了这一运动的"伟大意义"。卢朝辉《三进校门》、权延赤《新大学生》等，则美化了工农兵学员上大学的"教育革命"。史汉富《布告》、谷雨《第一课》等，表现的是工人阶级进驻上层建筑——医院、大学等的"历史创举"。段瑞夏的《特别观众》，描写的是工人阶级怎样为"革命样板戏"的完美演出而竭尽全力、攻克技术难关。陈忠实《无畏》、蒋子龙《铁锨传》、邹志安《东村纪事》，则展示了农村从上到下的所谓"无产阶级同走资派的斗争"以及"回击右倾翻案风"，笔触直指邓小平1975年所主持的全面整顿运动。伍兵的《严峻的日子》写的是1976年清明时节爆发的天安门事件，作者把人民群众对"四人帮"的奋起反抗写成一场"反革命暴乱"。这是中国当代文学最黑暗的一章，是当代短篇小说史上最荒诞的一页。诚然，不能说这些作家是在有意识地配合"政治阴谋"，他们在变幻莫测的政治风云中是没有分辨力的，他们只能相信主流政治话语，只能相信"两报一刊"社论，在无意识中被裹进了政治旋涡。但也不排除极个别作家，对政治斗争有所洞察，自觉地充当了"阴谋"文学的制造者。丢弃文学的自主品格和审美特性，把文学捆绑在政治战车上，最终搅乱了社会，葬送了文学，这是"文革"短篇小说最沉痛的教训。

充满矛盾的写作

"十年动乱"时期，作家的创作往往是战战兢兢、如履薄冰，左右为难、矛盾重重。电影剧作家张天民在"文革"结束后，对《创业》在"'左''右'之中摇摆"的创作状况的回顾，很有代表性，他说："《创业》当然也处于这种摇摆之中，但当时的社会环境，我更多地向'左'，向'左'……其中，写人、写个性、写感情的因素还有，但已是十分克制，为保存作品中的一点'人性'，我从剧本到拍摄过程中，经过多次斗争，有时与批评者大喊大叫，获得不走群众路线的罪名，至于其中的削足适履,硬加阶级斗争的情况,是很明显的。"① 这番话深刻地显示了作家创作时的矛盾心理和身不由己。其实,不管是中老年作家,还是青年作家,在底层社会和民众中的切身体验,对既往文学特别是对"十七年"文学的继承和借鉴,都会促使他们站在一个作家的立场去思考和表现社会人生。但强大的政治意识形态,主流文学思潮,又迫使他们不得不"向'左'、向'左'",写作一种政治化、模式化的作品。这就必然形成文学创作中"二重人格"的分裂,一个是"艺术家",另一个是"传声筒";也必然形成文学文本中的"两种世界",一种是真实和比较真实的社会人生图景,另一种是强加进去的政治理念框架。贾平凹、陈建功、陈忠实、蒋子龙的短篇小说创作,典型地反映了这种矛盾现象和状态。

贾平凹的写作,反映了政治理性与生活真实的胶着与矛盾。王尧在分析了贾平凹的一篇作品后指出:作家"被赋予了'阶级斗争意识',他又赋予了小军、小旺'阶级斗争'意识。我们都被赋予了这种'阶级斗争'意识。政治中心不必说,民间社会也完全阶级斗争化了"。② 论者的话没有错,但同时也要看到,在贾平凹最初的短篇小说中,不仅有较突出的阶级斗争描写,还有鲜活的社会人生刻画。在《两个木匠》中,作者加入了农业学大寨、批判资本主义自发倾向的内容。但作者同时真实地描绘了农村中亲家之间、夫妻之间、父女之间,那种生动、质朴、饶有趣味的关系和纠葛,展示了民间社会的魅力。在《曳断绳》里,虽有一个一心想搞副业走资本主义道路的富裕中农,但作品的主角是憨厚、倔强、木讷、坚定地带领村民修筑拦洪大坝的突击队长老曳的形象,人物性格独特、鲜明。《弹弓和南瓜的故事》以流行的写法刻画了两位少年英雄小军、小旺,同不法地主王迫人的斗争,体现了一种明显的"阶级斗争意识"。但作者笔下小弟兄俩的聪明、机智、勇敢的性格,被刻画得栩栩如生。此外,《对门》《队委员》在生活描写、人物刻画上,均显示了作者很强的艺术表现力。这些作品虽然没有摆脱"文革"政治的阴影,但作品对生活和人物的表现具有相当的真实性和丰富性。在短篇小说艺术上,还显得稚嫩、粗浅了一点,但取材的机智、构思的巧妙、语言的简练,显示了作家在驾驭短篇文体上的才华和潜力。作家的这些优势,成为他后来脱颖而出的丰厚基础。

陈建功的写作,折射出的是青年知识分子的激进理想同"底层关怀"

---

① 张天民:《张天民回顾自己的创作》,《当代文学研究参考资料》1981 年第 1 期。

② 王尧:《迟到的批判》,大象出版社 2000 年版,第 9 页。

的两级状态。他在"文革"期间的创作有两类题材。一类是写底层的煤矿社会和煤矿工人的。《"铁扁担"上任》刻画了一位胸怀大局、敢于开拓的基层煤矿党支部书记袁震峰的形象。《青山师傅》以刚参加工作的青年矿工"我"为视角，塑造了一位以矿山为家、勤俭节约的老矿工的感人形象。可以看出，作家接续的是"十七年"文学的精神传统。另一类是写红卫兵的造反的。《荷泽惊澜》写"文革"初期，高中学生怀揣朦胧的理想起而造反，老师和校方采用种种措施平息和压制，双方发生激烈冲突。作者肯定了红卫兵运动，礼赞了青年学生的革命理想，是"文革"文学的典型文本。两类作品在内容和格调上大相径庭。作家在新时期的创作，依然延续了过去的路径，一是继续开掘煤矿和矿工生活，一是深入探索青年知识分子的人生命运和精神演变，都有不少佳作。

　　陈忠实的写作，表现了一个作家对"文革"的沉重思考和复杂态度。作家从 1974 年开始发表短篇小说，作品题材宏大，思想丰富，写法纯熟，篇幅绵长（每篇大多在两三万字之间）。《高家兄弟》描述了苦孩子出身的高兆丰、高兆文弟兄俩，在农村的不同人生道路，中心情节是围绕推荐上大学引发的家庭矛盾。作品的主题旨在批判旧的修正主义教育路线，肯定工农兵学员上大学这一"新生事物"。但陈忠实对"十七年"教育的判断、对这种"改革"前景的预想，却是错误的。《公社书记》写了两位小时候做过地主的长工、年轻时参加革命，现在同为公社主要领导的徐生勤和张振亭之间的尖锐矛盾。徐始终保持着旺盛的革命精神，深入群众，苦干实干。而张却革命意志衰退，与投机钻营者同流合污，贪恋生活享受。作品意在表现：党和人民赋予一些干部以权力，"是当人民的勤务员，解放全人类，还是'扯下龙袍自己穿'，当官做老爷"，这是每个干部必须深思的问题。作者在"文革"时代，能作出这样的思考，确实难能可贵。但陈忠实在 1976 年却放弃了自己对生活的感受和思考，写出一篇呼应政治风云的《无畏》。作品以 1975—1976 年从全面整顿到"反击右倾翻案风"为故事背景，描写了丰川县在农田平整工程中，到底是以落实经济政策促进工程，还是以革命大批判带动生产，由此展开了村、乡、县各级领导层中的激烈斗争，塑造了一位在"造反"中起家、年轻无畏的公社党委书记杜乐的形象。作家的思想倾向是显而易见的，认为全面整顿是"反革命逆流"，在农村必须继续进行"文化大革命"，用大批判促进生产。作品一发表，即刻受到主流评论界的高度评价："作品通过公社党委书记、新干部杜乐和县委书记刘民中之间的路线斗争，着重从政治路线上来揭露不肯改悔的走资派刘民中搞修正主义的本质，并在一定程度上反映了无产阶级同邓小平的斗争的实质和严重意义。"① 陈忠实是一位有扎实生活经验和独立思想能力的作家，却写出了这样一篇违背历史真实和艺术规律的作品。是作家完全相信了主流政治宣传，还是对"文革"的发展作出了错误判断？值得深入探究。

蒋子龙的写作，流露出作家思想深处的矛盾和痛苦。作家在"文革"时期发表了一批颇有影响的短篇小说，这些作品有着较统一的艺术风格，题材厚重、人物突出、格调雄浑。但在思想倾向上却很不相同。譬如较早创作的《三个起重工》，写企业"工程会战"中，三个起重工的不同性格和表现以及他们之间的矛盾冲突。小说虽然插入了一个坏人蓄意捣乱的落套情节，但整个作品生活气息浓郁，人物性格强烈，表现手法圆熟，不失为一篇较好的作品。1976年年初发表的《机电局长的一天》，是作家的成名作，也是"文革"期间罕见的短篇小说"奇葩"。蒋子龙的另一类作品则是直接反映"文革"的。作家远离现实生活，听命主流政治话语，自觉不自觉地陷入了政治文学的泥淖。《春雷》写的是1967年春天，在上海夺权风暴的波及下，天津春雷化工厂造反派的联合与夺权。作者把原厂长写成了走资派、叛徒，把造反派头头塑造成了英雄人物。《铁锹传》则是作者的一篇违心之作。《机电局长的一天》因政治风向的突转，受到了严厉批判，不仅发表作品的《人民文学》编辑部用"编者按"的方式作了检讨，作者本人也发表文章做了反省："不管我的主观意愿如何，小说的客观实际，是在一定程度上掩盖了工业战线上无产阶级同以邓小平为代表的走资派的斗争。"② 作为吸取教训的实际行动，蒋子龙创作了反映农村斗争的"急就章"《铁锹传》，在作品中否定和批判了农村的治理整顿、落实经济政策工作，描写了一位同县委"走资派"勇敢斗争的铁锹嫂的英雄形象。这篇作品与陈忠实的《无畏》可谓不谋而合。蒋子龙从真诚地赞同"整顿"、呼唤"改革"，到被迫做出反省，写作否定"整顿"、歌颂"同走资派斗争"的"英雄"，他的内心一定是矛盾的、痛苦的。由此可见，"文革"期间，一个作家要形成、坚守自己的独立思想是多么困难。

艰难的觉醒

"文革"时期，国家将文学的创作、发表（出版）、批评都纳入高度

① 《介绍几部反映同走资派斗争的小说》，转引自王尧《迟到的批判》，大象出版社2000年版，第42页。
② 蒋子龙：《努力反映无产阶级同走资派的斗争》，《人民文学》1976年第4期。

政治化的轨道上，对创作的题材、主题、人物、方法等均作了严格的规定，因此那种具有"异质"色彩的作品很少看到了。但再坚硬的土地，也挡不住春草的萌芽和生长。十年间，有两篇短篇小说遭受了无情批判。一是1973—1974年在全国范围内对敬信《生命》的批判；二是1974年河南全省对颜慧云《牧笛》的批判。这就证明，在严峻的环境中，依然有敢于探索的作家作品存在，在短篇小说的思想内容、艺术表现上，作出了有限的但也是珍贵的试验。

　　首先是对短篇小说真实性的寻求。真实是文学的生命，但"文革"时期是不允许作家直面现实生活的。"纪要"就明确否定了"写真实论"，强调"不要受真人真事的局限"。在这种"瞒和骗"的文学潮流中，有些作家依然在创作的真实性上作出了努力。敬信的《生命》（《工农兵文艺》1972年第1期）就是触犯了有关"真实"的戒律，招致了批判。作者是辽宁作家，以写短篇小说为主。他的这篇作品其实有着明显的"文革"文学烙印，从正面反映了农村的"造反""夺权"运动，描述了大队贫协主席老铁头与造反派头头、"四清"下台干部崔得利之间的夺权和反夺权斗争。但故事的背景是上海夺权风暴正在波及全国，凡夺权者都自封为"革命派"，并得到了"红色司令部"的承认。而作者把夺权者写成了有历史和现行问题的坏人，是坏人捷足先登掌了权。当权派老铁头被写成一位坚持正确路线的英雄人物。毫无疑问，夺权风暴中上台的干部，形形色色什么人都会有，自然不乏崔得利那样的坏人，这是真实的现实。但这样的真实是不允许直面和表现的，作者写出了基本的真实，就被判定为："不仅歪曲了一月革命风暴后农村中的夺权斗争，而且也从根本上歪曲了无产阶级'文化大革命'的性质。"[1] "文革"时期，有些作者疏离政治运动，着力表现干部群众的建设和生产，刻画基层的社会生活，塑造现实中的先进人物，也使作品获得了较多的真实性。古华的《绿旋风新传》，描写了一位人老心不老的贫协组长周兴，正直、热忱、爱社如家，把全部身心都投入了农业机械化事业中。作品虽然没有太多新意，但农村中的生活情景、人际关系，主人公的性格和心理世界，被描绘得逼真、鲜活、富有诗意。作家的另一篇《仰天湖传奇》，写的是仰天湖公社的干部群众，穷则思变，截断阴河，建造人工湖，彻底改变靠天吃饭局面的动人故事。险峻的高山峡谷，奇丽的自然风光，火热的劳动场面，坚韧的农民形象，呈现出那个时代特有的劳动景象和时代精神。

---

① 邱雄华等：《〈生命〉是对无产阶级文化大革命的否定》，《朝霞》1974年第4期。

其次是对社会人生的多方思考。"文革"时期，作家是不需要思考的。政治意识形态、领袖的教导，就是分析、判断一切社会生活和人的理论依据。八亿人只要一个脑袋就行。稍稍偏离了主流政治话语，不仅作品难以发表，且有被抓住"辫子"的危险。但一个置身于现实生活、思想深沉的作家，社会人生中的种种真相以及诸多矛盾，又迫使他们不得不思考。这种思考又必然会带进作品中来，形成文本思想内容的内在矛盾和紧张。譬如叶蔚林的《大草塘》，故事背景是"文革"，作家也是从正面来理解"文革"的意义的，却没有写造反、夺权、路线斗争之类，而是写了新中国成立之后高层领导与普通百姓关系的微妙变化。大草塘村老贫农李丁龙和地委书记陈淦山，战争年代结下生死情谊。但新中国成立后陈随着职务的升迁，渐渐脱离了基层和百姓，特别是在大草塘修水库还是建疗养所的问题上，更是独断专行，背离了百姓的利益和愿望。经过"文革"运动中的教育、批判，陈才回到正确路线、回到基层百姓中来。作家能通过"文革"的混乱世相，把握住执政党与底层民众的关系这样一个重要主题，并作了真实而艺术的描写，显示了作家较深刻的思想洞察力。诚一（成一）的《梨乡春色》也是一篇有思想深度的作品，描写了晋北农村"路线斗争"中真实的一面。农村中的农业和副业的关系，其实只是一个生产、经济问题，但在"文革"期间却往往上升到路线斗争上去处理。抓农业就是走社会主义道路，搞副业就有走资本主义道路的嫌疑，不同思想、派别的人总是借此大做文章。素有梨乡之称的红沟村，究竟是劈山造地抓农业，还是农业、副业全面抓，县乡村的领导层争得难分难解。但不动声色、经验丰富的老支书于洪山，排除干扰，精心调度，对农业和副业作出了统筹安排。作家没有按照流行思维纠缠所谓的路线斗争，而是遵循现实生活和自己的思考，作出了理性、中肯的描述。蒋子龙的《机电局长的一天》，一方面肯定了"文革"后期全面整顿的历史大趋势，另一方面揭示了当时一些老干部复杂的精神心理状态。同样是经历了血雨腥风的战争年代和挨批挨斗的"文革"岁月，但机电局长霍大道和副局长徐敬亭的精神状态却判若云泥。霍经受了"文革"的考验，依然保持着战争年代"冲锋不止"的奋发精神，勇挑重担，励精图治，为国家的现代化忘我工作。而徐则变得心灰意懒，得过且过，养尊处优，成为"新的长征"上的"逃兵"。两个人物的精神心理特征，具有很强的典型性。在霍大道身上，寄寓了作家期待"变革"、呼唤"英雄"的社会理想；在徐敬亭身上，体现了作家针砭"现实"、鞭挞"颓废"的批判精神。

最后是对短篇小说艺术的努力尝试。"文革"时期的短篇小说，关注

的是思想内容，很少探索和讨论艺术表现问题。一篇作品，只要吻合主流
政治话语，塑造了"高大全"式的"英雄人物"，贯穿了阶级斗争、路线
斗争，语言上文通字顺，就是一篇"合格"之作。就在这样一种"一体
化""模式化"的写作潮流中，依然可以看到一些作家谨慎的、默默的艺
术尝试。颜慧云，河南省中学教师，业余作者，有着丰富而扎实的文学修
养，创作过一些散文和短篇小说。他在 1973 年发表的《牧笛》（《文艺作
品选》1973 年第 1 期），被"四人帮"同伙宣判为"翻案复辟"的"毒
草"，指称：作品"以圆润柔甜的笛音，田园牧歌式的情调，代替了对农
村火热斗争生活的描写，也没有反映出知识青年接受再教育过程中两种世
界观的斗争，某些细节描写流露出对小资产阶级情调的欣赏"。其实并不
是作品表现了什么有违"文革"的思想内容，而是它创造了一种当时没
有的艺术境界和情调。小说描述知识青年张志远，在山村跟着老羊倌董大
伯学放羊，边放羊边学吹笛子，成为一名与自然、与羊群和谐相处的出色
牧羊人。这样一个远离政治、社会的平淡故事，与"翻案复辟"有何相
干？事情的根源正在于作者通过一种美的意境、美的人物、美的语言，营
造了一种超凡脱俗、天人合一、纯净幽远的艺术世界。这样的艺术世界自
然是对硝烟弥漫的现实世界的抵触和否定，触动了主流政治的敏感神经。
叶文玲的《当月计划完成的时候》，也是一篇格调自然、优美的佳作。作
品几乎看不到"文革"生活的背景，童装厂工人金秀大妈对工作的负责、
对儿子的挚爱、对儿媳的期盼，未来的儿媳、服装设计员谢琴工作上的一
丝不苟和性格的温柔、开朗，在作者朴素、灵动的笔下，充满了日常生活
的情趣和神韵。还须论及的是浩然的《一担水》，不像作者其他作品总是
平添一些斗争的痕迹和空洞的议论，这篇小说写一位叫马长新的村干部，
18 年如一日，一诺千金，为一位孤寡老人每天挑一担水，表现了共产党
员同普通农民的血肉之情。作品生活气息浓郁、人物形象感人，结构安排
精巧，是"文革"时期难得的优秀短篇小说。这些作品，不论是对艺术
境界和情调的追求，还是对生活、人物内在神韵的捕捉，抑或在文本情节
结构上的营造，都表现了"沦陷"的短篇小说，依然在悄悄地摸索、艰
难地觉醒。

　　在中国当代短篇小说的发展历程中，"文革"是一个低潮期、变态
期。文坛中的激进派曾经期望建立一种更加理想、更加革命的"无产阶
级新文艺"，并在短篇小说上进行了广泛的实验，但最终却使这种文体滑
入了"阴谋"文学的陷阱。翻阅当时的短篇小说，真是不忍卒读。其中
的叙事人成为"好为人师"的训示者，通篇充满了政治词汇和说教；情

节结构千篇一律，所谓路线斗争、阶级斗争成为整个作品的主体框架；叙事语言简单、生硬、武断，完全丧失了文学语言的鲜活感和审美性。在中国两千年的短篇小说演进史上，还从未有过这样的作品、这样的现象。然而，高度"一体化"的写作潮流，虽然严重束缚了作家的大脑和手脚，但他们在短篇小说的思想、内容和艺术上的探索并没有停止，默默地积蓄着力量、磨砺着工具，期待着一个新时期的到来。

第二节　"文革"短篇小说的三种写作模式

综　述

当代文学史家洪子诚在谈到"文革"文学时说："'文革'开始的几年中，原来的文化机构，包括文艺报刊和出版社都受到了批判和清洗，因此，除了'样板戏'和直接配合政治运动的诗以外，文学创作处于停滞的状态。从1972年开始，当时的文艺权力机构试图扭转这种凋敝的局面，提出了要'发展社会主义的文艺创作'，创作活动才逐渐有限度地恢复。"① 事实上，在此之前的1971年，就有两件事直接推动了"文革"文学的发展，一是是年3月在周恩来总理的指示下，国务院召开了"文革"爆发之后意识形态方面的第一个全国性会议——全国出版工作座谈会，研究安排了书籍出版、期刊恢复和创办等工作。二是这年12月16日，《人民日报》发表了《发展社会主义的文艺创作》的短评，并重新刊登毛泽东1949年为《人民文学》创刊号的题词："希望有更多好作品出世。"如果说1966—1970年的五年间是文学"空白期"，那么1971—1976年的六年间是文学的"恢复期"。尽管这种恢复是在极"左"路线的支配下乃至"四人帮"一伙的控制下进行的，但它毕竟活跃了当时的文学创作，并为后来新时期文学的发生创造了条件、积蓄了人才。

在整个"文革"文艺的发展中，有两种体裁显得格外突出。一是艺术方面的现代革命京剧——"样板戏"，它是江青一手经营的，在"文革"前期雄霸文坛。二是文学方面的小说，特别是短篇小说，在整个文学园地显出一种强劲态势和独特作用，在"文革"后期可谓"一枝独秀"。

"文革"短篇小说的发展，得力于发表园地的扩大和多样。报纸副刊、出版社、文学期刊构成了三大发表阵地。从全国的《人民日报》到

---

① 洪子诚：《中国当代文学史》，北京大学出版社1999年版，第208页。

各省市的党报，在"文革"中作为舆论工具一直没有停办，且均辟有文艺副刊，不定期发表一些精短小说，其作品的数量是庞大的。从国家级的人民文学出版社到各省市的人民出版社，也较早地恢复了秩序和工作，不断出版短篇小说集子，也是促进短篇小说发展的重要推手。譬如人民文学出版社，从1972年到1976年，据不完全统计，出版短篇小说集就有17种，如《号声嘹亮》《篝火正旺》《南疆木棉红》《迎着朝阳》等，当时发行很广。譬如上海人民出版社从1971年到1976年，据不完整统计，出版的短篇小说集竟多达26种，如《新的高度》《小将》《上海短篇小说选》《盛大的节日》等，其时均很有影响。这两家出版社七年间出版的43种短篇小说集，共收入作品有四五百篇之多。其他如人民出版社、天津人民出版社、广东人民出版社等，也出过多种短篇小说集。各出版社推出短篇小说集，一方面是为了活跃文学创作，另一方面是为了培养工农兵作者。他们像办刊物一样征集稿件，召开创作会、改稿会，然后付诸出版，为扶植年轻作者做了大量工作。

文学杂志的复刊与新办，是促使短篇小说兴盛的保障。"文革"前全国期刊共有790种，其中文学艺术类有71种。"文革"爆发后文艺期刊纷纷停办，到1970年跌至低谷，文艺期刊只有3种。1971年之后，各类期刊逐渐恢复，到1972年猛增到194种，文艺类有20种。譬如率先复刊和创办的文学期刊就有《解放军文艺》《革命文艺》（内蒙古）、《河北文艺》《辽宁文艺》《吉林文艺》《天津文艺》等12种。此后每年都有增加，到1976年文学期刊达到四十余种，接近了"文革"前的水平。如《北京新文艺》1971年开始试办，不定期出刊四期后，1973年改名《北京文艺》定为双月刊，1976年又改为月刊。这些70年代前期办起的文学期刊，依循的仍然是20世纪五六十年代的办刊宗旨和思路，但比既往更加激进、极"左"，平添了浓重的"文革"色彩。从体裁上讲，还是小说、诗歌、散文、报告文学、文学评论五大方面。其中短篇小说又是主要的、压卷的文体。这四十余种文学期刊，有的为月刊，有的是双月刊，平均每期发表三五篇短篇小说，五六年间发表总数，保守估计也在1500篇以上。

这里需要着重论述一下上海文学以及《朝霞》杂志。上海文学是中国文坛的一方重镇，"文革"前办有《上海文学》《收获》《萌芽》等一批名刊，但在"文革"初期全部停刊。1973年5月创办了"上海文艺丛刊"后改名"朝霞文艺丛刊"，1974年又同时创办了《朝霞》文艺月刊，成为"文革"后期一份具有重要影响的全国性刊物。它既是一份文学刊物，也是一份政治刊物，是文学与政治结合的"怪胎"，是在张春桥、姚文元部署下，由上海市委写作组直接领导，文艺组编辑的一份帮派刊物。刊物从创办到1976年9月停办，丛刊共出版13本，月刊共出版33期。刊物除发表小说、散文、诗歌、文学评论外，还发表话剧剧本、电影剧本、传记文学等作品，有时则以专刊的形式编排。而短篇小说是编辑部最为重视的一种文体，常常是精心组织、创作和加工后郑重发表的。其中有部分作品紧密配合了"文革"运动乃至"阴谋"政治，也有部分作品具有一定的真实性和艺术性，它们都在社会和读者中产生了较大影响。在四年间，丛刊和月刊发表的中短篇小说约有250篇左右。《朝霞》本是一份地方刊物，且它的创办带有明显的政治目的，但正如该刊编辑燕平所回忆的："全国各地有相当一部分作家或具有坚实写作基础的作者，苦于多年缺少作品的出版途径和刊发园地，因此一旦获悉上海人民出版社有丛刊出版，就纷纷主动来稿。文艺读物编辑室的编务员，每天把大量来稿送到我和欧阳的桌上。"① 广大作者并不知晓刊物的背景、内幕，只把它当作一个难得的、高层次的文学园地来看待、来投稿。四年间在丛刊和月刊上发表作品的作者就有400名左右，其中有相当一部分是全国各地的作者，涌现了一批有一定潜力的短篇小说新秀，成为后来新时期文学的主力作家。可以说，《朝霞》在客观上推动了当时短篇小说的兴起和发展。

　　"文革"文学的一个显著特征，是它高度、极端的模式化。杨鼎川指出："这种创作模式也可以用'四人帮'发明的一套创作理论去加以概括，如'塑造无产阶级英雄形象是社会主义文艺的根本任务'的'根本任务'论，以'三突出'为中心，加上'主题先行'，'三陪衬''多侧面''三铺垫'等'三字经'的创作原则，以及'领导出思想，群众出生活，作家出技巧'的'三结合'的创作方式，等等。"② 这套创作模式是从"样板戏"中概括、引申出来的，同时它又被推广、运用到小说、戏剧、电影文学创作上，自然也被贯彻到短篇小说创作中。在这总的文学模式下，由于短篇小说创作目的、思想取向的不同，又可分为"激进"、"极"左"阴谋"三种具体写作模式或写作形态。在大量作品中，这三种写作模式有时是可以分辨清楚的，有时又混杂在一起难以拆解。作家创作不可能没有自己的社会思想，在当时的政治语境中表现在创作中就呈现出或激进或极"左"的基本特征，但这三种写作模式有时又是以兼容的形

---

① 燕平：《我在〈朝霞〉杂志工作的回顾》，《扬子江评论》2010年第5、6期。
② 杨鼎川：《1967：狂乱的文学年代》，山东教育出版社1998年版，第6页。

式出现的。而整个"文革"文学中，激进、极"左"的短篇小说占了绝大部分，"阴谋"类的作品并不多。这是"文革"文学的主流。自然，也有一些具有一定思想和艺术价值的现实主义作品，但比例很小，难以形成一种阵容和力量。

浩然：现实主义创作的变异

浩然是当代文学中的著名作家，他的创作贯穿了"十七年""文革"和新时期三个迥然不同的历史时段。有人用"八个样板戏和一个作家"来形容"文革"文学的状况，"一个作家"就是指浩然，可见他在当时的重要地位和广泛影响。他奉行的是现实主义创作道路，但在"文革"时期甚至 20 世纪 60 年代就发生了严重扭曲和变异。浩然，本名梁金广，河北宝坻人，1932 年生。只读过半年私塾、三年小学。1946 年参加革命，1949 年调区委做青年团工作，开始自学文化，立志文学创作，学写诗歌、小戏和新闻通讯。1953 年担任通县地委党校教育干事，1954 年调《河北日报》做记者，1961 年又调《红旗》杂志任编辑。1962 年调北京作家协会从事专业创作，曾任中国作家协会理事、中国大众文学学会副会长、北京市文联副主席、《北京文学》主编。1986 年他携夫人到河北三河县安家落户，深入农村生活、潜心文学创作，"隐居"十几年。2008 年在北京逝世。浩然 1956 年发表处女作短篇小说《喜鹊登枝》，到 1966 年十年间共发表短篇小说一百多篇，出版了《苹果熟了》《新春曲》《珍珠》《杏花雨》等十几部短篇小说集。这些作品颇受读者喜爱，得到了文坛前辈叶圣陶、巴人等的推崇。他产生广泛影响的是出版于 1962 年和 1964 年的长篇小说《艳阳天》第一、第二卷，以及 1972 年出版的长篇小说《金光大道》第一部。这些描绘中国农村历史变迁的鸿篇巨制，自觉地表现主流政治所强调的阶级斗争和路线斗争，努力体现革命现实主义创作理念和方法，受到了政治和文学体制的高度重视，并被奉为"样板小说"进行推介。1974 年为迎合"文革"政治需要创作了中篇小说《西沙儿女》和《百花川》，创作上陷入歧途。"文革"时期，浩然短篇小说较少，只是在 1971—1972 年集中创作了十几个短篇小说，人民出版社辑集出版了《杨柳风》，显示了他在短篇小说创作上的新成果和新变化。

20 世纪五六十年代盛行的现实主义，可以称为革命现实主义，浩然自然不可能超越时代，但在创作上形成了自己的思想和艺术追求。他说："自从我拿起笔来那天起，就曾下定决心，用自己的生命，永远歌颂我们伟大的党领导下的伟大人民，歌颂他们亲手创造的社会主义春天。"①他曾喜欢过三位作家："起先喜欢赵树理的风格通俗，继而喜欢孙犁的语言优美，最后喜欢上柳青的扎实和深沉。"②这表明，"永远歌颂"的创作宗旨、前辈作家的现实主义，成为他创作的两大支柱。而在短篇小说上，从写法和风格的单纯明净上讲，他与孙犁更为接近。综观浩然"十七年"时期的一大批短篇小说，主要有三个特点。一是着力描绘了清新、多彩的农村生活图画。冀东平原、北京郊区和山东昌乐的农村和农民生活，在他笔下表现得逼真自然、多姿多彩。他还把这些地区的革命历史融入笔底，使正在展开的现实生活有了纵深感。如《红枣林》写冀东平原连绵十里的红枣林，枣林深处的独门独院，以及这里曾经发生过的革命斗争，可谓如诗如画、美丽幽深。如《新媳妇》写渤海湾一带农村，婆媳妇闹洞房的民情风俗，颇有地域特征和色彩。二是深情歌颂了深刻、巨大的农村时代变迁。浩然执笔创作时，正是中国农村从互助组、合作社向高级社、人民公社的过渡时期，他及时而敏锐地表现了这场历史变革带给农村的新变化和新气象。如《泉水清清》《太阳当空照》描写了农村实现公社化之后，依靠集体的巨大力量，实施了凿山引水旱地变水田、改河垦田治理沙石滩的宏大工程。如《夏青苗求师》《队长的女儿》《苗壮的幼苗》等，均写了五六十年代之交中学毕业生放弃城市和升学，自觉自愿到农村去，奉献青春、建设家园，农村和农民所给予的极大欢迎。这可以说是"文革"初期知识青年上山下乡运动的预演。如《彩霞》《并蒂莲》等则写了社会主义时代新的家庭伦理和夫妻关系，既往那种男尊女卑、夫唱妇随的传统形态已不复存在，取而代之的是男女平等、夫妇互补的新型关系。这是乡村社会最深刻的一种变化。三是鼎力塑造了鲜活、多样的新人形象。浩然格外注重先进、英雄人物的塑造，绝大部分作品都是以新人为主人公、为中心来营造的。新人既有青年，也有中年和老年；既有普通农民，也有各种各样的农村干部，构成了一个庞大的新人物画廊。如《一匹瘦红马》中的养马人焦贵、《珍珠》里的女车倌珍珠、《人强马壮》中的饲养场组长田小武等，都是富有个性和作为的先进青年形象。如《金河水》里的老革命金河水、《老树新花》中走出家庭的安惠贤老妈妈，均是老当益壮、再立新功的老年模范人物。浩然的短篇小说构思巧妙、人物鲜活、语言流畅、格调清新，在五六十年代是颇受欢迎的。但他的小说也有明显

① 浩然：《春歌集·后记》，天津人民出版社1973年版。
② 浩然：《我是农民的子孙》，《浩然研究专集》，百花文艺出版社1994年版。

不足，如思想内涵肤浅，没有进入现实生活的深层规律和矛盾中去。如人物形象单薄，过多表现了新人物身上的正面作为和性格，忽视了对人物负面性格与心理世界的开掘；对中间的、落后的乃至反动的人物则描写较少，同时又有明显丑化、漫画化的倾向。

浩然的创作发生变异，其实从 1962 年就开始了。他说："1962 年是我创作道路上的一个关键时刻。我已经出版了七八本小说集，很想把自己的作品质量提高一步，又苦于找不到明确的解决方法。'千万不要忘记阶级斗争'的伟大号召，像一声春雷，震动了我的灵魂。"① 创作的变化不是来自社会人生的启迪，也不是来自作家的思想艺术探索，而是源于革命领袖的政治思想，浩然的创作迅速实现了"突破"，但也必然误入斜道。从他的短篇小说中可以鲜明地看到这一点。浩然 1963—1966 年的短篇小说明显减少，主要有两组五篇作品。一组是"老支书的传闻三篇"：《撑腰》《认错》《眼力》，塑造了一个工作辛劳、不徇私情、知错认错、具有高度阶级斗争觉悟的老支书形象。这是一个"高大全"式的农村干部形象，理性大于形象，并不可爱。小说平添了一个富农陈怀宝的形象，他长相猥琐，"满肚子都是坏水"，挑拨老支书与老伴、社员的关系，私自开辟荒地，妄图破坏大好形势，煽动资本主义歪风，被老支书识破、斗败。这样的阶级斗争描写，实在有点小题大做、无限上纲。另一组是"小会计姐妹篇"：《枣花取经》《初显身手》，写 14 岁的小枣花光荣接受会计工作，积极地到外村取经，勇敢地同坏人斗争。小说中出现了一个老中农刘老正，他"为人不正""会耍手腕"，用赞美、利诱、哄骗等手段，企图拉拢、腐蚀小枣花，结果受到了老支书和小枣花的揭露、批判。把老中农的这样一种行为当作阶级斗争，是不是有点神经过敏、牵强附会呢？阶级斗争的突出和图解，使浩然的小说离现实、离艺术渐行渐远了。

"文革"时期的短篇小说，有一定思想和艺术质量的好作品很少见，绝大部分都充满了阶级斗争、路线斗争的硝烟，贯注着"文化大革命"的战斗情绪，形成了激进、极"左"以至"阴谋"写作模式。浩然是一个成熟的走红作家，他的中篇小说《西沙儿女》是紧紧呼应"文革"运动的，但短篇小说却是另一种面貌。他此时的短篇小说与流行的三种模式都不尽相同。虽然添加了更多的路线斗争和阶级斗争内容，但依然保持了"十七年"文学中的现实主义特色，有些作品可称艺术佳作。虽然在尽力地反映时代主潮、"文革"运动，有激进、极"左"思想，但并不像肖

---

① 浩然：《〈春歌集〉编选琐忆》，《出版通讯》1973 年第 3 期。

木、段瑞夏的创作那样深陷"阴谋"文学的旋涡。浩然在思想上有盲目，在艺术上则有坚守。

现实主义创作往往能校正作家的理性认识，顽强地表现出社会人生的某些真实和深度来。浩然是一个有着厚实的生活体验的作家，这种体验会自然而然地呈现出生活真实的一面。《一担水》是作家"文革"时期最好的作品。小说描述从20世纪50年代到70年代初的18年时间中，普通党员韩长新为孤寡老人韩二叔每天挑一担水的故事。二叔的侄儿韩艳子，既想继承财产，又不愿承担义务，与韩长新不断争斗。作品不仅塑造了一个朴实、诚信、坚韧的普通党员形象，同时提出一个深刻的社会问题：新型的社会主义大家庭要取代传统的家庭养老、继承规则，执政党乃至共产党员怎样保持和加强同人民群众的血肉关系？这一问题在当时是不可能有答案的，却是一个需要深思的重要问题。《战斗的堡垒》写农村社会的复杂性和两种力量的斗争。下台的坏干部骆世贵与富农骆世富，不只是叔伯兄弟，而且结成了一种邪恶势力，他们把试验田的玉米棒子塞进支书伯父的草筐里，嫁祸于人，又贴出大字报制造混乱，企图给全村抹黑，给新班子制造矛盾。在年轻新支书高云的沉着应对、细心调查下，终于弄清案件，打击了敌人。应该说这是农村一种真实、复杂的阶级斗争，作者比较准确深入地揭示了这种状况。遗憾的是，作者把主人公高云写得过分英明、完美，而把下台干部和富农写得太过丑陋、愚蠢。这是当时流行的创作手法。还有些作品则在艺术上有可取之处。如《铁面无私》突出塑造了一个性格直率、勤俭节约、热爱集体，把自己的半个院子献给国家修马路的侯大娘的形象，人物形象很有特点。如《车家新传》通过车爷爷从海河工地一路回村的所经所见，把老老爷的手推小拱车、车爷爷的小驴车、儿子的胶皮马车和孙子的大汽车连缀叠印，展现了70年间中国农民走过的一步步历程。情节精彩，构思巧妙。

任何一个时代的统治思想始终都不过是统治阶级的思想。"文革"期间的极"左"思潮愈演愈烈，席卷了整个文学创作。浩然是一个有着朴素的报恩感情的作家，尽管现实主义创作校正着他的一些理性认识，但在更多的情况下，他又自觉不自觉地追随着主流政治，积极借鉴着"样板戏"的创作经验，给他的创作造成了严重伤害。在《杨柳风》和《幸福源》中，作家添加了阶级斗争情节，写了两个富裕中农，他们的捣乱破坏，不过是在干部之间、社员当中说几句"煽风点火"的话，想批点宅基地、占些小便宜，但作者却郑重其事地提到阶级斗争的高度去描写，显示了当时创作上的一种荒唐现象。《雪里红》写的是老革命、老贫农黄久明与一匹高头骏马的故事。作者把 1955 年的所谓"砍社风"、1961 年的"三自一包"政策以及"文革"中两个阶级的斗争贯穿起来，表现了主人公如何保卫集体马匹、同资本主义路线进行斗争。以此来揭示党内高层两条路线、两个阶级的复杂斗争。故事情节牵强，主题思想直露，是一篇图解政治、配合"文革"的典型作品。《金色的早晨》触及农村的一些重要问题，即如何摆正农业和副业的关系，更好地发展经济和生产。但作品却强加了不必要的阶级斗争情节，"瘦老头"和"光葫芦头脑袋"们躲在暗处，给公社党委写黑信，以图陷害干部，搅乱人心。这完全是画蛇添足的做法，其实大队的生产计划是要报送公社党委的，何须阶级敌人去"告黑状"？作者是为写阶级斗争而有意为之，结果是违背了生活和艺术规律。

进入新时期之后，浩然面对自己"文革"中的错误和各种各样的批评，重新认识历史、认识生活、认识文学、认识自己，毅然到底层农村落户扎根，深入体验历史转型期的生活和农民，创作了长篇小说《苍生》、自传体长篇小说《乐土》《活泉》《圆梦》，以及《姑娘大了要出嫁》《赵百万的人生片段》等十几部中篇小说，《机灵鬼》《弯弯绕的后代》等二十余篇短篇小说，回到了真正的现实主义创作上，完成了对自己的超越。

段瑞夏：在现实生活与政治风云之间

段瑞夏是"文革"文学中出类拔萃的工人作家。他的创作以短篇小说为主。在他的作品中，既彰显了激进、极"左"思想乃至"阴谋"政治，又在一定程度上表现了工厂生活的真实和工人阶级的形象；既体现了模式化、理念化创作潮流，又形成了一种较为严谨、多样、灵活的表现形式和语言。他的作品受到了主流文学的好评和推崇，也受到了众多读者的青睐。段瑞夏出生于 1947 年，上海无线电十八厂技术员，有着较丰富的工厂和工人生活积累。1973 年参加了上海文艺丛刊举办的第二期文学创作学习班，之后又多次参加。1974 年被借调到丛刊编辑部当编辑，边工作边创作，发表了多篇有影响的作品，被称为"短篇小说的能手"[1]。由于写作能力突出，多次参与编辑部组织的集体创作活动，成为主笔，以笔名发表作品。"四人帮"粉碎后受到清查，20 世纪 80 年代移民海外，定居美国西雅图。2003 年回国探亲，他在《念奴娇》一词中感慨："往昔斗

---

① 　燕平：《我在〈朝霞〉杂志工作的回顾》，《扬子江评论》2010 年第 5、6 期。

争年月事，回首风清月白。易散朝霞，难留观众，宠辱皆陈迹。"① 他的创作集中在 1973 年到 1975 年，发表了《特别观众》《一篇揭矛盾的报告》《典型发言》《电视塔下》《初试锋芒》《十年树人》《这不是偶然的》《严峻的考验》共八篇短篇小说。此外还有数篇特写和创作谈文章，大都刊登在《朝霞》丛刊和杂志上。

　　"文革"时期，主流文学体制把培养工农兵作者作为一项重要任务来实施。一方面是企图建立一支新型的文学创作队伍，取代旧有的"专业作家"体制。另一方面是为了创造所谓的"开创人类历史新纪元的、最光辉灿烂的新文艺"，把这种新文艺纳入政治路线和斗争中。段瑞夏充当了一个合格的角色。他在一篇创作谈文章中说："回顾起来，我们工农兵自己动手拿起笔反映我们自己的火热斗争生活，塑造我们自己阶级的英雄形象，这历史还是短暂而新鲜的。""我们每个工农兵业余作者都应该牢牢建立起这样一个信念：文艺创作是党的事业，是阶级的事业，像列宁所教导的那样，是'社会民主主义机器的齿轮和螺丝钉'。"② 作为一名成功的工农兵作者的那份自豪和雄心溢于言表。段瑞夏当时正值二十五六岁年龄，他不仅有丰富的工厂工人生活资源，同时有较好的文学基础和创作才能；他了解上海工业战线的"文革"状况，且在《朝霞》编辑部特定的环境中对政治风云有所觉察。面对当时的"文革"浪潮和"四人帮"的政治阴谋，他是盲目的也是清醒的，是不自觉的也是自觉的，追随大潮、投身文学和"文革"成为他不由自主的行动。在他的短篇小说中，他有时表现出工厂和工人生活真实的一面，有时又用激进的、极"左"的思想虚构着现实生活，有时又不免滑入阴谋文学的创作模式中。可以说他的短篇小说是以激进、极"左"面貌为特征的，在某些篇章中则有明显的阴谋文学色彩。

　　一个具有一定的生活体验和艺术表现力的作家，他自然而然地会在创作中表现出某种社会人生的真实来。段瑞夏的创作同样说明了这一点。《特别观众》是他的处女作、代表作，堪称当时短篇小说的"样板"。作品描写无线电厂技术员季长春，主动承担改造剧场音响设备，试制高传真调音控制桌的故事情节。他在剧场里凝神静听音响状况，在试制新设备中精益求精，生动地表现了一个专业技术员对音乐的爱好与入迷，对科学技术的执着追求，是一个令人崇敬的人物形象。但遗憾的是，作者有意地拔

---

① 燕平：《我在〈朝霞〉杂志工作的回顾》，《扬子江评论》2010 年第 5、6 期。
② 段瑞夏、林正义执笔：《阳光和土壤》，《学习与批判》1973 年第 2 期。

高了这一形象，给他涂上了确保"样板戏"不失真、捍卫无产阶级文艺路线的政治色彩。《电视塔下》叙述东海电珠厂试制彩色显像管，工人技术员楼云与知识分子技术人员汪子宗的矛盾冲突，显示了工人阶级的集体主义精神如何改变了旧技术员的个人主义行为和思想；《这不是偶然的》描写新声电视机厂"三结合"技术攻关小组内部，年轻技术员梁国树与老牌大学生马家骅围绕依靠工人还是依赖技术的摩擦纠葛，表现了普通工人的智慧和力量。这些都表现了一定的时代特征和生活真实，尽管它们的主题思想是激进的甚至极"左"的。《十年树人》刻画了一位真实感人的厂党委副书记周长林的形象，他在工厂的十年规划中首先想到的是青年人的培养与成长问题，显示了他的深谋远虑；他看到年轻人的活泼和闯劲，感到由衷的喜悦、兴奋，表现了他宽厚和慈祥的性格；他深入车间研究技术问题，鼓励年轻人要不怕犯错、勇挑重担，体现了他的务实精神和高远境界。作品篇幅短小，但内涵真实丰富。作者一旦抛开政治绳索，就会表现出丰富多彩的现实生活。

　　20世纪70年代的短篇小说，概念化、政治化倾向越来越严重，段瑞夏的小说自然也不例外。同时由于《朝霞》编辑部与"四人帮"有紧密联系，编辑、作者对阴谋政治是有所知晓的，有些作品的组织、创作就是在直接呼应政治风云，段瑞夏的部分小说就带有阴谋文学色彩。譬如《一篇揭矛盾的报告》（署名崔洪瑞，由姓崔姓洪的两位作者和段瑞夏合作）和《典型发言》，分别描写了长江灯泡厂党支部书记任树英同公司生产组长胡政民，围绕显像管生产和"青锋一号"炉关停所展开的激烈斗争。作者把任树英刻画成了一个敢于反潮流，具有共产主义风格和远大理想的女英雄；而把懂管理、重利润的老领导胡政民写成了压制新生事物、崇洋媚外、反对"文革"的走资派。这同当时批林批孔运动和批判"走资派还在走"的政治局势是紧密合拍的。《初试锋芒》（署名夏兴，由段瑞夏和董德兴合作）和《严峻的考验》，前者写民兵组织怎样保卫造反派成立的区革命委员会，后者写1975年治理整顿背景下干部和工人同坚持抓生产的走资派的激烈斗争，都在有意识地迎合或配合"四人帮"的政治路线，堕入了阴谋文学的泥淖。在这些作品中，生活的真实和鲜活的人物没有了，只剩了编造生活和图解政治以及理论说教。

　　段瑞夏的短篇小说在当时影响较广，一方面在于主流意识形态的肯定和宣传，另一方面在于表现形式上的苦心探索。作者注重情节结构的编织，每篇作品都有一个完整而紧张的故事情节，且叙事角度既有第三人称也有第一人称，富有变化。作者重视人物形象的刻画，有些人物既有生活的真实感,又有性格的丰富性,显得比较扎实。作者格外注意语言的锤炼,形成了一种准确、简练、富有口语化和抒情味的语言特点。在艺术上超过了同类作家的作品。

张士敏:"为政治"写作的演变轨迹

在当代文学中,主流意识形态始终在强调"文艺为政治服务"的思想观念,并把它奉为创作"方向"。许多作家脱颖而出的时候,往往是有一定的生活、思想和艺术潜力的,但在"为政治"理念的引导下,一步一步地从激进滑向极"左"的写作歧途。张士敏就是这样一位代表性作家。张士敏,上海南汇县人,1935年生。1950年初中毕业后参加海军,进南京海校及海军海道测量部测绘学校学习,1953年毕业后从事海洋测绘工作。1958年转业至交通部上海航道局,曾任助理工程师。1973年曾多次参加《朝霞》杂志组织的创作学习班活动。1988年为上海作协专业作家。1992年赴美旅居。张士敏1958年开始写作,20世纪五六十年代创作有多篇短篇小说和散文,成为活跃的青年工人作家。1973年后颇受上海市委写作组文艺组重视,得到扶持,创作再度活跃,在《朝霞》丛刊和月刊上发表了多篇短篇小说,有的排在首篇。如《暗礁》《胸怀》《深度》等。70年代后期中断创作,80年代初期又重新笔耕,发表了大量作品。主要作品有长篇小说《处女海》《浑浊的河流》《黄昏的美国梦》《唐人街教父》,中篇小说集有《H号沉没之谜》《夜香港》《牛仔女皇》,短篇小说集有《虎皮斑纹贝》,等等。此外还创作有散文、儿童文学、电影文学剧本等。

张士敏20世纪五六十年代的短篇小说创作,表现了一个青年作家开阔的生活体验、活跃的思想观念和较扎实的文学功底。尽管作品的主题思想有激进色彩,但这是当时普遍的时代思潮、青年作家共同的创作倾向,他自然难以避免这种局限。可以说,他的创作更多表现出革命现实主义创作特征。他的创作题材直接来源于他的生活体验和观察,航道、测绘、工业建设、工人形象,是他表现的主要领域与对象。这一题材是新鲜的、独特的。《"力争上游"》描绘的是1958年"大跃进"运动中,上海码头为了支援钢铁工业,以"铁疙瘩"张春发为首的码头工人,争分夺秒、大干快上,苦干加"技改",装卸生铁、钢锭等物资,保证了黄浦江航道的畅通和快运。小说以"我"——一个机关干部的视角去叙述,展现了长江和码头上宏大而火热的劳动场面,塑造了铁疙瘩这样一个粗犷有力又善于发明的高大工人形象,可以说是那个时代的一曲高昂颂歌。《引水员》

写的是中国两代轮船引水员的故事。引水员就是领航员，是一项重要而高难度的工作。外国航海界往往不相信中国的引水员。新中国成立前，中国的引水员夏金标曾被外国船长拒绝领航，赶下船去。到60年代夏金标的徒弟林坚成长起来，成为新一代引水员。林坚第一次上岗，就以自己的沉着果断、不畏艰险和高超技术，折服了外国船上傲慢的老船长，大长了中国工人的威风和志气。《到五指山去》写的是一个地质测量组，接受上级命令，从北京出发，开赴海南岛的五指山测定三角点的故事。小说用第一人称、散文笔法，描绘了亚热带森林的美丽、富饶和神秘，黎族乡民的热情好客、能歌善舞，地质队在森林中的艰难穿行以及与猴子、蚂蟥、蟒蛇相遇的惊险、乐趣……画面优美、笔调多姿，就像欣赏一部精彩的电影纪录片。从这些作品中不难看出，作者汲取了五六十年代革命现实主义的写作经验与手法，努力表现时代主题，刻画工人形象，在工业题材领域开创出一片新的天地和景象来。

　　20世纪70年代前期的短篇小说，绝大多数都在表现"文化大革命"的斗争生活，即便写日常工作和生活的作品，也要添加一点时代背景和色彩。张士敏作为一位较成熟的作家，他同样不可能摆脱文学思潮的支配，改变"为政治"写作的理念，那样创作出来的作品也是难以发表的。但他清楚文学应当表现真实的社会人生，这是它的生命之本。为了达到既不脱离时代和政治，又能表现出有一定真实性的现实生活，他同样采取了添加政治内容的写作方法。这样就使他的作品出现了内容与主题相分离的现象。《暗礁》是作者的一篇重要作品，描写"先锋"号测量船接受任务，去重新探测在海图上标明"移位"的欧拉礁，组长朱山虎与副组长秦华因思想和工作方法不同，发生的一场矛盾冲突。朱山虎相信的是船上的现代仪器仪表，还有一次一次拉网式的海上测量；而秦华既相信现代科技，更注重深入调查研究、访问当地渔民。二人既矛盾又配合，最后不仅找到了暗礁，还测出了一艘沉船。作品的故事情节是真实、曲折的，人物形象是鲜活、引人的。朱与秦的矛盾也是自然、正常的，完全是一种工作矛盾，并无对错之分。但作者却拔高了秦华的形象，给她涂上了一抹政治色彩。她在全体队员会上强调：要"批修整风、大学习、大批判"，还要办什么批判专栏，批判"英雄史观"。朱山虎认识到自己不依靠群众的错误，思想上有"暗礁"。可以看出，这些"文革"政治内容，完全是强加上去的，剥离它，作品才不失为一篇较好的革命现实主义小说。《胸怀》同样存在这样的问题。小说描写浦江造船厂制造万吨轮"前进"号的紧张劳动与工作，场面宏大、人物突出、描写细腻、格调高昂。故事的矛盾焦点是：如何看待和解决青年工人的"造反"行为和工作热情。这是"文革"中的一个突出问题，作者通过小说提了出来，显示了他思想的敏锐。但在表现这一问题时，却出现了偏差。以辛小龙为首的青年工人，学徒未满就要求上船台工作，并张贴大字报指责领导"压制青年的革命积极性"，甚至违反规章制度私自到轮船关键部位去烧电焊。对于青年的行为和做法，车间主任杜金根采取的是严格要求、严厉批评的方法，而厂生产组组长、老师傅魏传宝用的却是热情肯定、言传身教的方式。这两种方法，一种是"严父"式的，另一种是"慈父"式的，都有可取之处，甚至可以互补。但作者却把它提高到如何看待青年、培养什么样的接班人的高度去描写，放大了矛盾冲突，改变了矛盾性质，显然是在迎合"文革"的政治思潮。

1975—1976 年，中国社会出现了转机和突变。邓小平复出实施全面整顿，"四人帮"掀起"反击右倾翻案风"运动，加快了"阴谋"政治步伐。在这样的气候下，《朝霞》以及刚复刊的《人民文学》等杂志，发表了大量"呼风唤雨"的短篇小说。一些作家彻底背离了生活和艺术规律，滑向了"阴谋"写作的深渊。张士敏的《深度》写的是外罗门航道因深潭抛泥而变浅，在航道公司内部引发的一场路线斗争和阶级斗争。公司副主任、生产组组长乐正平因重点考虑的是生产成本、公司利润，听信了旧技术员的计划，执行了资本主义路线。而有过"跑街"经历、为人圆滑、生活奢求的旧技术员哈化，背地里接受渔业公司的大黄鱼分给领导，竭力建议实施深潭抛泥计划，终于导致了航道变浅，是在腐化革命干部、复辟资本主义，是一场严峻的阶级斗争。只有生产组副组长、年轻干部浦清泉，既有政治觉悟，又能胸怀大局，代表的是无产阶级革命路线。作者把思想、工作上的矛盾冲突，附会成一种路线斗争和阶级斗争，显然是在配合"文革"的发展，宣扬一种极"左"思想，离生活真实、艺术真实已然很远了。《潜流》发表在《人民文学》1976 年第 5 期，反映的是 1975 年在全国治理整顿的背景下，东海航测大队三分队围绕着是顺利拿下六百平方公里旋涡洋测深任务，还是冒着风险去寻找铁山水道的水下沉船，所展开的路线斗争。前者被认为是抓生产、利抓润，是回到"文革"前的老路子上；后者被写成是政治挂帅、勇挑重担，执行正确路线。主角丁全喜被刻画成一个有高度的政治觉悟，对局势洞若观火，意识到全国搞整顿，"这个'三项指示为纲'就是一颗白色信号弹"，"党内还有打着红旗反红旗的不肯改悔的走资派"。这无疑是牵强附会、无限上纲，配合"四人帮"的"反击右倾翻案风"运动，把矛头指向邓小平的全面整顿，自觉不自觉地踏上了"阴谋"写作之路。

张士敏是一位有着一定成就和经验的知名作家，"文革"之后的 20 世纪 80 年代，他吸取教训，重新握笔，在《上海文学》《小说界》《人民文学》等刊物发表了一大批短篇小说，继续写海洋、写测绘，回到了宽广的现实主义道路上。

肖木：从激进到"阴谋"的写作蜕变

肖木与段瑞夏、张士敏相比，在"阴谋"文学的路子上走得更远。他自觉地把短篇小说写作，纳入"四人帮"的政治路线中，成为"阴谋"文学的"旗帜"和标本。他本来是一个有才华、有成就的工人作家，但一踏上帮派之船，就把文学变成了"御用"工具。标志着文学的沉沦，作家的蜕变。肖木，亦作萧木，原名莫秀常，1935 年生，浙江萧山人。原在上海铁路局工作，担任过《上海铁道报》记者、编辑。因写作上的成就，20 世纪 60 年代调到市委党刊《支部生活》当编辑。1967 年又进入上海市委写作组担任文艺组领导。他既钟情文学，又积极参与政治。在他的提议和参与下，创办了《朝霞》丛刊、月刊，同时分管《外国文艺摘译》刊物。1973 年调中央担任王洪文办公室主任，同时活动、周旋于张春桥、姚文元、江青之间，自诩"我为四位首长服务"。他工作在北京，心系上海，常为上海市委写作组出谋划策，给几个帮刊出点子、改文章，被称为写作组的"摄政王"。① "文革"结束后，先后被隔离审查、逮捕入狱，共 16 年。肖木从 1959 年起就在《上海文学》杂志发表短篇小说，1960—1964 年又在《人民文学》杂志发表多篇作品，1961 年上海文艺出版社出版了短篇小说、特写集《宽广的世界》。这一时期他的代表作有《战斗的里程》《探索》《长江的主人》等，是上海引人注目的青年工人作家。此时他的短篇小说在艺术表现和叙事语言上已显示出独有的特色，在思想内涵上则表现出不可避免的激进和极"左"倾向。"文革"开始后的 1973 年，他已成为上海市委写作组的核心成员，连续创作了《初春的早晨》《金钟长鸣》《第一课》三篇短篇小说，他一改过去的写作模式，把自己的作品紧紧绑在疯狂的政治战车上，成为"阴谋"文学的范本。在这些作品中，他不署真名，谨慎地化名"清明""谷雨"等，表明他已不再把文本当作个人的艺术创造，而是一种帮派的政治武器了。此外，他还写作有不少大批判、文艺评论文章，署名均为化名。

上海是一座现代工业城市，工业题材文学十分发达，成为全国文学的

---

① 朱通华：《较量：1976—1980 年的上海滩》，中共中央党校出版社 2009 年版，第 152 页。

先锋和重镇，出现了大批工业题材优秀作家。肖木就是其中的佼佼者。他的《宽广的世界》《责任》《长江的主人》，描写了铁路和交通运输战线宏大而火热的建设画卷，塑造了方向远、高明山、孟师傅等一批高大有力的工人形象，刻画了一些在工人师傅的言传身教下成长起来的青年工人形象。《战斗的里程》《红色的夜》则着力描绘了一些在生产劳动和日常生活中可亲可敬的老一代工人形象。这些作品画面浩大斑斓，人物高尚结实，主题明朗激进，显示了20世纪60年代上海文学的风貌和特征。肖木又是一位有思想的作家。《上海文学》1963年第2期发表的《探索》，可以称为"问题小说"。作品描写1959年"大跃进"运动中，某铁路局机务段围绕货车直接"通过给水站"的大胆方案展开的矛盾冲突，揭示了冒进的思维和举措，是难免要出问题和事故的。作家意在写出"大跃进"是一种"探索"，必须总结经验教训，才能推动和促进生产建设。但作品发表后却受到了上海作协严厉的内部批评，认为作者"是给'大跃进'抹黑"。业余写作文学评论的市委领导徐景贤发表赞扬文章，认为："《探索》的主题和人物，是有着积极的现实意义的。"①才使作者避免了一场厄运。

　　在"文革"运动中，作家的地位是卑贱而尴尬的，你只有搭上政治战车，才能获得写作权利和社会地位。肖木在上海写作组的重要地位和同"四人帮"的密切关系，使他的短篇小说总能占有所谓的重大题材和重大主题。《初春的早晨》署名"清明"，发表于1973年5月出版的《朝霞》丛刊第一辑。全文26000余字，正面表现了"文革"初期的1967年上海一月风暴中的夺权斗争。作者精心描述了这场斗争的过程、场面和气势。如各大造反派头头深夜开会、商讨联合夺权；冲击上级领导机关，揭批所谓的走资派；冒雪召开数十万人的群众大会，实施夺取市委市政府权力的部署。作者全力塑造了工人造反派负责人郭子坤的形象。譬如他的政治远见，善于团结各派力量和大多数工人群众；譬如他同走资派斗争的勇敢和机智；譬如他不仅会抓革命，也能促生产，带领工人抢运车站积压物资，等等。这一形象正是以王洪文为模特的。而作品中写到的市里"有位同志"，说："夺权就是要使阶级力量的对比发生有利于革命的变化"，则是暗指张春桥，他的话是对整个作品的"画龙点睛"。这篇作品一发表就受到了帮派评论家的赞赏，称小说"描绘了'一月革命'风暴中无产阶级革命派联合起来向党内一小撮走资派夺权的壮丽历史画卷"，"是正面反

---

① 　徐景贤：《评肖木的新作〈探索〉》，《上海文学》1963年第5期。

映和歌颂无产阶级文化大革命的优秀作品"。《金钟长鸣》署名"立夏",刊登在 1973 年 8 月出版的《朝霞》丛刊第二辑。作者又回到了他熟悉的铁路生活题材上,作品虽然篇幅不长,情节较小,但内涵深远。全篇环绕望湖亭车站实施新运行图的第一天,在要不要帮助人民公社抢运稻种的问题上,老站长与新主任之间发生的一场尖锐矛盾。老站长丁宝康是一位严格执行铁路规章制度,不愿增加临时任务,跟不上"文革"形势的民主派。造反起家成为车站革命委员会主任的巧姑,不仅积极支援农业战线,而且敢于和善于同本单位民主派、同铁路局走资派作斗争。小说及时地表现了"四人帮"所谓的"老干部就是民主派,民主派就是走资派""走资派还在走"的"阴谋"理论和政治部署。《第一课》署名"谷雨",同样发表在《朝霞》丛刊第二辑。小说着力表现了"工人阶级领导一切"的思想,肯定了工宣队进驻学校的重要性和必要性。作品描写了"文革"初期新沪"纺大"教学停顿、武斗升级的混乱局面,刻画了纺织女工夏彩云在进驻学校时表现出的从容应对、力挽狂澜的高大形象。其实,工宣队乃至军宣队进驻学校,只是为了维持高校秩序、制止武斗的无奈之举,作者却把它写成了工人阶级占领上层建筑的伟大创举。而姚文元发表在《人民日报》上的《工人阶级必须领导一切》的文章,成为作品的核心主题。从三篇短篇小说不难看出,肖木是如何利用文学宣传"四人帮"的"阴谋"思想和政治的,是如何实践江青"座谈会纪要"中规定的"塑造无产阶级英雄人物""三突出"等文艺教条的。

第四章 变革和创新文学时期(1977—1989)

第一节 概论:从"中心"到"边缘"

废墟上的崛起

在新时期文学发展中，短篇小说的勃兴与辉煌，堪称一个奇迹。其成就可与五四文学时期的短篇小说相媲美。十年"文革"，满目疮痍，百废待兴，前途迷茫。在这样一个大背景下，短篇小说像初春时节一夜间绽放的一树树迎春花，像仲夏之季突然响起的一声声惊雷，它给人们多少抚慰和希望、启迪与思想、勇气及激励！1980 年《小说选刊》创刊时，茅盾在发刊词中充满激情地写道:"粉碎'四人帮'以来，春满文坛。作家们解放思想、辛勤创作、大胆探索，短篇小说园地欣欣向荣，新作者和优秀作品不断涌现。大河上下，长江南北，通都大邑，穷乡僻壤，有口皆碑。建国三十年来，曾未有此盛事。"①

其实，任何新事物的出现，都不是无源之水、无根之木，它总是有着复杂的历史原因的。"文革"时期，横扫一切传统文化和文学，作家被批斗、发配，文学刊物和报纸被停办、查封。但到了中期、后期，不管是出于政治意识形态的需要，还是广大读者的文化需求，文学活动和创作都得到了一定程度的恢复。譬如上海人民出版社 1973 年出版了《上海文艺丛刊》，此后又出版了《朝霞》丛刊，接着正式创办了《朝霞》杂志，一直持续到 1976 年。特别是在 1975 年，在"治理整顿"开始时，毛泽东就指出，"样板戏太少……怕写文章，怕写戏。没有小说，没有诗歌"。之后，国家级刊物《人民文学》，以及北京的《北京文艺》、湖南的《湘江文艺》、山西的《汾水》等文学杂志陆续复刊。在"文革"还没有结束的时

---

① 茅盾:《发刊词》，《小说选刊》1980 年第 1 期。

候，这些刊物还难以摆脱政治意识形态的控制，办得小心翼翼，但客观上却起到了活跃创作、团结作家、积蓄力量的作用。尤其应当指出的是，这些刊物着力最多的是短篇小说创作，所发作品较多，质量也明显高于其他文体的创作。上海主办的《朝霞》丛刊和杂志，是直接为当时的主流政治服务的，"帮味"最重，但正如谢泳所指出的：这份杂志及其作品"基本没有提供什么有创造意义的东西"，"但在培养文学青年和使'文革'前就开始写作的作家和学者恢复文字工作上，《朝霞》无疑还有它的作用，也就是说，因为杂志的创办，使新老作家开始恢复写作生活，在当时的历史条件下，写什么并不重要，重要的是老作家能不能重操旧业和新作家能不能实现写作的理想"。① 《朝霞》杂志尚有它的历史作用，而其他在"治理整顿"中复刊的杂志，其积极作用就更是不言而喻的。在"文革"后期"稀薄"的文学氛围中，一批有潜力的中青年作家崭露头角，如蒋子龙、陈忠实、韩少功、陈建功、成一、张抗抗、谌容、冯骥才、古华、叶蔚林、贾平凹等，他们大多以短篇小说名世。在当时的社会现实和文学氛围中，他们自然难以写出具有创造意义和个人风格的作品，甚至写了一些"趋炎附势"的东西，但有限的文学平台，毕竟使他们走进了文学，锻炼了技巧，特别是激活了他们对社会人生的思考，这为他们不久之后成为新时期文学的生力军奠定了基础。

文学史家大多认为，新时期文学是短篇小说《班主任》（1977 年 11月）、《伤痕》（1978 年 8 月）等拉开序幕的。此后，短篇小说以"井喷"般的势头，磅礴而出，蔚为壮观，持续十几年。它不仅拉动了整个新时期文学的全面发展，同时也参与了中国改革开放的历史进程。历史为什么会选择短篇小说这一文体，而不是别的艺术门类？原因似乎有二：一是"文革"中后期已孕育了一批有实力的中青年作家，二是短篇小说的文体特征决定了它的"先锋"角色。正如评论家朱寨说的："从新文学史看，短篇小说的兴起，往往走在其他小说形式的前面，标志着一个时期文学的开端。"② 短篇小说在"解冻"时期的勃兴，可以说是"应运而生"。

重新获得解放的文学界，在自己的努力和全社会的推动下，终于赢得了一个较为宽松、自由的文学环境。而"创作自由"的思想首先体现在短篇小说创作中。不管是重新"复出"的中年作家，还是从社会底层走上文坛的青年作家，他们在长达十年的生活磨砺中，积累了那么多社会和

---

① 谢泳：《〈朝霞〉杂志研究》，《南方文坛》2006 年第 4 期。
② 朱寨：《文学的新时期》，《十月》1983 年第 2 期。

人生的体验，产生过无数的思想火花和艺术灵感，他们必须找到一种艺术形式来"引爆"他们的生活、感情和思想。这一艺术形式就是短篇小说。而此时的中年作家和青年作家，在这一文体上已作过较多的摸索和实践，整个文学界特别是文学评论界对短篇小说都抱有很高的期待。周扬就把短篇小说比喻为"轻骑兵""侦察兵"和"哨兵"，指出："短篇小说写得短，但作用大，长篇小说概括一个时代，一段历史，有短篇小说所不能起的作用。但短篇小说也有长篇小说所不能起的作用，尤其在我们这个时代，在我们党的工作重点转移的新时期，短篇小说要起到它的侦察和探求的作用。"① 陈荒煤进一步说到：短篇小说"在反映时代的脉搏，在其思想内容战斗性，在创作各种典型人物，在歌颂新人新事，感染读者的能力等各个方面，都会产生较高思想性和艺术性的作品，甚至不朽的杰作"②。从周扬、陈荒煤的说法中可以看出，他们对短篇小说的理解，依然是"十七年"文学的惯性思维，并带有"左翼"文学的味道。但这种理解具有很大的普遍性，可以说是那个时代短篇小说的"经典理念"。而正是这种"理念"，触发了众多作家的思想和激情，沟通了作家主体、社会生活、时代诉求之间的关系，促成了短篇小说的"横空出世"。

中国特有的文学体制，在振兴短篇小说创作中发挥了有力而有效的作用。1977 年 11 月《人民文学》编辑部在北京召开短篇小说创作座谈会，20 多位著名作家、评论家参加了会议。这是新时期之初召开的第一个专业性的文学研讨会。此后，中国作协以及文学报刊，专门召开过多次短篇小说创作讨论会。《人民文学》在"十七年"时期就是以发表短篇小说为主的刊物，复刊之后继续坚持这一办刊宗旨。各省市主办的文学月刊，也把推出短篇小说作为"主打"。1980 年 11 月，为适应短篇小说蓬勃发展的需要，《人民文学》决定增办《小说选刊》月刊，后来改为中国作协主办，一直到 1989 年 12 期停刊，1995 年再度复刊。更有力的举措是全国优秀短篇小说的评奖活动，从 1978 年始至 1988 年终，共评出 9 届 188 篇获奖作品。在最初几年，评奖规模之大，读者参与之众，评委级别之高，真是空前绝后。如 1979 年读者来信和反馈意见表达到 3 万余件，1980 年推荐选票高达 40 余万张。短篇小说的评奖带动了整个文学的评奖活动，1982 年全国优秀中篇小说评奖开始，但在新时期只评过 4 届。1982 年茅盾文学奖——长篇小说奖起评，而 10 年间只评过 2 届。全国性的短篇小

---

① 引自《报春花开时节》，《人民文学》1979 年第 4 期。
② 陈荒煤：《衷心的祝愿》，《人民文学》1979 年第 4 期。

说评奖活动，有力地促进了短篇小说的长足发展，同时又激发了几代作家的创作热情，特别是发现和扶植了一批一批的优秀青年作家，形成了短篇小说的一个黄金时代。而短篇小说的兴盛，又带动了整个新时期文学的繁荣。

在推进短篇小说的发展中，各省市以及国家级出版社作出了重要贡献。一是辑集出版老中青代表作家的短篇小说集，乃至年度选集、不同时期的总集。二是推出重要作家论创作的文章合集。譬如新时期文学刚刚开始的 1979 年，人民文学出版社就出版了《论短篇小说创作》，其中收入了著名作家、评论家的 28 篇文章，均是现实主义经典作家的代表性文章。紧接着，花城出版社推出了《作家谈创作》（上、下册），山东文艺出版社出版了《中青年作家谈创作》（上、下册），其中大部分文章是论述短篇小说的，作者均是新时期的活跃作家。三是出版有关小说特别是短篇小说的理论研究著作。如西北大学出版社 1985 年出版高尔纯专著《短篇小说结构理论与技巧》，上海三联书店出版南帆著作《小说艺术模式的革命》，等等。更值得论及的是由评论家白烨编选、中国社会科学出版社 1988 年出版的《小说文体研究》一书，全书收入了作家汪曾祺、林斤澜、贾平凹、李陀、何立伟，评论家程德培、黄子平、南帆、李国涛、雷达、王晓明等人的 28 篇文章。这是新时期文学界和批评界研究探索小说文体问题的论文选辑，代表了当下小说的发展思潮和对小说的新认知新把握。其中包括对小说艺术思维、小说文体特征、小说结构形态、小说叙事语言等诸多课题的深入探索和重新考察。小说文体意识的觉醒，一方面受到了西方现代叙述学和文体学的直接影响，另一方面则是中国新时期小说深刻变革催生的结果。至此，既往那一套激进的、僵化的小说理论教条逐渐被打破，全新的小说文体观念不断生长，对于激发和提升新时期现代、先锋小说创作发挥了巨大作用。

20 世纪中期，在西方世界，被认为是一个"批评的时代"。俄国形式主义、英美新批评、法国叙述学等风行一时，代替了传统的文学理论体系。中国从 80 年代初期开始，大量翻译、介绍西方新文学理论，深刻影响了中国文学理论与批评的发展，影响了众多作家的创作特别是小说创作。代表性的译介著作有：张寅德编选《叙述学研究》，W. C. 布斯著、华明等译《小说修辞学》，华莱士·马丁著、伍晓明译《当代叙事学》等。这一译介、研究的潮流一直延续到多元化文学时期。

在中国社会刚刚转型的新时期，短篇小说匆匆登场，一展英姿，它自然难免带有一些既往时代的旧痕迹，自然显得不那么成熟、精深。但它丰富而独特的社会价值、文学价值却是毋庸置疑的。它以自己的方式、魅力，影响和推动了改革开放的时代潮流，启迪和改变了千千万万读者的感情、观念和思想；它打破了新时期文学最初的"坚冰"，引导整个文学走向了一条宽阔而自由的道路；它向现代、古典、外国文学多方借鉴，锐意探索，使短篇小说文体，变得更加自由、个性、多样化起来。它留下了数不胜数的精品和力作，有很多堪称"经典"，是中国现代短篇小说史上最具光彩的篇章之一。

在时代的交汇点上

新时期文学初期，评论家秦兆阳就指出："我们的文艺工作从来没有像现在这样跟人民的关系、跟党的关系、跟马克思主义真理的关系、跟时代的要求，达到如此紧密的程度。"① 是的，整个新时期文学，特别是短篇小说，在当时社会和民众还处于狂热和盲目状态，宣传媒体还很落后、僵化的状况，广大民众尚没有表达自己思想情感通道的背景下，文学却"天降大任于斯人也"——承担起了"兴观群怨"的历史使命，走到了社会舞台的"聚光灯"下。敏锐的作家们，一面感受着时代的变化和要求，另一面领会着执政党改革开放的路线和政策，同时倾听着广大民众的心声和诉求，探索着反思历史、走向现代的社会真理，通过短篇小说这一便捷、有力的艺术文体，抒发着他们全部的感情、愿望和思想。作家成为社会的良知和先行者，短篇小说成为时代的传声筒和号角。这样的文学现象，在中国的现当代文学史上还是不多见的。

新时期短篇小说是有主潮的，特别是在前期，这一主潮一浪接一浪，波涛汹涌，层层递进、拓展。不管是"伤痕文学"，还是"反思文学"，抑或"改革文学"等，每一波浪潮，都有引人注目的短篇小说"领衔"。每一届获奖的优秀短篇小说的首篇乃至主要篇目，都集中显示了一个新的文学浪潮的来临，构成了一个洪亮而有力的主旋律。同时，新时期短篇小说又是丰富、多元的，它有众多的支流、副调，而每一支流和副调，又同主旋律相连相通，补充和扩展着文学主潮。有些支流和副调，后来又逐渐上升为第二主题以至主调，构成了一部多声部的协奏曲。

"伤痕文学"开创了新时期文学的先河。"十年浩劫"，风雨如磐。如何揭露"四人帮"的黑暗政治？怎样清算"文革"的反文化本质及其流毒？这是摆在国家、民族乃至每个人面前的严峻课题。"两个凡是"的观

---

① 秦兆阳：《解放思想　要用思想》，《光明日报》1979 年 11 月 14 日。

念，又使这种揭露和批判变得格外困难。刘心武的短篇小说《班主任》在乍暖还寒的初春时节，犹如点燃了一堆熊熊的篝火，它不仅尖锐地暴露了所谓的"文化大革命"直接导致了"没有文化"的宋宝琦走上犯罪道路，同时深刻地揭示了极"左"思想怎样扭曲和异化了"模范学生"谢慧敏的纯洁心灵。作品中的"救救被'四人帮'坑害了的孩子"，与鲁迅《狂人日记》中的"救救孩子……"遥相呼应。这不仅是一篇犀利的"伤痕小说"，同时也是一篇深沉的"反思小说"，为新时期的短篇小说树立了一个高高的标尺。王蒙的《最宝贵的》是一篇极短小的作品，但作家把他锋利的笔触，深入市委书记儿子的内心世界中，展示了他曾有过的软弱和变节，以及当下的健忘和麻木，具有强烈的警世意义。卢新华的《伤痕》并不深刻，也不艺术，却以一个悲凉的故事，控诉了"四人帮"的"阶级论"和"血统论"如何割裂和破坏了人间最本原的母女之情，具有催人泪下的力量。

　　这一时期的短篇小说，在表现"伤痕"主题方面是深广的、有力的。张弦的《记忆》写了普通人在"文革"中的险恶处境。《被爱情遗忘的角落》描述了农村青年本该是正常的爱情却扭曲成一幕幕人生悲剧。陆文夫的《献身》表现了知识分子因献身科研导致的妻离女散。还有郑义的《枫》、王亚平的《神圣的使命》、陈国凯的《我应该怎么办》等，在广阔的社会背景上，展示了普通百姓艰难的生存环境、反复无常的人生命运、被扭曲的爱情和婚姻、人人自危的人际关系，以及他们在困境中的美好人性与人情。

　　"反思文学"是一波承前启后的文学浪潮。它是"伤痕文学"的继续和深化，因此二者的界限并不分明。它的代表性的文体依然是短篇小说，在表现重心上已有了新的转移。亦如洪子诚所说：它力图表现的是"'文革'并非突发事件，其思想动机、行动方式、心理基础，已存在于'当代'历史之中，与中国当代社会的基本矛盾，与民族文化、心理的'封建主义'的积习相关"[①]。茹志鹃的《剪辑错了的故事》，揭示了领导与农民之间从鱼水关系到主仆关系的微妙变化。在某些领导者的意识中，"立党"已经不是"为民"，而是为了自己的"政绩"和"升迁"乃至既得利益。揭示之深，"反思"之透，让人深思不已。高晓声的《李顺大造屋》，用客观、幽默、鲜活的叙事语言，描述主人公历经一次次运动，而日子越过越贫穷。痛切地质疑和反思了我们对"乌托邦"社会的追求，

---

① 洪子诚：《中国当代文学史》，北京大学出版社 1999 年版，第 258 页。

到底是为了谁，为了什么，悲剧的根源在哪里。冯骥才的《高女人和她的矮丈夫》，写一个有一栋旧式公寓楼房的大杂院，一对表面看来不相配的知识分子夫妻的一连串人生厄运。他和她的悲剧一方面来自极"左"政治的迫害，另一方面来自大杂院众多小市民群体性的"围剿"。在这些小市民的潜意识中，有一种对知识分子的天然敌意，他们容不得别人有隐私、有个性、有钱财，热衷于窥视、传谣、告密、窝里斗。他们事实上已成为"造反派"的"帮凶"。这就从一个更广大的层面揭示了国民的封建文化残余和"劣根性"，以及"文化大革命"发生的深层根源。还有方之的《内奸》对"阶级论"的反思，成一的《顶凌下种》对"造反派"心理的揭示等，都是"反思文学"中的短篇小说力作。

知识青年"上山下乡"，是"文革"中的重大事件。初登文坛的知青作家们对这一事件作了多方面的反思。梁晓声的《这是一片神奇的土地》，淡化了知青在接受"再教育"中的"苦难"，而表现了这批幼稚、盲目的热血青年，如何在北大荒的艰苦创业中，净化和成熟了自己。张平的《姐姐》描述了一个"发配"农村的教授的女儿，丢弃了"小资"式的对爱情、未来的幻想，在一个贫苦农民家庭里找到了理解、亲情和尊重，自觉地肩负起了改变这个家庭的道义重担。张承志的《旗手为什么歌唱母亲》和史铁生的《我的遥远的清平湾》，均以第一人称的叙事角度，表现了在艰难的底层社会中，怎样体验和理解了那块土地的现实和历史，认识到了普通农民的善良、纯朴和高尚。王安忆的《本次列车终点》与韩少功的《飞过蓝天》，则展示了知识青年"回城"之后，对"第二故乡"的怀恋，以及在新的城市环境中人生目标的迷惘。这些作品的思想内涵是复杂、多义的，但不管怎么说，它反映了一代人真实的生活和感情，传达了他们对社会人生的焦虑和思考，成为"反思文学"中的重要组成部分。

"改革文学"的浪潮又接踵而至。随着改革开放的启动和展开，中国广大的农村和工厂（企业）发生了深刻而复杂的变化。对时代变革最敏感的短篇小说，又一次调整了自己的路向，把艺术目光聚焦在了社会变革上。"改革文学"——这里专指其中的短篇小说，几乎是与 1979 年的"反思文学"同时出现的，但到 1980—1982 年才渐成高潮，甚至延续到 1985 年前后。因为中国的改革是一个漫长而曲折的过程，反映这一变革历史的短篇小说，就不会匆匆收场。在表现工业题材的创作中，蒋子龙的短篇小说气势恢宏，思想新锐，人物形象十分突出，在连续数届的全国获奖短篇小说中总是名列前茅。在《乔厂长上任记》《一个工厂秘书的日记》《拜年》等作品中，塑造了改革者以及不同的人物形象，表现了改革开放的大势所趋，以及打破计划经济体制的艰难复杂。柯云路在《三千万》中塑造的企业改革家丁猛的形象，与乔光朴有异曲同工之处，但丁比乔更具有理想主义色彩。在反映农村变革的短篇小说中，高晓声的"陈奂生系列小说"，不仅显示了中国农村改革的每一步历程，同时折射出中国农民从小生产者到现代式农民的精神和性格演变。此外，何士光的《乡场上》《种苞谷的老人》，赵本夫的《卖驴》，金河的《不仅仅是留恋》等，表现了老一代农民在农村变革中内心世界里的困惑、痛苦乃至觉醒。王润滋的《卖蟹》《内当家》，张一弓的《黑娃照相》，铁凝的《哦，香雪》等，则展示了年轻一代农民在新的社会环境中，自我的苏醒、人格的确立以至才智的施展。1985 年发表的田中禾的《五月》，同样写的是变革中的农村，但展现的却是改革中出现的社会分化，"粮贱伤农"造成的农民的种种困境，以及农村青年前途迷茫、逃向城市的严峻现实。1986 年于德才的《焦大轮子》，描绘的则是一个通过不正当的手段发家致富的农民企业家，最终的人生悲剧。这批短篇小说，真实地记录了中国社会从计划经济向商品经济转型时期的斑驳图景，展现了作家对社会人生的思考探索，不仅有着深刻的历史意义，同时也有丰富的文学价值。

从 20 世纪 70 年代末到 80 年代中期的短篇小说，是在批判和决裂"左倾"文学特别是"文革文学"的基础上起步和重建的。它积极地借鉴了五四文学和西方现实主义、现代派文学的表现方法与手法，形成了蓬勃而瑰丽的文学势态，成为一个时代的文学的主流。但藕断丝连的革命现实主义文学传统（包括"左"的文学传统），依然在发挥作用；积淀在几代作家意识深处的社会思想和文学观念，仍旧在制约着创作。在这些短篇小说的深层、缝隙和盲点中，依旧可以看到诸多旧的东西。譬如在思想内容上，"阶级斗争"置换成了"忠奸矛盾"，政治、道德判断往往是价值的准绳，在改革者身上寄托的是对"人治"和"青天"的期望，急功近利的社会目的常常是作家创作的内在动力……而这些正是既往革命现实主义文学的基本创作套路。譬如在艺术表现上，作家注重的是故事情节的完整性、戏剧性，着力的是人物性格的外在特征，叙事角度则多取全知全能的外部视角，等等，这些又与五六十年代的小说模式有着很大的相似性。短篇小说外在的变革、创新，难以掩盖内在的陈旧、僵硬。社会的发展不可能一刀两断，文学的演变也总是陈陈相因。

回到五四　重返"现代"

变革和创新时期短篇小说的复杂性,不仅在于它不自觉地延续了20世纪五六十年代的文学遗风,还在于它有意识地接续五四文学精神;不只是要回到五四文学的起点,而且要重返整个"现代"文学历史。它与时代同行,构成了一个强劲的现实主义文学主潮,同时在这一主潮下又涵盖了"精英式写作""大众化写作""民间文化写作"等几种主要类型的文学创作模式。

首先来看"精英式写作"下的短篇小说创作。洪子诚指出:"在20世纪80年代初,人们最为向往的,是他们心目中'五四'文学的那种自由的、'多元共生'局面。但从80年代前期的中心问题看,所要'复活'的,主要是'五四'提倡'科学、民主'的启蒙精神,和以'五四'为旗帜的、在50至70年代被当作'异端'批判的文学思潮。"[1] 有论者之所以把新时期早期的文学称为"文艺复兴"或"新启蒙"文学,就在于这一时期的文学中有着浓烈的五四文学精神。譬如对"民主""自由""科学"的呼唤,对封建主义、专制体制的批判,对国民"劣根性"的解剖,对人的个性、尊严、价值的发现和重铸……坚持精英文化立场的作家,主要有1957年前后被打成"右派"和虽未受到冲击但很不得志而重新"复出"的中年作家,还有经历过上山下乡后来走上文坛的(知青)青年作家。王蒙、张贤亮、张弦、张洁等是前类作家的代表,他们在"反思小说"中明显地表现了一种启蒙立场和现代观念。譬如王蒙的《悠悠寸草心》,作者含蓄地揭示了"官场规则"如何割裂了官与民的鱼水关系,委婉地讽刺了理发师傅的天真、善良、愚忠的文化性格。再如李国文的《危楼纪事》,通过对一座危楼里各色人等的面目和命运的展示,审视了"文化大革命"中"群众专政"的社会心理基础。吴若增的《翡翠烟嘴》《蔡七爷的瓜皮小帽》等"蔡庄系列小说",揭示了普通农民身上的愚昧守旧、盲目自大、排斥异端、抗拒文明等国民"劣根性"。这些作品宗旨在改造和重塑现代民族灵魂。

坚持精英文化立场的青年作家有韩少功、李锐、张炜等,他们以五四现代文化为立足点,从不同的角度和层面,既批判着现实生活中习焉不察的封建文化残余,又审视着不断涌入的西方文化带来的弊端。譬如李锐的"厚土系列小说",短小精悍,内涵深广,通过一幅幅"凝固"了的乡村

---

① 洪子诚:《中国当代文学史》,北京大学出版社1999年版,第241页。

生活画面、普通农民的日常"特写"镜头，展示了底层社会古老的生存状态同现代社会的巨大落差，探究着中国社会的历史文化根源，叩问着人的生命意义和价值。如上这两类作家在短篇小说的审美营构上，大多取法五四文学和西方小说，在表现形式和手法上锐意探索，呈现出较多的现代特色，推进了短篇小说的突破和新变。

其次再看"大众化写作"中的短篇小说创作。在新时期文学早期，五四文学一脉凸显、汹涌激荡，"大众化文学"趋向沉潜、在稳健中推进。尽管坚持"大众化"写作的老一辈作家或去世或淡出，但这一传统并没有断流，它不仅在为数不多的一些老作家手里继续恪守着，而且在一些年轻作家那里获得了新的生机。由于这一文学传统更吻合政治意识形态的基调，更能满足底层读者的阅读需求，因此得到格外的倡导。而新时期文学"有容乃大"的宽广胸怀，给予了它应有的位置。

坚持"大众化"写作的大都是一些有着工农出身背景的中老年作家，马烽是这类作家的代表性人物。他长篇、中篇、短篇小说并举，但成就最突出的是短篇小说。新时期文学伊始，他重返文坛，创作了一批颇有质量的短篇小说，《结婚现场会》和《葫芦沟今昔》分别获得1980年、1986—1987年全国优秀短篇小说奖。马烽小说不仅有着很强的现实针砭意义，同时格外注重普通农民、农村干部形象的塑造，在表现形式和语言上追求通俗化、大众化，推动了这类小说的发展。20世纪50年代初出道的刘绍棠，在新时期文学中重放光彩，着力表现故乡京东运河平原上的历史变迁、民情风俗，有意识地探索一种具有浪漫、传奇色彩的"乡土文学"。他的主要成就在中篇、长篇小说方面，短篇小说较少。短篇小说代表作《蛾眉》，讲述了一个历经人生变故的农村女子蛾眉的动人故事，凸显了一位既刚烈又柔情，既坚韧又聪慧的具有"古典美"的女性形象，叙事方式具有浓郁的古代白话小说的韵味。乔典运沿袭的也是"大众化文学"的写作路子，他注重表现变革中的农村生活，善于捕捉典型情节和人物，叙事语言质朴、简练而又富有生活气息。他的全国优秀短篇小说获奖作品《满票》，通过一个戏剧性的选举村长的故事，展示了一个执政30年的农村老支书对社会变迁、对自我经历的深入思考。他的痛苦、怀疑和自我否定，如同一面镜子照出了社会转型的艰难曲折，具有很强的现实性和典型性。

"大众化"文学写作，有其历史的、文学的必然性和合理性，但它的内在局限也是显而易见的。它努力从流行的思想观念甚至是当下政治的路线、政策的角度，看取现实的社会生活和众生百相，往往使作品的主题思想流于表面化、概念化。它"顺应"了底层读者的思想感情和审美趣味，力求使作品通俗、易懂、好读，常常导致了作品表现形式的单一、直白、陈旧。如何打破"俗"与"雅"的鸿沟，实现"雅俗共赏"的境界，始终是一个艺术难题。正是在这一点上，新时期文学的另外一些作家，进行了成功的实践，我们似可把这种创作称为"后大众化"写作。张石山曾被称为"山药蛋派"的传人，20世纪80年代发表过多部中篇、短篇小说。短篇代表作有《镢柄韩宝山》《甜苣儿》等，前一篇讲述了一个实心眼、不做假的农村青年的有趣故事，后一篇描写了一个爱情幻灭不得不屈服于现实的农村姑娘的命运遭际。作者确实承传了"山药蛋派"关注现实生活、擅长刻画人物、语言朴实鲜活的创作特征。但深入解读就会发现，张石山摒弃了对时代主题的跟踪，努力用现代意识观照社会人生，绕开了革命现实主义小说的表现程式，直接从古代白话小说、民间文艺中汲取营养，实现了对"大众化"写作模式的创新。刘玉堂也是一位跋涉在"大众化"写作路途上的小说家，他潜心揣摩赵树理的创作精髓，从沂蒙山的民间社会和文化传统中发掘创作题材，努力锤炼一种朴素、温厚、幽默的白话语言，被评论家称为"民间的歌手"。80年代后期他的代表性短篇小说有《福地》《自家人》等。"大众化"写作在新时期文学中已有重要突破和超越，但这一写作潮流后来逐渐被多元化文学遮蔽、湮没，走向衰微。同时，"大众化"写作需要作家更丰富、深厚的生活积累和艺术准备，这是新出道的年轻作家所不具有的，导致了后继乏人。

新时期10年的短篇小说，重回五四文学、"大众化文学"，还有一站就是以沈从文为代表的那种诗意的、抒情的"民间文化"写作模式。这一写作模式在现代文学中也可谓根系深长，构成了一个奇异的文学传统，却一直没有得到足够的重视和关注，而在五六十年代文学中几近销声匿迹。新时期文学中，沈从文被重新发现和肯定，1980年他的嫡传弟子汪曾祺发表短篇小说《受戒》，1981年发表《大淖记事》并获得全国优秀短篇小说奖，沉潜半个世纪的"民间文化"写作终于浮出水面，它不仅改变或者说拓展了人们的小说观念，同时引来无数小说家的效仿，甚至激活了数年之后的"文化寻根"小说热潮。

艺术探索的热潮

短篇小说是一种敏感而活跃的文体。社会生活的每一波震动，都牵扯着它敏锐的神经，不仅改变着它的思想内容，也冲击着它的审美形式。从"十七年"时期到"文革"期间，短篇小说在意识形态的不断调控下，逐渐形成了一套完整的现实主义创作程式，譬如主题思想要新颖明朗，人物塑造要"典型化"，结构安排要以故事情节为主线，叙述语言要准确、简练、通俗……不能说这套程式一无是处，但它确实限制了作家的创作自由和艺术个性，也阻碍了短篇小说的正常发展。新时期初期的短篇小说，这一现实主义创作程式的痕迹仍然清晰可辨。但在主流部分之外，新的艺术探索已经悄然萌芽，且势头强劲。特别是随着改革开放中社会生活的急剧变化，作家创作思想的活跃与自由，各种读者群对文学的多样化需求，短篇小说文体的变革与创新，就成为历史的必然。这场文体的"革命"，颇像五四文学，不仅涉及表现内容、创作思想，同时涉及审美追求、表现方法、叙事语言等方面。内容带动了形式，形式又强化着内容，甚至形式的变革又特立独行，演变为"实验文学"。在新时期文学历史中，短篇小说的艺术探索，形成了前呼后拥的热潮，始终没有中断。其探索又直接影响了中篇、长篇小说。我们从当时的中篇、长篇小说作品中，可以明显地看到短篇小说的有力辐射。

艺术探索需要有借鉴的资源。在当时"小说现代化""文学要走向世界"的时代诉求中，短篇小说借鉴的资源主要有两个。一个是五四文学，如鲁迅、郁达夫、沈从文、萧红、张爱玲的小说，重新成为作家们解读、效仿的"经典"。另一个是西方现实主义和现代派小说。莫泊桑、契诃夫、杰克·伦敦等自然显得老了，但他们小说中的很多表现方法和手法还是可以"拿来"的。而卡夫卡、海明威、沃尔夫、马尔克斯等，一时成为众多作家心中的"偶像"，他们的现代艺术思想和表现方式，被奉为小说创作的"葵花宝典"。1980 年上海文艺出版社出版袁可嘉等编选的《外国现代派作品选》，共 4 册 11 个专辑，全面介绍了外国现代派文学中的10 个重要流派以及代表性作品。在文学界和广大读者中反响强烈，影响深远。生活·读书·新知三联书店从 20 世纪 80 年代中期有计划地推出"文化生活译丛"，陆续出版了《海明威谈创作》《川端康成谈创作》、马尔克斯《番石榴飘香》等，成为众多作家和文学青年喜爱的评论读物。1981 年花城出版社出版了高行健的《现代小说技巧初探》，粗略介绍了西方现代派文学中的象征主义、意识流、荒诞派等文学流派，并从叙事语言、人称转换等角度对现代派小说的发展作了阐述。尽管这些论述还停留在现代派文学的常识层面上，却引发了作家、评论家的强烈兴趣和关注。刘心武、李陀、冯骥才在相互通信中，把这本书称为"寂寞空旷的天空中"升起的一只"漂亮的风筝"，认为作家应该"懂得更多的现代技巧，从而在储藏最丰的武库中从容选择最新的优良武器，去丰富和发展他征服读者的魅力"①。由此可见，当时文学界是如何热切地期待打破传统小说的"陈规陋习"，实现小说的"现代化"转型。但是，西方的现代派文学，在中国总是"水土不服"，20 年代初是这样，80 年代初仍旧如此。当西方的现代文学再次"登陆"中国，与新时期文学遭遇时，作家们一面虔诚接纳，另一面却进行了"本土化"改造。也就是说，新时期前期的短篇小说，它的基本内容和精神是以现实主义为主的，但外在形态、组合方式、局部安排、叙事语言等，却融合了诸多现代表现形式和手法。

意识流小说的发轫。新时期文学之初，意识流小说的出现，成为一个轰动文坛的事件。王蒙一面写出了《最宝贵的》《悠悠寸草心》《说客盈门》等中规中矩的现实主义小说，另一面又创作了《春之声》《夜的眼》《海的梦》等让人陌生而惊诧的意识流作品。这后一类作品，总是写一个人的命运发生转折时，在某种意象（如闷罐子列车里的圆舞曲、城市的灯光、大海的潮汐和涛声等）的触发下，展开了他一系列的想象、联想、幻想、回忆、思索等心理活动。时空交错、物人交融、现实和历史以及未来混沌一片……它完全打破了过去必须以人物的性格（即情节发展）为主线的小说结构模式，而代之以人物自由散漫的意识流动为结构脉络，形成了一种复线式的、放射性的结构模式。对这样的人物写法、结构方式，许多人提出疑问和批评，王蒙从塑造人物应当从性格模式扩展到对精神世界的开掘，结构安排要从单一的情节类型走向多样化形态等角度进行了反驳和论述。② 其实，王蒙的意识流与西方现代派那种反理性的、潜意识的意识流，有着极大的不同。在王蒙的意识流作品中，依然可以找到一条理性的主线，找到故事情节的大致轮廓。在王蒙艺术探索的影响下，意识流小说一时热闹起来，如李陀的《七奶奶》、陈村的《死》等，都成功地运用了意识流表现方法。

抒情小说的突起。在传统短篇小说模式中，其核心是构成人物性格发展的情节，是贯通整个作品的主题。在方寸之间是容不得作家过多抒情的，甚至抒情被认为是一种危险的"小资"倾向。打破这种陈规的，是张洁《从森林里来的孩子》等一系列的短篇小说，在这些作品中，小说的主体、重心已不再是人物、情节、主题之类，而是作家流淌在笔下的全部感情。作品中的情感，真诚激越，如泣如诉，回环曲折。叙述语言也变得流畅、优美、灿烂、自由。这些作品，成为当时短篇小说中最华美的篇

---

① 刘心武：《需要冷静地思考》，《上海文学》1982 年第 8 期。
② 王蒙：《对一些文学观念的探讨》，《文艺报》1980 年第 9 期。

章，受到众多读者的喜爱，当然也有争议。在中国现代文学史上，郁达夫、萧红都是抒情小说的杰出代表，张洁在 20 世纪 80 年代承续了这一传统。此后，如何士光的《种苞谷的老人》、史铁生的《奶奶的星星》等短篇小说，都淡化了情节，强化了感情，成为抒情小说中的精品。

象征方法的运用。象征主义是西方现代派文学中的重要流派，而象征方法则是一种具体的表现方式。袁可嘉指出："它十分重视形象思维，用文学所拥有的全部手段来形象地构造意境，力求表现方法上的浓缩和精练。"① 象征方法又分整体象征、局部象征等几种。这种表现方法在新时期短篇小说中运用甚多。如陆文夫《围墙》中的建筑设计院那一道"围墙"，就是整体象征，象征现实社会中的一种陈旧体制，这种体制孕育了"守旧派""现代派""取消派"等各种类型的人物，热衷清谈、争论，却不能解决社会进程中的具体问题。长一张娃娃脸的"务实派"马而立，却用快捷、果断、求实的工作作风和方式，重建了一道广受好评的新围墙。具象的"围墙"变成了意蕴丰富的象征形象，围绕围墙展开的会议争论和建墙行动又象征了当时的改革状态，使一篇小说变得内涵深广、意味无穷。李国文《月食》中的"月食"出现，则是一种局部象征，"天狗吃月亮"，山民敲锣呐喊，象征了纯朴的民众对驱除邪恶的美好愿望。宋学武的《干草》里的"干草"也是局部象征，它浓缩了故乡的美丽、富有和宽厚以及游子对故乡的感情和怀恋。象征手法的大量运用，提升了新时期短篇小说的审美品位，丰富了短篇小说的表现方法。

荒诞手法的尝试。西方现代派文学中的荒诞手法，着力表现的是人在信仰破灭之后与外部世界脱节的尴尬状态，通过对失落感、压抑感、非人感的渲染，呈现出主客观世界的夸张变形、荒诞不稽。中国作家很少有这种形而上的意识紊乱和精神痛苦，因此新时期文学前期并没有出现真正的荒诞小说，但荒诞作为一种艺术表现手法，则被一些作家所借鉴。宗璞的借鉴是最大胆也最成功的，《我是谁》中的女生物学家，"文革"中遭到无情的批斗、毒打，丈夫在冤屈中悲惨自尽，精神全面崩溃。她在废墟一般的校园中盲目爬行，一会儿觉得自己是青面獠牙的"牛鬼"，一会儿又感到自己变成了满身剧毒的"蛇神"……用极其荒诞的内心幻觉，表现了知识分子对自我的怀疑和否定。《泥沼中的头颅》也是写一位知识分子，身陷无底的泥沼，只剩了一颗"不停地旋转的非凡的头颅"，依然在

---

① 袁可嘉：《后期象征主义》，《外国现代派作品选》（第一册），上海文艺出版社 1983 年版，第 5 页。

呼喊。匪夷所思的情节，隐喻了知识分子在"文革"中的悲剧命运和顽强抗争。很显然，这种荒诞形式和手法，受到了卡夫卡《变形记》等小说的启迪和影响。谌容的《减去十岁》，巧妙地捕捉到了当时"'文化大革命'赔误了人们十年生命"的社会心理，虚构了一个在"减岁文件"鼓舞下、各个年龄段人们的"出场"表演故事。情节自然是荒诞的，但人们的心理乃至潜意识却是真实的，进而又达到了艺术真实的高度。

最后论及的是林斤澜对"怪味小说"的探索。林是一位独树一帜的短篇小说作家，他深受鲁迅小说的影响，经历过严格的现实主义训练。在构思情节、塑造人物、提炼主题、运用语言等方面功夫甚深。但他晚年变法，在创作中大量运用了象征、隐喻、变形等艺术手法，但又绝不动摇现实主义的根基与风骨。他坚持短篇小说的精粹原则，在方寸之间变换手法，精雕细刻，形成了一种凝练、深邃、奇异的审美风格。代表作有《头像》《溪鳗》等。

新时期短篇小说在艺术探索上是多向的、深入的，它打破了传统现实主义的僵化程式，走向了一个多元的、个性的、现代的新阶段。"文学的回归""文学的自觉"是当时的时代和文学的双重需求，短篇小说迈出了艰难而重要的一步。但是，随着这种"向内转"趋势的强化，文学疏离、逃避现实的现象也日益严重，甚至演变成一种封闭的、自娱的"技巧游戏"，短篇小说走向边缘就不可避免了。而这是"探索者"们始料未及的。

文化：一个幽灵的诱惑

变革和创新时期小说的基本主题，经历了政治反思、社会改革、人的复归的复杂演变。同时在演变过程中，已经萌生了一个更宏大的主题：文化观照。这一主题是在"反思文学"中出现的，因为对政治、路线、政策的反思，必然要牵扯到对文化的反思。现代化的有力推进，也自然会触发作家对传统、对历史的回顾。但在新时期小说初期，文化主题还有点"犹抱琵琶半遮面"的胆怯，因为当时意识形态所倡导的是直面现实，反映改革。但文化观照主题并没有知难而返，依然在潜滋暗长。随着"伤痕""反思""改革"——主流文学的退潮，作家们迫切地期望文学从意识形态的阴影下解放出来，回到文学和审美自身。此时正是中国"文化热"的开始。西方文化理论与观念大规模引进，加剧了不同文化思想的冲突。文化学术界争论了一个世纪的中西文化的矛盾、融合、转化等问题，再次浮现。文学的本质是什么？是文化。文学与文化有着一种天然的血缘关系。"文化热"点燃了作家们的热情，看到了文学的真正归宿。于是，文学的政治主题在历史的错动中转换成了文化主题。文化小说也由隐到显，由弱到强，成为主流文学。其实，"文化热"只是历史的一种焦虑和躁动，众多的作家痴迷于文化，其实他们的文化积累很浅，甚至对文化的基本概念也不甚了然，更不要说把握中国的文化走向了。因此，文化小说"热"也注定是短命的。

文化小说作为新时期文学中的一个潮流，有两个阶段，一个是以汪曾祺为代表的"抒情文化小说"时期，另一个是以阿城为标志的"寻根文化小说"阶段。评论家往往把两个时段割裂开来，分段研究，其实二者是有着深刻的内在联系的。"抒情文化小说"在当时的文学中还属于支流，它是不自觉地产生的，侧重的是对传统的、民间的文化形态的发现和呈现，而到"寻根文化小说"时，作家们已经有了很强的理性自觉（尽管充斥着诸多盲目），着力的是对传统的、民间的文化形态的发掘与重构，文化小说一时间成为文学的主流。

从"抒情文化小说"到"寻根文化小说"，是一个一脉相承，不断深化的过程。此时的短篇小说，依然按照多元化的路径向前发展，现代小说悄然兴起，但文化小说逐渐成为主流部分。此时全社会似乎都在关注、思考着文化，政治意识形态也在倡导建设现代的民族文化，文化小说跃升主流地位也就"水到渠成"了。短篇小说卸掉了意识形态的重负，却又背上了文化思想的包袱。在文化小说发展的前期，文化在作品中还处于自然显现的状态，内容与形式较易糅合，因此短篇小说出现了很多精品。到了后期，对文化的理性思索趋于沉重、复杂，短篇文体不堪承受其重，佳作逐渐减少，中篇小说却因有较大的空间容纳文化的膨胀，产生了一批力作。

1980 年汪曾祺小说的发表，标志着"抒情文化小说"的诞生。汪曾祺的小说创作是极为复杂的，但有几个要点是可以揣摩得到的。一是他承传了他的老师沈从文表现地域文化与风情，抒写人性的纯朴、健康、美好的创作精髓。二是他是站在现代社会的基点上，去重温农业文明的传统、民间社会和民间文化的。三是在短篇小说创作上独辟蹊径，采用了白描的、抒情的、散文化的多种表现形式和手法，形成了一种朴素、自然、古雅、和谐的艺术风格。他的创作开辟了短篇小说通向文化领域的新途径，立刻受到了作家、评论家的高度关注。

运用短篇小说这一形式，重新发现和展示民族传统、民间文化，逐渐成为新时期小说中一个绵延不绝的潮流，它集中体现在一些市井和乡土小说创作中。市井小说方面，陆文夫的《小贩世家》，时代背景是从"文化大革命"到新时期，突出地表现了卖馄饨的小商贩——朱源达的曲折命运，他那"热气腾腾"的五分钱一碗的小馄饨，"的的笃笃"的竹梆子声，成为苏州城一道永恒的风景。但这一风景在"文革"中几遭扫荡，而在商品经济的洪流中彻底地消逝了。陈建功的《谈天说地》系列小说，讲述了北京市井社会各种小人物的生活故事，蕴含着浓郁的地域文化和民间情趣。乡土小说方面，古华的《爬满青藤的木屋》，在"文革""天灾人祸"的大背景下，凸显了雾界山林场的壮阔、美丽，农家女子潘青青的人性与人情之美，宛若一首优美、哀婉的抒情诗。何立伟的代表作《白色鸟》，创作了一幅美轮美奂的乡村图画：宁静、寥廓的海滩，一白一黑两个尽情玩耍的少年。而远处"哐哐哐"的锣声中，村子里的"批判会"开始了，打碎了美丽的图画，城里人发动的"文革"，骚扰着古朴的乡村。从意境的空灵、构思的巧妙、语言的精美上，我们可以看到何立伟与沈从文、汪曾祺在艺术上的相通相近。

1985年"寻根文化小说"的主将们纷纷撰写文章，打出"寻根"旗帜，推出他们的力作，形成了"寻根文学"的蓬勃高潮。此前的"民间文化小说"，作家们是散兵游勇，也没有理论主张，只是按照各自对市井、乡土社会的体察，写出民间风情的永恒和民间文化的衰落，呈现着民间社会和人生中纯朴、美好的一面，表达着一种回忆的喜悦和凭吊的伤感。这一创作潮流无疑诱导和激发了"寻根文化小说"的兴起。同时，学术界关于中西文化的研究与论争，文坛上拉美魔幻现实主义小说的风行，都为"寻根文学"的勃兴创造了适宜的文化环境和文学氛围。

这是一个有着响亮的理论主张的创作新潮，这在新时期文学中是空前的。从他们的一系列理论主张中不难看出，他们寻找的文化之根，是最原初的民族文化，依然存活的地域文化、民间文化等。"寻根小说"作家企图通过发掘原始文化，批判封建文化（中原文化），重构中国的现代文化。同时运用"寻根"文学与世界文学对话，营造中国小说的文化品格。"寻根文学"是一个丰富而驳杂，统一而矛盾，强势而贫血的创作思潮。"寻根文学"主要表现在小说创作方面，理论倡导者也是创作实践者。"寻根文化小说"活跃了三四年时间，20世纪90年代之后就不见踪影了。其代表性的文体是中篇小说，短篇小说稍逊一筹，长篇小说十分少见。因为"寻根文化小说"的本质特征，在于对文化的理性思索和表现上。这是一个复杂而晦涩的文学主题，短篇小说的狭小空间难以充分展开；即便去表现，也只能以地域特色、民情风俗为题材，其中暗含作者的文化思想。而长篇小说创作，要求作者充分消化所表现的题材、人物、思想等，要把一切揉匀了；但文化主题是一颗生涩而坚硬的青果，不等作家完全弄懂文化、进入长篇小说写作，"寻根文化小说"的潮流就匆匆消退了。

阿城是"寻根文化小说"最突出的代表作家，他的力作是中篇小说"三王"：《棋王》《树王》《孩子王》。在短篇小说上也颇有成绩，《树桩》是对民间原生态文化的发掘和肯定。《遍地风流》写大山、森林、草原中生活的芸芸众生，寄托着作家对人性复归的期待。同为"寻根文化小说"主将的韩少功，代表作是有着魔幻现实主义色彩的中篇小说《爸爸爸》《女女女》等。短篇小说《归去来》，表现了一个偏远村寨以及村民们，整整十年毫无变化，依然停留在那种古老的生活状态、民风民俗中，沉浸在"文革"时代的记忆里。作者对传统文化多取剖析和批判立场，这个短篇表现了同样的思想倾向。此外，李杭育的《沙灶遗风》，郑万隆的《老棒子酒馆》，扎西达娃的《系在皮绳扣上的魂》等，都是"寻根文化小说"中的佳作。

一个值得注意的文学现象是，新时期前期和中期，继承古典小说传统的新笔记小说由隐到显、由弱到强地成长起来。先是孙犁的一组《芸斋小说》悄然出现，接着是贾平凹、何立伟的地域笔记小说破土而出，然后是阿城、李庆西、矫健等的"寻根"笔记小说借势登场。在这些作家笔下，或纪事或写人，不再恪守短篇小说的陈规，而是抓取精华，自由铺陈，有的像故事，有的像散文，有的像人物速写，在结构、语言上更加多姿多态。这是作家继承了中国古代笔记小说的传统，按照表现题材的需要，创造的新笔记体小说。它推动了短篇小说的民族化、传统化进程，丰富了当代短篇小说的审美形态。

在边缘地带的探寻

20 世纪 80 年代末期，中国社会的又一次转型在浮躁和无序中启动。政治、经济、文化、文学等领域，发生着一系列深刻变化。长久以来关于主义、道路、文化的论争，随着政治的压力和调控而偃旗息鼓。商品经济演变为市场经济获得确立并迅速展开，社会生活越来越趋向功利化和世俗化。大一统的文化形态逐渐解体，分化为主流、精英、民间等多元文化格局。整个文学（包括小说、诗歌、散文、报告文学等）在市场经济的冲击和现代媒体（如电视、网络等）的排挤下，由昔日的白天鹅沦落为丑小鸭，滑向了社会的边缘地带。

短篇小说——小说家族中的骄子，在新时期前期的主流文学中独领风骚，但在 80 年代中期文学的"核裂变"式的爆炸中，在多样化的发展中消耗了自省的能量，在"向内转"的过程中削弱了自己的价值。"寻根文学"中，中篇小说地位上升，力作频出，好的短篇小说有所减少。紧接着现代、先锋小说兴起，年轻的作家们更青睐的是游刃有余的中篇、长篇文体，短篇小说遭到冷遇，不仅质量在下降，数量也在缩减。稍后崛起的"新写实小说"，生命力强劲，一直延续到 20 世纪 90 年代之后的多元化文学时期，短篇小说有所振作。但在"新写实小说"初期，仍然是中篇小说领先。中国作协举办的全国优秀短篇小说评奖，前 7 届即 1978—1984 年均为每年一次，而第 8 届把 1985—1986 年并为一次，第 9 届把1987—1988 年并为一次。最后一届降格为《人民日报》文艺部和《小说选刊》杂志社主办。最后两届，不仅评出的作品数量少，而且质量低，更难以看出短篇小说整体的思想和艺术取向来。从这一重要的文学活动的变化中，我们不难看出短篇小说由盛到衰的历史。短篇小说衰落了，整个新时期文学也画上了句号。

　　尽管现代、先锋小说的主要成就在中篇小说方面，但短篇小说作为小说中的重要文体，依然变化深刻，成果不少。甚至可以说这一次小说的"革命"首先发生在短篇小说身上，其次才有中篇小说大规模的跟进。但现代、先锋小说的突起，绝不是空穴来风，它的前身是持续已久的探索小说，王蒙、李陀的意识流，陆文夫、史铁生的象征方法，宗璞、谌容的荒诞手法等，已铺平了艺术创新的道路。在 20 世纪 80 年代中期各种社会、文学因素的合力下，终于催生了具有真正意义上的现代小说。而完成这次小说"革命"的，是一批在"文革"中成长起来的更年轻的作家。正如陈思和指出的："与 50 年代成长起来的作家相比，他们缺乏上一代人的乐观和自信，'文革'中被狂热的信仰鼓动而又被突然抛弃的特殊经历，造就了他们虚无、孤独的反抗意识。所以，他们对西方现代主义艺术的亲近，并不局限于对新的表现形式的探索，而更多地体现在对现实的抗争和对个体命运的思考与追求。"①

　　表现年轻一代人在社会生活中的叛逆、独行以及他们的自我、孤独、虚无意识，是现代派小说的重要主题。代表作有刘西鸿的短篇小说《你不可改变我》、徐星的《无主题变奏》《无为在歧路》等。表现生存世界的压抑、变形、荒诞，展示人的渺小、变态和丑陋，是现代小说的又一个重要主题。主要作品有残雪的《公牛》《山上的小屋》，还有吕新的《那

_____

① 陈思和：《中国当代文学史教程》，复旦大学出版社 1999 年版，第 266 页。

是个幽幽的湖》《农眼》等。这些作品表现了一种边缘的、变形的甚至想象的生活世界，充满了作家独特的感觉、情绪和思想，借鉴了西方现代派文学的各种手法和技巧，开创了中国文学中真正的现代派潮流。

表现形式和叙事方式的创新，是先锋派作家的执着追求。但这方面出色的作品主要在中篇小说上，短篇小说精品较少。马原的《游神》，余华的《十八岁出远门》，格非的《风琴》等，是较重要的篇目。这些作品避开了对现实的关注，或写历史传说，或记人生经历，"写什么"已不那么重要，重要的是"怎么写"。有的着力于"真实"与"虚构"之间的糅合，有的痴迷于制造故事的"迷宫"，有的精心于叙事中的"圈套"，有的醉心于语言组合的魅力……把短篇小说的文体实验推到了一个极致。这些作品，确实给阅读和阐释带来了挑战、诱惑，但也拒绝了很多读者，变成了一种圈子文学，堕入了形式和技巧的"游戏"之中。进入20世纪90年代之后，现代派、先锋派作家几乎是集体撤出了他们的前沿阵地。

20世纪80年代后期出现的"新写实小说"，从一定意义上说，是对"寻根文学"、现代小说的一种"拨乱反正"，是对淡出文坛的现实主义文学的一种新的探寻。"寻根文化小说"重构传统的神话已经破灭，它的理性苦思也实在是小说文体难以承受的。"现代""先锋"小说逃避现实的倾向已为社会所不容，纯粹的形式实验又把自己推向了一条死胡同。在这样的背景下，坚持现实主义写作的一批青年作家，在既往的传统上变革、创新，开拓出一条"新写实小说"道路。它确实继承了现实主义文学直面当下生活、注重情节和细节，着力刻画人物形象的基本精神。但它的创作重心在于表现"原汁原味"的生活图景，展示普通百姓最日常、最原始、最世俗的生存状态。它确实沿袭了现实主义文学从"外视角"着眼，用明确朴素的语言讲述故事的客观叙事方式。但它的叙事姿态与语调，却是客观的、冷静的（所谓零度叙述），作者在作品中处于"退隐"状态。它是对现实主义文学的一次新的"改造"，是作家对当下社会人生的一种新的把握。但是"新写实小说"的创作追求和表现方式，有利于中篇、长篇小说文体，而不利于短篇小说体式。因此，其中坚作家池莉、方方少有短篇小说；池莉的短篇小说《冷也好热也好活着就好》，是"新写实小说"的代表作，但创作时间已到了1991年。刘恒也是以中篇小说为主，短篇小说有《狗日的粮食》，作品写贫困农民杨天宽和妻子曹杏花，艰难的生存和强烈的人性欲望，充分显示了"新写实小说"在反映"原生态"生活方面的优势。刘震云同样以中篇小说为主，短篇小说《塔铺》，写一群农村青年，抱着各种各样的人生目标复习功课、参加高考，事无巨细，琐琐碎碎，突出呈现了"新写实小说"的创作风貌和叙事特点。这两篇短篇小说出现在 1986 年到 1987 年，为此后"新写实小说"确立了基本模式。"新写实小说"跨越两个文学时期，一直发展到 90 年代中期，在演进过程中又不断向传统现实主义"回归"，汲取力量，形成了一股新的文学"冲击波"。

变革和创新时期的短篇小说，不仅在内容和思想上出现了巨大变革，同时在形式和手法上发生了深刻创新。文学资源的吸纳和继承，既有中国"十七年"文学、五四启蒙文学、古典小说，也有西方现实主义、现代派乃至后现代派。特别是西方叙述学、文体学的引进与传播，动摇甚至"颠覆"了既往那一套现实主义小说理论与经验。譬如在叙事人物上，除第三人称"他"之外，第一人称"我"以至多视角的"他们"，也有了大量增加。形成一种"众声喧哗"的叙述风景。譬如在小说模式上，故事型、人物型自然是主体，但同时涌现了意境型、心理型、抒情型、生活型等多种小说模式，极大地解放了短篇小说的结构潜能。譬如在表现方法手法上，现实主义、浪漫主义、意识流、象征主义、荒诞派、元叙述、语言实验等，以及古典小说中的传奇写法、笔记手法等，都"粉墨登场"，一显身手。譬如在叙事语言上，过去那种模式化的文学语言被打破，精英知识分子语言成为主要叙事语言，同时那种大众的、民间的、小资式的语言也空前活跃起来，真正显示了一个改革开放时代的民族精神和民众心声。阅读那一时期的短篇小说，给人一种"一江春水向东流""千树万树梨花开"的审美震撼！

从 1977 年到 1988 年，新时期短篇小说经历了从勃发到中兴、从分化到衰退的演变历程。滑向"边缘"地带的短篇小说，告别了躁动，赢得了一个安静、自由、宽松的生存环境，进入了一个新的反思和探索时期。

10 年的短篇小说发展，汇聚了丰富的经验和深刻的教训。其一，短篇小说是一种独特的文体，是小说中的小说，小说的精魂。因此有人把它称为小说中的诗，小说中的皇冠。它的兴盛，会带动小说家族的新变和发达；它的衰退，则会导致整个小说的平庸和失衡。文学界任何时候都要关注短篇小说的变化和走向，及时进行调控和引导，才会有整个小说的良性发展。其二，短篇小说作为一种"敏感"的文体，只有切入社会和人生的深处，才会葆有蓬勃的生机和生命；但又不能把它捆绑在政治、思想乃至文化理性的"强权"上，丢弃了它的艺术和审美属性。怎样寻求短篇小说与现实、与理性的恰当距离，是摆在作家面前的一个艺术难题。新时期文学前期的短篇小说，与时代发展和意识形态的距离过分密切，才导致了它后来失度的"向内转",竟然走向"无主题、无情节、无人物"的"三无小说",这是一个深刻的教训。其三,短篇小说在内容、形式上自然需要不断变革和创新,但这种探索不应当违背短篇小说的基本特性。情节、人物、意境、叙事等短篇小说的基本要素,是任何流派、方法的短篇小说都必须具有的。如果把短篇小说变革成散文、杂文、诗歌、报告文学的样式,就等于毁掉了短篇小说这一品种。其四,短篇小说的文体,当然需要与世推移,积极借鉴西方现代、后现代的表现形式和手法。但传统的现实主义、更传统的古典主义小说以及民间文学的艺术方法和技巧,仍然有强劲的艺术生命,完全可以为中国现代的短篇小说所用。新时期后期短篇小说的失误,就在于一味地追求"新潮"和"现代",放弃了从更多样的小说历史中汲取营养和生机,这是需要记取的。新时期短篇小说,已成为一份丰富的文化宝库和文学资源,它将给后来的文学以无尽的启迪和影响。

第二节　"新启蒙"思潮的强劲复兴

综　述

　　新时期文学是一个思潮激荡、前呼后拥的文学时代。如果说"十七年"文学是以题材盛行为特征,那么新时期文学就是以思潮凸显为标志了。新时期文学呈现出一幅错综复杂、沉雄博大的文学景观。从文学传统上讲,它至少承袭了三种传统,一是"十七年"文学的革命现实主义文学,二是五四文学的批判现实主义精神,三是竭力清除但又难以避免的"文革"遗留的"左倾"文学模式。三种文学传统可以说鱼龙混杂、同时并存。从文学主潮上说,是以现实主义为主体、为趋势的,"伤痕"文学、"反思"文学和"改革"文学,构成了一个"长江后浪推前浪"式的现实主义文学主潮。而在这文学传统、文学主潮的背后、深层,则有一个核心的文学思潮,那就是源远流长的"新启蒙"文学思潮。而这一思潮的主要载体和成果,集中体现在新时期的短篇小说文体上。

　　众多当代文学史家,都深入论述了新时期文学前期中的"新启蒙"思潮。洪子诚指出:"80年代前期,文学界和思想文化界存在着相当集中的关注点。刚刚过去的'文革',在当时被广泛看作'封建专制主义'的'肆虐'。因此,挣脱'文化专制'的枷锁,更新全民族观念的'文化启蒙'('新启蒙'),是思想文化的'主潮'。与此相关,文学是对于'现实主义'的'传统'的呼唤。"① 陈思和认为："必须认识到的是，'文革'后知识分子激发起巨大的政治热情，体现在文学创作中的是对'五四'新文学传统的回归，具体地说，是对'五四'新文学的现实战斗精神的回归。这一传统的意义归结起来，就是现代知识分子在半个多世纪的长期斗争中形成的一种紧张地批判社会弊病、针砭现实、热忱干预当代生活的战斗态度。"② 陶东风、和磊则把新时期前期直接称为"启蒙文学时期"，说道："伤痕文学、反思文学、改革文学等是这个时期的主导文学类型。这个时期的文化与文学笼罩在精英知识分子的批判—启蒙精神之中，知识分子继承'五四'，以鲁迅为榜样、以建立自由民主的社会与文化价值为使命。他们有强烈的精英意识、启蒙情结和社会责任感、使命感。"③ 这些观点表明，新时期前期的文学，虽然新旧混杂，流派纷呈，自然不能用"启蒙文学"一个概念涵盖殆尽，譬如"大众化"文学、"通俗化"写作就鲜有精英思想。但绝大部分文学创作，都有突出的启蒙文学思想和特征，启蒙精神成为当时的一种灵魂、一面大旗。然而，新时期文学中的启蒙思想，又不完全是对五四文学的照搬和复制，它积淀着"十七年"文学的一些思想艺术因素，又吸纳了西方的现代思想文化新质，因此可称为"新启蒙"文学思潮。

"新启蒙"文学思潮是对五四文学精神的回归和承传。以鲁迅为代表的新文学，倡导民主、自由、科学，批判封建主义、等级观念、奴性意识，确立了现代知识分子的精英立场、批判意识和社会使命。这些思想传统，在新时期作家身上重新复活、彰显。在批判"四人帮"的极"左"路线，揭露"文革"的灾难和伤痕，唤醒广大民众的思想觉悟，开启改革开放的时代大潮等方面，发挥了独特的、重要的作用。同时，"新启蒙"文学思潮又是对"十七年"文学中批判现实主义潮流的接续和光大。20世纪五六十年代"一体化"文学势态中，其实始终存在着一种被压抑的非主流的、"异端"的文学潜流，譬如知识分子作家萧也牧、路翎、方纪、李国文、宗璞等人探索社会人生问题的小说创作，譬如胡风、冯雪峰、秦兆阳等倡导的种种现实主义理论和观念，在新时期作家身上重新复苏、确立。在强化作家的主体意识和批判精神，拓展文学的题材、内容、思想、风格、形式等方面，起到了开创性作用。新时期文学自然还残留着

---

① 洪子诚：《中国当代文学史》，北京大学出版社1999年版，第240页。
② 陈思和：《中国当代文学史教程》，复旦大学出版社1999年版，第190页。
③ 陶东风、和磊：《中国新时期文学30年》，中国社会科学出版社2008年版，第3页。

"文革"文学的痕迹,譬如激进的思想倾向和模式化的表现方式,但在文学的发展和变革中逐渐得到了克服、消除。五四文学的思想、艺术启蒙传统,历经"十七年"文学时期的排斥、打压,"文革"时期的批判、扫荡,终于"凤凰涅槃"获得新生,强有力地推进了新时期整个文学,特别是短篇小说的蓬勃崛起、百花齐放。

"新启蒙"作为一种文学思潮,是时代的呼唤、读者的诉求和作家的探索,几方合力创造的结果。它深刻地影响着众多作家的思想观念和创作实践,渗透和体现在诗歌、散文、小说乃至戏剧、电影等各种门类的创作中。由于短篇小说在新时期前期的独领风骚,因此更强烈地表现在这一文体的创作中。其时,有两类作家的创作,"新启蒙"思想显得尤为突出。

一类是知青作家群的写作。这批作家一般出生在 20 世纪 40 年代末至 50 年代,在"文革"狂潮中怀抱理想上山下乡,"接受贫下中农再教育",但在无休无止的政治运动和艰苦漫长的体力劳动中,他们经受了理想和信仰的失落,洞悉了底层社会和普通民众的生存状态。当"文革"结束,大批知青回城时,他们痛感青春的流逝和身心的累累伤痕,也深感"文革"的荒谬和中国社会的复杂,写下了一篇篇充满控诉、批判、迷惘、求索等情调的短篇小说。评论家把这类小说称为"伤痕"小说、"反思"小说。代表性的作家作品有:卢新华《伤痕》、郑义《枫》、韩少功《西望茅草地》、王安忆《本次列车终点》、陈国凯《我应该怎么办》、孔捷生《姻缘》、金河《重逢》,等等。这类作家的作品在艺术上还不够成熟,但作品故事真实,感情真挚,思想敏锐,带有很强的现实主义文学的揭露性、批判性。因此作品一发表,往往轰动文坛和社会,对新时期文学的发轫起到了引领作用。

另一类是知识分子作家群的创作。这一批作家大都出生在 20 世纪三四十年代,年轻时接受过五六十年代逐渐正规的高等教育,亲历了社会主义革命和建设的火热生活,并开始创作、走上文坛。他们对"乌托邦"式的社会理想、文学理想曾满怀热情,他们继承了五四知识分子忧国忧民、干预现实的精神余脉。但 1957 年的"反右"斗争、1958 年的"大跃进"运动,使这批作家中的大多数受到了批判,有的被打成"右派",有的被发配、监禁。在长达二十多年的磨难中,他们经历了一连串社会人生变故,但他们的理想并没有破灭,对文学的探索也没有止步。其中有些虽然没有被划为"右派",但作为知识分子、"臭老九",也被下放底层、劳动改造,经受了生活的磨炼。当新时期文学涌动之时,他们急迫地拿起笔来,创作了一批饱含着揭露、反思、谋划、憧憬等倾向的短篇小说。评论家把这批作家称作"归来者"，把这类作品命名为"反思"小说、"改革"小说。很显然，这批知识分子作家的创作，比知青作家的创作在思想和艺术上更成熟一些。代表性的作家作品有：王蒙《悠悠寸草心》、张贤亮《灵与肉》、李国文《月亮》、张弦《被爱情遗忘的角落》、方之《内奸》、高晓声《李顺大造屋》，还有刘心武《班主任》、张洁《爱，是不能遗忘的》、刘真《黑旗》，等等。在这些作家的创作中，"伤痕""反思""改革"等思想倾向往往是混为一体的，探索社会问题，启迪民众思想，展望发展前景，成为作品的基调，因此更具有"新启蒙"文学的特征。

　　1985 年之后，新时期文学出现了重大转折，先是"寻根文学"出现，后是先锋、现代小说兴起，作为现实主义的"新启蒙"思潮渐渐衰退。而且在"寻根"和先锋小说中，短篇小说的"独尊"位置已让位给中篇小说。活跃了七八年的短篇小说文体，终于盛极而衰。

刘心武：鲁迅思想的接续与发扬

　　论述新时期文学，首先要说到刘心武。他是被尊为"开河"作家的。他自觉地接续、发扬了鲁迅的启蒙思想和文学，显示了真正的现实主义文学的艺术魅力和强大力量。他用短篇小说这一文体，开辟了"伤痕文学"先河，引发了新时期文学大潮。刘心武 1942 年出生于四川成都，1950 年后定居北京。中学时期就热爱文学，在《北京晚报》《人民日报》《中国青年报》《读书》等报刊，发表散文、小说、杂文、评论等数十篇，对后来的创作起了练笔作用。1961 年北京师范专科学校中文系毕业后，到北京一所中学任语文教员 15 年，其间担任过 10 年班主任。1975 年又尝试创作，出版、发表了一些儿童文学作品。1976 年后任北京出版社文学编辑，1980 年调入北京市作家协会从事专业创作，1987 年担任《人民文学》主编，同年因发表马建中篇小说《亮出你的舌苔空空荡荡》，受到批评而一度停职。20 世纪 90 年代后从事专业创作。他在新时期前期以短篇小说创作为主。《班主任》《我爱每一片绿叶》分别获得 1978 年、1979 年全国优秀短篇小说奖。《爱情的位置》《醒来吧，弟弟》《5·19 长镜头》等，在文坛和读者中有过轰动效应。他的中篇小说也颇有影响，代表作有《如意》《立体交叉桥》《小墩子》等。他在长篇小说上成果丰硕，《钟鼓楼》获得第二届茅盾文学奖，《四牌楼》《栖凤楼》《风过耳》也均有好评。1993 年后研究《红楼梦》，既有学术成果，也有小说再创作，出版多部专著，并在中央电视台《百家讲坛》播出《刘心武揭秘〈红楼梦〉》

系列节目，产生强烈反响。刘心武是一位思想活跃、视野开阔、创作勤奋、成就突出的精英知识分子作家。

　　"伤痕文学"的标志性作品是卢新华的《伤痕》，而发轫之作是刘心武的《班主任》，后者比前者早发表十个月时间。因此，"伤痕文学"乃至新时期文学的发端，要追溯到1977年十一届三中全会召开之前。"文革"刚刚结束的1977—1978年，还是一个一片废墟、新旧交替的特殊时期。因而《班主任》一发表，一方面受到广大读者的热烈追捧，另一方面也受到了激进评论家的严厉批评，指责小说是"暴露文学""批判现实主义"作品，"没有写英雄人物"，甚至是"毒草"。由此可见极"左"力量还很强大。《文学评论》编辑部于1978年8月15日专门召开座谈会，充分讨论，明辨是非，"为文学创作的健康发展扫清道路"。此时，在不到一年的时间中，刘心武又创作、发表了《没有讲完的课》《穿米黄色大衣的青年》《爱情的位置》等多篇小说。他在《班主任》中勇敢喊出"救救被'四人帮'坑害了的孩子"的呼声，在《醒来吧，弟弟》里深情发出对"弟弟"的呼唤，都突出地昭示了他对鲁迅启蒙思想的继承和彰显。但当时作家、评论家和读者对这一现象却有点茫然失措或者讳莫如深。西来、蔡葵在文章中含蓄地指出："提出重大的社会问题，也是我国革命文学的重要传统。鲁迅的《狂人日记》是我国新文学史上的一篇标志性的作品，具有划时代的意义……因此，我们要提倡《班主任》这样的问题小说。"① 而涂光群在后来的回忆文章中说："那时谁也不知道有一篇恢复'五四'以来新文学革命现实主义传统的短篇佳作行将问世，谁也不知道刘心武这位默默无闻的文学新人即将破土而出。"② 作为"局内人"的刘心武，他在《文学评论》的座谈会上，讲述了《班主任》的创作经过，反驳充满极"左"味道的种种批评，并表示："要走这条路——革命现实主义和革命浪漫主义相结合的创作道路！我一定坚持走下去！"③他没有提到鲁迅，也未说到五四文学传统，因为这有滑向"批判现实主义""暴露黑暗"的危险。这一切都表明，"新启蒙"文学思潮，已然在刘心武等作家的创作实践中生根开花，但在当时极"左"思潮依然盛行的环境中，在多数作家创作思想依然束缚在既往模式的情势下，必然会使新时期文学呈现出喷涌而出、新旧并存乃至良莠不齐的状态。刘心武的短

---

① 西来、蔡葵：《艺术家的责任和勇气》，《文学评论》1978年第5期。
② 涂光群：《五十年文坛亲历记》（上），辽宁教育出版社2005年版，第245页。
③ 刘心武：《生活的创造者说：走这条路》，《文学评论》1978年第5期。

篇小说以及引发的争论集中体现了新时期文学的诸多时代特点。

一是启蒙思想与"问题小说"的"兼容"。这里所谓的启蒙思想，是指以鲁迅为代表的五四作家所倡导的现代思想文化观念。这里所说的问题小说，是指 20 世纪五六十年代一些勇于"干预现实"的作家所选择的小说模式。刘心武既坚持知识分子的启蒙思想立场，又立足主流文化的现实位置，二者有时会较好兼容，有时会出现矛盾冲突。《班主任》和《醒来吧，弟弟》，都深入揭示了"四人帮"的文化专制主义对中学生宋宝琪和谢惠敏、年轻工人彭晓雷等一代青少年的心灵毒害，呼唤全社会来疗救他们的内在伤痕；既承传了五四启蒙思想，又提出了当时的重大社会问题，具有振聋发聩的社会作用。《爱情的位置》在蒙昧时代刚刚结束的时刻，就敏锐地提出了"在我们革命者的生活中，爱情究竟有没有它的位置，应当占据一个什么样的位置"的惊人问题，《妈妈反复讲过的故事》以一个亲历的革命故事为依据，提出了如何还原历史人物、历史事件的真实面貌的问题。这些都是社会生活、政治领域中"棘手"的问题，其中既体现了作家的现代思想观念，又蕴含着作家对现实的忧患意识。但在纪实小说《5·19 长镜头》和《公共汽车咏叹调》等作品中，作家的启蒙思想与主流话语就发生了某些抵牾。1985 年北京工人体育场的球迷闹事事件，官方媒体认定是政治事件，外国媒体更指认是"排外暴乱事件"。而作家通过深入的采访、分析，认为"这是一种超国家、超民族、超政治、超道德的全人类共有的竞赛狂热的大发作"。而公共交通行业的乘车难、开车难、管理难等一系列"老大难"问题，作家认为一方面是企业的体制问题，另一方面是改革开放造成的新的社会矛盾的问题。刘心武坚持了知识分子直面现实、指陈时弊的精神传统，但他所提出的问题却越来越不被主流政治所欢迎和认可。

二是人道主义情怀与理性思辨的结合。人道主义是五四作家极为宝贵的精神传统，它倡导尊重人、关怀人、以人为中心的社会观。但在"文革"文学中，这种精神传统活生生地被斩断了。刘心武重续了这一人文传统，在他的作品中最早表现了普通人的人情、人性、个性乃至隐私等"私人空间"，并用他深刻、精辟的理性思辨，阐释人性问题，剖析人物精神，使他的小说具有浓郁的人道主义品格和独特的艺术魅力。譬如在《我爱每一片绿叶》中，刻画了一位工作勤奋、能力出众，但清高、孤独、有洁癖的教师魏锦星的形象。作家对这样的人物，充满了理解和尊重，在小说中抒写道："我发现，从同一棵树上，很难找出两片绝对相同的绿叶。我常想，只要是绿叶，不管大的、小的，形状标准的、形状不规范的，包括被蛀出了瘢眼的，它们都在完成着光合作用，滋养着树。"
《黑墙》里的年轻人"周某人"，也是一位有怪癖的人，竟把房子的墙壁、
顶棚喷成一片漆黑。作家尖锐地揭示了芸芸众生对"怪人"的不容、愤
怒和干涉行为，深切地呼唤全社会对人的个性、癖好、人权的尊重和维
护。作家越是深入人心、人性深处，就越能发现人类的一些共性和普遍的
生存状态。譬如《白牙》用第一人称叙述了大龄女子"我"在"沉默实
验"中的孤独和渴望，以及对人际关系中理解和宽容的诉求，敏锐地预
见了现代社会中人的压抑、孤独的生存境况。譬如《乔莎》写一位出身
贫贱的漂亮女子，如何装成上流淑女，骗取大学生的信任和爱情，以图改
变命运、挤入上层。揭示了现代社会人的野心的膨胀、造假的泛滥。整篇
作品的叙述语言既有抒情韵味，又有思辨色彩。

　　三是写法创新与固有模式的并存。刘心武从"十七年"时期开始写
作，因此革命现实主义乃至"左"的写作程式对他有着深刻影响。但他
又是一个富有探索、创新精神的作家，及时地扭转了自己的创作思维，积
极借鉴了中国五四文学和西方现代派文学的表现方法和手法，形成了一种
深沉严谨、富有变化、新旧并存的创作形态和风格。在表现方法和手法
上，他取法西方荒诞派黑色幽默等流派，在《黑墙》《黄伞》《白牙》中
大胆运用了新手法，强化了小说的现代品格。他还借鉴新闻通讯的纪实形
式，使《5·19长镜头》等显得真实、客观，更具有说服力。但刘心武小
说旧程式的痕迹也很重。譬如在人物设置上，难以摆脱先进、落后、中间
的陈旧套路。而且往往以先进、英雄人物为主人公，最后由主人公化解矛
盾，胜利结局。譬如在叙述语言上，过分依赖理性说教，主题思想要清楚
点明，人物性格要解剖透彻，常常是理性湮没了形象，思想代替了艺术。
在大众读者匮乏理性素养的时代，这样的创作是可行的。但随着大众读者
思想的提升、视野的开阔，这种理性式创作就失去了市场。刘心武进入
20世纪90年代之后短篇小说创作锐减，跟他审美思想中的"历史积淀"
有密切关系。

对社会人生的深广反思——张弦

　　在新时期的"反思文学"中，张弦是一位有重要影响的作家。他的
短篇小说数量并不多，大约20篇，但精品甚多，颇受文坛关注和读者喜
爱。张弦（1934—1997），祖籍浙江杭州，1934年出生于上海。中学时期
就热爱文学，在报纸刊物发表作品。1951年考入北京华北工学院，次年
并入清华大学冶金机械专修科。1953年毕业后分配到鞍山钢铁公司设计

院当技术员，1956 年调北京黑色冶金设计院工作。1957 年因在中篇小说《苦恼的青春》中刻画了一个思想僵化的团支部书记而被划为"右派"。1963 年离开工业战线，到马鞍山市文化局从事创作。新时期后得到平反，调到江苏省作家协会任专业作家。为中国电影家协会第四届理事，江苏省影协第三届主席。他既是一位短篇小说作家，又是一位电影剧作家。他1956—1957 年就创作发表了反映工业和工人生活的短篇小说《上海姑娘》《最后的杂志》《羞怯的徒弟》等。1978 年后厚积薄发，发表了一批思想艺术俱佳的短篇小说力作。《记忆》《被爱情遗忘的角落》先后获得 1979年、1980 年全国优秀短篇小说奖；《挣不断的红丝线》《银杏树》在社会和读者中引起强烈反响。他 1953 年就创作了电影文学剧本《锦绣年华》，新时期之后由他编剧、改编的电影有《莫愁女》《杨开慧》《井》《青春万岁》《银杏树之恋》等 20 余部，有多部获得国家奖和国际电影奖。

张弦作为 30 年代出生的知识分子作家，深受五四文学和苏俄文学的影响。在他的血液里，积淀着现代启蒙精神，同时对社会人生又有着执着的信仰和理想。因此他的作品既是现实的，又是抒情的；既表现了极"左"时代的荒谬现实，又发掘了生活深层政治的、文化的种种根源；既描写了普通人特别是柔弱女性的生存困境，又彰显了他们美好而丰富的人情人性。正如王蒙所评价的："怨而不怒，哀而不伤，平而不淡，深而不艰，情而不滥，思而不玄，秀而不艳，朴而不陋，这就是张弦的风格，这就是张弦的节制，这也恰恰是张弦的局限性。"① 他的短篇小说题材独特，构思严谨，思想深广，格调雅致，代表了"反思文学"的一种高度。

新时期初期出现的"反思文学"，有不少作品往往指向"四人帮"及其党羽的个人恶行和极"左"行为，思想视野较为狭窄。张弦的多数短篇小说同样是以"文革"为背景的，但他的反思要深远得多，超越了一般的"伤痕文学"作品。直接写"文革"的有《记忆》《一只苍蝇》等。前篇以市委宣传部部长秦慕平的行动、反思为主线。当年年轻的女放映员方丽茹倒放了几秒钟领袖接见外国人的纪录片，完全是一次技术上的失误，但却被当成阶级斗争现象和"严重的政治事件"，当事人被开除公职、团籍，戴"现行反革命帽子"，发配农村监督劳动十多年。这桩冤案推波助澜的是激进的文化局副局长黄喜强，而拍板定案的是他宣传部部长。他把自己遭遇迫害的两桩案件放在一起思考，深刻意识到：自己所受的冤枉和批斗，恰恰在"本人的所作所为中就露出过端倪"。"在我们共

---

① 王蒙：《善良者的命运》，张弦：《挣不断的红线丝》，人民文学出版社 1983 年版，第 2 页。

产党的记忆中……应该永远把自己对人民犯下的过错，造成的损失，牢牢地铭刻在记忆里。"这样的反思是大胆的、深刻的。它揭示出"文革"中群众造领导的反，正是领导长期对群众实行"专制"的一种结果、一种报应。后篇写的是新时期初期，总工程师肖士均与以前的造反派、现在的龙科长的一番有趣的见面和谈话。背景是刚刚过去的"文革"。表现了造反派依然在弄假捣鬼，知识分子还在上当、被利用的现实。作品篇幅短小，场面精彩，是一篇出色的讽刺小说。

　　张弦格外关注各种女性的爱情和婚姻生活，以此为窗口，探索社会的深层规律和问题。《被爱情遗忘的角落》是作家的代表作。作品通过偏远山村存妮、荒妹姐妹俩，以及菱花和女儿两代人，不同的爱情、婚姻和人生道路，表现了农村数十年来特别是"文革"时代，文化精神生活的荒芜，包办婚姻的盛行。而这一切都源于政策的错误，经济的落后，诚如团支书荣树所说："不富裕起来，一辈子过着穷日子，就什么也谈不上！"《挣不断的红丝线》以知识女性傅玉洁的革命、爱情、婚姻为故事情节，探索了一个复杂而敏感的社会问题：都说爱情是有阶级性的，但无产阶级的老革命齐副师长，就是喜爱资产阶级小姐傅玉洁。傅追求浪漫爱情嫁给了知识分子苏骏，但最终又回到了老革命身边，好像有一根挣不断的红丝线牢牢牵着她。其中暗含了共产党与知识分子一种难以言说的特殊关系。《银杏树》叙述了一个现代版的陈世美和秦香莲的故事。包公式的县委书记郑霆用权力的力量，把贤惠的村姑孟莲莲和负心的公职干部姚敏生捏合在了一起，揭示了执政党内流行的一种封建婚姻习俗和观念。这些揭露和反思，可谓触目惊心，针针见血，既深且广。

　　社会与人生是紧密联系在一起的，探索社会可以写出人生，探索人生也可折射社会。但在具体创作中，有的着重点在社会，有的落脚点在人生。张弦的短篇小说，在探索人生方面也有新的开拓。《舞台》写的是演员与艺术的关系。市著名戏剧演员薛兰菲，正当她风华正茂，在舞台上脱颖而出的时候，遭遇了"文革"风暴，折断了她理想的翅膀。后来历经劫难，重返舞台，却突然意识到青春不再，前景黯淡。她犹豫、痛苦，最终做出扶植新人的选择。她的艺术、事业在年轻人身上得到了传承。作品刻画了一个甘做人梯、献身艺术的高洁形象。《请原谅我》更把笔触深入人的情感、精神深处。丈夫易明在得知自己患了肺癌之后，向妻子子芳坦白了与一个女人的私情，得到了妻子的原谅。但当丈夫确诊了病是误诊、身体逐渐康复之后，妻子却不再原谅他，决然地与他分居了。人的情感、精神就是这样微妙。作家没有给出结论，却让人深思不已。

正如一些评论家指出的，张弦十分擅长描写善良而不幸的女性人物，展现她们各不相同的爱情、婚姻悲剧，寄寓作家深切、广博的人道主义感情。这一点上，他与五四作家是相通的。《未亡人》以周良蕙给亡夫写信的情节，展现了一个高干遗孀在重新寻求爱情的过程中，所遇到的来自政治的、社会的、家庭的乃至自己内心的种种干扰和阻力，表现了封建习俗、观念的强大和可怕。《污点》写一位痴情、纯朴的售货员季桂贞，年轻时的盲目爱情，不仅给她留下一个私生子，更给她的人生涂上了洗刷不掉的"污点"，使她终生都处在困境之中。《回黄转绿》续写了鲁迅《伤逝》的主题，但已不再是旧时代的悲剧。文学青年尹影，不满意小市民式的家庭生活，执意追求浪漫的爱情、神圣的文学，但在现实生活中却处处碰壁，理想幻灭。作品意在表现这样一个主题："人总要面向现实。无论多么崇高的理想之光，也是在现实的地平线上升起的……"作品主题清浅，情节也似牵强，但表现了20世纪80年代初的生活情景和文学青年们的精神状态。

张洁：对诗意和抒情的坚执追求

张洁对新时期文学的独特贡献，是在她别具一格的小说中，勇敢地敞开了人特别是知识分子的情感和精神世界，并揭示、提出了一些关乎人性的形而上课题。五四启蒙文学就是发端于人性解放主题的，张洁表现的正是"人"的复归。张洁，1937年出生于北京，祖籍辽宁抚顺。小学和中学时期就热爱文学和音乐。1960年毕业于中国人民大学计划统计系，被分配到第一机械工业部工作。1978年开始文学创作。1982年加入国际笔会中国分会，被聘为美国文学艺术院荣誉院士。后调入北京市作家协会做专业作家，当选副主席。为中国作协第四、第五、第六届全委会委员。张洁短篇、中篇、长篇小说以及散文，均有优秀作品。她是以短篇小说登上文坛的，《从森林里来的孩子》《谁生活得更美好》《条件尚未成熟》，连续获得1978年、1979年、1983年全国优秀短篇小说奖。中篇小说也多有力作，《祖母绿》获得全国第三届优秀中篇小说奖，《方舟》《他有什么病》有广泛的社会反响。长篇小说创作成绩卓著，《沉重的翅膀》《无字》先后获得第二届、第六届茅盾文学奖，是新时期文学中唯一获得短篇、中篇、长篇小说三项国家奖的作家。此外，她在散文、电影剧本创作方面，也有很多成果。

张洁属于那种才女型作家。她的短篇小说数量不多，有三十多篇。但她思想敏锐、感情丰沛、文笔优美，用短篇小说这一文体，表现了她丰富独特的社会人生体验与思考，在文坛和读者中引起了强烈反响乃至争议。她最引人注目的是那些表现女性情感和精神生活的作品，但她的许多短篇小说并不局限于这一领域。20世纪70年代与80年代之交，她的创作追求诗意和抒情，在表现"文革"生活的严酷背景上，依然高扬着一种信念和理想。80年代初期之后，她的创作转向写实、讽刺和荒诞，揭露世俗的虚伪、抨击官员的丑恶，充满了一种愤世嫉俗的情调，她在文坛和读者中的影响逐渐减弱。她的题材领域十分宽泛。写青年生活的《有一个青年》《"冰糖葫芦"——》《谁生活得更美好》等，表现了新时期初各种各样的青年人的觉醒、探索和奋争。知识分子生活是她最熟悉的，在《雨中》《山楂树下》《"尤八国"体检》中，描写了他们从"文革"到新时期的不同遭遇与命运变迁。写普通人生活的《横过马路》《非党群众》，刻画了截然不同的底层人物形象。她在短篇小说艺术上，不拘一格，勇于探索，形成了一种既深切、高雅、抒情，又自由、多变、奇崛的创作个性和格调。这种率真而新异的创作，给当时的广大读者带来极大的惊喜和满足。当然，张洁的短篇小说创作，也存在着感性湮没理性，构思不够严谨，作品质量参差不齐的缺点。

正如有评论家指出的，张洁有一部分作品，也尝试表现现实生活中的"重大题材"。譬如长篇小说《沉重的翅膀》，在广阔的社会背景上反映了中国工业改革的艰难起飞。在短篇小说上，也有敏锐反映现实生活的力作。《场》通过报社见习女记者的眼睛，揭示了重工业部在表面的庄严、繁忙、廉政和紧跟中央部署的外衣下，掩盖着的修建豪华住宅、领导层中拉帮结派乃至打压正派干部的种种"阴暗"现象。笔锋直指部级领导以及新的腐败动向，显示了作者的胆气。《条件尚未成熟》是一篇现实主义经典之作，揭示了科研单位中一些当权者，怎样煞费苦心地阻碍专业知识分子进入领导机构，而这些人同样是知识分子。处长岳拓夫，之所以阻碍比他更有专业能力的老同学蔡德培升任局领导，一方面是自己迫切地想当官，另一方面是出于嫉妒心理。但他面子上却做出一种顾全大局、热心帮人的姿态，刻画出一个城府很深、擅玩手段、内心阴暗的"政客式"的知识分子形象。张洁在改革开放初期就写出这样具有批判锋芒的作品，可见思想眼光的犀利、深刻。

在革命现实主义文学创作中，人是阶级的、政治的、社会的，是容不得个人感情、私心杂念以至七情六欲的。新时期文学率先打破了这些清规戒律，写出了各种人物真实的生活、情感、精神，使人真正回归为人。张洁在这一创作潮流中，显示出她卓越的思想和艺术才华。她不仅擅长揭示知识分子的内在世界，也适宜刻画普通人的情感精神。《非党群众》突出地塑造了一位剧团老工人形象老田头。他搞了一辈子舞台制作，干的只是装台、卸台、制作背景、拉大幕等粗活，但内心世界却是那样丰富、高尚。他把舞台、演戏当作一种很神圣的事业，他追求舞台制作、演员表演的完美无缺。面对老工人这样的精神境界，专业艺术家也会汗颜的。《忏悔》写的是一位父亲的丧子之痛。作品中的父亲，面对27岁病亡的儿子，深深反思了因自己的"右派"身份而影响了儿子一生的社会根源，沉痛忏悔了自己没有抚养、教育好儿子的严重失职，深情回忆了与儿子生活的艰难岁月，把一份深厚、博大、细腻的父亲感情抒发得淋漓尽致、感人肺腑。《从森林里来的孩子》表层故事写的是报考音乐学院的孩子孙长宁，对已故老师梁启明的感恩、怀念以及报考的经历，深层情节写的则是一位优秀的音乐家，在发配农场、身患癌症的绝境中，对信仰和理想的坚守："他相信乌云会散去，真理会胜利，真正的艺术将会流传下去。""'四人帮'和疾病夺去的，只能是他的肉体，而他的精神却在这个少年人的精神里，活泼泼地、充满生机地、顽强地、奋发不息地继续下去。"可以说，这是一篇讴歌真正的艺术家的心灵、精神的抒情诗。

　　张洁最出色、最感人的是那些描写知识分子感情、爱情、婚姻生活的短篇小说。在这些作品中，表现了她对这些人生永恒问题的尖新思考，显示了一个"痛苦的理想主义者"的境界和个性。《漫长的路》中那位"文革"时代的画家，孤身一人，置身底层，围困他的是权势的蛮横、世俗的卑视；而支撑他活下去的，只有初恋的温暖回忆，还有偷偷临摹一个路遇的、陌生女子画像时的快乐。那位有着"沉思""微笑""忧伤"脸庞的女子肖像，既是他的艺术创造，也是他的爱情偶像。《末了录》有异曲同工的意味，主人公是一位著名历史学家，终身未娶，生活清苦，在他皓首穷经的治学生涯中，陪伴他和安慰他的，只有一只名叫"太史公"的猫，还有"记忆深井"中珍藏的一位活泼、可爱的年轻女同事。他虽然向她暗示过爱心，但他决不想走近她、得到她，他只是把她当作精神恋人一样思念着、想象着。在这里，不管是困境中的画家，还是陋室中的历史学家，他们得不到真实的爱情，便自造出一个想象中的情人来，这样他们才能活下去、工作下去。这是一种多么真实、悲凉、高洁的人生！《爱，是不能忘记的》已被众多的评论家反复地阐释过。小说的主角不是女儿珊珊，而是母亲钟雨。画家钟雨对那位遭受历史厄运的已婚男人的坚贞爱情，充分表现了一个知识女性细腻、感伤、决绝的情与爱。她奉行的是一种柏拉图式的爱情。作家较早地涉及了爱情与婚姻的错位，法律与人性的冲突，女性的地位与自立等一系列社会人生问题。随着中国社会的发展变化，这些问题变得更加突出而复杂，这篇小说也就具有更恒久的思想和艺术价值。

在困惑、迷惘中探索的王安忆

王安忆曾说："短篇小说在我并不是十分适合的体裁"，"因我天生缺乏那种灵巧的专属短篇小说的特质"。"应当说，中长篇的体例是比较适合我的，我自忖长处是耐力，能够在较长时间里控制节奏，匀速前进。"①这是作家的自知之明。王安忆对新时期以及之后三十多年文学的贡献，主要体现在大量的中长篇小说上，但也绝不能忽视她的众多短篇小说。她的短篇小说题材多样、思想深广，写法精到、风格独特，表现了她对各个历史阶段和各种生活领域的深入探索，代表了知青作家的思想和艺术高度，同样属于一种精英知识分子写作。王安忆祖籍福建同安，1954 年出生于南京，次年随母亲茹志鹃到上海定居。小学时候即参加市、区的写作比赛活动，对文学产生了浓厚兴趣。1969 年初中毕业，翌年赴安徽省五河县农村插队，曾被选为县、区、省积极分子。1972 年考入徐州地区文工团，在乐队拉大提琴。1978 年调回上海，在《儿童时代》任编辑。因创作上的突出成绩，1983 年应邀参加美国爱荷华大学"国际写作计划"活动，对中西文化的不同感受与体验使她受到极大震撼。1987 年进入上海作家协会从事专业创作，后担任副主席、主席，复旦大学教授，中国作家协会副主席等职。王安忆 1976 年开始创作，以短篇小说步上文坛。她是一位勤奋、严谨、坚韧，具有思想活力和探索精神的作家，在长篇、中篇、短篇小说上均有卓越成就。长篇小说有《69 届初中生》《流水三十章》《纪实与虚构》《启蒙时代》《天香》等十余部，《长恨歌》获得第五届茅盾文学奖。中篇小说有《流逝》《乌托邦诗篇》《荒山之恋》《叔叔的故事》《隐居的时代》等，《小鲍庄》被称为"寻根文学"代表作，获得全国第四届（1985—1986）优秀中篇小说奖。她在短篇小说创作上持之以恒，三十多年间发表 140 多篇作品，20 世纪七八十年代的《雨，沙沙沙》《命运》《墙基》《舞台小世界》《鸠雀一战》，90 年代之后的《蚌埠》《天仙配》《喜宴》《民工刘建华》等，均是短篇小说中的精品和力作。《本次列车终点》获得 1981 年全国优秀短篇小说奖，《发廊情话》获得 2004 年鲁迅文学优秀短篇小说奖。此外，她在散文随笔、创作理论等方面也多有著述。

---

①　王安忆：《墙基·自序：论长道短》，人民文学出版社 2009 年版。

比较而言，王安忆新时期短篇小说创作，较之 20 世纪 90 年代之后短篇小说创作，用力更多，影响也更大一些。她的新时期短篇小说有两个鲜明特点：一是感性与理性的高度融合，二是叙事方法的杂糅独创。陈思和评价说："她的创作的最大特点是理性的主导与感性的对象结合得水乳不分，社会导向性的文学理论思潮对她始终起着重要的启悟作用。由于她在小说创作中具有强烈的现实主义的思维特点与独有的艺术个性话语，丰富的创作实践经验会自觉纠正理论观念的局限，以致她每一阶段的创作总是在同时期的创作主流中凸显而出，起于青萍又能击水扬波，表现出比一般思潮内涵更加集中和独特的艺术能力。"① 作为一位成长在动乱时期的知青作家，她和绝大多数同道一样，描写的题材内容自然逃不出"文革"、知青"上山下乡"、知青回城等历史事件。但她的优势是，能够通过这些现实生活的表层，感悟和发掘出独特的思想意义来，超出一般的知青文学。同时又能把这种理性思考深藏在故事情节中，使形象和思想熔为一炉。这似乎正吻合黑格尔"美是理念的感性显现"的美学观念。新时期小说在叙事方法上，还处在继承、借鉴、探索阶段，显得粗糙、僵硬、不成熟，而王安忆经过短短几年的实践，就形成了自己的路子和风格。她把描写、叙述、议论、抒情乃至人物的心理进行整合，用自己纵横捭阖而又驾驭自如的个性化语言统一起来，形成了一种绵密、丰沛、深厚的叙事格调，在同代作家中可谓独树一帜。当然，这种叙事风格也是一种局限，它容易显得冗杂、笨重，进而伤害短篇小说空灵、轻捷等特征。

王安忆的个人经历并不复杂。"文革"爆发时 12 岁，到农村插队时 16 岁，她并未真正卷入时代浪潮中。她只是以一个少年、青年的眼光，观察和感受到了"文革"的混乱和荒诞，进而产生了一种困惑。亲历了知青运动的复杂和变幻，产生一种迷惘。困惑和迷惘又促使她不断地探索和反思，逐渐领悟到社会人生的种种奥秘和真谛。她的短篇小说几乎涉及了她全部的生活领域：青少年成长、"文革"历史、知青"上山下乡"、文工团乐团生活、城市现实，等等，每一题材领域都有佳作，但最有实绩的应该是"文革"历史和知青生活两个方面。

新时期的"知青小说"，贯穿在整个"伤痕文学"和"反思文学"潮流中，知青作家成为与复出的"右派"作家相比肩的又一文学中坚。当时的知青小说，大体有两种模式，一种是揭露和控诉"文革"给知青乃至亲友造成的悲剧以及"伤痕"，另一种是在知青运动遭到否定之后，重新追寻

---

① 　陈思和主编：《新时期文学简史》，广西师范大学出版社 2010 年版，第 218 页。

和维护一代人的青春梦想、理想信仰和献身精神。王安忆同样写的是"文革"悲剧和知青遭遇，却写出了更丰富、更独特的思想和内容。《苦果》以一位中学语文女教师赵瑜的亲身经历和心路历程，深刻反思了"文革"的荒诞和"苦果"是怎样造成的。这位善良纯正的人民教师，真诚地关心和教育着学生程海瑞，并帮助他划清了同"右派"父亲的阶级立场。但当她被打成"牛鬼蛇神"后，立场坚定的学生无情地批斗和侮辱了她，甚至亲生儿子也开始怀疑敌视她。她在众叛亲离的绝境中深切认识到："自己是错了，错就错在她没有给孩子们一双自己的眼睛和一个自己的脑袋。"成为唯上是从的一代"愚民"。作品揭示了"文革"悲剧，每一个知识分子特别是人民教师都有自己的责任，这样的反思是深刻而独到的。《墙基》写的是"文革"时期，居住在一墙之隔两条里弄中的大人孩子之间的"爱恨恩怨"。一方是大学教授、著名医生等上流群体，另一方是普通工人、理发匠等底层民众。在正常的社会环境下，二者是"老死不相往来"的，存在着严重的隔膜、猜疑乃至敌对。但"文革"一爆发，底层民众造上流群体的反，抄家、批斗、掠夺的活剧不断上演。但也正是在这种混乱和交往中，工人阶级的儿子感受和认识了知识阶层的文化和文明，教授的女儿也认识了底层民众的生活和纯朴的人性。王安忆窥见了动荡、荒唐的时代中，不同阶层人们之间的对撞与交融，在他们身上流露出来的美好人情与人性。这是对"文革"的一种深层发现。《绕公社一周》写的是知识青年在农村参加"文革"运动的故事，在全公社 16 个大队巡回批判两个反革命分子，这是一场多么严肃重大的政治行动。而单纯幼稚的上海知青郑南南却发现："绕公社一周，每个人都得到了一点儿所需要的"，每个人都把"'阶级斗争'当了工具使"。这可以说是对所谓"文革"、阶级斗争的尖锐解构。

在王安忆的新时期短篇小说中，知青生活占了相当大的比重。她每一阶段的经历都得到了充分的表现，有的作品主人公就是作家自己，带有自传色彩。她突破了知青小说控诉"文革"和追寻青春的写作模式，在习以为常的生活中，发现着不寻常的思想意义。她在多篇作品中写到了对农村、农民的感受和认识。《广阔天地的一角》写郑雯雯等几位知青，在县五七办公室张主任的率领下，参加省积代会的经过，揭示了众多知青怎样通过种种手段达到离乡回城的目的，揭露了道貌岸然的张主任是怎样利用权力受贿和贪色的。《麻刀厂春秋》写十位知青在公社麻刀工厂的劳动和生活，既描写了环境的恶劣、劳动的艰苦，也刻画了那位麻子厂长的专制和卑劣，同时书写了知青们的团结、斗争以及对爱情、理想的追求。这些作品写得真实客观、内涵丰富。《从疾驰的车窗前掠过的》写女知青小方，当她办妥了一切回城手续，乘上火车向农村告别时，才突然发现这里的自然之美，那位房东大娘对她的一片爱心，产生了一种依依不舍之情。"我在这里生活过，这么长的岁月，毕竟不能了结得这么迅速和匆忙"。王安忆对农村和农民的感情是深切的、复杂的。

对知青返城后生活、命运和精神的思考，更是王安忆着笔的重点。《命运》写女知青雯雯调回上海乐团后，对依然留在插队地区文工团的恋人彭生的坚贞爱情。《回旋曲》写一位回城女知青，对即将返回农村的新婚丈夫的纯真感情和一片柔情。这些作品提出了知青的爱情和婚姻问题，肯定了在艰苦岁月中缔结的美好爱情。《雨，沙沙沙》是作家的成名作，在都市的绚丽夜幕和梦幻般的雨雾中，抒写了回城女知青雯雯对世俗婚姻的淡漠和对浪漫爱情的渴望。纯净、优美的情调中隐含着几丝忧郁、感伤。郑南南、小方、雯雯等这些上海女知青，在作家的笔下不断出现，构成了一个系列小说，表现了 20 世纪 80 年代前后一代女知青的情感、精神世界。王安忆还突出地表现了知识青年返城后对人生的思索和对理想的寻觅。《停车四分钟的地方》中的郁彬，已是上海某大学中文系的学生，脱颖而出的诗坛新秀。在乘火车返回学校的途中，路经插过队的小城，突然中途下车逗留半宿。只因为一位评论家的话击中了他的心灵："你们这些人，如果不经历这十年波动，绝不会有如今的成就。从某种意义上来说，你应该感激你的苦难，这是你的根。离开根，树会枯萎。"这是小说的点睛之笔，也是作家的理性认知。《本次列车终点》里的陈信，想不到返回梦牵魂绕的故乡上海，却遭遇到了工作、爱情、婚姻、房子等一系列生存难题，以及大都市的紧张、嘈杂、拥挤、冷漠等种种环境的压抑。不由自主地想到了农村和小城的"林荫道、小树林、甜水井、天真无邪的学生、月牙儿般的眼睛……"人生的意义在哪里？人生的目的地在何方？这是陈信的，也是所有回城知青的人生课题。

新时期文学之后，王安忆一面坚守自己的创作路子，另一面在思想艺术上不断探索和创新，为文坛和读者奉献着常变常新的短篇小说佳作。

第三节　农村小说的勃兴与分流

综　述

"十七年"时期的农村题材小说，尽管在反映社会主义革命和建设、塑造各种各样的农民形象、创造民族化和大众化艺术形式方面，有着突出的成就和贡献。但它把自己与政治、时代紧紧捆绑在一起，严格按照主流文学的律令去创作，排斥、压制多样化的艺术形式和风格，逐渐变成了一种政治化、概念化的创作模式。新时期以来，广大农村如星火燎原般的改革开放浪潮，文学领域似春潮涌动一样的艺术观念创新，都强有力地冲击着固有的、僵化的农村题材小说模式。不管是刚刚获得"解放"的老一代作家，还是初登文坛的新一代作家，都真诚地呼应着时代变革，潜心地探索着新的写法，终于打破了长期形成的农村题材小说模式，在思想观念、题材选择、人物塑造、艺术方法等方面走向了多样化态势。这是继20世纪五六十年代农村题材小说高潮之后的又一次高潮。而引领和形成这次高潮的主要是短篇小说。

新时期农村小说的勃兴，与其时的农村大变革有着直接关系。经过十年"文革"，广大农村的社会主义集体体制已经危机重重，生产发展缓慢、农民离心力加剧、干群矛盾尖锐已成为普遍现象。1978年12月召开的中共十一届三中全会，及时总结了部分农村突破"大一统"管理体制，探索以家庭联产承包为主的生产形式的经验，决定在全国逐步推开。经过三年的探索、反复和努力，家庭联产责任制不断丰富、成熟，成为中国农村一种生机勃勃的社会和生产体制。这一体制极大地解放了农村的生产力，推动了农村经济乃至商品经济的发展，促进了传统农业向现代农业的转化；为后来乡镇企业的兴起、农民工进城、城乡协调发展铺平了道路。中国当代文学始终把关注和表现农村农民作为自己的重要使命，涌现了一批又一批的优秀作家和众多的出色作品。面对农村这场深刻而伟大的变革，广大作家顺应时代潮流，深入农村现实，努力探索和反映农村的变革进程，把握和表现农民的命运和心理，并勇敢突破既往的农村题材小说模式，积极借鉴中国当代、现代文学和西方文学中的艺术形式、手法，创作出大批饱含着作家思想、感情、审美的力作精品。同时，新时期农村短篇小说的兴盛，与主流文学体制对短篇小说的重视与扶持有密切关系。1979年，中国作家协会率先举办了第一届全国优秀短篇小说评奖，一直到1988年，全国优秀短篇小说奖共评出九届，在近200余篇获奖作品中，农村题材所占比重最大，作者既有老中二代中的实力作家，也有年轻一代中的新锐作家。短篇小说的评奖，有力地推进了农村小说的蓬勃发展。

新时期文学十年，从"伤痕文学"到"反思文学"，从"改革文学"到"寻根文学""先锋派"文学，形成了一个波叠浪涌的文学主潮，"席卷"和覆盖了工业、军事、历史、知识分子等各种题材领域，但其中最突出、最活跃的是农村题材创作。新时期文学发轫之时，由于农村僵化的体制还在，走什么道路的问题争论不休，作家们对现实生活一时还难以把握，农村题材创作还处于迟疑、探索阶段，因此"伤痕"文学中并不多见农村小说。但随着十一届三中全会的召开，农村生产责任制的推广，农村小说一时间喷涌而出。先是在"反思"文学中崭露头角，继而在"改革"文学中大显身手，涌现出《剪辑错了的故事》《李顺大造屋》《乡场上》《被爱情遗忘的角落》《内当家》《黑娃照相》《哦，香雪》《五月》《焦大轮子》等众多轰动社会的优秀作品。这样的文学热潮从 1979 年一直持续到 1985 年前后，形成了农村小说史上的一个鼎盛期。20 世纪 80 年代中期之后，随着农村改革的深入和新问题的出现，随着文学主体的大踏步"向内转"，农村小说由盛而衰，出现了退潮。值得注意的是，农村小说在七八年的强劲发展中，不仅现实主义创作主潮十分突出，而且浪漫主义、现代主义等多样化创作思潮也非常兴盛，形成了百花争艳的创作态势，显示了这个时代的创新精神与宽广胸襟。

在现当代文学史上，农村小说是一个内容驳杂、名称多样、不断变易的文学概念。五四时期流行的是"乡土小说"，它着力表现的是农村的地域特色和民情风俗。"十七年"时期通用的是"农村题材小说"，它重点反映的是执政党的路线、政策在农村的贯彻执行。到新时期，农村小说不仅继承和改造了之前的农村题材创作模式，而且接续了现代文学的丰富传统，形成了新的乡土小说、新的启蒙小说创作类型，同时借鉴中外文学史上的抒情诗化小说写法，创造出一种别开生面的精神家园小说。另外，一个新的"乡村小说"概念也逐渐形成，并得到了学界的认同，它具有更宽泛的涵盖性，可以把农村题材小说、乡土小说等都尽收囊中。

新时期的农村小说，作品众多、思想复杂、写法多变，要严格分类并非易事，但大致可以归纳为四种类型。一是社会现实型。这类小说沿袭的是"十七年"农村题材小说的路子，注重对农村改革现实的谱写，努力把握社会和时代的深层规律，着力描写历史转型期各种农民和干部形象，被奉为"主旋律"创作。代表性的作家作品有：马烽《结婚现场会》《葫芦沟今昔》，何士光《乡场上》《喜悦》，陈忠实《信任》《乡村》，张一弓《黑娃照相》，乔典运《满票》，金河《不仅仅是留恋》等。二是思想启蒙型。这类创作以精英知识分子的思想立场观察农村和农民生活，批判乡村社会的封建传统、等级观念、神鬼迷信、极"左"现象乃至愚昧落后，揭示普通农民身上的国民劣根、奴性意识以及保守自私，期望在批判中建构现代乡村社会、塑造现代农民形象。重要作家作品有：高晓声《李顺大造屋》《陈奂声上城》，张弦《被爱情遗忘的角落》《银杏树》，成一《顶凌下种》《本家主任》，吴若增《翡翠烟嘴》《蔡七爷和他的瓜皮小帽》，赵本夫《卖驴》《绝唱》等。三是地域乡土型。这类小说着力表现特定地域的自然环境、风俗民情，民众的生存状态、生活习俗以及他们的文化性格和心理，深入揭示民间文化的独特性、丰富性，显示现代社会边缘依然残存的地域文化的价值和魅力。其中精华与糟粕并存，很难分离。这类小说实际上承传的是以废名、沈从文为标志的抒情乡土小说传统，但在新时期表现得更加丰富多样了。优秀作家作品有：刘绍棠《蛾眉》《含羞草》，贾平凹《满月儿》《商州初录》，张石山《镢柄韩宝山》《甜苣儿》，刘玉堂《福地》《自家人》，古华《爬满青藤的木屋》，叶蔚林《蓝蓝的木兰溪》，刘庆邦《曲胡》，王祥夫《永不回归的姑母》，等等。四是精神家园型。乡村在作家笔下，不仅仅是一个正在痛苦蜕变的现实世界，更是一个怀念童年、寄托乡愁、抵抗红尘的精神家园。特别是在物欲横流、城市疯长的现代社会，创造一种自然、朴素、美好的乡村田园，是现代人的心灵归宿、精神渊薮。它是人造的、诗意的，但也是现代人精神生活中不可或缺的。有的具有较多的现实特征，有的则纯然是一个"乌托邦"世界。典型的作家作品有：史铁生《我的遥远的清平湾》，田中禾《五月》，铁凝《哦，香雪》，张炜《一潭清水》，莫言《白狗秋千架》，何立伟《白色鸟》，王润滋《卖蟹》，等等。

　　新时期的农村短篇小说，是最富有活力和生机的，达到了前所未有的高度，涌现了数不胜数的力作佳构。但它还残存着"十七年"文学的一些旧痕迹，在思想和艺术探索上也不够深入、精到。20世纪80年代中期之后，中国小说出现了一次转型和变革。"寻根小说"的兴起，旨在从文化的角度观照乡土和民众，却使农村小说偏离了现实航道。而"寻根小说"的实绩更多地出现在中篇小说文体上。"先锋小说"的异军突起，重在艺术形式、手法和语言的实验，力图使文学"向内转"，农村和农民基本不在这些作家的艺术视野之内。同时，实行生产责任制之后的农村又出现了新的社会矛盾和问题，使农村小说作家陷入了困惑之中。农村小说在内外的困扰中走向了衰落。1988年第九届全国优秀短篇小说奖评过之后，评奖悄然中断，显示着整个短篇小说的滑坡之势。

何士光：农村题材的诗化书写

　　新时期农村题材创作的重要变化，是摒弃了那种干巴巴的直接图解政治、政策的写作模式，融入了新的艺术元素和表现方法。而何士光就是以诗化写法，改造和提升了农村题材小说，奠定了他在新时期文学中的地位

的。何士光 1942 年出生于贵州省贵阳市，自幼读书，喜爱文学。1957 年
考入贵阳一中，毕业后考取贵州大学中文系。1964 年毕业分配到贵州省
凤冈县中学任教。1966 年下放到山村劳动，后调到琊川中学当教师。
1981 年调贵州省作家协会从事专业创作。曾任贵州省作家协会主席、文
学院院长、《山花》主编、贵州省文联副主席等职。何士光是城里人、知
识分子，十多年的农村底层生活，使他谙熟黔北农村的山川风貌、世俗人
情，以及各种各样的农民和干部形象。黔北成为他的第二故乡。他于
1977 年发表第一篇散文《飞吧，蓝雁!》，随后又在《山花》发表第一篇
短篇小说《风雨乐陵站》，引起贵州文艺界的关注。他是一个以短篇小说
文体为主的作家，从 20 世纪 70 年代末期到 90 年代后期，发表了 30 多篇短
篇小说，绝大部分是表现农村实行生产责任制后的巨大变化，以及广大农
民的精神性格和命运的，因此被当代文学史纳入"改革文学"之列。《乡
场上》《种苞谷的老人》《远行》分别获得 1980 年、1982 年、1985—
1986 年三届全国优秀短篇小说奖，是他的代表作，也标志着新时期农村
题材创作所达到的高度。辑集的短篇小说集有《故乡事》《梨花屯客店一
夜》。此外，还出版有长篇小说《似水流年》，中篇小说集《相爱在明
天》。90 年代后期中断小说创作，皈依佛教，钻研佛学文化，陆续出版了
《如是我闻》《烦恼与菩提》《今生》等文化散文集。

像大多数知识分子作家一样，何士光坚守的是知识分子的启蒙思想立
场，涉猎的是农村农民和知识分子两个题材领域；而承传的是以沈从文、
孙犁为代表的抒情、诗化小说流派。屠格涅夫、契诃夫、鲁迅等经典作家
对他的创作有着深刻的影响。在他的农村农民和知识分子两种题材上，读
者和评论界更多关注的是前者，而往往忽略了后者。其实作家后一种题材
的作品有十多篇，占到总数的三分之一多。如果说前一种题材表现的是作
家对外在社会生活的体验与抒发，那么后一种题材体现的则是作家对内在
现实人生的感受与批判。《秋雨》写的是一位女知青带着礼物找大权在握
的校长请求推荐上大学经历中的油然觉醒，批判了基层校长主宰青年上大
学这种荒唐现象，表现了知识分子良知和人格的复苏。《阴郁的黄昏》
《幽魂》深入暴露和解剖了县级干部、知识分子在历史转型期的心理失衡
与卑劣人格。《遥远的走马坪》《早行的客车》《风尘》等，都写了城市
青年知识分子爱情的坎坷、两地分居的艰难以及人生的沉重，有着作者
自己的影子。《城市与孩子》以第一人称叙事方式，描述了"我"对童
年城市生活的深刻记忆，富有作家的自传色彩。《山林恋》同样以第一
人称的叙述口吻，讲述了"我"——一个来自城市的年轻农村工作干

部，与一位山村姑娘周惠相恋的故事。小说写得如泣如诉、感伤凄美。在这些作品中，作家表现了知识分子的人生命运以及他们的坚守奋争，揭示了城市社会人生的种种丑陋和阴暗现象。但这些作品由于距离作家的生活太近，有些还难以上升到更高的思想和艺术层面，因此缺乏一定的社会和审美价值。

　　真正能代表何士光创作高度的是他的农村题材小说，这类作品不仅具有重要的社会价值，同时富有独特的艺术风格。蹇先艾指出："据我所知，士光是很注意研究各项政策的；他并不像有些小说家那样干巴巴地图解政策，作品缺乏生活气息，而是把政策与他所熟悉的农村中的人和事结合起来，因此，他塑造的人物形象便显得有血有肉，有声有色。他也没有停止在农村的一些新的表面现象上的描写，而是表现了新的历史时期的农民的性格、内心世界、喜怒哀乐和新型的人与人之间的关系。"① 何士光的文学贡献是，他不仅汲取了"十七年"农村题材小说创作经验，在作品中及时敏锐地表现了农村生产责任制路线、政策的贯彻落实；同时发展了既往的创作方法和手法，在作品中创造了一个以黔北农村为模本的"梨花屯"艺术世界，塑造了各式各样的普通农民和农村干部形象；而且成功地运用了现实主义的典型化手法，使他的作品在情节提炼、人物刻画、意境渲染等方面，达到了纯净、深邃、典雅的审美境界。《到梨花屯去》《乡情》写的是改革开放初期的农村工作干部，前篇写两位乡干部坐在回梨花屯的马车上，对当年瞎指挥搞挖沟工程的追悔、反思、担责，后篇写20年前曾执政梨花屯的杨书记，现在又重返故土决心实现当年让老百姓过上丰衣足食生活的郑重承诺。两篇小说情节集中，构思巧妙。反思了极"左"路线下农村的曲折历史，提出了执政党应当如何重建与人民的血肉关系的问题。《故乡事》是一篇情节复杂、矛盾尖锐、人物众多的现实主义力作。尽管作者在组织故事、突出主要人物方面还存在不足。小说反映了1981年春天，走马坪在落实包产到户、分配土地耕牛中发生的一场纠葛。手握实权、暗藏私心的支书曹福贵企图利用普通群众的意见和矛盾，在重分土地中达到多占好地的目的。熟悉政策和乡情的梨花乡副书记罗长云，不顾农村政策的反复和乡村社会的复杂，深入群众、实事求是，合情合理地解决了矛盾纠纷，防止了村干部的违纪行为，捍卫了农村新政策的实施，保证了农时生产的顺利进行。小说生活情景真实，社会问题尖锐，具有很强的现实意义和认识价值。

---

① 蹇先艾：《故乡事·序》，四川人民出版社1982年版，第3页。

何士光对黔北的乡村社会、家庭内情有着深切的了解与洞察，且能放置在宏大的时代背景下去展现，就使一些日常生活、凡人琐事具有典型意义。《将进酒》写的是杉树湾寡妇福清嫂，插秧时请了村里的吴组德、李世福、梁金贵三位汉子以及两家的儿子帮忙。而吴、李、梁三人都是湾里的强人，过去轮流执政、相互争斗，现在同聚一桌、共执酒杯，引出了他们无限的感慨，滔滔的话语。小说表现了农村实行包产到户之后，农民们自然形成的互助合作关系，既往矛盾的化解，以及新的乡风和气象的出现。《又是桃李花开时》写的是家族矛盾以及在新时期的无形解决。精明过人的李发贵一心要占寡嫂的土地房屋，挤走外姓侄儿雷兆云。现在城乡壁垒渐渐打破，雷兆云即将进城闯荡天下、举家搬迁，面对凭空得来的土地房屋，主人公猝不及防，深刻感受到了社会的进步与发展，以及自己的狭隘与自私。一幕家庭喜剧凸显的是一个时代的巨变。

刻画鲜活深刻的人物形象，是现实主义作家的执着追求。何士光笔下的老一代农民形象显得格外生动、扎实而有神韵。《告别》中的家庭妇女玉生嫂，是一位温和、勤快、节俭、肩扛着全部家庭重担的能干女人。通过一时迷惑抢夺生产队现款这一事件，折射了她在极"左"时代的艰难与屈辱，表现了她告别过去创造新生活的信心。《年》里的老长顺是一个有着奴性意识的传统农民形象。他忠厚勤劳、知恩必报。乡里的宋书记及夫人莫大姐，对他有所关照，他一直感激不尽、竭力报答。但这一次过年送猪肉被拒绝，使他意识到宋书记的权威正在消失，他的自我、自尊意识正在觉醒。《乡场上》中的冯幺爸与老长顺是一类人物，但写得更为丰满有力。小说表现了农村经济改革给农民带来的精神解放和自立，塑造了一个经历"文革"劫难，终于可以靠勤劳致富，敢于揭露邪恶，具有自尊人格的新农民形象。这是新时期文学中的一个典型形象。

何士光的小说既有很强的现实性，也有独特的艺术性。中国现当代文学中的抒情、诗化小说传统，可谓绵延不绝，但在"文革"时期被生生中断了。因此，何士光接续这一传统，奉献出一篇篇艺术精品时，立刻受到了文坛的关注和读者的青睐。他的诗化写法主要表现在如下三个方面。一是精心营造意境。意境是一种富有诗意的环境、背景和境界。如《赶场即事》写的是梨花屯的赶集情景：喧闹的市场，丰富的商品，熙攘的人流，吹吹打打的娶亲队伍，隆隆开过的新增客车……把一个多姿多彩的乡村集镇呈现在读者面前。如《喜悦》写的是一位年轻媳妇回娘家前的准备情景，展开的是深秋的田野，重重的大山，蜿蜒的山路，古朴的院落，和谐的农家景象……传递出一种幽远、宁静、淡雅的情调。在这些环境和背景中，又浮现出栩栩如生的人物形象。二是抒发浓郁情怀。何士光是小说家，也是散文家，他把散文中的抒情手法充分运用到了小说创作中。如《种苞谷的老人》，作家用平静、舒缓、雅致的语言，抒发了他对大山、村落、草屋、树木、庄稼的凝视与感受，传达了他对一位老人勤劳的品格和坚韧的生命的关切与敬仰。读者可以把它当抒情散文去欣赏。如《日子》，作家用抒情、幽远的笔调，咏叹的是岁月的古老和流逝，晚年祖母生命的平静与顽强，透出一种佛教文化韵味。三是运用象征手法。现实生活描写到极致的时候，就会呈现出一种深远的象征意味来。如前所述的《种苞谷的老人》，写的是一位老农民种苞谷的事情，但已上升到人与社会、人与自然的象征层面。如《远行》写的是梨花屯民众乘坐公共汽车去县城的情景，但它浓缩了这一方土地的现实生活和人际关系，表现了人们从盲目拥挤到自行管理的整合过程。这一辆车一群人就升华出一种象征意义：中国农民正在走向有序、文明和外面世界。何士光的作品堪称"诗体小说"。

重建乡土世界的贾平凹

贾平凹对新时期文学的杰出贡献，是他自觉地、成功地创建了一个文学乡土世界。这个乡土世界在现代文学史上已然存在，但在20世纪五六十年代可以说荡然无存了。从新时期文学伊始，汪曾祺、刘绍棠、贾平凹等众多作家，立足自己的土地，从头做起、博采众长、精心营造，终于建造了一种千姿百态而又博大丰厚的乡土文学，成为新时期文学的一方重镇和一股思潮。贾平凹，陕西省商洛市丹凤县棣花镇人，1952年出生。父亲是乡村教师，母亲是农家妇女。"文化大革命"中，家庭遭受毁灭性打击，沦为"可教子女"。1972年进入西北大学中文系学习。1975年大学毕业后分配到陕西人民出版社当编辑。1980年调西安市文联《长安》文学月刊任编辑。历任西安市文联主席、专业作家、陕西省作协主席、中国作协主席团委员、《美文》杂志主编等职。1973年开始创作，先写诗后转写小说以及散文、文学评论等。1974年发表作品，陆续在《群众艺术》《陕西文艺》《朝霞》等杂志发表多篇短篇小说，从此走上文坛。贾平凹的创作成就主要集中在短篇、中篇、长篇小说和散文方面。他以短篇小说出道成名，新时期文学中创作了大量作品，绝大部分是写他的故乡商州的乡土和农民生活的，成为乡土文学的代表性作家。主要作品有《纺车声声》《青枝绿叶》《土炕》《火纸》《制造声音》等，《满月儿》获得1978年全国优秀短篇小说奖；系列短篇小说《商州初录》是这一时期最重要的作品，此后还创作有《商州再录》。他同时创作了一大批中篇小说，集中表现了 20 世纪 80 年代农村改革给乡村和农民带来的深巨变化，代表性作品有《小月前本》《鸡窝洼的人家》《远山野情》《天狗》《黑氏》等，《腊月·正月》获得 1984 年第三届全国优秀中篇小说奖。20 世纪 90 年代之后，他基本中断了短篇、中篇小说写作，把全部生命投入了长篇小说创作，每隔两三年就有一部长篇问世，成为当代作家中产量最高、影响最广的重量级作家之一，著名作品有《浮躁》《高老庄》《废都》《古炉》等，《秦腔》获得 2008 年第七届茅盾文学奖。贾平凹还是一个优秀的散文家，创作有大量短小精粹的作品，有多篇入选中小学语文教材。他的作品被翻译成英、法、德、俄、日、韩、越等二十余种文字发行到各国。

现实中的农村，社会变革与乡土世界是纠结在一起的，但在五六十年代的农村题材小说中，却排除了乡土内容，只剩了政治、经济的农村。贾平凹把社会变革与乡土世界糅合在一起，从社会变革中看乡土世界的命运，从乡土世界中看社会变革的意义，呈现了一幅完整、多变的乡村图画。他早期的短篇小说，题材宽泛，主题多样，显示了创作的不成熟和不稳定，但从另一方面也反映了他生活体验的丰富、思想观念的活跃。他回顾农村的历史，创作了《油月亮》《月》《地震》等反映"文革"时期生活的小说，展示了那场政治风暴对偏远农村的波及，一些农民投身"造反"带来的命运浮沉，甚至走向堕落、杀人的罪恶道路；揭露了极"左"路线肆虐下，农民、船夫无生路可走的悲惨命运；表现了农村工作队员在执行错误政策中的绝情、矛盾和最终的改错，农民和干部在"地震"传言中渴望社会变革的心结。他观察农村的现实，写下了《夏家老太》《山镇野店》《上任》等一批批判现实主义作品。显示了作家对现实问题的关注，对社会人生"病象"的审视与批判。他观照农村的改革，创作出多篇歌颂时代变迁的作品，因此被评论家纳入"改革文学"之列。获奖作品《满月儿》描述了农村改革中成长起来的姐妹俩——满儿和月儿的美好形象。姐姐满儿性格文静、喜爱农业科研，把自己的人生命运同农村发展融为一体。妹妹月儿天真活泼，在姐姐的影响下也决心献身农村事业，更富有大自然女儿的个性。在他们身上都反映出社会的变革和进步。《青枝绿叶》写的也是农村的姐妹俩——青枝和绿叶的人生与爱情，只是妹妹在爱情遭受挫折之后才幡然醒悟要向姐姐学习。《火纸》是这类作品中的力作，描述了青年阿季与丑丑的曲折爱情。阿季贫穷无靠，却爱上了丑丑。火纸坊的主人麻子视女儿丑丑为掌上明珠，很看不上阿季。农村生产责任制的实行、市场经济的发展，为勤劳、肯吃苦、聪明的阿季提供了广阔的舞台，他从砍竹子到当脚夫、从贩卖火纸到继承二娘的茶社当老板，一步一步成为镇上的实力人物。但当他有资本迎娶丑丑的时候，丑丑却因堕胎而死去。小说表现了农村改革中一位有志青年的奋斗与成长，以及他难以挣脱的悲剧爱情和人生，与沈从文的《边城》有一脉相承之处。在这些作品中，贾平凹一面表现了乡村社会的历史沧桑、改革开放以及现实问题，另一面又浓墨重彩地描绘了农村的地域特色和民情风俗，使他的小说骨肉丰满，充满魅力。但他对乡村社会的政治、经济等始终存在隔膜，感受和认识有限，因此有些作品显得肤浅，有些问题感觉狭隘，有些人物似嫌单薄。新时期文学后期，他的创作逐渐转向对乡土世界的描述，真正显示了他的优势和潜力。

乡土小说不排斥对社会人生的描写，但更注重对一方地域的自然环境、民情风俗以及民间文化的表现。贾平凹说："商州是生我养我的地方，那是一片相当偏僻、贫困的山区，但异常美丽，其山川走势，流水脉向，历史传说，民间故事，乃至天上飞的，地上跑的，构成极丰富的、独特的神秘天地。"又说："我在商州每到一地，一是翻阅县志，二是观看戏曲演出，三是收集民间歌谣和传说故事，四是寻找当地小吃，五是找机会参加一些红白喜事活动，这一切都渗透着当地的文化啊！"① 在作家看来，自然、民俗、社会和人生，是"天人合一"、相互依存的，文学就是要把这种完整的、和谐的状态表现出来。作家的故乡商州，距离西安古城三四百里，是陕南与关中平原的过渡地区，也是陕西、四川、河南、湖北的交界之处，是荆楚文化与中原文化的交汇地带。其地理环境的独特、山川景物的瑰丽、民情风俗的驳杂，是世所罕见的。贾平凹绝大多数乡土短篇小说，都取材于商州，但更真实、更集中的描述是 1983 年创作的《商州初录》。这是一部用纪实手法创作的跨文体作品，有人归入散文，有人划成长篇小说，但实际上是一部系列短篇小说。全书由一段"引言"和十四个短章组成，有的短章侧重写地域环境，有的短章着力描写故事人物，构思巧妙、浑然天成，分则独自成篇，合则相映归一。十四个短章中有七个是写地域风景的。"黑龙口"描述了商州第一站山路的险峻、大山的幽深、小镇的古朴。"莽岭一条沟"刻画了 16 户人家的小村的与世隔绝以及民间接骨老汉的神奇传说。"桃冲"可谓商州的桃花源，两河相汇、托举一滩，一户人家、两代人命运，演绎出一

---

① 贾平凹：《答〈文学家〉问》，《文学家》1986 年第 1 期。

段人间的悲喜剧。"龙驹寨"就是丹凤县，背靠奇山、足蹬异水，虽然外人鲜知，却是方圆几百里的政治、经济、文化、交通中心。"棣花"是作家的出生地，是一个有 16 个生产队的小村子，历史悠久、重文崇武、民风古朴，在作家笔下被写得"山美、水美、人美"。"白浪街"只是极小的一条街，却地处陕西、河南、湖北交界，三省人在这里生活、经商，各显其能，融融乐乐，一派"天时地利人和"的纯朴景象。最后一章写镇安柞水的山，纵横千里、高耸入云，苍山如海、天长地久，显示了商州地域的古老神奇，作家心胸的博大幽深。汪曾祺说"风俗是一个民族集体创作的生活的抒情诗"。在一地域的民情风俗中，不仅显示着一方民众的性格和心理，同时蕴含着一种民间文化的特质和密码。《土炕》中的陕北乡村土炕，虽然简陋廉价，但坚固实用，代代相传，是陕北民众生活中的重要组成部分。《夏夜光棍楼》里的古老高大的"魁星楼"，成为夏夜农民避暑的"宝地"，这里不仅是民间娱乐的场所，也是乡村新闻的集散之地。《拜年》中大年初二拜丈母娘的风俗，既显示了儿女对父母的孝敬，又反映了民间文化对人伦亲情的规范。民间传说中有许多精华，贾平凹用短篇小说文体，或改造或重写，奉献了多篇佳作，如《美好的侏人》《遗璞》《任氏》等，或讲一段引人入胜的故事，或传达一种求真向善的道理，通俗易懂、老少咸宜，彰显了积极向上的民间文化。

在人的全部性格中，既有社会性、人性的东西，也有地域性、民间文化的内涵。贾平凹短篇小说中的人物，轻社会性而重地域性，使人物表现出鲜明的地域性格和自然本色。他特别善于描绘乡村中的年轻女性形象，如前所述的满儿、月儿、青枝、绿叶等，都显得那样美丽纯真、钟灵毓秀、侠骨柔情，既有中国传统女性的温柔美德，又有大自然女儿的聪颖野性，是贾平凹心中的"女神"形象。他对老一代人的形象也情有所钟。《土炕》中的大娘，丈夫早逝、一生坎坷，战争年代她救助了受伤的八路军女宣传员，"文革"时期又收留了沦为"黑崽子"的女八路的孙女，一生奉献、不求回报，表现出陕北人勤劳、坚韧、仁厚的精神品格。《制造声音》里的杨二娃，为一棵树的年龄问题，从乡到县到区，状告十五年，弄得家破人亡，就是要证实这个世界还有没有公道，政府的衙门是为谁而开。最终问题解决，老汉溘然而逝，凸显出一个陕西农民正直、顽强、认死理的地域性格。《商州初录》中穿插了一连串的故事和人物，人物性格着墨不多，却真实而传神。《莽岭一条沟》里的接骨老汉身怀绝技，医治过无数人的病痛，但一次被迫为狼治病后，悔恨不已跳崖自杀，显示了一位民间医生的高洁操守。《摸鱼捉鳖的人》里的丑陋汉子，穷困孤独，靠摸鱼捉鳖为生，但每天认真地把装有求爱信的玻璃瓶，放入河中去寻找有缘人，体现出一位山里人追求真爱的浪漫情怀。《一对恩爱夫妻》中的大来夫妇，隐居深山、培育木耳，为了抵抗公社书记对美丽妻子的骚扰，丈夫用汽油毁了妻子的面容，他们依然互敬互爱，用自己的劳动和智慧创造着美好生活，显示了这一对夫妻忍辱负重的生存意志。《小白菜》里的著名演员"小白菜"，人美艺高德行好，但婚爱曲折、命运多艰。"文革"中为了解救众多被关押的"走资派"，她委身造反派"司令"，骗取通行手令，表现出一种舍生取义、有勇有谋的"巾帼英雄"壮举。在这一个个普通而感人的形象身上，无不体现出商州民众的纯朴、真诚、勇敢、执着的地域性格和精神。诚然，贾平凹在描绘他的"父老兄弟"的时候，是怀着一种感恩之情的，是有意无意美化的，正是这种创作心态，也使他笔下的一些人物存在着性格简单雷同、缺乏深度和特点的局限，这也是毋庸讳言的。

　　贾平凹新时期的短篇小说，着力表现地域环境和民情风俗，讴歌改革开放对农村和农民的深刻影响；在小说创作上，他重精神、重情感、重整体、重神韵，创造了一种质朴自然、浑厚灵动、多姿多彩的乡土小说形态；在叙事语言上，则追求生活化、乡野味、文人化、古典味等的和谐统一，形成了自然、拙朴、含蓄、丰赡的语言格调。但总的说来，他的短篇小说不如中篇小说饱满有力，而中篇小说不及长篇小说从容厚实。

莫言：讲述温暖、"魔幻"的乡土故事

　　与贾平凹一样，莫言也是以长篇小说享誉文坛的。但同样是以短篇小说起家，并用短篇、中篇、长篇小说共同构筑了他的"高密东北乡"风景和世界。日本作家大江健三郎评价说："如果在世界上给短篇小说排出前五名的话，莫言的应该进去。"① 同莫言的中长篇小说比较，他的短篇小说有更多的现实主义特色，应该属于精神家园型乡土小说。但评论家们把他的创作有的归入"先锋派"，有的划进"寻根派"，可见其创作的丰富和复杂。莫言1955年出生于山东高密县农村一个农民家庭。因"文革"，小学只读到五年级即辍学，回村务农。1976年入伍当兵，历任班长、保密员、图书管理员、教员、干事等职。1984年进入解放军艺术学院文学系学习，1988年就读鲁迅文学院与北京师范大学合办的作家研究

---

① 莫言：《白狗秋千架》封底引言，上海文艺出版社2012年版。

生班，获文学硕士学位。1997 年转业到最高人民检察院《检察日报》当记者，后调中国艺术研究院文学院任院长，被聘为北京师范大学教授。为中国作家协会第八届副主席。莫言 1981 年开始创作，发表了一批以乡土生活为题材的短篇小说，1985 年广泛阅读西方现代派作品，在艺术上大胆探索，创作了轰动文坛的中篇小说《透明的红萝卜》，成为一位最富有创新精神的作家，一面受到了广大读者的关注，另一面受到了评论界的质疑乃至批评。他短篇、中篇、长篇小说皆擅。短篇小说创作集中在 20 世纪 80 年代，代表作有《民间音乐》《枯河》《白狗秋千架》《木匠和狗》《月光斩》等。中篇小说创作的高潮也在 80 年代，重要作品有《球状闪电》《金发婴儿》《爆炸》《红高粱》等。80 年代末期之后以长篇小说创作为主，连续创作了十余部作品，有多部引发争议，著名的有《天堂蒜薹之歌》《丰乳肥臀》《酒国》《檀香刑》《生死疲劳》等。《蛙》2011 年获得第八届茅盾文学奖。2012 年莫言获得诺贝尔文学奖，颁奖词说，莫言"将魔幻现实主义与民间故事、历史与当代社会融合在一起"，成为中国第一个获得这一世界性奖项的汉语作家。

莫言新时期的短篇小说创作，主要有如下三方面的艺术特色。

创造了一方温暖、壮烈、"魔幻"的"高密东北乡"天地。

高密县位于山东半岛中部、胶莱平原腹地，同样是儒家文化盛行的地方。但自古以来群雄逐鹿、战事频仍，再加上农业落后、民生贫苦，所以造成了民风强悍、盗匪横行的独特现象。莫言在描述故乡时说："高密东北乡无疑是地球上最美丽最丑陋、最超脱最世俗、最圣洁最龌龊、最英雄好汉最王八蛋、最能喝酒最能爱的地方。"[①] 莫言在故乡生活了二十余年，进入城市后依然同故乡保持着密切关系。他既热爱它又怨恨它，"爱乡"与"怨乡"的复杂感情充分地表现在他的作品中。

在莫言的笔下，故乡是美丽、富饶、温暖的。《草鞋窨子》中，冬天农闲时，乡民们就在雪地上挖一个凸字形大土坑，上面搭上秫秸蒲草，下面就成为人们编草鞋、聊天、讲故事的娱乐场。《因为孩子》里，乡村孩子之间"撩猫逗狗"，大人之间吵嘴打架，但绝不影响一方孩子出事之后，邻居尽释前嫌、热心相助。在这些日常生活中，让人们感受到了乡村的纯朴、温暖。《售棉大路》写秋天农民卖棉花，棉花厂棉如山，马路上售棉队伍绵延数里，虽然售棉艰难，但表现出一派丰收景象。《民间音乐》写乡镇商家们的竞争和茉莉花酒店的兴衰，从一个侧面反映出农民

---

① 莫言：《红高粱》，《人民文学》1986 年第 3 期。

们的经商情景和文化心理。这些故事和情景发生在 20 世纪 80 年代的农村改革中，折射出乡村的进步和希望。

莫言的笔下，故乡又是丑陋、壮烈、"魔幻"的。20 世纪 80 年代中期，莫言一头扎入西方现代派文学，深受美国作家福克纳和拉美作家马尔克斯的影响，反思和扬弃了自己既往的现实主义创作套路，大胆借鉴了意识流和魔幻现实主义表现形式和手法，决心创造一个根植于真实基础上的想象中的故乡世界。对莫言来说，现代形式的运用，同时源于同乡前贤蒲松龄《聊斋志异》的熏陶，那些神仙鬼怪的故事同魔幻现实主义本质上是相通的。此外更来自作家对现实、历史生活的感受和想象。农村生活中蕴含着大量奇异、神秘、荒诞的现象，都激发着作家的灵感和思想。《五个饽饽》写大年除夕夜点油灯、敬众神，一派庄严梦幻气氛，而摆放在供桌上珍贵的白面饽饽竟然不翼而飞，后来又奇迹般地回到了供桌上。这是多么离奇的事情！《养猫专业户》写年轻人大响子承父业、酷爱养猫，后来竟成为养猫专业户。他身穿黑衣，口念咒语，驱赶八只猫转圈奔跑，竟可以招来全村的老鼠，然后赶到水塘淹死。这又是多么荒诞的现象！《枯河》更是一篇体现着严峻现实的魔幻小说。那个黑瘦而缺心眼的男孩小虎的死，起因是他从树上掉下来砸伤了村支书的女儿小珍。这一滔天大祸，不仅使他的上中农家庭的日子更加难过，而且直接粉碎了哥哥当兵的梦想。这个男孩虽然弱智，但他强烈地意识到自己必须去死。在整个事件的过程中，他恍恍惚惚，意识混乱，幻象联翩，表现了一个绝境中的孩子的恐惧、孤独、绝望、错乱的意识和潜意识世界，同时折射出 60 年代乡村社会的贫困、荒凉、压抑的一面。

雕塑了一群率真、强悍、野性的乡民形象。

莫言打破了现实主义创作注重人物现实行动和个性的创作模式，把人物放置在更宽广的现实、历史背景上，着力发掘了他们人性的本能、善恶的交织、生命的强悍等方面，塑造了一些自然率真、敢作敢为、大爱大恨、不惧生死的强者形象。这样的形象自然是一种夸张的、理想的人物形象，但正是对退化的现代人的一种反思和批判，对那种生活在历史和民间的自然人性人格的赞美和呼唤。莫言的理念和创作自有一定道理，但也是反理性的、偏颇的，因此受到了争议和批评。

历史中的"我爷爷""我奶奶"的形象，是莫言最神往和着力塑造的，他们出现在中长篇小说中，也多次出现在短篇小说里。《秋水》里的爷爷是一个土匪，杀死三个人、放起一把火、拐着一个大户人家的小姐，从保定府逃到山东高密东北乡，成为这片土地最早的开拓者。其中的奶奶白嫩俊俏，侠骨柔肠，与爷爷同甘共苦，生儿育女。一场大洪水，见证了他们的艰难生存和忠贞爱情。《人与兽》中的爷爷余占鳌，更具传奇性，抗战时期是威名赫赫的土匪头子，但在与日军的一次战斗中不幸被俘押运到日本去当劳工，第二年机智逃脱隐身山洞成为一个野人。在山中饮冰食蘗、智斗野兽、偷袭日本女人，一直到 14 年后才有幸回到祖国、回到故乡。充分显示了他炽热的血性和顽强的生命力。而《大风》里的爷爷则不同了，只是一个慈祥、勤劳，庄稼活干得出色又会唱戏曲的普通农民。《老枪》中的爷爷更不济，是一个吃喝嫖赌的纨绔子弟，赌博输掉了地和马，被奶奶一枪送命。而大户人家出身的奶奶，不仅标致得"盖八庄"，而且白手起家，用能力和智慧支撑着一个大家庭。但到了父辈、孙辈身上，一代不如一代，到最后连老枪也不会用了。

高密东北乡的年轻女性，在莫言笔下写得强劲感人。《民间音乐》中的酒店老板花茉莉，既妩媚佻薄，又聪明能干，把生意做得风生水起；她挣脱了世俗的"美满"婚姻，一心寻觅纯粹而浪漫的爱情，但偶然相遇的民间艺人小瞎子的决然离去，打碎了她的爱情幻想。这是一个带着柔情和野性、心比天高命比纸薄的红颜形象。《白狗秋千架》里的暖，少年时漂亮、聪明、会唱歌，解放军宣传队的首长很是赏识，断言将来很有前途。但一次秋千架失事、瞎眼毁容后，彻底改变了她的人生命运，不到三十岁就成为丑陋苍老、身负一家三哑重担的粗俗女人。但她没有放弃人生的希望，她"蓄谋"要同昔日的玩伴有一次野合，生一个会说话的孩子，强烈表现了底层女性命运的无常和不灭的人生追求。但作家由于过分注意对人物情绪、精神的渲染，有些人物显得虚幻、破碎、晦涩，让读者难以把握。

熔铸了一种兼容并蓄、自成一家的讲故事模式与叙事语言。

在新时期文学中，像莫言这样古今中外、博采众长、为我所用的作家并不多见。他的创作保持了现实主义的基本品格。如《放鸭》《白鸥前导在春船》等反映了 20 世纪 80 年代农村的变革景象。如《枯河》《飞艇》等揭示了严峻的现实问题，如农村中的阶层矛盾、经济危机以及国民劣根性问题等。他的创作深入了广阔的历史生活和广大的民间社会。山东高密乡的历史特别是现代以来的抗日战争、60 年代的天灾人祸等，对莫言有着深刻的影响。他不仅按照正史写出历史的某些真实，而且凭借想象大胆地虚构历史，突出这块土地的悲壮命运和民众的英雄精神。他的家族故事和人物，有极小部分是有真实依据的，绝大部分是联想、幻想的，是山东高密乡众多家族的一个象征。他对民间传说、民情风俗有着浓厚兴趣，在创作中信手拈来，就涉笔成趣。如《遥远的亲人》中写农村的娶亲和发丧，如《罪过》里写故乡小河关于鳖精的大量传说，如《木匠与狗》中写管小六与鸟的故事、木匠与狗的故事，等等，都饱含着丰富的地域特色，对历史、民间的杰出表现，极大地扩展了他的小说的思想内容和艺术魅力。他的创作创造性地运用了魔幻现实主义方法和手法。蒲松龄的志怪和荒诞写法与马尔克斯的魔幻现实主义表现方法，在他手里得到了巧妙结合，运用得得心应手。《月光斩》中写一桩轰动全县的杀人案，县委副书记的头颅被高挂树顶，而躯体却安放在三星级酒店豪华套间的椅子上。围绕案件的侦破，作家把现实社会的矛盾，"大跃进"和"文革"时期的民间传说，历史上的铸剑神话等，机智地融为一体。而结果是身首异处的头颅和躯体，竟发现是一个塑料模特，陡然间显出了现实的魔幻，而在魔幻中又深藏了复杂的社会主题。这是一篇典型的魔幻现实主义作品。他的创作形成了一种卓然不群的叙事语言。整个语言以"讲故事"口吻为基调，但不照搬古代白话小说套路，融入了现代小说的描述方法。在叙事展开中，又吸纳了民间口语、人物感官想象，作家的抒情议论等种种因素，形成了一种天马行空、众声喧哗而又有头有尾的现代叙事风格和语言。当然，有的作品因为过度突出感觉，运笔少控，也出现了冗杂滞涩、难以卒读的弊端。

营造乡村乌托邦——张炜

在众多的农村小说作家中，张炜是有着独特的思想和艺术追求的。他坚守精英知识分子的思想和情怀，却坚定地立足于胶东土地和民间社会，用全部的心灵和感情，抒写着土地和乡村的自然景象、现实变迁、历史沧桑，以及这里的芸芸众生，营造着他心目中的乡村乌托邦。张炜祖籍山东栖霞，1955年出生于山东龙口市。1976年高中毕业，回原籍农村参加劳动，在栖霞县橡胶厂当工人、技术员。1978年考入山东烟台师专中文系。1980年毕业分配到山东省档案局工作，做过四年历史档案资料的编辑和研究。1984年调山东省文联从事创作，历任专业作家、创作室副主任、省作家协会副主席、主席，万松浦书院院长。兼任山东师范大学、鲁东大学中文系教授，山东省龙口市副市长、市委副书记等职。张炜1975年创作处女作短篇小说《木头车》。1980年正式开始发表作品，以小说创作为主，兼写散文、评论、诗歌等。他同样是以短篇小说走上文坛，不懈坚持，此后由中篇小说特别是长篇小说奠定文学地位的作家。20世纪80年代他主要创作短篇小说，发表了大量表现乡村生活的新颖优美的佳作，如《紫色眉豆花》《芦青河边》《夜莺》《玉米》《怀念黑潭中的黑鱼》等；

《声音》《一潭清水》分别获得 1982 年、1984 年全国优秀短篇小说奖。他在中篇小说上也实绩可观，《秋天的思索》《秋天的愤怒》《蘑菇七种》《瀛洲思絮录》等有广泛影响。他更是一位擅长长篇小说的作家，从 1987 年《古船》开始，接连出版了《九月寓言》《柏慧》《家族》《能不忆蜀葵》《丑行与浪漫》《刺猬歌》等十几部。2010 年由作家出版社出版了他长达 39 卷、约 450 万字的长篇巨著《你在高原》，2011 年获得第八届茅盾文学奖。还出版有散文集《融入野地》《夜思》《筑万松浦记》，诗集《皈依之路》，学术文化著作《楚辞笔记》《芳心似火》，等等。

张炜的短篇小说看似纯美、超拔，但内涵丰盈、阔大，继承和拓展了抒情文化小说创作传统。有论者把他归入"乡土小说作家""寻根派作家"，其实他已经超越了乡土、文化，成为一位关注现实、历史、地域、世界、家园、人类等终极问题的作家。他在 20 世纪 80 年代的短篇小说创作，思想活跃、构思精美、手法多样，集中代表了他这一时期的思想和艺术探索。

讴歌自然之美、劳动之美、青春之美，是张炜新时期短篇小说创作的主旋律。当代作家着力描写自然风景、地域特色的并不少见，但像张炜这样浓墨重彩、倾注大力的却罕有。他的作品中常常出现一条河：芦青河。他在一部小说的后记中说："芦青河（泳汶河）在胶东西北部小平原上。我出生在河边，在这个可爱的地方生活了近二十年。后来我就离开了，到山区、到城市……我再也没有遇到比那儿更好的地方。芦青河穿过小平原注入渤海，河两岸，有平展展的原野，有密匝匝的林子。大约因为河水的滋润，一切都长得那么茂盛——还记得夏秋的树木和稼禾，浓绿浓绿，真正是苍翠欲滴啊！不记得庄稼有歉收的时候，人勤劳，土地也太肥沃了。总之，河两岸出奇地美丽，也出奇地富庶。"[1] 在作家心中，芦青河是母亲河，是故乡的象征。围绕这条河，作家还写了胶东平原上肥美的土地、浩瀚的大海、茂密的树林、葳蕤的花草、灵性的动物乃至风霜雨雪等大自然现象。譬如《橡树的微笑》中，几棵老橡树会显出笑容，会保护好人、惩罚坏人。譬如《下雨下雪》里，下大雨下大雪的景象描写得酣畅淋漓，已变成一种自然灾害，但在民众的抗灾中又得到了意想不到的收获和乐趣。自然风景和地域特色已不再是一种背景、点缀，而是作品中的主体，一种富有生机和生命的存在，其中蕴含着道家万物有灵的自然观。张炜把乡村各种各样的劳动，也写得美好神圣而有趣味。譬如《玉米》写玉米从

---

① 　张炜：《芦青河告诉我·后记》，山东文艺出版社 1984 年版，第 321 页。

下种到收获的一系列过程和劳动，紧张的集体劳动始终伴随着快活的对话、玩笑、唱歌、讲故事，物质生产和精神娱乐相辅相成。譬如《烟叶》写跛子老四把割烟变成一种绝活儿，《蜂巢》写养蜂人美妙、惊险的劳作，《生长蘑菇的地方》写"我"在芦青河边忘情地采蘑菇，均把这些最日常的生产劳动写得优美、快乐，人在劳动中已然忘却了功利目的，变成了一种创造和享受。《夜莺》真诚地赞美了农村姑娘自由自在的劳动和对"美"的感悟，委婉地讽刺了大学生对劳动的鄙视和思想理论的空洞。

张炜在多篇小说中描写了青春之美。《天蓝色的木屐》写漂亮、泼辣的姑娘小能，与时髦青年王二力分手，勇敢爱上出身地主家庭但聪明手巧的小木匠大榕，激发了小木匠的才智和自尊。《紫色眉豆花》写年轻女子小疤与老亮头看菜园的悠闲劳动和美好情景，美丽的小疤把一片爱心献给了因公致残的兵哥哥——老亮头的儿子春林。《芦青河边》写乡村姑娘小碗儿，在女勘查队员郭蝈的启蒙和影响下，思想的开放和情商的觉醒。这些乡村的妙龄女子，天生丽质，富有传统美德，在改革开放的潮流中思想感情一步步成熟，爱情使她们的青春更加多姿多彩。《声音》是作家的代表作，19岁的二兰子，美丽纯朴、心灵手巧、热爱劳动，在树林子里割草偶遇小罗锅。小罗锅年龄大，又背锅，但他自学成才、理想高远，鼓励二兰子珍视自己，学习文化，"喊出自己的声音"，给没好好上学的二兰子展现了一幅诱人的前景。二兰子与小罗锅之间，也许会有爱情，也许不会有，但他们的心灵是相通的，一个正在从蒙昧走向觉醒，另一个正在逆境中奋争成材，象征了新时期一代青年的新生。

发掘普通民众身上的真善美品格，展示他们在民间社会中的生存和命运，是张炜短篇小说创作的重要主题。他特别擅长描写两类人物，年轻女性和年老的普通农民、渔民。先看年轻女性形象。《看野枣》中的乡村姑娘大贞子，《善良》里的少妇小娜，《叶春》中的知识青年叶春等，总是有着纯朴的天性、率真的性格、传统的美德、倔强的脾气，是富有理想色彩的大自然女儿，凸显了作家的一种人物观。再看老年农民和渔民形象。《铺老》中冬天住在海边渔铺里自得其乐的几位老渔民，《夏天的原野》里带着孙子翻麦茬地、一直劳作到死的老爷爷，这些老一代农民和渔民，勤劳、朴实、善良、坚韧，他们把劳动当作一种责任和快乐，他们敬畏世间的天地万物，代表着一种传统农民的生活观念和生存方式。当然，张炜也塑造了一些特殊性格的人物，如《开滩》中那位性格暴烈、铁面无私的看海滩人常敬，如《黑鲨洋》里在惊涛骇浪中探险、打鱼的曹德、老葛等渔民"英雄"，不管他们的性格多么古怪、暴躁，他们在骨子里是热爱土地和大海的，是艰难的生存和从事的劳动铸造了他们的刚烈性格。

张炜的短篇小说注重刻画人物，写得灵动、细腻、完美，富有诗意特征。但过分美化、理想化，不注重性格描写，因此使多数人物形象显得清浅、虚幻、模糊，真正让读者记住的不多。这无疑是艺术上的不足。

营造现代社会的乡村"乌托邦"，是张炜小说对新时期文学的独特贡献。在张炜笔下，过去的乡村是美的、原始的劳动是美的，普通农民和渔民是美的。即便有假丑恶现象，也不足以掩盖乡村世界的美好。他的乡村世界，实际上是一个净化的、抽象的、想象中的"乌托邦"。他是在用"乌托邦"社会对抗现代社会的物欲、享乐和种种污染。张炜有两篇写水潭的小说：《怀念黑潭中的黑鱼》和《一潭清水》，前篇写的是一个民间传说故事，颇有《渔夫和金鱼》的意味。作品揭示了人与鱼本来可以相通、和睦共处，但人为了私利，背叛了鱼，破坏了鱼的生存环境，结果遭到报复，水潭干涸，人与鱼的生存遭到重创。后篇写的是一个现实故事，集体化时期的瓜园是大家的，赶海人、孤儿小林法来瓜地可以随便吃瓜，两个种瓜的老头与大家处得融融乐乐。农村生产责任制后瓜园成了个人的，别说是赶海人，就是孙子一样的小林法也不能随便吃瓜了。一个老头子变得自私、吝啬起来，一个老头子无奈离去了葡萄园。人与人之间的和谐美好被现实利益所打碎。尽管一个老头子与小林法又在葡萄园动手挖水潭，但破镜还能重圆吗？从这两篇小说的对比中，不难看出作者是在倡导一种天人合一、互助互爱的社会形态，批判一种以邻为壑、见利忘义的畸形社会。

张炜的思想倾向，必然导致他对物化、对城市的批判和拒绝，对自然、对乡村的亲近和回归。《满地落叶》写"我"栖居一个乡村果园中，遇到一位放弃城市来到果园做教师的灵秀姑娘，优美、宁静的自然环境，聪慧、温柔的青春女子，让"我"有一种置身桃花源的感觉。《三想》写"我"进入离城三十多公里的老洞山，在原始天地间、在避雨的石洞中，思索了很多关于人、自然、动物、植物等哲学命题。而到1993年发表的散文化小说《融入野地》，作者深化了他对城市、现实的批判，认为"城市是一片肆意修饰的野地，我最终将告别它。我想寻找一个原来，一个真实"。他认为人乃至人类应回到"野地"，那里有土地、村落、树林、动物，"辽阔的大地，大地边缘是海洋，无数的生命在腾跃、繁衍生长，升起的太阳一次次把它们照亮"。张炜营造的这一"乌托邦"世界，无疑是虚无的、想象的、不可能实现的。但它对于越来越物化、虚假的现代社会，对于越来越功利、躁动的现代人来说，肯定是一剂"醒脑静"。

第四节 "寻根小说"的异军崛起

综 述

新时期小说经历了两个不尽相同的阶段。20世纪80年代初期前后的"伤痕""反思"和"改革"小说，听命的是社会、政治的需要，遵循的是现实主义的创作路子。而80年代中期之后的文化"寻根小说""现代小说""先锋小说"，实现了文学向文化、审美和个性的回归，逐渐走向了一种多样、自主的境界。这是一场深刻、复杂、意义深远的文学变革。这场变革，甚至影响着文体的兴衰。80年代初期前后，是一个短篇小说的时代，短篇小说的艺术特征与时代精神、读者趣味等高度契合，形成了七八年时间的文学盛景。而80年代中期之后，中篇小说、长篇小说日趋活跃，它们更适宜表现越来越多样、复杂的社会人生现实；而短篇小说虽然还在不断生产，但已不再能引领社会和文学潮头，退居"配角"位置。

文化"寻根小说"使新时期文学出现了重大转型，但也导致了文学的边缘化。"寻根小说"中不乏优秀短篇小说，但独占鳌头的是中篇小说。

1984年岁末，由《上海文学》《西湖》杂志和浙江文艺出版社在杭州召开了一次文学对话会，后称"杭州聚会"，参会者有来自全国各地的青年作家、评论家等二十几位，会期长达一周。会议的主题是"新时期文学：回顾与预测"，但讨论的问题却不约而同地集中到了文化与文学等诸多议题上，特别谈到拉美魔幻现实主义文学思潮，引发了大家的共鸣，为"寻根文学"作了理论上的破题和准备。1985年之后，参加杭州会议的部分作家以及赞同文化寻根的一些作家、评论家，纷纷发表文章，阐述文学与文化的关系，强调文化对文学的重要意义，在文坛上掀起一股热潮。重要的文章有：韩少功《文学的"根"》，阿城《文化制约着人类》，李杭育《理一理我们的"根"》、郑义《跨越文化断裂带》，郑万隆《我的根》，缪俊杰《文化意识和文学"寻根"》、蔡翔《野蛮与文明：批判与张扬》等。全国有二十多家重要报纸和刊物，如《作家》《文艺报》《上海文学》《当代》《文学自由谈》《当代文艺思潮》《文学评论》等，都参与了这场讨论，众说纷纭，如火如荼。

韩少功在他那篇被称为文学寻根宣言的文章中，精辟论述了文学与文化的关系，指出："文学之根应深植于民族传统文化的土壤里。"阿城在文章中尖锐批评了五四运动之后，我们对民族文化的虚无主义态度，期待作家重新认识中国文化，积极地与世界文学进行对话。郑万隆在文章中认为，小说的内涵有三个层次，而最深层的是文化积淀，倡导作家"开凿自己脚下的'文化岩层'"。李庆西在文章中以为，文学的根并不在正统的儒家文化中，而在区域和民间文化中，如老庄哲学、楚文化、吴越文化等。由于每个作家人生背景、文化素养、文学观念的各不相同，因此对文学寻根的理解大异其趣，甚至是相左和矛盾的。但有一点是共同的，那就是要摆脱文学的社会功利性，让文学真正回归到文化和审美上来。

　　文化"寻根小说"的异军崛起，有着深刻的社会文化背景和文学内在根源。从社会文化背景看，20世纪80年代初期到中期，是一个"文化热"持续升温的时期。西方现代思想文化著作大量翻译引进，"尼采热""弗洛伊德热""萨特热"等为国人打开了宏阔而新颖的思想视野；而老一代思想文化学者如梁漱溟、冯友兰等对中国传统文化的继承和弘扬，还有李泽厚《美的历程》《中国古代思想史论》等的出版，又直接促成了对中国传统文化的重新学习和解读的潮流。中西文化的再一次相遇、碰撞，引爆了作家们的文化热情。从文学内在根源看，80年代，同西方现代文学一起，拉美文学也大量涌进中国。拉美各国同中国一样，都是发展中国家，但拉美文学却涌现了众多世界级作家，有多位获得诺贝尔文学奖，拉美文学也风行全世界。阿根廷的博尔赫斯、古巴的卡彭铁尔、哥伦比亚的马尔克斯、秘鲁的略萨等，以他们的魔幻现实主义创作，深刻感染和震撼了中国作家。他们在美国作家福克纳的《喧哗与躁动》中领略了作家对"家乡的那块邮票般大小的地方"的开掘与营造，又在马尔克斯的《百年孤独》里见识了作家对现实与神话的完美结合，促使他们要穿越文化与文学、世界与中国，开创一种中国式的"寻根文学"，进入世界文学的版图。正如陈思和指出的："事实上，知青作家与从50年代走过来的王蒙一代作家相比，并没有一种强大的理想主义和政治信心作为精神支柱，因而当现实理想失落之后，这一代作家必须找到一个属于自己的世界来证明他们存在于文坛的意义，即使在现实中找不到，也应该到想象中去寻找。于是，他们利用起自己曾下乡、接近过农民日常生活的经验，并透过这种生活经验进一步寻找散失在民间的传统文化的价值。"[1]

　　文化"寻根小说"是一个既有理论主张，又有创作实践的文学流派，张学军在《中国当代小说流派史》中对这批作家的创作状态作了形象、全面的描述：

---

[1]　陈思和：《中国当代文学史教程》，复旦大学出版社1999年版，第277页。

"他们跃跃欲试，更自觉地追求植根于本民族的文化土壤，他们把目光转向乡土的、民间的、未被现代文明浸染的原始文化，都在自己所熟悉的地域生活中，来探寻民族文化的源流和精髓。韩少功到湘西古老的习俗中去寻找他认为已经流失了的楚文化，在那儿他惊喜地发现了鸟图腾崇拜的先民遗迹。李杭育在'葛川江'系列小说中，努力开掘着他所认为的规范之外的、正宗的吴越文化，对南方的孤独中包蕴着的原始生命强力和自由精神，表现出欣羡之情，以此来匡正人们对吴越文化的误解。贾平凹在'浮躁'的时代氛围下，立足商洛山区，在民俗风情世事变化的考察中，对那种古朴的人伦温情表现出难以舍弃的留恋。郑义在太行山区'打伙计''拉边套'的乡俗中，看到了'这被扭曲的爱情婚姻关系中，竟深蕴着那么朴素无华而感人至深的东西'。郑万隆的'异乡异闻'系列小说，在东北的山林中寻找自由旺盛的生命力。王安忆在古风犹存的'小鲍庄'，发掘出古朴的仁义美德。一些少数民族作家虽然没有发表寻根宣言，但是独特的文化素养和生活环境，使他们在文化寻根意识的裹挟下，本能地倾向于对自身民族原生文化的艺术表现。扎西达娃立足于藏族文化土壤，以独特的眼光，从藏族风土民情中发掘出与宗教传统的血脉联系，展示了藏族孤独落后的近代心史。乌热尔图在大兴安岭的森林里，描绘出鄂温克族人狩猎文化特征。张承志的主人公也在'黄金牧地'的神话中找到了精神的归宿。一时间，作家们以各自的艺术风格，经营着各自所熟悉的地域文化系列小说。文化寻根小说蔚然大观。"①

文化"寻根小说"的成果主要体现在中短篇小说上。代表性的作家作品有：韩少功中篇小说《爸爸爸》《女女女》，短篇小说《归去来》《蓝盖子》；阿城中篇小说《棋王》《树王》《孩子王》，短篇小说《树桩》，《遍地风流》系列小说；李杭育中篇小说《土地与神》，短篇小说《沙灶遗风》《最后一个渔佬儿》；贾平凹《商州初录》系列小说；郑义中篇小说《远村》《老井》；郑万隆《异乡异闻》系列小说；王安忆中篇小说《小鲍庄》；扎西达娃中篇小说《西藏，隐秘岁月》，短篇小说《系在皮绳扣上的魂》；乌热尔图短篇小说《七岔犄角的公鹿》《一个猎人的恳求》；张承志中篇小说《黑骏马》《北方的河》；等等。在评论家的阐释、概括中，20世纪80年代初汪曾祺发表的表现江苏高邮民情风俗的短篇小说《受戒》《大淖记事》，被认为是寻根小说的先行之作。陆文夫、邓友梅、冯骥才等表现地域文化特色、传统文化物象的一些中短篇小说，

---

① 张学军：《中国当代小说流派史》，山东大学出版社 2007 年版，第 260 页。

也被纳入寻根小说范畴。

　　这些名噪一时的代表作品，题材内容千姿百态，思想视野宏阔独特，表现方法灵活多样，成为文坛上的一道奇丽风景。尽管主题内涵千差万别，但大致归纳似有三个方面。一是重新发掘和认识民族传统文化，譬如儒家尤其是道家文化，肯定和彰显它在现实社会人生中的作用和价值。二是立足现代社会，观照和发现地域文化、民间文化，从中寻找那种自然的、古老的、强悍的文化元素和生命力量。三是从现实出发，揭露和批判当代社会中那些腐朽丑陋的文化传统和习俗，如封建迷信、等级观念和奴性意识等。当然，这些主题内涵在作品中往往是并存、混杂在一起的，是很难清晰区分的。寻根小说在艺术表现上也实现了重大突破。小说模式上，打破了过去那种或故事或人物的套路，强化了作家主体的叙述分量和个性。在情节、人物、结构等的营造上，向中国古典小说取法，突出了新时期文学的民族风格和神韵。

　　与"伤痕""反思"小说相比较，"寻根小说"的思想倾向和价值判断显得更加复杂暧昧，再加上作家有意识的理性思辨，无形中扩展了小说的表现内容乃至篇幅尺度，遂使本来擅长短篇小说的作家，不得不选取中篇小说的形式，于是出现了"中兴短衰"的文学现象。这是寻根小说代表作多为中篇小说的深层原因。当然，"寻根小说"作家也写了不少优秀短篇小说，如阿城、李杭育、郑万隆、扎西达娃等。短篇小说历经文化寻根、先锋和现代潮流，完成了最后的表演，此后就进入一个衰退期。

阿城：回到日常生活　回到传统文化

　　阿城是"寻根小说"流派的领衔人物。作为知青作家，他不仅刷新了知青小说的面貌和写法，同时开辟了文学回到日常生活、回到传统文化的途径，为"寻根文学"的发展作出了独特贡献。阿城，原名钟阿城，祖籍四川江津，1949年出生于北京。小学、中学时期就遍览中国古典文学和西方经典文学名著，并在旧书店阅读了大量野史笔记之类。高中一年级逢"文革"爆发而中断学业。1968年到山西农村插队，后又转内蒙古，继而去云南农场劳动。1979年回北京，曾在中国图书进出口公司工作，后任《世界图书》杂志编辑，从事美术活动。他对绘画、音乐、摄影、装帧设计乃至泥塑、烧陶、剪纸等民间艺术也有广泛兴趣。20世纪90年代后定居美国。阿城在农村插队时就开始创作，但没有公开发表。1979年协助父亲钟惦棐撰写《电影美学》，涉猎了西方美学、中国古典美学乃至文化历史，为他后来的创作做了准备。1984年发表处女作《棋王》，引起文坛轰动，同年年底参加文化与文学对话会"杭州聚会"，1985 年 7 月在《文艺报》发表关于文学寻根的文章，由此成为"寻根小说"的代表性作家。他还创作了《树王》《孩子王》，《棋王》获得全国第三届（1984—1985）中篇小说奖。"三王"系列均为中篇小说，被视为"寻根文学"的扛鼎之作。这一时期他还创作了多篇短篇小说，整理并新写了短篇系列小说《遍地风流》，均受到了文坛和读者的关注。此外，他还改编和原创了多部电影文学剧本，拍成电影后有多部获奖。之后，他中断了小说创作，但偶有散文杂感发表。

　　同绝大多数寻根派作家一样，阿城也是一位既有理论主张，又有创作实践的作家。他在论述文化寻根的文章《文化制约着人类》中，论述了文化对文学的决定性意义："文化是一个绝大的命题。文学不认真对待这个高于自己的命题，不会有出息。"揭示了中国从现代到当代对民族文化的只破不立："五四运动在社会变革中有着不容否定的进步意义，但它较全面地对民族文化的虚无主义态度，加上中国社会一直动荡不安，使民族文化的断裂，延续至今。"批判了当时小说创作中只有社会性没有文化性的弊病："社会学当然是小说应该观照的层面，但社会学不能涵盖文化，相反文化却能涵盖社会学以及其他。"① 这些理论观点在 20 世纪 80 年代中期，无疑是新颖、尖锐、具有震撼力的。阿城在他的小说特别是"三王"中，充分体现了他对中国传统文化儒道释特别是道家文化的认同和皈依。《棋王》雕刻了一个身处乱世但内心有着强大道家精神定力的典型人物，《孩子王》描绘了一个有一种儒道互补心理文化积淀的普通教师形象，《树王》渲染了一种人与树同生死的天人合一的自然景象和文化意境。"三王"意蕴深远，形象突出，写法精到，是不愧为"寻根小说"的典范作品的。

　　阿城的短篇小说不及中篇小说影响大，独立成篇的短篇小说有七八篇，代表作是《树桩》。《遍地风流》是短篇系列小说，陆续发表在各种刊物上，有评论家把它归入散文文体，其实是一部典型的笔记体小说，1999 年作家出版社辑集成书。这些系列作品自然渗透了阿城尊崇的民族传统文化，但并非每篇都有，有些则具有较强的现实内涵和意义。从整体上看，它仍属于文化"寻根小说"。读者倒是从这些作品中，更可以窥见作家的人生经历、文化思想和审美趣味，是作家创作的重要组成部分。《遍地风流》共四辑 60 篇作品。第一辑"遍地风流"五篇写的是自然世

---

① 阿城：《文化制约着人类》，《文艺报》1985 年 7 月 6 日。

界，如峡谷、雪山、草原、湖泊，以及人在自然中的行为，折射出作家对天人关系的思考，以及人在自然世界中的孤独和奋争。第二辑"彼时正年轻"14篇写的是知青在农村的插队落户经历和生活。它摆脱了当时知青文学写苦难写理想的通行模式，着力表现了农村最日常的生活和劳动，独特的民情风俗与地域文化，书写了知识青年在其间的遭遇、锻炼和成长。第三辑"杂色"38篇，真像一个杂货篮。有京城故事、市井风情、机关图像、乡村传奇。有历史传说、"文革"逸闻、新时期奇事，时间跨度很长。有知青、"右派"、干部、教师、艺人、农民、军人……三教九流，应有尽有。在这些作品中，历史与现实杂糅，世俗与精神纠结，文化与文学相融，用的是纯正的古典笔记小说的一套写法，散发着一种古色古香的韵味。此外还有自序一篇、其他两篇。

　　新时期初期的文学，依然没有摆脱社会性、政治性等激进思想的影响。阿城强调小说的文化性，就是要把文学从社会性中解脱出来，使文学回到日常生活、民间社会、大千世界，从中把握传统文化的脉动。他在短篇小说中表现了博大而多彩的自然世界，表现了丰富而独特的民间社会，陡然间扩大了小说的艺术世界。如《峡谷》《溜索》写的是自然世界与人。前者写一处峡谷，险峻、静谧，一座小石屋，插一面藏文布旗，一个旗手乘马而来，进石屋吃肉喝酒，肥脸汉子收了钱，旗手又打马而去。这俨然是一幅幽远、精致的水墨画，显示了自然世界的地老天荒，人与世界的天人相应。后者写高耸、险恶的石壁，水声如雷的怒江，一队马帮在头领的带领下，由横跨两岸的铁索牵引，过人、过牛、过马、过货，飞渡怒江。这是一幅古朴、遒劲的水墨画，显示了自然世界的险象环生，人在世界中的奋争与力量。两篇作品均没有什么社会人生深意，只是呈现了两幅自然图画，让读者去品味人与自然的关系。阿城钟情民间社会普通人的生存状态，写出众多余味无穷的短篇小说。《会餐》写"文革"时期，草原上屯子里农历八月十五的大会餐。生产队的贫穷窘迫，队长的东挪西借，社员们的精心准备，会餐仪式的隆重热烈，知青们的新奇感受。无非是吃一顿猪肉、豆腐、土豆和烙饼，喝几碗白酒，但全队男女老少像过大节一样，兴高采烈、心满意足，还要感谢政府、祝福领袖。表现了底层民众以苦为乐、安时处顺、知恩图报的文化传统。《天骂》写的是太行山乡村的一种风俗，谁家丢了东西、受了委屈，当家女人就可以站在房顶，扯开喉咙骂，"诅天咒地""指斥爹娘"，且不时涉及人体器官、男女性事。这一风俗为弱者提供了申诉、抗争的平台，同时也为男女青年进行了性的启蒙。女知青王小燕就是在这天骂中懂得了很多性知识，后来"在村里嫁汉生子",真正扎根农村了。《洗澡》写的是草原上的民情风俗,高大壮实的骑手在草原的河里洗澡,一位骑马女子经过,坦然观看骑手的裸体、英姿,留下一句"你很好"策马而去,骑手唱着情歌就一路追踪去了。草原人的勇敢坦然,游牧民族的爱情方式,被描绘得浪漫奔放。在这里,不管是太行山的天骂,还是草原上的相爱,都显示了民间社会一种纯朴、自由的文化风尚。

写普通人这是任何一种文学都竭力倡导的,但阿城的观念与众不同,他说:"在我们这样一个国家里,普通人、小人物自然是主题人物。而且,他们之中常有一种英雄行为。他们并不是逞强,但环境、事件造成了,他们便聚了全部能力拼一下,事后自己都有些后怕,别人也会惊异发生过的事。当然更多的是他们日复一日毫无光彩的劳作,地球于是修理得较为整齐,历史也默默地产生了。"① 阿城在《遍地风流》中描绘了林林总总的普通人物形象,但写得最好的还是民间社会的小人物。他写了不少知识青年、"右派"知识分子形象,但有特色的不太多。而在这些民间社会小人物身上,不仅显示了他们纯朴、善良、勤劳的品格,同时折射出一种传统文化的奇异光彩。《押面》中的铁良和《豆腐》中的孙福,押面和做豆腐对于他们,已不仅仅是一种养家糊口的活计,而是一种精神的寄托和生命价值的体现。有了这样的技能,他们的人生才"有所恃",即使身处乱世,也能泰然自若。他们的生活信念和人生追求中已积淀了深厚的道家文化。甚至像《宝楞》中的赌徒宝楞,他赌博已不是为钱、为玩,而变成了一种专业、艺术,在忘我的赌博中享受着一种"逍遥游"式的人生快乐。阿城塑造得最出色的人物是《树桩》里的民间歌手李二,在那条破败、狭长、古老的云南深山小街上,苍老的李二像一截树桩,默默无闻,黯淡卑微。而一旦阳光照进小街,赛歌会可以举行的时候,这截树桩死而复活、放声高歌、屡赛屡赢、震动朝野。原来三四十年前他就是有名的歌手。在漫长的无歌时代,他保全生命,全身避祸。当万物复苏的季节,他顺势而上,英雄一回,然后颓然倒下,功成身退。在他身上,显示的是一种道家的生存智慧、生命力量和人格追求。

阿城回归传统文化,不仅指小说的思想内容,也包括小说的表现形式和方法。他凭借自己对古典文化、文学的谙熟,探索出一条坚实的笔记小说路子。新时期初期,尽管孙犁、汪曾祺都创作了一些笔记小说,但阿城的探索似乎更努力、更有实绩。《遍地风流》就是一部纯正、圆熟的短篇

---

① 阿城:《一些话》,《中篇小说选刊》1984 年第 6 期。

笔记小说集。他传承了古典笔记小说的创作原则和写法,真实地记录自己
的经历、见闻,使作品保持了一种真实性、客观性和历史感;他取法笔记
小说叙事、写人、造境、结构等方面的规律和经验,形成了人事交融、情
节单纯、意境浓郁、篇幅精短等诸多创作特征。他汲取小说创作中的荒
诞、幽默、象征等手法,借鉴绘画创作中的意境、构图、留白、点睛等技
法,创造了一种兼容并蓄、自成一家、具有民族风格和神韵的艺术气象。
他精心打磨小说语言,在描述中删繁就简、返璞归真,宁拙勿巧、宁实不
虚,回避形容词、巧用动词,文白夹杂、雅俗相济,营构了一种简洁、浑
厚、通达、超然的艺术境界和语言个性。

对吴越文化的艺术观照——李杭育

"寻根派"作家都有自己独特的文化价值取向。阿城在小说里表现的
是对传统文化特别是道家文化的发掘和弘扬,李杭育在创作中体现的是对
吴越文化的观照与抒写,艺术载体则是南方的江——葛川江。李杭育,
1957 年出生于浙江杭州,原籍山东乳山。1973 年初中毕业赴萧山农村插
队,1976 年回杭州当汽车修理工人。1978 年考入杭州大学中文系,毕业
分配到富阳县当中学教师,后调县广播站任编辑。1984 年进入杭州市文
联从事专业创作,历任文联副主席,《西湖》杂志社、《鸭嘴兽》杂志社
社长、总编辑。2003 年调浙江理工大学文化传播学院,讲授写作课程,
任教授。李杭育 1979 年在《西湖》发表处女作短篇小说《可怜的运气》。
1982 年创作《葛川江上人家》,开始构筑"葛川江系列小说",陆续发表
了《最后一个渔佬儿》《珊瑚沙的弄潮儿》《人间一隅》《船长》《土地与
神》等十余部短中篇小说,《沙灶遗风》获 1983 年全国优秀短篇小说奖,
被视为"寻根文学"的重要收获。此外,他还创作有长篇小说《流浪的
土地》《故事里面有个兔子》等。著有散文和影音读物《江南旧事》《唱
片经典》《电影经典》等。20 世纪 90 年代中期后,撰写多部电视文化片
剧本,如《吴越春秋》《沧桑巨变——新疆》《中华文明》第五、第七部
等。2008 年起,开始从事油画创作,多次举办个人画展,是一位文化修
养丰厚、创作思维活跃的实力作家。

1984 年年底,李杭育参与了探讨文学寻根问题的"杭州聚会"。其实
在 1982 年后的两年多时间,他已有意识地创作和发表了一批"寻根小
说","葛川江系列"初具规模。1985—1986 年,他又发表了理论文章
《理一理我们的"根"》《文化的"尴尬"》。这些都表明,李杭育是一位
有文化研究、理论准备、创作实绩的"寻根派"作家。他在两篇理论文

章中，论述了传统儒家文化的僵化和弊端、规范之外的少数民族文化的生机与美丽，比较了诸夏、荆楚、吴越文化的特点与优势，展望了中西文化"嫁接"之后的状态和前景；此外，还探讨了"欧化"的现当代文学出现的危机，作家建立民族意识的紧迫性，寻根的目的是重新认识和重建中国文化等一系列问题。两篇文章虽立论还不够精确，论述也似偏激，但观点鲜明、思想尖锐，才气横溢、充满自信。在如何认识传统文化和少数民族地域文化问题上，他明确指出："中国的文化形态以儒学为本。儒家的哲学浅薄、平庸，却非常实用。""与汉民族这个规范比较，我国各少数民族能歌善舞，富于浪漫的想象，从经济形态到风俗、心理，整个文化的背景跟大自然高度和谐，那么纯净而又斑斓，直接地、浑然地反映出他们的生存方式和精神信仰，是一种真实的文化，质朴的文化，生气勃勃的文化。"他对于自己生于斯长于斯的吴越文化，充满了挚爱与礼赞之情，认为这种文化有"幽默、风骚、游戏鬼神和性意识的开放、坦荡"等诸多特点，"吴越民族则幽默地游戏鬼神，开端午风气之先，'断发文身'，龙（神）人不兮，同江嬉戏"①。是一种纯净、斑斓、浪漫的地域文化。他对吴越文化不仅有置身其间的静观，也有超然物外的理性审视。

"葛川江系列小说"形象逼真地展现了江浙一带的自然风貌、民情风俗和地域文化。从地理学上讲，葛川江不像贾平凹的陕西商州、莫言的山东高密乡那样，确有所指。它虽与横跨浙江的富春江、钱塘江等有某种对应和相似，但它更是一条抽象的、虚构的、文学的江。正如作者所说：作为自然流域，它包括"城市、集镇、乡村，有山川、河流、平原、海洋；而作为文化区域，它代表了长江下游吴越文化的一个大支"。② 这就是说，它既是一条具象的、宽泛的江，又是一条文化的、精神的江。作家用大写意兼工笔画的手法，描述了葛川江的浩大气势和具体形态。在《葛川江的一个早晨》里作家写江的全景："葛川江一出山源就汩汩不息，依傍着逶迤东来的五百里大岭过滩绕岬，急遽蛇行，湍湍于高山大岭间的峡谷、深壑，切断石崖，淌开山坡，回转、跳跃、跌落，流得那样费劲，又那般亢奋，像是拼命地要从群山中绞出来，挤出来，喷出来。然而流过中游，转入古安县的东北部，忽如展开一匹滑溜的绸缎，江流节奏一变，轻松从容，舒展漫卷，不再那么局促、匆忙，来势汹汹。也不妨说它疲沓了，原动力渐趋衰竭，水腻腻的，稠稠的，流得迟缓，凝重，漾成一锅浓汤。"

---

① 李杭育：《理一理我们的"根"》，《作家》1985 年第 9 期。
② 李杭育：《我的葛川江》，《文汇报》1984 年 10 月 4 日。

在《珊瑚沙的弄潮儿》中作家"拍摄"江的涨潮特写:"江面上横起一道水墙,轰鸣声中,水头层层跌落,又片片溅起,上蹿下跳,翻卷着,滚动着,在堤岸上冲撞起蹿天的水柱,撒开一朵朵大树般的水花……"这是在写一条大江的具体形象,也是在写周边的地理状貌,同时是写无形的吴越文化精神。读者从中可以读出一种强悍、自由、野性的文化韵味。

作家还用细腻抒情的笔触,书写了葛川江一带的民情风俗、地域文化。在爱情婚姻问题上,吴越儿女似乎显得既开放又理性。《葛川江上人家》中的大黑和秋水,两小无猜、两情相悦。大黑面对母女俩,坦陈他的爱情;秋水在波涛中的船上,大胆拥抱、爱抚大黑。但秋水和母亲又向往城市生活,答应了城里的婚事。这一带的青年男女,是不拒绝、不反抗"父母之命,媒妁之言"的旧式婚姻的,但他们在接受命运安排的同时,又坦然地去追求自己的爱情,显示了吴越文化在婚爱上的一种开放、豁达和智慧。在民情风俗上,葛川江也有很多独特之处。《沙灶遗风》里写腊月十八"甩火把",在一片开阔的空地上,全村男女老少齐聚,由长者点燃"万福火"大火把,众人再引燃小火把,向天空抛去,边抛便喊,天上如火龙飞舞,表达了民众祈福许愿,与天地众神对话的民间文化。在同一篇小说中,还写了画屋的风俗。村里谁家盖了讲究的瓦房,一定要郑重装饰,屋的外墙一律用墨汁和锅底烟炱涂成漆黑,而屋檐和山墙要用五色油彩画满各种传统的吉祥图案。这既是一种民间风俗,又是一种地域文化。

"葛川江系列小说"精雕细刻地塑造了各式各样的吴越民众形象,这是作家对"寻根文学"的宝贵贡献。先看传统渔民形象。《珊瑚沙的弄潮儿》里敢于在潮头中抢鱼捞鱼的,是年轻人和小男孩,却常常会混进一个六十多岁的老头子。老头儿不是为了鱼和钱,是为了寻找一种惊险和快乐。他在人与浪的搏斗中指挥队伍,在最猛烈的第一浪中把别人推上去,显示了他高超娴熟的技术,舍己助人的精神。当他把捕获的大鱼送上岸边,自己却被冲进了危险的深水湾时,依然快活地吩咐儿媳回家清蒸鱼、炒茭白、温老酒。表现得那样幽默、自信。但弄潮的老头儿最终淹死在江水里。一个快乐、勇敢、幽默、热心,爱水如命、在浪潮中寻找人生乐趣和力量的老渔民形象跃然纸上。《最后一个渔佬儿》中的福奎,则是另一种形象。过去葛川江鱼多,他以打鱼为生,是有脸面、有技术、有声誉的汉子。但在他五十岁的时候,江水污染,鱼量剧减,渔民上岸,做生意、种庄稼,渔业衰败。他穷得连裤头也买不起,跟他相好的女人也跟了别人。他自然可以跟着别人去致富,可以到味精厂去挣钱,但他不屑于做这些"螺蛳壳里做道场"式的活计。他宁肯守着贫穷、孤独，做最后一个渔佬儿，哪怕死在船上，葬身江底。这是一个与江同在、在江河中独享自由、力量、梦想的老一代典型渔民形象。再看女性形象。李杭育擅写女性人物，这些人物有着南方女人的俏丽、妩媚、率真，也有吴越人的精明、理性、强悍，与北方女人的温柔端庄性格形成了鲜明对比。四婶是一个坚韧、能干，守寡多年依然不丧失生活信念的中年女性。阿七俏丽、精明，观念开放，为了生存不得不移情别恋，但对旧日相好依然有情有义。年轻姑娘秋水和南雁，性格迥然不同。秋水是一个十四岁的女孩，开朗、活泼、野性，但已挑起生活的重担，爱情婚姻问题也摆在了面前，是一个"穷人的孩子早当家"式的独特形象。南雁是养牛专业户的女儿，她热爱乡村和劳动，但又向往城市和城市人，是一个农村变革中的矛盾型人物形象。最后看文人形象。李杭育小说中的文化人也很有思想和艺术价值。《沙灶遗风》中的画屋师爹耀鑫，是一个民间艺人。他有文化、有技艺、有声望，却过得贫穷、辛劳、孤独。盖瓦房变成了盖洋楼，他的手艺已经过时。他坦然面对现实，但要坚持为自己盖一座瓦房，亲手画上图画，再把心爱的女人娶回来，凸显了一种达观、坚守、自尊的文化性格。康达已成为政府机关中的处级干部，但回到故乡就兴致勃勃地在江水涨潮时抢了一回鱼；赵澄是农业厅的技术干部，却心血来潮地"留职停薪"到村里的养牛场做了一名兽医。他们之所以由城返乡，是痛切感受到了在城市的人海中、在机关的体制中，身心被异化，情感被压抑，他们要在大江的波浪中、在乡村的草场上，寻找生命的激情、心灵的自由、文化的"根"。

扎西达娃笔下的西藏地域文化

一些少数民族作家，由于他们独特的生活环境和文化浸染，再加上20世纪80年代前期现代文化思潮和文学观念的深刻影响，因此虽没有发表寻根宣言或文章，但在"寻根小说"创作上却充分显示了他们的优势，成为这一文学流派中的中坚作家。扎西达娃就是一位杰出代表。他1959年出生，四川甘孜州人，童年在母亲的亲戚家——重庆度过，八岁随父母到西藏，辗转各地。1974年毕业于西藏拉萨中学，到自治区藏剧团从事舞台美术工作，后改做编剧。1985年调西藏作家协会搞专业文学创作，1989年任常务副主席、1995年任主席。为中国作家协会主席团委员，西藏大学、西藏民族学院客座教授。扎西达娃1979年在《西藏文学》发表短篇小说处女作，1983年引起文坛关注，1985年发表多篇寻根小说，在文坛产生轰动。主要作品有：长篇小说《骚动的香巴拉》，长篇游记《古海蓝经幡》；中篇小说《夏天酸溜溜的日子》《地脂》，《西藏，隐秘岁月》描述西藏一个偏僻山区近百年的历史命运，出色地运用了魔幻现实主义手法，是作者的重要作品；短篇小说有《冥》《智者的沉默》《风马之邀》等，《系在皮绳扣上的魂》获 1985—1986 年全国优秀短篇小说奖。扎西达娃被称为"西藏高原文坛上的一颗新星"。他不仅以独具特色的小说作品丰富了"寻根文学"的内容，同时以承前启后的创作风貌推进了西藏文学的发展。

　　西藏文化是一种古老、博大、神秘的文化。它源远流长，至今已有五千年的历史；它具有浓郁的民族和地域特色，藏传佛教文化是其中的主体。近百年来，西藏地区以及西藏文化，发生了深刻而巨大的变化，现代文明、思想以及生活方式，正在激荡和改变着古老的土地。对外来者、旁观者来说，要反映和揭示西藏社会现实乃至文化演变，几乎是不可想象的事情。扎西达娃的优势在于，他数十年沉浸在这片土地上，既对这里的现实历史和传统文化了然于心，又接受了一定的现代思想文化和文学观念。他用现代意识去烛照传统文化，既看到了它的永恒魅力，也洞见了它的衰败和危机；他从传统文化的视角去反观现代文明，既目睹了它的勃勃生机，也窥见了它的病症和缺陷。他在清醒、困惑、理性、直感的状态中，呈现出西藏活生生的社会人生图画，也创造了他幽深、刚健、激情的文学作品和创作风格。代表作《系在皮绳扣上的魂》，表现了扎西达娃对西藏文化的崇敬与反思，对现代文明的认同和审视。整篇作品都灌注着一种浓郁的西藏神话和文化。故事原型是由瑜伽密宗的一则典故生发而形成的，讲述者则是弥留之际的扎妥活佛。核心情节是 1984 年两位康巴年轻人，千里迢迢去寻找人类的理想国"香巴拉"。主人公塔贝一意孤行、清心寡欲、信念坚定，在莲花大师留下的掌纹地带，艰苦寻觅、至死不渝，终于听到了神的声音。另一位女主人公婛，被塔贝的精神所召唤，携手同行，含辛茹苦，一天天数着系在腰间皮绳上的扣结，虽途中被花花世界所诱惑，但最终也抵达了目的地。作家浓墨重彩地描绘了他们坚韧的精神、坚定的信仰，但也尖锐地戳穿了他们所寻找的其实是一个并不存在的"乌托邦"。塔贝听到的神的说话声只是扩音器传来的奥运会开幕的欢呼声，而婛又原路返回了尘世。现代文明图画也强有力地嵌进了这幅古朴的现实神话中。帕布乃冈山区有了小型民航机场、太阳能发电站、地面卫星接收站、大型集装箱车队、现代地毯厂等。在两位主人公的一路征途中，出现了电子计算器、电影、收录机、拖拉机等。现代科技和现代生活方式，正不可抗拒地渗透到这片土地和这里民众的生活中。它虽然动摇着人们的信仰，改变着民众的人性，但也无疑使民众的生活变得快乐、丰富、幸福。在《朗杰的日子》中，则以对比的写法，表现了两代人的人生信念和生活方式。母亲格桑曾是小学教师，一生积德行善，退休之后与一帮善男信女在全西藏游历朝圣，历尽辛劳，却收获了无限的幸福感和神圣感。而格桑的儿子朗杰以及女朋友茨珍，完全过的是现代人生活，有学校可上，有工作可做，又有自由美好的爱情，却觉得百无聊赖、空虚孤独；其根本原因就是他们缺乏精神上的信仰。作者把两种人生进行了比照，有褒有贬，折射出对人生意义和价值的探索。在《泛音》里，写音乐院团的一伙年轻音乐家，在孤独、骚动的精神氛围中，对真正的音乐中的个性、灵魂的寻找，显示出作家对积极进取的现代人生信念和方式的肯定与歌颂。

"寻根小说"由于发掘的是一种文化形态，因此其中的人物身上必然表现出一种文化性格。扎西达娃在他的小说中，塑造了众多具有西藏文化、佛教文化性格的人物形象，丰富了"寻根小说"的人物画廊。《冥》刻画的是七十多岁的加措和益西夫妇俩的形象，他们蜗居在昏暗、寒冷的小屋里，生活清苦、无依无靠，却数十年如一日给佛像供着长明灯，坚持到布达拉宫转经，互相勉励："生前多向活佛和三宝磕头，多向性善的空行母祈祷，多做有益的善业。"他们的一生是为了佛祖而活的一生，他们的一生是精神信仰支撑的一生。这样的人生自然可尊可敬！但与现代人生是多么不同。作品留给人们巨大的思考空间。《系在皮绳扣上的魂》里的塔贝也是这种殉道者形象。《去拉萨的路上》描述了一位勇敢机智、有情有义、追求自由、敢于担当的猎人甲嘎次仁的形象，具有鲜明的地域文化性格。但这位猎人坐牢、越狱，是源于为父复仇。他最后死于棕熊的攻击，是基于他很早以前杀死了母棕熊，小公熊是为母报仇。这就解构了这位英雄形象，揭示了藏族人与人以及人与动物之间"冤冤相报"的恶性循环历史，是一个内涵丰富的艺术形象。《流放中的少爷》塑造的则是一位被流放到偏远的洛达镇的贵族少爷贡萨的形象。这是一个行为潇洒、思想进步的贵族青年，在镇里创办青年之家，组织大家听收音机，教大家唱歌，期望教化民众。但他却被当地人强行打扮成一个土著形象，又爱上了镇里的姑娘，甚至去为镇长办了一桩阻挡欧洲旅行家通过本镇去圣城的荒唐事情，最后狼狈离开古镇。小说揭示了洛达镇古老、封闭、愚昧的文化传统，描绘了一个失败的"启蒙者"的形象。

众多"寻根派"作家都借鉴了拉美魔幻现实主义的表现方法，扎西达娃似乎更得心应手。西藏的历史、传说、神话、宗教、现实、风俗、世俗……本身就充满了神秘、荒诞特征，与魔幻现实主义是相通的。譬如

《智者的沉默》写骑马官员寻找转世活佛灵童，而未被选的乞丐儿子日后自称是活佛真身。譬如《世纪之邀》写大学讲师加央班丹在城里举办婚礼，被邀请者却寻到了荒山野村，那里正进行着清朝末年贵族少爷加央班丹被流放、囚禁的悲剧。譬如《风马之耀》写央金为父复仇，几十年间两次杀死的竟然是同一个人，复仇者被执行枪决又死而复生。这些故事情节时空交错、真幻相融、人神混杂，但其中又蕴含着幽深的社会、文化、人生寓意，给人以强烈的吸引、惊诧和震撼。而在《系在皮绳扣上的魂》中，又巧妙地运用了元叙事的表现手法，扎妥活佛叙述的两位年轻人寻找"香巴拉"的故事，竟与"我"——小说作者——数年前一篇作品中的情节如出一辙，而"我"最后又亲自参加了两位年轻人在掌纹之地的探险。作者本人成为小说中的人物，真实的人物与虚构的人物同台表演，使小说产生出神奇的魔幻效果和艺术魅力。

第五节　现代、先锋小说的"艺术革命"

综　述

现代主义文学的兴起，有着复杂的社会背景和文学内因。20世纪80年代中期，文学与社会政治的关系，已不再是既往那种依附、胶着的状态，而呈现出某种疏离、对峙的态势，"向内转""主体性"成为文学的时代趋向。西方现代哲学文化著作以及现代派文学理论和作品的大量译介、传播，开阔了作家们的思想观念和艺术视野，为打破僵化的现实主义、借鉴现代表现方法和手法提供了最好的历史机遇。广大读者已不再满足于那种图解社会政治的文学，随着影视、报刊、出版物的日益丰富，他们期望文学特别是小说提供更新锐深广的思想和更丰富多彩的艺术形式。而新时期文学走过了七八年的历程，经历了"伤痕""反思""改革"文学的辉煌，也亟须进行调整和变革，寻求新的题材、主题和表现形式。特别是短篇、中篇小说，在新时期文学中始终充当着"轻骑兵"，此时变革的使命又一次落在了它的肩上。于是，现代主义文学终于由弱到强，破土而出。

1985年被誉为中国文学的变革、创新之年。这一年，新的文学思潮、作家作品、创作方法突然间喷涌而出。现代主义文学成为新时期文学的主流。此时的现代主义文学，包括正在涌现的和已经出现的各种形态的文学。譬如现代派小说，作为一种表现方法20世纪70年代末期就已然出现，但"货真价实"的现代派小说则是 1985 年才"修成正果"。譬如寻根派小说，其代表性作品以及这一流派的旗号，都产生在 1985 年。这是一个既具有本土特色又具有现代意义的文学思潮，它是在同西方文学的参照和对话中形成的，因此也被纳入了现代派文学。譬如先锋派小说，1985 年发表了多篇标志性作品，其强劲的势头一直持续了四五年之久。它与现代派小说既有一脉相承之处，又有自己的鲜明特征。从产生的时间看，现代派小说、寻根派小说、先锋派小说，依次构成了一个既有先后又有重叠的发展轨迹。也有文学史家把 1987 年后涌现的新写实小说纳入现代主义文学范畴，似感勉强。不管是现代小说还是先锋小说，都带有明显的实验、创新性质，而短篇和中篇小说由于文体精短，调度灵活，最适宜思想和艺术上的革新。因此，现代主义小说的主要成果集中体现在短篇和中篇小说上。

现代主义文学的成长壮大绝不是一帆风顺的。它是在同现存文学体制和极"左"文学思想的对峙、博弈中发展起来的。在僵化保守的文学评论家看来，现代派文学是西方资本主义社会经济基础和上层建筑的产物，对它的借鉴和倡导，只能消解、颠覆作为主流的现实主义文学。而开放、新潮的作家、评论家认为，现代派文学代表了一种超前的思想和潮流，在世界文学发展中具有"普遍价值"。文学的现代化是整个国家现代化中的一个组成部分。两种力量和思想的斗争，就演变成一次一次的文学思想论争以及对作家作品的争鸣，有时甚至上升到政治的高度。意识流、现代派、先锋派的出现过程中，都曾发生过尖锐论争乃至斗争。正如杨匡汉、孟繁华指出的："文学界的左／右思想斗争，不过是政治领域斗争的反映。现代主义无疑与主导文化倡导的现实主义构成矛盾，它能在八十年代的思想文化频繁的斗争中发展起来，在相当的程度上也借助了主流意识形态关于'现代化'的理念。倡导者敢于提出探索现代主义文学观念，其重要的理由建立在'实现四个现代化'的基础上。既然中国把实现四个现代化看成国家的最高理想，那么文学方面也有必要考虑'现代化'的问题，而文学的'现代化'被理解为'现代主义'。"①

现代派小说经历了从 20 世纪 70 年代末到 80 年代、从创作手法到思想内容的变革和发展过程。1979 年茹志鹃的短篇小说《剪辑错了的故事》，在展示主人公老甘对革命历史和领导干部的痛苦反思中，就明显地借用了联想、幻想、梦境等意识流手法。同年谌容的中篇小说《人到中

---

① 杨匡汉、孟繁华主编：《共和国文学 50 年》，中国社会科学出版社 1999 年版，第 364 页。

年》，在描述女主角手术麻醉后的心理活动时，更突出地运用了幻觉、回忆、下意识等意识流写法。新颖的手法使两篇现实主义小说产生了强烈的艺术效果。更全面彻底地使用意识流手法的是王蒙，他在《最宝贵的》《春之声》等一系列短篇小说中，以意识流为小说的基本创作方法和结构框架，自由、细微、全方位地展现了知识分子面对新时代的内心世界乃至潜意识活动。但王蒙小说的社会内容和主题思想，依然是现实主义的，同西方现代派那种非理性的意识流小说有很大区别。荒诞手法的借鉴也逐渐流行。宗璞《我是谁》《泥沼中的头颅》，写"文革"中知识分子对自己成为"牛鬼蛇神"的恐惧，泥沼中浮出一颗"不停旋转"的头颅，都深刻地揭示了"文革"运动的荒诞和知识分子的抗争。李陀《余光》《七奶奶》等，则把批判的锋芒指向封建文化和心理，揭橥了传统生活和思想中荒诞的一面。此外，象征主义手法也得到了作家们的青睐，如史铁生《命若琴弦》中那张神秘的复明"药方"，如陆文夫《围墙》里那道"围墙"，如陈村《一天》中普通工人张三日复一日的生活程序，都具有鲜明而深刻的象征意义。

真正具有现代派意味和特征的，是1985年前后出现的一批更年轻作家的作品。刘索拉的《你别无选择》《蓝天绿海》等，深入地描述了年轻一代闹剧式的生活，显示了他们精神世界中的虚无、孤独和迷惘，在作品叙事上具有杂乱、快捷、幽默、反讽等诸多现代特征。徐星的《无主题变奏》、刘西鸿的《你不可改变我》，都表现了社会大变局中一代青年的世俗化生活和空虚、茫然、失衡的精神状态。在现代派小说道路上走得最远的是年轻作家残雪，她的短篇小说《公牛》《山上的小屋》《天堂里的对话》等一问世，在文坛和读者中就产生了爆炸性影响。这些作品不仅内容和思想呈现出新异的现代特征，而且表现形式和手法也凸显出纯正的现代派风格。有外国评论家称她是"当前最反传统、最现代派的中国女作家"。至此，中国的现代派文学"落地生根"，改变了中国大一统的文学格局。

先锋派小说的出现要晚于现代派小说，它集中爆发于1985年前后。它继承了现代派小说反叛传统、标新立异的精神，但它更注重的是艺术形式和叙事语言的创新。它的异军崛起，与法国新小说作家罗伯—格里耶和阿根廷现代作家博尔赫斯的作品与理念的一时走俏，与西方现代叙事学的大量译介和流行，有密切关系。现代派小说家大抵出生在20世纪四五十年代，而先锋派小说家多数出生在20世纪五六十年代，后者比前者有更自觉的文体意识。马原是先锋派作家的一面旗帜，1984年就发表了《拉萨河的女神》，最先把叙事的形式和方式放置于故事情节之上，1985 年后又接连发表了《冈底斯的诱惑》《虚构》《大师》等中短篇小说力作。他的独创之处在于充分运用了元小说的叙事方法，营造出一种扑朔迷离而又引人入胜的"叙事圈套"。洪峰被认为是马原成功的追随者，但他又有所超越，他不但在叙事形式和语言上精心探索，而且对社会历史的意义有所追寻。其代表作品有《奔丧》《瀚海》《极地之侧》等。苏童在叙事方式上并不偏执，他更着力的是故事的自然流畅，节奏的均匀和谐，语言的精粹纯净等，在他的《桑园留念》《一九三四年的逃亡》《罂粟之家》等作品中，描述了旧家族的衰败、现代女性的悲剧等多样题材，受到了更多读者的喜爱。余华致力于对人的存在的深入勘探，用冷硬的笔触描述死亡、血腥和暴力，被称作"残忍的才华"。重要作品有《十八岁出门远行》《鲜血梅花》《现实一种》等。格非小说的故事情节看似完整曲折，但内里龙蛇变幻，机关重重，常常在核心部位留下空白，创造了一种"迷宫"式的叙事艺术。代表作品有《迷舟》《褐色鸟群》《唿哨》等。孙甘露对小说文体的实验几近痴迷，在《访问梦境》《我是少年酒坛子》《仿佛》《信使之函》等一系列作品中，或营造叙事迷宫，或实验元小说写法，或组合多重文本结构，表现出旺盛的创作潜力。此外，北村、叶兆言、吕新等，也发表了大量具有文体实验特色的短中篇小说。从 20 世纪 80 年代中期到末期，一批年轻的先锋派作家蜂拥而出，各领风骚，在小说的文体探索和叙事艺术上创造了千姿百态的瑰丽景观。但到 90 年代之后，随着社会和文化的巨大转型，有的先锋派作家转向现实主义创作，有的靠拢大众文化市场，有的甚至改弦易辙放弃了创作，先锋派文学持续到 90 年代末遂告终结，只有残雪、吕新等极少数作家在勉力坚持。但作为一种创作精神和艺术追求，依然潜在地影响着后来的文学发展，特别是"新生代"作家的写作。现代派、先锋派小说家都是以短篇、中篇小说"打天下"的，但以中篇小说为主，残雪、苏童、格非等在短篇小说创作上显得更出色一些。

如何认识和评价新时期的现代主义文学呢？自然是仁者见仁、智者见智，有论者从多个方面给予了积极评论："就艺术性而言，对现代主义以及后现代主义的追求，当代中国文学创造了自身的经验和美学趣味。例如：1. 具有文学自主性；2. 强调叙述主体的作用；3. 文学本体观念或文本观念替代了意识形态观念；4. 注重对人物的心理意识等个人性的表现；5. 叙述方式的开放性与实验化；6. 对语言本体和形式上观念的多种方式的有机把握；7. 以个人为本位的多极化文学格局……所有这些方面的现象，都不可避免引起当代文学、思想和精神的深刻变化。"①

超现实世界中的"探险"——残雪

在新时期文学中，残雪是一个独一无二的现代派作家。她不仅不走样地继承了西方现代派文学的精华，而且创造性地开辟了中国真正现代派小说的道路，成为具有世界影响的作家。作为天才作家，她是难以效仿的，却深刻启迪、激励着同代的和后来的作家。残雪，原名邓小华，祖籍湖南耒阳，1953 年生于长沙。父母亲是 20 世纪三四十年代的中共党员，新中国成立后在报社工作，1957 年双双被划为"右派"下放劳动。她从小由外祖母抚养，老人心地善良，但有些神经质，有一些怪异的、迷信的生活习惯，对残雪性格的形成有潜在影响。1966 年小学毕业恰逢"文革"爆发，失学在家。1970 年进街道工厂，做过铣工、装配工、车工等达十年。1980 年与回城知青的丈夫开裁缝店。1988 年进入湖南省作家协会做专业作家。残雪 1985 年开始发表作品，出版长篇小说《突围表演》《最后的情人》等，发表中篇小说《苍老的浮云》《黄泥街》《思想汇报》《历程》等。短篇小说是她文学探索的主要文体，发表作品百余篇，在文坛和读者中有广泛影响。2004 年作家出版社辑集出版了她的短篇小说全集《从未描述过的梦境》（全二册）。此外，她在文学评论和鉴赏上有卓越建树，出版了《灵魂的城堡》《解读博尔赫斯》《地狱中的独行者》《艺术复仇》《永生的操练》等多种。创作与评论成为她的文学双翼。

残雪在创作思想、文学继承、艺术追求等方面，都显得与众不同。残雪说："迄今为止我所做的工作，就是将人心里面那些深而又深的处所的风景描绘给人看。我所描写的就是也仅仅是灵魂世界，从一开始我就凭直觉选择了这个领域。""所谓灵魂世界就是精神世界，它与人的肉体和世俗形成对称的图景。艺术家要表达的精神领域是沉睡了几万年的风景。人通过有点古怪的方式来发动原始的潜力，唤出那种风景。"② 她是一个敏感、玄想、神经气质的作家。这种天赋使她自然而然地走进了人的灵魂和精神世界中。她斩断了现实与精神的胶着关系，创造了一个独立的、荒诞的非现实世界。她年轻时没有受过正规、完备的文学教育，这种知识的薄弱、残缺，反而使她毫无负担地闯进了她喜爱的西方现代派文学中。她细读并解读了卡夫卡、博尔赫斯、卡尔唯诺以及莎士比亚、但丁、歌德的经

---

① 杨匡汉、孟繁华主编：《共和国文学 50 年》，中国社会科学出版社 1999 年版，第 411 页。

② 易文翔、残雪：《灵魂世界的探索者》，《小说评论》2004 年第 4 期。

典作品，并全面地继承了西方现代派文学的精神和表现方法。在中国作家中她只认可具有现代思想的鲁迅，对她有着深刻影响。她追求一种直通人的存在和人性深处，用简洁的形式和语言去表达的艺术境界。幻想、梦境、象征、荒诞、意识流等西方技巧，她用得得心应手、"大象无形"。因此她的小说特别是短篇小说，形式和手法浑然、单纯，篇章和结构精悍、自然，而语言则简练、畅达、明净。简约有力的形式与复杂幽深的内容，构成了巨大的艺术张力和审美奇观。她的小说在新时期现代派作家中，是最晦涩难懂的，但却反而赢得了部分小众读者的痴迷。人们对她的小说作出了种种解释、猜想，而往往是一种误读、曲解。激发读者的审美想象，引领人们的思维境界，正是残雪小说的价值所在。残雪的创作已走过二十多年的历程，20世纪80年代呈现出一种自发、丰茂状态，感觉敏锐、意象质朴、内涵隐晦。90年代后作了适当调整，情节变得明朗，理性有所加强，而内涵依然幽晦。她旁若无人地独行在现代派"囧途"上，这种精神弥足珍贵。

残雪小说最主要的特点有三个方面。

首先，营构了一个昏暗、荒诞、瑰丽的超现实世界。20世纪80年代中期的文学，不管是凸显人的精神情绪的现代派作家，还是钟情叙事技巧的先锋派作家，他们并不否认、扬弃现实生活，只是对现实生活进行抽象、重组而已。但残雪决然舍弃了对现实生活的忠实描写，一头扎入了人的灵魂和精神世界中，扎入了人类集体的意识和潜意识世界中，揭示着人心人性的本来面目、个人乃至人类的生存状态，创造了一个幽暗、冷酷、恐惧而又不乏光亮、理想的形而上世界。这个世界是悬浮在现实生活以至日常生活之上的，但又是独立、自在、深广、强大的。人们常说灵魂、天国、阴间、仙界，也许正与残雪心中的世界相通。残雪的小说百分之九十九都以第一人称"我"作为叙事人，这个"我"并非作者本人，而是一个"灵魂形象"。"我"神游万物，上天入地，就像远古的"女巫"，探索着超现实世界，讲述着所经所见所思。《旷野里》的夫妻俩，置身在又大又深的寓所，二人常常失眠，游荡在各个房间，周围黑暗阴冷、危险重重，就像身处在凄风苦雨的旷野里。而二人又各怀心事，难以沟通，充分显示了人在现实中的孤独感和恐惧感。《天窗》写的就是世人所谓的阴间，这个冥界就漂浮在火葬场的上空。"我"被一位烧尸人从压抑的家里带到这里。这里天空昏暗，房间阴冷、挂满骷髅，食人鸟飞来飞去，灰衣人进进出出，还不时有报丧的钟声……这里甚至还能看到尘世父母亲的活动……这是一个作者梦魇中的阴间世界，它与现实民间带有道德色彩的阴间不尽相同。残雪笔下的非现实世界也并不全是黑暗、荒诞的，也有光亮、理想的。《天堂里的对话》之一、之二，前篇写一对孤单的朋友，来到干旱荒蛮的原始世界，虽然对话言不由衷，但都有强烈的交流愿望。后篇写萍水相逢的两位游人成为朋友，虽然一个在屋里一个在门外，却同心协力寻觅着半夜里出现的夜来香味。沟通的愿望、夜来香味，都代表着人的一种期望和理想。

其次，揭示了一种冷漠、敌对、互斗的畸形人际关系。邓晓芒精辟指出："当残雪将现实的丑恶以敏感的心放大十倍展示出来时，她不过是揭示出了人们通常视而不见的人性的真相：人性本恶，一切嫉妒、虚荣、狠毒、残忍、狂妄、自私，都是人所固有的生命活力的体现，也是一切伟大事业得以成就、人类社会得以发展的原始动力。"[1] 在残雪看来，人性是丑恶的、黑暗的。正是这样的人性，构成了家庭、社会人际关系的紧张、冲突、扭曲。就个体而言，人的真假、美丑、善恶，造成了人格的分裂；而这正面和负面的人性，源于人的现实生存和超越精神的双重需要。它无所谓美丑、对错，都是人的生命活力的真实状态。残雪在多篇小说中写到了家庭人际关系的紧张。《阿梅在一个太阳天里的愁思》描述了"我"婚姻的悲剧与家人的冷漠。老李与"我"谈对象看重的是"我"母亲有空房子，结婚不久又分居、出走，而"我"与儿子、母亲的关系都极冷淡。《公牛》中的"我"与丈夫老关，"我"关心的是玫瑰花瓣的零落与雨中的公牛，丈夫在意的是自己的蛀牙和夜晚吃饼干，可谓"同床异梦"。有论者认为，小说中的妻子代表的是精神的自我，而丈夫代表的是世俗的自我，表现了人灵魂的分裂。小说寓意丰富而深广。《山上的小屋》更把家庭人员之间的畸形关系揭示得入木三分。"我"是一个敏感的女孩子，母亲俨然一位全家的主宰者，她偷开"我"的抽屉，窥视"我"的行动，甚至想弄断"我"的胳膊；妹妹与母亲是合谋者，但又常常在"我"面前出卖母亲。父亲是一个被压抑的人，干着不可理喻的从井中打捞剪刀的荒唐事情，晚上变成狼夹在狼群中嗥叫，常常用"狼眼"迅速地盯"我"一下。屋外北风呼啸，狼嗥声声，大老鼠狂奔，小木屋怪响，屋里人人自危，明争暗斗，揭示了生存环境的恶劣、危险和人性的冷漠、好斗。读者也可以理解为"文革"时代的现实投影。残雪在另外一些小说里展现了家庭之外的社会关系的险恶。《天空里的蓝光》中，阿娥的脚被毒玻璃割破，她不仅目睹了父亲、姐姐的冷漠、算计，同时领略了邻居妇人以及小

---

① 邓晓芒：《灵魂之旅》，上海文艺出版社 2009 年版，第 230 页。

伙伴的厌弃、麻木，如同走进一场噩梦之中。《永不宁静》写的是一位知识分子与女佣人的关系。远蒲老师曾是有学识、有思想、好辩论、受人尊敬的清高君子。但晚年却对雇用了 30 年的云妈不再信任，窥视她的行动，觉得她"奸诈"，变着法子刁难她。勤快、善良的云妈也不再忠于主人，开始嫌弃、算计、折腾主人。高尚的文化人与纯朴的平民，都显出了自私、丑陋、险恶的人性。

最后，探索了诸多尖锐、深邃、永恒的哲理问题。有论者称：残雪的作品是"一种用细腻的女性直觉写出来的高深哲学"。她的思维是直觉的、形象的，但也是理性的、思辨的。理性的渗透必然使她的创作深入哲理领域。《归途》通过"我"在草原小屋子里前后不同的遭遇，揭示了人记忆的虚假与人类面临的困境。当你偶尔"路过"一处风景时，记忆总是美好的；当你有意"闯入"并住下来时，美好风景背后的丑陋、险情就会暴露无遗。《世外桃源》意在破解老人、权威、传说的内在联系。老人流传着传说，年岁越高越具有权威。但当老人记忆有误随口编造时，传说离真相就会越来越远。老人不等于权威，权威不等于真理。这一哲理显然有着历史意义和现实意义。《断垣残壁里的风景》写的是两位志趣相投的朋友，在废墟上寻找风景的故事。他们在断垣残壁中看到了曲径通幽，看到了水藻、沼泽，听到了海水的涛声……还执着地等待着一个老女人的到来，显示了人在历史、边缘处的寻找与期望。《从未描述过的梦境》更把人的坚守、追求精神表现得如诗如画、悲壮感人。描述者在路边的棚子里记录过往旅人的各种梦境，后来前来说梦的人少了，棚子在风雪中坍塌了，但他依然端坐在那里，期待着记叙"一种从未描述过的意境，那里面凝聚了大量的热和能刺瞎人眼的光"。这梦境象征着人的精神、理想、创造。不管是任何社会、任何时代，它都值得等待、值得追求！小说中，描述者的棚子是在 1990 年的暴风雪中倒塌的，这是中国走向市场化、世俗化的转折时期，那象征精神和理想的梦境显得更为令人瞩目。

苏童短篇小说的文体"变法"

在 20 世纪 80 年代中期涌现的先锋派作家中，苏童的写作姿态并不激进，但他清醒的文体意识和在短篇小说文体上的全方位"变法"，使他成为这一流派的中坚作家。苏童，原名童忠贵，1963 年出生于江苏苏州，祖籍江苏扬中。1980 年考入北京师范大学中文系，1984 年毕业后分配到南京艺术学院工作。1986 年调《钟山》杂志做编辑，1991 年转为江苏作家协会专业作家，后任副主席。苏童 1983 年开始发表短篇小说，1987 年的中篇小说《一九三四年的逃亡》，受到文坛关注，成为先锋派主将。他在长篇、中篇、短篇小说方面均有精品和力作。出版长篇小说《米》《我的帝王生涯》《武则天》《城北地带》等多部。发表中篇小说《园艺》《红粉》《罂粟之家》《已婚男人》《离婚指南》《另一种妇女生活》等一批重要作品，其中《妻妾成群》被张艺谋改编成电影《大红灯笼高高挂》，获奥斯卡金像奖提名，在国内外产生广泛影响。他在短篇小说上勤奋耕耘，成果丰硕，代表作品有《桑园留念》《祭奠红马》《伤心的舞蹈》《木壳收音机》《垂杨柳》《人民的鱼》等，《茨菰》获得第五届鲁迅文学奖。2008年人民文学出版社出版《苏童短篇小说编年》五卷，收录了他120篇作品。此外，还出版有散文随笔集《寻找灯绳》《纸上的美女》《苏童散文》等。

以反传统为旗帜的先锋派小说，注重的是现代文学观念的表达和现代形式的实验，它势必要与社会现实和读者的欣赏越走越远。苏童最初的小说自然受到了先锋派创作的影响，譬如着力意象的营造、尝试碎片情节的拼贴、有意制造空白等。但他走得并不远，且很快煞住了脚步，以退为进，回到了传统的、中国式的讲故事中去。但这种讲故事并不全是过去的套路，而是融合了西方现代的叙事方法和手法。苏童像同时代的作家一样，在改革开放的文化背景下接受了大量的西方现代主义文学，而他汲取的往往是现代作家的创作内核而不是外在形式，譬如博尔赫斯的"迷宫风格"、海明威的"简洁明快"、纪德的"敏感细腻"、昆德拉的"叛逆主题"等，这些西方现代作家的创作个性、精神和观念，成为他创作的自觉追求。但同时他又积极地融汇了中国现当代作家的创作精髓，如鲁迅、沈从文、张爱玲的，如汪曾祺、林斤澜的。苏童对短篇小说有一种与生俱来的喜爱和痴迷，说："我写短篇小说能够最充分地享受写作，与写中长篇作品比较，短篇给予我的精神上的享受最多。""我觉得很多短篇我可以用成功来形容。"① 其实带给他社会和文学声誉的，主要是几部中篇和长篇小说，短篇小说虽然不乏优秀之作，但具有轰动效应的极少。他之所以对短篇小说钟爱有加，他就是他在这一文体的实践中，可以享受自由、进行探索、实现自己。他对新时期文学的贡献，不是拿出几篇引人注目的短篇小说，而是对传统短篇小说进行了全方位的"变法"，创造了新的短篇小说艺术形态。他在20世纪80年代中后期就完成了这一"转型"。

苏童在短篇小说中，创造了"香椿树街"与"枫杨树乡"独特的艺术世界。苏童讲："可以说，'香椿树街'和'枫杨树乡'是我作品中的

---

① 　引自《苏童王宏图对话录》，苏州大学出版社2003年版，第185页。

两个地理标签。一个是为了回头看自己的影子，向自己索取故事；一个是为了仰望，为了前瞻，是向别人索取，向虚构和想象索取，其中流露出我对于创作空间的贪婪。"① 苏童在他长长的短篇小说创作历程中，始终坚守、扩展着他的一"街"一"乡"。前一个地理环境是他童年少年记忆中的苏州街市，后一个地域环境是他父辈生长的祖籍故乡。他熟悉的是前者，虽然是城市，但带有市井风味。他不熟悉后者，但从父辈的讲述和间接的了解中，再加上想象，已构成一方独立自主的文学世界。

"香椿树街"是一个古老、落后、世俗而又不乏温暖的城市底层社会。初期创作的《桑园留念》，展现了城市一角的地理风貌：街头有一座古旧的石拱桥，桥下是缓缓的长流水。街东有一处桑园，园中有桑树、榆树、桂花树，还有树影中的老房子。时势混乱，学校松懈，自由的孩子们常常在石拱桥上演出一些喜剧、闹剧和悲剧来。作品中有作家的亲切记忆和对青春的哀悼。《蓝白染坊》描述了20世纪70年代街上一家手工染坊的盛况和在备战挖防空洞时的被炸毁，揭示了时代的荒诞。《飞鱼》写城市边缘人群的艰辛命运，栖居河滩一隅的外来户大鱼儿一家，靠打鱼捞河为生，在近二十年的时间中，不仅家庭发生变故、男人出走，而且经受着城里人的鄙视和骚扰，最后人船两去，永远消失。《金鱼之乱》则写了小市民养鸽子、养金鱼的风气，刻画了一个痴迷养鱼、敢于抗上的底层市民形象。《环绕我们的房子》是一篇内涵丰富的作品，写我家从老城老街搬迁到城西新村时，"我"对老街的回忆与留恋。描写了普通市民在困难岁月中的打拼与节俭，在自家与他人、国家利益发生矛盾时的自私与争夺，在街坊交往共事中体现出的热心与义气，灰暗、艰难的日常生活中，洋溢出令人感动的温暖、互助和仁义来。其中饱含着作家怀恋、关切、感恩、反思等复杂感情。"枫杨树乡"则是一个纯朴、美丽、自由又有点封闭的江南村庄。它有现实影子，但更是作者的艺术想象。《飞越我的枫杨树故乡》用泼墨笔法渲染了故乡猩红色的罂粟花地，清明节隆重的祭祖仪式，勾勒了一个追求自由、放浪人生的纨绔子弟——幺叔的形象。《桂花树之歌》书写"我"的祖宗几代人在村里种桂花树的故事，最终桂花走出村庄，在山南造出了桂花陈酿酒。《仪式的完成》《水神诞生》则讲述了南方乡村拊人鬼、装水神的民间风俗。《逃》《祖母的季节》刻画了"我"的两位长辈形象：懦弱害羞、一生都在"逃逸"的三叔，终生守寡、心系儿女的祖母。形象逼真，令人感慨。《祭奠红马》是一篇隽永的象征小

---

① 张学昕、苏童：《感受自己在小说世界里的目光》，《当代作家评论》2008年第6期。

说。叙述了外来的爷孙俩和一匹红马在故乡的坎坷遭遇。枫杨树人已变得
"衰弱萎缩",都在疲倦地"守望"。远方而来的怒山红马以及爷孙二人,
则代表了一种自由、威猛、高蹈的精神。但"我"的专制的爷爷不仅不
能容忍外来者的进入,甚至想把红马据为己有。最后机关算尽,人与马绝
尘而去。小说蕴含着故乡文化与外来文化的冲突,对封闭、狭隘的故乡文
化的反思与批判。尽管故乡是保守、迷信甚至诡异的,但它有着美丽、广
阔的自然,有着自由、强悍的人生。苏童从城市眺望乡村,寻找城市人的
生命之根,从乡村反观城市,看到了城市的卑琐、病态。从这个角度看,
"枫杨树乡"系列也是"寻根小说"。

　　苏童在他的短篇小说中,塑造了众多富有自然人性与精神特征的人物
形象。先锋派作家是轻视写人的,即便写了也往往只是故事的木偶和理念
的化身。苏童秉承了现实主义注重人物塑造的传统,但他的人物扬弃了重
性格、重社会、重历史的陈规,突出了人物的人性、生命、精神特征。这
样的人物更富有诗意性,更吻合短篇小说艺术规律。他说:"我理解的小
说好坏第一是'人'写得好不好的问题。人写好了一切大的问题都解决
了。而我的创作目标,就是无限利用'人'和人性的分量,无限夸张人
和人性力量,打开人生与心灵世界的皱折,轻轻拂去皱折上的灰尘,看清
人性自身的面目,来营造一个小说世界。"[①] 在塑造人的问题上,他比绝
大多数先锋派作家更自觉、更有潜力。他雕刻了多种多样的人物形象,有
三种类型尤为成功。第一种是城市少年形象,这是作家的同龄人,有些就
是作家儿时的朋友。《乘滑轮车远去》中的猫头,不仅人长得挺拔威武,
而且心灵手巧,很会做同伴们玩的滑轮车。做玩具和偷偷自慰成为他苍白
青春的主要寄托。最后死在滑轮车与大汽车相撞的车祸中。还有《午后
的故事》里与小恶霸打架殒命的豁子,《黑脸家林》中患忧郁症跳楼自杀
的家林等。这些少年在荒芜、动荡的"文革"时代,没有家庭温暖,缺
乏学校教育,任凭青春的骚动,欲望和力量蓬勃生长,最终走向了自我毁
灭的深渊。作者对他们寄寓了深深的理解、同情和惋惜。第二种是普通民
众形象。如《金鱼之乱》里的城市市民阿福,家境贫困,不思改变,却
30年如一日沉迷在养金鱼癖好中,性格乖张,严看死守着他的宝贵金鱼,
市领导为了取悦日本客人,要借用他培养的珍稀鱼种"蓝丹凤",却遭到
了他的坚决拒绝。因为他的爷爷就死在日本兵的刺刀之下。一个痴迷所
爱,天性固执,又有一种民族气节的平民形象跃然纸上。再如《石码头》

① 周新民、苏童:《打开人性的皱折》,《小说评论》2004 年第 2 期。

中的祖父，16 岁成为码头工人，在对待职业、劳动、青年、爱情等诸多问题上，充分显示了他以厂为家、苦干实干、舍情取义的高尚品格。在这些底层民众身上，更富有传统文化和人格。第三种是少女、少妇形象。苏童是写女性人物的高手，他笔下的女性温婉细腻、形神兼备，有一种特别魅力。《伤心的舞蹈》里的赵文燕，是学校宣传队的舞蹈小演员，美丽、灵巧、聪慧、忧郁，成为"我"暗恋的对象。历经人生坎坷，最后成为一名著名舞蹈演员。在她身上展现了荒谬时代一个天才少女的顽强成长。《杂货店》中的蕾则是另一种女性形象，她长得白嫩亮丽，生性却率真风流，下嫁恶人三霸，献身有情人长玉，面对三霸的刀子无所畏惧……一个美丽、放浪、胆大、强悍的女性形象刻画得淋漓尽致。此外，《桑园留念》里的丹玉、《蓝白染坊》中的小浮、《怪客》里的卖水果女孩等，都是具有生命活力、丰沛人性的年轻女性形象。

　　苏童的短篇小说，"破坏"了固有的表现模式，"创造"了现代叙事文体。从小说模式讲，他的短篇小说呈现出一种统一而多样的形态。讲述完整曲折的故事，是他小说的基本样态。但他又竭力避免故事情节的戏剧化、通俗化。同时又不让出奇制胜、变幻莫测的故事掩盖主题的体现、人物的塑造、诗情的抒发。他把小说的基本元素调配得恰到好处、浑然一体。在故事模式之外，他还熟练地运用着意境模式、抒情模式、象征模式、情节拼贴模式等多种表现模式，显示出他丰富的艺术创造力。从叙事人物看，他充分汲取了西方现代小说的叙事方法和手法，精心设计、不断变化，创造出一种叙事"奇迹"。他的作品几乎都是第一人称"我"。但这一叙事者有时像隐含的全知全能的讲述者一样，无处不在、知晓一切；有时则像一个旁观的说书人一样，不动声色地讲述着；更多的时候则是一个双重叙事者，"我"既是童年或少年时的那个事件亲历者，又是执笔创作时的作家"我"。"我"在文本中一面从容不迫地回忆往事，另一面自由出入、抒情言志乃至评价世事人生。在叙事者的讲述中，不时出现"那是我小时候的故事"，"我一直以为"，"前些年我还在北京上学"，"需要交代一下"，"你想想"，"你知道"……这样的句子。这些方法的运用，使苏童小说变得灵活机智、姿态纷呈、魅力无穷。从叙事语言说，他融合了讲述性、描写性、抒情性、绘画性、音乐性、诗意性等种种艺术元素，追求丰富的色彩、模糊的语义、特异的词汇组合等多样手法。经过长期的孜孜探求，形成了一种纯净、委婉、抒情、悠远、唯美的小说语言风格。

　　苏童是新时期文学中杰出的短篇小说作家，他推动了这一文体的发展，树立了新的艺术标高。他的创作也存在一些不足，譬如思想内容离现实生活较远，故事情节偶有斧凿痕迹。20 世纪 90 年代之后，他的创作加强了对现实的描写，创作了《垂杨柳》《堂兄弟》《私宴》《西瓜船》《茨菰》等一批优秀之作，标志着他的艺术视野和生活体验的拓展。

营造"迷宫"与解构历史——格非

格非是一个特别严谨的作家，他的短篇小说数量并不多，但几篇代表性作品堪称经典，使他成为先锋派的主将之一。格非，原名刘勇，1964年出生于江苏丹徒县。1981 年考入上海华东师范大学中文系，1985 年毕业留校任教师。1997 年在本系攻读中国现代文学专业，2000 年获博士学位。同年调入清华大学中文系，任教授，讲授写作、小说叙事学等课程。格非 1986 年发表短篇小说处女作《追忆乌攸先生》，1987 年以《迷舟》成名，进入先锋派作家行列。出版长篇小说有《敌人》《边缘》《欲望的旗帜》；2004 年开始，用七年时间创作的长篇小说"江南三部曲"（《人面桃花》《山河入梦》《春尽江南》）是他最重要的作品，表现了一个世纪以来中国江南社会的一系列深刻变迁，揭示了各阶层人们特别是知识分子的精神演变轨迹。发表中篇小说《相遇》《傻瓜的诗篇》《锦瑟》《雨季的感觉》等 10 余部。发表短篇小说《青黄》《风琴》《夜郎之行》《褐色鸟群》《马玉兰的生日礼物》《戒指花》等一批重要作品。总数约 30篇。此外还出版有《小说艺术面面观》《小说叙事研究》《卡夫卡的钟摆》等理论著作。

在先锋派作家中，格非有着不可替代的重要位置。首先是他具有自觉的知识分子思想和立场，被称为"知识分子式叙述"，这与他长期在高等院校工作和生活有关。在看取历史、社会和人生时，他往往采用的是怀疑、审视和批判的姿态，并把自己敏锐、超前的现代思想意识融入表现对象中。其次是他努力吸纳西方现代派经典作家博尔赫斯、卡夫卡等的文学思想和表现手法。他说："博尔赫斯也许不是最伟大的作家，却是我自己最喜欢的作家之一。在我看来，他与卡夫卡、霍桑同属一个类型。喜欢冥想，作品也带有强烈的超越性。他们个人经验局限于自己较为封闭的活动半径。普鲁斯特亦是如此。由于我的性格较为内向，喜欢（或习惯）纵深思考，因此，开始创作的时候不免受到他们的影响。"① 他借鉴了博尔赫斯多种表现形式，而最突出的是"迷宫叙事"方法。最后是他形成

---

① 余中华、格非：《我也是这样一个冥想者》，《小说评论》2008 年第 6 期。

了自己独具一格的小说审美形式，结构的严谨、复杂、多变，内涵的深邃、朦胧和多义，语言的清丽、细腻、抒情以及书卷气，这些使他的小说别具风采而又晦涩难懂。

20 世纪 80 年代中期，阿根廷短篇小说大师博尔赫斯的作品和思想传入中国，他的小说题材的幻想性、主题的哲理性、手法的荒诞性、语言的重复性等种种特征，深刻地启迪和影响了众多的先锋派作家，而深得其奥秘的是格非。博尔赫斯的迷宫叙事，不仅仅是一种结构方法，也是一种思想观念，表现了作家看待世事人生的一种虚无和荒诞感，而纵横交错、内核空缺、扑朔迷离的结构形态，折射出的是作家的现代思想和意识。格非对这样的文学思想"心有灵犀"，在创作中成功地掌握了迷宫叙事形式。他在多篇小说中运用了关键环节空缺的表现方法。在传统小说结构中，关键环节是文本的基石、生命，格非抽取了这样的内核，反而使平淡的情节瞬间变得奇特，清晰的主题立刻变了味道。代表作《迷舟》中有两条主线，一条是北伐军与孙传芳的国民军正在展开激战，国民军命令萧带领精锐之旅进驻小河村防守；另一条是萧回到故乡小河村，却一下子陷入了为父发丧和与情人幽会的私人事务中。而其中萧赴榆关，究竟是为北伐军的哥哥传递情报还是找受伤的情人杏，是小说的关键情节。作家却恰恰把关键情节抽去了、虚化了，成为一个巨大的谜。而警卫员正是怀疑他去给敌军传递情报，按照师长的密令枪毙了他。萧不明不白的死给整个战事带来了莫大影响。核心情节的空缺，深刻地揭示了战争中的偶然性的强大作用，揭示了人在历史境遇中的非理性行为。在另一篇小说《夜郎之行》里，"我"去夜郎市，回想了这方土地历史上的发达、繁荣、恬静，亲历了当下的混乱、污浊、堕落，而"我"到底来这里为什么、干什么，却是空缺的。目的的空缺正好真实地显示了这个地方的今昔反差，使无目的的旅行显示出不平常的意义来。重复也是迷宫叙事中的常用手法。《褐色鸟群》运用重复手法使小说抵达了一种玄奥境界。故事的框架其实很简单，"我"住在水边的白楼里，与登门的女人棋讲述了"我"与一位穿栗树色靴子的漂亮女人的爱情婚姻故事。但在这一明一暗两条线索中，一些情节多次扭合、重复，而又严重脱节。"我"与棋两次见面，棋前次是一位抱着画夹的女孩，后次则是一个抱着镜子的女人，既是而又非。讲述中的那位漂亮女人也变幻了三次身份：城里邂逅的时尚女人，乡下偶遇的有夫之妇，遇到不幸与"我"结婚的妻子，既真且幻。两位女性，每一次的出现都是对前一次的否定，真实与幻觉难解难分。正如有评论家指出的："格非把关于形而上的时间、实在、幻想、现实、永恒、重现等等的现代主义哲学本体论的思考，与后现代的重复性的叙述结构结合在一起。"① 情节、场景和细节的拼贴，更是先锋派写作惯用的表现方法。《蚌壳》展现的是一幅斑驳陆离的城市图画："我"在私人诊所看病，父亲在河里捞蚌壳，女人在诊所与医生偷情，警察在一个人家调查男主人的自杀案件……林林总总，互不关联，但又拼贴巧妙。而事件中的一些情节又蛛丝马迹地连接在一起，如私人诊所、G省来的妓女、蛇胆药等。作家通过这种拼贴，营造了一个迷宫般的城市，揭示了现代城市的浑浊、颓败和荒诞。

先锋派作家热衷历史题材、迷宫叙事，有评论家认为他们是在戏说历史、玩弄技巧。其实这是一种误读。格非后来说："现代主义怎么产生的？它难道仅仅是一个修辞学的革命吗？实际上它有着干预社会的强烈欲望，它有很重要的政治目标，改造社会的目标，这是很清楚的。可这个目标被大家忘记了。"② 先锋派作家重叙历史的目的其实是解构历史，打碎那种按照意识形态编造的宏大历史叙事，发现历史缝隙间人的存在以及那些隐秘的因素，这是一种思想上的"革命"。格非在小说中揭示了人们对历史的遗忘。《追忆乌攸先生》是作者的第一篇小说，虽然简单、粗疏一点，但思想和艺术已颇有先锋小说特征。作品实际上表现的是村民（民众）对"文革"悲剧的淡忘与麻木。乌攸先生是一位有学问、有医术的知识分子，他治病救人、传播知识，他教育女孩杏子并结下了美好情意。而这些行为，激怒了村里的"头领"，他用烧书、痛打的方式惩罚乌攸先生，又强奸杏子嫁祸于人，导致乌攸先生以强奸罪而被无辜枪决。这样一场骇人听闻的悲剧过去只有一二十年，但在民众的记忆中已然淡漠。当警察来重新调查这一案件时，长辈们的说法是"时间叫人忘记一切"。被调查者总是含含糊糊，言不及义，漏洞百出。其中真正知道真相的小脚女人并没有出场。乌攸先生的冤案已成为历史，而事件的真相在愚昧的乡村牢牢掩盖着。小说的主题与鲁迅的《药》是相通的。格非在作品中还揭示了历史结论的武断和可疑。《风琴》写的是抗日战争时期的故事，一队日本兵和一支抗日队伍对峙、斗争，后者一直想伏击前者，但最终前者消灭了后者。其中保长冯金山、少爷赵谣被证实是汉奸、告密者在新中国成立后遭到枪决镇压。这似乎是铁板钉钉的历史结论。但作者却在谜一样的历史现场中，发现了疑点和内情。原来冯保长是怕战火毁灭了村子而改变了日军的行动，冯与赵的密谋被日军偷听直接导致了抗日队伍的被歼灭。尽

---

① 杨匡汉、孟繁华主编：《共和国文学50年》，中国社会科学出版社1999年版，第400页。
② 王中忱、格非：《"小说家"或"小说作者"》，《当代作家评论》2007年第5期。

管冯、赵的出卖事实已成历史定论，但它无疑是武断的、可疑的。历史现场远比历史结论复杂、微妙得多。格非在小说中表现了历史的虚幻与荒诞。《青黄》写"我"前往麦村调查九姓渔户的妓女船队的历史事实，这支船队的消失是 40 年前的事情，历史并不久远，还有当事人在世。但史书记载片片段段，民间传说捕风捉影，当事人回忆语焉不详。其中不仅有道德禁忌的过滤，更有底层社会的自生自灭，一支存在了数百年的妓女船队竟在历史长河中淹没了，再难以拼凑出一个完整的叙述。甚至"青黄"这个关键词，究竟指称什么，也难以澄清。已逝的历史竟然如此遥远、虚无、模糊，作家不禁生出一种深深的迷惘和荒诞感来。

格非在 20 世纪 80 年代中后期的创作是卓有成就的。90 年代之后，他的短篇小说写作遭遇困境，先锋写法难以为继。他强化了作品的现实性，发表了《嗦哨》《凉州词》《紫竹院的约会》《初恋》《沉默》《苏醒》等一批作品，表现物化时代的社会人生状态，揭示知识分子的生存与精神困境，但思想和艺术均无独到之处，只是为创作"江南三部曲"做了铺垫和准备。

第六节　"新字号"小说的潮起潮落

综　述

1977—1989 年的新时期小说，可以分为两个时段，以 1985 年的小说变革为"分界线"。前一时段以"伤痕""反思""改革"小说构成一个强大的文学主潮，是短篇小说的一个鼎盛时期。后一时段的"寻根""现代""先锋"以及新写实小说等平分天下，已经没有主潮，文学进入一个多样化时代；在这样一种文学格局中，又出现了众多的"新字号"小说类型，给盛极而衰的文学平添了一种热闹和生机。其实 1985 年之后，短篇小说虽然仍有不少佳作，但已开始式微，眼花缭乱的各类"新字号"小说中，短篇小说的表现不算出色，代表性作品往往是中篇小说，还有少部分长篇小说。尽管如此，短篇小说依然值得关注，因为它总是代表着一种文学的创新和走向。

"新字号"小说的出现，有着很深的社会、文化和文学根源。20 世纪 80 年代中期，改革进入深水区，商品化潮流加剧，外来文化蜂拥而入，人们的思想观念活跃而混乱，这些都直接促进了文学的自由化和多样化。从文学内部看，"一体化"的文学体制和思想逐渐松动乃至涣散，作家们都在努力探索一种新的思想资源和表现领域，而报纸、刊物、出版社也在竭力寻找和创造文学"热点"，以刺激和推进文学的发展。于是在文学体制、作家和评论家、文学编辑等的多方合力下，一个发现、制造小说现象和类型的时代开始了。

20世纪80年代中期之后是一个思想涌动，"主义"林立的文学时代。各种各样的小说类型，隔一段就会冒出一种，而且要挂上"新字号"招牌，以引起社会和读者的关注。有些小说类型是名副其实的，有些则是炒作出来的。名正才能言顺、行远。新写实小说是"新字号"小说中最重要的一种小说形态，它是现实主义发展到极点时的必然结果，也是小说走向世俗化社会的一种先兆。它得到了主流意识形态的认同，但它的艺术生命是有限的，90年代初期就被"现实主义冲击波"所取代。新历史小说与寻根小说、先锋小说几乎同时出现，很多情况下它们是重合的。它是在西方现代历史观的启蒙下产生的，改变和提升了中国历史小说的面貌和标高。但在90年代中期之后，它堕入了戏说历史和取悦读者的境地。新笔记小说80年代初就出现了，但文坛和读者关注不够。它并非新的小说类型，只是古典小说的一种复活和再生。它诞生了一大批精品和力作，丰富和扩展了短篇小说的表现形式和手法。但笔记小说终究是表现"凡人琐事"的小文体，因此虽可以持久不衰，但终难改变边缘地位。此外，这一时期还出现了另外一些小说概念及其类型，但在社会和文坛影响不大。譬如新现实主义小说，由于概念的含混，所指的模糊，没有引起注意。譬如新实验小说，它与现代派小说、先锋派小说多有重叠，也未能流行开去。譬如新乡土小说，则不够新颖，且同时还有农村题材小说、新乡村小说并用，因此也没有得到广泛认同。还有新市民小说、新城市小说等概念，虽然提出甚早，但没有一批力作支撑，一直到90年代之后才得到关注。"新字号"小说横跨两个文学时期，在90年代结局迥异，有的悄然终结，有的逐渐隐退，有的依然在发展。与此同时，文学界还在不断命名，推出和制造着各种小说现象和类型。

1993年年初，浙江文艺出版社推出一套《中国当代最新小说文库》，编者在"出版说明"中称："近年来，我国文坛出现了一大批富有创新意识的小说，无论思想内容、艺术形式，还是审美观念，与前几年的作品相比，都别有一番洞天，体现了小说艺术的深层变革。基于这个创作背景，我们选编了这套《中国当代最新小说文库》，时间上以镌刻着小说观念深刻变革的1985年为分水岭，根据近年小说的创作现象，分为新写实小说、新笔记小说、新实验小说、新历史小说、新乡土小说、新

都市小说等六种。"① 这是对新时期文学中后期创作的一个总结，是对
"新字号"小说的一次检阅。

新写实小说的兴衰

在新时期文学后期，新写实小说无疑是一股至关重要、影响深广的文
学潮流。它的产生与社会生活越来越商品化、世俗化的巨大冲击，与文学
自身努力贴近日常生活和凡俗人生的自觉要求，有密切关系。评论界一般
把 1987 年池莉《烦恼人生》的发表作为新写实小说的开端，这一时间比
"寻根""先锋"文学迟了两三年。新写实小说既是作家的苦心探索，也
是文学刊物和评论界合作推动甚至是"炒作"的产物。1988 年，就有多
位评论家注意到了小说创作中突出写实的创作倾向，并给予了及时评论。
1989 年第 3 期《钟山》杂志隆重推出"新写实小说大联展"，此举一直
持续了整整两年，共举办 8 期，发表小说 28 篇。同年 10 月，《文学评论》
与《钟山》联合召开"现实主义与先锋文学"研讨会，对新写实小说创
作及概念进行了广泛的探讨。紧接着，《当代作家评论》《文艺争鸣》《上
海文论》《文学自由谈》等刊物，发表了成组的、一系列的讨论新写实小
说的文章，可谓盛况空前。经过广泛而热烈的探讨，评论界对新写实小说
的诸多问题有了较清晰的认识。一些代表性的作家作品被人们逐渐认同，
如池莉《不谈爱情》《烦恼人生》、刘震云《新兵连》《一地鸡毛》、刘恒
《伏羲伏羲》《苍河白日梦》、方方《风景》《落日》等。此外还有李晓、
叶兆言、赵本夫、范小青等的一些作品。这些重要作家的重要作品，基本
集中在中篇小说文体上，似乎新写实小说的内容和手法，更契合中篇小说
形式。但这些重要作家，也有一部分短篇小说，思想艺术同样精彩，值得
关注和研究。关于新写实小说的创作特征，《钟山》1989 年第 3 期的"编
者按"作了基本概括："所谓新写实小说，简单地说，就是不同于历史上
已有的现实主义，也不同于现代主义'先锋派'文学，而是近几年小说
创作低谷中出现的一种新的文学倾向，这些新写实小说的创作方法仍是以
写实为主要特征，但特别注重现实生活原生形态的还原，真诚直面现实，
直面人生。虽然从总体的文学精神来看，新写实小说仍划归为现实主义的
大范畴，但无疑具有一种新的开放性和包容性，善于吸收、借鉴现代主义
各种流派艺术上的长处。"

一种文学品类能否确立，主要看它在内容和形式上有哪些开拓。正是

---

① 《中国当代最新小说文库·出版说明》，浙江文艺出版社 1993 年版。

在这方面，显示了新写实小说的鲜明特色。刘恒的代表作《狗日的粮食》，写的是贫困农民杨天宽和妻子曹杏花，生活那样艰难、地位那样卑微，他们全部的人生内容只剩了人的两项基本要求："吃"和"性"。池莉的优秀作品《冷也好热也好活着就好》，写的是市井生活，这些底层市民不管是酷暑还是严冬，他们乐天知命、吃喝拉撒，沉浸在世俗人生中，满足着城市的丰富生活和古老传说。刘震云的力作《塔铺》，则写的是一群农村青年，抱着各种各样的人生目标复习功课，参加高考，全景式地展现了他们的家庭背景、学校环境、艰苦生活、刻苦复习。而李晓、叶兆言的一些短篇小说，写的是机关普通公务员的现实生存。由此可见，新写实小说在表现题材上，实现了从主流社会向个体生存的转换。这不啻是一场"革命"，但也潜藏着"危机"。从写人上由正面形象回归凡人面目。叶兆言的《绿了芭蕉》，刻画了一个人到中年的普通公务员老赵，离婚之后带着女儿生活，日子过得孤独而落寞，只有原始的情欲不断困扰着他。刘恒《教育诗》里的大学生刘星，并不珍惜宝贵的学习时光，而是搞恋爱、旅游、练气功，显示出一个青年学生在社会转型期精神上的空虚无聊和行为上的放任自流。这些无疑是生活中的芸芸众生。新写实作家还解构了现实中的正面人物。譬如方方《一唱三叹》中的主人公玲妈，本来是一位富有社会理想和奉献精神的老母亲的"高尚"形象，但作者却揭示了她失去儿女之后的悲痛和晚年贫困、孤独的生活。卸掉头上的光环，还原了老母亲惨淡的人生。再如池莉《细腰》里那位刚刚离休的老干部郭老，他的一生自然是光辉的、尊贵的，但卸任后权力的失落、家庭的不和以及夫人的翻脸，使他深深感到世态的炎凉和情感的空虚，他只有偷偷地去昔日的情人身边寻求情感的慰藉。作家扒去了这些正面人物华美的外衣，露出了严峻的人生真相。

新写实小说在表现形式和叙事语言上进行了大胆革新。譬如在叙事态度上奉行"零度叙事"，作家自觉地降低叙事高度，运用平视方式，冷静客观地叙述故事、描绘人物。而让读者身临其境，自己领悟。如在方方《纸婚年》、李晓《天涯海角》等作品中，读者很难读出作家的理性判断和情感态度。譬如在表现方法上，不露痕迹地使用了象征、荒诞、反讽等手法。如赵本夫《远行》中年轻媳妇豌豆，终于跟着同村的男人跨出家门去上海闯荡了，如范小青《瑞云》里那块也叫"瑞云"的石头，都含有象征意味。如李晓《机关轶事》中一份档案要经过七个人、循环两圈，如方方《一唱三叹》里玲妈满墙的奖状，都藏着作家的荒诞、夸张手法。新写实小说汲取了自然主义、现实主义和现代派的诸多形式和手法，却有机交融、浑然一体，受到了文坛的肯定和读者的喜爱。自然，新写实小说也有致命的弱点，如关注了庸常生活却忽视了现实中的变革，如突出了世俗人生却淡忘了人的积极进取，如着力了全面、细腻、客观地描摹现实生活却放弃了小说创作本应有的选择、概括、升华日常生活的创造功能，致使这类小说普遍存在着琐碎、混杂、孱弱的倾向。因此，新写实小说从1987 年滥觞，历经新时期后期，跨入多元化时期门槛，到 1991 年后就难以为继了。

重写历史的"新历史小说"

与新写实小说关注现实的旨趣不同，"新历史小说"回眸历史的创作实绩呈现出又一种"风景"。大约在 1986 年，在寻根、先锋小说勃兴的时候，新历史小说也破土而出了。虽然没有理论上的倡导，没有文学报刊的推举，但它依然强劲而持续地活跃起来。几种类型的实力派作家的加盟，大量别开生面的中篇、长篇、短篇小说的涌现，使它成为文坛上的又一种潮流，直到 20 世纪 90 年代前期出现了一个不小的高潮。80 年代后期，就有评论家开始关注、研究新历史小说，关于它的概念，一直存在分歧。评论家王彪指出："与传统历史小说面临的历史对象不同，新历史小说中的历史常不是不可更改的客体存在，而是现在与过去对话中的重新构筑过程，渗透着现时色彩和个人对历史的认识、体验。"① 新历史小说不仅迥异于传统历史小说，也不同于 60 年代前后出现的新编历史小说。传统历史小说特别是革命历史小说，遵循的是既定的历史真实、客观规律，表达的是国家、阶级、群体的思想和意志，是一种"大叙事"；而新历史小说表现的往往是历史背景、碎片、传闻以及野史，传达的是个人对历史的发现、想象乃至虚构，是一种"小叙事"。新编历史小说同样依循的是历史真实、信史事件，只不过表现的是知识分子的历史反思和对现实的讽喻；而新历史小说描述的是被解构、颠覆了的历史和人物，凸显的是一种现代历史观念和认识。新历史小说的概念较为宽泛，而"新历史主义小说"主要指那些接受了西方新潮理论的作家创作的"具有'新历史主义'倾向的历史观"的作品。但不管是哪一类作品，都或多或少受到了西方新历史主义思想的冲击和影响。譬如意大利克罗齐"一切历史都是当代史"、英国卡尔"历史就是现在与过去的对话"等历史名言，成为中国作家观照历史的思想"利器"。从 80 年代中期到 90 年代初期，出现了一大

---

① 王彪选评：《新历史小说选·序》，浙江文艺出版社 1993 年版。

批新历史小说的代表作家和作品。长篇小说有苏童《米》、格非《敌人》、张炜《古船》、余华《呼喊与细雨》等；最重要的收获在中篇小说上，有乔良《灵旗》、莫言《红高粱》系列、苏童《妻妾成群》、叶兆言《夜泊秦淮》系列、周梅森《军歌》、杨争光《赌徒》等。短篇小说也有一些优秀之作，但整体表现并不突出。评论家对中长篇小说研究甚多，而对短篇小说关注不够，这一课题应该弥补。

　　重写历史客体，发掘历史深层中更多样、更隐秘的思想内涵，是短篇新历史小说着力的重心。余华的《鲜血梅花》是一篇思想艺术精品。它写的是古代武侠江湖中为父报仇的古老故事，没有具体的时代背景。小说通过环环相扣的故事情节，表现了一个深广的社会、哲理主题。它揭示了人乃至人类某些行为的荒诞性。长大成人的武林宗师阮进武的儿子阮海阔，背着父亲的梅花宝剑走上了漫长而艰辛的复仇之路。但他既无父辈的血性，又无家传的武功，这本身便显示了一种荒诞性。他一路前行，走过高山河流、荒村集镇，找到了两位要找的武林高手，却错失了打听仇人的机会，显示出行动中极大的偶然性。但他的诚实行为又帮助了两位高手，促使高手联合杀死了真正的仇人，他最终的复仇目的在阴差阳错中得以实现，又显示出行动合乎逻辑的必然性。荒诞性、偶然性、必然性在小说中形成了一个充满思想诱惑的迷宫，揭示出历史深层中的某种奥秘。格非的《迷舟》揭示了北伐时期一场战争中偶然因素的重要作用。小说中战事的推进以至失败，不是因为高层指挥部门出了问题，而是由于一位萧姓旅长的一连串个人行为所导致的。萧趁机回乡、幽会情人，改变了战事的部署和进展，由此可见偶然性在历史事件中的重大影响。北村是一位"激进"的先锋派作家，在新历史小说的叙事方式和内容设置上可谓煞费苦心。《披甲者说》写的是清康熙年间，一支军队在两个月中的衰败、消失，其原因自然与总兵吴万福动用军费修建寺庙、引起军心动摇有关，同时也与继任总兵黄大来不懂军队治理不无干系，但更与许多偶然因素相关，譬如让军队垦荒种地，等等。作品给读者留下了许多思索的空白。雨城的《洪高梅》写的是抗战时期，洪高梅地区的国民党、共产党以及日本人，三种力量争夺徐山石矿的掌控权，在错综复杂的关系和斗争中，主要人物秀伯爸、洪老太、上梁，都成为告密者，而真正使事情走向悲剧的雇工上梁却逃之夭夭。有意和无意的告密成为改变历史的关键原因。这样，新历史小说就消解了历史发展中的逻辑性、必然性和规律性，等等，呈现了历史活剧复杂、微妙、隐秘的一面。但这样重写历史，也容易导致历史的虚无感和荒诞感。

重塑历史人物，揭示历史人物身上的文化、人性等复杂根性，是短篇新历史小说的重要特点。苏童被人称道的新历史小说大都是中篇和长篇小说，短篇小说不多。他的《飞越我的枫杨树故乡》是"枫杨树"系列中的一篇，作家不仅淋漓尽致地描绘了一个瑰丽神奇、古风犹存的江南村庄，同时刻画了一位独特的幺叔的形象，这个生长在富裕人家、长得矮小结实的男人，一辈子不务正业，热衷养狗、搞女人，后来竟溺水而亡，连进祖坟的资格也没有。在他身上有一种潇洒无为、追求自由的类似道家精神的人生境界。文瑜的《棋道》写的是古人下棋的故事，棋王陶文从读残碑上的棋局顿悟棋技，用"精妙"手法称霸棋坛，最终又领悟到"精妙"手法的局限而参破棋道禅机，进入一种随心所欲、至高无上的境地。作品凸显的依然是历史人物身上的道家精神。杨争光的《叛徒刘法郎》是一篇内涵丰富但未被人注意的精短小说。主人公刘法郎历史上确实参加过八路军、共产党，还打过仗、负过伤，因此自称"老革命"。但他又确实被国民党军队俘虏过，住过监狱并写了悔过自首书。可悲的是，因不识字竟把自首书作为参加革命的证据让村干部验证，于是被当作叛徒批判。一个贫困、无知、懒散，用精神胜利法支撑生存的流氓者形象跃然纸上。这是对历史人物复杂身份的真实揭示，是对一些所谓"老革命"精神性格的深刻解剖。当然，短篇新历史小说在人物塑造上的成果并不多，已有的一些人物也往往存在着性格简单、理念先行、形象薄弱的缺憾。

重构历史写作方法，开创历史小说新的创作道路，是新历史小说在艺术上的孜孜追求。传统历史小说尤其是革命历史小说，已经形成了一套意识形态化的写作模式，阻碍着历史文学的良性发展。新历史小说摒弃了既往的僵化模式，在写作方法和手法上进行了大胆变革，主要表现在如下几个方面。一是小说的叙事者不再是说教式的"大我"，而是平常的"小我"。"我"立足现在讲述历史，贯通了历史的"时间隧道"，形成了一种"对话"关系。"我"自由地发掘、想象、虚构历史，使古老的历史呈现出"万花筒"般的景象。譬如苏童、余华、格非的小说，都具有这样的特点。二是叙事语言的内倾化、抒情化。作家讲述历史，不再按照事件和人物的进展有条不紊地展开，而是切入人物的心理世界，用主人公的眼睛和心理去呈现世界，表现出一种极大的随意性、抒情性。譬如余华的《鲜血梅花》，整个小说的故事情节，基本上是由主人公阮海阔一路上的所见、所感表现出来的，环境、人物、情节等涂上了浓重的情绪色彩。三是对现代表现形式和手法的自觉运用。譬如格非《风琴》写抗战中的一桩惨案，作家抽丝剥茧，复原现场，使人们真正意识到了历史的扑朔迷离，颠覆了后人的武断结论，采用的是"迷宫""空白"的叙事方法。譬如墨白《失踪》写村民戴着木匠雕刻的鬼怪面具，边唱边跳，吓退了抢夺大藏经经板的日本兵，使用的则是荒诞手法。"迷宫"、荒诞、象征、心理等手法的恰当运用，强化了新历史小说的现代色彩。

新历史小说潮流持续到 20 世纪 90 年代前期，突然间涌现了一批成熟而厚重的长篇小说，如陈忠实《白鹿原》、成一《真迹》、李锐《旧址》、北村《施洗的河》等，形成了一个灿烂的创作高潮。但到 90 年代中期之后，逐渐出现了一种虚拟、戏说历史的现象，新历史小说随之走向了末路。

新笔记小说的复兴

新时期的短篇小说，可谓潮流激荡、写法频变。新笔记小说就是在文学发展中，悄然复兴并逐渐成长壮大的一种文体。

在中国文学历史中，笔记小说源远流长。从魏晋时期出现，到清末时期终结，创作的作品不下 3000 种。学界一般依照鲁迅的观点分为"志人小说"和"志怪小说"两种主要类型。广义上的笔记小说，泛指文人创作的志怪、传奇、杂录、琐闻、传记、随笔之类著作。多为文言类，也有白话类。"笔记"要求作者的记叙是真实、客观、历史的，而"小说"要求作者的创作是虚构、主观、艺术的。这是一种矛盾的文体，却为作家的创作和探索提供了广阔、自由的空间。从五四时期到"十七年"期间，笔记小说不能说没有，但几近绝迹了。新时期文学开始，笔记小说悄然萌发，生长壮大，在内容和写法上出现了诸多变化，人们称为"新笔记小说"。所谓"新"，是指表现内容上更加丰富多样，思想内涵上融入了现代观照和理念，表现形式上借鉴了现代文学乃至西方文学的方式方法。当然，在融合新机的过程中，也可以看到一些当代作家对古典笔记小说的生疏、仿造甚至"混搭"，变成了一种"四不像"，离笔记小说的意趣已相去甚远。新时期短篇小说已成为一个十分庞杂、宽泛的概念，它与五四小说迥异，与"十七年"小说也不同。它以当下的主流文化为主调，容纳了现代、当代、西方的短篇小说元素，构成了一种正规的、通行的文体范式。其实它匮乏的正是古典短篇小说的元素，而新笔记小说的兴起恰好弥补了它的缺失。新时期短篇小说自然涵盖了新笔记小说，但后者只是其中的一部分，且处于支流、边缘位置，只是随着作家们创作的升温，读者们兴趣的提高，才逐渐活跃起来，并影响着整个短篇小说的创作，在十几年的新时期文学中，新笔记小说的发展正如有评论家概括的，大致经历了三个阶段。20 世纪 80 年代初期，数位文化功底丰厚、历经"文革"磨难的老作家，率先进行艺术"变法"，复兴了笔记小说文体。孙芸夫（孙犁）1981 年就开始了笔记小说写作，用 10 年时间完成了《芸斋小说》，是最纯正的笔记小说，冲破了传统小说创作道路上的"坚冰"。另一位老作家汪曾祺，用他醇厚、淡雅的笔墨，既描述过去的生活，如《故里杂记》《钓人的孩子》等；又改编前人的作品，如《蛐蛐》《樟柳神》等，点染出一幅幅饱含传统文化韵味的"水墨画"。还有两位老作家林斤澜和高晓声，前者的《十年十癔》《短篇三树》，后者的《钱包》《飞磨》，用散淡、幽默甚至讽喻笔法，表现世态人心，显示出笔记小说的无穷魅力。老作家的创作深刻地影响着青年作家的探索。贾平凹书写故乡山水和风情的《商州初录》，李庆西揭示社会百相和文化积淀的《人间笔记》，何立伟描绘南方古镇历史沧桑的《小城无故事》等，以独特的题材内容，鲜明的艺术风格，熟练的笔记小说写法，构成了一道古色古香的"风景"。80 年代中期，在"寻根派""现代派"前呼后拥的文学态势中，新笔记小说得到了强劲发展。一些寻根派的中坚作家，也开始有意识地创作笔记小说，或者说用笔记小说的形式，表达他们的文化主题，在内容和形式上达到了高度契合。如阿城《遍地风流》，韩少功《史遗三录》，矫健《小说八题》，既可称为寻根小说，也可名为新笔记小说。同时还有一些浸润于古典文化和文学，追求民族风格和地域特色的作家，创作了一批更本色的新笔记小说，如聂鑫森《强盗》《贤人》《血牒》，如范若丁《打孽》《棺屋》《四小姐》，如侯贺林《女子世界》《阴阳先生》，等等。这些作家和作品，无疑壮大了新笔记小说创作。80 年代末期，在各种文学潮流轮番登场、时起时伏的变局中，新笔记小说却长盛不衰地发展起来。老一代作家依然笔耕不辍，中青年作家纷纷加盟，新笔记小说进入"百花盛开"的境地。田中禾《落叶溪》笔记小说，阿成"哈尔滨故事"系列小说，魏继新《不朽木》《驿道》《熬鹰》，张曰凯《扇坟》《判尸》等，是这一时期的重要收获。此时新时期文学已到衰落和转型时期，新笔记小说的持续发展，充分显示了它的强劲生命力。

　　新笔记小说在新时期的复兴，不能不说是短篇小说的一个奇迹。它不仅丰富了短篇小说的艺术品种，提供了一种历久弥新的表现形式和方法，同时预示着古典小说艺术的再生。正如钟本康所指出的："新笔记小说的勃兴，至少提出了两个很有启示性的命题：一是中国传统美学精神仍然具有强大的生命力，二是文学的发展必须立足于本民族的文化母体。"①

从新时期文学始，涌现了众多的新笔记小说作家，这里先介绍几位，有的放在下章评述。

孙犁是中国现当代文学史上杰出的短篇小说作家。但他50年代就中断了"颂歌式"的革命现实主义创作，一直到1981年才重新握笔，转向笔记小说写作，构成了一个多姿多彩的《芸斋小说》系列，共31篇。前15篇集中写了自己在"文革"中的艰难经历，同时写了这场所谓"大革命"的情景和进程以及自己的同事、亲朋乃至婚姻，等等。后16篇内容较为庞杂，主要写了新时期后自己的写作、生活、患病、婚爱以及老友、亲人的情况，常常把现实与历史打通，回到战争年代的人事之中。孙犁作为一位现实主义作家，他信奉"人性善"的理论，在前期的短篇小说中以抒情方式表现了普通人的美好人情与人性。而经历了十年的"文革"浩劫，走过漫长的坎坷人生，他的人生观、世界观虽未改变，但也兼信了"人性恶"的观点。

这种转变使他在看取社会人生时，达到了一种新的深度和高度。他深刻地揭露了"文革"的残暴、荒诞和罪恶。《小D》中那位穿着工人服装、实际上是流氓无赖的勤杂工，在"文革"中成为"造反派"头头，狠毒地批斗、虐待知识分子，源于他的阶级偏见，用报复的方式发泄他内心的不平衡。《高跷能手》里的李槐，本是印刷厂的刻字工人，只因在旧社会开过一个小作坊，就被打成"资本家"而受到批斗和关押，足见"文革"的荒诞。他深切地表现了对社会人生的理性反思。《地震》写了"文革"末期，不仅政治领域在搞什么"反击右倾翻案风"，自然界也发生了唐山大地震。小说结尾作家借"芸斋主人曰：'文革'反其道而行之，宜乎其为天怒人怨矣！"这一总结是深刻的。《葛覃》写一位南方青年，投身革命根据地抗日，革命成功后隐居白洋淀乡村做了一名小学教师，一生平安自足。作者对这样的人生深表赞赏："人之一生，能够被一个村庄，哪怕是异乡的水土所记忆、所怀念，也就算不错了。"他成功地刻画了各种各样的人物形象。《鸡缸》中的古董商摇身变成的"造反派"老钱，《王婉》里昔日的鲁艺学生到"文革"时期的政治风云人物王婉，《一个朋友》中资历很老、不善当官，因喜爱做点小买卖而仕途中断的张姓朋友，《罗汉松》里"不只游戏人生，且亦游戏政治"的"善泳者"老张，《幻觉》中漂亮聪明、好花钱、善交际、会算计的精明后妻钱

① 钟本康选评：《新笔记小说选·序》，浙江文艺出版社1993年版。

女士……这些人物着墨不多，但性格鲜明，内涵丰富，写得扎实而灵动，显示出作家塑造人物的深厚功力。他创造性地发展了笔记小说的写法。他把"纪事"与"小说"区分开来，说"我这种小说却是纪事，不是小说"，表现了他在理念上的矛盾和将二者糅合的努力。他遵循史的真实，多用真人真事，是对传统笔记小说的继承。他艺术地剪裁题材、结构情节、刻画人物、锤炼语言，文尾加一段"芸斋主人曰"，是对古典小说和现代小说表现方法的发扬。晚年孙犁对笔记小说的复兴作出了重要贡献。但他这批小说由于同现实社会距离较远，所写又都是凡人琐事，因此并未在读者中引起大的反响。

李庆西是寻根小说作家，又是新笔记小说作家，还是文学评论家。他与大多数倾心传统文化和文学的新笔记小说作家不同的是，他承袭了较多的五四启蒙思想，吸纳了西方现代文学，具有较强的现代知识分子思想意识。因此，他的新笔记小说在文体形式上运用了传统的古典小说套路，而在思想意蕴上却贯穿了鲁迅等现代作家改造国民劣根性、重铸民族灵魂的现代思想。在传统与现代之间，表现出一种矛盾和纠结状态。20 世纪 80 年代初中期，他的一组"人间笔记"系列小说，在文坛上引起轰动，被认为是新笔记小说的代表性作品。他精心描绘了底层社会的世俗生活。如《街道与钟楼》展开的是一幅斑驳陆离的市井图画，既有改革开放后市场的繁荣、社会的进步，更有各种人物烦琐的生活以及他们内心的躁动与困惑。如《星期四》写的是一对中年市民的夫妻生活，这里绝没有渲染两性色情的意思，而是写了他们人到中年被世俗生活所湮没，夫妻之间极为重要的性爱生活也变成了每周一次的例行操作，做爱之时讨论的也依然是油盐柴米，等等。作家的审视与批判蕴含在作品中。他深入洞察了各种人物的文化性格和心理。如《阿鑫》写的是一位科研单位的烧锅炉职工，他卑微、坚韧、乐观，是知识分子们嘲笑的对象。但他节俭、勤劳，善于聚财，捡破烂成为万元户后，才使人们惊讶、佩服起来。在阿鑫身上有一种深厚的民间文化和性格。如《张三、李四、王二麻子》写的是几位公职人员，他们嗜烟如命，引出许多有趣故事。作者一面写了他们顽固的抽烟习惯与心理，另一面又对这种癖好作了善意的审视与讽刺。如《钥匙》和《锁》写的是知识分子，前篇的主人公骆老师是一个五十岁的光棍汉，祖传的红木箱锁着元宝锁却没有钥匙；后篇的主人公是一位老姑娘，收藏了各种各样的钥匙却没有锁。作者写了这两位有身份的人的独来独往和怪异性格，写了小巷居民对他们的议论、猜测乃至窥视，同时暗示了他和她无性的困境，是对知识分子社会处境与精神困境的象征性写照。他潜心探索了新笔记小说的表现方法和手法，说："'新笔记小说'的艺术特点具有如下几点：一是以叙述为主，行文简约，不尚雕饰；二是不重情节，平易散淡，文思飘忽；三是取材广泛，涉笔成趣，富有禅机。"① 李庆西的创作实践和理论探索，对新笔记小说起了推动作用。

何立伟被誉为抒情小说作家，他短中长篇小说兼写，最出色的是那些篇幅精短、格调优美的新笔记小说。他的短篇小说较多，有的重在写景写人，抒发情怀，属于那种正规的短篇小说，而不是新笔记小说，如获得全国优秀短篇小说奖的《白色鸟》。他在笔记小说《小城无故事》《砚坪那个地方》《一夕三逝》中，描绘了小城小镇古朴、宁静、和谐的人间风俗画。在《雪霁》《末岁》《小站》里，雕刻了普通百姓、文化人等的日常生活以及他们善良、美好的人情人性。他在新笔记小说中，苦心营造意境、创造巧妙结构、推敲诗意语言，已突破了笔记小说的写法，或者说丰富了笔记小说文体。汪曾祺评价说："立伟的小说不重故事，有些篇简直无故事可言，他追求的是一种诗的境界，一种淡雅的，有些朦胧的可以意会的气氛，'烟笼寒水月笼沙'，与其说他用写诗的方法写小说，不如说他用小说的形式写诗。"②

阿成从新时期文学后期开始创作。既写那类正规的短篇小说，如《年关六赋》等，也写新笔记小说，而后者的题材多取哈尔滨的风土人情、凡人小事，构成了一个"哈尔滨故事"系列。譬如《我新搬的这个楼》中写了当地人不管是警察、工人，还是文人，都喜欢站在铺子里喝酒的风俗习惯。譬如《黑龙江的山好多了》写了林场工人干部，热情、好客、豪爽的地域性格。有着鲜明的地域特色。譬如《韩先生》刻画了一位有文化、讲仁义、尽孝道，对文学有着独特见地的中学教师形象。而在《卖针的》《卖胰子的》中，用哈尔滨的地方风情，衬托了河南、山东两位做小生意的富有个性的人物形象。阿成钟情哈尔滨的现实与历史以及各种人物，从 20 世纪 80 年代末期开始一发而不可收，用浓郁的民情风俗、有力的人物特写、自由的情节结构、简练传神的叙事语言，描画了一幅东北古城的市井长卷。

新笔记小说"处乱而不惊"，默默地生长、变革、自强，在多元化时期走向了一个新的境界。

---

① 李庆西：《新笔记小说：寻根派，也是先锋派》，《上海文学》1987 年第 1 期。

② 汪曾祺：《小城无故事·序》，作家出版社 1986 年版。

第七节　王蒙①：现实情怀与文体"探险"

挑战文体的极限

　　严家炎说："王蒙是中国当代最活跃、最有创造力的小说家之一。他复出以来，几乎一刻不停地在进行着多种小说文体和不同表现手法的试验，既不重复别人，也不重复自己。"② 童庆炳曰："有许多中国作家都在探索着小说的叙述艺术，但在我看来，没有一个作家能像王蒙这样多方面地领小说艺术革新风气之先。"③ 在中国当代 60 年的文学发展史上，王蒙的"写龄"跨度之长，作品数量之巨，创作影响之大，几乎没有作家可比拟，无疑是最独特、杰出、重要的作家之一。他把广阔的社会历史和作为知识分子的人生体验，熔铸在他的全部创作中；他在创作中"燃烧自己"、上下求索，不断创造着一种新的表现艺术和方法，挑战文体的极限，一次次地开创着小说新潮，引领着中国文学的不断前行。

　　王蒙的创作，几乎涉猎了文学的全部门类，但最主要的还是长篇、中篇、短篇小说。而短篇小说又是他最珍爱的一块"试验田"。梳理、解读他的短篇小说，是打开王蒙以及他的文学世界的一把得力的钥匙。

　　正如郜元宝所说："他一生都在'革命'，也一生都在'文学'。所谓

---

① 王蒙，河北南皮人，1934 年生。青年时代参加党的地下工作。1949 年后任共青团北京市东四区委副书记。1957 年被错划为右派，后改正。历任北京师范学院讲师，新疆文联编辑，伊犁巴彦岱公社二大队副大队长，自治区文化局创研室干部，北京市文联专业作家，《人民文学》主编，中国作协书记处书记，中国作协常务副主席，文化部部长，中国作协第四、第五、第六届副主席，中共第十二、第十三届中央委员，全国政协第八、第九、第十届常委等职。1953 年开始创作并发表作品，因短篇小说《组织部新来的青年人》而成名。其代表作有长篇小说《青春万岁》《活动变人形》《青狐》、"季节"系列长篇小说《恋爱的季节》《失态的季节》《蹉跎的季节》《狂欢的季节》等，中短篇小说集《深的湖》《王蒙中篇小说选》《春堤六桥》《冬雨》《表姐》《加拿大的月亮》《我又梦见了你》《白衣服与黑衣服》《尴尬风流》等，散文随笔集《德美两国纪行》《靛蓝的耶稣》《行板如歌》《欲读书结》《当代中国散文精品——王蒙卷》等，诗集《旋转的秋千》，评论集《漫话小说创作》《当你拿起笔》《创作是一种燃烧》，古典文学研究专著《红楼启示录》《双飞翼》等，演讲集《王蒙说》，《王蒙文集》10 卷等。其中短篇小说《最宝贵的》《悠悠寸草心》《春之声》分获 1978—1980 年三届全国优秀短篇小说奖，中篇小说《蝴蝶》《相见时难》分获第一、第二届全国优秀中篇小说奖。作品被译成英、法、德、意、日、俄等二十多种文字，在国外出版发行。
② 严家炎：《论王蒙的寓言小说》，《王蒙研究》创刊号 2004 年 10 月。
③ 童庆炳：《作为中国当代小说艺术的"探险家"的王蒙》，《中国海洋大学学报》2003 年第6 期。

'革命和文学复归于统一'。"① 1948 年，王蒙还是 14 岁的中学生的时候，就参加了中共领导的地下工作，他的理想是"做一个职业革命家"，有一颗坚定而远大的"少共的心"。他一生坎坷、大起大落，沉落民间、跃居高层，使他真正领略和洞察了中国社会的真实面貌；但他矢志不渝地坚守着知识分子关注现实、忧国忧民的情怀。他把文学特别是小说作为经世致用、改良人心的工具。为此目的，他殚精竭虑，实验、探索着小说的种种形式和手法，力图使自己的思想情感更有效地传达给广大读者。"革命"与"文学"是他人生的宗旨。

王蒙是文学上的"全能选手"，每一种门类他都有大量作品，且有出色的精品。作为散文家，王蒙有众多精彩的游记、怀人、杂感作品。作为诗人和报告文学家，王蒙的一些作品颇受圈内关注。作为学者，王蒙的"红楼梦研究""老庄研究"等可谓独辟蹊径。作为文学评论家，王蒙探索文学的基本理论，辨析当下的文学态势，阐释重要作家作品，发表过难以计数的文章，有的在文坛和读者中产生过重要影响。但奠定王蒙重要地位的，是他的小说创作。长篇小说《活动变人形》《恋爱的季节》等"季节系列"和《青狐》，已成为当代文学中的扛鼎之作。中篇小说《布礼》《蝴蝶》《杂色》《如歌的行板》《相见时难》等，已进入中篇小说的经典行列。在王蒙全部的小说创作中，短篇小说是最基础、最活跃的组成部分。正是在这一方面，充分展示了王蒙敏锐的思想、超人的智慧和无穷的创造力。堪称一位卓越的短篇小说作家。他的短篇小说创作长达 50 多年，数量几百篇，其本身就构成了一个独立自在的艺术世界。正如王蒙所说："短篇小说累计起来，便成了活的历史、形象化的历史。"② 它不仅折射了半个多世纪以来，中国社会的历史面影以及作家的人生心路历程，同时凸显了王蒙在艺术上的披荆斩棘、一路开拓。他把短篇小说文体上的实践经验，又运用到中篇、长篇小说创作上，促成了他整个小说上的革新。

越是杰出的作家，他的创作演变越难以把握。王蒙的短篇小说创作，大体上有四种模式或者说四种套路。它们贯穿、交织在作家漫长的创作生涯中。但每个时期又以某一种模式为主，呈现出一种模糊的阶段性和递进性。1952 年至 1979 年可称现实主义的勃发时期，此后不管他的创作发生多少变化，但现实主义精神却经久不衰。其代表作有《组织部新来的青年人》《最宝贵的》《说客盈门》《悠悠寸草心》《高原的风》《庭院深深》

---

① 郜元宝：《当蝴蝶飞舞时》，《当代作家评论》2007 年第 2 期。
② 王蒙：《王蒙文存》第 21 卷，人民文学出版社 2003 年版，第 188 页。

《枫叶》等。1979 年至 1988 年可名曰意识流小说的实验时期，他在刚刚解冻的文坛上引入西方现代派表现方法，从舆论哗然到逐渐接受又到争相效仿，王蒙功莫大焉！其主要作品有《夜的眼》《风筝飘带》《春之声》《海的梦》等。1985 年至 1995 年可谓讽喻笔法的泛化时期。这是王蒙创作中一个较为复杂的时期，他描述社会人生中一些丑恶、异化现象，极尽讽刺和隐喻手法，其突出的作品有《冬天的话题》《虫影》《坚硬的稀粥》《来劲》等。大约从 1999 年到 2007 年或可叫作笔记文体的回归时期。逐渐进入晚年的王蒙再次"变法"，返璞归真，承传中国古典笔记小说的传统，取材身边的日常生活琐事，创作了千姿百态的新笔记体小说，重要作品有《玄思小说》和《尴尬风流》中的部分篇什。

王蒙是一个善于学习、海纳百川、资源丰富、理念新锐的作家。他的小说以中国现代当代小说为基础，又广采博取了西方现实主义、现代派、苏俄文学的精华，以及中国古典小说民间艺术的营养，并形成了他自己丰沛、奇崛、多变、浩瀚的审美风范。王蒙是一个真正的创作与理论并重、互补的作家。在他数百篇理论与批评文章中，关于短篇小说艺术的占了相当的比重。譬如《短篇小说创作三题》《关于"意识流"的通信》《关于塑造典型人物》等，曾给作家特别是文学青年启迪多多。由此可见他在短篇小说理论上的浓厚兴趣和研究之深，而理论的一翼又有力提升了他创作的一翼。

对于短篇小说的本质特征和艺术规律，王蒙有着格外精辟、开放的理念。在短篇小说的特性上，他认为："所谓真正的短篇就是以小见大，截取生活的一个片断，所谓'一滴水中见大千世界'这样的短篇。短篇小说毕竟和中篇小说不同，它应该是精练的、单纯的。单纯不是简单。它的人物是单纯的、故事是单纯的、结构是单纯的，但是单纯应该是和无限的东西，和复杂的东西、丰富的东西联系着。"① 在小说的创作法则上，他指出："我觉得对于许多真正的作家来说，一种主义并不够用，他不会用某种创作的规则和守则来束缚自己。"② 至于具体的艺术形式和手法，他强调人物形象要多种多样，结构安排要行云流水，故事情节要机智巧妙，叙事语言要酣畅淋漓……涉及短篇小说的方方面面乃至细枝末节，别出心裁、灵活实用，不仅指引着他的短篇小说实践，同时也带动了许多作家的创作。

① 王蒙：《王蒙文存》第 19 卷，人民文学出版社 2003 年版，第 142 页。
② 王蒙：《王蒙文存》第 20 卷，人民文学出版社 2003 年版，第 219 页。

现实主义方法的不懈探索

在中国的当代文坛上，王蒙小说的变化多端是被人称道也是被人非议的。有人把他称为"先锋派"或"现代派"，有人把他封为"浪漫派"甚至"机会派"，有褒有贬，难以定论。但在骨子里，王蒙却是一个真诚的"现实派"。尽管历经沉浮兴衰，他变得深沉、复杂乃至多疑了，但作为一个现代知识分子的使命感和忧患感从未动摇。因此，在他的小说创作中表现模式和方法呈现出多样化形态，但直面现实、改良社会人生的现实主义精神却一以贯之。而且那种传统的现实主义小说一直是他创作的主体，并对其进行了多方面的变革与创新。正如他答记者所说："比如说我的作品，既是现实主义的，但我又不准备遵循现实主义的各项'规则'。你说不是现实主义的？我当然是反映现实的，不管我写得多么荒诞，但都是我在现实生活中得到启发，然后把这种启发或与古代的、或与外国的事情联系起来。"①

王蒙的现实主义创作经历了跌宕起伏的命运。1952 年，18 岁的王蒙就开始了短篇小说创作，《礼貌的故事》《友爱的故事》《小豆儿》等，可算儿童文学，清浅、明朗、稚嫩。《春节》写一个大学生对青春、爱情的向往。而 1956 年 9 月号《人民文学》发表的《组织部新来的青年人》，一时间使王蒙跃然成为一颗"文学新星"，并戏剧般地引发了一场大讨论，甚至惊动了最高层的毛泽东主席。这是一篇有思想、有锐气、有才华的短篇小说力作。作品表现了林震、赵慧文两位怀揣理想主义的青年干部，在北京某区委组织部这样一个社会心脏部位，感受到的异常的环境和人事，他们的困惑、思考和成长，以及他们自觉不自觉地同享乐主义、官僚主义的矛盾和斗争。代表官僚主义倾向的刘世吾、韩常新、王清泉等人物，写得真实自然、鲜活有力。这是一篇带有批判意味的现实主义小说，它甚至接续了五四文学的思想余脉。但当时代表激进思想的评论家李希凡、马寒冰等，却无限上纲地指出：小说"用党的生活个别现象"，"夸大地织成了黑暗的幔帐"，"歪曲了社会现实的真实"。断然认为："在中共中央所在地的北京市果然有这样的区委会，中央和北京市委居然不闻不问，听其存在，这是不能相信的，也是难于理解的。"② 用文学的描写替

---

① 王蒙：《王蒙文存》第 20 卷，人民文学出版社 2003 年版，第 23 页。
② 转引自温奉桥《〈组织部来了个年轻人〉研究 50 年述评》，《王蒙研究资料》（下），天津人民出版社 2009 年版，第 715 页。

代生活的真实，用生活的个别现象等同社会的本质规律，这样的逻辑就坐实了小说的"反动"和"毒草"本质。然而 1957 年的春天还是一个思想涌动的季节，全社会展开了整风运动。毛泽东紧盯着意识形态的动向，他注意到了关于王蒙小说的热闹讨论，也阅读了小说作品。他在这年的 2—4 月，先后五次谈到作家作品。如"我看他的文章写得相当好，不是很好……王蒙很有希望，新生力量，有文才的人难得"；如"第一你是好的，你反对官僚主义。第二是你有片面性，你的反面人物写得好，正面人物弱"；如"批评王蒙的文章我看了就不服。这个人我也不认识，我跟他也不是儿女亲家，我就不服"。① 但王蒙最终没有逃脱戴帽下放的厄运，却也因了领袖的"圣旨"，当时对他的处理是最轻的，他依然可以从事写作。从 1957 年到 1962 年，他发表了短篇小说《冬雨》《眼睛》《夜雨》等，作品努力刻画城市和农村的先进青年形象，揭示和批评知识分子的小资思想和行为，虽然精练优美，但已无锋芒可言，完全融入了模式化的工农兵文学中。

新时期文学的澎湃浪潮，激发和呼唤着王蒙的文学梦想和创作热情，从 1978 年始他一鼓作气写了一批短篇小说。这些作品延续的是他 22 年前《组织部新来的青年人》的创作思想。揭露"文革"时期的社会问题，描写坚持真理的正面人物。但当时王蒙所在的边疆的运动并不典型，他的感受和了解也很有限，因此这些作品很难与当时的"伤痕""反思"文学同调合拍。于是敏感的王蒙很快调整了自己的创作思路，把艺术目光更多地转向当下出现的社会问题，以及人们的命运和心理变化上，使他的小说在当时的文学潮流中脱颖而出，显示出现实主义文学的新潜力。

忧国忧民的情怀使王蒙的小说总带有社会问题的特质。在开始的一些作品中，他也写到了"文革"。如《向春晖》《队长、书记、野猫和半截筷子》等，描述维吾尔族农村 1975 年刮起的反击右倾翻案风浊浪，正义与邪恶的斗争，有图解时代、政治的痕迹。《表姐》同样是批判极"左"思潮的，却是通过表姐性格的懦弱、灵魂的扭曲来表现的，因此就显得深刻。《最宝贵的》是这一时期的一篇艺术精品，情节集中、构思巧妙、篇幅短小。重新出山的市委书记严一行，之所以不能宽恕儿子在"文革"时期的"泄密"，是因为他痛切地意识到"我们的主义、道德和良心"，这些"最宝贵的东西"，在"十年浩劫"中被践踏和丢弃了。这后两篇作

---

① 转引自温奉桥《〈组织部来了个年轻人〉研究 50 年述评》，《王蒙研究资料》（下），天津人民出版社 2009 年版，第 716 页。

品，作家深入地揭示了极"左"思想给人们造成的精神毒害和"伤痕"。

在另外一些作品中，王蒙则揭示了新时期人与人特别是官与民之间关系的变化，如《惶惑》《手》等。《悠悠寸草心》是表现这一主题思想的代表性作品。全篇以省委招待所理发员吕师傅为叙事人，讲述了"四人帮"横行时期，他与被打倒的高层干部唐久远的患难与共、生死交情。而当唐得到平反并升任为某市的市委书记后，他再难以见到唐，唐也淡忘了他，但他依然设身处地体谅、关心着唐。官与民的距离是何其遥远！这究竟是官员造成的，还是体制形成的？王蒙执拗地探究着这一重要的社会问题。

揭示社会问题自然是王蒙的良知使然，但他并不相信文学真能够改变社会。他更坚信的是文学改变人心的理念，即鲁迅"为人生"的主张。正如他所说："它的力量在于激动人心，打动人心，它的力量在人心里边。文学和暴力相比是软弱的，文学和权力相比是不设防的，但文学能赢得人心。"[1] 因此，在他大量的现实主义小说中，他更多地写特定社会文化背景下，人的思想情感、性格命运的矛盾、变化、发展等。譬如《歌神》《黄杨树根之死》等。譬如《庭院深深》写了一批从事音乐的知识分子，从同心协力创办音乐学院到争名夺利、离心离德的戏剧性转变，揭露的是知识分子形形色色的劣根性。在揭示各种人物特别是知识分子的精神世界方面，王蒙比同时期的作家深刻尖锐得多，深化了现实主义小说的表现内涵。

新时期初期的现实主义小说，虽然发展迅猛，但基本的艺术模式却较为单调。在创作上不安现状的王蒙，对现实主义小说的表现模式进行了多方探索，并为文坛奉献了典范性的作品。情节类小说，如《说客盈门》《温暖》《青龙潭》等，都有一个集中而巧妙的故事情节，可读性很强。人物类小说，如《心的光》《最后的"陶"》《高原的风》等，以人物为中心，性格"亮点"突出，是一种典型的短篇小说人物。场景类小说，如《妙仙庵剪影》《临街的窗》等，画面凝练，诗意丰盈，让人回味不已。哲理类小说，如《他来》《Z城小站》《失去又找到了》等，故事独特，内涵丰富，有启人心智的艺术效果。散文化小说，如《我又梦见了你》《寻湖》等，构思自然，语言抒情，一片诗情画意。王蒙不仅创造了多种多样的小说艺术模式，在具体的表现方法和手法上，象征意象、反讽手法、荒诞写法、心理描写乃至意识流、叙事语言的实验，等等，都来者

---

[1]　王蒙：《王蒙文存》第19卷，人民文学出版社2003年版，第3页。

不拒，大胆尝试。虽也有使用失度，造成败笔的作品，但总体上是积极的、成功的，极大地推进了现实主义文学的革新。

"意识流"形式的开创性实验

1980 年第 5 期《人民文学》，以重要位置推出了王蒙的《春之声》，这篇"形式特别"的短篇小说，立刻在文坛和读者中引起了强烈反响。说它"形式特别"，是指王蒙突然丢开了驾轻就熟的现实主义写法，开始了所谓"意识流"形式的实验。这种从西方现代派那里借鉴来的艺术形式，在不少人眼里还是一种灰色的、有毒的东西，而且很不适应一般人的欣赏习惯。于是在许多报刊上引发了一场关于"意识流"的大讨论。王蒙以他丰富的文学修养、深切的创作体验，回应了这场讨论，他说："复杂化了的经历、思想、感情和生活需要复杂化了的形式。我尝试着在作品中运用复线甚至是放射线的结构，而不拘泥于一条主线。我试图用突破时空限制的心理描写来充分展示前面说过的八千里和三十年，展示这八千里和三十年的不同的事物之间的联系和对比。我上下古今中外地求索，求索的目的仍然是创作中的我自己。"①

西方意识流小说，是在詹姆斯、柏格森等现代心理学理论的支撑下，形成的小说流派或表现方法。它深入发掘人的无意识世界，大量运用内心独白、梦幻和象征等手段。打破传统小说的时空观念，淡化故事情节，采取时空颠倒、心理时间的结构方式。但王蒙的借鉴是立足于中国的社会现实和自己的人生体验的。他的意识流小说是有理性、有情节、有人物的，依然渗透着现实主义精神，与西方的意识流小说是"貌合神离"。王蒙意识流小说的"横空出世"以及围绕它展开的文学探讨，深刻地影响了新时期文学初中期的创作，不少青年作家踊跃尝试，有效地丰富了小说的表现形态，给文学界带来了新气象。

王蒙是一个纯熟的现实主义作家，他深知情节、人物、主题对短篇小说的重要作用。因此他的意识流小说，看似意象纷杂、视角多变、时空错杂，但细心阅读，就会把握到小说中的那些基本要素。譬如《夜的眼》，写的是业余作家陈杲，在京城参加文学讨论会，受领导托付晚上去找一位陌生人办一件走后门的事情，目睹富家公子的愚昧和贪婪而愤懑返回。情节主线是写他找人途中的一系列意识活动。这是一个多么平淡甚至无聊的情节，但却蕴含了广阔的社会内涵和尖锐的主题思想。刚刚复苏的城市、

---

① 王蒙：《王蒙文存》第 21 卷，人民文学出版社 2003 年版，第 27 页。

开始解冻的文学,获得了自由和激情的作家,但现实却依然是这样落后混乱,那些拥有权力的人们是那样的傲气和蛮横。作家呈现出的是一幅斑驳陆离的社会图画和一位知识分子昂奋而沉郁的心理世界。譬如《风筝飘带》主要写了回城青年范素素与佳原的恋爱故事。偌大的城市,他们却找不到一个谈情说爱的地方。在喧嚣的大街上,在新落成的住宅楼上,闹出一幕幕尴尬和笑话。但两位年轻人并不因此而沮丧、悲观,他们对爱情、理想、生活依然充满了激情和希望。作家的叙述紧贴主要人物的心理意识流动,写他们的感受、联想、回忆、憧憬……但同时又不露痕迹地插入作家的描述、交代、评判等,形成一种丰富多彩、自然流畅而又浑然有序的叙事形态和语言。自然,王蒙也有不成功的意识流小说,譬如《焰火》《组接》,人物的意识过分散乱,作品的意蕴十分模糊,让人难以卒读。

王蒙克服了意识流小说不注重人物形象的缺陷,努力通过人物的心理、行为和语言,塑造出一种鲜活而突出的人物形象。人物形象是一个复杂的综合体,仅有一堆意识碎片是很难立起一个人物的,他必须有自己内在的精神和外在的行动,才能真正矗立起来。王蒙是深谙这一艺术规律的。譬如《春之声》,是王蒙最有代表性的一篇意识流小说,不仅娴熟地运用了意识流的表现形式,而且情节主线清晰、主题思想明朗、人物形象突出。作品主人公岳之峰,是一个历史转型期的典型知识分子形象。他因家庭出身问题而含冤埋没20多年,一朝平反解脱,就全身心地投入了国家的科技事业中。他是一个重故乡、重亲情、重往事的人,辗转飞机、轮船,现在又挤在沙丁鱼罐头似的闷罐子火车上,急切地在春节前夕奔向他的家乡、老父和亲人。他是一个感情细腻、想象丰富、思想深远的人,一路的艰难、混乱、辛劳,却使他兴致勃勃、浮想联翩、情动于衷,感受到了"生活的密码""春天的旋律"。他也许不像现实主义小说中的人物那样具体、强烈、有个性,但他的精神、情感、心理却显得更开阔、细腻而富有典型性。《海的梦》中的主人公缪可言,与岳之峰有异曲同工之妙,他是一个文学翻译家,"文革"葬送了他的青春、事业、爱情。现在年过半百,获得新生,再次燃起了成就事业的雄心。组织安排他到海滨疗养院度假,面对奔腾不息的大海,面对在风浪中搏击的青年人,他的心灵经历了一次洗礼,然后提前离开疗养院,走向了自己的工作岗位。一个劫后余生,壮志未酬、奋发有为的知识分子形象跃然纸上。在这两位人物身上,有作家自己的心理体验,有众多知识分子的精神追求。

意识流作为一种现代表现形式和手法,有优势亦有局限,难度较高。

因此继王蒙之后，成功运用意识流方法的作家并不多，王蒙后来在作品中也主要把它作为一种局部的、具体的手法使用。

"讽喻"笔法的极致运用

从 20 世纪 80 年代后期到 90 年代，中国社会发生了深刻而巨大的变化。政治风波的发生，市场经济的推进，文化乃至文学迅速的边缘化，人文精神的大面积沉落，一个功利的、世俗的、丑陋的时代已然降临。主动辞去文化部部长职位的王蒙，回到了更广大的社会生活中，有了更充裕的时间进行创作。他不仅完成了以历史回忆为主的"季节"系列长篇小说，而且写出了大量现实题材短篇小说。这批短篇小说与既往作品的明显不同，是关于革命、理想的宏大主题的隐退，取而代之的是一些关于社会人生的新现象和新问题。从中可见作家对现实生活的困惑、焦虑、激愤之情。在艺术表现方法上，作家更无所顾忌地运用了幽默、诙谐、夸张、讽刺、荒诞、象征、意识流等诸般武器。小题大做，亦庄亦谐，嬉笑怒骂，冷嘲热讽，把鲁迅笔法用到了一个新高度。他自信地说："认识和把玩荒诞性，也是一种成年人的智慧。另一个成年人的智慧是幽默。"① 他痛切地说："幽默的灵魂是诚挚的庄严，我要说的是：请原谅我那幽默的大罪吧，也许你们能够看到幽默后面那颗从未冷却的心。"②

王蒙这一时期的作品似可称为讽喻小说，以幽默、讽刺等为特色，但深层又暗含、隐喻着一些形而上主题。

对社会生活中一些异常、丑恶现象的发现和批判，是王蒙一生难以改变的"秉性"。尽管他知道文学的力量微乎其微。1991 年至 1992 年的"稀粥事件"让人们若干年以后都记忆犹新、心有余悸。其实王蒙《坚硬的稀粥》写作、发表在 1989 年春天，但一些人却硬把它同政治风波捆绑在一起。短篇小说总是给他惹祸，这已经是第三次。其后多家报刊发表了大量争鸣文章。有论者称：小说"对我国社会主义改革的影射、揶揄，在政治上明显是不足取的"。而台湾某杂志转载小说时加了这样的编者按："此小说以暗讽手法，批邓小平领导的中央制度。"③ 尽管整个事件最终不了了之，但它反映了极"左"思想的死而不僵，显示了王蒙小说不可估量的艺术力量。王蒙后来说：他这篇作品"实际上是写人们在改革

① 王蒙：《王蒙文存》第 21 卷，人民文学出版社 2003 年版，第 123 页。
② 同上书，第 264 页。
③ 转引自宋炳辉、张毅编《王蒙研究资料》（下），天津人民出版社 2009 年版，第 761 页。

下的一种幼稚病，一种浮躁的心理。我丝毫不把那个看做是我提倡的一种改革"①。从思想和艺术上看，王蒙通过一个家庭的膳食改革，寓言了社会变革的艰难复杂；通过爷爷、爸爸、儿子、徐姐等在膳食改革中的行为和心理，显示了各种人物之间的利害冲突和地位的变换。作家呼唤着一种务实的、稳健的改革。在艺术上把幽默、夸张、反讽、象征等手法运用到了极致。这是王蒙短篇小说中的一篇杰作，也是新时期文学和多元化时期文学的一块界碑式作品。王蒙对社会问题的揭示是广泛而深入的。《要字8679》描写的是官场生活，使用了纪实手法，作家像剥洋葱头一样，一层一层地展现了官员之间关系的犬牙交错，各种人物的阴暗心理。但关于那位后备干部的层层考察、调查的结果，却仍然是一笔"糊涂账"。这是一场多么庄重的荒诞剧啊！《冬天的话题》《满涨的靓汤》揭示的则是文化学术界的重重内幕。在荒诞不经的沐浴争论、煲汤制作等情节中，把文化学术界的门户之争、沽名钓誉、弄虚作假等丑恶现象揭示得淋漓尽致。《来劲》《来劲续篇》是两篇构思新奇、内涵隐晦的作品，探究的是各种人物近似疯狂的世俗贪婪，以及这种欲望的虚无和荒诞。

　　对人生、性格的解剖与反思，是王蒙最有兴趣的文学主题。而描写的对象又往往是知识分子，其中隐含着他的"自审"意识。对作为同道的知识分子，王蒙的情感和态度是复杂的。在 20 世纪七八十年代，他对他们主要是肯定、赞赏的，而到 90 年代之后，他对他们表现更多的是同情、无奈了。《虫影》描述一位工程师因年近花甲而一头黑发引出的"无风之浪"，揭示了一个知识分子的提拔问题，竟然引来各种人物的非议、"围剿"，荒诞的故事中显露着现实的真实，幽默的描写中饱含着作家的思索。《较量》里的那位市领导赵主任，是一个清高、正直的知识分子，他迷恋自己过去的专业工作，对社交应酬极为厌倦。他一次次地拒绝，但一次次地被胁迫前往。作家真实地表现了官场规则和世俗力量的强大，写出了知识分子的懦弱和尴尬，可谓含泪的讽刺。对知识分子的文化性格和命运变迁等，王蒙也给予了深入的剖析和善意的嘲讽。如《选择的历程》《怒号的东门子》，作品中都蕴含着一种现实警示意味。

　　王蒙是一个智者。他常常能捕捉到一些独特有趣的生活情节和细节，用简练的描述，赋予哲理内涵，创作出一种机智隽永的短篇佳作。譬如《阿咪的故事》揭示了人与猫天性迥异，其实是不能和谐共处的；譬如《话，话，话》讽刺了说话太多的丈夫，最后不仅迷失了自己也吓跑了妻

---

① 王蒙：《王蒙文存》第 20 卷，人民文学出版社 2003 年版，第 157 页。

子，都具有喻世、警世的艺术效果。当然需要指出的是，由于王蒙才思敏捷，写作快速，产量甚高，"萝卜快了不洗泥"，难免造出一些粗糙、浅薄、晦涩的作品来，使他的整个短篇小说给人鱼龙混杂的感受，这是颇让人遗憾的！

笔记文体的自由营造

在新时期文学发展的主流之外，始终有一个忽隐忽现、绵延不断的笔记小说支流。它是中国古代小说中源远流长的笔记小说传统在今天的传承和复兴。因笔记小说有内容、体例、手法等方面的诸多"长项"，因此很受学养深厚、创作勤奋的作家的青睐。孙犁、汪曾祺、林斤澜、贾平凹、韩少功、聂鑫森、谈歌、孙方友等，都在这一文体上有可观的建树。王蒙自然也是其中的一位，且作品数量庞大。

王蒙是一位最善于兼容并蓄且有创新意识的作家。他在谈到先锋文学时说："仔细研究起来，先锋文学的一些元素和古典传统与民间传统的东西是一脉相承的，并不是凭空生造出来的。"[①] 他在谈到小小说创作时，十分赞赏古代笔记小说文体的精粹、篇幅的短小，希望小小说能汲取笔记小说的精华。[②] 对一般作家来说更注重取法古代笔记小说的原有经验，而王蒙则把古今贯通，钟情于新旧融合、重铸新法，这样就使他的笔记小说具有一种"新质"。王蒙早期、中期的小说，显然有更多的"现代"特征，而进入晚年之后的创作，"古典"韵味不断增长，呈现出更多的"民族"特点和风格。

笔记小说的创作贯穿着王蒙的整个创作生涯。他从 1978 年就涉猎小小说，他有时称作"微型小说"，且一直没有中断。收集在《王蒙文存》中的小小说就有 34 篇。他还写过一组 8 篇《欲读斋志异》，属于历史故事新编，读来妙趣横生。改编过 12 则古代成语，想象丰富，新意迭出。他有意识地创作系列笔记小说是在 1999 年，以"玄思小说"为总题目，共写短章 180 篇，2002 年辑集出版。2005 年又出版了系列笔记小说《尴尬风流》，后言犹未尽，续写了一批新编。所有这些单篇的、系列的，历史的、现实的，原创的、改编的作品，都可称为广义的王蒙体新笔记小说。这些作品，事件的千奇百怪，人物的形形色色，时空的广袤交错，题旨的丰富鲜活，写法的千变万化，让人叹为观止。

---

① 王蒙：《王蒙文存》第 20 卷，人民文学出版社 2003 年版，第 118 页。
② 王蒙：《小小说的明天更美好》，《文艺报》2009 年 6 月 9 日。

特别是《玄思小说》和《尴尬风流》虽作为长篇小说名之，但其实是两部短篇笔记小说集。作品中有一个贯穿始终的主人公——老王，然而他更像是一个线索人物。作者也无意通过众多情节，刻画出一位完整、立体、有个性的人物形象来。老王只是一个老态的、闲散的、后来退休的普通老爷子形象。但他对社会人生有自己的感受、思考乃至洞见。老王就像导游一样，带着读者走进他的生活、他的世界，读者驻足在这些凡人琐事面前，观看、感叹、思索，倒把沉默寡言的老王给忘掉了。这两部作品有近500个短章，或纪事或写人，或抒情或议论，带有逼真的纪实味道，有许多篇什可谓笔记小说的精品。

王蒙的新笔记小说主要有如下几个特点。首先是以敏锐的目光捕捉富有意义的生活碎片，其次是用传神的笔触勾画出人物的特征，再次是选取巧妙的情节揭示生活的哲理，最后是用简朴鲜活的叙事语言创造一种敦厚健朗的民族风格。王蒙既往的小说语言，自由、潇洒、睿智、华彩，被人喻为"狂欢体"。但在笔记体小说——特别是晚近的创作中，"豪华落尽见真淳"，走向了简洁、含蓄一路，这也许是古典笔记小说对他的潜移默化，也许是人到晚年的返璞归真。

第八节　汪曾祺①:抒情文化小说的传承与再造

"衰年变法"的意义

1980年至1981年，汪曾祺《受戒》和《大淖记事》的发表与获奖②，引起了文坛和读者的关注、惊喜乃至困惑。其实这两篇描述旧人旧事的诗意小说，并非空穴来风、天外怪客，而是作者对现代文学史上以废

---

① 汪曾祺(1920—1997)，江苏高邮人。1939年考入西南联大中国文学系，1940年开始写小说，受到当时中文系教授沈从文的指导。1943年毕业后在昆明、上海执教于中学，出版了小说集《邂逅集》。1948年到北平，任职历史博物馆，不久参加中国人民解放军四野南下工作团，行至武汉被留下接管文教单位。1949年后历任北京市文联、中国民间文艺研究会干部，《北京文艺》《说说唱唱》《民间文学》编辑，北京京剧院编剧。著有短篇小说集《邂逅集》《羊舍的夜晚》《汪曾祺短篇小说选》《晚饭花集》，戏剧剧本《沙家浜》《大劈棺》，文论集《晚翠文谈》，散文集《蒲桥集》《塔上随笔》等，《汪曾祺全集》8卷。短篇小说《大淖记事》获1981年全国优秀短篇小说奖；短篇小说《受戒》《大淖记事》，散文《天山行色》分别获1980—1982北京文学奖，戏剧剧本《范进中举》获1956年北京戏曲汇演剧本一等奖。
② 汪曾祺的《受戒》发表于《北京文学》1980年第10期，获同年度的"北京文学奖"；《大淖记事》发表于《北京文学》1981年第4期，获"1981年全国优秀短篇小说奖"。

名、沈从文为代表的"抒情小说"创作流派的一次重新发现和彰显。从此，厚积薄发的汪曾祺在这条道路上执着探索，一发而不可收，同时影响和带动了一些志趣相投的青年作家的创作，使中断数十年的抒情小说创作再度复兴，并在新时期文学发展史上形成了一个郁郁葱葱的高峰。有人问汪曾祺是个什么样的作家，他说："我大概是一个中国式的抒情的人道主义者。"①

汪曾祺在小说上的改革和创新，是在他60岁的时候开始的，一直到他77岁猝然辞世，始终没有停下自己的脚步。他两次谈到自己的创作追求，一次直话直说："我的作品和我的某些意见，大概不怎么招人喜欢。姥姥不疼，舅舅不爱。也许我有一天会像齐白石似的'衰年变法'，但目前还没有这意思。我仍将沿着这条路走下去。有点孤独，也不赖。"② 另一次以诗言志："近事模糊远事真，双眸犹幸未全昏。衰年变法谈何易，唱罢莲花又一春。"③ 其间饱含了他探索的谨慎、"变法"的孤独和进取的决心。

其实汪曾祺的"衰年变法"已是水到渠成的事情。从作家主体讲，汪曾祺是沈从文的嫡传弟子，对现代文学史上的几位抒情小说作家情有独钟、十分谙熟。从20世纪40年代到60年代，他的小说创作虽然"断断续续"，但始终坚守的是这一创作路子，且已是一个有独特风格的成熟作家。在新时期文学的浪潮中，他默默写出了《骑兵列传》《黄油烙饼》等四个短篇小说，发表后虽无大的"响动"，但文坛和读者接受了它们，这就给他以莫大的信心和鼓舞。自两篇获奖小说之后，汪曾祺更放手地探索、打造着他的抒情小说，硕果累累。与前辈抒情小说作家不同的是，他有更丰厚的传统文化素养，并自觉不自觉地把文化融入他的小说创作，使他的作品富有一种浓郁的文化韵味。因此他的小说是抒情的，又是文化的。从文学环境看，"新时期文学"虽然冠以"新"的名号，但强烈的政治色彩和僵硬的表现方式犹在，人们并不满足于这样的文学。社会和读者都在期待着一种纯粹的、真正的艺术出现。于是年已花甲的汪曾祺"应运而生"了。有评论家甚至认为："真正使新时期小说步入新的历史门槛的，应该是手里擎着《受戒》的汪曾祺。"④

汪曾祺是文学上的全才，戏剧、小说、散文、诗歌和文学评论，均有

---

① 《汪曾祺全集》（三），北京师范大学出版社1998年版，第301页。

② 同上书，第303页。

③ 《汪曾祺全集》（四），北京师范大学出版社1998年版，第459页。

④ 马风：《汪曾祺与新时期小说》，《文艺评论》1995年第4期。

佳作闻名。而最有成就的是小说和散文。他说："我写散文，是搂草打兔子，捎带脚。"① 而对短篇小说却格外"偏心"："我只写短篇小说，因为我只会写短篇小说。或者说，我只熟悉这样一种对生活的思维方式。"② 他没有写过长篇、中篇小说，说不知道它们为"何物"。他一生创作了120 多个短篇小说，绝大部分是短小精粹的篇章。是中国现当代文学史上，唯一一位只写短篇小说的著名小说家。他的小说创作历程，大体可分四个时期。1941 年到 1948 年是探索时期。他一面表现自己和身边的文学青年的苦闷和追求，在艺术上积极借鉴西方现代派的方法、手法，另一面关注下层社会和民众，寻求一条朴素、抒情的创作路子。重要作品有《复仇》《鸡鸭名家》《戴车匠》《异秉》等。20 世纪 60 到 70 年代是沉寂时期。他的小说创作基本中断。他或许觉得自己那种淡雅优美的创作风格，已被时代和读者抛弃了。1961 年和 1962 年，他创作有三个短篇小说，其中的《羊舍一夕》写农场少年的劳动和生活，鲜活、散淡而隽永，是为精品，显示了抒情小说的特有写法和艺术风貌。1979 年到 1986 年是勃发时期。他乘着新时期文学的改革、开放契机，老骥伏枥，默默"变法"，使被湮没的抒情小说得到了创造性的承传，拓展了新时期文学的航道。代表作有《受戒》《大淖记事》《徙》《鉴赏家》《职业》《八月骄阳》等。1988 年到 1996 年是拓展期。他在写作题材上努力扩展，童年回忆、现实人生、民间故事等轮流转换，方法上更多采用笔记体写法。但思想锐气有所收敛，抒情色彩有所淡化。优秀作品有《鲍团长》《小嬢嬢》《鹿井丹泉》以及一些新编笔记小说。汪曾祺用 45 年的时间营造他的短篇小说，在六七十岁的时候实施了他的"衰年变法"，终于使他成为沈从文之后的又一位抒情文化小说大家。

有什么样的创作观念就会有什么样的创作追求。汪曾祺的"短篇观"，大约是现当代作家中最活跃、最开放的了。他在 20 世纪 40 年代写过一篇《短篇小说的本质》的文章，其中说："至少我们希望短篇小说能够吸收诗、戏剧、散文一切长处，而仍旧是一个它应当是的东西，一个短篇小说。"③ 又说："一个短篇小说，是一种思索方式，一种情感形态，是人类智慧的一种模样。"④ 说得虽有点玄虚，却表达了一个文学青年对短篇小说本质特征的上下求索。八九十年代，汪曾祺已进入晚年，初衷不

---

① 《汪曾祺全集》（四），北京师范大学出版社 1998 年版，第 272 页。

② 同上书，第 93 页。

③ 《汪曾祺全集》（三），北京师范大学出版社 1998 年版，第 29 页。

④ 同上书，第 31 页。

改，坚持短篇小说的变革，特别是短篇小说向散文的靠拢和取法，极大地解放了短篇小说的表现内容和形式。他说："我一直以为短篇小说应该有一点散文诗的成分，把散文、诗融入小说，……小说的散文化似乎是世界小说的一种（不是唯一的）趋势。"① 并说："我的一些小说不大像小说，或者根本就不是小说。有些只是人物素描。我不善于讲故事。我也不喜欢太像小说的小说，即故事性很强的小说。故事性太强了，我觉得就不大真实。"② 他以一个"文体家"的"雄心"，"变革"着短篇小说。

"变法"要有"资本"。汪曾祺丰厚的文化积淀、文学资源和开阔的艺术视野，是实现他文学理想的保障。他出身江苏高邮一个书香之家。他在浓郁的书画氛围中，读过诸子百家，特别是儒道佛思想对他的影响尤深。他从县城的小学、初中、高中，一直读到昆明的西南联合大学，是现当代作家中接受正规教育较为完备的一位。在古典文学方面，归有光散文、"桐城派"诗文，他特别喜欢，对他的创作有诸多启迪。在现代文学方面，鲁迅、废名、沈从文、师陀等的"抒情小说"，与他的审美情趣息息相通，他研读他们的作品，领悟他们的人生，促使他走上了一条抒情小说的创作道路，并在新的文学时期对这一创作潮流进行了再造。他皈依中国的传统文化和文学，但绝不画地为牢、封闭自己。大学时期他就读过尼采、叔本华，后来还读过萨特。而俄国作家屠格涅夫、契诃夫，西班牙作家阿左林，他们对日常生活的关注与思考、散文化的叙事方式，更是他乐意借鉴的。此外，对民间文学、戏剧艺术、绘画书法等的爱好与谙熟，也成为他艺术融合的多种资源。立足传统文化和文学，借鉴西方文学精华，吸纳其他艺术门类的"妙招"，继承现代抒情小说的精神和元素，转益多师、融汇众体，由此才有了汪曾祺"高山流水"般丰茂多姿的抒情文化小说。

在新时期文学的发展史上，汪曾祺被列为"主潮之外"的作家。③ 但其小说艺术的意义和作用却是非同一般的。他的创作风格影响了何立伟、贾平凹和阿城等的小说创作，以至在 80 年代中期形成了一个散文化小说流派。同时，他对民族文化和地域风俗的表现，又"诱导"了"寻根小说"的诞生。而他在小说文体上的探索、对"语言游戏"的倡导，又或多或少地"刺激"了"先锋、现代小说"的兴起。汪曾祺是传统的，也

---

① 《汪曾祺全集》（八），北京师范大学出版社 1998 年版，第 77 页。
② 《汪曾祺全集》（三），北京师范大学出版社 1998 年版，第 165 页。
③ 洪子诚《中国当代文学史》、孟繁华《中国当代文学通论》均把汪曾祺放在"群体、流派之外""主潮之外"章节中评述。

是"新潮"的。

丰盈的文化蕴涵

汪曾祺的小说故事老旧，写法平淡，却为什么给人一种深切有力的审美感染力？汪曾祺的小说古朴淡雅、"书卷气"浓郁，却为什么不仅为文人读者所激赏，也让普通读者所喜欢？其中的"奥秘"，就是他的小说有一种文化蕴涵、文化品格。这是一种源远流长的传统文化，它是作家个人的，也是民族群体的。文化沟通了作家和读者的心灵，文化使每个人的心灵发生了共鸣。其实，短篇小说作为一种"轻型"文体，是不适宜承载过多的思想内涵的。而汪曾祺小说中的文化，却像春风化雨一样融入了整个作品。它变成了社会生活、民间生活的脉动与气韵，成为一个个人物的精神和性格，渗透在作家复杂的情感态度中，是一种无迹可寻而又无处不在的东西。在短小的篇幅中融进丰富的文化内涵，大大扩展了短篇小说的思想"含金量"，强化了短篇小说的艺术感染力。

有论者认为，中国传统文化中儒道佛思想共同影响了汪曾祺的人生以及他的小说创作。[①] 对此，作家有过多次阐释，他说："我是一个中国人。中国人必须会接受中国传统思想和文化的影响。我接受了什么影响？道家？中国化了的佛家——禅宗？都很少。比较起来，我还是接受儒家的思想多一些。"[②] 这番话说得巧妙，但有点违心。他认可自己接受了儒道佛思想文化的影响，这没有错。但他说道家、佛家影响很少，未必是事实。其实他接受道家思想最多，这是文学界的共识，佛家思想则很少。对儒家思想文化，汪曾祺的思想情感较复杂，他一面不自觉地有所接受，就像每个中国人一样，但另一面又有些敬而远之。但在儒家文化处于正统位置的现实社会，汪曾祺又不得不说它对自己的影响更多。以道家的出世文化为核心，坚守儒家的仁爱、进取思想，佛家的慈悲情怀，吸纳民间文化的自由、自然观念，应该是汪曾祺基本的文化思想和文化人格。

在新时期文学中，文化小说的产生是一道独特风景。汪曾祺无疑是这类小说的开拓者和助推者。他在20世纪80年代中期说："近年还出现'文化小说'的提法，这也是相当模糊的概念。所谓'文化小说'，据我的观察，不外是：1. 小说注意描写中国的风俗，把人物放置在一定的风

---

① 参见林江、石杰《汪曾祺小说中的儒道佛》，《广东教育学院学报》1996 年第 4 期。

② 《汪曾祺全集》（三），北京师范大学出版社 1998 年版，第 300 页。

俗画环境中活动；2. 表现了当代中国的普通人的心理结构中潜在的传统
文化的影响——比如老庄的顺乎自然的恬静境界，孔子的'仁恕'思
想。"[①] 这一概括是精辟的，却不尽全面。还要加上一点：在小说中表现
了作家的某些文化思想和观念。

先看汪曾祺在小说中所表现的文化主题。一个作家有什么样的思想
观念，必然会在他的作品中顽强地体现出来。汪曾祺丰厚的传统文化修
养，自然会赋予他的作品一种文化意蕴。对道家文化的肯定和彰显，是
汪曾祺小说最常见的主题。譬如《鉴赏家》中，作家写了两个人物。
大画家季匋民潇洒的画画方式和把普通百姓当艺术"知音"的行为，
卖水果的叶三忘却家庭和亲情而三十年痴迷于一个画家的画、死后还把
画带在身边，对这种洒脱的人生方式和寄情艺术、超然物外的道家境
界，作家是用赞赏的笔调写出来的。譬如《云致秋行状》，作家用纪实
手法描述了京剧演员云致秋一生的经历，突出地表现了他乐天知命、随
遇而安、不计荣辱的"乐天派"性格。作家凸显人物的这种文化性格，
表现的正是对道家精神的肯定。儒家坚韧的生存信念和不懈努力的精
神，也是汪曾祺认同和赞称的。《故乡人》里的打鱼人，那位男人在河
里打鱼，先是同妻子合伙，妻子死了，又同女儿结伴。一男一女，默默
劳作，定格成一尊雕像。在这幅画面中，寄寓了作家对积极人生的赞
美。汪曾祺肯定儒家的进取精神，却不认同儒家对功名的过分追求。对
人的关爱、对人性的关注，更体现了汪曾祺赤诚而深厚的人文情怀。他
很赞赏沈从文对农民、士兵、手工业者怀有的那种"不可言说的温
爱"。他用"平等"的态度看待底层民众，对他们的生存寄寓了深切的
同情和理解。《职业》是作者写于 1947 年的一个精短篇，后来曾三次
修改、重写。为什么呢？是作者终生不能忘怀昆明街头那个卖椒盐饼子
和西洋糕的十几岁的孩子。他像小大人一样"非常尽职"地叫卖着，
"有腔有调"的童音夹杂在各种各样的吆喝声中。短短的篇幅中饱含了
作者的仁爱之心、怜悯之情。而在《钓人的孩子》《虐猫》里，作者对
人性的善和恶表现出深切的关注。面对那个用钞票"钓人"的孩子，
作家忧心地发问："这孩子长大了，将会变成一个什么人呢？"面对
"文革"中一群"虐猫"的儿童，看到大人跳楼自杀的惨景，就悄悄地
把猫放生了，作家在痛心中又感到了些许欣慰，儒家的"仁爱"精神、
佛家的"慈悲为怀"，凝聚笔端。

[①]　《汪曾祺全集》（六），北京师范大学出版社 1998 年版，第 361 页。

　　再看小说人物身上体现出来的文化精神和性格。汪曾祺说："我不大喜欢'性格'这个词。一说'性格'就总意味着一个奇异独特的人。现代小说写的只是平常的'人'。"① 汪曾祺反感的只是人物的外在个性，着力揭示的是"平常人"身上的文化精神和性格。卡西尔说："人是文化动物。"抓住人的文化特征，也许是对人物本质更深刻的揭示。汪曾祺在小说中刻画了许多知识分子的形象。《徙》中的语文教师高北溟，是"废科举、兴学校"时代的一个典型形象。他在贫困、动荡岁月中的发愤学习，在教书育人中的言传身教，在权势、名利面前的自尊刚直，在亲人、老师面前的重情重义，在世俗社会里的独善其身……充分体现了一个知识分子积极进取、济世救人的儒家精神，和逆境顺处、超然物外的道家人格。儒道互补支撑着他的全部人生。《鲍团长》里的鲍崇岳，是一位颇有声望和前途的国民革命军营长。但他厌倦军队生活，为清静当了地方保卫团团长，作为一团之长却沉浸在学书法、下围棋、与文人雅士交往中，显示出一个独特军人功成身退、寻求宁静的道家精神。《戴车匠》在小城古老、缓慢的生活背景上，突出地刻画出一位心灵手巧、辛勤劳作、热心助人的手工劳动者形象。《异秉》在店铺林立的街巷画面中，鲜明地塑造了一个诚实本分、勤劳执着、小摊变成店铺的小生意人王二的形象。他们也许没有读过"四书五经"之类，但儒家的忠孝仁义、入世进取，道家的顺乎自然、随遇而安等文化因子却奇妙地积淀在他们身上，形成一种独具魅力的文化精神和人格。

　　最后看汪曾祺在民情风俗的描写中，对民间文化的展示。作家在小说中不仅反映了正统的儒道佛文化，同时揭示了富有生命和活力的民间文化。他说："我以为风俗是一个民族集体创作的生活抒情诗。"② 民间文化中自然有统治阶级的思想观念，但更有底层民众创造的真善美的东西。《鸡鸭名家》写旧时代高邮乡村的孵鸡、养鸭风俗，炕鸡师傅余老五、放鸭师傅陆长庚，皆身怀绝技，把炕鸡赶鸭变成了一种充满乐趣的劳动。《岁寒三友》写三位手艺人朋友，在时势多变、商海莫测中，相濡以沫、共渡艰难，表现了珍贵的朋友情义。《僧与庙》写寺庙里的和尚与他们的日常生活，这些和尚吃肉、打麻将，有的有老婆、有的有相好……全然是一个世俗社会，和尚正常的人性并未泯灭。民间生活中的劳动之美、朋友情义、自然人性等，成为汪曾祺小说中动人的旋律。

---

① 《汪曾祺全集》（三），北京师范大学出版社 1998 年版，第 224 页。

② 同上书，第 219 页。

散文化的结构样式

在新时期文学中，促使短篇小说结构形态彻底解放的，应该是汪曾祺。他手中的"利器"是小说的散文化。在整个文学家族中，散文大约是门类最庞杂、写法最自由的一种文体。它的结构形式几乎是无限的。汪曾祺是一个智者，骨子里就有一种自由自在的天性。他天然地喜欢散文，从20世纪40年代就开始写作，在不能作小说的时代里，他的散文写作却没有停止。他对散文艺术的驾轻就熟，使他能够汲取散文的规律和写法，进而对短篇小说的内在构成"大动干戈""破旧立新"。

汪曾祺对短篇小说结构的"改革"，是从一踏上创作道路就开始了的。不仅在观念上，同时在实践中。他说："有人说，小说跟散文很难区别，是的。我年轻时曾想打破小说、散文和诗的界限。《复仇》就是这种意图的一个实践。"① 他说："我的小说的另一个特点是：散。这倒是有意为之。我不喜欢布局严谨的小说，主张信马由缰，为文无法。"② 1986年，新时期文学中的抒情小说已成气候，66岁的汪曾祺写了《小说的散文化》一文，言简意赅地总结了这种小说的创作特征，特别指出："散文化小说的最明显的外部特征是结构松散。只要比较一下莫泊桑和契诃夫的小说，就可以看出两者在结构上的异趣。莫泊桑，还有欧·亨利，要了一辈子结构，他们显得很笨，他们实际上是被结构要了。他们的小说人为的痕迹很重。倒是契诃夫，他好像完全不考虑结构，写得轻轻松松，随随便便，潇潇洒洒。他超出了结构，于是结构更多样。"③ 汪曾祺的小说取法于散文，譬如在气韵的贯通、叙事的散漫上，因此他的一些小说很难同散文区分。同时他也取法小说，如沈从文结构上的"匀称"，契诃夫结构上的"随便"等，所以他的小说还是小说。小说散文化，只是使小说融入了散文的某些元素，丰富了它的结构样式。传统小说固有的特征还在，且由于吸纳了新机而变得鲜活多姿起来。在新时期文学中，汪曾祺的小说结构形态大约是最丰富多样的。

情节结构模式是短篇小说中最常见的样式，小说与散文、诗歌的区别，就在于小说有较完整的故事情节。汪曾祺不喜欢故事性太强的小说，但他并非不要情节，而是把情节淡化了。或是选择那种情节简单的题材，

---

① 《汪曾祺全集》（三），北京师范大学出版社1998年版，第166页。
② 同上。
③ 《汪曾祺全集》（四），北京师范大学出版社1998年版，第80页。

或是把情节的发展轨迹隐在幕后，从而腾出时间和空间，融入碎片似的生活内容，并用散文化的写法呈现出来。早期的《复仇》，是用散文诗的形式写的，冷峻、离奇、激越、悲壮。但透过画面和人物，隐藏着一个青年人为父复仇的完整故事。新时期之后，汪曾祺的一部分小说情节性有所加强。譬如《皮凤三楦房子》，写县城的钉鞋匠高大头、针灸医生朱雪桥，在"文革"中失掉住房，"文革"后又夺回住房的经历。时间跨度很长，人物关系复杂。作家既把故事讲述得脉络清晰，又在情节的空隙处插入了许多场景、细节描写，在结构上可谓煞费苦心。譬如《大淖记事》，全篇14000字，六个章节。前三章写大淖的风景、生意人的生活、锡匠们的劳作、挑夫们的命运，把散文的写法用到了极致。后面三章依然余绪不断，绵延到尾。但从第四章开始，十一子与彩云的爱情才开幕，然后是保安队号长强暴彩云、痛打十一子。全体锡匠县城游行、顶香情愿。最后是抗争胜利，有情人终成眷属。一个传奇式的悲喜剧故事讲述得一波三折、感人肺腑。这是一篇用散文化结构铺陈悲喜剧故事最成功的作品。倘若用一般情节小说的写法，不知故事会变得如何复杂，篇幅会拉得怎样冗长。

所谓人物结构小说，是指以人物的性格发展或形象展开为主干而谋篇布局的作品。汪曾祺倡导小说的散文化，但他很重视写人物。《受戒》中单纯善良、多才多艺、勤勉向上的小和尚明海，漂亮聪慧、勤劳能干、纯情坦率的农家姑娘小英子。《大淖记事》里英俊潇洒、手艺纯熟、对所爱的姑娘一往情深、面对暴力忠贞不屈的小银匠十一子，秀外慧中、孝敬父亲、思想开放、敢挑生活重担的挑夫女儿彩云。《晚饭后的故事》中在人生道路上坚毅进取，但在爱情生活上委屈自己，既有儒家思想又有道家心态的京剧演员郭庆春等。都是刻画得十分成功的人物形象，作品的结构也是以形象的展开设置的。但汪曾祺笔下的人物，多用直叙、白描的方法，用场景、风景去烘托人物，力求神似而不重形似。这些表现手段自有优势，即人物形象更自然逼真、优美隽永，但也存在着形象虚淡、美化过多、容易雷同的局限。

意境结构也是汪曾祺经常采用的表现形式。选择一个富有审美意蕴的独特意象，以它为内核，展开画面，调度人物。这种结构形式，既接近诗歌，也接近散文。早期作品《小学校里的钟声》中，校工老詹敲出的洪亮而幽远的钟声，就是一个很美的意象。它响在"我"少年时代的耳畔，也响在"我"青年时期的人生旅途中。"韵律和生命合成一体，如钟声。"钟声成为贯穿作品的一条主线。《天鹅之死》是一篇空灵优美的散文诗小说，其中的"天鹅"既指来自大兴安岭、飞翔在蓝天的天鹅，也指在

"文革"中遭受厄运、不能再登台表演的芭蕾舞演员白蕤。小说饱含了作家对"文革"的批判、对优秀艺术的歌颂。"天鹅"成为一个象征形象。

笔记体小说是汪曾祺晚年最主要的写作文体。他说："我写短小说，一是中国本有用极简的笔墨摹写人事的传统，《世说新语》是突出的代表，其后不绝如缕。我爱读宋人的笔记甚于唐人传奇。《梦溪笔谈》《容斋随笔》记人事部分我都很喜欢。归有光的《寒花葬志》、龚定庵的《记王隐君》，我觉得都可当小说看。"① 汪曾祺喜爱短小自由的笔记体小说，创作了《晚饭花》《故里三陈》《桥边小说三篇》等一大批笔记小说。到晚年，他甚至改编了古代笔记小说《聊斋志异》《夜雨秋灯录》中的部分篇章。前者改编10篇，后者改编3篇。其中的《瑞云》《蛐蛐》《石清虚》《樟柳神》可谓精品。他还创作了《当代野人》系列小说5篇，沿用古代笔记小说写法，讽刺现实生活中的丑恶现象，显示了一个老作家的忧患意识。笔记体本是一种随笔体，篇幅精短，结构自由，写法随意，是汪曾祺对短篇小说写作模式的又一次解放。但这些笔记小说，在思想内容上显得有些琐碎、陈旧，因此影响有所削弱。

借鉴西方现代小说的表现方法，打通中西、古今的壁垒，创造中国特色的现代小说，是汪曾祺毕生的探索和追求。譬如在《昙花、鹤和鬼火》《死了》中采用了意识流写法，在《名士和狐仙》《同梦》里借鉴了荒诞派手法，在《复仇》《黄英》中运用了象征性意象，使汪曾祺小说在古朴、淡雅的传统风格中，又融入了奇崛、多变的现代元素。

汪曾祺既谦和又自信地说："我大概是一个文体家。"②

温暖的抒情叙事

汪曾祺在谈到自己作品的感情时，这样说："作家是感情的生产者。那么，检查一下，我的作品所包涵的是什么样的感情？我自己觉得：我的一部分作品的感情是忧伤，比如《职业》《幽冥钟》；一部分作品则有一种内在的欢乐，比如《受戒》《大淖记事》；一部分作品则由于对命运的无可奈何转化出一种带有苦味的嘲谑，比如《云致秋行状》《异秉》。在有些作品里这三者是混和在一起的，比较复杂。但是总起来说，我是一个乐观主义者。对于生活，我的朴素的信念是：人类是有希望的，中国是会好起来的。我自觉地想要对读者产生一点影响的，也正是这点朴素的信

① 《汪曾祺全集》（三），北京师范大学出版社1998年版，第324页。
② 《汪曾祺全集》（四），北京师范大学出版社1998年版，第301页。

念。我的作品不是悲剧。我的作品缺乏崇高的、悲壮的美。我所求的不是深刻,而是和谐。"①

有论者称:汪曾祺是最后一个士大夫。他出身江南小城士绅之家,在浓郁的文化艺术氛围中长大。他的求学经历一帆风顺,在西南联大得到了朱自清、闻一多、沈从文的口传身教。他天性聪慧、博览诗书,多才多艺、自视甚高,这些都使他身上有一种卓然超群、怡然自得、散淡旷达的传统文人之风。但汪曾祺从小生活在小城的匠人、伙计、小生意人及小市民中间,对他们有着深刻的了解与同情。"反右"之后下放农村劳动,与普通农民同吃同住同劳动,真正熟悉了农村和农民,并学到了很多东西。这些又使他融入了坚实的土地和平民百姓之中,形成了关注社会民生,用文学温暖世道人心的思想和情怀。在汪曾祺清高散淡的人格中平添了仁爱、亲和的品德。从上层社会走近底层民众,使他看到了普通百姓的坚韧、艰难以及快乐。从底层社会反观现实时代,又使他洞悉了人世的丑恶、不公和问题。他相信人性是善良、美好的,是社会扭曲、压抑了人性。他努力发掘着人身上美丽的、诗意的东西,揭示着社会中陈腐、阴暗的一面,为新的民族文化和健康人性的重建作着不懈的探索。他的"忧伤、快乐、嘲讽"这三种感情态度,正是在他的人生经历中不断形成的,并倾注在他的创作实践中。

在小说的情节构思中,体现了作家的感情倾向。汪曾祺热衷写高邮的民情风俗,就是因为他看到了民间生活的创造和生机,感受到了群体生命的"欢乐"。他用诗一般的语言说:"风俗中保留一个民族的常绿的童心,并对这种童心加以圣化。风俗使一个民族永不衰老。风俗是民族感情的重要的组成部分。"②《大淖记事》中十一子与彩云的爱情,突遭变故,面对保安队及号长的欺男霸女,结局只能是以悲剧收场。但作家让情节发生了逆转,凶手被逐,有情人终成眷属,悲剧变成了喜剧。因为作家表现的是民间社会的生机与力量,年青一代爱情的美好与生命的欢乐。作家用"欢乐"的感情创造了一幕爱情的喜剧。《受戒》里的明海是一个年轻本分的和尚,但他暗恋着小英子,还想将来当方丈。而小英子也全然不顾佛界与俗界的界限,关爱、帮助明海,大胆地宣称:"我给你当老婆!"因为当地风俗是,当和尚只是一份职业,寺院与和尚的生活,跟世俗社会并没有什么不同。两个年轻人在民间社会和风俗中,人性之花自由开放。全

① 《汪曾祺全集》(四),北京师范大学出版社1998年版,第95页。
② 《汪曾祺全集》(三),北京师范大学出版社1998年版,第350页。

篇洋溢着一种"欢乐"之情。

汪曾祺的笔下，经常出现一组一组的普通百姓形象，用速写画的方式，刻画出他们在特定环境和场景中的形象和性格。如写高邮城镇的《故里三陈》中的产科医生陈小手、业余演员陈四、救生船水手陈泥鳅；如写北京旧社会的《安乐居》里，那个酒馆中的小生意人老聂、蹬三轮车的瘸子、扛麻包的老王；如写张家口农村的《七里茶坊》，临时驻扎在车马大店的农民工老刘、老工人乔师傅、青年农民小王，等等，不管他们出身如何，干什么行当，他们总是那样纯朴善良、吃苦耐劳、乐天知命，作家用"欢乐"的基调赋予诗意的描写。对他们的缺点，譬如自私、懦弱等，也给予批评、讽刺，但基本感情是肯定和歌颂的。

在审美意境的创造中，蕴含着作家的丰富感情。小说中的意境，是艺术追求的一种高级形态。汪曾祺是善于创造意境的作家。《复仇》《职业》《天鹅之死》都是意境鲜明、感情丰盈的优秀之作。《八月骄阳》写的是著名作家老舍的投湖事件，汪曾祺却别出心裁地把老舍的自杀放在了幕后，精心描绘了这样一幕场景：骄阳似火、蝉鸣蝶飞、湖水不兴、一片沉静。几位老人闲聚一起，谈文说戏，议论时势。就在这样的环境中，穿着整齐的老舍，默默地进园，静静地思考，最后投湖而逝。在这幅宁静、荒疏的画面中，蕴含了作者对轰轰烈烈的"文化大革命"的反思与揭露，在几位文化老人对老舍的评价、惋惜中，深藏了作者对前辈的尊敬与哀悼。可谓景中有情，情中有景，情景交融。《鹿井丹泉》是汪曾祺对一则民间故事的创造性改写。语言典雅、意境优美、故事浪漫。在宁静而幽深的塔院中，花草繁茂，丹泉清澈。在这样的美景中，人鹿相爱，演绎出一曲由喜到悲的活剧来。作家未着一语评价，读者却可以感受到作家对人与自然、动物关系的冥想，对正常人性的宽容，对野蛮屠户的憎恶。其思想感情是朦胧而深沉的。

在抒情语言的锤炼中，流露出作家的真情实感。汪曾祺对小说语言的讲究和营造，是为众多作家、评论家所叹服的。他对小说语言也有大量精辟论述。他的小说语言，平白、典雅、鲜活、深厚、幽默、隽永，充分显示了现代民族语言的特色和神韵。在小说语言的感情体现上，他的追求是："在叙事中抒情，用抒情的笔触叙事。"① 创造了别具一格的抒情叙事语言。汪曾祺一生都在追求小说内在的"和谐"，"和谐"里蓄满了"温暖"。

---

① 《汪曾祺全集》（三），北京师范大学出版社 1998 年版，第 206 页。

第九节 高晓声①:在精英、农民与智者之间

苦瓜之花

文坛对高晓声早有定论,称他是"继周立波、赵树理、柳青之后描写当代农村生活的高手"②,"继续了鲁迅有关'国民性'问题的思考"③。这些论断没有错,但似乎有点以偏概全。其实高晓声的小说创作,题材十分广泛,主题变化多端,在"陈奂生系列"之外,还有很宽广的领域。就作家主体看,他是一位集精英、农民、智者多重身份为一体的杰出作家。

在当代作家中,似乎还没有任何一位,像高晓声的人生命运那样曲折、悲惨。他出生在20世纪20年代末期的苏南农村,在战乱中成长、求学。50年代末被发配到农村改造,过着比农民更艰苦的生活,一待就是22年。用林斤澜的话说:他"整个儿是条苦瓜"④。从精英知识分子堕落为底层农民,使他感同身受了中国农民的生存状态和内心煎熬,体察和领悟了中国农村历史变动的深层奥秘。而从底层农民又转变为作家后,当他思考和表现包括自己在内的知识分子时,他又多了一重农民的思想视角,对知识分子的人生看得更加深刻、清晰。高晓声还是一个好思索、多灵感、有悟性的人,置身苦难,又能超然物外,洞悉世事,这使他又具有了一种智者的慧心和风姿。精英、农民、智者三重身份不断地在他身上交融、错动、冲突,形成了他独特的心理机制,孕育了一朵朵瑰丽的艺术"奇葩"。

高晓声真正的文学生涯是在他生命的最后20年。他的小说创作则集中在1978—1991年。他写了40多个短篇小说,10几部中篇小说,1部长

---

① 高晓声(1928—1999),江苏武进人。肄业于上海法学院,1949年又入无锡苏南新闻专科学校学习。历任苏南文联编辑,江苏省文化局文化科科员,1957年与方之、陆文夫、叶至诚等发起"探索者"文学社团,起草《"探索者"文学月刊启事》。同年6月发表探索小说《不幸》,受到批判,被划成右派,遣送武进农村"劳动改造"。1962年又重新创作,"文革"期间又下放农村劳动。1979年平反,重归文坛。任中国作协理事、江苏作协分会副主席。1950年开始发表作品。著有诗集《王善人》,小说集《79小说集》《高晓声小说集》等。出版长篇小说《青天在上》《陈奂生上城出国记》等。《李顺大造屋》《陈奂生上城》分获第一、第二届全国优秀短篇小说奖。

② 吴秀明主编:《中国当代文学史写真》(中),浙江大学出版社2002年版,第715页。

③ 洪子诚:《中国当代文学史》,北京大学出版社1999年版,第265页。

④ 程绍国:《林斤澜说》,人民文学出版社2006年版,第80页。

篇小说（《陈奂生上城出国记》后来以长篇小说的形式出版，其实是中、短篇小说的连缀），凡120余万字。在他全部的作品中，长篇、中篇小说算不得出色，真正代表他的艺术高度的是短篇小说。有评论家称他是杰出的短篇小说作家，是为确论。他的小说可以清楚地归纳出三种类型，即知识分子题材小说、乡村生活小说、哲理喻世小说。而这恰好印证了他的三重身份。在高晓声的所有小说中，知识分子题材小说占了相当大的比重。一部长篇和几部中篇大都写的是知识分子生活。代表作有短篇小说《系心带》、中篇小说《蜂花》和长篇小说《青天在上》等。在这些作品中，作为主人公的知识分子，大抵有作家自己的影子，有的甚至就是自传。他接续了鲁迅、郁达夫关于知识分子的自审意识，又从自己的人生体验出发，突出地表现了普通知识分子的局限、弱点和缺陷。高晓声的乡村生活小说，在新时期文学中独领风骚，是作家数十年农村经历和全部生命的结晶。代表作有短篇小说《水底障碍》《李顺大造屋》以及"陈奂生系列小说"等。他继承了周立波、赵树理等作家的创作传统，揭示社会问题、塑造新农民形象，把现实主义创作推到一个新的高度。他重续鲁迅改造"国民性"的文学思想，展现了普通农民在农村改革中从行为到灵魂的艰难蜕变，深化和拓展了乡村小说的发展道路。高晓声的另一类哲理喻世小说，虽然在他的整个创作中比重不大，却显示出一种独异的光彩和价值，受到了一些作家、评论家的赞赏和喜爱。代表作有短篇小说《钱包》《飞磨》《灾难古龙镇》等。他从小受到民间故事、古典小说的熏陶，再加上聪慧的天性，灵感迸发，铺展成篇，遂成精品。在这些小说中，读者看到的是一个智者、哲人式的高晓声。

从"大海"回到岸上

1978 年冬天，刚刚复出的高晓声写出两个短篇小说，一篇是《"漏斗户"主》，另一篇是《系心带》。前者写农民，后者写知识分子，两个人物身上，都有作者浓重的投影，恰好反映了作家两种身份的转换。《系心带》几近一篇意识流小说，科学家李稼夫置身又乱又脏的乡村车站，感慨万千，浮想联翩。当年他就是被遣送到这个车站放逐农村的，而今他又等候在这个车站要重返昔日的岗位。最初，他觉得自己像一个"水手"，"被从船上拎出来，抛进了'大海'"。后来他发现自己未被"淹死"，"双脚却站在坚实的大地上"。他用自己的科学知识教会了农民许多新的生活方式，为公社创办了乡镇企业。他也由一个"怀疑对象"，变成了农民的"自己人"。现在"他带着人民的感情走上新的征途，心底里会永远蕴蓄着故地的怀念"。李稼夫自然不是高晓声，但二者的精神、心理、情感是息息相通的。作者在这里表现的是他此时的精英意识和情怀。

20 世纪 80 年代初期，出现了一大批描写知识分子的小说，如王蒙的《春之声》、张贤亮的《灵与肉》、李国文的《月食》，等等。作品中的主人公虽然也在总结人生、反思自己，但却又俨然是一个苦尽甘来、天降大任的精英形象。《系心带》里的李稼夫也是这样一个人物。然而，高晓声的创作很快出现了变奏：知识分子头上的光环消失了，他们的理想激情耗散了。因为他们在"苦海"般的生存中已变成了芸芸众生。他们企图在新的时代有所作为，追求自我，但客观和主观条件并不具备。特别是知识分子自身的种种痼疾、缺点，也在阻碍着他们的进步。作者是用精英的视角观照知识分子的，但背后还有一双农民的眼睛，使他的观照显得更加务实、透彻。

高晓声对知识分子的这种反思，源于他长期而痛苦的"改造经历"。《青天在上》是作家的一部自传体长篇小说，主人公陈文清被莫名其妙地打成"右派"，发配原籍农村"劳动改造"，经历了"反右""大跃进"、大炼钢铁、大办食堂等一系列运动。尽管他对自己的"罪状"始终有所怀疑、认识不清，但他却一直在作着认罪、忏悔的努力。他拼命劳动、小心做人、广做善事，终于赢得了乡亲们的信任、尊重。与他纯真相爱的妻子，是他唯一的精神港湾，却身患重病早早离去，他依然觉得"还没有受够这苦难。他还抱有希望"。这是一个"赎罪者"的形象，他善良、坚韧，又蒙昧、愚忠。这确实是 20 世纪 50 年代知识分子的一种典型。

在这几部作品中，都有一位美好的女性形象。《闹地震》中的陈慧芳，《跌跤姻缘》里的张娟娟，《青天在上》中的周珠平。他们出身、职业、性格各不相同，却一样美丽、聪慧、能干、坚韧。他们为爱情义无反顾，为自己所爱的人可以奉献出一切。作家通过这些理想化的女性形象，反衬了知识分子天性中的软弱、自私。他对知识分子的认识，更多地是站在农民的角度获得的。

1978 年之后，无数的知识分子重获解放、再显身手，但真正能够站在时代潮头的，毕竟是少数。对于大多数小知识分子来说，能否挣脱历史重负，实现精神上的更新，怎样跟上新的时代、适应新的环境，这些都是问题。《蜂花》里的中学教师苗顺新，面对的是家庭难题。他希望按照自己的理想改变家庭，希望儿子走自己走过的道路。但他的愿望却件件落空，他成了一个时代的"落伍者"，成了一个孤独、伤感的旧式家长。而《临近终点站》中的姚顺炳，重返岗位做了公司的总会计师，然而在公司内部他无力去解决违规违纪问题，在家里也阻挡不了妻子以他的名义去搞"幕后交易"，甚至在生活习惯上也不得不向妻子一次次妥协。长期的政治运动，他已变得"软弱""听话"，他"能尽力去做的是洁身自好"。这就是高晓声笔下的普通知识分子，在 20 世纪 80 年代面对的现实处境、人生状况、精神困境。与新时期文学中那些"启蒙者""弄潮儿"的知识分子形象相比，高晓声笔下的知识分子显得太黯淡、太现实了。但这恰恰是当时众多知识分子的本来面目。作家揭掉了戴在知识分子脸上的假面，显露了他们懦弱、平庸、世俗的一面。

高晓声明白这些小说是写给知识分子看的，因此在艺术表现上主要取法于中国的现代小说。在结构安排上有情节贯穿式，有横截面展示式，还有意识流表现法，显得姿态纷呈。在叙事语言上，既保持了作家融叙述、描写、议论、抒情、心理分析为一体的基本语式，又具有明显的书面化、抒情性、自省式特点。这同他的乡村生活小说迥然有别。但从整体而言，高晓声的知识分子小说没有达到应有的艺术高度，质量参差不齐，思想内容冗杂，人物形象模糊，艺术手法也较粗放，典范式的作品不多。其重要原因，就在于作家大多取材于自己的生活体验和人生感受，与自我拉不开一定的艺术间距，难以融合更多样的知识分子的人生内容，也未能顾及艺术表现上的精雕细刻，没有进入一种超然而阔大的审美观照境界。

"你要同他们一起前进"

1981 年，高晓声在《为"十有八九"服务》一文中说道："现在不管哪一个，都在农民的重重包围之中，即使你是超人，也摆脱不了他们的影响。你要前进，只有同他们一起前进；你要同他们一起前进，你就必须了解他们，发现他们前进的因素，你才有信心。历史已注定作家们要和农民携起手来，认识这'必然'应该高兴啊！"① 这番话蕴含了一个重要的文学理论和创作实践问题，即作为精英知识分子的作家与底层农民究竟是一种什么样的关系，怎样才能实现作家与农民的成功结合、创作出农民以及更广大的读者群喜闻乐见的作品。

高晓声的知识、视野、思想，使他在理性层面上具有知识分子的素质；他的感情、思维、人生体验，却使他更富有农民的品格。他自然知道，知识分子在素养上是高于农民的，他在知识分子小说中明确地表现了这一点。但他又深知知识分子有许多局限和弱点，而他们又被包围在广大

---

① 高晓声：《为"十有八九"服务》，《创作谈》，花城出版社 1981 年版，第 101 页。

农民之中，农民的缺点他们同样会有。而农民呢？他们的缺憾自然很多，国民"劣根性"更是沉重的包袱；但他们的勤劳、务实、善良、忠诚等传统品格，又常常是知识分子所匮乏的。因此在高晓声看来，这两个阶层并没有孰高孰低、孰优孰劣的问题。他在感情上甚至更亲近农民。在改革开放的时代，他们只有携起手来，彼此取长补短，才能实现共同进步的目的。作为作家，他的"岗位意识"非常明确，那就是"为九亿农民做文学的启蒙工作"，"把人的灵魂塑造得更美丽"，使广大农民成为真正的现代农民。由此不难看出，高晓声的社会观和文学观，比起前代作家要么把农民看作被动的"启蒙者"，要么奉为"高大全"式的倾向，显然要成熟得多。正是这种思想观念，使他在表现农村、农民的创作中，达到了一种新的深度和高度。

在中国的现当代文学史上，乡村小说有两个重要潮流或者说传统，一个是以鲁迅为代表的"启蒙思想小说"，另一个是以赵树理为标志的"社会问题小说"。高晓声继承了这两种传统，并能轮番创作。

先看他的"社会问题小说"。高晓声笔下的乡村世界并不大，苏南平原上一个平平常常的农村乡镇柳塘镇，一条水波荡漾的柳塘滨，再往里走，就是作家沉浸多年、着力描述的陈家村。虽然这乡镇、河滨、村子连着外面世界，但这一方水土就足以构成一个独立的王国了。肥沃的土地下埋藏着根深蒂固的传统文化，村巷饭场上汇集着时代风雨，数十年来的农村变革在这里演义着一幕幕悲喜剧。高晓声在重返文坛伊始就说过：他52岁的年龄倒有45年生活在农村。作为一个曾经彻底化了的农民，他能不熟悉农村的历史吗？他能不思考农村的一些重大问题吗？在《漫长的一天》中，作家尖锐地揭示了农村社会从村到乡到县，编织而成的特权阶层的关系网。在《一件极其简单的故事》里，作家生动地反映了固守着极"左"思想的村干部，如何愚弄和支配可怜的农民。在《送田》中，作家敏锐地发现了农民的两极分化和二者的矛盾冲突。甚至在《柳塘镇猪市》里，作家注意到了农副产品过剩，亟须发展商品经济的问题。这些社会问题小说，具有很强的现实性，表现了作家的忧国忧民情怀。

高晓声谙熟各种各样的农民，在刻画人物上有很深的功底。《周华英求职》中的家庭妇女周华英，锲而不舍，奔波两年，想得到一份公社领导允诺她的工作。她的老实、轻信、执着的性格力透纸背。《水东流》里的刘兴大，《泥脚》里的朱坤荣，都属于那种从封建社会走过来的旧式农民。农村生产责任制的实行，竟从他们身上激发出强烈的发家致富的积极性。但他们领导全家老少致富的思路和方法，竟然是过去地主老财和前些年生产队长的混合模式，村人议论，家人抵触，演出一幕幕令人捧腹的滑稽剧。在这些人物身上，作家有意识地发掘着他们的小农观念、家长作风、奴隶根性，颇有个性和深度。高晓声还塑造了一些新农民形象，如《拣珍珠》里的妇联主任刘兴华，聪明能干，热情大方，把自己纯洁的爱情献给了农村青年，是一个富有爱心的优秀女性。如《水底障碍》中的老渔民张雨大，公而忘私，一身正气，年逾六旬，依然驾一叶轻舟巡逻在柳塘滨，日夜守护着集体的渔业，社会主义精神仍在他身上烁烁闪光。这些新农民形象，虽然不乏虚构、想象的成分，带着"乌托邦"时代的痕迹，但他们寄托着作家的社会理想，传达着作家对农民的崇敬之情，依然值得珍视。

再看他的"启蒙思想小说"。高晓声的"陈奂生系列小说"是作家一生创作的顶峰，是新时期乡村小说中的经典作品。这组小说从 1978—1991 年，断断续续写了 12 年。整个系列包括 7 部作品，分别是短篇《"漏斗户"主》《陈奂生上城》《陈奂生转业》《陈奂生包产》《陈奂生战术》《种田大户》和中篇《陈奂生出国》。这里，为了论述的方便，把《李顺大造屋》也算到这个系列里。可以看出，这组小说不仅吸纳了"十七年"乡村小说的合理元素，如对时代的跟踪、问题的揭示、人物的注重等；同时更继承了五四文学特别是鲁迅小说对"国民性"的探索和思考。高晓声逼真地展示了陈奂生在时代变革中的文化心理流变，凸显了他走向现代农民的艰难历程，成为那个时代的一个典型形象。高晓声的精英知识分子和普通农民的双重身份和复杂心理，在塑造这一形象时发挥了重要而独特的作用。

高晓声以他的赤子之心，饱含深情地表现了传统农民的美好人性和可贵品格。《李顺大造屋》中的主人公，为造三间屋，奋斗 30 年，完全靠的是勤劳、节俭、坚韧的本性和精神。《"漏斗户"主》里的陈奂生，全家三口人，年年缺粮吃，但从不动集体粮堆的念头，饥肠辘辘依然像"投煞青鱼"一样在大田里卖命。支撑着他的是农民本分的天性和对生活的信念。"转业"中的陈奂生，从地委书记那里批回紧缺原料，凭的是他的善良和诚实的个性。"种田"里的陈奂生，依靠自己的苦干、实干，终于造了新屋，又获得了粮食丰收。困扰他们数十年的"吃"和"住"的问题，在新时期得到了解决。正是这些勤劳、节俭、善良、忠诚、坚韧等种种人性和品格，构成了农民精神世界中最美好、最重要的部分。陈晓明曾说："他（高晓声）不但把自己看作一个农民，而且连感受和思考的方式也渐渐和农民同化了。"因此没能"达到对苦难的审美洞察"①。其实,没有作家同农民在一定程度上的"同化",就很难理解和表现真正的农民,特别是农民身上那些"精华"的部分。

高晓声以他的知识分子启蒙思想眼光,善意而深入地解剖了农民身上的"国民性"。他说:"我敬佩农民的长处,也痛感他们的弱点。"②"他们的弱点确实是很可怕的,他们的弱点不改变,中国还是会出皇帝的。"③"上城"中的陈奂生,在县委招待所的"恶作剧"和回村后的得意炫耀,是阿Q"精神胜利法"在20世纪80年代农民身上的重演。"转业"里,当了一回采购员,回家路上又去他卖油绳的车站故地重游,看到火车上的漂亮女人不免想入非非,活现出"发迹"后的土财主式的一种膨胀心理。而在"包产"中,他之所以迟迟不敢承包土地,是由于长期的人民公社形成了一种懒汉思想和依附性。到"战术"里,他习惯了单干自主的小农生活,面对再一次的贫困和商品经济的洪流,他又"抓拿不住自己了"。中国农民不仅背负着小农经济的包袱,还有大集体时代的累赘。高晓声深感农民的无知、愚昧、盲从、奴性是多么"可怕",它阻碍着农民自身的进步,也会滋生新的"专制"和"皇帝"。面对变幻莫测的现实,陈奂生们变得困惑、无奈,高晓声也在迷惘中探索。

高晓声以他现实主义作家的远见,展示和讴歌了中国农民的历史进步。陈奂生虽然负重累累,但经历了上城、当采购、包产之后,逐渐意识到了自我价值,了解了市场经济,知晓了一点社会发展。到《陈奂生出国》,昔日木讷、寒酸、自卑的"漏斗户"主,渐渐变成了一个沉稳、幽默、好思、自尊的新农民。在美国的花花世界中,他难免大惊小怪,出一点洋相。但在中国学生"派对"聚会中的对答如流,在中国餐馆打工时的出色表现,在美国公园、鸡场对一些怪现象的精辟见解中,我们不难发现,他不仅具有中国传统农民的优秀品格,还有了一个准现代农民的思想和智慧。当然,"出国"中的陈奂生,已非"上城"时的"陈奂生",作家把他置换成了生活在现实中的那个"原型"人物。在这一形象中,重叠了高晓声的诸多身影,寄托了他对农民的理想想象。但他依然是地地道道的中国农民。在这位新农民身上,实现了作家"同他们一起前进"的社会理想和文学构想。

---

① 陈晓明:《在俯视陈家村之前》,《文学评论》1986年第4期。
② 高晓声:《生活、目的和技巧》,《创作谈》,花城出版社1981年版,第74页。
③ 高晓声:《谈谈文学创作》,《创作谈》,花城出版社1981年版,第60页。

　　一个作家的创作目的、审美追求，决定着他的艺术表现形式和手法。高晓声说："农民虽然文化水平低，欣赏水平可不低。中国有那么多年的历史，流传在民间的是什么？是《三国演义》《水浒》《西游记》《聊斋志异》，是许许多多千载流传下来的民间故事，你要马虎行吗？还真要花点力气，他们才看得上眼！"① 如果说他的社会问题小说，还拘泥在"十七年"小说层面上，那么他的启蒙思想小说，则实现了对既往乡村小说的全方位超越。"陈奂生系列"的着力点在人物的文化心理上，但作家却没有放弃小说的故事性。每篇都有一个完整、巧妙的故事情节，且故事的开端总是出人意料，心理与故事水乳交融，具有鲜明的中国小说传统。高晓声的叙事语言感情丰沛、"众声喧哗"，别具一格；但在他的启蒙思想小说中，又可以强烈感受到一个民间说书人的声音，声情并茂、抑扬顿挫，眼观天下、而心距离农民很近，形成了一种质朴、幽默、苦涩的主旋律。文本的故事性和叙事的说书体，体现出来的是一种浓郁的民族风格和韵味，使它走近了农民读者，也走近了各种各样的读者，达到了雅俗共赏的境界。

往返于仙界与人间

　　《陈奂生出国》写完之后，高晓声如释重负，突然心血来潮写了一则"后记"，记下一个饶有趣味的梦境。在梦中，作家"我"成了一个砍柴的樵夫，掉进时间隧道，进入一道山谷，来到一方洞口。只见两位仙风道骨的老翁，端坐石桌两旁默默对弈，之后"我"就"往返于仙界凡间"，常常观摩战局，时间久了便摸得了仙翁的棋路，得了点仙气。后来突然发现，人世间和自然界的千变万化竟然与仙翁的棋局密切相关，"小小棋局，牵动的竟然是整个宇宙"。这个诡异的梦境蕴含了什么呢？其实表现的是作家对人、社会、自然与"道"的一种顿悟。其中有三个要点：一是知识分子作家变成了砍柴的樵夫，一个超然世外具有"慧心"的智者。二是他可以自由地来往于人间和世外，不断地比较、探索相互之间的关系。三是在宇宙万物间确有一种神秘的"道"存在，它维系、支配着一切。高晓声真是一个"逍遥游"式的智者了。

　　高晓声历经人生磨难和社会沧桑，却活得自由、洒脱、乐观。他说："'生活本身充满智慧。'这句话说得太漂亮了。"② 哲学家是什么样的人

---

① 高晓声：《扎根在生活的土壤里》，《创作谈》，花城出版社 1981 年版，第 117 页。
② 高晓声：《生活和"天堂"》，《创作谈》，花城出版社 1981 年版，第 20 页。

呢？就是爱智慧。高晓声常常超然世外，心游万仞，把他对人生、社会、自然的发现和感悟，融入小说创作中，就形成了作品中那些充满灵性的情节、细节，还有幽默、反讽的语言。尽管背后藏着苦涩、慨叹，但带给读者的是笑声。他用智慧消解着人生的苦难，用智慧提升着小说的品格。他自然不是一个有完整思想认知的哲学家，可他总是有很多奇思妙想；特别是民间那些活着的故事、传说、奇闻、逸事，总是激发着他的创作冲动。当这些故事、情节、主题，在他的知识分子小说和乡村小说中容纳不下的时候，他就会把它们独立出来，写成一篇篇精致的寓言、哲理小说。这类小说往往带有暗喻和劝诫韵味，我们可以称为哲理喻世小说。对这类小说文坛上褒贬不一，而真正读懂高晓声的人则给予很高的评价。林斤澜说："《钱包》《鱼钓》《山中》《飞磨》走哲理小说的路子，艺术上更讲究，更精致，有发展，是小说精品。"① 有评论家曾把高晓声这类小说纳入他的乡村小说中去解读，结果总给人削足适履之感。应当把它独立出来研究，因为这是高晓声作为智者的一种创造，具有独特的思想内容和艺术价值。

关于人与世界的感悟。哲学的重要内容之一就是探索人与外部世界的关系，譬如人与社会、自然，人与物质、名利，等等。高晓声对深奥的理论不感兴趣，却可以凭借自己天赋的慧心，洞察世情，达到一种哲理的高度。《钱包》是他这类小说的代表性作品。小说讲的是一个民间传说，但又经过了作家的全新改造。那位贫困农民黄顺泉，竟在河里摸住了装有300块银洋的钱包。这笔钱财是他渴望得到的，足以改变他的命运和家庭。但结果是什么呢？不仅分文未得，还挨了失主——土匪司令的毒打，导致精神分裂而死。黄顺泉获宝是一个象征，代表了人的发财梦想。其寓意则在昭示人们，人的财运是一种天意，没有"根基"的人得到了反而会引来灾祸。这自然有一点迷信、宿命的色彩，但也蕴含了人与财富之间的一种辩证关系。《飞磨》写的是人与名誉地位的关系，财主姚祖荣动用无数的人力、畜力和石磨，夜以继日碾碎米，他不是为了拯救饥饿中的灾民，而是为了获得朝廷的一副顶戴花翎。把好好的大米碾成碎米，已够荒唐；更荒唐的是石磨腾空飞去，砸碎了土财主的美梦。离奇的民间传说，浪漫的艺术想象，使评论家们对作品的意蕴莫衷一是，甚至作家也说不清楚。但其实揭示的还是人与名利的关系：人心不诚，妄想终究是泡影。《鱼钓》揭示的是人与动物的关系，人称"贼王"的刘才宝，最后不仅再

① 程绍国：《林斤澜说》，人民文学出版社 2006 年版，第 89 页。

钓不到鱼，反而成了"鱼钓"，让一条大鱼把他埋葬在了海底。因为他太贪心，无视了鱼的生命和力量。

关于人与人关系的探究。用哲理小说揭示人际关系，是一个创作难题，高晓声这方面的作品不多。作家颇负盛名的《摆渡》，有论者说是反映作家的"文学观"的，即作家的作品应当以"真情实意"感动、吸引人："创作同摆渡一样，目的都是把人渡到前面的彼岸去。"这样的解读是对的。但一篇好的哲理小说，其寓意应当是多种的，还可读出作家对人与人关系的洞察：金钱、力量、权势，可以成为人与人之间沟通、交换的东西，但最可靠、最宝贵的还是人的"真情实意"。尽管后者已经逐渐稀有，但它在任何时候都是最有价值的。《灾难古龙镇》可以称为一篇现代神话故事。想象之浪漫，情节之奇妙，让人叹为观止。其他如《绳子》《梦大》《烟鬼》则表现了作家对人与自我关系的探索。

作为智者的高晓声，哲理喻世小说是他灵感的产物。虽然不成体系，也无较集中的主题，却突出地表现了作家的灵感思维和艺术才华，折射出他对人生、社会、世界的老庄式的深邃洞察，是他整个创作中一个重要的、不可或缺的组成部分，是对新时期文学的一份独特贡献。这类小说在艺术表现上已突破了他坚持的现实主义传统，他从古典文学、民间文艺中吸取了大量有生命的表现方法，又借鉴了西方文学的黑色幽默、荒诞主义、意识流等艺术手法，形成了一种"土洋结合，寓洋于土"（王蒙语）的艺术风格和语言个性。

精英、农民、智者的多重身份，成就了高晓声丰富多彩、独树一帜的小说创作。

第十节　林斤澜[①]:苦心经营"怪味"文体

林斤澜一生坚守现实主义创作精神，在表现 20 世纪五六十年代的革

---

① 林斤澜（1923—2009），浙江温州人。1937 年参加抗日救亡工作。1945 年毕业于国立社会教育学院。1946 年在台湾从事中共地下党工作，1947 年被捕，1949 年出狱后在苏南新闻学校学习，后赴农村工作。历任北京人民艺术剧院编剧，北京市作协专业作家、副主席，《北京文学》主编，中国作家协会理事、全委会委员。1950 年开始发表文艺作品，主要作品有剧本集《布谷》，小说集《惹祸》《第一个考验》《春雷》《飞筐》《山里红》《石火》《满城飞花》《矮凳桥风情》《草台竹地》《十年十癔》《林斤澜小说选》，文论集《小说说小》《短篇短见》，散文集《舞伎》《随缘随笔》《立存此照》等，有《林斤澜文集》5 卷。短篇小说《头像》获 1981 年全国优秀短篇小说奖。

命和建设，20 世纪六七十年代的"文化大革命"，80 年代的农村改革开放三个重要题材领域，勤奋笔耕，作出了卓越成就。林斤澜是一位最富有短篇小说文体意识的作家。他写过剧本、擅长散文，也间或写点评论文字，但最倾心的是短篇小说。从 20 世纪 50 年代中期到 21 世纪初期的半个世纪中，他一心一意地跋涉在短篇小说的崎岖之路上。北京师范大学出版社的《林斤澜文集》小说三卷收集了他 1997 年之前的作品，人民文学出版社的《林斤澜小说经典》选入了他后期的新作，凡 130 余篇，其中中篇小说 6 部，其余皆为短篇小说。这在创作谨严的同时代作家中，短篇写作之勤、数量之巨，堪称"唯一"。林斤澜恪守现实主义，但他在思想观念、艺术表现上，却海纳百川、"与时俱进"，承袭和发展了古今中外众多短篇小说经典作家的优秀传统和经验，形成了自己严谨、幽深、丰茂、瑰丽的短篇小说文体，被人称为"怪味"小说。在他手里，当代现实主义小说发生了深刻而奇异的"裂变"，走向了一种"极致"。然而，探索是冒险的、孤独的。林斤澜的艺术探险，尽管让文坛和读者尊敬有加，却并未得到应有的文学史地位和评论家的足够阐释。①

变奏的颂歌

　　林斤澜长达 50 年的小说生涯，无疑有两个支点：一是现实主义，二是文体变革。这与他的人生经历和文学承传有关。他的人生道路与中国的社会历史紧密相连，少年时就参加了抗日救亡运动，年轻时从事党的地下工作，中年后长期深入农村运动和生活。这就自然形成了他关注现实、体察民心、情系国家的社会观和文学观。在文学上，他推崇的外国作家是托尔斯泰、高尔基、契诃夫、欧·亨利、都德……中国现当代作家是鲁迅、沈从文、孙犁、汪曾祺，古典作品是《三国演义》《唐宋传奇》《聊斋志异》等。特别是鲁迅、契诃夫的短篇小说，他做过深入的研究和解读。这些杰出的现实主义作家和作品，不仅扩展了他的现实情怀，同时激发了他对现实主义方法的探索热情。他说："现实主义是一种比较古老的、生命力也相当顽强的主义。在文学发展史上，没有其他任何一种流派、主义能够取代现实主义的地位。要讲中国文学传统的话，可以说基本上走的是一条现实主义的道路。"② 他又说："现实主义最基本的东西是一样的，道

---

① 在代表性的文学史著作，如洪子诚：《中国当代文学史》、陈思和：《中国当代文学史教程》中，看不到林斤澜的身影。甚至在金汉：《中国当代小说史》里，也只是点到林斤澜的名字。
② 《林斤澜文集》（六），北京师范大学出版社 2000 年版，第 162 页。

路又多种多样，这才正常。"① 长期以来，现实主义短篇小说就那样一种
形态和样式。但在林斤澜看来，它则是一个开放的、宽松的体系，尽可以
"多种多样""上下求索"。

20世纪五六十年代，在"一体化"的文学体制和环境中，绝大多数
作家只能按照意识形态的"清规戒律"去写作，只有少数作家有可能突
破条条框框，写出一些有思想、有个性的作品来。林斤澜的小说创作，始
于1955年。他的作品短小精练、格调清丽、写法别致，立刻受到了文坛
的关注。他与众多同时代作家一样，写的是农村现实生活，主题和基调是
"颂歌式"的。他并不是一个以思想见长的作家，他的审美兴趣主要在艺
术表现上。概括而言，他这一时期的作品，主要内容有两个方面。一是歌
颂农村的社会主义运动和新生事物。譬如《雪天》《擂鼓的村庄》《绿荫
岗》《钥匙》等，这些作品的格调欢快、高昂，显示了当时的一种时代风
貌，但均是配合政治、政策的"图解"之作。二是塑造社会主义新人形
象。譬如《春雷》中的年轻女拖拉机手田燕；《新生》里的姑娘大夫；
《台湾姑娘》中最后成为革命者的"娃莫栽"等，这些人物灵动、鲜活，
但却有简单化、概念化之嫌。

创作观念和表现形式上的探索，常常会使一个作家的创作发生某种
"质变"。林斤澜"颂歌"的变奏，根源就在这里。他"有意识"地避开
了所谓的阶级、路线斗争描写，把他的笔触转向了民众的日常生活中，展
示生活的真实状态，发现人的精神情感变化。譬如《擂鼓的村庄》里写
生产队土炕上，农民们热闹谈论的情景。《和事佬》中年轻媳妇对不管家
的丈夫——生产组长的抱怨和撒气。《云花锄板》里祖孙三代铁匠，围绕
公社铁厂展开的公与私的家庭纠葛，就既表现了特定时代的生活内容，又
突出了人物的精神性格。在短篇小说的艺术形式上，林斤澜特别注重结构
的安排，总是要寻求一种最能表现主题与人物的结构形式。譬如《杨》
《台湾姑娘》着力故事的编织，在情节的发展中展现人物；《魏文学》《假
小子》则侧重刻画人物，由人物性格带出情节、细节；《发绳》《草原》
则融入了作家更多的情感想象，"以情纬文"，是一种散文化的抒情结构；
而《家信》的文本则是儿子写给父亲的一封信……情节结构上的不拘一
格，再加上叙事语言的追求个性，使林斤澜的短篇小说意蕴丰富、多姿多
彩，甚至显示一种为艺术而艺术的特点，在20世纪五六十年代的文坛上，
就有些"异类"了。一位化名陈言的激进评论家，在1964年第3期《文

————————
① 《林斤澜文集》（六），北京师范大学出版社2000年版，第39页。

艺报》发表长篇评论，批评林斤澜的小说没有追求"巨大的思想深度和意识到的历史内容"，没有表现当下的"大斗争，大变动的历史风景"，"而是把注意力放在如何表现才能'曲折巧妙''含而不露''引人入胜'上，即形式问题上"，"是一个作家的思想感情、艺术观、审美观的倾向问题"①。把艺术问题上升到"思想感情"的高度，就等于宣判了一个作家文学生命的"终结"。这之后、"文革"前，林斤澜几近辍笔，只发表了一篇小说《默契》。

任何作家都难以摆脱一个时代的意识形态、文学思想的局限。林斤澜20世纪五六十年代的小说创作，无疑也是那个时代的产物。只是他比别的作家距离政治、政策稍远一些，相距艺术、技巧更近一些，有较明确的文体意识。他奉行的还不是真正的现实主义。若干年后，他在反思这一阶段的创作时说："当年生活中出现了极'左'的东西，过去并没有认识到那是极'左'的，还以为自己是真实地反映生活。""可以说是真实地反映了运动的面貌、政策的贯彻，但还不能说是真实地反映生活。因为当年我们的政策和生活的脉搏是不一致的。""因此我在写作上要再认识，就是要坚持现实主义。"②

"荒诞"的"悲歌"

"文革"结束，新时期开始。在文学春潮的感召下，林斤澜一边反思社会和文学，一边捡起了中断12年的短篇小说创作，进入一个急切的、盲目的摸索和过渡期。这一时期他写得很多、很杂。从题材上讲，既有写现实农村生活的，但这些作品还没有摆脱他过去的创作套路；也有写当下城市生活的，然而还停留在浮光掠影的层次。既有写刚刚结束的"文革"故事的，这些作品一出手就显出了林氏风格；也有写他年轻时经历的革命斗争的，回到往事和故乡笔调就显得优美而多情。从人物形象看，既有各种普通农民，也有各样知识分子，还有一些新的青年形象等。这一阶段他有三篇颇有特色的作品。《火葬场的哥儿们》写由乡返城的知青"黑小子"，怎样捉弄干部局刁蛮的女干事，故事奇妙、结构灵动，充满"黑色幽默"的味道。《头像》写新时期伊始，两位老同学，画家老麦通和雕塑家梅大厦，前者奔忙于名利社会，后者献身于孤独的艺术，揭示了正在展开的世俗社会中艺术家迥然不同的人生道路，主题深邃，艺术精湛，获得

---

① 陈言：《漫评林斤澜的创作及有关评论》，《文艺报》1964年第3期。
② 《林斤澜文集》（六），北京师范大学出版社2000年版，第27页。

了 1981 年全国优秀短篇小说奖。《辘轳井》通过一个菜园子的兴衰沉浮，显示了几十年间中国社会和农村的历史变迁，洋溢着浓郁的浪漫主义色彩。林斤澜凭借这些作品，重新崛起于文坛。

新时期文学初期，"文革"题材小说滥觞。"伤痕""反思"文学中的多数作品都是这一题材。在林斤澜全部的小说作品中，"文革"题材作品是最重要、最有价值的一部分。新时期初的《阳台》《神经病》《万岁》，20 世纪 80 年代中期的《十年十癔》《续十年十癔》两组系列小说，到 21 世纪初的《井亭》《哭痴》等，均取材于"文革"，数量有 40 余篇，占总数的近三分之一，持续不断写作 20 年。林斤澜的独特贡献是他持之以恒地关注和思考"文革"，不仅写了"浩劫"年代的"疯狂"景象，而且写了各种人物精神和心理的变异，还写了"文革"后人们长久的精神"后遗症"；他运用短篇小说这样一种"袖珍"文体，调动各种现实的、古典的、现代的表现方法和手法，构成了一种无言的雕塑、斑驳的版画那样一种艺术形态，奇迹般地容纳和凸显了"文革"——一个庞大而怪诞的历史事件。一篇作品捕捉一个情节、一幅画面、一个人物，数十篇作品聚拢在一起，就显示了"文革"的面貌和整体。

首先是用荒诞情节展现"文革"的"疯狂"。"文革"绝不仅仅是革命领袖的心血来潮，更是几亿人的一场非理性行为。"十年十癔"，所谓的"癔"，就是精神的失常。《问号》中因毛泽东语录"军民团结如一人，试看天下谁能敌"，末尾是什么标点符号，应当写成何种样式，造反派"红脸汉子"与专政对象"黑帮"，展开了一场"好笑"而又可怕的对话与冲突，辛辣地讽刺了红脸汉子的愚昧、强横、善变，沉痛地刻画了"黑帮"的卑微、懦弱、机智。作家用荒诞的手法，写出了造反派随时随地可能爆发的"疯狂"。《电话》里写"文革"时期，夫妻之间"大义灭亲"，编造"罪行"，互相揭发，结果双双落难。尖锐地揭示了亲人之间的互相谗害、精神失常。作品以丈夫给已故妻子打电话忏悔为切入角度，采用了意识流手法。

其次是以聚焦方法凸显人物精神的"异变"。《法币》的文本十分独特，由一位打成黑帮的小知识分子的汇报材料构成："我"的交代、补充交代、认罪书、交代罪行、报告、保证书。从这些材料的字里行间，展现了他从恐惧、绝望，到自省、告密，再到乞怜、效忠的灵魂堕落过程。"文革"中，绝大部分知识分子是受害者，但也有一部分是造反者、变节者。"文革"的发生，同样与他们有关。《阳台》则塑造了一个有骨气的知识分子形象——历史教授"红点子"。面对狂风暴雨、无情批斗，他

"守死善道"，顽强抵抗，甚至在禁闭室里研究法西斯、思考"文革"，竟然在黑帮的反省会上提出"我要求入党"。他的思想和行为是古怪、不正常的，却烘托出一位赤诚、坚定、狷介又迂腐的知识分子形象。林斤澜极善于通过一些典型情节和细节，捕捉人物灵魂深处的图景。《哆嗦》触及一个极为深刻的主题：人们把领袖尊奉为神，对神不仅产生崇拜，也产生恐惧。被专政的麻副局长面对自己大字报上"无寿无疆"的墨迹，不去细看，也来不及思考，从内心到双腿都哆嗦起来，犹如面临灭顶之灾。从这一举动中，折射出灵魂深处可怕的愚昧和奴性。林斤澜深谙短篇小说的写人之道，总是通过典型的情节和细节，敞开人物的精神性格，塑造出一种石雕式的人物来，让读者猛然一惊，过目难忘。

最后是通过一幕幕悲剧，反思人性的丑陋。"文革"的爆发，自然有政治的、文化的乃至经济的原因，同时也有人性的因素。《白脚》中的女知识分子，先是因自己的一双"雪白幼嫩"的小脚，受到柴队长"别有用心"的指责、批判。继而她发现柴队长用印有领袖照片的报纸卷烟抽，立马反击、报复，把审判者变成了批判对象。"文化大革命"，竟成为好斗的人性的表演舞台。《黄瑶》里的冷美人黄瑶，因海外关系被列为审查对象，造反派锉壮小伙抱着一种阴暗心理审问她，她竟像鹰抓兔子一样用手袭击了对方的眼睛。黄瑶的举动自然是一种自卫、反抗，但更是人性的一种狠毒。原来黄瑶记忆中深藏着亲婆那双"铁砂子"一般的阴冷眼睛，原来黄瑶听说过名叫黄猄的动物用抠眼珠子的办法攻击同类的传说。而据说黄猄这一招"是跟人学的"。动物学习人类，人类又效仿动物。林斤澜把人性之恶追溯到所有动物（包括人类）的本性上，可见目光的深邃。

林斤澜的"文革"题材短篇小说，是整个"文革"题材文学中的一束奇葩。它扎根于现实土壤，又从鲁迅小说、《聊斋志异》乃至西方现代小说中吸纳了象征、荒诞、反讽、意识流等表现形式和手法，有效扩展了短篇小说的承载容量与表现能力。当然，这批小说也有不足之处，如对"文革"运动"点"上的撷取和表现十分精彩，但对"文革"整体上的思考把握显得薄弱；如有些作品情节离奇，关键之处的空白留得太大，造成了隐晦、费解的阅读障碍。

"困惑"的"喜剧"

1984—1986 年，花甲之年的林斤澜集中发表了反映故乡温州改革开放的《矮凳桥风情》系列小说。这组小说由 15 个短篇小说和 2 部中篇小说构成，共 17 篇作品。每篇作品独立成篇，但其中的人和事又互为联系，组合起来又宛如一部长篇小说。这同《十年十癔》系列小说不同，"一癔"一篇，十篇之间没有瓜葛。《矮凳桥风情》系列小说既发挥了短篇小说的优势，又借用了一点长篇小说的构思方法。这种艺术结构似乎来自《儒林外史》《水浒传》等古典小说的启迪。

　　林斤澜是一个根系南方的作家，却定居北京，写了大半辈子京郊农村的生活。新时期之后，他有了重返故乡的机会，数次返乡，一住几月。故乡的山水唤醒了他沉睡的激情，温州的巨变激发了他的创作冲动。他深切意识到：故乡"面临一场大改革，关系着民族的振兴"①。面对正在上演的正剧和喜剧，面对发面一样膨胀的小镇和乡亲，他自然有喜悦和激动，但也夹杂着困惑、疑问和深思。正如程绍国所说的："林斤澜对世界的认知是两个字：'困惑'。困惑是理性色彩，这里有思索，有感叹。他的眼睛后躲着'沉思的老树的精灵'。"② 因此在他谱写喜剧的过程中，一直缠绕着"困惑"的"幔"（迷雾）。而在整个艺术表现上，他强化了写人物的性格和感情，突出了散文化的抒情叙事，加重了语言中的方言成分。他真正回到了自己的感情、语言中，在既往的小说路子上又向前迈进了一步。林斤澜的老友汪曾祺读了《矮凳桥风情》，给予了真诚的肯定和精到的评论。汪老以一个纯粹的艺术家的眼光，指出了林在小说观念、主题表现、人物塑造、结构安排、语言运用等方面的特点和长处，称他的小说"写的是一首一首的诗"，"朴素无华的，淡紫色的诗"。③

　　林斤澜创造了一个自然形态的、自己心目中的矮凳桥艺术世界。矮凳桥实在是一个狭小、简朴的自然所在。在一圈锯齿山环绕的盆地里，有一道一眼可以望到头的十字街，还有一条时窄时宽、又绿又蓝，罩一层幔的小河流，河上有一座简陋的却很有年头的石板桥。离桥不远，有一个年久失修的老人亭。很显然，这样一个街、河、桥组成的自然人文环境，还是作家童年印象中的故乡，一个几乎凝固了的虚写世界。但就在这样一个背景中，那条十字街却日甚一日地喧腾起来，专卖纽扣的商店和地摊冒出六百家，饮食店开张了三十多家。南来北往的客人云集小镇，摩肩接踵。形形色色的喜剧、悲剧、滑稽剧纷纷上演。而这人间的戏剧却是作家亲眼看到、亲心感到的，是作家实写的真实生活。矮凳桥的兴起有复杂的政治、经济、文化等原因，这是"正史"要叙述的。林斤澜发掘的是日常生活

---

① 《林斤澜文集》（五），北京师范大学出版社 2000 年版，第 414—415 页。
② 程绍国：《林斤澜说》，人民文学出版社 2006 年版，第 117 页。
③ 《汪曾祺全集》（四），北京师范大学出版社 1998 年版，第 105 页。

中隐藏的"野史""心灵史"。他也写了《方德贵》与《通用局长》，把矮凳桥同外面世界的政治风云联系起来，刻画了两位阻碍改革的负面官员形象。而改革的动力常常来自底层社会和民众，上层社会倒往往成为改革的障碍和阻力。

林斤澜塑造了一群闪烁着精神异彩的人物形象。汪曾祺在他的评论中说："矮凳桥系列小说有没有一个贯串性的主题？我以为是有的。那就是：'人'。或者：人的价值。这其实是一个大家都用的，并不新鲜的主题。不过林斤澜把它具体到一点：'皮实'。什么是'皮实'？斤澜解释得清楚，就是生命的韧性。"① 又说："林斤澜写人，已经超越了'性格'。他不大写一般意义上的、外部的性格。他甚至连人的外貌都写得很少，几笔。他写的是人的内在的东西，人的气质，人的'品'。得其精而遗其粗。"② 这是对林斤澜人物塑造极精辟的评论。系列小说 17 篇，篇篇都是写人的，甚至题目就是人名，作家似在为人物立传。矮凳桥的衰与兴、事与物，都是由这些人物制造、衍生出来的，他们才是这个世界的主人。在人物画廊中，女性形象刻画得有声有色。溪鳗是一位传奇式的人物，她俊俏、聪慧、能干，善做鱼丸、鱼饼、鱼面等食品，把开小店当作一种快乐。她以及她的小店，是矮凳桥的一个民间中心。她满怀柔情，但婚姻、情感生活却是一个空白。她收留了几成痴呆的前镇长，但她与他的关系却是人们心中的一个谜。这是一个集欲望与道德于一身的女人。这是一个引领了小镇经济潮流的女人。李地——矮凳桥的女镇长，也是林斤澜精心塑造的一个形象。这是一个富有社会理想、意志坚强、无奈地割舍了情感生活的女人。她是小镇市场经济的开创者。笑杉——李地的三女儿，拜金主义的反对派，一个美丽、清高、任性——情感与理智相互矛盾的个性女孩子。还有性格"皮实"、敢闯敢干，开办了"舴艋舟"纽扣工艺店的笑耳……都刻画得有个性、有精神、有诗意。

比较而言，林斤澜笔下的男人形象较为写实，也不那么完美。矮凳桥第一个做纽扣的人袁相舟，是一个有文化、爱动脑的乡村知识分子，他有自己的梦中情人，有自己的人生理想，但最终却回到一种自甘寂寞的生活中。在他身上有一种道家的退隐思想。车钻是一个被社会冷落了的"坏小子"形象。"文革"时借造反砸毁了桥墩上的古人题字，他的回答是："就为叫大家晓得晓得我。"正是这样一种张扬自我的愿望，使他成为小

① 《汪曾祺全集》（四），北京师范大学出版社 1998 年版，第 103 页。
② 同上书，第 105 页。

镇市场经济的弄潮儿。还有那位依靠一股憨劲跑生意，实现了爷爷和父亲两代人盖房愿望的憨憨……他们是一些真实的、有血肉、有缺点的芸芸之众，他们赚钱的动机并不高尚，手段甚而是可疑的，这是让作家深思和困惑的，但他们确实让矮凳桥变了面貌，推动了历史前进。

林斤澜营造了一个多义的、开放的矮凳桥小镇。矮凳桥不是一个明朗、独立的王国。这个整日里熙熙攘攘、水雾弥漫的镇子，它的发达，不仅引起了上层的恐慌和恼怒，也引起了四邻村庄的不安和议论。在《父女》《表妹》《同学》等作品中，林斤澜真实地表现了原始积累时期"恶"的力量的作用，提出了富裕之后人向哪里走的问题。他把自己的喜悦、困惑、忧虑，都隐含其间了，体现了一个严谨的现实主义作家的真诚和敏锐。

《矮凳桥风情》之后，进入晚年的林斤澜没有停止思考和写作以及艺术探索。从创作内容上讲，呈现出对社会人生的哲理感悟。从文体探索看，《短篇三树》《短篇三痴》又变化出一种微型系列小说。林斤澜对"门"这一意象颇有兴趣，写了两篇微型系列小说。《门》一篇四则，意在表现人对艺术之门、情感之门、思维之门的叩问，传达了作家的独特感悟。《去不回门》一篇三章，写的是一座道观里道姑、斋娘们的生活和命运，似在表现作家对人世因缘、因果报应的领悟。四篇微型系列小说，每篇不过五六千字，每则只有一两千字。但构思奇妙、意蕴丰盈、语言老到，有浓郁的古代笔记小说之风，是小说园里的精美"盆景"。

"怪味"文体

林斤澜曾无奈地说道："我常听说，看我的小说要聚精会神，略有疏忽，下边就看不懂了。有说涩，有说累，有说紧缩，有说怪味儿……"[1]不要说一般读者、作者，就连他的老友汪曾祺也认为："斤澜的小说一下子看不明白，让人觉得陌生。这是他有意为之的。他就是要叫读者陌生，不希望似曾相识。这种做法不但是出于苦心，而且确实是'孤诣'。"[2]究其原因，自然有作家构思上、语言上的问题。但主要原因在于作家打破了现实主义的常规、陈规，糅入诸多五花八门的表现方法以及自己的东西，创造出一种"四不像"式的品种来。林斤澜坚定地声称自己走的是现实

---

① 《林斤澜文集》（六），北京师范大学出版社 2000 年版，第 86 页。

② 《汪曾祺全集》（四），北京师范大学出版社 1998 年版，第 101 页。

主义路子，但韩石山就认为："无论用哪种标准衡量，都得承认他是中国的真正的现代派作家。"① 二者的看法相距太远。应该说林斤澜是一个地道的现实主义作家，他关注社会人生，并力图用作品影响现实和读者；他注重客观世界的描写，以真实的人、事、景作为创作主体，这正是现实主义文学的精髓。但他在表现方法上古典、浪漫、现代主义来者不拒；艺术手段上象征、荒诞、变形、讽刺、意识流为我所用。有时玩得上瘾，形式手法成为第一。这样的写法、配方，自然会创造出"怪味"文体来。林斤澜在小说的思想内容上，比许多现实主义作家展示得更真实、更透彻；而在表现形式和手法上，比许多现代派作家走得更超前、更遥远。

有什么样的小说观，就会有什么样的创作。林斤澜的短篇小说观也颇有点与众不同。创作应该是作家想明白之后才动笔的，"以其昏昏，使人昭昭"是不行的。但林斤澜以为作家"既是藏者又是寻者"，就像院子里隐藏着一个孩子，作家带着寻者（读者）一起寻找，"可能寻着，可能寻不着"。② 世界是令人"困惑"的，创作就是一个"解惑"的过程。过程就是目的，结果不是那么重要。这是林斤澜的独到见解。关于短篇小说的艺术特性，众多经典作家都认同生活"横断面"的说法，林斤澜比作"小口子井"，比作大树上断取的"一枝一节"，并补充和完善了既有的观点，指出既可以取"横断面"，也可以取"纵断面"。③ "横"与"纵"的交织、结合才能表现出生活的深广度。这是对短篇小说理论的宝贵贡献。在短篇小说文体的探索上，林斤澜坚持短篇小说要短、要精。强调："短小的生成灵活，灵活便于超前，做实验、当先锋。"④ 他主张内容与形式要同时探索、变革。他在文体的创新上可谓"全面开花"，最突出的有如下几个方面。

重用"虚""实"手法，增强短篇魅力。林斤澜在一篇《谈"叙述"》的文章中说："留得好的'空白'，留给读者的是想象。白纸黑字触发了感情，把感情引到一个缺口，缺口外边是空白。到此什么也不管了，任凭读者去海阔天空，鱼跃鸟飞。"⑤ 林斤澜深懂虚写与实写的独特作用，在创作中精心运用，留下空白，不仅使作品篇幅得到浓缩，而且使内涵变得丰富，平添了阅读魅力。譬如《溪鳗》中的主人公是一个出色的女人，

---

① 韩石山：《明日来寻都是诗》，《当代作家评论》1989 年第 4 期。
② 《林斤澜文集》（六），北京师范大学出版社 2000 年版，第 45 页。
③ 同上书，第 19 页。
④ 同上书，第 243 页。
⑤ 同上书，第 218 页。

却孤身一人带着一个七八岁的女儿，她的爱情、婚姻是一个巨大的"空白"。但作家插叙了溪鳗与镇长的民间传说，描写了溪鳗收留、侍奉已成痴呆的镇长的情景。读者可以凭借这些实写，联想到她曲折的情感经历、仁厚的奉献精神。"空白"使这一人物变得朦胧、优美。再如《辘轳井》是一篇讲述故事的小说，很抒情。但20世纪50年代那个有着两位老人精心作务的菜园子是虚写的，它"从天而降"，又在农业社高潮中悄然消失。作家似乎在暗示：在那个年代这菜园子是个奇迹，是人们心中的理想。而80年代由待业青年和退休工人，在原址上恢复起来的菜园子，才是实写的、真实的。一虚一实，虚实相生，让读者联想到中国的历史、人的命运。如上所述是两篇成功的作品。但作家也有虚实手法运用不当，造成败笔的作品，如《去不回门》等。

　　寻找"最佳"结构，丰富表现形式。结构是作品成败的关键。林斤澜说："小说中有写人物的，有写故事的，有写环境的，有写心理的。"①这是四种主要的结构形式。老一代作家，小说结构上最常使用的是故事结构、人物结构。林斤澜则潜心寻找，求新求变，创作了如他所述的四五种结构形式。变化多端的结构形式，再加上新颖别致的表现方法，就使林斤澜的小说呈现出气象万千的景象来。

　　修炼叙述语言，形成独家风格。林斤澜在短篇小说的叙述语言上，大有"语不惊人死不休"的执着精神，一生都在探索、变化。20世纪五六十年代写农村生活，是以北京话为基调，朴实、明朗、俏皮、幽默，与时代氛围、作家心态正相吻合。从20世纪80年代初一直到21世纪，写"文革"题材，吸纳鲁迅、契诃夫的语言精髓，简练、沉郁、辛辣、诡异，呈现出的是知识分子的一腔愤懑和忧患。之后写故乡小镇的改革生活，笔调变得灵动、土色、朦胧、抒情，与温州的地域色彩和作家的晚年心态息息相通。他总是随着表现题材的不同，自己感情的变化，寻找一种新的叙述情调和语言。但简练、传神、雅致是他一以贯之的语言风格。但他的语言也有缺憾，斧凿痕迹较多，过分含蓄，跳跃太快，有时造成阅读障碍。但这并不影响他成为一个杰出的短篇小说文体和语言大家。

　　黄子平评价说："林斤澜小说艺术探索的一方面意义，就在于延续了鲁迅所开辟的现代小说绚烂多彩的艺术道路，探求多种多样的途径，以发挥短篇小说的艺术特长，来容纳日趋复杂多变的当代现实。"② 林斤澜的

---

① 《林斤澜文集》（六），北京师范大学出版社2000年版，第292页。
② 黄子平：《"沉思的老树的精灵"》，《文学评论》1983年第2期。

小说是寂寞的, 也是常青的。

第十一节 蒋子龙[①]:工业题材创作上的"峰巅"

工业题材上的"入"与"出"

新时期文学初期举办的全国优秀短篇小说评选活动, 是当时唯一的文学大奖。在总共九届评奖中, 青年作家蒋子龙的三篇作品连连获奖、名列前茅。1979 年《乔厂长上任记》荣登榜首, 1980 年《一个工厂秘书的日记》以第八篇的名次入选, 1982 年《拜年》再次以首篇获奖。一时间蒋子龙声名大振, 成为开创文学潮流的作家。

在蒋子龙的全部创作中, 中篇小说、长篇小说也有众所公认的优秀作品。但他的三篇获奖短篇小说却影响更大, 代表了那个时代的文学主潮, 奠定了他在新时期文学中的地位。从文体的角度看, 蒋子龙并不是最出色的短篇小说作家。20 世纪 90 年代之后, 他的短篇小说创作基本中断, 主要兴趣集中在了长篇小说上。但他的三篇获奖短篇小说和一大部分短篇小说, 都是描写工业题材的, 强烈地表现了 20 世纪 70 年代中期到 80 年代初期中国工业的艰难历程与改革浪潮, 成为工业题材文学上的一座"峰巅"。正如文学史家所评论的:"以 1979 年蒋子龙的《乔厂长上任记》为开端, 一股重在反映当时的变革现实, 尤其重在表现工农业及政治体制改革中出现的种种矛盾冲突的文学创作潮流勃然兴起。到 80 年代初, 随着现实改革步伐的进一步加快, 改革题材的作品则大量涌现逐渐形成了一个高潮, 并产生了巨大的社会影响, 基本上取代了对历史记忆进行讲述与反思的创作潮流, 成为文坛的主流。"[②]

在当代文学史上, 描写工业领域的巨大发展和塑造工人阶级的主体形象, 始终是政治意识形态的迫切要求和宏大目标。在 20 世纪五六十年代,

---

① 蒋子龙, 河北沧县人, 1941 年生。1962 年毕业于海军制图学校。1960 年应征入伍。历任海军 184 部队制图组组长, 天津重型机械厂车间主任, 天津市作协专业作家、作协主席。天津市政协常委, 中国作协第三届理事、第四届主席团委员及第五、第六、第七届副主席。1962 年开始发表作品。著有长篇小说《蛇神》《子午流注》《人气》《空洞》《农民帝国》, 中篇小说集《锅碗瓢盆交响曲》, 短篇小说集《三个重工》,《蒋子龙文集》(八卷) 等。短篇小说《乔厂长上任记》《一个工厂秘书的日记》《拜年》分获 1979 年、1980 年、1982 年全国优秀短篇小说奖, 中篇小说《开拓者》《赤橙黄绿青蓝紫》《燕赵悲歌》分获 1980 年、1982 年、1984 年全国优秀中篇小说奖。

② 董健、丁帆、王彬彬主编:《中国当代文学史新稿》, 人民文学出版社 2005 年版, 第 413 页。

虽有不少作家和作品涌现，但实绩总是平平，远不能同农村题材文学、革命战争题材创作相比肩。主要原因似乎有两点。一是中国的工业文学缺乏源远流长的根系；二是当时的工业题材作品总是摆不脱重"工"轻"文"的局限。中国进入新时期之后，随着现代化步伐的加快，工业领域的问题和矛盾日益尖锐，一系列探索和改革迅速展开。这种时代大趋势呼唤着新的工业题材文学的诞生。已有一定的思想和生活积累并在创作上已然成熟的蒋子龙脱颖而出了。蒋子龙是一个工人作家，却具有开放的思想意识和纯正的审美观念，他比既往的工业题材作家站得高、看得远。在对工业题材文学的认识上，他多次讲："工业改变了生活，养育了文学。"[1] "工业给整个社会、整个人类带来了巨大的冲击。它改变了人性，改变了人的思维方式，改变了人们的生存方式。……你身上穿的、用的乃至吃的，都跟当代工业有极其密切的联系。那么，我们逃避工业，逃避这块生活，文学还有什么前途？"[2] 他是从工业与生活、社会、文化的宏观视野来理解工业题材文学的。在关于工业题材文学的审美特性上，他指出："文学，就应该打到社会上去，就应该取得人类的承认。'工业文学'的前途是去掉'工业'，只剩下'文学'。"[3] 这比那种狭隘地理解工业文学本质属性的理论，更符合艺术规律。在关于作家与工业题材的关系上，他说："我写这些小说是还债的，我从学习创作的那天起，总觉得肩上负了工人的债，负了同伴的债，负了厂长的债。我说不清自己为什么会有这种负债感，我似乎对他们应该承担某种责任，对我这样一个才单力薄的人来说，这责任太沉重，我拼全力还难以应付。"[4] 他是自觉自愿地以工人的"代言人"的角色从事创作的。蒋子龙从理论、审美、创作等层面上，做到了既"入乎其内"又"出乎其外"。

蒋子龙凭着他二十余年的工厂生活积累和开放的理论视野，一出道就站在了工业题材小说的新高度上，并开创了"伤痕""反思"文学之后的又一个文学潮流——"改革文学"。他长篇、中篇、短篇小说创作无不擅长。中篇小说代表作有《锅碗瓢盆交响曲》《开拓者》《赤橙黄绿青蓝紫》《燕赵悲歌》等；长篇小说重要作品有《蛇神》《人气》《空洞》《农民帝国》等。这些作品既有工业题材，也有农村、商业乃至知识分子题

① 蒋子龙：《杂记三篇》，《蒋子龙文集》第八卷，华艺出版社 1996 年版，第 273 页。

② 蒋子龙：《关于小说创作的几个问题》，《蒋子龙文集》第八卷，华艺出版社 1996 年版，第 551 页。

③ 蒋子龙：《要不断地超过自己》，《蒋子龙文集》第八卷，华艺出版社 1996 年版，第 40 页。

④ 蒋子龙：《回顾》，《蒋子龙文集》第八卷，华艺出版社 1996 年版，第 31 页。

材。他对题材的划分向来不感兴趣，也绝不受题材的限制，在各种题材之间自由切换，塑造着形形色色的人物形象，描绘着越来越丰富、混杂的社会生活。但他独有的工厂生活经验以及在这一题材上的大量作品，客观上使他成为一个标志性的工业题材小说作家。而他的短篇小说，更集中地代表了他在工业题材创作上的成就和高度。他创作有近70篇短篇小说，共约50多万字，大部分作品是表现工厂和工人生活的。他从20世纪60年代中期开始练笔，70年代走上文学道路。在动荡、荒谬的70年代，他既写出了背离生活真实，自觉不自觉配合极"左"政治的《春雷》《铁锹嫂》等作品，也创作了具有一定思想艺术价值的《三个起重工》《进攻的性格》《机电局长的一天》等小说。这些作品，一方面反映了他在写作上的盲目、激进，另一方面显示了他在艺术上的探索、锐气。新时期文学伊始，他厚积薄发，从70年代末到90年代初，发表了一大批被誉为"改革文学"的短篇小说力作，代表性作品有《乔厂长上任记》《解脱》《基础》《一个工厂秘书的日记》《父子之争》《拜年》等。在这些作品的影响和带动下，反映工业改革的作品喷涌而出，蔚为壮观，如柯云路、水运宪、陈冲、肖克凡等的中、短篇小说，形成了一个壮丽的文学高峰。

把握改革潮流的深层脉动

现实主义文学的强大影响力，就在它总是努力表现一种"较大的思想深度和意识到的历史内容"[①]。蒋子龙自认是一个坚定的现实主义作家，奉行的正是现实主义文学的这一创作圭臬。蒋子龙不仅有着深刻、丰富的工厂生活体验，同时有着敏锐、强健的思想能力。因此在历史发展的转型、变革时期，总能把握到现实社会的深层脉动，并把它充分表现在作品中。不管是"文革"还没有结束、"治理整顿"开始的时候，还是新时期初期、"改革"刚刚滥觞的时候，都是如此。

直面工厂、工业的严峻现实，提出关乎全局的重大问题，是蒋子龙小说的核心主题。20世纪70年代初、中期，"文革"还在不断升级，工厂、农村一片混乱，经济发展几近停滞。直到1975年，邓小平"出山"对各条战线进行大刀阔斧的全面整顿，全国的政治、经济形势大有好转，国家出现了一次难得的"转型"契机。但随之而来的"反击右倾翻案风"运

---

① 恩格斯：《恩格斯致斐迪南·拉萨尔》，《马克思主义文艺论著选讲》，中国人民大学出版社1982年版，第213页。

动又彻底否定了这一切。刚踏上文学道路的蒋子龙，这时已创作了十几篇短篇小说，其中真正代表他思想和艺术水平的是《进攻的性格》和《机电局长的一天》。二者都从正面表现了工厂的现实情景，提出一些重大的社会问题，显示了作者的敏锐和胆略。写于 70 年代初期的《进攻的性格》，写法上还有那个时代的一些痕迹，但在揭示、提出问题上却远远高于同时代的作品。作品以新任橡胶公司党委书记朱石走马上任为主线，展示了橡胶厂生产无计划、经济无目标，管理体制自由涣散的真实状态。年轻干部杨英杰，生产上瞎指挥，工作上搞专断，生活上脱离群众，在坐车、住房上搞特殊，已成为一个腐化变质的官僚形象。把一个工厂的一把手写成反面人物，这在当时也是需要勇气的，它暗含了"绝对权力必然导致绝对腐败"的社会问题。发表于《人民文学》1976 年第 1 期的《机电局长的一天》，是在全面整顿的社会背景下创作的。小说揭示了"文革"十年给工厂、工业造成的巨大冲击。各种矛盾错综复杂，生产管理形同虚设，干部群众思想混乱，整个机电行业处于无政府状态。同时，一些高层领导如机电局副局长徐进亭，经历"文革"后思想退坡，意志消沉，成为治理整顿的最大障碍。作品从正面歌颂了机电局长霍大道的治理、开拓精神。他发动群众，狠抓管理，治庸治懒，终于把机电局和下属工厂搞得生机勃勃。作家在两篇作品中大胆地暴露了工厂、工业走向穷途末路的现实困境，呼唤着治理整顿、改革开放时代的到来。但后一篇小说不久即被批判为"否定工人阶级形象""宣扬'唯生产力论'"的"大毒草"。作者在巨大的政治压力下，违心地写出了否定全面整顿的《铁锨嫂》。

《乔厂长上任记》是"改革文学"的发轫之作，它不仅尖锐、有力、透彻地揭示了计划经济时代，工厂乃至整个工业领域在政治、经济、管理、思想等方面存在的种种弊端乃至危机。同时塑造了"改革者"乔光朴的英雄形象，昭示了只要雷厉风行地整顿干部队伍，建立科学的管理制度和生产秩序，激发广大职工的主人公精神和工作热情，工厂的面貌就会迅速改变，生产和经济就会蒸蒸日上。尽管作家设计的"改革"方略带有"乌托邦"色彩，乔光朴的形象塑造上也存在着"英雄崇拜"的倾向，但作品确实表现了一种强烈的时代精神和民心所向，拉开了"改革文学"的大幕，并深刻地影响着当下中国的改革开放进程。一年之后，蒋子龙又发表了《乔厂长后传》。但此时的乔光朴，"过五关斩六将"已是历史，他陷入了"夜走麦城"的困境。他在政治上、人事上、外交上、经济上无不遇到重重阻力和困难。这些描写进一步揭橥了中国工业领域的改革，绝不仅仅是管理层面的改革,更是一场包括政治、人事、文化等方面的全方位改革,改革的道路漫长而曲折。

宏观把握、微观解剖,发现工厂和工业领域的种种问题和"病症",是蒋子龙小说突出的现实意义和思想价值。《基础》通过描写锻工车间老主任所遇到的生产涣散、工人离心等种种现象,实际上提出了工厂的所有制问题。《人事厂长》则讲述了某机床厂在由革委会向党委、厂委转变的过程中,分管生产的副厂长与党委书记的矛盾冲突。揭示了以党代政的组织体制的种种问题与弊病。《父子之争》以小见大,写得生动有趣。儿子马杰代表的是国营轴承厂的立场,父亲马开宝代表的是乡镇轴承厂的利益,在一系列的矛盾、合作、竞争中,充分显示了国营工厂的问题、乡镇企业的生机。写的是市场竞争中企业的生存命运。这些问题无不关系着工厂的生死存亡。

在创作中关注工厂的人际关系,透视工人的精神状态,是蒋子龙对工业题材小说的重要突破和超越。过去的工业题材小说,往往见"物"不见"人",重"生产"轻"精神",因此枯燥乏味。蒋子龙把他的笔触深入纵横交错的人际关系中,深入工人幽深细微的精神世界里,从而把握住了社会底层的精神脉动和走向。譬如《血往心里流》揭示的是"文革"时期,原本纯朴的人际关系变得紧张而虚伪,工人的精神和心理变得颓废而阴暗。这种变化,比生产、经济上的损失更加可怕。譬如《招风耳,招风耳!》描写的是"文革"之后,工人们信仰的丧失、精神的迷惘、思想的混乱。"文革"不仅是整个国家民族的"浩劫",也是每个人精神心灵上的"浩劫"。凝聚人心、振奋精神,同样是"改革"大业的重要任务。

蒋子龙的"改革小说"集中写于20世纪80年代前后,之后他依然有不少短篇小说问世,但"改革"主题、工业题材逐渐淡化。事实上,工业领域的改革,80年代中期之后变得更加复杂而艰难,从计划经济向市场经济过渡是工业改革的主旋律。蒋子龙已不熟悉这样的现实生活,因此只能选择"告别"。这是让人遗憾的。

塑造各种各样的"工业人物"

"十七年"时期乃至"文革"时期,工业题材小说中的人物形象大抵是概念化、模式化的,他们有共性而无个性,有公共生活而无个人空间,因此性格鲜明、让人记住的人物形象寥寥无几。蒋子龙对工业题材小说的杰出贡献,就在于写出了生龙活虎、各种各样的人物形象乃至典型。他在塑造人物上有高度的自觉,说:"盯住人,写出人物,写出典型化的人物。人物性格的光彩自然会照亮那些所谓枯燥的东西。工人作者对工厂、生产、技术等等感兴趣是理所当然的。但不要让笔尖陷到生产过程的泥潭里拔不出来,不要让方案之争、线路之争、上马下马之争等生产过程牵着人物的鼻子走。作家的责任是写出搞工业的人,通过人物反映工业战线的矛盾、困难和希望。"①

蒋子龙打破了过去工业题材小说只能以普通工人为主要形象的教条,勇敢地拓展了工人形象的种类,凡从事工业事业的人都纳入他的人物画廊。他的笔下有三大人物系列:工业领导者、科技人员、普通工人,其中塑造得最成功的是工业领导者形象。蒋子龙把他的人物统称为"工业人物"。

工业领导者是工厂、企业的核心,他们决定着一个单位乃至众多工人的命运。蒋子龙的工业领导者形象又有开拓者、蜕变者、中间者几种类型。评论家称蒋子龙塑造了一个"开拓者家族"系列,这个系列包括朱石、霍大道、乔光朴、石敢、应丰等人物。《进攻的性格》中的朱石,是作家塑造得最早的一位"开拓者"形象。这位老军人、老厂长,虽然年过半百,大病刚愈,但一接到去橡胶公司担任党委书记的命令,就即刻走马上任,深入工厂、刹住歪风、抵制腐败,保持了一种"冲锋不止"、勇于进攻的英雄性格。《机电局长的一天》里的霍大道、《乔厂长上任记》中的乔光朴,都有一种不畏风险、锐意改革的英雄品格。但正如评论家刘思谦所指出的:"'开拓者'共同的秉性在他们身上体现为各自独特的个性:霍大道严峻火暴、乔光卜勇猛耿直……而且,由于各自所处的时代和环境不同,他们的行为方式也不相同。霍大道疾恶如仇,眼睛里揉不进一粒沙子,然而要应付复杂的形势,他的思想还显得简单。乔光朴在整顿一个管理混乱、生产濒临瘫痪的厂子时,表现出雷厉风行的气魄与才干,但是他懂经济懂工业却不懂社会关系学,有时把理想当作现实,悍勇有余而智谋不足。"②《乔厂长上任记》中的另一位重要人物石敢,也是一位"开拓者"。这个身材瘦小、行动迟缓、口齿不清、面容苍老的原重机厂党委书记,经历"文革"的摧残,早已看透世事、心灰意冷,但在乔光朴的说服、激将下,终于再度出山。他冷静沉着、足智多谋、拾遗补缺,为乔光朴的改革保驾护航,是一个"智多星"式的老干部形象。《狼酒》

① 蒋子龙:《为"创业者"讴歌》,《蒋子龙文集》第八卷,华艺出版社1996年版,第133页。
② 刘思谦:《蒋子龙的小说创作》,《当代作家评论》1984年第3期。

里分管工业的副部长应丰，是蒋子龙小说中的高层干部形象。这位工人出身、谙熟工厂的副部长，正直严厉、不会权术、坚持原则。但在新的历史时期，面对庸俗的世态人情、虚伪的官场游戏，他深切感受到了一种孤独、落伍以及愤懑。他奋力冲破世俗、官场的围困，决心走进工厂和工人中间去。这位副部长要改革的不是工厂的管理体制，而是官场的游戏规则，也许这后一种改革更加困难。

在蒋子龙笔下，领导层中的蜕变者形象有《机电局长的一天》里的徐进亭、《乔厂长上任记》中的冀申等。机电局副局长徐进亭是一个革命事业中的退坡者，他自恃有功，觉得看破了世事，思想僵化衰退，工作敷衍了事，小病大养、养尊处优，完全丧失了激情与理想，成为改革大潮中的绊脚石。在现实生活中，经过十年"文革"，不少资深老干部变得保守而消沉，徐进亭的形象具有一定代表性。电机厂副厂长冀申则比徐进亭走得更远。他在社交上广结人脉，善于媚上；他在政治上保守僵化，用搞运动的思维指挥生产；他在思想上反对改革，给乔光朴的变革制造了种种障碍。这是一个极"左"思想熏陶出来的政客式形象，是一个抵制改革的危险人物，是新时期初期的负面典型。

在蒋子龙的小说中，领导层中的中间人物也写得活灵活现、入木三分。《一个工厂秘书的日记》里的化工厂新任厂长金凤池，是计划经济体制和传统文化培养出来的一个怪胎式官员。他不懂技术，也不善管理，却深谙中国式的社会关系学，在激烈的厂长角逐中竟意外胜出。他利用关系和权利，笼络了普通工人、中层干部乃至副厂长，把"权术"玩得不露痕迹。但他的"滑头"和热心，常常是为了工厂和工人，他内心里看不起自己，良心依然清醒。《拜年》里的胡万通与金凤池是同一类型的人物。他只是一个调度室的副主任，显得更愚钝、窝囊，却凭着他的善良诚恳，助人为乐，到处给人拜年、打扫厂区大道，获得了工人、领导的好感，最终升任副厂长。前者是一个滑头人物，后者是一个好好先生，他们在工厂、机关乃至整个社会如鱼得水，具有很强的典型意义。

科技人员的形象是蒋子龙小说人物中的一个重要系列。《乔厂长上任记》中的副总工程师童贞，不仅长得秀丽高雅，而且技术过硬、工作严谨，同时对自己所爱的男人忠贞不渝、柔情似水，是一个集知识女性和传统淑女为一体的科技人员形象。《拜年》里的总调度室主任冷占国，是一个颇有个性的科技人员形象。他精通业务、调度有方、要求严厉、铁面无私。他不懂人情世故，讨厌八面玲珑。领导和工人既敬他、服他，但又嫉他、恨他。他是现代工业文化塑造出来的优秀管理者，但在中国的人情社会却茕茕孑立、备受冷落。

普通工人是工业题材小说着力描写的主要形象，蒋子龙也刻画了众多的普通工人，但在作家的"棋局"中，普通工人只是配角，是一个群体，因此重视不够、着墨不多，鲜有那种有个性、有分量的人物形象。这无疑是蒋子龙小说创作中的一个缺憾。但在他的短篇小说中，也能看到一些生动鲜活的普通工人形象。譬如《晚年》中那位真正以厂为家、退休之后依然向往入党的老工人张玉田；《三十年后……》里那位贫穷而自尊、在日本人面前坚守民族气节的装卸工戴长天。譬如《十字路口》中那个善良纯朴、颇有主意的年轻女工文招香；《祝你们幸福》里那个聪明快乐、有文有武的现代青年工人徐中烈。从这些老一代的、新一代的普通工人身上，读者依然可以领略到工人们那丰富多彩的思想性格，感受到蒋子龙在塑造人物上新颖独特的表现方法。

创造雄浑奇崛的审美风格

蒋子龙在走上创作道路的 20 世纪 70 年代中期，就显示了不同凡响的审美风格。他说："我创作的风格和特点（假如说我算勉强称得上有风格的话），深深地受了现代化大企业雄浑气势的影响。高尔基说：'必须更接近生活，直接利用生活的提示、形象、画面，利用生活的颤动，它的血和肉。'长期埋在生活里，生活不仅会改变创作风格，还可以改变作家本人。因为生活本身有一股不可遏制的巨大推动力，能够扭转作家的创作思想，影响作家的感情、艺术观和审美观。生活教会了我尽量捕捉和自己气质相近的题材。"[1] 燕赵之地慷慨悲歌的文化遗风、军营生活威武刚猛的环境氛围和现代工业磅礴宏大的生产气势的熏染，造就了蒋子龙小说雄浑奇崛的审美风格。他的这种艺术风格，充分表现在小说的文体形态、结构样式以及叙事语言上。

蒋子龙不仅追求小说文体形态的浑然一体，同时追求结构样式上的不拘一格、变化多端，既不重复自己，更不重复他人。他的短篇小说规模，长的二三万字，接近中篇小说；短的一两千字，近乎微型小说；不长不短的，七八千字，是标准的短篇小说。读他的小说，如入太行山中，浩浩茫茫，气象万千。但同时作品质量参差不齐，有的堪称力作精品，有的则是急就章和半成品的不均衡现象。他在小说结构样式上可谓别出心裁，呈现

---

① 蒋子龙：《跟上生活前进的脚步》，《蒋子龙文集》第八卷，华艺出版社 1996 年版，第 168 页。

出一种变幻无穷、奇崛峭拔的创作特征。

　　小说的叙事语言是一个作家艺术个性最直接的标志。蒋子龙有着高度的语言自觉,他说:"每个作家对语言都是刻意追求,各有特色。这大概很难规定一个什么统一标准。就我自己的体会、我自己正在追求的,有这么几点:第一,生活化。生活化,就是有地方色彩。我追求的是北方的工业城市的语言,有天津味儿、北京味儿,也有石家庄味儿,甚至也有东北味儿,总之是长江以北的工业城市。第二,我追求语言有一种深沉的思想力量。第三,语言的幽默感。第四,语言的机智性。当然,这是我所追求的,要达到,还需要爬高。"① 在长期的创作实践中,蒋子龙基本达到了他所追求的语言目标。他的小说语言鲜活、深沉、机智、刚健、大气,给人一种深刻的震撼和向上的力量,但也存在着粗糙、直露、芜杂的缺点。但瑕不掩瑜,蒋子龙在小说语言上的追求和创造,给工业题材小说注入了活力和生机,推动这一题材的创作进入一个生机盎然的新时代,这是值得充分肯定的。

---

① 蒋子龙:《写出活生生的人物来》,《蒋子龙文集》第八卷,华艺出版社1996年版,第575页。

第五章　多元化文学时期(1989—2009)

第一节　概论:消沉中的坚守与新变(1989—2004)

困境中的演变

中国现当代文学史上曾经几度勃兴、备受青睐的短篇小说,在多元、宽松的 20 世纪 90 年代之后,却愈来愈"失宠""衰退"了,引起了读者和文坛的广泛关注、批评。其实,抛开偏激的成见,细读 1989 年以后的短篇小说,就会发现:在短篇小说看似水波不兴的疆域里,依然有着众多的优秀作家和作品。短篇小说作为一种文体,比过去任何时候都要成熟,它的内部和深层正在进行着"静悄悄的革命"。

无论是社会大环境,还是文化中环境,抑或文学小环境,都给短篇小说的生存和发展造成了诸多困难。从社会环境看,20 世纪 90 年代之后市场经济的全面展开,2001 年随着"入世"加速了中国经济在全球的"一体化"步伐,经济基础的剧烈转型引发了包括政治、文化、道德以及人们日常生活的一系列变化。短篇小说相对而言是一种简单、明快、狭小的文体,这种文体特征同复杂多变的现实生活发生了深刻的矛盾和错位。过去的数十年,它一直是凭借意识形态的支撑,解读与跟踪时代的,但在市场经济社会中,思想"靠山"已经丧失。从文化环境看,90 年代"大一统"的文化格局"三分天下",形成了意识形态文化、精英知识分子文化和大众通俗文化多元共存的态势。特别是大众通俗文化,依凭市场经济、商业运作的力量,在影视、出版、传媒、网络等领域,大显身手,制造了一个"快餐文化"的"神话"时代,吸引和分流了大批的读者群,同时也造就了一个广大的低层次的读者层。而这个读者层是不喜欢以"深刻""经典"为目标的短篇小说的。过去,从上到下的文学期刊、特别是文学月刊,大抵是以发表短篇小说为主的。90 年代之后,这些文学刊物为了适应读者的趣味和需要，改弦易辙，有的改成了纯粹的通俗刊物，有的加大了长篇小说、中篇小说乃至散文、杂文的分量，短篇小说的地盘一缩再缩。经济效益更成为戕害短篇小说的一柄利器，长篇、中篇小说创作之后的后续效益，吸引和分流了大批的优秀作家。构思和创作一篇精粹的短篇小说，需要很大的耐心和精力，而稿费却寥寥无几。短篇小说的阅读市场在萎缩，作家群也在流失。短篇小说的文学环境也不容乐观。20 世纪 90 年代之后几乎成了一个长篇小说的时代，随着长篇小说的"速成"写作，及时反映生活现实、敏锐揭示社会问题，这些本来是短篇小说的优势，也被长篇小说占有。中篇小说也不甘示弱，它在长篇和短篇之间找到了一个适当的位置，既自由、便捷地表现了现实生活，又体现了作家在创作中对"严"和"深"的艺术追求，成为一些初出道的青年作家和成熟的中年作家的首选文体。因此多年来中篇创作十分活跃，实绩丰硕，抢占了文学刊物的绝大部分版面。小小说或叫微型小说创作也风头很健，它把"讲故事"的手段运用到了极致，又把短篇小说结尾"抖包袱"的技巧悉数拿来，成为颇受大众读者欢迎的文体样式。小说家族内部的"相争"和"相残"，使短篇小说的优势和"绝招"相继丢失。

　　1984 年，黄子平曾经乐观地评述当代短篇小说："实际上，对社会现实敏感的艺术体裁，对自身的发展衍变也敏感。短篇小说在中国现、当代文学史上多次成为思想—艺术突破的尖兵。它在现实敏感性方面堪与新诗匹敌，在现实生活中却取得比新诗较大的成就。艺术体裁的发展有其相对的独立性，但社会生活的变化总要经由种种中介而曲折地投射在这种发展之中。"① 其实短篇小说并没有一蹶不振，只能说它面对激烈的社会变动、面对生存困境，一时还没有完全适应，还难以释放出它的魅力和潜力来。事实上，从 20 世纪 80 年代末到 21 世纪初期，作为一种"敏感"的小说文体，它始终在坚守着自己的本性和品格，谛听着时代的脚步声，吸纳着前沿的文化思想，作着艰难的探索和实践，推出了一大批力作和精品。正如李敬泽所说："一种处于'边缘'地位的体裁同时也具有更大的自由，也可以更活跃地探索和创新。"② 在"门庭冷落"、没有喧嚣的"边缘地带"，短篇小说反倒显得气定神闲，一年一年成熟起来。短篇小说进入一个"消沉期"，也进入一个"演变期"和"成熟期"。

　　在中国当代文学的分期上，有的学者把 20 世纪 90 年代之后划分成又

① 黄子平：《论中国当代短篇小说的艺术发展》，《文学评论》1984 年第 5 期。
② 李敬泽：《关于短篇小说奖的二十条笔记》，《小说选刊》1998 年第 3 期。

一个新的文学时期，"把'新时期文学'看作一种社会政治形态的文学，而90年代文学则是'商业社会'的写作形态"①。也有一些学者明确地把"1989年"看作一个新的文学时期的分界。② 1989年之后，随着政治事件给中国社会带来的深刻而微妙的变化，随着市场经济的向前推进，文学的内容、主题、形式、风貌以及读者与文学的关系，都开始转变，呈现出一种多元而无序的状态。在短篇小说领域，则是另一番景象。

1989年年初王蒙的短篇小说《坚硬的稀粥》发表，它以独异的题材、丰富的思想以及机智的反讽手法，立刻引起了人们的关注，并继而在1991—1992年引发了一场硝烟弥漫的大论争。这是敏感的文学对社会转型的一种映射和预兆，是沉默的短篇小说的一次爆发，是包括短篇小说在内的整个文学的一个新的时段的开始。随后，不甘寂寞的文坛，"新写实""新体验""新状态""新历史""新都市"以及"后先锋""后现代"乃至"断裂一代"小说等轮番上演，争夺市场的认同和读者的好感。而短篇小说却退居一隅，不与争锋，它受当时如火如荼的"人文精神大讨论"的深刻影响，把关注点从政治社会层面更多地转移到文化精神层面，开始了寂寞的探索。1990年，《通腿儿》（赵德发）把短篇小说的艺术视野投向广大的民间社会和民间文化。1991年，《冷也好热也好活着就好》（池莉）以"写实"手法揭橥了普通市民的生存状态和人生哲学。1992年，《孕妇与牛》（铁凝）展示了一个农村少妇既狭窄又深广的精神文化世界。短篇小说的新阶段徐徐展开。从如上的短篇佳作不难看出，作者坚守的依然是精英知识分子的思想立场，但他们不再热衷于提出尖锐的、重大的社会问题，而是把目光透射到社会人生的深处，努力揭示出一种历史、文化、人性的内涵来。他们也不再过激地去"启蒙"和"批判"，而对现实存在采取了更为理性和宽容的态度。短篇小说真正走向了多元化。反映社会现实类小说依然是一个重要方面，代表性作品有：《问天》（乔典运）、《天仙配》（王安忆）、《选个姓金的进村委》（赵德发）、《镇长之死》（陈世旭）等。民间文化类小说异军突起，如《制造声音》（贾平凹）、《小哥儿》（林希）、《棋殇》（聂鑫森）、《上边》（王祥夫）等。直接探索人的精神情感的小说成为一道抢眼的风景，典型的如《厨房》（徐坤）、《雨把烟打湿了》（须一瓜）、《亲

① 洪子诚：《中国当代文学史》，北京大学出版社1999年版，第387页。
② 如董健等主编的《中国当代文学史新稿》（人民文学出版社2005年版），吴秀明主编的《中国当代文学史写真》（浙江大学出版社2002年版）都不约而同地标明"1989—2000年间的文学"。

亲土豆》(迟子建)、《哺乳期的女人》(毕飞宇)……对短篇小说表现形式的探索也在同时进行，譬如在文体的扩展、人物的塑造、结构的经营、叙事的方式等方面，都做了广泛、扎实的创造性实践。可以说，1989年之后的短篇小说，在艺术形式和技巧上，是超过了新时期文学的。

20世纪90年代的短篇小说偏居一隅，水波不兴。但文学永远是生生不息的，此时又涌现了一批正值青春期的60年代作家，评论界称其为"晚生代"。这批作家正赶上文学的衰退和市场社会的兴起，他们在生存和创作上遇到了前所未有的诸多难题。但他们潜心创作、执着探索、大胆反叛，闯出了一条独具个性的创作路子。代表性的作家有韩东、朱文、鲁羊以及张旻、述平、何顿、邱华栋等。到1998年，这些"晚生代"作家引发了一场"'断裂'问卷"风波，轰动文坛，褒贬不一，但也彰显了他们的形象和个性。而这些作家大多以小说创作为主，在短篇小说上成果丰硕。

"晚生代"作家的领衔人物是韩东、朱文、鲁羊，他们都出生在20世纪60年代前半期，又共聚南京，喜欢诗歌并以诗歌出道，倾心西方现代派作家博尔赫斯、昆德拉、卡尔维诺、卡佛等。韩东1985年与诗歌同人成立"他们文学社"，并主编过《他们》诗刊，因此有评论家把这一群落称为"他们"作家；后朱文和韩东掀起"'断裂'问卷"风波，故又有评论家把这批作家称为"断裂一代"作家。他们的短篇小说创作在思想内容上有其鲜明特点。首先是对现实与历史的解构。韩东《亡命天涯路》写高校教师"我"因学校环境和人事的压抑，在梦中成为亡命之徒；朱文《五毛钱的旅程》写青年工人小丁家庭和工厂的不顺心乃至上班途中的艰难，都尖锐地揭示了现代人在现存体制内的被迫害和恶劣的生存环境中的无奈。而韩东的《母狗》解构了关于知青的主流叙事，表现了知青的无知软弱和乡村权力的野蛮强大；朱文的《仲家传说》消解了一个家族的奋斗历史，得出了"平安"才是人生大道的结论。这显然是对历史的另一种审视和发现。其次是对小人物庸常生活的深入揭示。朱文《傍晚光线下的一百二十个人物》描绘傍晚一群普通市民的日常生活，鲁羊《九楼对菱花》叙述一位职校年轻女教师在老式家属楼中的种种艰难生活，韩东《西安故事》刻画多年前老荒、何飞、"我"三位结拜弟兄在高校教书时的青春岁月，这些看似最日常、最琐碎、最世俗的生活，却深切地表现出生活的艰难沉重，人性的种种可憎可怜。其中的人物大抵是一些底层的、边缘的、不合群的人物，是真正"小写的人"。最后是对传统的爱情、婚姻乃至性的颠覆。在这个敏感而复杂的题材领域，充分表现出这些作家的大胆、叛逆和偏激。朱文最具争议的是中篇小说《我爱美元》，描述儿子"我"与父亲讨论性问题，甚至带父亲去找舞女，最后找到自己的情妇和父亲睡觉。表达了作家对传统道德秩序的颠覆，对伪君子式的父辈的真实人性的揭示。小说受到了广泛的质疑和批评。他的短篇小说《段丽在古城南京》则刻画了一位浪漫、放荡的年轻女性，她为了钱可以跟富人同居，为了艺术可以跟任何一位艺术家上床，甚至主动要求多位男人轮奸她。这是一个没有爱情、婚姻、家庭意识的女人，性变成了一种随意的乐趣、一种可利用的工具。韩东同样在多篇小说中写了性，《烟火》写了朋友之间转让女人，写的是友情与性的关系，"朋友妻不可欺"的传统道德被打破。《利用》写的是一个男人与两个女人的纠葛，爱与性在这里完全是分离的，都成为被利用的东西。应当承认这些作家对婚爱的揭示是尖锐、深刻的，但同时也是偏激、失误的。这些作家吸纳西方现代派作家的思想艺术观念，用他们的眼光审视社会人生，开辟出一条新异的小说路径。这些作家运用诗歌、散文的表现方法，变革小说的传统套路，创作了一种简约而精致、深邃而超拔的短篇小说文体。但这些作家所奉行的是一种小叙事、小众化的创作，21世纪之后逐渐走向衰微。

1998年夏天，小有名气的朱文向全国作家发出一份题为"断裂"的调查问卷，发出73份，收回55份，参与者包括一大批作家、诗人、学者。《北京文学》同年第10期郑重推出朱文《断裂：一份问卷和五十六份答卷》、韩东《备忘：有关"断裂"行为的问题回答》。问卷共设13个问题，诸如现行文学体制、当下文学创作和评论、鲁迅以及当代著名作家、重要文化和文学刊物等。而众多答案对这些问题都是否定性的。这一行为引起了文坛的巨大震动，引来了大量的指责和批评。其实，"'断裂'问卷"折射的正是"晚生代"作家的困惑和反叛，它只是一次聪明的自我炒作，他们不可能与传统和秩序彻底"断裂"，它预示了世俗化、个性化写作的开始，预示了中国文学转型时代的到来。

短篇小说没有得到社会和读者的"偏爱"，但有关的文学活动依旧在进行。中国作家协会举办的鲁迅文学奖从1995年起评，若干类奖项中短篇小说奖是其中的重要奖项；《小说月报》举办的"百花奖"1984年设立，每两年评选一次，坚持不懈。前者的评奖代表了文学圈内的评论家——知识分子的艺术标准，后者的评奖体现了广大读者的审美取向。这两种全国性的权威短篇评奖，显示了1989年之后短篇小说的创作态势和高度，也凝聚和激发了短篇小说作家们的创作。

短篇小说作家群在流失、萎缩，但留下来坚守阵地的作家方阵，更纯粹和精悍了。20世纪90年代之后，汪曾祺、孙犁先后谢世，林斤澜的短篇创作基本中断，三位短篇小说大家的退场，失去了这一文体上的艺术标尺，对短篇小说创作的影响是深远的。后继者王蒙、冯骥才、陈世旭、赵本夫、林希（他的中短篇小说创作起步较迟）等，成为压阵的一代。20世纪 50 年代前后出生的贾平凹、王安忆、铁凝、莫言、刘庆邦、裘山山、毕淑敏、聂鑫森、王祥夫、阿成、赵德发等成为短篇小说创作的中坚，支撑着短篇小说的江山。60 年代出生的作家大多热衷于中长篇小说和影视剧创作，坚守短篇小说创作的实力作家有迟子建、苏童、徐坤、毕飞宇、红柯以及韩东、朱文、鲁羊等。而 70 年代、80 年代作家痴迷短篇创作的，似乎越来越少，短篇小说创作显得后继乏人。

失去的与获得的

短篇小说的概念，是一个众说纷纭、不断发展的概念。但长期以来，始终是站在传统现实主义的角度，来理解短篇小说的特征，评价短篇小说创作的。茅盾在 1958 年就说："短篇小说主要是抓住一个富有典型意义的生活片段来说明一个问题或表现比它本身广阔得多、也复杂得多的社会现象。"① 这一简练的概括影响深远，后来虽有许多种说法，但都绕不开"说明问题""表现社会"这一经典表述。

新时期文学中那些轰动一时的短篇小说，如《伤痕》《班主任》《乔厂长上任记》《三千万》《乡场上》《内当家》《拜年》《围墙》等，哪一篇不是提出了一个敏锐的社会问题，表现了当下的社会变革，传达了民众的愿望？它们出色地体现了现实主义作家所理解和追寻的短篇小说的基本特征。但这些作品是凭借政治意识形态才产生轰动效应的，其社会意义大于审美价值。因此，当 1989 年之后的短篇小说逐渐走向多元，去探讨一些形而上学的问题时，尖锐的批评就接踵而来。1991 年有论者说："现实主义文学是我国现当代文学的主流和传统，它的核心精神是直面现实，直面人生，直面灵魂，但近年来却有某种弱化趋势。"② 1997 年又有两位评论家批评说："今天的短篇自觉不自觉地放弃了'短、平、快'地迅速反映当下社会和时代情绪以及人民心声的'文学轻骑兵'的体裁优势，有的成了纯粹的私人写作，有的则变成了纯粹的技巧实验。"③ 这些批评自然没有错，但他们手中的尺子是"茅盾式"的，其实多元化时期的短篇

---

① 茅盾：《试谈短篇小说》，《论短篇小说创作》，人民文学出版社 1979 年版，第 64 页。
② 雷达：《小说的沉潜、断层与积累》，《小说月报》1991 年第 1 期。
③ 萧复兴、朱向前：《短篇小说的困境和出路》，《小说选刊》1997 年第 11 期。

小说很难用这把尺子去度量了。

在多元化的短篇小说格局中，社会现实类小说还是占有较大的比重。作家在现实生活中看到一些感受强烈的现象和事件，但他们已不满足于从政治和社会层面提出问题了，或者说由于作家位置的"边缘化"使他们失去了提出问题、启蒙民众的激情，这时他们就回转身来，孑然地向生活深处走去，去寻觅更内在更深层的东西。王蒙短篇小说的路子很宽，但他说到底还是一个社会型的作家。他的《坚硬的稀粥》通过一个家庭内部围绕早餐改革引起的种种涟漪，曲折地反映了他对社会现状的困惑和对中国艰难变革的忧思。其中蕴含着对当时全盘西化思潮的批判，对民族传统以及生活方式的留恋，对几代人之间思想文化观念难以沟通的焦虑……一个短篇能够容纳如此丰富的社会人生内涵，令人难以想象。乔典运关注农村政权的选举问题，《问天》写的是一个老农民第一次面对民主选村长这样一个重大事件，他的心理和行动。这本来是一个政治色彩很重的题材，可以提出一系列的社会问题，但作者巧妙地绕开了这些社会学层面的问题，把笔触深入这位老农民的内心世界，细微地表现了他知恩必报、中庸之道、奴性意识等传统文化心理，使读者看到了一个农民面对民主时的全部心理图景。

20世纪80年代的现实主义短篇小说，在描写人物时更多关注的是人的思想、道德、理想、责任这些社会层面上的东西。这自然是对的，人的社会性是主体的重要属性，但也常常遮蔽了人的自然性的一面，使人物形象往往显得空洞而虚假。1989年之后的短篇小说，在不偏废人的社会性格的同时，开始了对人物的精神、情感世界的开掘，使人物形象显得真实、丰满了许多。这是短篇小说的一个进步。王安忆的短篇小说既写乡村，也写城市，在作品中灌注着深切的人生体验和丰富的理性思索，但她的乡村题材小说写得更本色、淳厚、动情一些。《天仙配》是作者的一篇艺术精品，作者把一桩荒唐而又感人的"阴婚"，放置在广阔社会和历史沧桑的长卷中去展示。小说意在表现身为老革命的老樊，不顾村里的风俗和村民的感情，决然地带走了他昔日恋人的遗骨，其间蕴含着民众与上层之间的关系这样一个社会主题。但作者却没有黏滞在这个社会主题上做文章，而是精雕细刻地表现了主客双方的人情与人性。夏家窑的村长和村民，是把那位中弹受伤爬到村里的"小女兵"当作自己的女儿看待的，隆重安葬，年年祭奠，又配了阴亲，充满了浓浓的乡情和人情。而老樊数十年过去，不忘旧情，苦苦寻觅，要把遗骨带回省城自己的身边，同样是一种出自内在的心灵和人情人性。正是在这两种真实的情感对比和碰撞中,使读者更感受到那个社会主题的深广与强烈。陈世旭的《镇长之死》,写的是一个靠造反起家,专横跋扈,推行极"左"路线的反面镇长形象。但当历史的尘埃落定,人们站在他的荒草萋萋的孤坟前,却不禁想到了他对婶娘的暗中照顾,想到了他冒险救助女知青播音员,想到了他垮台后的劳动改造和因公而死……一个被时代扭曲但依然保留着人情人性的独特形象,重新站立在人们面前。

还有两篇值得注目的小说,赵本夫的《天下无贼》和《鞋匠与市长》。前者写懵懂无知携带巨款回家的傻民工,因他的巨款展开的警、匪、罪犯之间扣人心弦的斗争,社会意义隐藏其间,但作者却用了侦探推理小说的写法,有很强的可读性。后者写一位孤老头鞋匠与一位不慎腐败而身陷牢狱的年轻市长的故事,其中暗喻了严肃的社会主题,全篇的传奇色彩和人生的神秘感,强化了小说的艺术吸引力。赵本夫在社会现实小说的趣味性、可读性方面作出了可贵的尝试。

20世纪80年代末期,米兰·昆德拉的小说以及他的创作理论引进国内,引起了众多作家的兴趣和研究。他说:"小说不研究现实,而是研究存在。存在并不是已经发生的,存在是人的可能的场所,是一切人可以成为的,一切人所能够的。小说家发现人们这种或那种可能,画出'存在的图'。"[1] "小说家既不是历史学家,也不是预言家,他是存在的勘探者。"[2] 但中国的短篇小说作家,并没有全面接受米兰·昆德拉的理论,而是选择了拿来主义、与我融合的路子。他们在"提出问题""表现社会"与"关注深层""揭示存在"之间,采取了兼收并蓄的方式。如上所述的作品,不论是揭示国民性,还是探究人的文化心理,抑或表现人的人情人性,都是在"努力揭开存在的不为人知的一面",都是在向社会人生的内在脉络和精神走向一步步逼近。这种暗度陈仓式的"向内转",失去了短篇小说直面社会的强度和力度,因此使人们觉得短篇小说疲软了、衰落了。但这种"向内转"也促使小说变得有了厚度和广度,实现了小说文体的自觉。

掘一口深井

洪子诚在论述多元化时期的文学创作时说:"八九十年代之交的社会

---

① [捷]米兰·昆德拉:《小说的艺术》,孟湄译,生活·读书·新知三联书店1992年版,第42页。

② 同上书,第43页。

和文化'转型'，知识分子位置和功能的变化，商业社会中的消费取向，使得一部分作家更急迫地关注生存的精神性问题。这些作家在80年代就已经确立自己的艺术个性和文学地位，大多有'知青'生活的背景。他们90年代的创作不同程度地表现了关注精神问题和现实批判的主题。……这些作品往往保持一种'精英'立场，在剥离80年代理想主义精神的政治含义的同时，试图寻求反抗商业社会的实用主义和功利主义的精神资源。因而，在这些作品中，人的生存意义与价值等'形而上'主题得到强化，生存哲理、宗教、历史传统以及'民间'文化等成为所追寻、挖掘的精神资源的主要构成。"① 论者所述的是20世纪90年代以后所有文学体裁的变化，但它似乎更契合短篇小说的发展趋向。

1989年之后的短篇小说，逐渐转向了对人的"生存的精神性问题"的"勘探"，这无疑给短篇小说的写作增加了难度。有限的文体空间与无限的思想内涵本身就是一对矛盾。怎样处理这种矛盾？用打深层井的办法。精心选择井位，利用最先进的工具和方法，在咫尺之间一层一层地开掘下去，把所有地层和方位的水源都打出来。正如林斤澜说的："小说就是要说小，好的小说是从小里见大。小口子井，井底的地下水泉却深得不知深浅。"② 恪守短篇小说严格的空间限制，扩展它的思想内容含量，使精悍的文体释放出最大的爆发力。正是作家们这一掘深层井的办法，强化了短篇小说的本质特征，丰富了短篇小说的思想含金量，凸显了短篇小说在现代社会的反思、批判和抵抗作用。

在多样化的短篇小说态势中，除社会现实类小说之外，其他类型的小说也迅速地成长起来。

民间文化小说。这类小说直接延续了"寻根小说"的血脉，在1989年之后变得更加自觉和成熟了。林希大器晚成，20世纪90年代才涉笔小说创作，他一上手就写熟悉的天津民国年间的社会动荡和民间生活，具有浓郁的地域民俗和地域文化特色。上至官宦商贾，下至平头百姓，乃至三教九流，他们在特定时代的生存状态和思想行为，都在他的笔下逼真而鲜活地展现出来。尤为可贵的是，他能站在现实的角度去观照历史事件和人物，打通古今，以史为鉴，揭示出一些具有警世意义的道理。譬如《小哥儿》中那位侯宝成少爷的人生教训，《沙袋子》里关于强者与弱者的辩证关系，《棒槌》中老实人人生命运的福祸相倚，等等。聂鑫森执着于发

---

① 洪子诚：《中国当代文学史》，北京大学出版社1999年版，第391页。
② 参见《林斤澜论小说创作》，《小说选刊》1988年第6期。

掘湖南湘潭古城的历史文化与民间传统，在他的《棋殇》中塑造了一个文化精魂——棋圣形象，儒、道、禅的中国文化造就了棋圣的精神境界和高超棋道，最终战胜了以势夺人、宁折不弯的日军少将旅团长的霸道棋艺。在他的《名角泡澡》里则描绘了古城民众，对戏剧名角的追捧、痴迷风尚。贾平凹的《制造声音》，情节简单，角度新颖，从表面看是在写农民与政府间的隔膜与矛盾，但从深层看却是在揭示农民的一种文化性格。杨二娃为什么因一棵树的年龄问题，状告 15 年，直到倾家荡产，妻儿双亡？就是因为他有一种"认死理"的民间性格，他要用自己的一切来证实一个"理"，换取一个"理"——那棵树栽于 1948 年，不姓"公"而姓"私"。当冤情终于澄清，他便静静地死去了，"朝闻道，夕死可矣"。这一形象是发人深省的。王祥夫的《上边》，论者多认为是写父母与儿子的亲情的，但围绕着这天伦亲情，作者展现的是农业文明的生活和情感方式在今天不可避免的衰落，民间社会在退出历史舞台前那温情、动人的一面。

生存哲理小说。小说是感性的、形象的，但优秀的小说往往是通向文化和哲理的，哲学的思辨逻辑和小说的理性探求，常常可以殊途同归。在这一点上，显示了 1989 年之后短篇小说所达到的思想高度。王蒙是一个热爱生活，不停思索的智者。他的《王蒙玄思小说》，以自己晚年的日常生活为题材，写他在听音乐、看乒乓球比赛、配眼镜、医院看病、郊外爬山等各种活动中的所见所思。反映了生活丰富了，但人变得茫然、麻木了的社会现象。而只有保持一颗童心，有自己的独立思想，才能真正认识生活，活出人生的趣味和意义。李锐在"厚土系列小说"之后转向长篇小说创作，2004 年又重返短篇小说，开辟出一个新的领域——"农具系列小说"。作者巧妙地用古老的农具如樵斧、锄、青石碾、连枷等作小说的道具和"纽结"，在极单纯的情节中容纳了丰富的社会人生内容，表现了作者对传统农业文明和现代文明的敏锐洞察，对各种各样的底层人物生存和心理的深邃思考。此外，梁晓声的《一只风筝的一生》关于美的诞生与毁灭，邓一光的《狼行成双》对狼性与人性的错位，温亚军的《驮水的日子》在人与牲畜的隔膜和沟通等种种哲理问题上，都作了深入的探索和纯熟的表现。

情感心理小说。置身在市场经济社会的人们，最严重的问题已逐渐不是物质生存问题，而是情感心理问题了。"精神疾病"已逐渐成为一种普遍现象。因此，揭示人们的心理病相，呼唤纯真美好的感情，就成为小说家们的一项重要使命。在小说中提出社会问题固然重要，而表现精神问题则是更迫切的，在表现这一现实主题上，短篇小说似乎比长篇小说更有优势。毕飞宇的短篇小说在表现人的情感心理方面，显得更加细腻、幽深。《哺乳期的女人》是对圣洁的母爱之情的一曲绝唱。《生活在天上》表现了乡下婆婆在现代生活中的巨大心理落差。高速推进的现代文明，不仅老派的人们难以适应，就是那些年轻的白领们，也产生了种种心理疾病。须一瓜的《雨把烟打湿了》中的蔡水清，由一个成功人士变为杀人狂，他的心理变态正是城市、机关、家庭对他长期压抑导致的一次总爆发。他杀死的不仅是那位无辜的出租车司机，更是被扭曲、异化了的自己。随着现代社会的发展，情感心理问题将会更加复杂、多样，短篇小说在这一领域的开拓，才刚刚开始。

历史钩沉小说。任何历史都是当代史。小说家对历史进行解读，可以发现一些被正史所遮蔽的深层的东西，譬如民情风俗、地域文化、人们的生活和心理，等等。值得关注的是阿成的历史短篇小说，如《赵一曼女士》《上帝之手》等。前者用历史档案——烈士遗书作依据，突出地表现了赵一曼作为母亲的内心情感，给这位传奇人物平添了一种人情人性之美。后者用散文化的笔法描述了 1935 年的沈阳，它的城市景观、宗教文化、传统美食等，在这一背景上描写了一位单纯善良的青年牧师走上抗日道路的偶然经历，让读者走进了逼真、鲜活的沈阳历史，领悟到了普通中国人走向抗日的心理轨迹。

熟透了的小说艺术

短篇小说发展到 21 世纪，已进入一个相当成熟的时期。经过一代一代作家的艰苦探索和实践，短篇小说无论在思想内容还是艺术表现上，都已是一颗熟透了的果实。在现代短篇小说的艺术演进中，中国古代文言短篇小说和白话短篇小说曾给它提供了具有民族风格和民族形式的艺术魂魄，而西方现实主义和现代主义短篇小说又给它注入了自由而开放的审美元素，源与流的汇聚终于铸成了熔民族传统和现代品格为一炉的中国短篇小说文体。

20 世纪 80 年代中后期，先锋派作家在短篇小说的艺术实验上虽然半途而废，但其影响是长久的。虽然后来没有作家标榜要"颠覆"和"革命"了，但务实的探索依然在进行，并化入了众多作家的艺术实践中。90 年代之后，西方的叙事学依然源源不断地引进中国，国内的学者纷纷著书立说，把外来的叙事学本土化，在中国叙事学、小说文体学方面作了卓有成效的开创。小说叙事学几乎囊括了小说理论的全部内容，同时又衍生出许多新的课题。新的理论思维和框架，更深入、细微的小说内在机制的解析，把中国的小说理论研究大大推进了一步。譬如申丹著、北京大学出版社 1998 年出版的《叙述学与小说文体学研究》，把西方叙述学与文体学融为一体，对小说艺术的结构形态、运作规律、表达方式以及审美特性，进行了深入的研究探讨，使中国的小说理论研究同世界接轨，达到了一个新的高度。2009 年，申丹的又一部叙事学专著《叙事、文体与潜文本——重读英美经典短篇小说》，由北京大学出版社出版，著者选择有代表性的经典短篇小说深入解读，论证了西方叙事学和文体学的基本特征和相互关系。譬如世界图书出版公司 2008 年出版的《小说鉴赏》（双语修订版），是美国大学的老教材，由美国著名批评家布鲁克斯、沃伦编著，全书精选世界著名作家 51 篇短篇小说，按照"意图与要素""情节""人物""主题""小说与人生经验"等分类，对作品文本进行了深入、细微、艺术的解读，对短篇小说进行了内在的、有机的、审美的"探秘"，成为文科大学生以及文学青年的一本文学"启蒙书"。尽管有些作家对小说叙事学如雾里看花，难以深入，但其部分思维、观念和方法，已经心领神会，并潜移默化地影响着他们的写作，推动着小说特别是短篇小说文体的演变。

短篇小说在艺术上的开拓和发展是多方面的，主要有如下四个方面。

结构艺术。杨义在《中国叙事学》中说："一个作家动笔写他的叙事作品的时候，他首先想到的是什么？如果他是胸有成竹的话，他首先想到的大概是他的作品写成之后的'模样'，他所要创造的审美世界的风光和体制。"① 这里所说的就是叙事作品的结构创造。只有最恰当的小说结构，才能充分地传达作家的思想和感情，才能构成独具作家个性的审美形式。在短篇小说的结构过程中，最要紧的是找到一个"切入口"，有了这个"口子"，才能提纲挈领，"排兵布阵"，把散乱的情节和细节组织成一个有机的生命体。一般来说，这个"口子"要小，要巧，要有凝聚力。如王蒙《枫叶》中那片象征青春与初恋的枯黄了的枫叶，林希《棒槌》里主人公的绰号"棒槌"，裘山山《一条毛毯的阅历》中的英国手织毛毯，铁凝《砸骨头》里农村男人比试的"砸骨头"风俗，李锐"农具系列小说"中的古老农具，等等，均是短篇小说的绝妙"切入口"。多元化时期的短篇小说在"切入口"的营造上，比新时期的短篇小说要讲究得多、高超得多，显示了作家在艺术结构上的自觉和成熟。关于短篇小说的结构

---

① 杨义：《中国叙事学》，人民出版社 1997 年版，第 34 页。

类型，20 世纪 90 年代之后并没有创造出新的类型。但作家们在长期的写作实践中，逐渐找到了自己在结构上的优势，创造性地运用了小说结构的规律，提高了短篇小说的审美品格。如陈世旭善于营构性格结构小说，使他的人物个性棱角分明；赵本夫擅长编织扑朔迷离的情节结构小说，增强了小说的感染力；史铁生专注于散文化结构小说，在散漫的抒情中创造了一种诗意美……

人物塑造。人物塑造是一个老而又老的文学课题，但又是一个常谈常新的话题。从新时期到多元化时期，吸纳了现代小说人物塑造的理论和手法，扩展了作家们的"人物观"，使小说中的人物多样和复杂起来，这自然是小说的进步。但正如吴义勤所说："传统小说讲究对于人物的工笔细描，肖像描写、行为描写和表情描写等都是传统小说塑造人物的重要手段。而与此迥然不同，现代小说对人物的塑造则更'写意'和抽象，对人物外在性格和形象的精雕细刻式的描写已变得次要和落伍。相反，对人物内在心理、意识和精神结构的探索开始占据重要地位。"① 在从传统型小说向现代型小说的转变中，以丢弃依然具有生命力的"典型化"为代价，换取了人物形象上的丰富性。短篇小说塑造人物，由于文体本身的规约，只能抓取人物身上的某个特征，"一榔头就砸出一个火花来"，让人物刹那间就站立起来。在现代小说"人物观"的启发和影响下，短篇小说中的人物发生了深刻而微妙的变化。短篇小说的人物越来越趋向理念化、抽象化。如谭文峰《仲夏的秋》里的农村少妇秋，选择传统生活还是选择所谓的现代生活，成为她内心最难决断的焦虑；如徐坤《厨房》中的商界明星枝子，渴望着重回家庭和厨房的努力，竟成为美丽的梦幻。在这些人物身上，饱含了鲜明的时代特征和作家的理性思索，使人物形象具有更强的普遍性甚至有了某种象征意味，但也因此削弱了人物的个性与鲜活。

叙事态度。关于小说的叙事态度，过去并没有引起作家们的足够重视。1989 年之后，随着社会生活的复杂多变，随着文化思想的多元化，作家对社会人生的思考、判断、情感、态度等，就变得模糊和复杂起来。他们努力站在知识分子的文化立场上观照现实生活，在困惑中选择着自己的"口吻"和"声音"。作家主体的这种内在冲突，透射在创作中，就形成了多种多样的叙事态度。浦安迪精辟地指出："我们翻开某一篇叙事作品时，常常会感觉到至少有两种不同的声音同时存在，一种是事件本身的

---

① 吴义勤：《极端的代价》，引自《新华文摘》2005 年第 4 期。

声音，另一种是讲述者的声音，也叫'叙述人的口吻'。叙述人的'口吻'有时比事件本身更为重要。"① 这里"叙述人的口吻"就是叙事态度。小说叙事学关于叙事态度的论述，促成了作家们对叙事态度的理性认识和自觉实践。大体说来，短篇小说中的叙事态度有三种类型。一种是同构叙事，即作家的思想感情与表现对象的内在特性处于和谐一致的状态，如迟子建、池莉、裘山山等的短篇小说。另一种是"零度"叙事，即作家把他的思想和态度隐藏起来，用一种冷静的、客观的笔调去状物写人，在作品中留下空白，让读者去感受和推想，一些较年轻的作家如韩东、朱文等多取这种叙事态度。还有一种是反讽叙事，作家正事反写、反事正写，亦庄亦谐、机智幽默，让人们体会作者复杂的思想感情，领悟社会人生的奥秘真谛。王蒙绝大部分短篇采用的就是这种叙事态度。短篇小说叙事态度的多样化，丰富了文体的内在含量，强化了它的审美趣味。

叙事语言。叙事语言的革新，是 1989 年之后短篇小说最重要的收获。传统现实主义小说总是把"叙述"与"描写"分割开来，认为描写是短篇小说更恰当的表现方式。在小说叙事学的启发下，作家们经过耐心的实验和磨炼，终于形成了独具特色的叙事语言。吸取叙述和描写各自的长处，叙述描写化、描写叙述化，把二者水乳交融，是许多作家喜欢运用的叙事方式。如史铁生的《第一人称》《老屋小记》等，均采用了"我"的叙事角度，作者的讲述就像从心灵和生命深处流淌出来的一样，很难分清叙述和描写的区别。红柯的《吹牛》《美丽奴羊》，展现的是如诗如画的草原风情，看似工笔细描，但作者分明是在叙述。努力发掘汉语言的表现力，在方块字的字里行间化入作者丰富的感觉、感情、想象和思想，是一些作家的高远追求，莫言、李锐在这条语言探险之旅上已走出很远。在现代小说语言中吸收白话和文言小说中的有益营养，激活古代语言的生机，形成一种古色古香的叙事风格和韵致，是另外一批作家孜孜以求的，贾平凹、冯骥才、林希、王祥夫等已进行了创造性的艺术实践。"叙述就是一切"。叙事方式的多方变革，使短篇小说呈现出一种新的面貌和风姿。

20 世纪 90 年代之后，兴盛十几年的短篇小说进入一个漫长的衰退、沉潜时期。但作为一种与社会人生"零距离"的文学文体，它并没有放弃自己的努力和探索，而是随着社会、文化环境的逐渐宽松，一面坚守精英思想立场，另一面向更广阔的社会人生领域开掘，同时在表现形式和手

---

① ［美］浦安迪：《中国叙事学》，北京大学出版社 1996 年版，第 14 页。

法上作出相应的调整。思想内容上，如果说新时期短篇小说注重的是思想内涵、人物形象，那么多元化时期的短篇小说青睐的则是故事情节、人的精神世界等。选择更多样、更新奇、更日常的表现题材，并把它编织成一个生动感人的故事情节。深入更宽广、更复杂、更幽深的人的精神情感空间，揭示当下社会人们的内心脉动，成为多元化时期短篇小说的表现重心。表现形式上，如果说新时期短篇小说追求的是兼容并包、不断创新，那么多元化时期的短篇小说着力的是传承守成、打磨精品。大多数作家回到了现实主义创作路子上，在西方叙事学和文体学的启迪下，精心营造着叙事视角、结构形式、语言个性，使短篇小说在艺术上显得日臻纯熟、精湛。可以说，多元化时期前段的短篇小说在走向多元、个性、精美的同时，也出现了被动、保守、贫血的现象。

短篇小说面临着山重水复的困境，短篇小说在"置之死地而后生"。

第二节　世俗社会中的上下求索（2005—2009）

精英品格的坚守

早有人预言：文学将要"终结"。短篇小说面临"出局"。但若干年过去了，文学不能说重现辉煌、改变了它的边缘化状态，但可以说依然在顽强生长、成果累累，在国家的主流文化中占据着重要位置。短篇小说是"失宠"的文体，远不及长篇小说、散文、纪实文学等活跃，但它在不被注目的地带，沉潜、积蓄、变革，呈现出"柳暗花明又一村"的风景。许多评论家对短篇小说创作给予积极评价，胡平指出："我想说，即使在小说创作的重心转向长篇小说的今天，小说家族中业绩最辉煌的也还是短篇小说。如今长篇小说年产 1200 部以上，新时期以来成长起来的成熟小说家们大都在攻长篇，但形势依然是：短篇比中篇强，中篇比长篇强。"[1]张清华在细读了某年度的短篇小说集后认为："当我真正沉浸于阅读这个选本的时候，所获得的信息基本上是正面的，我强烈地感知到了小说家们的才能和责任感，它们使我确信，短篇小说不仅是作为'小说'，同时作为一个特殊而独立的文体仍然是充满活力的。"[2]

2005 年以来短篇小说的发展证实了两位评论家的判断。2005 年以来

---

[1]　胡平：《短篇小说成绩辉煌》，《光明日报》2009 年 9 月 11 日。

[2]　张清华：《"发现惟有小说才能发现的东西"》，《当代作家评论》2009 年第 1 期。

短篇小说的表现突出了两个特征：坚守、求索。

"文变染乎世情，兴废系乎时序。"① 尽管今天的文学乃至短篇小说，已具有更多的自主性、审美性，不再需要听命政治意识形态的摆布。但世事的情状、时代的发展，必然会深刻地影响文学的态势以及兴衰。1990年代之后，中国进入市场经济加速推进时期，但在政治、经济、文化、道德等领域，并非一帆风顺、和谐共进。相反，各种各样的问题、矛盾以至危机显得更加尖锐而严重。政治改革的艰难，官场腐败的蔓延，贫富分化的加剧，人文精神的丧失，伦理道德的崩溃，经济危机的爆发，自然灾难的频发……这些都敏感地波及着文学的思想内容和作家的心理情感。在2005年以来的短篇小说中，可以清晰地看到社会的种种变化乃至怪象。但不管中国社会有多么复杂，现在已进入一个以市场经济为主导的现代社会，则是一个铁定的事实。而这个现代社会的基本特征就是世俗化。当代学者许纪霖深刻概括了当下的社会特征并提出了一系列时代课题，指出："90年代随着市场社会在中国的出现，中国加速了世俗化的进程，日常生活的工具理性成为市民普遍合法的意识形态。在一个世俗的社会中，超越的人文关怀还有没有意义？理想主义精神是否是虚妄的存在？在什么样的意义上去理解革命的精神？"② 中国已成为全球化大家庭中的现代国家，这是几代人一个世纪以来奋斗的目标。但这个现代化的结果却又让人困惑和怀疑。市场化、世俗化在催生了灿烂的物质文明的同时，又助长了拜金主义、功利主义和享乐主义的丛生，出现了严峻而复杂的社会人生、精神情感等方面的问题。在一个红尘滚滚的物质社会中，文学的世俗化也在所难免。比较而言，长篇小说、报告文学等文体，世俗化、媚俗化倾向更为严重；短篇小说不能说一尘不染，但在总体上保持了它的自尊、纯正、深刻，则是毋庸置疑的，成为一种具有精英品格的艺术文体。承传启蒙思想，肩负人文关怀，提升民族精神，打造精美艺术，是众多短篇小说作家共同的创作追求。2005年以来的优秀短篇小说，显示了这方面的自觉和努力。

短篇小说从1989年之后，进入一个多元化时期。经过数年的消沉，又走进一个演变期、成熟期。在这一期间，长篇、中篇小说以及散文随笔等"与时俱进"，努力靠拢市场和读者，逐渐兴盛起来。而短篇小说由于文体自身的特征，由于作家思想上的坚守，一直水波不兴、难以振兴。但

---

① 刘勰：《文心雕龙·时序》，参见赵仲邑《文心雕龙译注》，漓江出版社1982年版，第366页。
② 许纪霖等：《启蒙的自我瓦解》，吉林出版集团有限责任公司2007年版，第33页。

在社会和人们的不经意间，它获得了一个宽松、自由的生长空间，一步步地强壮和成熟起来。特别是 2005 年以来，它养精蓄锐，继承现代小说的优秀传统，关注现实生活特别是底层社会的变迁，表现了精英知识分子的忧患意识和启蒙思想。它切入各阶层人们的精神情感领域，揭示了他们在现代社会的困惑、彷徨和追求，在表现人的"内宇宙"方面显示了短篇小说的强劲潜能。它一方面在传统的、民间的生活中发掘有价值的东西，另一方面对现代文明和生活进行反思，解析着一些深层的文化课题。它在叙事艺术上逐渐形成了自己的模式，同时吸纳古典小说的方法，借鉴西方现代文学的形式。虽然在艺术创新上远不及新时期文学那样开放、生猛，但也显得稳健、扎实。诚然，短篇小说的发展还不尽如人意，存在思想资源匮乏、艺术创新不够等问题。但短篇小说这一时段确实表现不俗，成果卓著，给文坛和读者带来了希望和信心。

　　一种文体的兴盛，必须有一个精悍有力、不断更新的作家群体。2005年之后的五六年间，短篇小说创作群体发生了很大变化。林斤澜去世、史铁生夭折，缅怀逝者，使作家们深感坚守艺术的艰难和真正艺术的不朽。在这块园地里，老一代作家还在不懈耕耘，譬如王蒙、陈忠实、宗璞、张洁、张笑天等。20 世纪 40 年代作家不断有佳作问世，譬如冯骥才、陈世旭、赵本夫、聂鑫森、尤凤伟等。50 年代作家依然是创作的中坚力量，如韩少功、范小青、铁凝、李锐、刘庆邦、张炜、裘山山、王祥夫、残雪、谈歌等。六七十年代作家成为创作的新生方阵，如迟子建、毕飞宇、苏童、郭文斌、邱华栋、乔叶、鲁敏、徐则臣、金仁顺、叶弥、王保忠、杨遥等。人们曾经担心"60 后"作家对短篇小说缺乏热情，后继乏人，现在有了根本改观。对短篇小说的研究近年来也有所升温。协会派评论家雷达、胡平，学院派评论家贺绍俊、洪治纲等，不断发表文章，引导短篇小说创作，功莫大焉。

　　短篇小说是高雅艺术，也是"弱势"文体。现有文学体制和机制，在扶持和促进这一文体上发挥了积极有效的作用。中国作家协会举办的鲁迅文学奖，从 1995 年到 2009 年共举办了五届，短篇小说门类评出 25 篇获奖作品。《小说月报》"百花奖"小说评选如期举办，从 1989 年的第 4 届到 2008 年的第 13 届，共评出 93 篇优秀短篇小说。此外，《人民文学》《中国作家》《上海文学》等杂志的评奖中，短篇小说是其中的重要奖项，始终在认真坚持。评奖不可能完美无缺，甚至会有失误，但它在引导短篇小说创作，激发作家创作积极性方面的作用不可低估。

底层文学的凸显

关于短篇小说与现实生活、底层社会的关系，已不再是"要不要"表现的问题，而是"怎么样"表现的问题。王安忆说得精辟："小说这东西，难就难在它是现实生活的艺术，所以必须在现实中寻找它的审美性质，也就是寻找生活的形式。"① 这就是说，作家在创作中，不仅要看到社会人生中的重要现象和问题，更要找到生活内在的艺术形式和亮点，经过想象和创造，用美的艺术把它表现出来。艺术与生活，既不能太近也不能太远，难就难在审美把握上。从 2005 年之后五六年的短篇小说创作中，人们看到了作家在生活与艺术之间游刃有余的创造。

底层文学的凸显，是近年来的一个重大文学现象和潮流。但正如贺绍俊指出的："严格说来，底层文学是一个十分暧昧的说法，它不过是批评界为了证实自己对现实的干预而造出来的词。"② 其实，表现底层社会和民众的生活，是中国文学的一个久远传统。底层生活就是现实生活中的应有部分。为什么把"底层"独立出来呢？是因为社会的分配不公和贫富分化，造出了一个庞大的底层社会和无数的贫困民众，成为中国社会的一种巨大存在。作家意在"为民请命"，评论家旨在"干预现实"，于是"共谋"了一个非文学概念，它同所谓的"官场小说""职场文学"等具有共同的特征。2005 年以后，底层文学发展迅速、经久不衰。表现在短篇小说上，主要描写了农民工在城市的生存与劳作，衰落的农村和留守农民的现实情状，城市普通市民和工人的日常生活等。众多的中年实力派作家、青年文学新锐，都参与了底层文学的打造。

农民工进城在作家们笔下得到了最突出的描绘。这里首先要说到范小青，她多年来密切关注时代大背景下，城乡交叉领域的生活以及农民工的生存和精神状态，写出了一批颇有特色和分量的短篇佳作。作品有《低头思故乡》《厨师履历》《茉莉花开满枝桠》《我就是我想象中的那个人》等。她的代表作《城乡简史》蕴含着对城乡的贫富分化和畸形发展、对城市人和农民工的深刻隔膜等诸多重大问题的严肃思考和深切忧虑。囊括如此丰富的社会人生内容，在短篇小说中还不多见。王祥夫在描写底层社会的小人物上颇有特色，《玻璃保姆》以有趣的情节、精湛的构思和朴素的叙事语言，讲述了待业青年小麦进城打工，给煤老板当宠物狗

---

① 王安忆：《生活的形式》，《上海文学》1999 年第 5 期。
② 贺绍俊：《肩负现实性和精神性的蹒跚前行》，《小说评论》2007 年第 2 期。

（名叫"玻璃"）保姆的故事，折射出的是富人对穷人自尊的蔑视和生活情趣的变态，以及打工青年没有尊严没有未来的人生命运。盛琼的《老弟的盛宴》，描写了盲人"平瞎子"，漫长生涯中的艰辛、屈辱，进城打工成为按摩师后对正常人生活的向往和油然而生的自尊感。但在弟弟的喜宴上，亲人和乡邻的冷落，使他的自尊感破灭了。农民工进城，不仅要经受生存的考验，还要承受精神的煎熬，他们融入城市的道路是漫长的。

乡村社会的衰败和农民们的现实生活与精神情感，一直是作家们关注的重点。刘庆邦是一位写乡村题材的优秀作家，写历史乡村往往呈现出的是"柔美"情调，写现实乡村则表现的是"酷烈"风格。《美满家庭》表现了中国底层农民可怜的生存状态、"精神胜利法"式的自欺欺人，读来让人震惊和深省！作品中有浪漫、有荒诞、有严酷，突破了作家过去的创作模式和风格。青年作家王保忠，一直关注乡村社会的变迁和农民们的心理情感演变，但他发掘出的是普通农民身上美好的人情人性。《前夫》里的主角巧枝，充分显示了一个农家妇女真诚、宽厚、温情、睿智、坚强的精神品格。在城市化进程中，乡村社会的衰退是不可避免的，但有众多巧枝这样的农民，社会就有希望。

表现城镇平民和普通工人的作品不是太多。铁凝的《咳嗽天鹅》写一个乡镇小车司机，收养一只病天鹅后送到动物园最终被杀的经历，触动了他对动物、对亲人的爱心，发现了自己对妻子的深切感情，决心善待生病的妻子、为她治病，同甘共苦。铁凝发掘的是底层民众身上纯朴而深厚的善心和爱心。迟子建的《西街魂儿》《百雀林》《一坛猪油》等，表现的都是城镇平民的日常生活，酸甜苦辣，鲜活浓郁，让人沉重、深思。她的《野炊图》，其中既有作家对普通工人的深切理解和同情，也有对腐败之风的尖锐揭露和无奈。迟子建的短篇小说并没有多少高深的理性思考，也鲜有艺术形式上的探索和创新，但她对底层生活永不枯竭的发现和再现能力，使她成为一个极富创造力的作家。杨遥对底层社会有着广泛了解和深切体察，他用短篇小说的形式，定格了底层社会的一幕幕情景，雕塑了浮雕般的底层民众形象。《谯楼下》刻画了小城镇一位以卖碗托赚钱"拉边套"的男人，他的艰辛屈辱以及对被损害的女大学生的同情与维护。作品斑驳凝重、触目惊心，而又发人深省。

关注风云变幻的现实生活，把握其中的热点、焦点现象和问题，承担批判社会和启蒙民众的使命，是中国现当代短篇小说的可贵传统。2005年之后的短篇小说，不仅继续了这一传统，而且在艺术表现上显得更加灵活、成熟了。

描写社会生活的"热点"题材，同样可以成为艺术精品。2008 年初春的南方雪灾和初夏的汶川地震，给每一个国人留下了刻骨铭心的记忆。聂鑫森的《塑佛》写的是雪灾的背景下，在一座寺庙里发生的僧人与除雪工人之间的感人故事。作品取材机智，立意高远。乔叶的《家常话》写的是抗震救灾中的一幕情景，却没有写"现场"的故事和人物，而是选取了"后方"的姥姥劝慰幸存的外甥女的生活场景，整个作品由姥姥的"家常话"构成，出奇制胜，感人肺腑。

现实社会中的突出矛盾乃至危机，也得到了艺术的表现。韩少功对现实社会人生，有敏锐的洞察和深远的思考。他的《西江月》饱含了对贫富矛盾、社会危机的反思和忧患。他的《怒目金刚》表现了当权者的家长作风和对人权的无知，蕴含了民与官根深蒂固的对立关系。而贫富矛盾、官民冲突正是社会现实的重大问题。尤凤伟也致力于社会矛盾的揭示，《隆冬》写一位农民工因包工头拐骗了自己的妻子，雇凶报仇结果落得家破人亡的悲惨故事，显示了社会的道德沦丧和人性的恶化，可谓触目惊心。

描绘官场怪象是长篇小说的热门题材，短篇小说也有突出表现。张笑天的《窥视》写一位地铁工程总负责人，坚守做人底线，拒绝受贿腐化的艰难，揭示了官场中腐败病毒的无孔不入和防不胜防。杨少衡的《轮盘赌》，描述了官场中的大小官员，对腐败和清廉，已不再看作党性、人格、道德问题，而当作了可怕、刺激的"轮盘赌"游戏，表现了相当一部分官员人性和良知的沉沦。它比腐败本身更怕人、更令人深思。

表现社会变革的小说有所减少，因此陈世旭的《立冬·立春》《立夏·立秋》就显得格外可贵。这组小说写湖光山色而与世隔绝的河谷村，从冬到秋一年中的民主选举、开发旅游等一系列故事，展现了底层社会改革与发展的步履维艰，是一组富有思想深度和抒情色彩的现实主义佳作。

尽管五六年间的短篇小说在表现现实生活特别是底层社会方面，不断拓展，成绩可嘉，但也存在着一些不容忽视的问题。主要有二。一是作家普遍存在着思想匮乏的缺陷，面对变幻莫测的现实生活，作家既难以扣准深层的脉动，又不能预见社会的走向。没有一种宏观的、深邃的、准确的思想眼光，就只能随波逐流、就事论事。这正是短篇小说难以赢得读者的主要症结。二是短篇小说创作严重忽视了人物形象的塑造。作品中也有人物，但要么模糊不清，要么理念痕迹太重，要么虚假失真。那种真正源于生活、富有个性和深度的"典型"人物寥若晨星。这是短篇小说必须克服的难题。

向精神情感领域的掘进

如果说短篇小说向下深入的是现实生活，那么向上开掘的则是人的精神情感——形而上世界。王蒙说过："对于作家来说，探索生活，就要探索人的精神世界。……探索人的精神世界，应该是小说的一个重要内容。否则，怎么充当人类灵魂的工程师呢?"[①] 这里所说的精神世界，包括人的精神、情感、意识、愿望、理想等所有心理学现象。随着现代社会的发展，物质生活的丰富，各种矛盾的凸显，给人们的精神情感生活带来了巨大的冲击和变化。传统思想道德观念在崩溃，新的人文理念、核心价值还没有建立起来，人们的精神情感处于一种躁动、失范、痛苦、寻求、重构的状态之中。短篇小说以它敏锐的触角、灵动的文体，如鱼得水般地潜入人们的精神情感领域，在表现人的爱情婚姻生活、心灵的冲突与探寻、精神价值的追求等众多方面，作出了不懈的努力和宝贵的奉献。它坚守的依然是精英知识分子立场。它在这一领域充分彰显了自己的优势。

爱情、婚姻乃至性爱是文学的永恒主题，在五六年间的短篇小说中，这一主题得到了更突出、深入的表现。徐坤是一位富有思想探索和艺术激情的作家，她的爱情题材小说也与众不同。《午夜广场最后的探戈》等，揭示了现代人在爱情、婚姻乃至性爱上的种种困境，以及他们在情感、精神上的执着追求。金仁顺在爱情婚姻题材上也出手不凡。她的《彼此》写都市男女的婚外情，是男女主人公心理的细腻、情感的脆弱、欲望的膨胀，导致了爱情的易变、婚姻的短命。作者意在揭示现代人"流行性"心理疾病对爱情、婚姻的致命瓦解。毕飞宇是一位短篇小说高手，他把情感称为人身上"柔软的部分"，认为短篇小说就是要表现这种东西。《家事》把笔触深入高中生的情感世界里，这帮少男少女一面紧张地应付功课、考试，另一面私下里却开始了"新生活运动"。"既然未来的人生注定了清汤寡水，那么，现在就必须让它七荤八素"。他们像一个庞大的家族一样，在暗地里结成了纵横交错的夫妻、兄弟、姊妹、爷孙等各种各样的亲伦关系，上演了一幕幕可笑而有趣的儿女情长、恩恩怨怨的轻喜剧。可笑吗? 不。通过这种虚幻的"情感游戏""家庭联盟"，读者窥见的是年青一代心灵的孤独、情感的扭曲以及青春的骚动。这是社会的"盲

---

① 王蒙:《王蒙文存》第 19 卷，人民文学出版社 2003 年版，第 46 页。

点"，但也是我们应当关注的"焦点"。此外，叶弥的《桃花渡》、付秀莹的《爱情到处流传》、邵丽的《迷离》、孙频的《鱼吻》等，都是表现爱情、婚姻、家庭题材的优秀篇章。

现代人的内心纠结与心灵探求，已成为一种不容忽视的社会和心理现象。作为人，仅仅满足于世俗生活、金钱物质，就是人生的终极目的吗？人生的快乐和价值在哪里呢？也许不同阶层的人会有不同的境遇和答案，但每个人都面临着这样的课题。裘山山一直坚持短篇小说写作，但直到21世纪以来才真正有所突破。她以女性敏感的笔触、温润的情感，深入年轻的和中年的女性心理世界，把握到了她们对庸碌生活的不甘和对高尚生活的探索，写出了《戛然而止的幸福生活》《腊八粥》等多篇佳作。《致爱丽丝》是一篇情节单纯、叙事圆熟、诗意盎然的作品。人到中年的大学教师素梅，从小对钢琴情有所系，但因小时候家境贫寒，青年、中年时期为生存所累，理想终成泡影。她把钢琴梦寄托在女儿身上，但女儿天性不敏使她的梦想再次破灭。而来自乡下的小保姆九香与生俱来的弹琴天赋加上有心的偷听偷学，竟成为少年宫的钢琴教师。素梅经过一番思想斗争，终于在九香的辅导下，走上了"圆梦"历程。儿时梦想像头顶的明星没有熄灭，她终于挣脱世俗的重负，决然地去寻找自己的精神之境了。铁凝这一时段的多篇作品写的都是现代人的生活与内心，表现了她对世事人情的体察之深。《伊琳娜的礼帽》写的是各色人物在飞机高空飞行这一特定空间和时间中欲望的释放，《风度》写的是城市知青在插队时对农村青年精神上的感染与引导，都是在探索人的精神情感"奥秘"。《内科诊室》则在表现现代人因生存的紧张而带来的精神压抑感和疲惫感。中年教师费丽与那位同龄的内科诊室女医生，都患有"疲惫而又亢奋"的现代精神病，世俗生活让她们不堪重负，物质欲望使她们骚动不安，她们渴望着一种安静和自由，期盼着人与人之间的沟通和关爱。

邱华栋的短篇小说，同样在探索现代人的人生和精神走向，但他笔下的人物更富有行动性。《艾多斯》写称雄一方的房地产商人宿作东，金盆洗手后到高山草原上隐姓埋名，做了一位自食其力的牧羊人。他的人生经历了从浪漫到世俗到隐遁的曲折历程。鲁敏的《铁血信鸽》和《伴宴》在表现人的精神情感方面，显得格外深切有力。前篇写几位有钱有闲的城市人，沉湎于养生、喂鸽子的世俗生活中。只有穆先生，深感过着一种"公共的、他人的、典型化的物质生活，他从来就没有过真正自由的意志"。他开始审视庸常生活和"沉重肉身"，重温青春时代、探索人生意义。后篇写现代社会中，民族音乐的艰难生存与执着坚守。主人公宋琛是一位出身世家、心性高洁、恃才傲物的顶尖琵琶手。但为了民乐团的生存和众人的利益，她委曲求全去伴宴。甚至面对昔日的情人、女老总的羞辱，她也能在悲痛之余平静处之了。她经历了一个又一个的精神情感风暴，最终在艺术中找到了自己，找到了力量。现代社会把人们的精神情感再一次推向深渊，人们只有在自然中、艺术中和社会实践中，才可能得到救赎。

对真善美的精神价值的追求，永远是人类生生不息的希望。即使是在污泥浊水的世俗时代，这种追求也不会熄灭。2005 年以来的短篇小说，在表现这一主题上有所突破。陆颖墨的《海军往事》，是从正面表现老一代军人的英雄性格的。海军长波台工程霍总指挥那种豪壮、坚定而又谦逊的阳光性格；海军上将那种谙熟军情、充满智慧、治军有方的工作作风；老舰长肖远那种老骥伏枥、心系军舰、胸怀宽厚的精神品格，在作者笔下描绘得铿锵有力、感人至深。这种英雄性格正是现代社会所匮乏的，也是人们神往和呼唤的。王甜的《昔我往矣》则把笔墨延伸到解放战争时期，通过一个曲折、漫长的爱情婚姻故事，发掘了革命战士纯真、高洁、仁厚的情感和精神世界。在作品里，孪生兄弟罗永明、罗永亮与蒋南雁阴差阳错的爱情婚姻，均与地位、物质乃至个人意愿无关，却与革命、英雄、道义、慈悲等紧密相连。面对这样的感情和境界，那种充满铜臭和算计的婚姻显得何等苍白！次仁罗布的《放生羊》写的是藏族老人年扎大爷忠贞不渝的宗教信仰，他在弱小的放生羊身上寄托了对亡妻的绵绵思念与真诚救赎，他在日复一日的祈祷与善事中表现了对佛祖的虔诚和对尘世的悲悯。宗教信仰使一个平凡的老人变得圣洁而高尚。此外，笛安的《圆寂》塑造了一个生来残缺、卑贱，却有着顽强、坚实的生命和澹定、仁爱的精神境界的乞丐形象；徐则臣的《伞兵与卖油郎》描写了一位乡村少年的"伞兵梦想"，尽管他为此付出了终身残疾的代价，却无怨无悔。"梦想之光"照亮了他平凡、黯淡的人生。这些作品均从正面表现了人们对英雄精神、忠诚品格、高远理想、自尊人格、自由境界乃至宗教情怀等精神价值的憧憬与追求，在当下的文学中独放异彩。

在"本土性"与"现代性"之间

社会的发展、道路的选择，总会深刻地影响着作家的理性思考和文学的思想内容。21 世纪之后的中国，面临着一个艰难的选择，那就是在"民族性""本土性"与"现代性""世界性"之间的不断摇摆和探索。在当代文学的发展中，有过对"民族性"的偏执固守，也有过对"现代性"的狂热追捧。在 21 世纪却进入了对"民族性"和"现代性"的双向探索中。它标志着文学的理性和成熟，也显示了文学的焦虑和困惑。短篇小说是一种敏感的文体，作家们的思想情感总是通过它及时地折射出来。在 2005 年以后的短篇小说中，可以发现一个有趣的现象，就是有些作家在向本土文化回归，有些作家在对现代文明和文化反思。

对民族的、民间的、自然的传统文化的回归与肯定，是 2005 年以来短篇小说的一个突出倾向。20 世纪 80 年代中期的"寻根文学"，也是在发掘本土文化，但思想倾向既有颂扬的，也有批判的。而 20 多年后却基本是一片颂歌了。郭文斌致力于写中国西部乡村的农历节日小说，从正月十五一直写到大年三十。逼真细腻、丰富齐全，土色土香、意蕴绵长。农历节日，是中国民族文化和民俗文化的重要载体，但在今天已几近消失了。作者的这组系列小说是以童年回忆的方式，以五月、六月小姐弟俩的视角展开的，因此格外真切、灵动、优美。张炜这一时期在短篇小说上则热衷于编撰民间故事和传说，如《阿雅的故事》《魂魄收集者》等。《东莱五记》是这一系列的代表作，作品以山东古登州和古莱州的历史故事、民情风俗、民间传说为题材，展现了这一带古老而神奇的历史文化和地域特色，显示了古代民间人与植物、动物乃至整个自然界"天人合一"的生态环境。文化意蕴丰厚，值得现代人深思。

作家们在这一主题的表现上，是广阔而深入的。温亚军的《成人礼》，写乡村社会古老的"割礼"风俗，把传统农家的日常生活，夫妻之间以及大人和孩子之间，那种纯朴、温馨而又不时磕磕碰碰的天伦之乐，组成了一首细腻、温婉、美妙的家庭抒情曲。郭雪波的《天音》，通过对即将消逝的村庄、最后一个晚上的古歌演唱的描写，表现了草原精神文化的无奈衰落。还有红柯的《大漠人家》，写的是孙子跟着爷爷，在辽阔的大漠和有趣的劳动中，年幼孩子在情感、心智、人格乃至体力上的成长，表现了人与自然、劳动的密切关系，像一幅凝重而抒情的油画。

还有些作品则从人与动物的关系、比照中，审视人的现代生活、人性自身的缺陷。独具一格，富有哲理。邓一光的《热爱一只狗》，写一位孤独的老爷子养了一只宠物狗，陪伴他的风烛残年，进而演出一幕由喜到悲的活剧。养狗已成为城市人时髦的生活方式，但它的深层意义和带来的后果却是人们很少探究的。作家在作品中深刻地揭示出：人与狗有时可以相依为命，但人绝不能把狗只看作供人取乐、为人服务的宠物。狗性与人性相通，它也有自己的思想、自尊、欲求，同样可以把人当作为它服务的宠物。老爷子对狗的从爱到恨再到杀，实质上显示的是现代人的自私、虚伪和残忍。张洁的《一生太长了》，则描述了一只有情感、有思想的头狼主动走向死亡的悲壮情景。作家抛开人对狼的种种理解和成见，以狼为叙事者，展示了狼丰富而奇特的意识活动。这只杰出的头狼用一生的经历得出这样的结论："在我们狼的生命里，有残酷、有厮杀、有血、有弱肉强食，就是没有卑琐、卑鄙、阴暗、贪婪、下流……我终于明白，人类并没有什么值得我深究之处，我们狼和他们的生命态度是如此的悬殊。"作家在这里借助狼道出了她对现代人性的审视与批判。这是短篇小说的两朵"奇葩"。

　　作家既要向前看，反思现代社会的弊端、隐患；也要向后看，发现传统生活和文化中的生机，自然都不错。但如果站在保守、落后的思想立场上，看不到现代社会的积极、光明面，看不到传统生活的陈腐、阴暗面，失去了对社会历史发展的准确判断，也是危险和有害的。在短篇小说创作中，已显露出这样的倾向。

叙事艺术的双向探索

　　从新时期到多元化时期的 30 年间，短篇小说已逐渐形成了一种新的艺术模式或者说叙事模式。它同既往的艺术模式有诸多不同，但又有内在联系。它是吸纳五四新文学、"十七年"小说乃至西方现代文学和中国古典小说的营养，兼容转化形成的一种全新的审美形式。它具有精英品格、现实特征、本土韵味和雅致的形式，是知识分子作家创造的产物。自然，这种艺术模式还在不断地变化和塑造之中，2005 年之后，又出现了一种新的动向，即不少作家转身向后从中国古典小说中取法传统方法和手法，而有些作家依然执着向前从西方现代文学中借鉴艺术表现形式。这种双向探索，对丰富和发展短篇小说的叙事艺术，无疑是有积极意义的。

　　中国古典小说艺术博大精深，但在现代、当代文学历史中，作家们轻视了对传统文学的继承。古典小说基本有四种类型，传奇小说、话本小说、章回小说和笔记小说。短篇小说的继承，主要是话本小说和笔记小说的艺术形式。

　　关于话本小说的艺术特征，孟昭连、宁宗一指出："因为白话小说来源于民间说话艺术，所以它在故事的取材与表现方法等方面，创造出不同于文人创作，却为民众喜闻乐见的艺术形式。与唐传奇比起来，它虽然看起来不是那么高雅，但它的内容是下层读者所熟悉的，风格符合大众的审美趣味，语言是明白易懂的。"① 话本小说作为古典小说的一种，通俗的故事、曲折的情节、丰满的人物、大众的审美趣味以及"说话人"的叙事艺术，构成了话本小说的基本模式。新时期之后的作家，借鉴话本小说艺术的并不多，谈歌是颇有成就的一位。他的《张子和》写一位历史人物的多舛命运，《天香酱菜》写保定近代史上一家著名酱菜园的演变与几位人物的沉浮，《紫砚》写一方端砚的流传与世态人情，颇有古色古香的话本神韵。《穆桂英挂帅》演绎了两位著名河北梆子演员的半生情缘，以说书人的口吻讲述故事，以故事情节的发展为主线，在环境和事件中展示人物性格，叙述语言古朴、畅达、铿锵，犹如聆听一个说书人的现场演说，洋溢着一种燕赵文学的"慷慨悲歌"之气，显示了作家较厚实的古代小说功底。此外，在聂鑫森的《古城旧事》、孙方友的《陈州笔记》中，也有一些精彩的话本小说。话本小说模式有自身局限，它更适宜讲述历史故事，篇章结构上也难以短小精粹，因此当下的发展较为缓慢，还需要更多的作家探索和实践，使话本小说焕发出新的活力和生机。

2005 年以来的短篇小说在吸取笔记小说的写法上，比话本小说更为普遍、更有实绩。晚年的王蒙，在短篇小说上大踏步地向传统回归，创作了《尴尬风流》系列小说，可谓纯正的笔记小说。记叙事件虽小，但背景广大，内涵丰富，使读者看到了一个老年"智者"的"杞人"之忧，把人们引向了对世俗生活的重新打量和思考。韩少功 2006 年出版的《山南水北》，记录了他的山居生活。这些由山川风物、民间传说、乡邻故事和作家思絮等凝结成的文字，被媒体称为"跨文体"文本。但其实是借鉴了中国古代笔记小说的叙事方法和手法，简练的白描、传神的人物、自由的结构，一派"新笔记小说"风貌。还有阿来的《机村人物素描》，孙方友的《小镇人物》，石舒清的《麻花客》，宗璞的《恍惚小说四篇》，劳马的讽刺系列小说，等等，均可称为新笔记小说。古典小说艺术形式的创造性运用，将加强和丰富当代小说的民族风格和艺术表现力。

西方现代、后现代小说的艺术形式和手法，曾经催生了新时期先锋小说、现代小说的诞生，推进了中国文学的现代化进程。但 20 世纪 90 年代之后，这股变革潮流逐渐式微，难以为继了。众多的中年、青年作家的创作，回到了"本土经验"和"现实主义"主潮中。但也有一些作家，依然坚定地借鉴西方现代文学的表现方法，拓展着中国小说的艺术道路。譬如韩少功，他一面向中国古典小说回归，另一面又向西方现代小说推进，

---

① 孟昭连、宁宗一：《中国小说艺术史》，浙江古籍出版社 2003 年版，第 227 页。

在他的《末日》中整体上运用了荒诞表现方法，在《第四十三页》里采取了元小说的叙事形式，给当下短篇小说创作增添了生机，树立了标杆。譬如残雪，她是20世纪80年代中期崛起的"现代派"作家，20多年来矢志不渝，近年陆续发表了《雪罗汉》《都市的村庄》《紫晶月季花》等多篇作品，更娴熟地运用着荒诞、象征、反讽、朦胧、意识流等种种表现方法和手法，表达着她对社会人生的独特思考，成为文坛上一道奇异而孤独的风景。中国小说依然需要现代、后现代文学的激励和滋养，作家们不应在这条道路上半途而废。

步履维艰又一程，多元化时期的短篇小说又走过20年时间。但这并不是短篇小说发展的一个"节点"，它还会这样延续、探索下去。中国社会已进入一个市场经济的常态时代，多元化文学还在绵绵延伸，人们又分明感到，短篇小说在静水深流的态势中，逐渐适应了快速发展的现代社会，具有较强的应对能力，又一步步活跃起来。现有文学体制加强了对短篇小说的扶持，更年轻的"60后""70后""80后"作家投身短篇小说创作，虽无"轰动"文坛的杰作出现，但力作、佳作不时产生。在表现内容方面，描写乡村的衰落和城市的兴起，成为这一阶段的主要潮流；揭示底层社会和民众的生存状态，反思现代社会以及日常生活的深层病症，乃至刻画官场和反腐败斗争的动向等，成为创作的新"亮点"。这些方面，都有不少优秀之作。在表现形式方面，现实主义成为主潮，但又自然地融入了现代手法和技巧，小说的叙述方式和文体结构以及叙事语言，显得纯熟自如。同时，承传中国古典小说写法、取法西方现代派方法的创作，依然为少数作家所钟爱、所坚持。在当下的文坛上，呈现出一种"柳暗花明"的景象。这一时段的短篇小说，题材现实了，故事精彩了，写法圆熟了，语言雅致了，逐渐得到了各层面读者的认同和欢迎。但却存在着理性思想匮乏、艺术境界狭窄、形式创新不力等诸多问题。面对复杂的现代社会和嘈杂的全媒体时代，短篇小说的振兴和强大还有很长的路要走。

第三节　"底层文学"的持久不衰

综　述

"底层文学"是多元化文学时期，一个重大而持久的文学现象、文学潮流。这一时期，文学思潮退隐，文学现象迭出，譬如都市小说、"新生代"作家、女性写作等的出现。"底层文学"顺应了时代和民心，重振了现实主义文学的批判精神，涌现了一大批作家和作品，在社会和读者中产生了广泛影响。与此同时，关于"底层文学"的研究、争论，随之而起，如火如荼。创作的活跃和评论的热烈，共造了"底层文学"的兴盛。尽管"底层文学"存在着许多局限和问题，但它对社会、对文学的促进作用是毋庸置疑的。

中国社会进入 20 世纪 90 年代之后，发生了一系列的深刻变化，这种变化又刺激并推动了文学的变革和发展。"底层文学"正是社会和文学互动孕育的结果。从社会层面看，市场经济的实行强有力地推进了经济的增长和大中型城市的发展，同时带来的是广大农村的停滞和衰落，大批农民工进城，"三农"问题凸显，以及城市工业的改制和千千万万工人的"下岗"。经济的发展、体制改革的滞后，又造成了腐败现象的蔓延和贫富差距的扩大，而法制、公平、正义又得不到有效体现。一个庞大的底层社会逐渐形成，成为中国的一个巨大存在。从思想文化层面看，众多的社会科学学者高度关注底层问题，发表和出版了大量著述，譬如 1994 年朱光磊主编的《大分化　新组合——当代中国社会各阶层分析》，2002 年陆学艺主编的《当代中国社会阶层研究报告》等，借助大量的客观数据，梳理了 90 年代以来中国社会阶层的演变状况，分析了贫富分化形成的现实原因，探讨了底层群体的生存状态。认为中国社会阶层结构不是理想的橄榄形而是金字塔形，它由十个社会阶层和五种社会经济地位等级组成。由产业工人，农业劳动者，城乡无业、失业、半失业者三个阶层构成了一个庞大的底层社会——金字塔底座。这样的社会阶层结构是不合理的，是存在危机的。这些社科文化理念深刻地影响着知识分子特别是作家、评论家的思想意识。

从文学层面看，20 世纪 80 年代后期"纯文学"成为文坛上的主流，但随着文学的边缘化和同现实社会的疏离，人们又在反思"纯文学"的弊端，重提现实主义精神。于是在 90 年代中期之后，文学界借助社会阶层理论的传播和小说创作上的"现实主义冲击波"，逐渐提出了"底层文学"的概念，并推波助澜形成了一种文学潮流。这一潮流并没有自己明确的思想"纲领"，因而不是一种文学思潮。它强调的是文学的表现对象、选取题材，因此只能称它是一种文学现象、潮流。但它的产生和发展，有着深广的社会、文化、文学根源，且成果丰富、影响巨大、历久不衰，因此其价值和意义是不可低估的。正如洪治纲指出的："事实上，'底层写作'正是以积极主动的介入性姿态，迅速填补了作家与现实之间的这一'真空'地带。它既体现了当代文学与社会现实之间的紧密关联，也激发了有关知识分子对不断变化的中国社会阶层的自觉思考，无疑具有十分重要的意义。"①

"底层文学"是中国社会从计划经济向市场经济转型的蜕变时期，涌现的一种特殊文学现象。对它的发生和演变、重要作家作品的认定等，却似乎是一笔"糊涂账"。有论者认为，1995—1996年出现的"现实主义冲击波"，可视为"底层文学"的序幕。河北"三驾马车"中谈歌的《大厂》、何申的《年前年后》、关仁山的《九月还乡》、刘醒龙的《分享艰难》、李佩甫的《学习微笑》等，均表现了底层社会的艰难，下岗工人、进城农民、乡村干部的困境。这些作品确实具有浓郁的底层社会特色，但在艺术上鲜有创新。评论方面，则有蔡翔发表在《钟山》1996年第5期的《底层》一文，评述了20世纪90年代以来底层社会的裂变，市场经济带来的功利化、欲望化现象以及传统价值观念的消亡等。1998年第7期《上海文学》以《倾听底层的声音》为题发表"编者按"，明确指出："我们的确是到了应该认真听一听底层人民的声音的时候，我们必须正视底层人民的利益所在，我们必须尊重底层人民的感情。"鼎力倡导"底层文学"。2004年之后，"底层文学"正式拉开大幕，陆续出现了一批令人瞩目的短篇、中篇、长篇小说作品。如陈应松的《马嘶岭血案》《松鸦为什么鸣叫》，刘庆邦的《鞋》《神木》，刘继明的《茶鸡蛋》《放声歌唱》，曹征路的《那儿》《问苍茫》，王祥夫的《雇工歌谣》《上边》，尤凤伟的《泥鳅》，孙惠芬的《民工》，等等。此外，贾平凹、莫言、王安忆、韩少功、余华、苏童、范小青、迟子建、方方等人的部分作品，也被归入"底层文学"而予以评介。这些作品，表现了更广阔的底层社会的状况和问题，描绘了更多样的底层民众的生存与精神，把"底层文学"推向了一个新的高度。2006—2007年，《人民文学》《小说选刊》《北京文学》等杂志，以更积极的姿态和举措，设置栏目，推出作家作品，进一步推动了"底层文学"创作潮流。直到2008年、2009年，"底层文学"作品依然不断涌现。中国作家协会举办的鲁迅文学奖，在1995—2009年的第一届至第五届评奖中，迟子建的《雾月牛栏》、刘庆邦的《鞋》、王祥夫的《上边》、范小青的《城乡简史》、盛琼的《老弟的盛宴》五篇短篇小说，均为较典型的"底层文学"作品。

就在"底层文学"盛行文坛的时候，另一种文学现象也应运而生，即生长于南方开放城市的"打工文学"。中国的农民工有上亿人，其中主

---

① 洪治纲：《"底层写作"的来路与归途》，《小说评论》2009年第4期。

体是年轻人,自然不乏文学青年,他们以《特区文学》《广州文艺》《佛山文艺》等刊物为阵地,书写打工者自身的生存状态与精神情感,表现了一种"我手写我心"的创作姿态与精神追求,是一种真正的"底层写作",与体制内作家的创作有明显区别。他们既写诗歌,也写小说。文学体制特别是文学刊物给予这一群体格外的关注与扶持。小说创作方面,林坚、张伟明、周崇贤、黄秀萍、王十月、罗伟章、郑小琼等,既是底层打工者,又是业余作者,其中个别成就突出的后来进入了文学体制,创作了一批别具一格的优秀作品,给中国文学增添了新的血液和生机。21世纪之后,"底层文学"与"打工文学"出现了合流趋势,后者融入了前者。

　　如前所述,"底层文学"是创作与评论共造的文学风景。评论甚而比创作更卖力、更热闹。在关于"底层文学"的命名与概念、价值和意义、创作主体、思想资源、作家作品归属、局限与问题等一系列课题上,都进行了广泛的探索和争鸣。中年实力派评论家南帆、陈晓明、丁帆、孟繁华、贺绍俊、张清华、王尧等纷纷发表文章,青年新锐评论家李云雷、邵燕君、洪治纲、梁鸿、江腊生等各抒己见。甚至许多作家如曹征路、陈应松、王祥夫、刘继明等也参与了讨论。《文学评论》《文艺报》《读书》《天涯》《文艺理论与批评》《当代作家评论》《文艺争鸣》等重要报刊,有意识地组织和推出了大批文章。自2004年到2009年,不绝如缕。首先在概念的运用上就存在着严重分歧。"底层"是一个社会学概念,泛指广大的下层社会和弱势群体,是一个极为宽泛的、非文学的概念。它包括底层社会的贫困农民、农民工、下岗工人、城市平民等。有论者认为:虽不准确,但可以借用。而有论者觉得难以接受,认为是利益集团对弱势群体的粗暴命名。至于具体概念"底层文学""底层写作""底层叙事"等,则各自表述,从未统一,其实三者是有区别的。"底层文学"涵盖面较广,但不够精确。"底层写作"主要是指底层作者的创作实践,比较狭窄,却得到了广泛运用。"底层叙事"侧重点在底层故事的讲述上,也不尽科学。由于概念的宽泛和模糊,致使作家在作品的选取上难以把握,使"底层文学"成为一只"捡到篮里就是菜"的"菜篮子"。"底层文学"实质上是革命现实主义文学努力反映人民群众的核心思想,在新的社会背景下的复苏。因此有评论家认为,其中有"左翼思想"的余脉,有"题材决定论"的痕迹,这些说法不无道理。关于"底层文学"的创作主体问题,争论尤为热烈。有评论家称:像贾平凹、余华、莫言这些已经进入社会中层和上层的作家,他们是在拿底层的酒杯,浇本阶层的块垒,作品不能称作"底层文学"。而只有那些真正打拼在底层社会的业余作者，创作的作品才可称得上货真价实的"底层文学"。因此有评论家主张兼容："底层写"和"写底层"的作品都应视为"底层文学"。其实这样的争论是偏激的。文学是超越阶层甚至阶级的，一个作家既可以写本阶层同时也可以写其他任何一个阶层，文学史上那些描写底层生活的经典作品，哪一部不是精英阶层创作出来的呢？底层作者自然有写弱势群体的便利，但他们还没有足够的力量、平台为本阶层"代言"，能否真正代表底层的利益和立场，也当存疑。关于"底层文学"存在的局限和问题，众多论者的观点较为一致。认为虽然作家作品众多，但普遍存在着思想资源匮乏、艺术表现守旧的缺陷，有滑向"苦难叙事""仇恨叙事""功利叙事"等倾向。总之，"底层文学"研究，一方面助推了"底层文学"的创作潮流，另一方面也激活了评论界的思想观念和学术研究，但也确实存在着概念不清、争论错位、自说自话、空泛浮躁等诸多问题。

"底层文学"就像一面标志模糊的旗帜，它唤醒了作家、评论家的一种责任和良知，把广大的底层世界和弱势群体真实地呈现在全社会面前，促进了时代的变革和发展。只要中国的底层问题继续存在，"底层文学"就不会终结。但它确实需要总结经验教训，进一步提升思想高度和艺术形式。而"底层文学"研究也依然有文章可做。

范小青：对农民工进城的"探幽发微"

范小青小说的题材是广阔多样的，底层生活只是其中的一种，但由于她这类小说情节结构独特、机智，思想意蕴新颖、幽深，在底层文学中脱颖而出，作家也因此声名鹊起。范小青，原籍江苏苏州，1955 年出生于上海松江。三岁时迁往苏州。1969 年随父母下放苏州吴江县农村，三年后回到县城。1974 年高中毕业到农村插队务农，1978 年考入苏州大学中文系，1982 年毕业留校任文艺理论教师。1985 年调入江苏省作家协会从事专业创作，1997 年任副主席，2010 年任主席。兼任中国作协全委会委员，全国政协委员等职。范小青 1980 年开始发表作品，创作勤奋，作品数量庞大。出版长篇小说《裤裆巷风流记》《老岸》《城市表情》《女同志》《赤脚医生万泉河》等 10 多部。发表中篇小说《顾氏传人》《光圈》《栀子花开六瓣头》《花儿为什么这样红》《暗道机关》等 60 多篇。发表短篇小说 200 余篇，代表作品有《瑞云》《走过石桥》《蜜蜂圆舞曲》《国际会议》等，《城乡简史》获第四届鲁迅文学奖。人民文学出版社 2010 年出版《范小青短篇小说精选集》四辑，收入 1980—

2009 年作品 128 篇。她虽然长篇、中篇、短篇小说均有丰硕成果，但正如评论家张学昕所说："我始终觉得，真正能够呈现范小青艺术天分和才情的灵光之笔，主要还是蕴含在她的短篇小说之中。"① 此外，她还出版有散文随笔集《花开花落》《贪看无边月》等多部，撰写电视剧本《费家有女》《干部》多集。

一个作家的人生经历和思想资源，往往决定着他的创作面貌和表现形式。范小青说："我写作的文化背景是传统文化和现代文化交织的一张网，我既生活在一个传统文化积淀深厚的古城，又习惯现代意识的思维。"② 这种传统与现代的交织，表现在她的短篇小说创作的各个方面。在题材种类上，她阅历丰富、视野开阔、思想敏锐，比一般作家要开阔多样。譬如她有表现苏州地域特色、市井风情的小说；还有对现实社会、人生百相的讽喻之作；亦有对官场环境、官员生存的"揭露"作品；甚而还有从孩子的视角，发掘"文革"生活真相的篇什。底层生活题材，是她2004—2009 年"主攻"的题材领域，创作了近 20 篇作品，集中描写的是农民工进城，她超越了当时盛行的"苦难""仇恨""功利"等模式，透过生活的表层，探幽发微地呈示着乡村文化同城市文化的尖锐冲突，农民工精神情感的状态与蜕变，在"底层文学"中独辟蹊径。在小说创作路子上，她整合、调配传统与现代小说的元素，形成了自己驾轻就熟又不断更新的创作模式。譬如在故事情节上，既追求完整性和可读性，又坚持故事的散状、开放、隐匿等特征。譬如在人物刻画上，一面继承现实主义个性与共性相结合的传统，另一面又深入开掘人物的精神文化性格乃至潜意识，塑造出众多独特的甚而达到典型的人物形象。譬如在叙事形式和语言上，她多采用全知视角，但视点不断移动，以作者的叙述语言为主体，把描写、议论、心理剖析纳入作者的叙述中，形成了一种淡雅、流畅、灵动、含蓄的叙事形式。在审美风格上，她追求苏州地域文化的清淡、入世、韧性等特征，又借鉴了古典文学和西方文学的夸张、讽喻、喜剧等表现手法，创造了一种多元、开放而又自然、空灵的南方小说审美形态和神韵。当然，范小青的一些小说也存在着叙事语言散漫、思想开掘不深的缺憾。

范小青的底层生活短篇小说，主要有两个方面的特点。

揭示农民工与城市的关系、与城里人的关系，从中发现二者的隔膜、冲突、交融等种种复杂情状。农民工进城，是中国社会转型时期的重大历

---

① 张学昕：《人间信息的生命解码》，《当代作家评论》2012 年第 3 期。
② 范小青：《关于成长和写作》，《小说评论》2010 年第 5 期。

史事件，但对这一事件隐藏的文化的、精神的等深层问题，在大量的底层文学作品中却没有得到应有的表现。范小青的高超之处，就是避开了生活的表层现象，抵达了社会人生中的一些要害而又幽暗的地带。《平安夜》中两位进城的青年农民，他们到城里，不是为了打工赚钱，而是想用偷窃的手段获取不义之财。满贵觉得城里到处是钱和物，机会很多，有了钱就可以娶媳妇；牛则对城里的美味佳肴、花花世界，充满了好奇与神往。城市对农民工的需要，一些农民对城市的奢望，其实存在着严重错位，两个青年农民在欲望的支配下，必将毁掉他们的"理想"乃至他们自己。《像鸟一样飞来飞去》写的是城市对农民工身份的漠视。郭大牙在乡村的熟人社会是一个具体的、独立的甚而受人尊重的好人。而在城市他只是一个苦力、工具、符号。他错拿了同村农民郭大的身份证，他对人解释、到派出所更正，傲慢的城市根本不当回事，就认为他是郭大。他只要好好做工，听老板调遣，不去违法乱纪，就能平安赚钱谋生。由此可见农民工地位的卑贱，乡村文化和城市文化的差异。《这鸟，像人一样说话》表现了城市对农民工的防范与敌视。一个模范小区为了春节期间不发生事故，拒绝农民工包括收旧货的老王进入小区，于是发生了一连串有趣故事。从城市的角度看，农民工就是不安定因素，就是犯罪嫌疑人。定点收旧货的熟人老王，一样被拒之门外。这样的举措，其实深刻地伤害了农民工。城市与农民工的距离何其遥远。

农民工与城市人的关系同样复杂微妙。范小青的代表作《城乡简史》，叙述了漂流乡下的一册城市家庭账本，如何触动了叫王才的农民的心理，促使他举家迁入遥远的城市。农民对城市文化和文明，譬如那瓶昂贵的"香薰精油"，茫然无知，却凭着一种好奇、羡慕，莽撞地进入城市。而账本的主人蒋自清，与这位农民工一次次擦肩而过、比邻而居，却浑然不觉。城市人特别是中产阶层并不缺乏对底层民众的同情和关爱，但社会和文化造成的巨大鸿沟，却使他们很难走近底层。小说运用很大的题目和机智巧妙的结构，蕴含了作家对城乡的贫富分化和畸形发展、对城市人和农民工的深刻隔膜等诸多问题的严肃思考和深切忧虑。《幸福家园》同样是写城市人和农民工的隔膜的。小区里的何教授对农民工保安小江一直善意相待，甚至称兄道弟。但当他遇到不顺心之事，又醉酒之后，就出手痛打了无辜的小江，对农民工的轻看和傲慢一瞬间暴露无遗。《低头思故乡》中那位公务员姚一晃，中秋节为农民送月饼的爱心举动，却被电视台和报纸等媒体大肆宣传、无限夸大，曲解成一次道德作秀。反映了物化时代，是如何把人本来的同情、关爱之心，放大和扭曲成一种功利意识，结果是扩大了城市人和农民工之间的鸿沟。《准点到达》则表现了城市人的一种自省意识。某公司副总罗建林，以计算时间精确严密、工作生活很少出错而自信。但当他面对两位农民工坐火车，一次一次出错又一次一次勇闯的情景，他突然认识到，他们"前进的路艰难曲折，他们却是百折不挠"的精神性格，进而对自己精确、刻板、程序化的生活产生了怀疑、害怕。这位城市白领终于走近了农民工的生活和精神世界。

刻画各种各样的农民工人物，展示他们精神世界的变化、冲突、演进，塑造出富有思想和审美价值的艺术形象。一些年轻的底层文学作家，不大注重人物描写，同时也缺乏基本训练，致使作品出现了清浅化、雷同化现象。范小青在这方面发挥了她的优势。正如汪政、晓华说的："范小青知道如何在短篇这种短小的体裁中一招致胜地塑造人物，她总是抓住那么一点，用生动的细节、略带夸张的描写给人留下鲜明的印象。"① 《法兰克曼吻合器》里的郭大，本是一位年轻、有力气、胆小、纯朴的农民工，进城后却遭遇了一连串让他吃惊、困惑的事情。五个人的纯净水公司，他的工号却是 38 号；女经理报纸上发的虚假征婚广告，却真找到了对象并结了婚；经理的男朋友小史开着骗人的空牌子公司，对外却是财大气粗的老板；甚至对自己的假身份证，人们也是将错就错从不追究。他对充满了假象、陷阱的城市感到陌生、荒诞，他固有的是非标准、价值观念受到了冲击和颠覆。这是一个保留着传统文化观念的农民工形象。而到《我就是我想象中的那个人》中的主人公胡本来，纯朴的本性再难以抵御城市的险恶了。他进城打工多年，干过许多行当，最终成为饭店的大厨。但他却总有一种"没做贼而心虚"的心理，甚至弄到精神失常、把自己想象成新闻中的杀人犯、潜逃犯的地步，活画出一个在城市生活高压下被扭曲、异化的灵魂。范小青笔下的女人似乎比男人更具有韧性和应变能力，这或许是江浙的一种地域文化性格。《茉莉花开满枝桠》里的中年妇女漆桂红，丈夫回村养伤，一个人带着女儿在城里打工，面对工厂头儿的骚扰，面对跳舞场老男人的挑逗、揣摸，她虽然紧张、恐惧，但依然巧妙应对，赚取可怜的报酬，维护着脆弱的自尊，刻画出一个在生活、精神重压下坚守着道德、人格的女性形象。《厨师履历》描绘了江浙一带的民情风俗，从结婚宴席上假木蹄髈到镇上处处开蹄髈店，反映了社会由穷到富的进步。农村女子王巧金，因自己结婚时婚宴上的假木蹄髈，发誓要"还他们一只真蹄髈"。她借着改革开放的潮流，摸索、打拼，终于在镇上开

---

① 汪政、晓华：《天工开物》，《当代作家评论》2008 年第 1 期。

了一家响当当的蹄髈店。一个要强、能干、进取的女性形象跃然纸上。这是一个富有时代色彩和个性魅力的新人形象，在底层文学中很难看到。范小青小说中的人物，生活气息浓郁，精神性格突出，又具有较强的思想深度和时代特征，给底层人物画廊增添了一批不可多得的形象。

书写原汁原味的民间生活——迟子建

在热闹的"底层文学"讨论中，似乎很少有人把迟子建放在这一潮流中去考量。但正如青年学者张丽丽所言："实际上迟子建的作品深含着极为丰富深邃的生命文化意蕴。其中特别突出的是作家在对底层民众的书写中，呈现出一种原汁原味的民间生活的原始形态，显示出迟子建生命中所拥有的坚定的民间立场与浓厚的民间情怀。"① 迟子建数十年来始终描写的是底层社会和底层人物，是一种最真实、朴素、丰富的"底层文学"。但由于"底层文学"研究者更关注的是底层的"苦难"和"问题"，因此忽视了迟子建及其作品。

迟子建，1964 年出生于黑龙江省漠河县最北端的北极村。1984 年毕业于大兴安岭师范学校，后就读于西北大学中文系作家班，1987 年进入北京师范大学研究生院学习，1990 年毕业后调入黑龙江省作家协会从事专业创作，2010 年任作协主席。她从 1983 年开始写作，发表作品 500 万字，出版著作 40 余部。主要作品有长篇小说《树下》《晨钟响彻黄昏》《伪满洲国》《越过云层的晴朗》等，《额尔古纳河右岸》2008 年获第七届茅盾文学奖。创作中篇小说 40 余部，代表作品有《北极村童话》《岸上的美奴》《白银那》《逆行精灵》等，《世界上所有的夜晚》2007 年获第三届鲁迅文学奖。发表短篇小说 80 余篇，重要作品有《亲亲土豆》《花瓣饭》《微风入林》《雪窗帘》等，《雾月牛栏》《清水洗尘》分别获第一届、第二届鲁迅文学奖。此外还出版有散文集。

文学史对作家作品的选择常常是"偏心"的。迟子建创作成就显著且风格独特，但在当代文学史中却很难看到她的影子，或许是她的创作缺乏"思潮性"和"技术性"的缘故吧。迟子建钟情养育她的东北黑土地，对那里的山川景物、植物动物、民情风俗等有一种血肉之情，她接续了前辈作家萧红的创作余脉特别是明净忧伤的创作风格，形成了一种质朴抒情的东北地域小说。迟子建谙熟乡村和城市的各种底层人物以及他们的日常生活、思想感情，排斥强加给生活和人物的政治、社会和时代因素，描绘

① 张丽丽：《迟子建小说的民间情怀》，《小说评论》2010 年第 4 期。

出众多具有自然人性和生命本色的鲜活形象。迟子建追求一种源于本真生活和心灵感动的创作方式，反感为艺术而艺术、追赶新潮技巧的写作倾向，探索出一条浑朴而率真的写作路子。迟子建的审美追求，自然使她的小说具有地域性、原生态和个性化特征，但也带来了思想薄弱和技巧粗放等缺陷。她的短篇小说充分体现了自己的艺术个性，有些作品可谓精品，但也有部分作品存在开掘不深、构思不严、篇幅冗长的弱点。

迟子建在创作题材上同样是广阔多样的，有不少描写知识分子、中上阶层的作品，有些带有自传色彩，如《格里格海的细雨黄昏》《雪窗帘》《微风入林》等。但更大量的是书写民间生活和人物的作品。她曾说自己的作品"百分之九十九都是写下层人的生活的"。在这类小说中，生活场景显得更为阔大，思想意蕴也显得尤为丰富。

书写自然之美、劳动之美以及人情人性之美，使迟子建的小说饱含了一种原生态的大美气象。作家如是说："我对文学和人生的思考，与我的故乡，与我的童年，与我所热爱的大自然是紧密相连的。对这些所知所识的事物的认识，有的时候是忧伤的，有的时候则是快乐的。我希望能够从一些简单的事物中看出深刻来，同时又能把一些貌似深刻的事物给看破，这样的话，无论是生活还是文学，我都能够保持一股率真之气、自由之气。"[1] 写自然之美和劳动之美，是迟子建的永恒主题。这样的作品很多，《采浆果的人》就是一篇代表作。小说徐徐展开的是一幅博大深沉、五彩斑斓的东北乡村秋景图。富饶的山上、田间、林中、河边，到处隐藏着各种各样的晚秋浆果。城里人开着汽车、带着炊具、装着钞票驻扎在村口收浆果。村里的男女老少停下秋收投入了采浆果行动，就像一场劳动竞赛，就像一个喜庆节日。这是一些普通的甚至卑微的下层百姓，但在最原始的劳动中体验着人生的快乐和充实，显示着他们勤劳、纯朴、达观的精神品格。迟子建还创作了许多表现地域风俗的小说。《清水洗尘》写礼镇腊月二十七郑重的洗澡情景。这是一年一次的全家洗浴，这是辞旧迎新的重要仪式。小说通过一个少年——天灶的视角，细致地展现了奶奶、父母、妹妹以及自己的洗澡过程，表现了一家人和睦温馨的人伦亲情以及饶有趣味的生活细节。《逝川》写的是一个小渔村捕捞和放生泪鱼的民间风俗。这是作者想象和创造的一种风俗，却富有生活气息和民间特色。它反映了民间百姓对自然、对生灵的热爱和敬畏。

刻画民间家庭的人际关系、人伦亲情以及传统道德观念，是迟子建十

---

① 迟子建：《"我只想写自己的东西"》，《小说评论》2002 年第 2 期。

分擅长的领域。《亲亲土豆》是一篇感人至深的佳作。秦山和李爱杰是一对恩爱夫妻，却突然面临着丈夫患不治之症的灾难。通过曲折的看病遭遇、最后的起土豆劳动以及丈夫临终前送旗袍、留遗言等一系列情节描写，淋漓尽致地表现了夫妻二人丰富的心灵世界、深厚的感情以及丈夫对妻子的关爱、期盼和不舍之情。这是一种质朴的爱情，更是一种刻骨的亲情。《雾月牛栏》写的也是家庭的人伦之情，是通过一个不幸事件去反映的。只因继父失手一巴掌，使宝坠失去记忆，活泼的孩子成为一个傻子。从此妹妹、母亲、继父一家人，对宝坠怀了一种自责，倾注了全部的关爱。母亲一直悔恨不已，继父一生不得安宁乃至忧郁而死。通过这个偶然事件，深入地显示了一个民间家庭道德文化的积淀，人性中向真向善的力量。这样一种人伦之情、伦理道德，在现代社会显得格外夺目而珍贵。

展示城市平民、普通工人的艰难生存，揭示他们坚韧、自尊的品格和对自由、理想的追求，使迟子建的小说呈现出一种淳厚、健朗的格调。迟子建熟悉各种人物，不仅写乡村农民，也写城市平民、普通工人，显示了她丰富的生活积累和赤诚的民间情怀。《百雀林》中的主人公小没，他从孤儿到成为城里人，从当兵到当工人，从成家到离婚，一生诚实、勤劳、善良，但大半辈子活得很累、很惨。最后到了远离尘世的"百雀林"中，与草木、鸟儿为伴，才感觉"掉到福堆里""住在春天里"了。揭橥了一个城市平民人生的艰难和对自由与大自然的寻觅。《五羊岭的万花筒》展示的是一幅"小城世相图"。作家不仅写了小豆、德顺、宋翎、林茂生、李秀这些芸芸众生的爱情、婚姻、家庭生活，写了他们开饭店、花店、水果店的辛苦与乐趣，更写了他们在日常交往、悲欢离合、恩怨情仇中所显示出来的善良本性、热忱义气和高洁人格。这些普通人身上珍贵的民间性格，照亮了他们卑微的人生，照亮了沉重的底层社会。迟子建写工人的作品不多，《野炊宴》可谓构思巧妙、内涵丰沛。这是一幕令人哭笑不得的"悲喜剧"，林场头儿为了应付省里领导的视察，竟把屡屡上访告状的三个职工哄骗到很远的树林里，把座谈会变成了"野炊宴"，几位工人"野餐"中的血泪控诉饱含着对企业的热爱和理解，林场领导对老工人的安抚中夹杂着对"腐败做法"的不平和无奈。其中既有作家对腐败的尖锐揭露，也对底层工人的深深同情。迟子建借助着对世态人情的谙熟，写出了一篇现实主义力作。

王祥夫小说中的底层现实与文人情怀

王祥夫是被公认的底层文学作家。他用短篇小说文体，揭示种种社会问题，刻画各种底层人物，展示晋北一带的地域和风俗，显示了一个文人型作家的创作潜力和审美趣味。王祥夫，原籍辽宁抚顺，1953年出生，幼年随父母迁居山西大同。当过市照相馆摄影师，大同市委党校讲师，省作协文学院合同作家。后调大同市文联从事专业创作，任副主席。他1979年开始发表作品，兼写长篇、中篇、短篇小说，以及散文、文学评论等多种文体。出版长篇小说《米谷》《生活年代》《百姓歌谣》《屠夫》《榴莲 榴莲》等7部。发表中篇小说50余部，重要作品有《永不回归的姑母》《雇工歌谣》《愤怒的苹果》《顾长根的最后生活》《西风破》等。发表短篇小说60多篇，代表作有《好嘙杂录》《城南诗篇》《怀孕》《玻璃保姆》《桥》等，《上边》获第三届鲁迅文学奖。王祥夫是一个以短篇小说为主的作家，他说："我偏爱短篇，认为写短篇是个十分高级的技术活儿，短篇小说让我自己先就着迷，我现在也最怕写短篇，好的短篇肯定是可遇而不可求。"① 在短篇写作上的精益求精，奇思妙想，使他进入优秀短篇小说作家行列。此外，他在散文创作上也颇有实绩，出版了《杂七杂八》《纸上的房间》《何时与先生一起看山》等多部。

在同代作家中，王祥夫是一个"异数"。其根源就在他有丰富的文化修养和独特的审美情趣。对20世纪50年代的作家而言，由于历史的原因，文化匮乏是一个普遍现象。但王祥夫却因家庭、父辈的熏陶，自身的好学勤勉，奠定了较厚实的文化基础，形成了自己的艺术趣味。他读书甚多，游历很广，琴棋书画无不喜爱，养花品茶亦颇精心。特别是古代的诗文、话本、笔记小说，现代的鲁迅、周作人的作品，乃至佛禅文化，于他都有着特别的偏爱和深刻的影响，并在他的创作中自然地流露出来。有评论家称他是文人型作家。他在小说创作上思路开阔，不断求新求变，经历了从新潮写法到现实主义的历程，又常常回到古典小说路子上去。他笔下的现实主义，已经过了他的全新改造，现实题材、现实问题同文化意蕴的有机结合，可以说是他创作的一个鲜明特色。在题材上，他既写农村农民，也写城市市民，还写知识分子生活等，哪一类题材他似乎都得心应手。但写得最多最出色的还是乡村题材。他在叙事形式和语言上别开生面，融汇百川，返璞归真，形成了自己的创作路数。古典小说的白描手法和讲故事套路，赵树理开创的"山药蛋派"叙事方式，汪曾祺作品中的文化色调，乃至绘画艺术中的布局、留白等具体技巧等，兼容提炼，成为他创作的基本方法。他的叙事语言，有当下生活的丰富鲜活，有古典文学的

---

① 颜慧：《"短篇小说让我自己先就着迷"》，《文艺报》2010年2月8日。

儒雅别致，有民间语言的质朴粗俗，在同代作家中可谓独树一帜。自然，王祥夫的小说也有缺憾，如有些作品内涵清浅、情节冗杂、语言啰唆等。

敏锐表现当下农村乃至城市生活的焦点问题、深层矛盾、微妙变化等，是王祥夫小说一个引人注目的特点。他出生在城市，阅读的多是文人文学，但山西几代作家的现实主义传统深刻地影响了他，在照相馆当摄影师和在文学院当作家，他又积极地深入农村和农民积累了丰富的生活，促使他在小说中真实地表现了农村现实，提出了诸多社会问题。《城市诗篇》提出了穷人成为富人之后过什么样的生活的问题。昔日的鱼贩子齐选成了富人，与新娶的年轻漂亮的妻子住在城中的小洋楼里。他更改了妻子土气的名字，要把她训练成一个有教养、好读书的南方贵妇；他与大款名人交往，过着一种优雅的上流生活。他有能力"过一种和以前不同的生活"，但他却没有办法改变自己和妻子的出身、教养、精神。他常常失眠烦躁，遥望城北的大山中他的故乡。而妻子则忍受不了孤独乏味的生活，逃回自由自在的乡下。小说没有给出具体的答案，却尖锐地揭示了农民由穷变富之后的困境与出路问题。《一丝不挂》反映的是农民工与包工头的经济纠葛问题。农民工"讨薪"一直是社会的"焦点"问题。阿拉伯与他的哥哥煞费苦心终于找到了欠债的年轻老板，但破产老板已变成了出租车司机，兄弟俩毫无所获只是愤怒地把老板脱得一丝不挂，却没有伤害他的性命。其实狡猾的老板暗藏巨款蒙骗了人们，最后出车祸受到了惩罚。通过这个戏剧化的故事，作者不仅表现了强烈的贫富冲突，同时写出了富人的不仁和穷人的厚道。《桥》则写的是农民与政府的对抗。农民老宋，儿子在城里打工掉下没有栏杆的水泥桥，他没有跟县里打官司、要赔偿，而是怀着悲痛与妻子默默地开始修桥，他的"愚公移山"式的举动，终于刺激和感化了县里的当权者，立刻实施了拆旧桥建新桥的工程。老宋的义举，既显示了底层民众的纯朴与善良，更蕴含了他们对官僚政府的无声反抗。无声的忍耐与抗争，比有声的呐喊与反抗更有力量。

精心描绘各种底层人物的生存困境、命运遭际以及精神情感，是王祥夫小说中最动人的笔墨。他善写形形色色的小人物，用的是含蓄细腻的工笔画手法。这样的人物逼真鲜活，背景广大，但有时会出现心理世界简单、形象力度不够的问题。《上边》是一篇艺术精品。大山深处叫上边的小村子，已经人去村荒，一片破败，但还残留着传统乡村的自然风景和大体模样。刘子瑞和女人不仅固守在这里种地过日子，而且儿子常常由城返乡修补着残破的农家小院。儿子拴柱是村干部捡来的孤儿送给他们的，"生的不如养的亲"，夫妇俩精心抚育，供养上学，终于成为城里人。父母慈祥善良，爱子如命。儿子孝顺听话，心系桑梓。在传统乡村日渐衰败的时代背景下，这户人家还坚守着耕读本分、父慈子孝、亲情唯大的传统文化。刘子瑞夫妇实际上担当了农业文明和文化的守护人的角色。《玻璃保姆》中的主人公小麦，漂亮、聪明、能干，又是农大毕业生。但她屡找工作而不得，于是当了煤老板家里专门伺候叫玻璃的宠物狗的保姆，而这样的工作也保不住，煤老板又雇用了更亮丽挺拔的俄罗斯女孩做狗保姆，她又一次失业了。大学生沦为无业青年。小说讲述了一个令人惊叹、感伤的故事，刻画了一个打拼在生活底层的年轻姑娘形象，展示了贫富阶层迥然不同的生存状态。王祥夫还特别长于描写底层人物中的残疾人形象，在这些人物身上寄寓同情和怜悯之心，批判社会的不公和世态的炎凉，从中可以感受到批判现实主义作家人道主义精神对他的影响。如《半截儿》中的残疾人夫妇，丈夫蜘蛛和妻子半截儿艰难的生存状况和对人生的珍惜与期望，拂去了残疾人卑微、扭曲的生存状态上的尘埃，显示了他们如正常人一样的生活乐趣和思想感情，其中蕴含着一种深广的人文情怀。

　　工笔细描晋北乡村一带的地域状貌、民情风俗等地方风景，是王祥夫小说中的一大"亮点"。作家以一种文人的心态，走进偏远、古老的晋北农村时，带有原始形态的乡村赤裸裸地展现在他的眼前，古怪的村名、苍老的房舍、悠久的传说、奇特的风俗，以及农民们亘古不变的生存状态……都使作家感到新鲜、惊讶、神秘，他从中读出了历史、民俗和文化……《好崾杂录》可以说是一幅带有民俗学、文化学的好崾村素描画。小说先从好崾村在像草履虫一样的山西地图上的位置写起，接着写了地名的变迁、村落的形状、院落的构成甚至窑洞窗户上的剪纸窗花。自然要写到这里农民们的生存、民情风俗等，特别是关于青年人结婚之夜，要拿"女儿招"示众以证明那女子"货真价实"的风俗描写，更是细致入微，生动传神。其他如《油饼洼纪事》《扁村笔记》等，均属于这类民俗小说。《婚宴》写的是农村办婚事的风俗。小说从农村厨师父子俩的角度切入，东家是村书记武国权，财大气粗，婚事办得隆重、高档，父子俩全力以赴地投入了婚宴的操办。这几乎就是一部农村的婚宴大全，怎样做猪羊鸡鱼等一道道肉菜，怎样蒸煮烹炸一轮轮完成，显示了农村上流人家婚宴的丰盛、讲究，农村厨师技艺的高超、精妙。但想不到的是，当厨师父子俩走到后院才发现，原来婚宴是武书记为四年前死去的儿子配阴婚，父子俩匆匆收拾工具逃之夭夭，两位聪明、利落、耿直的厨师形象跃然纸上。小说情节奇妙，意味无穷。王祥夫不仅在这类小说中写了民情风俗，而且写了社会矛盾。《小鼻村纪事》里，中心事件是小青年万文化粗暴地"扳倒"了小春姑娘，后来竟因祸得福，又祸由福生的一个悲喜剧式的故事。而围绕这个故事又镶嵌了许多细节，如小鼻村村名的由来，好胜斗狠的民风，种麻豆的仪式，结婚的独特风俗，村里长年不断地抓马鸡、偷砍树、打群架、扳女人事件，以及那位岳乡长的官僚作风、迷信行为，等等。现实事件与地域风俗互动互补，相映成趣，既表现了晋北农村的古老、落后，又反映了现实世界的严峻复杂。在如上小说中，作家采用了笔记体手法，其中又有一个贯穿始终的隐含说书人形象，自由灵动，娓娓道来，让读者沉浸其间，流连忘返。

第四节　乡村小说的扩展和式微

综　述

社会的发展总是深刻地影响着文学的发展。20 世纪 90 年代之后，城市的膨胀式扩张与乡村的急剧衰落，直接导致了城市文学的兴盛和乡村文学的诸多变化乃至式微。对中国社会来说，源远流长的乡村文明正在解体，一个以城市为核心的现代工业科技文明强势崛起。对中国文学来说，始终作为主流而"独尊"的乡村文学，正在渐渐让位给由弱到强的城市文学。这自然是一个漫长的过程，也是一个痛苦的过程，但中国文学将在这一过程中完成新的转型和再造。

中国农村的道路，可谓艰难而曲折。20 世纪 70 年代末到 80 年代，是农村的"黄金发展期"，家庭联产承包责任制的实行和乡镇企业的兴起，极大地解放了农民的思想和手脚并把他们推向了商品经济大潮。在这样一场伟大的社会变革中，乡村文学得到了蓬勃而多样化发展，形成了一个"高峰期"。但到 90 年代之后，随着国家市场经济体制的确立和推进，整个社会的重心向城市转移，中型和大型城市加速发展，大批农民工进入城市，使城市的生态和生存空间问题日趋严重。而整个乡村的发展则处于停滞状态，有的成为"空巢"，有的自行消失，"三农综合征"集中爆发。尽管到 21 世纪初农村和农民问题得到了国家的高度重视，开始实施新农村建设和城镇化战略，但农村的衰退已成为不可逆转的历史趋势。从传统的乡村文明向现代城市文明过渡，把小农经济式的农民改变、塑造成现代公民，这是人类历史发展的必由之路。但在二十几年的时间中完成这样的社会转型，无疑会出现问题并埋下隐患。乡村文学面对这样一场现实变革，一面努力跟踪和反映，另一面又深感迷茫和乏力。主流意识形态已不再能提供思想引导，知识分子的启蒙思想在现实中失去了效应。应该说，这一时期的乡村文学特别是小说，还是有成就的。但从整体上看，它在现实农村变革面前，是被动的、软弱的。它表现了农村在政治、经济、文化、道德等方面的种种问题，却把握不住农村的深层脉动和走向；它刻画了形形色色的农民尤其是农民工形象，却未能塑造出深刻、有力堪称典型的人物；它过多地表现了农村无可奈何的衰落，却看不清中国农村的未来生路和光明。从短篇小说创作中，就可以强烈地感受到这一点。

从 20 世纪 90 年代之后的文学现象与文体演变两个方面，也可窥见乡村小说的滑坡态势。80 年代是文学思潮喷涌的时期，表现了这时思想的自由和开放。而到 90 年代，文学思潮退隐，文学现象凸显，折射出作家们思想的匮乏和激情的消失。20 年间，曾出现过现实主义冲击波、底层文学写作两种主要文学现象，乡村题材在其中比重很大，可以说势头强劲，历时较长，成果丰富；但它只是复杂严峻的现实生活催生的结果，在思想和审美上并无重大突破。乡村小说失去了新的思想支撑，只能日渐衰弱。从文体演变的角度看，90 年代之后长篇、中篇小说兴盛，受到了作家的重视和读者的青睐，而短篇小说逐渐"失宠"，受到作家、读者和市场的多重冷落。短篇小说的不景气，又直接导致了整个小说创新能力的削弱和审美水准的下滑。长篇小说上，四五十年代的一批乡村小说重量级作家，如陈忠实、贾平凹、莫言、张炜、刘醒龙等，奉献出了他们的长篇巨构，但他们的作品大都写的是历史中的乡村，带有浓郁的挽歌色彩。中篇小说上，五六十年代的一批乡村小说实力派作家，如阎连科、迟子建、关仁山、何申、葛水平等，创作出了他们代表性作品，但在直接表现农村生活的广度和深度方面，是逊色于 80 年代作品的。而在短篇小说创作上，虽然众多的著名作家依然在坚守，且不时有力作精品问世，如韩少功、铁凝、刘庆邦、王祥夫等，但作为 50 年代作家的创作旺盛期已然过去，对当下的农村现实也有所隔膜。六七十年代的作家，对农村生活熟悉并有志于此的，已逐渐稀少。乡村小说特别是短篇小说的颓势成为不争的事实。

多元化时期乡村小说的一个重要变化是短篇系列小说的涌现。这种系列小说，既有纯粹的短篇小说组成，也有短篇和中篇混合而成，但以前者为多。短篇系列小说自然不是多元化时期的首创，新时期文学乃至"十七年"文学时期就已经出现，特别是"寻根小说"流派中更是屡见不鲜。但真正形成一种气候，并在文体上变得成熟起来，是在 20 世纪 90 年代后的多元化文学时期。这种系列小说的蔚然成风，有两个原因。一是外在的社会原因。市场经济时代的农村和农民生活，已不再像过去那样单纯、封闭，它已同整个外面世界构成了一种错综复杂的关系。即便是农村内部，各个领域之间，人与人之间，其关系也变得紧张而微妙。这种复杂化了的社会人生，要求小说文体有更广大的空间和更有弹性的结构去表现。二是内在的文体原因。短篇小说的精短、便捷，自然是它的特征和优势，但也是它的一种局限。它空间狭窄，难以容纳较广阔的社会人生，结构精巧，不能对接更丰富的现实变化。这就要求作家从短篇小说文体自身进行改革，以适应变化了的现实生活和广大读者的审美需求，于是就有了在思想内容和艺术形式上大幅度扩展的短篇系列小说。许多作家都做了积极的探索，使这一文体在既往的基础上变得更加精粹、严谨、成熟了。这种文体由一组相对独立的短篇小说或少量中篇小说组合而成，系列中的任何一篇都具有自身的完整性，都可以分割出去阅读。但在主题思想、核心线索乃至情节、人物、结构等方面，又有或松或紧的联系，组合起来又浑然一体、自成世界。对每个单元而言，它是短篇小说，甚至是艺术精品。但对整体而言，它又是长篇小说或中篇小说，具有长篇、中篇小说的宏阔构架。从这一文体的体量上看，有的如同长篇小说，由一二十篇短篇、中篇小说组成，篇幅在十多万字至二十多万字之间，因此一些出版社常常当长篇小说去出版。而有的只有中篇小说的规模，由三五篇短篇小说构成，篇幅在两三万字左右，刊物报纸往往当短篇小说去发表。这种文体在构思上是颇费工夫的，作家既要像创作短篇小说一样营构每一篇作品，又要像创造长篇小说一样宏观把握、精心部署，具有短篇和长篇的双重难度。短篇系列小说的大量涌现，有效地促进了对农村现实生活的表现，提升了短篇小说的艺术能力。

　　尽管20世纪90年代之后的乡村小说在整体上显得薄弱一些，但其中也不乏独具特色的优秀作品。如李锐《太平风物——农具系列小说展览》，不仅有较大的思想深度，在文体上也有创新。如曹乃谦《温家窑风景》，用地道的农民语言写农村生活，别具晋北风味。如郭文斌《农历》，写活了西部农村的传统节日，既有审美价值，又有民俗学意义。以上均为典型的短篇系列小说。

　　把短篇组成系列小说，可以更便捷地包容现实生活，可以更自由地展现作家的艺术个性。阿来将艺术目光聚焦在一个古老、封闭的小山村，写了几十件奇人逸事，构成了"机村人物素描"和"机村事物笔记"，出版了短篇小说集《格拉长大》。陈世旭以现实主义笔法，展现了农村现代与传统、民主与专权之间的矛盾冲突，描述了走向市场经济的农村和农民，小说有《立冬·立春》《立夏·立秋》四章，组成了"波湖谣系列小说"。刘亮程以一个乡村青少年的独特视角，去看去想习以为常的乡村风景和人物，乃至毛驴、兔子、飞鸟、蚂蚁、蚊子等，呈现出一幅神秘、怪异的自然世界，营造出短篇系列小说《一个人的村庄》。王保忠用20个短篇小说建构出一道多姿多彩的《甘家洼风景》，表现了现代化、城市化浪潮中一个正在逝去的北方村庄，刻画了乡村文明在现代化进程中的尴尬处境，留守农民和外出务工者的人生与精神遭遇。这些短篇系列小说，坚持了短篇的现实性特征，直接深入转型中的乡村社会和蜕变中的各种农民，揭示了城市化发展中乡村社会的种种问题以及一步步衰落，真实地、多侧面地记载了20年间的中国历史进程。如果不采用这样的文体形式，只用原有的短篇小说文体，这样充分的艺术表现是不可想象的。短篇系列小说有力地促进了多元化时期的乡村小说的发展。

　　乡村社会的危机和衰落，并不意味着乡村文明的终结，也不意味着乡村文学的消失。对这种危机和衰落的艺术表现，同样可以成就杰出的乃至伟大的作品。同时，正在进行的现代乡村、城镇的建设可谓任重道远，乡村文明中的宝贵传统完全可以转化成现代城镇和城市中的重要元素。从国家的战略任务看，需要把重心从大城市转移到更广大的城镇化建设上来，用现代化的城镇吸引和容纳农民并提升他们的社会地位，真正实现城市与乡村的协调、和谐发展。这是一场长期、艰难、浩大的国家工程。乡村的现代化需要城市拉动，城市的自然化需要乡村滋养。城市与乡村的互补与融合，才可能构成人最理想的家园。在这样一场历史转型和跨越中，乡村小说将再次面临突破和发展的机遇。

李锐：短篇文体的不断创新

　　从"厚土系列小说"到"农具系列小说"，奠定了李锐在当代短篇小说史上的重要位置。在这两部系列小说中，不仅蕴含了作家深广的社会人生思考，同时体现了作家对短篇小说文体的自觉创新。李锐，祖籍四川自贡，1950年生于北京。1966年毕业于北京杨闸中学。1969年到山西吕梁山区插队落户，先后做过六年农民，两年半工人。1977年调入《山西文学》编辑部，历任编辑部主任、副主编。1984年毕业于辽宁大学中文系函授部。1988年转为山西省作家协会专业作家，1998年当选山西作协副主席。李锐1974年发表小说，已出版各类作品二百余万字，有小说集《丢失的长命锁》《红房子》《传说之死》；长篇小说《旧址》《无风之树》

《万里无云》《银城故事》等；散文随笔集《拒绝合唱》《不是因为自信》《网络时代的方言》等。他的短篇系列小说有着更广泛的影响。1986 年开始创作、1987 年完成的《厚土——吕梁山印象》系列小说，其中的《合坟》获得 1985—1986 年全国优秀短篇小说奖。整部作品在文坛和读者中颇有好评。陈思和在《中国当代文学史教程》里评价说："李锐作为一个知青作家，他在小说世界里始终贯穿了知识分子面对民间的复杂心态，他的尖锐的解剖刀双刃出击：一面揭示出知识分子自身的文化局限，一面也揭示了民间近乎宿命的愚昧状态。"① 18 年后的 2004 年，李锐从长篇小说写作中脱出身来，又进行了酝酿已久的"农具系列小说"的创作，同样取得了成功。

　　2004—2005 年，李锐用一年半的时间，创作了"农具系列小说"，先在全国刊物《人民文学》《上海文学》《收获》等发表，2006 年三联书店辑集出版，书名为《太平风物——农具系列小说展览》。全书收入系列小说 14 篇，附录小说 2 篇，另有前言和后记等，共 12 万多字。"厚土系列"描写的是 20 世纪六七十年代——"文革"时期吕梁山一个小山村的现实生活。"农具系列"表现的是 21 世纪初期——市场经济时代吕梁山一个叫河底镇的十几个村庄发生的故事。这是一部真正的短篇系列小说，每篇都有一个完整、精彩的故事，可以独立成篇；故事的发生地在乡镇所属的茄家坪、青石涧、西湾村、五人坪、老林沟等，偶尔也有越出乡镇的地点如北京、普化寺寺庙等。每篇中的事件、人物偶有联系，却不密切，也不多。构成全书统一的，一是每篇作品都有一个新颖、别致的角度和主题，组合起来即可"略窥全豹"，二是每篇作品都有一个核心道具——农具，集中在一起就是一个小小的农具展览馆。每一篇的篇幅都极为精短，大都在四五千字之间，有的只有三千余字，最长的不过九千字，倾注了作者的苦心构思和艺术匠心。李锐是个理性思维很强的作家，在谈到系列小说的创作动机时说："'太平风物'这书名是我从《王祯农书》里得来的。七百年前，那个叫王祯的人看见一种农具被人使用，看见一派宜人的田园风光，和平、丰足、恬静，而又久远。这景物深深地打动了他，于是，他发出由衷的赞美：'每见摹为图画，咏为歌诗，实古今太平之风物也。'七百年后，我的农具系列小说，也是出于一种深深的打动，出于一种对知识和历史的震撼，也更是出于对眼前真实情景的震撼。当然，我看到的是完全不同的风景，就好像从绿洲来到荒漠，就好像看到一通被磨光了字迹的

────────────

① 　陈思和：《中国当代文学史教程》，复旦大学出版社 1999 年版，第 368 页。

残梦，赤裸裸的田园没有半点诗意可言。"① 在谈到系列小说的文体追求时说："多年来在文体和语言上的思考，多年来对于语言自觉的实践，种种因素导致了'农具系列'现在的模样——图片和文字，文言和白话，史料和虚构，历史的诗意和现实的困境，都被我拼贴在一起，也算是一种我发明的超文体拼贴吧。"② 深沉而严谨的理性思索，新颖而别致的文体形式，是这部系列小说的两个"亮点"。

"农具系列小说"在思想内容上主要有如下三方面的特色。

从古老农具的历史演变中，凸显中国社会的巨大转型。农具是人类从原始社会就开始了的一种自觉创造，随着农业文明的发展，这种创造越来越多样、精致、高级，构成了一个极丰富的农具"世界"。农民们世世代代使用农具，农具已经成为他们身体的一部分，成为他们生存和发展的有力武器。可以说中华民族五千年文明史，就是一部农业文明史，而谱写的工具就是一把把农具。近现代社会以来，虽然出现了不少自动化、电器化的新农具，但传统的农具还在继续使用。农具出现大规模的闲置、废弃乃至功能异化的现象，其实是从 20 世纪 90 年代开始的，它预示了农村以及整个农业文明的衰落，现代工业、科技文明的兴起，中国社会的转型在阵痛中展开。李锐从农具的历史演变中看中国社会的变迁，可谓独具慧眼。连枷在春秋时期就已经有了，南宋诗人范成大曾用"笑声歌里轻雷动，一夜连枷响到明"来赞美连枷声中的丰收情景。但小说中的连枷虽然打的是黑豆，却是为民办教师的生计而起落，充满了一种无奈之情。铁锹是一种用途极广的农具，作品中父子二人用它给农用车上装沙子，但又多了一项功能，父亲在舞台上唱民歌时用它作道具。扁担"凡山路崎岖，或水陆相半，舟车莫及之处，如有所负，非担不可"。乡村木匠用它挑着行李工具进城，最后却架着自己的残腿一步步地挪爬回乡。犁铧是较为复杂的用作耕田的农具，现在已不多见了，人扶犁、牛拉犁的播种场面，变成了原样复制的铜雕，在电力的驱动下行走在高尔夫球场的草坪上，扮演着"惺惺惺"的乡村景观。在另外一些作品中，传统农具演化成了一种"恶"的工具。春秋时期鲁班制造的石碾，现在已经普遍废弃，厚重的磨盘变成了锁住买来的媳妇的最佳器具。桔槔是利用杠杆原理为人们汲水的，创始于商代初期，而如今被山里的弟兄俩改造成从火车上拨炭的偷盗工具。镰刀四千年前就有了，一直是收割庄稼的得力农具，但当下却成为

---

① 李锐：《太平风物：农具系列小说展览》，生活·读书·新知三联书店 2006 年版，第 3 页。
② 同上书，第 154 页。

杀人利器，愤怒的村民用它残忍地割下了村长的头颅。在这里，连枷、铁锹、扁担、犁铧、石碨、桔槔、镰刀等这些古老农具，在吕梁山还保存着。正是这些工具，曾维系着一方土地农民们的生存发展，留下了一幅幅天人合一的田园风光图画。但仅仅在几十年间，大批的农具渐渐消失，有幸留存的其功能也在不知不觉中发生变异。对这样一场历史转型，人们究竟应该怎样认识、应对？李锐把深深的困惑留给了社会和读者。

从传统农具的现实境遇中，揭示当下农村的种种社会人生问题。李锐是带着凭吊的心情写农村、农民、劳动、农具的。李锐写农具，更是为了揭示转型中的乡村出现的种种社会人生现象和问题，"引起疗救的注意"，在这点上他继承了鲁迅的启蒙思想。他在三篇作品中描写了农民工进城的艰难命运。《樵斧》中的农民工被机器切掉了四根半指头，四处流浪，状告无门，最后不得不出家为僧，甚至用樵斧为自己净了身。失踪之后依然有一桩凶杀案件牵连着他。其命运可悲可叹！《扁担》里的年轻木匠金堂，去北京打工时是一位"高高大大""健步如飞"的汉子，回来时已变成一个失去双腿、蓬头垢面的残疾人。这样的遭遇在农民工中比比皆是。《犁铧》中的农村孩子宝生，有幸来到当年的知青创办的高尔夫球乡村俱乐部，对工作和前途充满憧憬。但未来究竟是什么命运，其实是个未知数。李锐在两篇作品中表现了农业的衰落与现代工业的大规模入侵。《锄》里西湾村最好的120亩河滩地，已被煤炭公司征用，要兴建焦炭厂，从此这里将被严重污染，农民将失去自己的安身之本。《耧车》中的老林沟结局更惨，因地下发现大煤矿，这一片的小村落都要整体搬迁，合并到大村。现代化的工厂、高楼、公路将彻底取代这些小村小寨。这对农民是福是祸，也是个大问号。李锐敏锐地揭示了农村中的贫富分化与斗争，《袴镰》里南湾村村民有来，竟用镰刀割下了腐败村长杜文革的头，自己也被警察用枪击毙。贫与富、民与官之间的仇恨已到了你死我活的境地。李锐在《青石碨》《镢》中还显示了贫困山村的青年娶不起媳妇的困境和买媳妇造成的悲剧；在《牧笛》《铁锹》里书写了传统乡村文化的失落和民间小曲的意外"走俏"，以及低俗文化的泛滥；在《连枷》里提出了岌岌可危的农村教育问题。这些社会人生现象和问题，是如此严峻沉重、触目惊心。它既是吕梁山农村的，也是全国乡村的。

从传统农民的悲剧命运中，发掘中国农民的文化性格和心理。李锐在"农具系列小说"中刻画了众多的人物形象，如生存艰难的民办教师王光荣，与腐败村长拼死一搏的村民有来，四处流浪的说书艺人秦瞎子，进城打工伤残而归的木匠金堂，等等，都描绘得饱满细腻、深刻有力。但他刻画得最出色、感人的是那些具有传统思想和品格的普通农民。《残摩》中那位摩地的老农民，改革开放以后盖了三处新房院，本以为可以实现发家致富、儿孙满堂的梦想。想不到在农民进城的大潮中，他的儿子孙子也进城了，村子渐渐成了"空巢"，他痛切地意识到"自己的美梦落了空"，心里充满了困惑、悲凉与绝望。《锄》里的半瞎子六安爷，深知肥沃的河湾地已不属于自己，养种玉茭、豆子也不值几个钱，但他依然孤身一人，前往锄地，说："我不是锄地，我是过瘾。"真切地写出了一个老农对土地、庄稼、劳动、农具的那种挚爱与留恋。《耕牛》中的光棍汉红宝，爱牛如命，牛不仅是他的劳动工具，也是他的精神依赖。为了逃避县里防控牛疫扑杀耕牛的行动，他与牛藏匿深山土窑洞里，结果被活活埋葬。人与牛相依为命的风景在现代社会还有吗？《耧车》里的爷爷老福田在自家的土地播种最后一次谷子，休息的时候，向七岁的小孙子动情地讲述了盘古开天地、女娲造人、神农教稼穑、鲁班造耧车等神话传说，心里涌动着一种深情、忧虑和悲怆。地老天荒、爷孙耕耘、神话悠悠，构成了乡村文明的最后一道风景。这些人物形象突兀、意蕴丰盈，具有一种理性特征和象征意味。

创造"土得掉渣"的形式和语言——曹乃谦

曹乃谦的"温家窑系列小说"，是乡村小说中的一朵"奇葩"。著名作家汪曾祺、瑞典汉学家马悦然，曾给予很高评价和热情推介。但也有评论家认为：曹乃谦的创作极具特色，但比起中国以及世界的那些一流作家，略逊一筹。曹乃谦，1949 年出生于山西应县农村，后随养母到大同。1965 年考入大同一中，1968 年高中毕业后参加工作，在晋华宫矿当过井下装煤工，因有文艺特长，1969 年被抽到大同矿务局文工团，当乐器演奏员，二胡、扬琴、小提琴都操弄过。1972 年调入公安系统，做过户籍员、刑警，后为大同市公安局政治部宣传处干部。曹乃谦 1988 年开始创作，起因缘于同朋友打赌，在大同的《云岗》杂志发表了两篇短篇小说。1988 年在《北京文艺》发表《到黑夜我想你没办法——温家窑风景五题》，开始了这一系列小说的营构。他用整整十年时间，在《山西文学》《上海文学》《雨花》《小说界》以及台湾的《联合文学》等刊物推出这一系列，《小说选刊》《小说月报》多有转载，引起文坛和读者的关注，有多篇被译介到美国、加拿大、日本、瑞典等。2007 年长江文艺出版社以长篇小说出版了《温家窑风景》，共收入 29 篇短篇小说和 1 部中篇小说，18 万多字，是这一系列最完整的版本。此外，曹乃谦还创作有各种文体的作品，湖南文艺出版社出版了他的六卷文集，包括了全部的短篇小说、中篇小说、散文、书信、访谈，共一百多万字。但除了"温家窑系列小说"，其他作品影响都不大。

短篇系列小说的形成，反映了社会生活的丰富复杂，也显示了作家思想视野的开阔。曹乃谦的"温家窑系列小说"，把艺术目光"聚焦"在晋北一个偏远、贫穷的小山村，而时间是"文革"中的 20 世纪 70 年代初期，这就给荒芜的小山村又涂上了一种荒诞色彩。整个系列 30 篇作品，每篇均可独立成篇，但每篇中的事件、情节、人物，又相互关联、时有交叉，组合在一起又构成一部松散的长篇小说。作者在构思中是经过了整体设计、有计划营造的。温家窑的原型是作者工作过一年的北温窑村，但又是作者浓缩了晋北农村诸多生活创造出来的文学世界。这是个只有 30 户人家、不到 200 口人的小村子。作者描写了其中的 50 个人物，各种形象都有，最出色的是年轻光棍、中年和青年女人；村里的领导人物，一个是不多管事、较为宽厚的队长，一个是欺辱村民、作风霸道的会计，还有一个下乡干部老赵，另外一个是颇有权威的老头儿——代表着传统的家长身份和陈旧的伦理道德。作家用锋利如刀的笔触，刻画了 20 世纪 70 年代的这个小山村，自然环境的原始，经济生产的落后，政治运动的荒谬；用饱含深情的基调，书写了这里的民众，一穷二白的生存状态，坚韧的忍耐和奋争，质朴丰富的精神情感世界；用简洁有力的现实主义写法，创作了一种土色土香、"土得掉渣"的艺术风格和语言。曹乃谦创作的艺术世界，自然不及贾平凹、莫言等笔下的乡土世界那样丰厚、阔大、绚烂，但更具有晋北农村的逼真、本色感。他吸纳了赵树理的创作精髓，显示了一种朴素现实主义的魅力。因此，当这一系列小说还是初稿时，就受到了文坛前辈汪曾祺的喜爱，说："这几篇小说我是在一个讨论会开始的时候抓时间看的，一口气看完了，脱口说：'好！'这是非常真实的生活，这种生活是荒谬的，但又是真实的。"① 几年后，瑞典皇家科学院院士、诺贝尔文学奖评委马悦然，偶尔在文学杂志上读到了曹乃谦的这组小说，就意识到，"他是一个很特殊的、很值得翻译的作家"，"是当代最优秀的中文作家之一"。② 他在瑞典翻译出版了这些小说，并认为曹乃谦是"中国最有希望获得诺贝尔文学奖的作家之一"。

"温家窑系列小说"揭示了晋北农民围绕着食和性展开的生存状态。

① 汪曾祺：《〈到黑夜我想你没办法〉读后》，《北京文学》1988 年第 6 期。
② 马悦然：《一个真正的乡巴佬》，《温家窑风景》，长江文艺出版社 2007 年版，第 1、2 页。

曹乃谦说，他在小说中所关注的是，"食欲和性欲这两项人类生存必不可少的欲望，对于雁北地区的某一部分农民来说，曾经是一种何样的状态。我想告诉现今的人们和将来一百年乃至一千年以后的人们，你们的那些同胞你们的那些祖先们，曾经是这样活着的。这就是我创作'温家窑风景'系列小说的动机"①。食和性成为温家窑人的严重问题，首先是由于极度的贫穷造成的。这里的农民并不错，勤劳、善良、宽厚，但日子却越过越艰难，一个工值七分钱，五年间村里没娶过一个媳妇，光棍队伍越来越庞大。生存需要食物，繁衍需要交配，但恰恰是这两大问题，把温家窑人推向了困境。系列小说中有许多写食的篇章。《打拼花》里，一伙年轻光棍聚集一处，吃一顿煮莜面鱼鱼，"充充足足讲讲究究有滋有味地吃个大肚儿圆"，一边狠命地"吸溜"，一边说些荤话、讲些电影里的镜头，就能"得到些什么忘掉些什么"，"也能笑没一身的累"。这样的活动一两个月举行一次，觉得其乐无穷，颇有点像城市里的周末舞会。《吃糕》里集体干活吃一顿油糕，男女混杂一起，管肚饱，可以尽情地说笑、打闹，其意义也不全在吃，成了一种精神"会餐"，这大约也跟城里人故意到外面去"野餐"差不多。系列小说中有更多的篇章写了性，温家窑人称"做那个啥"。作者用两章的篇幅写了光棍汉福牛的性境遇。前篇写他成为县剧团的勤杂工，喝醉酒追逐女演员，被辞退而导致疯癫；后篇写他帮邻居温孩女人开荒地，女人直露地诱惑他，他却抑制着自己的欲望退缩了。表现了温家窑光棍的性冲动和性压抑。"朋锅"和乱伦成为村里屡见不鲜的现象。《男人》中哥哥老柱柱和弟弟二柱，因娶不起两房媳妇，就用"朋锅"办法，共用一个女人，半月轮换一次。这是贫穷逼出来的婚姻方式，民间的一种风俗。《楞二疯了》里光棍楞二的发疯、大喊"杀人——"，其实就是农村的"色疯"病，作者含蓄地暗示了楞二妈给儿子治病的无奈办法。有些光棍甚至用羊解决自己的性欲问题。温家窑的孩子们也被笼罩在这种生存环境中。《灌黄鼠》里的大狗和小狗弟兄俩，没肉吃就到野地里灌黄鼠烧着吃，与外村女娃边玩边打赌，赌注是亲嘴唇、亲脸蛋。福牛和楞二的现在，也许就是他们的未来。

　　"温家窑系列小说"展示了晋北农民难以挣脱的人生命运。《女人》里温孩新媳妇不欢喜丈夫，晚上不脱衣服，白天不做饭，也不下地干活。老辈人和妈教导温孩："楔扁她！"于是，温孩就把女人"楔得脸上尽黑青"，女人果然乖乖地"改邪归正"了。温孩妈是这样过来的，"祖祖辈

① 　曹乃谦：《关于〈到黑夜我想你没办法〉》，《山西文学》1993 年第 11、12 期。

辈"的女人也是这样过来的。什么感情、爱情、自由、人格，怎抵得住这样的传统，这样的拳脚？《柱柱家的》女主人，为了解决小叔子的媳妇问题，甘愿去"朋锅"；为了给儿子找一份挣钱的工作，主动委身下乡干部老赵。她用自己仅有的身体本钱承载着全家的重负。这是女人的命运！在强大的命运面前，温家窑农民往往选择的是屈服。《莜麦秸窝里》和《莜面味儿》写的是丑帮和奴奴的爱情。他们真心相爱，但男人拿不出钱娶女人，女人无奈嫁给了有钱的窑黑子。男人并不怨天尤人，觉得理该如此，她的"命好"，嫁给有钱人才会幸福。在生离之时，女人百般柔情，要把自己献给情人，男人却认为"温家窑的姑娘是不可以这样的"，理智地拒绝了女人的一片真情。而在奴奴出嫁返乡之时，丑帮终于打破禁忌，在莜麦秸窝里与情人"做了那个啥"，释放了自己火一般的感情和欲望。《亲家》里黑蛋给儿子娶媳妇时，少给了亲家一千元钱，黑蛋便承诺把自己的老婆每年借给亲家用一个月。看得出他的心里是不痛快的，但认为："中国人说话得算话！"他既然得了便宜，就理应拿出自己最金贵的"东西"，来酬谢、报答亲家。经济的贫困、家庭的重负、道德的约束乃至政治的压迫，构成了一张庞大而严密的命运之网，笼罩着温家窑的男女老少，使他们不得不屈服，不得不献出自己的一切。

　　"温家窑系列小说"同时肯定和赞颂了农民自觉不自觉的反抗。温家窑人一面用自我安慰、自我麻醉抵御着无情的现实，另一面用直接的、间接的方式反抗着命运的捉弄。前者是一种软挣，后者是一种硬抗。这里反映了温家窑人精神最光辉的一面，也表现了作者对现实的参与意识。《温善家的》里的女主人公是一位地主婆，她与长工贵举始终保持着纯朴的爱情，把隔壁会计家的两只恶猫为自己受伤而死的爱猫陪葬，凸显了一个多情、坚韧、刚烈的女性形象。《狗子》里的狗子死在自己的棺材里，用死表现了他对霸道贪婪的会计的愤怒和反抗。《贼》中的板女为情人偷窃被打断了腿依然忠贞不渝，其情其行令人感动。《贵举老汉》中的老贫农贵举，在"文革"中的控诉地主大会上，勇敢地说他没跟地主结下仇，说地主的儿子温和和"是我的儿子"，"他原本就不是地主"。这是对所谓控诉会的极大讽刺，是对"文革"运动的一种挑战。大约只有温家窑才会有这样既真实又荒谬的事情！

　　曹乃谦小说的成功，一方面得益于他对特定时代晋北农民生存状态的深入透视和有力把握；另一方面得益于他对短篇小说形式与语言的独创。他继承了古典小说和现代小说的表现模式，把故事和人物融为一体，使二者相得益彰，具有极强的可读性。他在情节结构上，删繁就简，突出

"文眼"，一些五六百字、千把字的篇章，同样能活灵活现地展开故事、突出人物，表现出一种匠心独运的艺术能力。他在叙述语言上和人物语言上，完全运用了晋北农民的叙述方式和语法词汇，追求朴实、笨拙、简练、幽默，与赵树理的语言质地和风格极为相似；他还运用重复、暗示、反讽等多种修辞手法，大量汲取农民的方言、土语、粗话，形成了一种自然天成、返璞归真的语言风格和特色。一种风格就是一种局限。也许正是这种极具地域性、个性化的风格，阻碍了曹乃谦的创作，使他后来再难以开拓出新的境界和写法。

郭文斌：童年记忆中的农历节日

在乡村小说中，写农历节日的并不少见。但像郭文斌这样，把全部的农历节日都写遍，并构成一个完整系列的，似乎是唯一的。郭文斌，1966年生，宁夏西吉县人，祖籍甘肃。早年就读于固原民族师范学校，毕业后分配到西吉县将台中学任教，后考入宁夏教育学院中文系，毕业后分配在西吉县教育局工作，随后调至固原市文联《六盘山》编辑部。现为银川市文联主席，宁夏作协副主席，《黄河文学》主编。郭文斌1998年开始创作，兼写小说、散文、诗歌等文体。出版有散文集《空信封》《点灯时分》《孔子到底离我们有多远》；诗集《我被我的眼睛带坏》。创作有大量中篇、短篇小说，辑集有《大年》《吉祥如意》《郭文斌小说精选》，影响最广的是以农历节日为题材的短篇、中篇小说。写大年的《大年》在文坛上引起争鸣，获得宁夏文艺评奖一等奖；写冬至的《冬至》获得"北京文学奖"；写端午的《吉祥如意》在《人民文学》发表后，先后被《新华文摘》《小说选刊》等多家全国重要选刊转载，2007年获得第四届鲁迅文学奖。上海文艺出版社以长篇小说出版《农历》系列小说，共30万字，在社会、文坛和读者中反响良好。郭文斌表现了西海固作家群的文学精神，是中国西部文学的又一位代表性作家。

郭文斌的小说既有乡村题材，又有城市题材。在他数量不少的城市题材作品中，作家没有过多地去展示日新月异的现代化景象，而是突出地描写了生活在城市中的人们，他们的生存、精神、情感状态，特别是他们的爱情、婚姻等情感状态。在作家看来，现代城市、机关生活、商界竞争等，已耗损、麻木、扭曲了人们的精神和情感，使他们处于一种"非我"之中。他们只有在回到自然、故乡或者学佛修行中才能得到解脱、安详。这种感受和认识，是作家的一种切肤体验，代表了一些从乡村走进城市的知识分子的心理。而对城市的厌倦、对现代化的隔膜，必然会驱使作家转身回眸、重温故乡。也就是说，身在城市才使他回望故乡，而乡村经验又使他对城市有了深切的洞察。乡村是他心中的绿洲，是他观照世界的一个基点。

郭文斌的《农历》，是以乡村节日为题材、为时序构筑的，依次写了一年四季的 15 个农历节日：元宵、干节、龙节、清明、小满、端午、七巧、中元、中秋、重阳、寒节、冬至、腊八、大年、上九。每节一篇，共12 个短篇小说、3 部中篇小说。可以称为长篇小说，也可以称为短中篇系列小说。小说描绘一个叫上庄的村子，有一户人家，"大先生"膝下有两男两女，长女三月出嫁了，偶然回回娘家；长子四月搬到天水了，很少回家。家里除了爹、娘，就是姐姐五月、弟弟六月，年龄在八岁到十岁之间。作家把全部笔墨集中在一家四口的节日生活上，在一个个各不相同、意味无穷的节日里，他们传承着中国的传统文化和民间文化，共享着天地神人的和谐共处与融融乐乐，升华着他们真善美的品格和心灵。在四个人物中，爹是一个重要角色，他勤劳、温和、细心，有文化、有手艺，熟读古书、通晓民俗，勤俭持家、教子有方，代表着一种传统文化和民间文化。娘是一个家庭妇女，贤妻良母。姐姐五月，漂亮、聪明、勤快，小小年纪就帮着父母料理家务，对弟弟的关照无微不至。弟弟六月，是作品的中心人物、视角人物。他天真活泼、勤学好思、善良仁义，在物质生活极度贫乏而文化传统深厚悠久的乡村社会中，一步步地长大、懂事起来。这一人物，带有作家童年时的自传成分。上庄的农历节日景象，既是作家童年记忆的再现，也是作家对传统节日的想象性重造。它展示了已经消逝的中国乡村文明昔日的辉煌，彰显了节日文化的丰富内涵和价值，是对疯狂的现代文明的无声抵抗，是对天人合一、宁静安详的田园牧歌生活的执着呼唤。这无疑是一部带有"乌托邦"色彩的书。

有论者指出："中国的节日文化是中国传统文化的重要组成部分。其历史源远流长，是在一定的历史条件下产生的。一方面是人类发展到一定阶段，随着农业生产的发展、宗教信仰的传播和社会生活的提高，对节日产生了强烈的社会要求；另一方面则是有了产生节日的必要条件——天文和历法的发展。由此在人类群体的生产生活中形成了表达人们共同心理、要求和愿望的约定俗成的节日。"[1] 郭文斌在他的系列小说里，深入发掘了节日中积淀着的历史文化、哲学思想和伦理道德等。《清明》从五月、六月两个孩子切入，写了姐弟俩到集市买纸烛，在家里帮爹裁白纸、印冥

---

[1]　王玉德等主编：《中国传统文化新编》，华中理工大学出版社 1996 年版，第 293 页。

钱，上坟院给爷爷奶奶以及祖先祭奠、烧纸。《寒节》写农历十月初一全家人用一整天时间，为先辈做寒衣，品尝一年做一次的麻麸馍馍，晚上到村头焚香、磕头、烧纸衣。在唯物主义者看来，这也许是一种封建迷信活动。但传统文化正是通过两个"鬼节"，表现了前代人精神的不朽和对后代人的影响，明确了后代人应当承担的慎终追远和承前启后的责任。做法或许是迷信的，但意义是深远的。《腊八》是北方农村的一个重要节日，有许许多多传说。它预示着小年的到来和大年的临近。小说描写一家人从腊月初七晚上的郑重沐浴到初八早上的佛前供粥。在沐浴情节中，爹给六月搓澡，六月给爹搓澡。父子俩谈天说地、亲密无间，呈现出一幅父慈子孝的动人图画，渲染的是一种孝文化。如《七巧》，写姐弟俩给大黄牛割青草，到河边给牛洗澡，在打谷场与外村人对歌——上庄人称"对银河"。而这些又与牛郎织女的爱情传说相关。它体现的是民间社会对浪漫爱情的想象与歌颂。《重阳》中的重阳节，在许多地方是敬老节，而在西部农村是登高节。小说写五月、六月和爹一家三口，骑着牛、抱着羊羔、背着锅盔，清早上山。全村人齐聚山头，隆重祭拜、祈祷，然后把锅盔顺山抛下。这样的节日内涵极为丰富，有众乡民对天地众神的信仰，对国泰民安的祈愿，对风调雨顺的期盼，对每个人步步升高的祝福。传统节日就是通过这样的仪式和程序，在不知不觉中传承文化、教化民众。

郭文斌以一颗赤诚的童心，以一副灵动温润的笔调，逼真地再现了西部乡村的民俗生活和民俗文化，展现了西部乡民的生存和精神状态。《大年》以纪实的手法描述了从腊月三十到大年初一的情景，写对联、蒸花馍、上祖坟、分糖果、拜大年……真实而完整地保留了西部农村过年的内容和程序，不仅具有审美意义，同时富有民俗价值。《元宵》写的是乡村的元宵节，姐姐五月、弟弟六月为视角人物。一个普通农家怎样精心地做灯（荞面灯），为守孝的人家送灯，晚上给月亮神献灯。在这一系列活动中，寄托了人们对天地、神灵、人生的美好祈愿，幼年的孩子也在美妙的节日中长大成人。这种做灯、点灯的风俗，是西部农村特有的。《端午》还是以五月、六月姐弟俩为主角，中心情节是过端午节。爹娘、姐弟全家四口人早早就为过节做着买香料、缝香包的准备，节日这天更是忙着做甜醅、插柳条、采艾草等事务。全家、全村弥漫在浓浓的香气里，每个人都沉浸在"吉祥"和"如意"中。作者把节日变成了一首诗。《中秋》自然写的是民间的八月十五，视角人物依旧，小说侧重写了这一天的下梨、吃长面、赏月亮等情景。把天上嫦娥、吴刚的起舞与地上的供拜融为一体，人神同庆，天地合一。把民间的节日写得出神入化。民情风俗是一个民族、一方土地的魂魄，它是美丽的，也是永恒的。

郭文斌谙熟儒道佛思想，但他的思想基点和思维方法却是佛禅，因此他常常用佛禅理念领悟儒和道，这就使他的思想形成一种诸家并存、互证互补的状态。中国的农村，特别是北部和西部，蕴含着丰富而驳杂的儒道佛思想，甚至可以说是"三教合一"的文化渊源创造了民间的生活形态和民风民俗。因此当郭文斌用他的思想眼光观照农村和农民生活时，就看得格外深入，保持着一种本真而鲜活的状态。佛禅思想在郭文斌那里，不仅是一种重要的思想资源，同时也是一种观察社会人生的思维方法。凭借佛禅他摆脱了各种各样思想观念的束缚，进入了生活的原生形态，发现了其中蕴含的真和美。

第五节　城市文学的成长与壮大

综　述

多元化时期的一个重大文学现象，是城市小说的强势登场，以及乡村小说的逐渐衰落。尽管城市小说还处在青涩、探索的不成熟时期，但它已改变了乡村文学独步天下的格局，形成了乡村和城市小说二元并存的文学态势。随着时间的推移，城市小说将取代乡村小说的主流地位，迎来中国文学的大转折时期。

有评论家指出："中国因为传统上是一个农业社会，城市文学发育既不充分，速度也颇迟缓。"[①] 从现代文学到当代文学的近一百年间，城市文学经历了一个坎坷、曲折的发展历程。现代文学史上，20世纪30年代的新感觉派代表作家刘呐鸥、穆时英、施蛰存等，在上海开辟了现代派都市小说先河；30年代中期的老舍，全景式地展现北京风土人情和市民生活，创造了具有民族文化意蕴的现代市民小说；40年代张爱玲的乱世传奇小说，钱锺书的都市人生讽刺小说，把都市小说又提升到一个新境界。现代文学30年，城市小说虽然没有形成一个波叠浪涌的文学潮流，但毕竟涌现出多位筚路蓝缕的实力作家和一批新颖独创的艺术佳作。当代文学史上，城市小说一直处于被扭曲、压抑的状态。萧也牧、邓友梅、宗璞等描写城市生活和年轻人婚爱故事的短篇小说，一律被批为"资产阶级情调"而封杀；众多的工业题材小说虽然写的是城市和城市人，却与城市文

---

① 杨匡汉、孟繁华主编：《共和国文学50年》，中国社会科学1999年版，第246页。

学毫无瓜葛。周而复的长篇小说《上海的早晨》描述民族资本家退出历史舞台的黯淡情景，也象征着城市文学在革命时代的悲凉命运。但在现当代文学史上，农村小说却像一条源远流长、奔流不息的文学长河，涌现了一代又一代著名作家、一批又一批精品力作，成为近一个世纪的文学主潮。

城市小说长期沉寂、停滞的状况，直到新时期文学才得以改变。20世纪80年代初期，市井小说借文化思想的开放而厚积薄发，邓友梅、冯骥才、刘心武、陆文夫等，以北京、天津、苏州的市井社会为背景，叙述老城市、老传奇、老市民，以深厚的文化内涵、鲜活的市井世相，受到了文坛和读者的欢迎。它接续了现代文学史上市井小说的创作余脉，开启了城市小说的"闸门"。80年代之后的文学思潮一波连着一波，譬如现代小说、新写实小说、新历史小说等。而在这些思潮和现象的深层，流淌着的是城市文学的"潜流"。在刘索拉、徐星的现代派小说中，出现了城市景象和城市里的另类青年形象的描写；在池莉、方方的新写实小说里，突出了对城市社会和市民日常生活的展现。50年代以及部分60年代作家，虽然创作领域很宽，但城市生活已进入他们的艺术视野。如王安忆、张欣、叶兆言、苏童、毕飞宇等，已自觉地写下了部分表现城市生活和市民人物的佳作。但他们书写的只是80年代的城市、历史中的城市。大规模的城市小说写作已是呼之欲出了。

20世纪90年代城市小说的兴起，与中国城市的加速发展密切相关。1989年的政治风波，促使中国告别"革命"，走向"市场"。市场经济的确立和展开，使国家的发展重心从农村转向城市。农村开始衰落，城市飞速膨胀，大批的农民工进入城市。在短短的二十几年时间中，有些乡镇演变为城市，小中型城市扩展成大城市，原来的大城市壮大为大都市。在城市中，旧有的市民群体逐渐老去、萎缩，而新的市民群落迅速形成、扩张，形成了一个复杂多样的市民社会。与此同时，城市的政治、经济、文化、道德等也在发生着深刻而巨大的变化。此时的中国文学，面对社会的变革和转型，一时间难以适应，渐渐与社会和民众脱节，终于滑向了边缘地带。40年代和50年代的作家，譬如所谓的"右派"作家、"知青"作家，依然在固有的创作轨道上滑行，面对现实巨变失去了把握能力，更多地把艺术目光转向了历史生活，如古代历史、革命历史、乡村历史，出现了多部在思想艺术上富有经典意味的长篇小说佳作。他们也在写城市生活，但总是隔着一层，勉力而为。在这样一个社会、文学背景下，被称为"新生代""晚生代"的60年代、70年代的作家脱颖而出。自然，这两个年龄段的作家，有写乡村题材和其他题材的，有兼写乡村和城市题材的，但大多数是写城市生活的。他们多数生长在城市，有的出身农村但通过上学、就业也进入城市。正值青春期的这一代人，他们熟悉和痴迷的是城市生活，历史把书写城市的"使命"放在了他们肩上。

众多文学刊物意识到中国社会的转型，需要扶持一代城市文学作家。譬如历来重视城市小说的《上海文学》杂志，1995年第1期开辟了"新市民小说"专栏，主编在卷首语中称："城市正在成为90年代中国最为重要的人文景观，一个新的有别于计划体制时代的市民阶层随之悄然崛起，并且开始扮演城市的主要角色。在世俗化的致富奔小康的利益角逐之中，个人的生命力空前勃动，然而它又是极其原本与粗始化的。城市的发展将成为中国当代文化的生长点之一，它最终会给古老的中国文明带来什么，现在尚难完全把握，但是它已经成为我们时代一个不容回避的人文命题……'新市民小说'应着重描述我们所处的时代，探索和表现今天的城市、市民以及生长着的各种价值观念的内涵。"① 这是富有远见的文学思想和办刊思路。其他如《大家》《作家》《钟山》《小说界》《青年文学》《人民文学》等刊物，虽没有明确的理论阐释，但都同《上海文学》一样，关注着城市文学的动向，扶植着新一代作家。60年代特别是70年代的作家，聚集在城市文学的麾下，开始了他们全新的创作生涯。

写城市的"新生代"作家是一个阵营庞大、追求各异的创作群体。他们散落在北京、上海、南京、广州这些大城市，但在创作风格上却各自为政、不愿趋同，既往那种地域流派已不复存在。20世纪60年代的作家在成长时期，还经历了80代的改革开放，农村与城市的矛盾与交融，计划经济向市场经济的过渡，等等，他们的社会经历和人生阅历较为复杂。因此他们笔下的城市和人生就更为丰富一些，也有一定的思想深度，在艺术上有较多的新时期文学烙印。这一年代的重点作家有邱华栋、韩东、朱文、鲁羊、东西、刁斗、述平、李冯、蒋一谈、夏商等。70年代作家的青春期则直接遭遇的是市场经济社会、城市化大潮，他们接受的是全新时代的思想文化观念，遵循的是市场社会的规律和"游戏规则"，经受的是更严峻的社会压力和挑战。因而他们笔下的城市和城市人生活更现代、更新潮，并揭示了现代城市出现的种种现象和问题，在艺术上有更鲜明的现代城市小说的特质。这一年代的重要作家有丁天、李师江、徐则臣、葛亮、冯唐、于晓威、路内等。在"新生代"作家中，还有一个人数众多、才华横溢的女作家方阵。他们同样出生在六七十年代，对城市生活有一种

---

① 见《上海文学》1995年第1期。

天然的亲和力，更善于表现各种人物特别是年轻女性的情感和精神生活，创作了大批小说精品。这一群作家，既可纳入城市作家行列，也可归到女性作家群体。代表性的作家有徐坤、潘向黎、盛琼、叶弥、须一瓜、吴君，乔叶、鲁敏、卫慧、绵绵、魏微、朱文颖、金仁顺、滕肖澜、盛可以、周洁茹等。60年代作家和70年代作家，在创作思想和艺术追求上，既有共同性，也有相异性。就具体作家而言，又完全可以超越年代的局限。此外，新世纪后，80年代的一茬作家也崭露头角，且出现了一些有潜力的新秀，引起了文坛和读者的关注。

60年代和70年代的作家，已经成为城市文学的主力军。他们中既有文学体制内的作家，但更多的是业余作家，有些则是自由撰稿人。文体选择上，他们更青睐长篇小说、中篇小说，有少数作家钟爱短篇小说，但像前几代作家一样专事短篇小说的已经绝迹。对他们的创作，已有多位评论家进行了较系统的梳理、评述。但由于这批作家创作的新异性，由于城市文学研究的滞后性，深入、准确的研究和概括还远未达到。而不同的看法和评价倒是屡见不鲜。这一批作家的创作特征，似有三个方面。一是逼真地表现了城市的高速发展和豪华景象，尖锐地揭示了现代城市的种种弊病和问题。二是深入描述了城市各种人物的人性欲望、命运遭遇和精神状态，显示了现代城市对人的扭曲和异化。三是自由地运用了平面化的叙事方法，譬如"平视"角度、精彩故事、流畅的语言等，呈现出现代城市小说的一些基本特征。但每个作家的创作，又各有其独特性，并不是这些特征能够涵盖的。对这批作家创作中存在的局限和问题，有评论家坦率地予以指出。如作家生活体验的浮泛，思想视野的狭窄，文学文化功底的浅薄；如作品缺乏文化内涵和思想深度，人物形象表象化、雷同化，艺术表现手法单一、重复而少有原创性。城市小说数不胜数，但被人们赞赏的精品力作甚少；城市作家人多势众，而具有号召力的领军人物却十分罕见。

中国现代城市小说还处于刚刚起步的初级阶段，存在局限和问题在所难免。随着中国城市文明的发展，随着年轻作家对城市的不断认知，中国的城市小说自然会告别幼稚，走向成熟，中国文学将进入一个城市文学的新时代。

叶兆言的老城叙述

城市小说家有各种类型，有精于写市井风情的，有擅长写现代都市生活的，也有钟情写老城世相的。叶兆言就是一个出色的"老城叙述者"。叶兆言，祖籍苏州，1957年生于南京，高中毕业后进一家小工厂当了四年钳工。叶家是一个文人世家，祖父叶圣陶是中国现代文学和教育的元老，父亲叶至诚是著名作家，母亲姚澄是著名戏剧演员。他在书香浓郁的环境中长大，从小阅读了大量中国古典小说、西方批判现实主义和现代派文学，打下了良好的文学和文化功底。1978 年考入南京大学中文系，毕业后分配至金陵职业大学当教师。1983 年考取南京大学中文系研究生，读现代文学专业，获硕士学位。1986 年到江苏文艺出版社当编辑，后调江苏省作家协会任专业作家、副主席。叶兆言 1980 年开始发表作品，主要创作小说，也写散文。出版长篇小说有《一九三七年的爱情》《花影》《花煞》《别人的爱情》《没有玻璃的花房》《我们的心多么顽固》等；中篇小说集有《艳歌》《夜泊秦淮》《枣树的故事》等，其中《追月楼》获得 1987—1988 年全国优秀中篇小说奖；他在短篇小说上成果颇丰，2009 年人民文学出版社出版了《叶兆言短篇小说编年》三卷，收集了 1988—2009 年的作品 50 篇。此外还出版有散文集《流浪之夜》《南京人》《杂花生树》等。

　　真正使叶兆言确立文名的，是他的中篇小说《夜泊秦淮》系列，均是写南京民国年间的传奇故事的。美籍华裔学者王德威给予高度评价和精当阐释，指出："《状元境》写一个二胡琴师与军阀小妾的一段患难姻缘；《十字铺》写革命男女青年间移花接木的爱情悲喜剧；《追月楼》写民国遗老勇拒日伪政权的忠义事迹；而《半边营》则细述抗战胜利后，一个家族败亡的最后一页。这四个中篇情节也许并不新鲜，但经叶兆言细心点染堆砌，读来颇能引人入胜。叶对民国史的种种，想来下了功夫，但若无充分的想象传承，他的'仿古'风格未必如此惟妙惟肖。"[1] 或许是叶兆言中篇、长篇小说的声誉，掩盖了他的短篇小说光彩，使后者默默无闻，其实作者的短篇小说也很出色。《绿色咖啡馆》《夏日最后的玫瑰》《杨先生行状》《花开四季》《我们去找一盏灯》等堪称精品。这些作品与他描写历史生活的中长篇小说不同，大都是书写现实中的城市和市民人物的，在艺术上形成了独有的叙述形式和格调。这些作品具有民间色彩和文化意味，是另一种老城的叙述。叶兆言在短篇小说艺术上有自己的追求，他说："我觉得一个好的短篇小说，就像一个建在风景区的小亭子，站在这个位置上，能够看到天下最美的风景。所以，一个好的小说，每一个小部分都应该是美好的，都是它的整体的一部分。"[2] 追求短篇小说形态的精

---

① 王德威：《当代小说二十家》，生活·读书·新知三联书店 2006 年版，第 203 页。
② 周新民、叶兆言：《写作，就是反模仿》，《小说评论》2004 年第 3 期。

美、整体的和谐、细部的呼应，显示了叶兆言独到而精妙的审美思想。

叶兆言是一个很难归类的作家。有的把他归到"新历史小说"，有的划入"新写实小说"，还有的圈进"先锋派小说"。这些"桂冠"也许能罩住他的极个别作品，却难以概括他的多数以至全部作品。由此可见他创作的丰富、多变、特别。这种"四邻不靠"的写作，可能使他的影响、评价有所削弱，但也恰恰显示了他的独创和个性。他的创作路子十分宽广，既有城市历史故事，也有城市现实生活；既有城市上流社会，也有城市底层世界；既有言情传奇故事，也有日常生活图景，还有侦探魔幻情节；既有现实主义表现方法，也有浪漫的和现代的种种手法……形成了一种浑然一体、炉火纯青的小说文本。他在内容和思想方面更多地借鉴了西方现代小说元素，而在格调和叙述语言方面更多吸纳了中国文化和古典小说精神。显示了他深厚的文化和文学修养。优雅、平和、睿智、超然是他小说的审美风格。他在长篇、中篇、短篇小说中都表现了这样的艺术特色。他在短篇小说上的特色，具体讲有这样三个方面。

首先是描绘了一幅流动的、变化的、多面的老城图画，就像徐徐打开的中国画长卷。叶兆言短篇小说描写的故事，大都发生在"文革"时期直至20世纪90年代，时间跨度有40余年。他书写的城市自然以南京为主，这座六朝古都他是那样熟悉和痴迷，但也不局限在南京，有时也写到北京以及南方的小城。而这些城市都具有老城的特征，他用一种通俗、从容而典雅的叙述格调和语言，讲述着老城的历史沧桑、现实变迁。《卡秋莎》写的是六七十年代北京城一帮年轻人的故事："'文革'后期，堂哥的客厅烟雾腾腾，像一个地下的文化沙龙，那个仿佛花盆似的烟灰缸，动不动就装满了香烟头。很多颓废的年轻人在那儿聚会，什么样的人都有，留着长发，剃着光头，写诗的，弄小说的，玩音乐的，学哲学的，搞摄影的，多少都有些能耐，好歹也会点儿艺术。""文革"还在继续，局势一片混乱，一些上流青年会聚一起，谈天说地，抒发苦闷。这是一幅多么典型的特殊年代的老城图画！八九十年代的南京，又是一番景象。《雨中花园》写一个教师家庭嫁女儿，那样简单、寒酸，显示了普通市民的生活状态。《榆树下的哭泣》写城市底层百姓的家庭纠葛、夫妻矛盾，表现了城市生活真实的一面。《绿色咖啡馆》是作家的重要作品，写一个叫李谟的年轻公务员，对城市的感受和一次"奇遇"。文本中隐含着三个层面：一是主人公阅读的一篇小说中有这样的情节："路口一家咖啡馆，走出来一位神秘的女人。"二是现实中的李谟看到的一家时隐时现的咖啡馆和一位亦真亦幻的神秘女人。三是有人讲："这儿解放前可能是有过一家咖啡馆。"作品把小说中的情节、现实里的情景、历史上的传说巧妙地交融在一起,颇有点魔幻色彩。小说意在表现城市环境的变幻莫测,历史文化对现实的影响,城市人虚幻、焦虑、孤独、骚动的情感精神世界,是一篇内涵复杂的城市小说。

其次是刻画了各种各样的城市人形象,其中有上层人物,有底层民众,有文化人,有性格古怪的民间人物,等等,显示了作家对城市三教九流的谙熟和对世事人生的练达。作家不大注重人物的外在性格,更多着力的是人物的命运。在对命运的真实展示中,蕴含了丰富的社会人生哲理和真谛。具有特异性格的人物,是作家最感兴趣的。《五异人传》写了五个市井人物:酒量特大、会玩女人的大学教师甘老师;做事过分认真、至死不改的晚清拳师甘浩;遇事就怕麻烦、唯求清静的富家子弟浦仁清;撒谎成性当作人生乐趣的阿炳;沉湎于制造假古董行当的剑影楼主。这些人物性格突出,命运坎坷,从他们身上可以窥见一些社会人生的奥妙。人生经历特殊的革命前辈,是作家格外留心的。《杨先生行状》中的早期共产党人、工人运动领袖杨义先生,白色恐怖时期糊里糊涂给国民党党部填了一封"自首表",不仅断送了自己的政治生涯、数十年受难,而且给儿女也种下了祸根。从中可见人生命运的偶然性、多变性,可见革命历史中残酷、诡异的内幕。城市里的底层人物、打工者的生存和遭遇,是作家特别关注的。《索玉莉的意外》里那位因意外之财而坏了名声、丢了工作的打工姑娘,《我已开始练习》中那个因性苦闷自残的打工小伙子,他们的遭遇令人同情,他们的命运发人深省,其中寄寓了作家的人道主义情怀。儿童、少年的成长,也是作家喜欢探索的,如《左轮三五七》《奔丧》《十一岁的墓地》等,写了一批鲜活的小主人公形象,其中有作家童年的影子。

最后是叙述了城市人形形色色的爱情、两性和婚姻生活。叶兆言是写情爱生活的高手,他的短篇小说中有相当一部分是写情爱生活的,且多有佳作。他不仅把情爱故事叙述得细腻入微、委婉曲折、浪漫动人,而且往往能揭示出人生和情感世界中的某些规律和奥秘,给读者以艺术感染和理性启迪。他的情爱故事带着一种传统故事的韵味,他的审美趣味也是古典式的。这些情爱小说大致有两种模式。一种可以概括为"痴心女子负心汉"模式。《夏日最后的玫瑰》写的是两位男女青年的婚外情。患神经衰弱症的阿潘在公园爱上做了乳腺癌手术的漂亮女子夏冰,其实只是病中无聊的一种"游戏",但夏冰却动了真情不能自拔,在病情复发的疼痛中苦盼着情人乃至死不瞑目。男人"负心"、女人"痴情",在情感上发生了严重错位，演绎出一场微妙、浪漫、悲凉的爱情活剧。《花开四季》中，散淡而平庸的老贾，却娶了一位漂亮、聪明、能干的妻子小杨。但恰恰是老贾背叛妻子有了外遇，温柔而理智的小杨又原谅、宽容了丈夫。它揭示了在看似和谐的婚姻关系中，往往隐藏着难以预料的危机。另一种可以称为"忠贞爱情悲剧结局"模式，忠贞的一方有男有女。《雪地传说》《结局或开始》《情人鲁汉明》《攀枝花》等都表现了这样的主题思想。《我们去找一盏灯》充分地表现了"初恋"感情的持久和顽强，"我"经过念中学、当工人、上大学、当教师30年的人生阅历，但对中学时代暗恋的漂亮女生如烟依然一往情深。尽管如烟人生多艰，已经变老，但"我"依然真情不渝，甚至不惜舍弃美满的家庭，与如烟旧梦新圆。作家表现了初恋感情的圣洁、忠贞爱情的不朽、人生命运的多舛。人生难以主宰，而真爱可以坚守。它折射出作家一种"乌托邦"式的情爱理想。

都市小说的成功开拓——邱华栋

2004年，"晚生代"作家邱华栋说："我觉得，从鲁迅到莫言这不到一百年的现代汉语文学的发展，这些优秀的作家，写作的背景都是农村和农业社会，而未来能够成为汉语文学的增长点的，毫无疑问是以城市为背景的文学。""下一个可以代表中国文学发展阶段和水平的，必将是以城市为背景的，写出了现代中国人的精神处境的作家，就像是美国作家索尔·贝娄或者约翰·厄普代克那样的作家，我，或者比我更年轻的作家，有望成功。"[1] 邱华栋崛起于1990年代中期城市化高速发展的历史时期，他自觉地创造了一种令人耳目一新的都市小说，成为这一潮流的代表性作家。

邱华栋，1969年出生于新疆昌吉市，祖籍河南西峡。1988年高中毕业，被免试破格录取到武汉大学中文系。1992年毕业后分配到北京市工作，在《中华工商时报》工作多年，2004年担任《青年文学》杂志主编，后调《人民文学》杂志社，历任编辑部主任、副主编。他16岁开始发表作品，18岁出版第一本小说集。中学、大学时期，担任学校文学社社长，是一位早慧的天才型作家。他精力旺盛，创作勤奋，文体多样，20余年中创作各类作品500余万字。出版长篇小说《夏天的禁忌》《夜晚的诺言》《白昼的躁动》《正午的供词》《花儿花》《教授》等9部；中短篇小说100多篇，辑集有《黑暗河流上的闪光》《都市新人类》《哭泣游戏》

<hr>

① 邱华栋：《挑灯看剑》，国际文化出版公司2004年版，第153、154页。

《午夜狂欢》等；散文随笔集《私人笔记本》《城市午夜的游走》；诗集
《花朵与岩石》《从火到水》；文学评论集《和大师一起生活》《挑灯看
剑》《世界电影大师 108 将》等。邱华栋的小说，绝大部分都是描写当下
城市生活的，地域集中在北京大都市。他起步很早，而真正引起文坛和评
论界瞩目的，是《上海文学》1995 年连续发表的中篇小说《手上的星
光》和《环境戏剧人》以及此后的众多短篇小说。他对短篇小说格外偏
爱，创作数量很大，艺术技巧圆熟，写尽五光十色的都市社会人生，形成
独特的艺术形式和个性。被誉为"晚生代作家"翘楚，城市文学新代言
人。但对他的创作，评论界表现出两种截然不同的评价，焦点集中在
"欲望化主题和平面化叙述"创作特征上，有的认为是真正富有价值和意
义的城市文学写作，有的认为宣扬了西方颓废的思想文化观念。

　　20 世纪 90 年代之后，城市短篇小说在"晚生代作家"手里，得到了
全新的、蓬勃的发展。邱华栋的小说看似写实、清浅、简洁，但思想和形
式的深层却显得丰富、驳杂、矛盾。

　　邱华栋的都市小说既表现了城市世界的现代、文明、富有、自由，又
揭示了现代城市的蛮横、冷酷、不公和种种丑恶现象，表现了一个年轻的
现代文化人的理性审视和忧患意识。在邱华栋笔下，飞速发展的北京大都
市，是那样博大、富饶、美丽、神奇。各种各样的高楼大厦、星级酒店、
超级商场；纵横交错的立交桥和如河流般的汽车、轿车；五花八门的文化
娱乐场所，如公园、剧院、图书馆、体育场、舞厅、咖啡屋……显示了市
场化时代创造的巨大物质和精神文明成果。这样一个都市世界，为千千万
万的人们提供了最丰富、最新潮的物质、文化和精神生活。每个人都有可
能在这里找到机会、获得成功、实现自我价值。但这里既是"天堂"，也
是"炼狱"，甚至是"地狱"。作家在《抛物线》等作品中表现了城市给
人造成的巨大生存和精神压力，两个年轻的生命不堪重负而跳楼自杀；在
《持证人》里显示了城市人与人之间关系的冷漠，一个人如没有合法证件
将会处处碰壁；在《时装人》中揭示了流行、时尚风潮的强劲和可怕，
频繁更新的时装带来的是大规模的仿制，是人的个性的泯灭和心灵的焦
虑；在《直销人》《电话人》《克隆人及其他》里则发掘了现代科技对人
的"异化"与危害，高科技生活用品在不断地剥夺着人的自由、扭曲着
人际关系甚至夫妻关系，而现代医学中的器官移植、克隆技术有可能改变
人的本性和家庭的人伦结构；在《袋装婴儿》《黑色飞艇》中展现了现代
城市的事件频发与给人造成的不安全感，这种恐惧有时来自黑恶势力的凶
杀作乱，有时来自对不明事物的谣言传播。邱华栋浓墨重彩地描绘了现代

城市的美好景象，同时针针见血地揭橥了当下城市的种种病症，真实而深入地表现了中国城市发展初期的情状和特征，在城市文学中显示了他独有的广度和深度。

邱华栋的都市小说既刻画了城市人的打拼、成功和自我价值的实现，又发掘了他们现实生存和精神情感上的种种困境，体现了一个作家的人文关怀和高远追求。作者1992年进入北京时，还是一个23岁的小青年。他是经过一路打拼、不断进取，成为一个文化人、新北京人，进入中产阶层的。他描写的人物也是与自己一样的同代人、同类人。这是一些来自外地的年轻人，大学毕业，有能力、敢闯荡。职业往往是小报记者、公司白领、自由写作者、流浪艺术家、个体小老板等，可以称其为青年文化人。他们游离在体制之外，不受有形和无形的约束，却必须遵循市场经济的游戏规则，具有应对社会和工作的实际能力，是市场经济和城市社会孕育出来的一种新人类。他们有毫不隐讳的金钱、物质、名誉、地位、权力以及女色、性欲等欲望，但也有较高的情感、精神、理想、人格的追求。简单地把他们概括为"欲望化人物"是不恰当的。这是一些缺乏深度的平面化人物，是一些集中了时代特征的类型化人物。它一方面反映了一代人的真实状态，另一方面也折射出作家把握人物的简单化和模式化。作家刻画了形形色色的都市青年文化人形象。有走向成功但最终毁灭了的人物形象。《公关人》中的W，大学毕业分配到大机关工作，跳槽进入大型外企做公关首领，有了一个妻贤女慧的美满家庭。外企老板评价说："W是一个善于交际的人，一个稳重、灵活、机智和口才出众的人，一个风度翩翩、势压群雄的人，一个最好的公关人。"但在他扬帆远航的时候，却突然离家出走，最后死在偏远酒店房间的面具和模特群中。他在遗言中说："……我无法承受我每天都在与几十个上百个面具人打交道的现实，而同时我本人也已是一个面具人、没有深度的人、假设人。"他是痛感到了社会和人的"面具和模特"的本质后，决然用自杀来拯救自己。W是作家创造的一个具有象征意义的形象。有困扰在爱情、婚姻、两性中的悲剧女性形象。《流浪者之家》里的少妇任菁菁，因投身事业而失去了丈夫和家庭，悲痛之下到一个"流浪者之家"做心理辅导员，其实她自己已是一个无家可归的情感漂泊者。《翻谱小姐》中的女主人公H，在与有家室的钢琴家高松年的爱情纠葛中，深深陷入了情与性的矛盾旋涡里。如何处理情与性的关系成为新一代人的人生难题。有在都市社会里蜕变为"新美人"的女性形象。《新美人》里的罗伊和檀，《乐器推销员》里的麦香，《沙盘城市》里的林家琪等，都是这类形象。这些"新美人"年轻漂亮、聪颖能干，专门用色相和肉体诱惑、利用成功男人，一旦获得成功就弃旧图新去寻找更高层次的"猎物"。这是开放在城市里的"邪恶的花朵"。是作家对一种独特女性的敏锐发现。还有看破红尘继而追求超然人生的都市人形象。如《飞越疯人院》中的广告公司创意部经理费力，告别商界去追寻自己的昔日情人，《保险推销员》中的何佩瑶，遭遇车祸后留下遗言把自己的大笔人寿保险赔偿返还给众多客户，以唤醒人们的善良和仁爱之心；《艾多斯》中的房地产商宿作东，金盆洗手到阿尔泰草原去当牧羊人，去寻找一种自由、踏实、浪漫的人生方式。在这最后一种人物形象身上，显示了作家对世俗的、欲望的人生的批判，寄寓了作家对真善美人生的呼唤。

邱华栋的都市小说继承了西方现代小说的创作思想和表现形式，运用了大量的荒诞、象征手法和平面化叙事，又吸纳了现实主义小说和诗歌的艺术手法，近距离地表现和解剖都市现实，用独特的意象概括和表现生活。形成了一种逼真而鲜活、流畅而奇崛、简约而丰盈的现代小说形态和个性。当然，他的小说也有缺憾，如缺乏一种历史文化的丰厚感，少了一些思想探索的深刻性，作为反映现代都市的文学，应该有更高的要求。

朱文颖：在历史与现实中的"穿行"

青年评论家吴俊在与朱文颖对话时说："假如可以把你的小说题材分为过去的故事（历史）和现在的故事（当代）的话，在历史题材中见出当代的情怀当然司空见惯，不足为奇，可是，把当代的生活维系在历史的也可以说是近于古典的精神中，使现在活在过去之中，这却是你的小说的独特之处。所以，你的一些写当代生活包括都市生活的作品就有着不同一般的'古典'意味。"朱文颖答："这个所谓的'古典'，或许就是我潜意识里的一个根本。是我一直在寻找的一个东西。"① 作为一位"70 后"的城市小说作家，朱文颖不仅跨越了时间，既写历史中的城市也写现实中的城市，而且跨越了空间，既写上海，也写苏州。穿行在广阔的时空中，发掘、展示着城市的历史沧桑，观照、书写着城市人的生存和精神境遇，在"新生代"城市小说作家中显示出独特的追求和个性。

朱文颖，1970 年出生于上海，成长于苏州。大学读的是经济专业，毕业后曾在外贸公司、出版社等工作，后调《苏州日报》社当编辑。

---

① 朱文颖：《花杀·古典的叛逆》，文化艺术出版社 2006 年版，第 336 页。

1996 年开始创作，出版长篇小说《高跟鞋》《水姻缘》《戴女士与蓝》等，发表中篇小说《繁华》《世界》《万历年间的无梁殿》等。她在短篇小说上也多有精品，如《浮生》《重瞳》《花杀》《哈瓦那》《天仙配》等。此外还出版有散文集《我们的爱到哪里去了》。曾获《人民文学》年度青年作家奖等奖项。有论者称：在朱文颖的小说中，既有苏州的古典、温婉，又有上海的现代、浪漫。她对养育了自己的这两座南方城市，有着真挚的感情和丰富的体验。"穿行"在"双城"之间，使她更深切地感受到了二者在文化精神上的共性和个性。她特别神往的是古代和近代两个城市的那种生活形态和文化情调，而对现代城市商业化、物质化的潮流，有一种出自本能的抵触和审视。她是"70 后"作家中，对城市有着很深体验和理性思考的作家。朱文颖在小说的艺术形式和手法上也有自己的独特追求。她淡化小说的故事性和戏剧性，在一个大略的故事框架内加重了对环境、场景、细节、心态的描写。她往往以第一人称——女性的视角切入情节，但"我"的角色是各种各样的，使小说在题材和格调上多姿多彩、自由灵动。她大量运用意象、空白、荒诞情节、心理剖析等表现手法，逼真而深入地表现了城市的斑驳生活和复杂人生。婉约、雅致、幽深是她小说的审美特征。当然，她的小说也有缺点，譬如思想视野有点狭窄、单一，故事结构不够严谨、和谐。

再现历史中的城市生活，寻找一种独特的地域文化和美的人情人性，是朱文颖小说中最有魅力的所在。《浮生》改写了古代爱情经典《浮生六记》中沈复和芸娘的故事，地点在苏州。作者把古代的苏州写得逼真细腻，出神入化。沧浪亭的夏日风景、茉莉花香味、千回百转的小巷、出太阳下雨、诡异的狐狸故事……呈现出一幅古典而神秘的城市风情画。芸娘和丈夫三白的情感、婚姻生活也颇耐人寻味，在看似和谐的夫妻关系中，其实隐藏着隔膜、疑惑、分离的危机，而根源就在芸娘长了两只不雅的虎牙并与狐狸传说有关。芸娘不久患病而亡，美好的婚姻化为一场悲剧，折射出苏州文化中迷信、诡异的一面。《花杀》同样写的是苏州古城的生活。富家小姐"我"与丫环小红兼做卖花生意，二人同时暗恋上了顾客景虎，因此闹出一些争风吃醋的小纠葛。但敏感的小姐却发现，景虎酒宴上的鸽子肉的奇香味道，竟与毒花的香味非常相似，又与父亲的暴病身亡有某种联系。在美好、朦胧的爱情生活中，竟暗藏着杀机和阴谋，这又是苏州文化中看不见的一面。古代男人与女人之间那种真诚而浪漫的爱情，是朱文颖格外痴迷的。《绯闻》改写的是晴雯与宝玉的一段故事。飞雪弥漫，天寒地冻，晴雯自告奋勇上街为宝玉和众姐妹去买绍兴酒，在街上偶遇一位男子，她恍惚觉得他就是宝玉，在酒店同饮美酒、袒露心迹，充分显示了这位"心比天高，身为下贱"的痴情女子对宝玉的一往情深、勇于奉献，对爱情的执着追求、浪漫想象。《重瞳》重写的则是南唐后主李煜与小周后的最后时光。作者把李煜在抵抗与投降之间的痛苦选择，把李煜和小周后之间炽热的爱情、深切的理解、坚韧的互助以及为爱而生而死的非凡精神感情，写得曲尽其幽、可歌可泣。《花窗里的余娜》既写上海也写苏州。写的是两个家族三代人的兴衰。第一代人既能艰苦创业，又能享受人生；第二代人生来平庸，又遭逢革命和建设时代，连业都守不住；第三代人要么折腾一番走上了颓废避世的路子，要么"不务正业"沉浸在虚幻的"文学梦"和"爱情梦"中……作家揭示了城市人"一代不如一代"的退化之势，对前代人的进取精神、浪漫人生表示了赞赏和缅怀之情。

　　描绘现实中的城市生活，揭示物化时代人们的迷茫、孤独和恐惧，发现他们对真情、温暖、浪漫、道德等"古典"情怀的渴望与寻觅，是朱文颖小说中富有现实意义的地方。这一主题的表现，主要集中在爱情、婚姻两个题材领域。先看爱情题材的描写。《病人》写了苏州城市一些年轻人的日常生活和爱情生活，在散淡的交友、酗酒、游园中折射出他们人生的迷茫，在随意的同居和择友的权衡上反映出他们爱情生活的失衡，作者揭示的现象颇有普遍性。《哈瓦那》是一篇城市小说力作，描写的是上海大都市白领阶层的工作和爱情。作家对上海以及上海人本质的发现是敏锐而深邃的："上海是母的"，"上海骨子里"有"女性气质"。"上海女人骨子里很现实"。"传统的东方的底子，加上高压生活的磨炼，造就了上海人内心的坚硬、矛盾与畸形，但同时产生的，还有一种奇异的智慧。"小说中的"我"——某公司市场总监——一位大龄女白领，周旋在公司老板的逢场作戏、男朋友的功利爱情、中年男人王莲生亦真亦假的情感交往中。她既小资、精明，又纯情、浪漫，在"上半截的理智"和"下半截的本能"的不断矛盾中，有时迷茫有时清醒，苦苦地寻觅着一种现实与理想结合的爱情生活。再看婚姻题材描写。婚姻是人类的一种伟大发明，但它反过来又给人造成种种束缚，成为作家笔下的永恒题材。《一个沙漠中的意大利人》写一对年轻夫妇去敦煌旅游度蜜月，面对茫茫沙漠中人类的文明创造，面对那位热诚、快乐、自由的意大利游客，新娘竟产生了一种痛哭一场的欲望，蜜月的激情烟消云散，婚姻成为一种微小、虚幻的存在。《天仙配》是一篇审视婚姻生活的精品小说。护士林小雨与设计师欧阳简直是一对天造地设的美满伉俪，但随着世俗婚姻和家庭生活的展开，专制、自私、多疑的丈夫，同温柔、贤惠、自立的妻子发生了深刻矛盾。妻子曾企图冲破婚姻的藩篱，甚至离家出走，但最终还是回到了丈夫身边。林小雨是一个兼有传统品格和现代精神，在不平等的家庭生活中努力实现理想婚姻和女性独立相统一的独特形象，其中寄寓了作家对婚爱的反思和愿景。

第六节　"女性写作"的别样风景

综　述

在 20 世纪 90 年代之后的多元化文学格局中，"女性写作"无疑是引人注目的一元，且是发展最充分的一元。有文学史家称，在中国现当代文学中"女性写作"出现过两次"高潮"，一次是五四时期，另一次是八九十年代，而后一次高潮无论是创作势头，还是作家人数，或是持续时间，都超过了前一次。女性文学在思想和艺术上都达到了一个新的高度。它乘着思想解放的大潮特别是西方女性主义理论的思潮，在关于女性的一系列问题上都进行了深广的探索。它在艺术上以"先锋"姿态，大胆借鉴西方现代、后现代艺术形式和手法，创造了一种独领风骚的审美形态。它在长篇、中篇、短篇小说文体上都有丰硕的成果，主要集中在长篇、中篇小说上，但有部分作家在短篇小说创作上成绩斐然。

近百年的中国现当代文学，女性文学走过了一条极为艰难、曲折的道路。五四时期，一大批精英知识分子掀起启蒙运动，倡导民主、自由、科学思想，众多女作家一时间脱颖而出，如陈衡哲、冰心、石评梅、庐隐、冯沅君、凌叔华、白薇、罗淑，以及后来的丁玲、苏雪林、张爱玲、萧红等，积极参与到时代大潮中，以文学的形式，在"个性解放""婚姻自主"等社会运动中，显示了女性的力量，发出了女性的声音。但到 20 世纪三四十年代之后，"救亡"压倒了"启蒙"，"革命"成为主导，女性文学逐渐退潮，坚持写作的少数女作家也不再把女性问题当作主要课题。新中国成立后的五六十年代，实行"男女平等、同工同酬"，"爱情自由、婚姻自主"政策，在提高妇女社会地位、解放妇女生产力的同时，却出现了消解女性性别特征、加重妇女社会和家庭负担的诸多问题。此时能够创作的女作家，绝大部分是从革命战争年代走过来、已有文学建树的"战士"和知识分子，如杨沫、茹志鹃、草明、刘真、菡子、韦君宜、柳溪等。她们创作的题材，一是回忆刚刚结束的革命战争生活，二是歌颂当下的新时代和新人物。尽管在视角上、语言上也会有女性作家的特点，但在整体上与男作家的创作没有根本区别。像宗璞那样刚刚起步、创作上有鲜明女性文学特色的作家是极少数。可以说这是一个没有女性文学的时代。"文革"十年，极"左"乃至"阴谋"文学横行文坛，女性文学更是销声匿迹，虽有一些四五十年代出生的女作家，譬如知青作家，开始创作，但她们的崛起要等到新时期开始之后的 80 年代。

20 世纪 80 年代是女性文学的发轫期。但在初期性别特征并不鲜明。正如洪子诚指出的："80 年代初，女作家并不以'女性'群体的面目出现。在读者和批评家看来，女作家的创作与男作家并无明显差别。她们同样参与了对'伤痕''反思''寻根'等文学潮流的营造，一起被称为'朦胧诗人'或'知青作家'。女作家的创作，并没有刻意追求与'女性'身份相适应的独特性。"① 而到中期，女性文学开始偏离主流话语，对女性问题进行关注和探索。譬如对知识女性的人格独立、事业抱负，同爱情、家庭的矛盾；譬如在爱情与婚姻分离的情境下，能否坚守一种柏拉图式的精神相爱等问题；譬如如何理解特定的社会、文化环境下，女性的原始性欲和生命激情，等等。这些女性问题都带有一定的社会性和道德性，仍然可以纳入新时期文学主潮中去。这一时期的女作家创作，可谓人多势众，春潮激荡。从作家类型上看主要有这样两种。一种是五六十年代已经成名、人到中年的如张洁、谌容、宗璞、戴厚英、戴晴、航鹰、叶文玲等。另一种是经历了"文革"和"上山下乡"运动的如王安忆、张抗抗、张辛欣、铁凝、黄蓓佳、徐小斌、残雪、蒋子丹、池莉、方方、毕淑敏等。值得注意的是，这些女作家长、中、短篇小说皆擅，但绝大部分是从短篇小说起步的，其中的多位一直坚持短篇小说创作，推动了这一文体的变革和发展。

20 世纪 90 年代是女性文学的勃发和成熟期。其原因有几个方面。一是女性意识的逐渐自觉。什么是"女性文学""女性写作"？女作家乃至整个文学界最初是模糊的，曾经认为只要作品表现的是女性，或者女作家创作的作品，都可以称为女性文学。但随着探索的深入，越来越认识到，只有具有真正的女性意识才能称为女性文学。乐黛云的观点颇有代表性："女性意识应包括三个不同的层面：第一是社会层面，从社会阶级结构看女性所受的压迫及其反抗压迫的觉醒；第二是自然层面，从女性生理特点研究女性自我，如周期、生育、受孕等特殊经验；第三是文化层面，以男

---

① 洪子诚：《中国当代文学史》，北京大学出版社 1999 年版，第 357 页。

性为参照，了解女性在精神文化方面的独特处境，从女性角度探讨以男性为中心的主流文化之外的女性所创造的'边缘文化'，及其所包含的非主流的世界观、感受方式和叙事方法。"① 这一观点，不仅是对女性文学研究的概括，也是对女性文学创作的引导。二是女性文学译介、研究、扶持多方合力的结果。从 80 年代中期到 90 年代，西方女性主义理论著作的译介持续升温，先后出版了桑竹影、南珊翻译的西蒙·波娃的《第二性——女人》，林建法等翻译的《性与文本的政治》，张京媛编译的《当代女性主义文学批评》，宋文伟翻译的凯特·米利特的《性政治》，以及西方女性主义经典著作《女权辩护》《妇女地位的屈从》等。国内的女性文学研究也欣欣向荣，不仅发表了大量评论文章，同时出版了多部有特色的学术著作，如陈顺馨的《中国当代文学的叙事与性别》，林丹娅的《当代中国女性文学史论》，刘慧英的《走出男权传统的藩篱》，寿静心的《女性文学的革命：中国当代女性主义文学研究》等。国内的出版社与文学刊物对女性文学的发展起了推波助澜的作用。多家出版社推出女性文学丛书，《小说界》《山花》《作家》等不断开辟年轻女作家专栏。三是1995 年世界妇女大会在北京的召开，有力地促进了女性主义理论的研究与传播，激发了广大女作家的创作热情。90 年代中期，女性文学研究与创作达到了高潮。

　　20 世纪 90 年代中期之后的女性文学同 80 年代女性文学相比，有着根本的区别。现实的社会和文化背景发生了深刻变化。市场经济已成为社会主潮，物质化、享乐化、欲望化的世俗风气空前泛滥。大一统的文化形态不复存在，主流文化、大众文化、精英文化等"三分天下"。这就给女性文学的发展提供了广阔的空间和充分的自由。女性写作突破男性话语的遮蔽，公开宣示女性文学的独立存在和性别意识；它以决绝的姿态展示女性的存在和力量，解构和颠覆男权神话；它回归女性的"私人生活"，展现女性复杂幽深的情感精神世界，以抗衡强硬而霸道的男权社会；它坦率表现女性的性欲望、性心理、性趣味乃至同性恋、恋父恋母情结、自恋倾向等，充分彰显女性的私人性、隐秘性。这后一种创作倾向，被称为"私人化写作""欲望化写作"。在这一创作潮流中，陈染、林白、海男、徐小斌、徐坤、须兰等出色地显示了她们的创作潜力和艺术才华，使女性写作呈现出一幅灿烂妖娆的文学景观。陈染在《私人生活》《与往事干杯》《嘴唇里的阳光》等作品中，以自述传的笔

① 　乐黛云：《中国女性意识的觉醒》，《文学自由谈》1991 年第 3 期。

法，展示了一个知识女性的情感创伤和幽居生活。林白在《一个人的战争》《说吧，房间》《回廊之椅》等小说里，深入剖析了女性的情感精神世界，力图建构一个女性生存的理想世界。海男在《女人传》《私奔者》《我的情人们》等篇章中，表现出对男权社会的逃离和批判，对女性生活的迷惘和探索。徐小斌在代表作《羽蛇》里，以一个家族五代女人的故事，书写了女性生命的深度创痛和宿命命运。徐坤在《厨房》《狗日的足球》《遭遇爱情》等短篇小说中，揭露了男权主义在日常生活中的渗透和独霸，解构了男女平等神话的荒谬。须兰在《仿佛》《红檀板》《纪念乐师良宵》等作品里，发掘历史情境中的人物命运与心理，展现了女性人物的精神变迁。而在 60 年代出生的迟子建、潘向黎等的作品中，女性依然固守着传统文化和品格。这些女作家的创作，代表了女性文学的思想和艺术高度。

女性写作历经 20 世纪 80 年代的探索，90 年代的成熟，进入世纪之交，出现了新的变奏。70 年代出生的所谓"新生代"作家以"剑走偏锋"的姿态登上文坛。卫慧的《上海宝贝》《像卫慧一样疯狂》《蝴蝶的尖叫》，棉棉的《啦啦啦》《每个好孩子都有糖吃》《九个目标的欲望》等，是这一创作取向的代表作家和作品，她们无所顾忌地描写着另类人物的另类生活，如酒吧 DJ、歌手、同性恋者、吸毒者、妓女等，她们的酗酒、狂舞、吸毒、做爱等奢靡生活。这种写作被称为"另类写作""身体写作"。而木子李的《遗情书》更把这种写作推向了极端，作者把身体以及性完全变成了一种娱乐和游戏，消解了所有的社会性和文化性，受到了社会和读者的批评、抵制。但同是"70 后"的朱文颖、金仁顺、付秀莹等人的创作，却开始向城市历史靠拢，向传统文化回归，表现出另一种创作倾向。至此，女性文学走向了末路。

女性小说在审美形式上独具风采。自述体成为一种常见的体例，这种写法自然、深切、灵动，在写实与虚构之间自由切换，强化了小说的真实性和感染力。抒情性是女性写作的独有长项，在叙述中抒情、在抒情中叙述，叙述与抒情水乳交融，使女性小说在情感和意境上别具一格。散文化是女性作家常用的方法，小说自然不能没有故事，但故事性太强也会窒息生活，女作家一般不擅长营构戏剧化情节，但她们对生活的敏锐观察，对细节的特别感悟，使她们在散文化的描述中，呈现出浓郁的艺术魅力和个人风格。这些审美特征，既表现在长篇、中篇小说中，更体现在短篇小说里。

陈染:开掘知识女性的精神困境

在"女性写作"潮流中,陈染是一位重要的、独特的、天才的作家。她以自己新锐的感觉和思想,开掘女性在社会人生中的艰难命运和心灵裂变,特别是知识女性的精神困境和执拗探索,颠覆传统的男权秩序和性别关系,成为女性文学的一个新高度。陈染,1962年生于北京。幼年学习音乐。中学时期兴趣转向文学。1982年考入北京师范大学分校中文系,1986年毕业后留校任中文系教师四年。1991年调入作家出版社做编辑。曾在澳洲墨尔本和英国伦敦大学、爱丁堡大学等旅居生活和讲学。2002年后,深居简出,专事创作。陈染1982年开始创作,在《诗刊》《人民文学》等杂志发表诗歌。1985年转向小说创作,在《青年文学》发表短篇小说处女作《嘿,别那么丧气》,此后在《收获》《花城》《钟山》《当代》等刊物发表大量中短篇小说,有多部作品在英、美、德、日等国家翻译出版。曾获中国当代女性文学创作奖等奖项。她的长篇小说代表作有《私人生活》《声声断断》,中篇小说重要作品有《与往事干杯》《无处告别》《破开》等,这些作品带有浓郁的自传色彩,表现了强烈的女性意识和探索精神,成为20世纪90年代女性文学的标志性作品。在女性作家中,她的短篇小说成就卓著,代表作有《世纪病》《空的窗》《纸片儿》《嘴唇里的阳光》《离异的人》《沉默的左乳》等。这些作品以更为开阔的社会背景和多样的题材,表现了女性生活和精神世界,在艺术上具有"先锋"、现代小说特色。此外,她在散文创作上十分勤奋,出版了《流水不回头》《我们能否与生活和解》《人语物语狗语》等。2001年作家出版社出版了《陈染文丛系列》六卷本,收集了她的大部分作品。

女性文学在二三十年的发展历程中,20世纪80年代可称"探索期",90年代是为"成熟期",世纪之交以后进入"变异期"。陈染创作活跃之时正逢女性文学成熟期。这一时期,西方女性主义思想理论大量进入中国,众多女作家的创作有了自觉的女性意识,女性文学呈现出空前的繁茂景象。解构和颠覆男权中心文化,彰显女性的生存和精神困境以及情感生理欲望,成为女性文学的核心主题。这样的文学潮流,学界称为"个人化""私人化"写作,有的表示理解、赞赏,而有的表示怀疑、否定。对陈染的批评则持续不断。陈染旗帜鲜明地表态:"我认为我的作品就是一种个人化写作,我没有进入宏大叙事;我没有去写时代历史的什么黄钟大吕;我无力写这些,也不会。我只愿意一个人站在角落里,在一个很小的位置上去体会和把握只属于人类个体化的世界。这就是个人化写作或私人写作。以我的看法，所有能够真实而深刻地表现人性的好作品都只能在个人化写作中完成。"① 对陈染以及创作的批评，主要集中在两点。一是认为她直露地写了女性的性欲望、性变态等，有违社会伦理道德。这样的指责从社会文化建设的角度看并没有错，但更应该看到的是，陈染并没有宣扬性解放、性物化，而是在揭示女性在男权社会中的性压抑、性扼杀，重新唤醒女性在性上的天赋人权。这是女性人权中的重要课题。二是认为她这种自叙传、自恋式的"私人化"写作，没有足够的社会文化价值。评论家往往把陈染的小说内容同作者的个人生活混为一谈。其实小说文本是一个独立的艺术世界，陈染在她的作品中已作了全新的想象、虚构和升华，它既是作家个人生活的折射，更表现了女性乃至人类的生存与精神困境。

陈染小说的广泛影响，同时与她对"先锋"、现代小说艺术的追求密切相关。她从大学时期，就开始阅读西方现代思想和文学著作，譬如弗洛伊德理论，譬如马尔克斯小说等，这样的阅读伴随着她的创作生涯。在小说叙事模式上，她打破了情节小说、人物小说、抒情小说的壁垒，注重情节的连贯但不囿于情节的束缚，使故事情节呈现出开放状态；着力刻画人物而不拘泥于性格，多以第一人称"我"为主角，带有自传色彩，着重表现人物的精神特征和心理世界；抒情成为小说的主旋律，把记事写人都纳入抒情叙事中，创造了一种忧伤、孤冷的情感基调。在表现方法和手法上，她大量借鉴西方现代小说的意识流、荒诞、象征、神秘等，显示出一种新奇、诡谲、多变的审美特征。在叙事语言上，她追求一种淡雅、空灵、诗意、哲理等相交融的艺术效果，形成了鲜明的个人风格。

评论家更多关注的是陈染对女性生活的描写，而对其他方面的描写则注意不够。陈染小说在题材、人物上确实较为狭窄，但思想内涵却是多样、广阔的。她表现了女性对现实存在的抵抗与逃避。譬如《梦回》《碎音》《定向力障碍》中，都有一个知识女性"我"，不仅不能适应工作单位刻板乏味的环境、顶头上司装腔作势的派头，而且厌倦家里丈夫的冷漠、虚伪，产生了未老先衰的怀旧心理，一次一次想逃离现实与家庭，表现了一个敏感、脆弱的女性在男权社会中的卑微地位和逃离愿望。她表现了现代人深刻的孤独感。《空的窗》是一篇构思奇妙的精品。女人"我"双目失明，每日清晨开窗眺望，幻想着远在国外的男朋友；而那位退休老教师，每天奔波在城市，递送着一封封地址不详的"死信"。他们承担着

① 陈染：《姿态与立场》，《作家》2001 年第 2 期。

巨大的人生孤独,心中的希望却没有泯灭。《残痕》则通过一位截去左腿的女人的心理和行动,把她敏感、孤独、绝望的内心世界表现得淋漓尽致。她还表现了历史和现实的神秘与荒诞,集中反映在"小镇神话"系列小说中,这批创作于 1986 年后的作品被一些评论家归入"寻根文学"中。譬如《纸片儿》写一个哑女孩同单腿人的畸形爱情以及一个古老家族的败亡。譬如《小镇的一段传说》写荒僻小镇一个怪异女人开记忆收藏店最终在河北岸神秘之地失踪。诡异的情节、怪诞的人物、奇特的想象、难解的谜底……表现了历史与现实的神秘难测与荒诞不经,显然受到了拉美魔幻现实主义文学的影响。

　　陈染小说表现最出色的自然是知识女性的情感、精神困境。正如於可训形象概括的:"她的高妙之处就在于:封闭了自己,却让她笔下的人物与这个世界较真。就拿陈染笔下的人物最纠缠不清的'恋情'来说吧,父亲是可恋的吗,陈染笔下的人物却脱不了恋父情结;同性是可恋的吗,陈染笔下的人物却热衷于同性的恋情,但与此相反,异性是不可恋的吗,陈染笔下的人物却往往规避异性的恋情;他人是不可恋的吗,陈染笔下的人物却常常醉心于自我的肉身。"① 人际感情、人伦亲情、两性爱情等,本来是历史和社会早已规约和划定的,它是以男权文化为中心的。但正是在这些关乎伦理道德的重要问题上,陈染揭示了女性被遮蔽的人情、人性以及她们在情感、精神上的挣扎、探索。她并没有一概否定女性的正常爱情,但这种爱情往往是错位的、虚幻的。《与假想心爱者在禁中守望》里的寂旖是一位著名的报幕员,她孤身一人幽居高楼,床头摆着男朋友的照片,她与他在想象中对话,在梦中相会,把他当作自己的"魂"。但这位男友已有家室,且远在异国。《秃头女走不出来的九月》中的"我"执着地追求着诗人莫根,但这个男人也有家室,且行踪不定,"我"的爱情同样是虚幻的。陈染在多篇作品里表现了女性的恋父恋母情结。《巫女与她的梦中之门》深切地描写了"我"的失父与恋父经历。父亲性格暴戾、与母亲离婚,给"我"留下了深刻的心理创伤。正是这种"缺父"心理,使 16 岁的"我"在尼姑庵与一位同父亲一样年龄的男人发生恋情,并有了两性关系。这一事件始终在影响着"我"的情感精神和人生轨迹。《嘴唇里的阳光》中的黛二小姐,所以会爱上比她大许多岁的牙科医生孔森,就是在他身上感受到了一种慈父的沉稳、关爱和安全感。《凡墙都是门》描述了"我"真实、琐碎的幽居生活以及恋母情结。"我"与母亲相依为

---

① 於可训:《陈染专辑·主持人的话》,《小说评论》2005 年第 5 期。

命，母女之间既是亲人，又是朋友，组成了一个独立的女性世界。同性恋情在陈染的中篇小说里表现较多，在短篇小说《麦穗女与守寡人》中也有描写，"我"与英子是心心相印的密友，但在关键时刻英子却出卖了"我"，显示了同性恋情的脆弱与人性的卑劣。陈染最引人注目和争议的是对女性性欲和情与性分离的深广揭示。《时光与牢笼》中的报社女编辑水水，有过三次浪漫而错误的婚姻，第四次嫁给了一个年轻、单纯、专情的小男人，在他那里得到了性的满足。其实这并不是她所要的爱情和婚姻，因此产生了一种"不易觉察的失落"。情与性出现了分离。《沉默的左乳》里的"我"是一位漂亮、能干的单身女人。她在发廊里主动挑逗年轻、帅气的理发师阿粼，心里有一种"凭什么总是男人勾引女人"的不平，渴望着与青春男子的淋漓性爱。她把情与性作了理智的剥离。身体可以与健美的男人交合，"说话先生"——右乳可以让男人触摸。这里表现的是现代女性在两性上的开放与主动。但她决不情愿对年轻理发师说出那个"爱"字，对于"沉默小姐"——左乳，则"顽固地把它留给那个人"，她在情感与精神上依然保持着知识女性的清高与自主。这大约就是现代女性的人格分裂和无奈选择吧！

解构知识分子与女性的现实生存——徐坤

与陈染、林白书写女性私人生活和情感体验，反抗男权社会对女性的遮蔽不尽相同，徐坤着力展示现实生活中无处不在的男性霸权，解构了男女平等、女权主义的虚妄神话；同时，她对知识分子的现实生存进行了深入的理性审视，揭示了他们的尴尬处境和衰落命运，在 20 世纪 90 年代的文学创作中显示了犀利的思想力量和独特的艺术风采。徐坤，辽宁沈阳人，1965 年出生。1980 年就读辽宁省实验中学，1982 年考入辽宁大学中文系读本科、研究生，获硕士学位。2000 年在中国社科院研究生院攻读博士、获文学博士学位。1990 年后，先后在中国社科院亚太所、文学所工作。2004 年调入北京市作家协会，从事专业创作，任副主席、中国作协全委会委员。

徐坤从 1993 年开始创作，出版长篇小说《春天的二十二个夜晚》《爱你两周半》《八月狂想曲》等。中篇小说代表作有《白话》《先锋》《热狗》《沈阳啊沈阳》《年轻的朋友来相会》等。短篇小说重要作品有《遭遇爱情》《鸟粪》《狗日的足球》《午夜广场最后的探戈》等，《厨房》2001 年获第二届鲁迅文学奖，还有多篇作品获《人民文学》《中国作家》《小说选刊》《小说月报》等奖项，显示了他在短篇小说上的突出成就。

此外还发表有一批文学研究和评论文章，出版多部散文随笔集。

在 20 世纪六七十年代出生的"新生代"作家中，徐坤兼有学者和作家的"双重身份"，这使她比一般的青年作家艺术视野更为开阔，理性思考更为深入。於可训指出："徐坤的创作当然是很丰富的，但她在作为女性解构了女性主义的同时，又作为知识分子，解构了知识分子的精英意识，因而不断地进行文化的'解构'，就成了徐坤的创作的一个基本特征。这特征就使得徐坤作为一个女性作家，却有一股男性的气质；作为一个知识分子，却更加接近大众的趣味和心灵。"① 攻读文学博士和从事文化文学研究，使她具有丰厚的文学功底和开阔的理论视野，因此她一转入小说创作，就纵横驰骋，游刃有余，篇篇作品均合经典文学之道。而从小立志小说再加上丰富的人生体验和横溢的艺术才华，又使她的创作题材广阔，情理交融，在"女性写作"中脱颖而出。感性体验与理性渗透，女性意识与男性胸怀，精英立场与大众趣味等，在徐坤小说中兼容并蓄，拿捏得当，赢得了文坛、学界以及各类读者的喜爱与好评。在她的全部创作中，短篇小说是格外重要的一部分，不仅数量多，而且质量高，有十几篇获得各种奖项，有的已进入经典作品行列。在表现方法上，同样兼容了现实主义、现代派乃至通俗小说，白描、抒情、议论、象征、反讽等手法，都使用得驾轻就熟。当然，她的小说也有局限性，譬如有些作品的思想内涵有主题先行的痕迹，在叙事抒情上有直露冗杂的现象。这或许是作者在处理感性和理性上的不当造成的。

徐坤揭示了 20 世纪 90 年代知识分子的尴尬生存、衰落命运以及努力突围。90 年代是中国社会的一个重大转型时期，"革命"和"思想"戛然断裂，市场经济轰然展开，大众文化汹涌而来，精英知识分子丧失了他们的中心位置，滑向社会边缘。面对这样的局势，知识分子的地位、作用、生存都出现了问题。徐坤从 1993 年创作伊始，首先从她熟悉的知识分子入手，不仅发表了《白话》《斯人》《先锋》《呓语》等多部中篇小说，而且推出了一批短篇小说，直接深入知识分子的现实生存和精神困境中。《一醉方休》通过知名作家老张酒醉后的一幕幕丑态，引出了他昔日的艰苦奋斗、在社会和文坛上的无限风光，揭示了他当下在单位的不如意、在家里的受欺负以及内心的不平衡，用夸张、调侃的笔调，活画出90 年代作家的悲凉情状。《鸟粪》是一篇寓意深远的象征小说。端坐在广场中央的青铜雕塑"思想者"，象征着一直被尊崇的知识分子形象。但在

① 於可训：《徐坤专辑·主持人的话》，《小说评论》2005 年第 1 期。

市场化、世俗化的 90 年代，他被人们冷落了、遗忘了。他试图走进沉醉在灯红酒绿的现代人中间，但他们不仅不认识他，还愚昧地羞辱他。现代人只知道享乐，忘记了思想。他试图走进城市郊区底层人物中间，但他们只记得生计和利益，对他施行了粗暴的锯砍和阉割。底层人只懂得生存，不晓得去思想。最后他只好无奈地回到广场，成为鸟儿们游戏、栖居和拉屎的高台。在这篇构思奇妙的作品中，蕴含着作家坚定的精英立场和对知识分子处境、生路的深重忧患。徐坤还揭示了知识分子的衰落命运和对理想的不灭信念。《早安，北京》用纪实的手法，描述了北大的高才生巩泽原，怎样在世俗的家庭生活、琐碎的亲戚事务中，变成一个优柔寡断、胸无大志的中年公务员。但在天安门升旗的庄严仪式中，他的麻木心灵重新被唤醒。《昔日重来》中的孙立民，经历了下乡、高考、离婚、再婚、停职、经商等一连串人生变化。在年过半百之时却要弃商治学，一边教书一边读博，就是因为他感受到了世俗社会的嘈杂无聊，要重新在学术文化中寻找价值和理想，表现了知识分子永不熄灭的追求和信念。

　　徐坤解构了男女平等、女权主义神话的虚妄，显示了她敏锐的思想洞察力和出色的艺术表现力。她尖锐地揭露了现实生活中，男性霸权的无处无时不在。《狗日的足球》是这一主题的代表作。大学教师柳莺本是一个球盲，在男朋友的影响下喜欢上了马拉多纳和足球。但当她和男友观看阿根廷队与国安队的对抗赛时，"傻比尔"！"傻比尔"！"几万人的粗口汇成一股排山倒海的声浪，用同一种贬损女性性别的语言，叫嚣着，疯狂地挤压过来，压过来，直要把她压塌，压扁"。她想喊出愤怒的语言，捍卫女性的自尊，"却发现这个世界根本就没有供她使用的语言"。她想出一句"狗日的足球"，又意识到它同样"充满对阳具的自恋和褒扬"。她只能举起塑料小喇叭，无力而孤独地吹着。男性霸权就是这样铺天盖地、蛮横无理。她深刻地褐橥了所谓爱情中的功利、虚幻乃至女权主义的脆弱。《遭遇爱情》中男人岛村与女人梅之间，处心积虑的商业博弈中又掺杂着真真假假的爱情图谋。女人的精心挑逗、引诱，实质上是为了签成一份有利可图的订单。而男人自以为遭遇了真正的爱情，慷慨签单中又留了一手。纯真的爱情在商业博弈中渗透着铜臭味、功利味。女人自以为耍弄了男人，而最终男人又套住了女人。《相聚梁山伯》中九个文化艺术界的知识女性，因爱情婚姻中的悲痛经历，于是对男性世界决然远离而转身女性世界"梁山聚义"，释放她们的女权主义。但当女头领柳芭的"高大俊朗的"大情人一到场，所有的女士先是一惊后是一软，"把刚刚还壮士断腕的姐妹豪情冲散了，顷刻之间就烟消云散，片甲不留，体无完肤"。所谓的女权主义就是这样外强中干，她们在骨子里依然是男尊女卑、男权中心。徐坤还深入地探索了现代女性的回归之路。《厨房》里的商界明星枝子，厌倦了名利场上的生活，渴望回到家庭、回到厨房。当她为心爱的男人——艺术家松泽，亲自下厨准备了丰盛的生日晚宴，并准备认真爱一场时，男人却不敢接受这种爱，更不想有现实负担，委婉地把她送走了。现代女性一旦走出"厨房"，便难以回归"家庭"。《午夜广场最后的探戈》中一对男女舞伴，在嘈杂的音乐和众目的注视中，展现着他们情、爱、性的体验。这是一对相爱却不能相守的中年男女，他们只能在舞蹈中实现爱的理想，打破现实、破镜重圆无疑是一种梦想。从"厨房"到"广场"，从家庭到社会，女性的自由和解放，还是一个美丽的神话。

潘向黎：重构女性的"理想"人格

20世纪90年代之后的"女性写作"，呈现出一种各领风骚的景象。同样是六七十年代的"新生代"作家，有的借鉴西方女权主义文化思想，解构女性的生存与精神困境；而有的汲取中国的传统文化观念，又融合现代思想意识，重构着一种现代女性的"理想"人格。潘向黎的小说创作就代表了后一种倾向。

潘向黎，1966年生于福建泉州。小学毕业后移居上海。父亲潘旭澜是复旦大学中文系教授，文学评论家，书香家庭与父亲的悉心教导，使她从小与文学结下了不解之缘。她1988年毕业于上海大学文学院。1991年于上海社会科学院文学所获文学硕士学位。2012年于南京大学文学院获文学博士学位。1991—1998年任《上海文学》杂志编辑。其间1992—1994年在日本东京外国语大学留学。1998年调《文汇报》副刊任主任编辑。她1989年开始写作，以小说和散文为主。短篇小说是她的主要文体，代表作有《倾听夜色》《轻触微温》《他乡夜雨》《绯闻》《永远的谢秋娘》等，《白水青菜》2007年获第四届鲁迅文学奖；她中篇小说不多，主要有《无雪之冬》《一路芬芳》《弥城》等；长篇小说有《穿心莲》。这些短篇、中篇、长篇小说"清一色"描写了都市社会背景下，知识女性的物质、情感和精神生活。她在散文写作上十分勤奋，辑集有《红尘白羽》《纯真年代》《相信爱的年纪》《局部有时有完美》等多部。作品短小而优美，大都刊登在报纸副刊，颇受读者喜爱。

洪治纲说："一直以来，潘向黎的小说总是给人以异常特别的审美感受。它温婉，精致，感伤，唯美，既充满了古典主义的怀旧气息，又洋溢着现代都市的浪漫情怀。"① 既古典又现代，既怀旧又浪漫。这正是潘向黎小说的思想和艺术特征。20 世纪 90 年代之后的中国女性文学，核心主题是女性意识和女权主义。而潘向黎却从她的角度、立场，看到和写出了另一种生活样态和女性生存。她未尝不知道当时风行的女权主义思想观念，也未尝不了解女性在男权文化下的种种处境。但她避开了女性文学的轻车熟路，开辟了自己的题材、主题和写法。她没有"借光"女权主义的种种时髦理论，而是从各种女性的遭遇和命运中，发现一些潜在的社会人生问题，在创作中艺术地表现出来。她深知爱情、婚姻这种人类行为的复杂性，有时是坚实的、美好的，但也往往是虚幻的、脆弱的。她表现了这种复杂性，更表现了男人和女人特别是女人对理想婚爱的笃信和追求。她痛感物质化、欲望化时代女性的变异、堕落，精心刻画了一些堪称完美的女性形象，用这样的形象抗拒红尘滚滚的现实世界。她明白无论是中国的传统文化，还是西方的现代文化，都有许多值得女性吸纳的精华，努力重构一种二者交融的女性观、婚爱观和人生观，是她在小说中孜孜探索和追求的。

潘向黎不仅在创作思想上另辟蹊径，同时在艺术形式上不拘一格。故事情节上，她注重连贯、巧妙乃至偶然性，有时甚至增添一些通俗小说的传奇色彩，但在叙事中却加强了抒情和议论。既完整曲折，又韵味醇厚。表现技巧上，她特别讲究意象、细节的突出和渲染，使作品富有生活的质感和淡雅的诗意；她十分善于把现实生活和人物的想象、梦境融为一体，使小说平添一些魔幻味道。叙事语言上，她集写实、抒情、哲理和人物心理为一炉，贴着人物的感觉走，随手拈来古典诗词，在句式上力求贴切、鲜活，形成了一种雅致、润泽、感伤、唯美的语言格调。古典底蕴、时尚特征、现代意识、浪漫情怀乃至童话韵味等，在她的小说中化解得不露痕迹。她的小说尽管存在着题材上较为狭窄、趣味上有小资情调等缺憾，但风格和特色也十分明显，因此赢得了众多读者以及粉丝的喜爱。

敏锐体察现代人的爱情、婚姻生活，从中发现一些习焉不察的社会人生问题乃至生活真谛，是潘向黎小说的难能可贵之处。她揭示了女性往往是悲剧事件的受害者、承担者的不公现实。譬如《女上司》中的两位女性钟可鸣与韩笑言，前者丈夫出轨深刻伤害的是妻子，后者不慎怀孕男人却逍遥事外。她反击了莫须有的绯闻对无辜女人的沉重打击，譬如《绯

———————————

① 洪治纲：《在隐秘的女性空间里游走》，《山花》2006 年第 5 期。

闻》里无端猜测传谣，竟迫使清高纯洁的女教师不得不出国躲避。她揭橥了在女性的生命中，都有一种反叛平庸生活、渴望奇迹和浪漫的深层情结。《倾听夜色》《奇迹乘着雪橇来》《满月同行》中的女主角，都有这样的心理和行为，但事后她们会回到既往的生活轨道中。她表现了女人与男人之间，阶层距离对纯粹爱情的阻隔，譬如《轻触微温》里的女白领秋子和美容师阿瞳产生了真诚的爱情，但美容师深知自己的地位和过去，主动逃离了。她表现了女人和男人之间真正的爱情，源于双方的忠诚和责任，譬如《永不开始，也要结束》中的悦儿和小锋，各自的忠贞不渝和患难与共，才创造了他们灿烂悲壮的爱情故事。她歌颂了女人在爱情中表现出来的民族气节，譬如《他乡夜雨》里在日本求学的徐珊珊，面对所爱的日本男人，却清醒地意识到："……一个中国人，怎么能绕开那些血、泪、耻辱，去爬上一张日本人的婚床？难以想象，一个中国女人嫁给日本男人，会幸福。"于是决然退出。这些社会人生中的问题以至生活真谛，都来自作者对现实生活的体验与感悟，因此格外发人深省。

　　理性观照女性人生中现实与理想的冲突、纠结，既写出婚爱的虚幻、异化，又写出婚爱的美好、意义，是潘向黎对现实生活的真实发现和准确呈现。在一些激进的女作家笔下，现实爱情、婚姻以至性爱，往往是虚无的、功利的、欲望的；但在潘向黎的作品中，却客观地表现了婚爱的两面性和复杂性，期望女人和男人努力追求和创造一种纯粹、美好的爱情和婚姻，她更崇尚的是柏拉图式的精神爱情。《我爱小丸子》和《我爱小王子》是姊妹篇，分别描写了率真女孩姜小姜失而复得的坎坷爱情，安静淑女叶贝贝梦想成真的浪漫爱情。她们的爱情生活扑朔迷离，但她们却真诚而执着地追求着理想爱情。潘向黎信奉柏拉图式的精神恋爱，它剥离了现实的、物质的、欲望的因素，变得更加纯净、自由、长久，因此也愈显灿烂而不凡。《缅桂花》中的年轻女孩许伊，在笔会上结识了稳健成熟的纪蒙北，产生了单恋感情，但男人委婉地阻止了她的感情，女孩将带着这种恋情继续生活工作。这样的感情同样是美好的，更是永久的。《倾听夜色》是一篇构思巧妙的作品，那位叫"梦"的女人，在男友去世后的思念、痛哭、做梦、诉说中，充分显示了一个女人对情人的痴心、对爱情的忠贞。她与那位叫"眠"的男人，在电话中已成为无话不谈、"情投意合"的朋友，但她拒绝见面，宁愿保持精神上的相依相恋关系。这是一个活在情感和精神世界的女人。

　　精心描绘富有真善美品格的女性人物，照亮生活在困境中的女人的成长、自强之路，是潘向黎小说最突出的"亮点"。作家有一段耐人寻味的话："无论婚否，男人总不会把感情放在第一位，就这个意义来说，其实每个女人都是剩女。而女人最需要学习的就是独立和不断完善自己。"①她在底层女性人物身上，发现了传统文化品格的可贵和壮美。《守》中的家庭妇女绣云日夜思念抗日前线的丈夫，想着丈夫牺牲她也不再活着。但当她收到丈夫死守关隘、嘱她挑起养老抚幼的决死信后，她在悲痛中挺起身来，向丈夫发誓："这辈子我就为你守下去，守到死。"一个忠诚丈夫、为夫尽职、心系国难的女性形象力透纸背。作家在现代女性身上，发掘出了优雅、坚韧、智慧、自强等完美品格。《绯闻》中的江秋水，是一个经历人生不幸，但依然美丽、单纯，却又孤独、清高的知识女性。《永远的谢秋娘》里的谢秋娘，与江秋水是同一类型的女性，这个天生丽质、"总也不老"的女人，人生的坎坷使她变得更加坚强、聪慧，情感的磨难让她愈益理性、雍容。她是女性中的"人尖"，是一个难得的艺术典型。《白水青菜》里的"白金家庭"女主人，不仅是一个漂亮、温柔、能干、宽容的居家少妇，更是一个聪慧、练达、独立、自尊的现代女性。但这样完美的女人，回归家庭带来了丈夫的情感出轨，走向社会造成的是家庭的温馨缺失，她遭遇了新的人生和精神困境，显示了现代社会爱情、婚姻、家庭问题的尖锐和复杂。作品内涵丰富、形象感人，成为女性文学中的艺术精品。

第七节　古典小说写法的承传和创新

综　述

从新时期到多元化时期 30 余年的文学发展中，短篇小说经历了一个不断探索、借鉴、融合、创新的曲折历程。新时期伊始，它同时面对着四种传统或者说资源：革命现实主义模式、五四文学思想、西方现代主义潮流、中国古典小说写法。正是在这种不断的选择、拓展中，短篇小说才丰富和壮大起来。而四种文学传统中，古典小说写法居于边缘的、弱小的位置。但它不绝如缕、生生不息、继承发展，逐渐成为短篇小说中的重要一脉，涌现了众多的优秀作家和作品。古典小说传统的"复苏"，标志着作家民族文化意识的加强，标志着中国小说文化品格的重建。

中国古典小说从魏晋产生算起至清末的衰落，有 1500 年的历史。它

---

① 引自张滢莹《潘向黎：单纯到底，就是胜利》，《文学报》2010 年 5 月 20 日。

源流复杂，衍变剧烈，内容宏富，写法繁多，堪称博大精深。面对这样一份文学遗产，本应好好承传和发展，把它转化成滋养中国当代小说的肥沃土壤。正如童庆炳所说："文学发展是有它必然的历史继承性的。任何时代的文学都不是凭空产生的，而是从历史留传下来的文学遗产中汲取思想和艺术的养分，受到业已形成的文学惯例和传统的影响，这就是文学的继承性。如果割断文学本身的前后继承关系，要创造一代新文学不仅绝无可能，而且只会导致文学的停滞或退化……我国的小说体裁，经过了远古神话传说、六朝志怪志人小说、唐传奇、宋元话本、明清章回小说、现代小说这样一个历史的发展过程。每个阶段的体裁特点都有所变化，但最根本的一点，即小说作为叙事样式的故事性、情节性特征，却是一脉相承的。"① 但从五四到"十七年"近半个世纪的文学发展中，中国古典小说的传统却被贴上"封建性"标签，受到了排斥、压抑。五四文学从西方"拿来"思想和艺术，建立一种全新的"现代性"文学，自然功不可没，但它基本割断了同古典文学特别是小说的历史联系。只有在张恨水等的通俗小说和张爱玲的都市小说中，可以感受到古典小说的神韵和笔法。"十七年"文学形成了一套激进的、完整的革命现实主义创作模式，古典小说的写法被打入"冷宫"。但在革命战争题材小说《林海雪原》《铁道游击队》等作品中，人们看到了古典小说传奇手法的"复活"。特别是赵树理，以通俗化、大众化为旗号，创造性地运用了古典话本小说和民间说唱文学的表现形式，形成了他自己的现代说书艺术，创作出了《三里湾》《登记》《"锻炼锻炼"》等一批优秀之作。古典小说写法"死而不僵"，暗度陈仓。这两个时期，小说发展是不全面、不平衡的，无疑与中国古典小说传统的失落有密切关系。

　　新时期文学发展的两大趋向，一是走向世界、现代，二是回归中国、传统。这正是鲁迅当年提出的，"采用外国的良规"和"择取中国的遗产"两条新生之路。这表现了作家们的一种文化自信和文化自觉。走向现代，中国文学才能立足于世界格局；回归传统，中国文学才能有自己的根基和特色。二者的交融，才能有中国文学光明的未来。在30余年的文学发展中，古典小说传统的继承经历了不同的时期。20世纪80年代是复兴和探索时期。老一代作家孙犁、汪曾祺、林斤澜、高晓声，年青一代作家贾平凹、阿城、韩少功、李庆西、何立伟、阿成等，为笔记小说的传承和创新，做出了艰苦的努力。90年代是成熟、收获

① 童庆炳主编：《文学概论》，北京大学出版社2007年版，第474页。

时期。此时，古典小说的写法已不再是某些作家的创作实验，而成为众多作家的有意识追求。有些作家一面写他的批判现实主义小说或现代派小说，另一面又写他的话本小说或笔记小说。而有些作家则一门心思运用着古典小说的创作方法。尽管这样的写作势头还不能说蔚为壮观，但也可以说渐成气候了。代表性的作家有王蒙、劳马、聂鑫森、孙方友、谈歌等。古典小说写法已在当下作家手里，得到了继承和创新，在短篇小说文体上结出了累累硕果。

中国古典小说从体式上讲主要有四种：章回体、传奇体、话本体、笔记体。章回体属于长篇小说，其余三种属于中短篇小说。这几种体式，在漫长的演进过程中，变得越来越精微、纯粹、成熟。作为小说，它们之间自然有共性和交叉，但更有各自的个性和长项。其品质、功能等并不在西方小说文体之下。

传奇小说。"传奇"起源于唐代，即唐代流行的文言笔记。晚唐裴铏有小说集《传奇》，因此得名。作者大多为文人士大夫。以史家笔法传奇闻逸事是它的基本特征。发展到后来，逐渐被认为是一种小说体式，有艳情、侠义、神怪等多种类型。传奇既可以视为一种小说体式，也可以当作一种表现手法，广泛运用在小说创作中。新时期曾涌现过一批传奇和类传奇小说，既有短篇小说，也有中篇小说。但作家把它作为专攻文体的情况并不多，因为一个作家不可能得到太多的传奇题材。战争题材作品有莫言《红高粱》、李存葆《山中，那十九座坟茔》等；地域文化与民间生活题材有杨争光《棺材铺》《赌徒》、贾平凹《美穴地》、汪曾祺《受戒》《大淖记事》，等等。这些作品大抵是历史题材，情节有强烈的传奇性，具有独特的故事魅力。

话本小说。话本小说的出现晚于唐传奇，它滥觞于唐代，成形于宋代，而完善于明代。宋元话本是中国古代短篇小说的一座峰巅，它兴起于宋代城市的平民娱乐场"瓦肆勾栏"中，是民间说书艺人"说话"的底本。艺人给民众讲述古史旧事、英雄传奇，讲前都备有底本，在讲述中又不断修改、完善，形成文字，刻写印刷，遂成为可供阅读的话本小说。代表性的作品有"三言二拍"。话本在表现形式上形成了完备的套路，如贯穿始终的说书人视角和口吻，如小故事引出大故事的连环结构，故事情节的起承转合形态，如人物形象多取平凡人物、着重展示性格命运，如叙事语言的朴素、流畅以及口语化、民间化，等等。它实现了古典小说从文言到白话的重大转型，从文人、贵族文学到市民大众文学的"变革"，因此被鲁迅称为"小说史上的一大变迁"。话本小说在新时期文学之后得到了可喜发展，重要作品有冯骥才《神鞭》《三寸金莲》，邓友梅《烟壶》《那五》，林希《相士无非子》《高买》等。这些中篇小说取材于清末到民国年间，故事奇特，人物鲜活，有引人入胜的叙事魅力。谈歌的《穆桂英挂帅》《天香酱菜》等短篇话本小说，则取材于近现代的河北保定城，乡土气息浓郁，时代背景逼真，成为土色土香的短篇佳制。

笔记小说。笔记小说是一种更古老的体式，兴起于魏晋南北朝时期，在唐宋、明清时代都有较大发展。这一体式兼有"笔记"和"小说"的双重特征。笔记规定了写人记事的真实性和自由性，而小说又要求叙述有故事性和虚构性，两种特征奇妙地结合在一起。事实上，笔记的真实性已经突破，特别是在当代作家手里，文言也渐渐演变成了白话。笔记小说是文人的自发写作，带有自娱性质，因此题材包罗万象，写法千姿百态。《搜神记》《世说新语》以及纪晓岚《阅微草堂笔记》、蒲松龄《聊斋志异》，成为这种体式的典范作品。新时期30余年来的文学历程中，笔记小说比之传奇、话本小说，得到了更快速、更强劲的发展。20世纪80年代孙犁等几位前辈在笔记小说上的成功实践，启发和激励了众多中青年作家的纷纷效仿。此后，笔记小说的发展似乎是沿着两条路径挺进的。一条是现代笔记小说，如王蒙发表于90年代末期之后的《玄思小说》《尴尬风流》系列小说，如韩少功发表于90年代中期到21世纪初期的《马桥词典》和《山南水北》跨文体写作，如劳马21世纪后以校园、单位为背景的讽刺系列小说等，他们切入的都是当下社会人生的现实生活，又借鉴了现代小说的表现手法，但文体则是笔记小说式的，颇有点"旧瓶装新酒"的特点，可以说既有继承，又有创新，成为一种全新的现代笔记小说。另一条是古典笔记小说，80年代中期，有贾平凹《商州初录》，阿城《遍地风流》，李庆西《人间笔记》等；90年代之后，有聂鑫森以湖南湘潭为地域的古城系列小说，孙方友以河南陈州、颍河镇为背景的系列小说，聚焦地域风貌、民间生活、底层民众，既写历史，也涉现实，传承了更多的古典笔记小说的套路和手法，融入了更浓的传统文化思想和精神，形成一种新的古典笔记小说。两种写法，各有特色，相得益彰。

中国古典小说是民族文化的瑰宝，是中国当代小说的正宗源头，传承和弘扬古典小说的优秀传统，是振兴当代小说的重要途径。但在这一问题上，文学体制以及作家们，依然重视不够，探索不力。而年青一代作家，普遍存在厚今薄古、学养匮乏的问题。文学的民族化、中国化道路，还很漫长。

聂鑫森的"湘潭古城"系列小说

聂鑫森是一位有着丰富、厚实的古典文化修养的作家。他以故乡湘潭为基地，钩沉历史、雕刻人物，创造了一个古朴、雅致、丰盈的南方小城世界，被文坛称为笔记小说的代表作家。聂鑫森，祖籍江西新干县，1948年生于湖南湘潭市，在本市读完小学、初中。1965年初中毕业后因家境困顿，到湖南株洲木材公司当刀具钳工，为时13年。1978年调《株洲日报》副刊部任编辑。1984年至1988年，先后就读于中国作协鲁迅文学院和北京大学中文系，毕业后仍回《株洲日报》，任编委，兼任湖南省作协副主席等职。他1964年初中时就开始发表作品，当工人、当编辑时坚持读书和写诗，1983年转向小说创作。出版长篇小说《夫人党》《浪漫人生》《霜天梅影》等多部；发表中篇小说《天福堂》《蟋蟀》等。他的主要成就集中在笔记体短篇小说上，作品有三四百篇之多，有多篇获得《小说月报》"百花奖"，"小小说金麻雀奖"等，辑集出版有《诱惑》《都市江湖》《生死一局》等。还出版有诗集《地面和地底的开拓》，散文随笔集《阑干拍遍》等。文化著述有《红楼梦性爱揭秘》《触摸古建筑》《百物收藏》等。

在聂鑫森的人生和创作生涯中，古城历史文化研究，古代文物和艺术探索以及小说创作，是互为映照、融为一体的。他说："我之所以喜欢写这类具有古典情怀的小说，当然与我生于斯长于斯的湘中名城湘潭有关。这座建于后汉萧梁时代的城市，到处遗留着各朝各代的痕迹，随处可见古雅的楼台亭阁和一页页苍灰色的历史，特别是晚清以降，名人辈出，曾国藩、王闿运、杨度、齐白石、黎氏八骏……自小浸淫其间，不能自拔。而曾为中医的父亲，熟谙古代典籍，于诗词古文一途，曾对我朝夕深读，得益匪浅。父亲的朋辈中，有不少见多识广之人，耳闻目濡，常怦然心动。及长，痴心于文学创作，与古城各种人物多有交往，特别是一些湘军后裔，他们之中有学者、书画家、名医、企业家、贩夫走卒，每与之交谈，便得到许多精彩的故事及人物，兴之所至，挥写成篇。"① 聂鑫森在研习中国传统典籍和文化中，尊崇孔孟又神往老庄，对本土的楚文化以及楚文化孕育的第一座文学巅峰《楚辞》，有一种天然的亲近感。儒家的入世进取、道家的超然达观、楚文化的浪漫主义，自然而然地渗透在他的创作实践中，并深刻地影响着他的审美选择和表现形式。他对短篇小说有着自觉的理性和艺术追求。他钟爱古典笔记小说，继承了这一文体忠实历史、写法灵活、简约

---

① 聂鑫森：《都市江湖·自序》，华文出版社2002年版。

雅致的创作传统。他谙熟新时期短篇小说,吸纳了在提炼生活、刻画人物、结构情节等方面的宝贵经验。同时,他把其他文学艺术的表现方法也融入小说创作中,如诗歌的意境营造、书法的气韵贯通、中国画的浓淡相宜,乃至齐白石的由繁入简,等等。他的短篇小说精短而丰沛,短则两三千字,长不过七八千字,因此短章常常被划入小小说范围,受到这一领域的青睐。他的小说有浓郁的古典味儿、书卷气特色。内容丰富多彩,题旨古朴幽远,手法灵活多样,语言雅致瑰丽,是一种南方风格的新笔记小说。

在古城的历史演变中钩沉传统文化,是聂鑫森小说创作的执着追求。用小说写古城,并不是为了重现古城的旧人旧事,而是为了发掘古城的文化传统和精神。他身在株洲,但心系湘潭。把湘潭当作"生长的故乡",也视为"精神的家园"。他写湘潭从清末民初到现在近百年的历史,但更多着墨的是20世纪三四十年代特别是抗战时期、五六十年代尤其是"文革"时期等几个时段。于是在他的短篇小说中,出现了古城湘潭一条条富有诗情画意的街巷:梧桐街、贤德街、太平街、灯笼街、郑家巷……出现了一个个古色古香的药铺、粮行、豆腐店、烧烤店、槟榔店、茶馆、棋社、当铺、镖局……出现了形形色色的古城人物:买卖人、书画家、医生、教师、演员、镖头、能工巧匠、富家浪子、落魄文人……在这些小街小店里,有商场官场的争斗、民间艺人的打拼、乡绅土豪的霸道、文人墨客的传奇,名门世家的恩仇,等等。组合在一起,便俨然是一幅《清明上河图》。其中蕴含着中国社会政治经济状况、民情风俗演变、民众生存命运,特别是传统文化道德。

古城历史文化并不是虚无缥缈的东西,它同时又体现在社会变迁、人的行为、人际关系以及日常生活等方面。聂鑫森在多篇作品里写了20世纪三四十年代的抗日战争和革命斗争。《擎天楼》写抗战期间,古建筑学家华之岳与八路军某部孙师长、刘营长保护唐代建筑的故事。为了一座楼阁,伏击日寇的阵地作了挪动,导致了部队更大的伤亡,华之岳与两位指挥员都血洒战场,因为他们深知这座擎天楼的历史价值,它代表了中国的传统文化和杰出的建筑艺术。《梅子黄时雨》写的是制伞匠赖子健与地下共产党人殷天宇的萍水交情。赖之所以一下子信任了殷,是因为他看到了殷的真诚、胸襟和才学。他舍命保护殷留下的字幅,又把自己的伞铺变成地下党的联络站,并不意味着他有什么阶级觉悟,而是中国文化中那种肝胆相照、舍生取义的精神,沟通了他与革命党的心灵,文化成为战乱时代的一种精神明灯。聂鑫森在不少作品里描述了文人、艺人之间的感人情谊。《蓬荜居印人》中的语文教师章达君与刻印艺人金锲之,在贫困中结下友情。但一方珍贵的田黄冻使他们的关系变得微妙而紧张。章谨遵祖训，宝石不得示人传给后代；而金煞费苦心想在石上雕刻，实现艺术梦想。最后章慨然送石于金，而金手脚瘫痪已无力刻字，他只能在想象中为朋友镌刻悼词了。文人之间的君子之交、清高自律、朋友有信等传统文化精神在作品中表现得感人肺腑。聂鑫森在《小三子跑堂》《血牒》等小说中，表现了商家、商人的文化传统。《铁支子》写的是一个读书与经商的故事。在传统社会做生意是被人看不起的，唯有读书入仕才能出人头地，改换门庭。不管是古玩店老板符地丰，还是烤肉店店主秦天明，都期望着聪明的秦星亮能够"学而优则仕"。但在战乱时代，无论是经商还是读书，梦想都将破灭。小说表现了 20 世纪三四十年代，普通民众艰难生存下的文化理想。

在各种人物的人生命运中发掘传统文化性格，是聂鑫森小说创作的着力重心。笔记体小说篇幅精短，不可能展示人物较复杂的性格，聂鑫森人物塑造的特点，一是强化了人物的文化性格，二是善于"抓貌取神"，凸显人物的精神性，这是对短篇小说艺术规律的深入把握。他描写了各个阶层的人物形象，每一种人物都有自己的文化性格。譬如写商人的《青铜断剑》，其中的古玩"玩杆子"人商九爷，写得颇有特色。作为商人，他的机敏、狡猾、奸诈的一面很突出；同时作为商人的公平、守信、仁义的另一面也很鲜明。通过介绍、转卖西周青铜剑的故事，把他既矛盾又统一的文化性格表现得淋漓尽致。譬如写画家的《贤人图》，小说既表现了他们志趣相投、患难与共的感人友情，又表现了他们迥然不同的文化性格。陆小如是燕赵之地沧州人，长得粗犷魁梧，画风豪酣奔放，紧急关头为朋友两肋插刀，体现了道家的洒脱无为人格。而覃怡斋是湘潭本地人，生活困窘，性格文弱，画风宁静雅致，但为朋友依然尽职尽责，体现了儒家严谨、担当的文化性格。譬如写名士形象的《惊雷》，作家突出表现的是文化名人梅问寒那种傲然坚韧的民族气节，这是人物文化性格中的一个亮点。以此为核心，描述了他在国难之时装聋作哑，拒绝日军司令官的任用等情节，初步展示了这位文化名人的坚贞性格。情节进入高潮，在日军居心叵测安排的京剧《梁红玉》的戏剧晚会上，梅问寒终于按捺不住，惊天动地吼出一声"好"来，引来了剧院潮水般的叫好声。梅问寒自然在劫难逃，但他那种"傲然而立自凛之"的民族精神却像昆仑山一样耸立在人们面前。他在外族入侵的战乱时期有过消极避世的道家意识，但在黑云压城的危难时刻又爆发了儒家进取、担当的精神。聂鑫森还有多篇写底层百姓的作品。如《天街》中的耿七老倌和八娱驰，坎坷的人生和道德的约束，使他们只能在想象的天街中相见。如《春风三柳》里的三个电工：大柳、二柳、三柳，结义兄弟、情同手足，扶危济困、共度时艰，体现了民间社会一种善良、仁义、赤诚的文化性格。在这些人物身上，寄托了作家的一种人文情怀和忧患意识。

孙方友与他的《陈州笔记》和《小镇人物》

孙方友是一个用笔记小说文体，书写中原历史文化和民间人物的实力派作家。他 1950 年生于河南淮阳县新站镇，1968 年初中毕业回乡务农，干过各种各样的农活、杂工；1972 年因生活所迫，"盲流"新疆谋生历尽艰难。1978 年在新站镇当文化专干。1985 年被破格录用为国家干部，到淮阳县文联工作。1997 年调河南省文化厅《传奇故事》任编辑，2002 年调河南省文学院做专业作家。孙方友 1978 年开始发表作品，出版长篇小说《鬼谷子》《衙门口》《紫石街》等 4 部，发表中篇小说《虚幻构成》《谎释》《湖光》《年头岁尾》等 30 多部。他把主要精力投入笔记小说写作，作品数量庞大，风格独特，在小小说界有广泛影响，有 50 多篇作品获得《小小说选刊》、中国微型小说学会等奖项，有大量作品入选各种文学选本，有多篇被译成英、法、日、俄、捷克等国文字。2008 年和 2009年，河南文艺出版社先后出版《陈州笔记》8 卷本、《小镇人物》6 卷本，两书共收入作者 670 余篇作品。此外，他还创作有电视剧 100 多集。作品总字数 500 多万。

对河南尤其是淮阳的地域历史和文化，孙方友有着深切的体验与感悟。他说："我是以一个家乡记录员的身份写陈州的，与年轻作家们的民间写作不一样，多年来我就生活在其中，我像熟悉自己的眼睛和气息一样熟悉那里的一草一木。1993 年以前，我一直居住在我的出生地——颍河岸边一个古老的小镇里，那个小镇隶属于河南省淮阳县，也就是历史上的陈州。……那些历代掌故、民俗、逸闻趣事、志怪传奇，好像就在你的身边飞舞着。"① 中国的中原地区，是一个历史特别悠久、政治变动异常剧烈、文化思想格外深厚和发达的地域。淮阳县处于中原文化的东部，历史文化的积淀格外厚实。孙方友的《陈州笔记》展示的是从清末到民初，古陈州的历史文化变迁，以及各种各样人物的生存与命运；而《小镇人物》描述的是从新中国成立初期到新时期，淮阳县新站镇——作者笔下的颍河镇半个世纪以来的世事纷纭和各种人物形象。时间纵贯三个朝代足有一百余年历史。在河南版图上，淮阳县不过是一张小小的"邮票"，但

---

① 孙方友：《虚幻构成》，云南人民出版社 2005 年版，第 278 页。

在孙方友手里却成为中原文化的一个符号，成为当代文学的一方世界。

对小说文体，孙方友有着独特的探索和认知。他把短篇小说、笔记小说、小小说三种体式打通，形成了自己的文体模式。最初在经典短篇小说样式上的练笔，使他谙熟了其中的规律和手法，如提炼情节、写人物等方法，甚至还汲取了西方现代小说的表现手段。后来涉足笔记小说写作，使他领略了古典小说写法的高超与微妙，尤其是随笔杂录、不拘体例、白描刻画的特点更为他青睐。而小小说在20世纪90年代的走俏，又使他看到了这种体式的大众化和市场性，他的小说也完全可以进入这一领地，达到雅俗共赏的境界。短篇小说的品格、笔记小说的元素、小小说的形态，一二千字的篇幅，构成了孙方友小说的文体特点和艺术魅力。

《陈州笔记》逼真鲜活地再现了古陈州的历史文化和众生百态。孙方友不止一次地说过："我的故乡淮阳为古陈州，那是一片充满神奇的土地。那里不仅有人祖伏羲的陵墓、伏羲画八卦的八卦台、神农尝五谷的五谷台、龙山文化的遗址平粮台、孔圣人厄于陈蔡的弦歌台，还有曹子建的衣冠冢、包龙图下陈州怒铡四国舅的金龙桥，以及水波荡漾的万亩城湖。除此之外，它还是中国第一次农民大起义的建都之地。我从小就浸淫在这种古文化的环境中，不自觉地吸取着传统文化积淀中的精华。"① 就在这样一片厚重、神奇的土地上，孙方友展开了他的陈州世界。他在多篇作品里，描述了陈州清末民初的历史故事。《刀笔》写两江总督曾国藩坐镇陈州不远的周口与捻军对阵，闲暇去拜访著名的教书先生、书法家孔祥斋，一为礼贤下士，二为索取墨宝。孔老先生借机让曾除掉了残害读书人的马老总，又提出求字可以但须研磨伺候。曾曲尊研磨，老先生用全部心血写了八个大字："屡战屡胜，屡建奇功"。其实，老先生并非摆架子，而是在为教书人"争这口气"，显示了中原文人的铮铮铁骨和无欲之刚。最后，墨字变成了鲜血一样的红字，是作者的传奇之笔，隐含了老先生的心血、战争中兵士的热血，使小说得到了艺术升华。《泥兴荷花壶》写段祺瑞到陈州买泥兴壶，窑主陈三关的制壶艺术、挑壶绝技，段祺瑞的以枪试壶、残壶殉葬，神奇地写出了陈家造壶的精湛手艺和清高人格，写出了段祺瑞的爱壶如命以及人与壶的隐秘关系。这些作品，透过生活碎片，折射了陈州的历史情景。孙方友浓墨重彩地描绘了陈州的地域文化，写了这方土地上曾有的书院、戏班、茶园、会馆、古董行等，无不显示着陈州历史的古老、文化的发达。《陈州影戏》写陈州皮影戏的兴盛，以白复然为班

---

① 孙方友：《虚幻构成》，云南人民出版社2005年版，第283页。

主的白家班，演技高超，闻名遐迩，成为当地的文化风景。在为周知县父亲的专门演出中，竟又牵动了富商与知县的暗斗，可见文化的影响之大。《集文斋》写陈州印刷业从木刻到铅印的演变过程，就在这一过程中诞生了最初的《陈州报》，标志着现代文化的开始。孙方友还揭示了历史上官场的荒诞现象。《官威》写李知县羡慕其他官员"庄严伟岸"的"鹅步"姿态，自己和家人以鹅为榜样，苦学"鹅步"的可笑行径。《蚊刑》写土匪用蚊子叮的刑法惩罚贾知县，结果安然无恙，贾知县道出了官吏腐败的内幕：蚊虫赶跑一批又来一批，那血哪有不喝干之理？这在今天也依然有现实意义。《猫王》叙述解职的狱卒用猫捉老鼠为计策，百只凶猫吃掉县太爷的故事，揭示了官吏之间的生死斗争。这些作品情节绝妙、笔法简练，再现了古代官场的腐败、荒唐和险恶，可谓发人深省。

《小镇人物》深入有力地谱写了颍河镇形形色色的人物形象，特别是底层百姓形象。《陈州笔记》是以事件写人物，在一波三折的故事情节中凸显人物的命运；而《小镇人物》是以人物带情节，在更显散文化的叙述中体现人物性格，同时在人物遭遇中看到时代和现实。这一系列中的人物可谓包罗万象，各种身份、行当、性格的人物有350多个，可见作者对小镇社会的了解和对种种人物的谙熟。先看小镇官员形象。《姚社长》中的姚林吉，资格老、没文化，最终因糊里糊涂的失职行为而丢掉了公社副社长的职务。《郑书记》里的镇党委书记郑品，为招商引资献出自己的宝贵字画，却导致同僚举报、县纪委调查，显示了他十足的书生气。《郑乡长》中的郑直，因坦诚、清廉而得罪了上上下下的干部，竟在选举中落选。这些现象都刻画得极为真实、本色，从他们身上可以看到基层政权中的种种实情。再看乡村知识分子形象。《方鉴堂》中的主人公，是一个老教育家、书法家，他学毛泽东的书体，只能仿写对的地方而学不来毁笔之处，显示了一个老知识分子人格的端正与坚守。《雷右派》里的地主少爷雷曰枢，投身革命、忠心耿耿，被打成右派发配农村，依然坚信自己的追求和理想，表现了右派的忠诚和正直。《伊医生》中的伊顺芝，历经人生艰难，依然是一个漂亮、刚强、敢于反抗的知识女性。从这些人物身上，可以窥见20世纪五六十年代乡村知识分子的不幸遭遇、人格操守。最后看底层百姓形象。这是作者写得最多的一类人物，如打铁技术高超能够造枪的卢桂生，用"三国"智慧运筹人生的张罗匠钱学孔，有一手接骨绝技的骨科名医朱老曹，在制秤上诚实守信但为社员多分口粮而造黑秤的周一圈……他们各有绝活，纯朴善良，但在政治风云中人人自危、命运多舛，作家对他们寄寓了深切的理解、同情和尊重，因此有论者称《小镇人物》是底层社会的"百姓列传"。

谈歌的笔记小说与话本小说

在古典小说写法的承传与发展上，笔记小说体式最为活跃，成果卓著。谈歌的突出之处是，他不仅继承了笔记小说的写法，同时继承了话本小说的写法，且形成了自己的创作风格。谈歌，祖籍河北省顺平县，1954年生。中学毕业后1970年参加工作，先后做过锅炉工、修理工、车间主任、宣传干部等。1984年考入河北师范大学中文系，1986年毕业后曾在《冶金地质报》任记者。1996年调入河北省作家协会从事专业创作，任副主席。谈歌1978年开始发表作品，出版有长篇小说《城市守望》《家园笔记》《热风》《票儿》等多部。20世纪90年代中期，文坛涌现了"现实主义冲击波"，其代表性的作家有刘醒龙，河北"三驾马车"何申、谈歌、关仁山。他们用中篇小说文体，直接切入从计划经济到市场经济的变革现实，表现了广大农村以及国有企业的艰难转型。谈歌凭借自己对工厂生活的深刻体验，连续创作了《年底》《大厂》《大厂》（续篇）《车间》等几部中篇小说，成为当时现实主义潮流中的扛鼎之作。但贯穿谈歌创作生涯的，是他的笔记小说和话本小说，坚持不懈20多年，创作丰盛，在长、中、短篇小说上均有代表性作品。而影响最广的是短篇小说，百花文艺出版社2001年、2011年分别出版了他的《人间笔记》和《人间笔记（2）》，共收入67篇作品，其中有多篇获得《中国作家》《小说月报》等奖项。

与聂鑫森、孙方友一样，谈歌同样是以自己生活、熟悉的古城为创作资源的。他说："河北保定——中国近现代史上比较重要的一个城市，清代的直隶总督署设在这里。许多近现代史上重要的政治人物与文化人物，多曾在这里显达或隐居。抗日战争时期，这里出现了无数英烈。于是，保定便有了太多的人文传说与历史掌故。听得多了，知道得多了，便有了触动与感动，便有了想写写的冲动。"① 写古城的历史文化，自然用古典小说写法更形神合一、得心应手一些。谈歌认为他运用的是笔记小说体式，一些论者也附和此说。其实他使用的是两种体式，笔记小说和话本小说，且后者比前者运用得更纯熟、出色一些，在20世纪90年代之后的文坛上"独树一帜"。

古典笔记小说实际上是一种文人小说，它讲求内容的纪实，情节的简单，篇章的短小，写法的灵活等，带有自赏自娱特点。自然这些规约后来不断有所突破，但基本特点还是保留了下来。谈歌笔记小说在记录史实、

---

① 谈歌：《人间笔记·序（2）》，百花文艺出版社2011年版，第1页。

结构情节等方面，继承了古典写法，但在创作立场、叙事方式上却进行了变革。他的笔记小说已不再是一种文人写作，而是一种民间写作；他的读者对象也不再是自己和文人，而是普通民众和读者。这是一种思想立场的转换，文人小说变成了民间小说。在叙事方式上则吸取了部分话本小说的写法，出现了一个隐而不现的讲述人，以叙述为主，减少描写，每篇作品的叙述格调大体相似。每篇都有一个巧妙、集中的故事情节，篇幅在四五千字之间，最长七八千字。这是笔记小说与话本小说的一种"嫁接"，也是作家对笔记小说的一种发展。谈歌采用这样一种体式，描述了一个色彩斑驳的保定民间社会，这是清朝后期到民国年间的社会风景，曾经一度繁华但早已烟消云散。在这个古城里，除了政治、社会的变动外，还有一个广大的、兴盛的民间社会，譬如酒楼茶肆、烧瓷官窑、医院药店、戏园戏班、藏书楼阁、古玩店铺、说书勾栏……均很兴旺，有盛有衰。谈歌还喜欢以"绝"字为题，叙述古城的旧事旧人，譬如《绝活》《绝谜》《绝地》《绝盗》《绝响》《绝方》《绝技》等，表现了这方土地文化的深厚和风俗的独特。如《绝剑》写几位画家同保定总督的斗争，体现了文人侠士敢于抗暴和为友复仇时的燕赵之风。如《绝厨》讲述了一位善做爆炸油鸡的名厨赵七，利用烹饪之机，手砍日军队长和汉奸头颅，自己也同归于尽的悲壮故事。如《绝印》写治印艺人的清高品格和为朋友两肋插刀的豪侠义气。这些都是谈歌笔记小说中的力作和精品。

　　古典话本小说是一种既可阅读又可讲述的小说体式，它源于市井说书，具有浓厚的民间性。谈歌曾认真研究过话本小说，对冯梦龙"话须通俗方传远，语必关风始动人"一句话有深刻体悟，认为小说的故事与语言必须有中国味道，为大众读者所喜爱。他潜心探索，形成了自己独特的话本小说模式和风格。如叙事形态上要有一个鲜明的说书人形象，每篇作品的叙事人不变，口吻基本统一。他常常以这样的语调开头："民国初年"，"光绪二十七年"。文本中夹杂："谈歌下边讲一个……故事"，"咱们从头儿说这个故事"，"写到此处，谈歌感慨一句"，"写到这里，谈歌也落了泪"。而结尾处常用："行文至此，谈歌心中已经空空荡荡"，"这个人物如何定论，谈歌不好臧否"。这已然是地道的话本写法了，拿到说书场就可以照本"表演"，但又可以阅读。如在小说结构上，谈歌继承话本小说的写法，开头设置"楔子"，或讲述故事背景，或抒发个人感悟，或嵌入一个小故事，然后再"闲话少叙"进入正文。如在谋篇布局上，让故事情节更曲折，人物命运更漫长，时间跨度更久远。因此作品字数往往扩展到一万字到一万五千字。其内容、篇幅、写法颇有点"三言二拍"

的风貌了。谈歌用话本小说文体，更自由而有力地表现了保定古城的历史与文化。《贺梁红梅》写了民国时期一些进步官员在机械制造业上的开拓以及一些传统女性投身科技的壮举。《苏子玉》写半个世纪中一个著名画家同一位共产党人的生死交情。《梁宝玉》写一位烧瓷艺人同民国官吏的矛盾与恩怨。《保姆张秀梅》讲述台湾老兵与保姆的动人故事，凸显了上层主人的仁厚，下层保姆的忠诚。《四家书楼》中藏书楼的历史兴衰折射了保定人爱书、藏书的文化传统。《天香酱菜》里呈现了保定生意人的创业进取精神和忠厚、诚信的文化性格。这些作品逼真地再现了保定风云际会的近现代历史，深入地发掘了保定深厚、刚健的地域文化。谈歌还用话本小说，塑造了更丰满、复杂的人物形象。《穆桂英挂帅》演绎了两位著名河北梆子演员的半世情缘。师傅庞加元"一诺千金"的诚信品格，对徒弟"发乎情止乎礼义"的纯洁感情；女徒弟张小秋对庞派戏剧的如醉如痴，在动乱岁月对师傅的细心保护行动，凸显了两位高洁纯正、有情有义的艺人形象。《张子和》中的主人公，则既是一个精明练达、心狠手辣的乱世能人，又是一个胆大心细、运筹自如的天才商人，还是一个深明大义、慷慨援助抗日的有功之臣，是波谲云诡的历史塑造出来的一个多重人格形象，也是作家小说中最复杂、最有力的人物典型。谈歌的话本小说，故事情节完整曲折，人物命运跌宕起伏，叙述语言古朴、畅达、铿锵，读来如听说书人的现场演说，洋溢着一种燕赵文学的"慷慨悲歌"气韵。他的创作实践证明，话本小说依然具有强劲的艺术生命力。

第八节　史铁生①:困境中的梦想与探寻

从个体命运到群体困境的超越

史铁生是一位真正的独辟蹊径的作家。有论者称其为"小说家中的小说家"。这主要不是就他的文学实绩而言，而是指他艺术上的纯粹性和独创性。在绝大多数作家沉浸在现实的社会人生题材的时候，史铁生孤军深

---

① 史铁生（1951—2010），北京人。1967 年毕业于清华附中。1969 年赴延安农村插队务农，1972 年因双腿瘫痪回到北京，在北新桥街道工厂工作，后因病情加重回家疗养。北京市作协专业作家，中国作协第五届、第六届、第七届全委会委员。1979 年开始发表作品，著有长篇小说《务虚笔记》《我的丁一之旅》，短篇小说集《命若琴弦》，散文《我与地坛》《记忆与印象》等。《我的遥远的清平湾》《奶奶的星星》分获 1982 年、1983 年全国优秀短篇小说奖，《老屋小记》获首届鲁迅文学短篇小说奖，长篇随笔《病隙碎笔》获第三届鲁迅文学散文奖。

入了人的精神、灵魂世界乃至主宰宇宙的上帝那里。在人们热衷当下的生存和发展问题之际，史铁生关注和思考的是生命、困境、宗教这样一些人类的终极课题。在文学长久徘徊在怎样写问题的情势下，史铁生打破小说创作的套路和陈规，创作了一种跨文体的、独具个性的表现形式。在中国的当代文学中，有各种各样的流派和思潮，史铁生的小说创作却难以归到任何一派一家门下。他置身于文学潮流之外，踽踽独行，却令人瞩目。他的创作似可称为"生命文学"，一种以生命主题扩展开去的文学。他是中国文学中的一个独立存在，代表了新时期文学的另一个高度。

作为一个人，史铁生的经历是不幸的。但作为一个作家，史铁生该是"幸运"的。双腿残疾迫使他从较为便利的文学写作上寻找一条"生路"，初期的成功又让他成为作家协会的一位职业作家。坎坷的人生道路和对残疾人群体的熟悉，使他拥有了一个独特而幽深的领域——人的形而上的生命和精神世界。这是中国作家向来忽视和陌生的领域，史铁生却创作了一朵朵艺术奇葩。

他是一位多栖作家，小说、散文、随笔均有出色作品。长篇小说《务虚笔记》《我的丁一之旅》，以其意蕴的深远和格式的特别，被文坛视为两部"奇特的文本"。几部中篇小说《山顶上的传说》《原罪·宿命》等，在艺术探索上也各有特色。而真正奠定作家文学地位和代表作家创作高度的，则是他一系列的短篇小说。如《我的遥远的清平湾》《奶奶的星星》《足球》《命若琴弦》《钟声》《老屋小记》等，这些作品屡获重要奖项，成为新时期文学以来的经典作品。可以说，史铁生是一位具有独创精神的优秀短篇小说家。作家曾说："如果生命是一条河，我想，事业相当于一条船。"① 这条船正是他锲而不舍的文学创作，创作使他的逆境人生绽放出灿烂的火花，他在创作中也品味到了生命的创造和价值。

从对个人命运的悲伤、抗争，到对群体困境的关注、求索，史铁生走过了一段痛苦的心路历程。有论者说，史铁生的全部小说都带有鲜明的自传体色彩。多次出现在作品中的坐在轮椅上的"我"，越到后来越具有一种"超我"的风采。创作于早期的《午餐半小时》，描写了街道缝纫社一幅最日常的生活画面，通过那个双腿残疾的小伙子的"眼睛"，让人们看到了底层人物艰难的生存和可怜的愿望，其中蕴含着对现实社会的不满和抗争。《没有太阳的角落》写的是一个小小的仿古家具厂，三位残疾青年

---

① 《史铁生作品集》(3)，中国社会科学出版社 1995 年版，第 222 页。

和一个年轻姑娘的故事。"我"觉得"她像一道电光，曾经照亮过这个角落，又倏地消逝了"，真实地再现了作家此刻沉重、悲伤的心境，对青春、爱情的渴望。这些都是作家失去双腿之后，真实的生活和心理的记录。史铁生对他的第二故乡有着很深的感情。他说："刚去陕北插队的时候，我实在不知道应该接受些什么再教育，离开那儿的时候我明白了，乡亲们就是以那些平凡的语言、劳动、身世，教会了我如何跟命运抗争。"①这种对农村、农民的认识，奠定了 1982 年的《我的遥远的清平湾》的思想情感基调。当时知青作家写上山下乡，大都表现的是"历史的荒诞""理想的幻灭"这样的主题。而史铁生这篇小说，深情地描述了这片土地的光荣历史、艰难现实、壮阔自然和温暖的人情；细腻地刻画了破老汉、生产队队长这些普通农民，真诚、善良、乐观、坚韧的精神品格和对知青如同亲人般的关怀、教育和帮助。作家从知青同土地、同民众的关系的角度，反思了上山下乡运动，是对当时知青小说的一种反拨和超越。对作家个人来说，黄土地上农民的精神人格，成为他人生道路上的一种动力和支撑。《奶奶的星星》也是一篇短篇精品，作家用隽永的抒情语言、丰富的生活细节，回忆了"我"同奶奶相依为命的儿时岁月，塑造了一位感人至深的奶奶的形象。奶奶是平凡的，又是伟大的；奶奶是优秀的，命运却是多舛的；奶奶没有文化，但一生都在追求进步。奶奶说："地上死一个人，天上就又多了一个星星。"死去的奶奶已变成一颗星，"给活着的人把夜路照亮"。史铁生逐渐地从个人的悲痛中挣脱出来，从破老汉、奶奶这些老一代人身上，汲取着力量，思索着人生。

　　数十年的病痛生涯，使史铁生对残疾、患病有了一种独到的认识。他说："我完全没想到，有一天，我对我的病竟有些感恩之情——我怕否则，浮躁、愚蛮如我者大概就会白活。"②是人生的困境把他逼向了文学道路，同时与病魔为伍又使他去体验、思索生命的奥秘。他说："人的苦难，很多或者根本，是与生俱来的，并没有现实的敌人。比如残、病，甚至无冤可鸣，这类不幸无法导致恨，无法找到报复或声讨的对象。……无缘无故地受苦，才是人的根本处境。"③ 在这里，史铁生推己及人，由个体到群体，认识到人面对的永远是困境，冲破一种困境又会有新的困境，困境的永恒构成人一生的苦难。而超越自身局限，实现人生价值，就是生

---

① 史铁生：《病隙碎笔》，人民文学出版社 2008 年版，第 159 页。
② 同上书，第 378 页。
③ 同上书，第 338 页。

命的意义所在。

　　1986 年之后，史铁生在一些作品中虽然表现的仍是个人的现实生存，但内容丰满了，意蕴深远了，增添了一种开阔向上的情调。譬如《我之舞》《车神》等。1996 年发表的《老屋小记》，作家把目光再次投向 20 年前所经历的街道工厂生活，但情调、主题、写法已与《午餐半小时》大异其趣，标志着作家在思想艺术上所达到的新高度。作品用极简练的写法，写出了五六位底层人物形象，用歌声寄托理想的 D、希望通过长跑改变命运的 K、当过兵打过仗依然耿直正派的 B 大爷、出身高贵又是名牌大学毕业的 U 师傅、智商很低性格火暴的傻子三子……这些人物无不处在人生的困境中，但他们没有怨天尤人，而是心存梦想、埋头苦干，在有限的环境中追求着人生的价值。作品中的"我"，已融化在社会和人群中，"我"所关注和思考的是群体的困境、命运等，作家已由"小我"超越到了"大我"的境界。

敞开一个独特的残疾人世界

　　洪子诚在《中国当代文学史》中指出："史铁生肉体残疾的切身体验，使他的部分小说写到伤残者的生活困境和精神困境。但他超越了伤残者对命运的哀怜和自叹，由此上升为对普遍性生存，特别是精神'伤残'现象的关切。……这种对于'残疾人'（在史铁生看来，所有的人都是残疾的，有缺陷的）的生存的持续关注，使他的小说有着浓重的哲理意味。他的叙述由于有着亲历的体验而贯穿一种温情、然而宿命的感伤；但又有对于荒诞和宿命的抗争。"① 现实生活中有一个庞大的残疾人世界，但健全人对此要么视而不见，要么鄙而弃之，对这个世界是隔绝的、陌生的。史铁生由自身的残疾走进了广大的残疾人群，敏感地发现并表现了这个世界的种种情状，使人看到了残疾人的困境、抗争以及独异的精神图景，使人们认识到残疾人面临的生存和精神问题，也是健全人面临的普遍问题。

　　史铁生笔下，人的身体残疾描述得触目惊心，而身体的残疾又激发了他们强烈的精神向往和生命追求。《夏天的玫瑰》中那位患脉管炎而截掉双腿、卖玩具风车的老头儿，显示了一种顽强的生命和高贵的精神。《在一个冬天的晚上》把残疾人的悲苦人生推向了极致。年轻的丈夫一条腿、脸被严重烧伤，妻子则是一个侏儒。但他们并没有放弃对人生的追求，两

---

① 洪子诚：《中国当代文学史》，北京大学出版社 1999 年版，第 349 页。

人商定要收养一个孩子，并认真探讨了抚养、教育等一切问题。尽管他们的梦想瞬间破灭了，他们只有收养一只猫的命运，但他们对美满人生的期望和努力，令人感动。《足球》是史铁生的一篇代表性作品，情节单纯，构思巧妙，把残疾人对拼搏人生、壮美生命的渴望和想象表现得淋漓尽致。球迷小刚、山子是两位失去双腿的残疾人，但他们酷爱足球，对足球运动了如指掌。他们幸运地得到一张法国足球队比赛的门票，小刚担心自己的轮椅进不了场，邀请山子作候补观众。这一情节的设置可谓独具匠心。于是顶着烈日，摇着轮椅，向体育场驰去。在他们的一路对话中，透露出他们对生活的乐观、爱情上的苦恼，还有对足球运动的痴迷……山子的眼前幻化出一幅情景："……是一片辽阔的草原，他自己正在那儿踢足球。踢得可真不错，盘带，过人，连着过了几个后卫，又过了守门员，直接把球带进了大门。他笑着在草原上奔跑。他看见自己腿上结实的肌肉，心想这下子行了，不用再去摇那辆手摇车了。"山子和小刚的梦想，浪漫、激越、壮丽，凸显了残疾人丰富的精神想象、强劲的生命追求。它属于残疾人，也属于健全人，是人类共有的梦想。

史铁生笔下，人的精神残疾也表现得真切有力、发人深省，精神的残疾却生长出一种美好的人情人性来。《"傻人"的希望》里缺心眼、长得丑的二龙，身上却有一种健全人缺少的诚实品格。《树林里的上帝》中那个"疯子""神经病"女人，则有一种难得的保护生态和自然的意识。《白色的纸帆》也是作家的早期小说，内容较为庞杂，但作品中那位精神病人的形象很有艺术含量。这位曾经是知青的精神病人，"文革"中遭受过不白之冤，当春天到来的时候却变得疯疯癫癫了。他在与小女孩认真地玩耍、在小河边放纸船的游戏中，可以窥见他曾有的纯真和理想。他在生活中已无所要求，唯一的要求是要一张选民证，得不到就觉得自己还戴着帽子，病情会陡然加重。在这位精神病人的要求中，折射出灵魂深处冤案的沉重和对起码的"人权"的期望。

在 2004 年残疾人作家联谊会上，史铁生讲过一段耐人寻味的话："生命如果是平等的，艰难也就是平等的，并不是残疾人的困苦就比健全人的困苦更困苦，也并不是残疾人的顽强就比健全人更顽强，只有认识到这一点，人与人之间的理解才能实现，我们的生活勇气和写作智慧，才能成为全人类的财富。"[①] 史铁生把残疾人的抗争和智慧，看作全人类精神财富的一部分。

---

① 史铁生：《病隙碎笔》，人民文学出版社 2008 年版，第 235 页。

对哲学之谜的深入破解

　　史铁生有一篇写猜谜的小说:《一种谜语的几种简单的猜法》。这个最古老的谜语其实极简单,如同"就在眼前可是看不见的是什么? 是眼睫毛"这样的谜语。这个最好猜又最易猜错的谜语,引发了史铁生对日常生活、个人命运、人的心理乃至人类境遇的苦思冥想。枯竭的生活、长期的病痛,使史铁生避开了尘世的喧嚣,陷入了对人类终极问题的哲学思辨之中,并把他的思辨融入了小说和散文写作。在几十年中,他的思考触及了诸多的哲学课题,譬如生命、肉体、灵魂、精神、欲望、现实、梦境、宿命、困境、宗教、上帝等。在小说中表现最集中、最突出的则有人与命运、过程与目的、爱与性、生与死等几个主题。史铁生的哲学猜想,是建立在他痛切的人生体验、深刻的直觉领悟,以及对人文科学和自然科学思想吸纳的基础之上的,因此显得鲜活、睿智、深切,具有一种审美特质。尽管还不能说他的结论就是绝对真理,但他毕竟撞开了一条通向生命、精神乃至宇宙的新路径。

　　对人生与命运的思索。史铁生创作伊始,反思的就是人的命运问题。《爱情的命运》中的"我"和小秀儿,二人曾经坚信人生命运是可以自己主宰的,但地位的沉浮、爱情的幻灭,让小秀儿最后无奈地说:"我相信了命运,当然不是因为我发现了造物主的确有,而是因为当我在数学界寻求安慰之际,懂得了有限的系数无论多大,在无限面前也等于零。"《钟声》是表现人生与命运的一篇出色作品。叙事人"我"的父母决然离开大陆,远走海外。他们为什么要走? 去了哪里? 始终是个谜。亲人们讳莫如深,"我"想揭开这个谜总是不能。"我"却由于父母的失踪,从农村投奔城市,寄居姑姑门下,求学、工作而成为城里人。偶然性改变着人生命运。姑夫本是一位德高望重的基督教牧师,但受到革命宣传的鼓动,辞去圣职成为进步人士,设计了一座红色居民大楼蓝图,信仰中的上帝的"乐园"与共产主义的"天堂"竟殊途同归。人生的道路真是扑朔迷离。正如"我"所感慨的"……生命中有很多神秘的事","你绝对数不清都是哪些事在对一个人的命运起作用"。但芸芸众生的背后,有一个宏大的社会背景,即1949年的"改朝换代"。正是这场革命改变了无数人的命运,只不过置身潮流的人们还看不清,也无力把握自己的路向。

　　对过程与目的的破译。人生中的过程与目的是一个永恒的课题。现实生活中的人更看重的是目的,而往往忽略了过程。史铁生在多篇散文中谈到对这一问题的思索,他说:"痛苦和幸福都没有一个客观标准,那完全是自我的感受。……生命就是这样一个过程，一个不断超越自身局限的过程，这就是命运，任何人都是一样，在这过程中我们遭遇痛苦、超越局限、从而感受幸福。"① 他甚至认为：人生就是一场苦难，从根本上说就是荒诞的。唯有过程可以变得十分精彩、美好，值得体验和享受。因此"过程就是目的"。《两个故事》叙述的是两个人生寓言故事。史铁生的许多作品都富有寓言色彩，最有代表性的是《命若琴弦》。作品讲的是一个现实故事，又似一个传说故事，更像一个寓言故事。老瞎子与小瞎子师徒二人，相扶相搀、到处弹琴说书，目的就是弹断一千根琴弦，得到封藏在琴槽中的药方，就可治好眼睛见到光明。这是一个诱人的、遥远的目标，鼓舞着师徒二人翻山越岭、备尝艰辛，终于弹断了师父的师父嘱咐的琴弦根数。但让老瞎子想不到的是，那张药方竟是一页白纸。他在又惊又悲的时刻，"怀恋起过去的日子，才知道以往那些奔奔忙忙兴致勃勃的翻山、赶路、弹琴，乃至心焦、忧虑都是多么欢乐！那时有个东西把心弦扯紧，虽然那东西原是虚设"。人生的目的往往是虚幻的、自造的。有了它才能使生命的琴弦拉紧绷直，弹出最优美的旋律。这个过程正是生命的意义和价值所在。于是老瞎子又把药方藏入琴槽，传给小瞎子，说自己记错了老师父的嘱咐，把一千二百根记成了一千根，他要和徒弟从头开始弹起。在史铁生关于人生的过程与目的的思辨中，既有道家看破世事的睿智与超脱，又有儒家面对现实的执着与进取。

对爱与性的探索。爱与性是史铁生小说中的重要内容。越是在现实中实现不了的愿望，越会在想象、写作中尽情释放。正如作家所言："性和爱，真是生命中两个最重要的密码，任何事情中都有它们的作为：一种是走向简单的快慰，一种是走向复杂的困苦。"② 关于爱情，史铁生在短篇小说中多有描写。《往事》中，"我"与冬雨美好的初恋与现实中的隔膜，形成了强烈的反差，表现了爱给人带来的"困苦"。《车神》中的"我"与"姑娘"相互寻找，终于如愿，度过一段如梦的岁月，但"人间有双重的天河"，她终于只身去漂泊，"我"地老天荒地等候。史铁生用最精练、纯洁、优美的语言，描写了一个残疾人温馨、浪漫、感伤的爱情。关于性，在史铁生的短篇小说中鲜能看到。短篇小说有限的空间与诗意品格，是不适宜写性的。文学史上用短篇形式写好性爱的也不多见。史铁生的性爱描写只有到 2006 年的长篇小说《我的丁一之旅》中，才得到较充

① 史铁生：《病隙碎笔》，人民文学出版社 2008 年版，第 336 页。
② 同上书，第 339 页。

分的展示。但关于爱与性的关系，史铁生有着独到的思索与认识，并在散文随笔中有过多次阐述。他在《爱情问题》中说："在爱人们那儿，袒露肉体已不仅仅是生理行为的揭幕，更是心灵自由的象征；炽烈地贴近已不单单是性欲的催动，更是心灵的相互渴望；狂浪的交合已不只是繁殖的手段，而是爱的仪式。爱的仪式不能是自娱，而必得是心灵间的呼唤与应答。"① 在史铁生看来，爱与性可以分离，也可以结合，而最美好的性与爱是水乳交融的，而这样的性爱只能在想象和理想中。

对生与死的揭示。史铁生小说中最突出的主题是关于生与死的探索。由于中国没有土生土长的宗教以及文化，因此对生与死的思考总是浅尝辄止。人们更注重的是现世，即活得如何；而忽视了"天国"，即死后怎样。史铁生以他直面人生的勇气和特立独行的思考，对生与死作了深广的探寻。《黑黑》通过一位"老革命"在"文革"中的生死选择，表达了这样一个主题：在死亡的边缘走过一回，你才能理解生的意义。《毒药》是一篇熔传奇与寓言为一炉的佳作。那个一心要养"怪鱼"以获取名利、终于失败的年轻人，唾手可得的死，使他重新尝试生、体验生，获得了人生的乐趣和幸福。这两篇小说都表达了作家对生的留恋和肯定，而这种对生的认识是在"死过一回"后得到的。正所谓"未知死，焉知生"。《死国幻记》和《脚本构思》，则是作家对死亡的体验和对"冥界"的猜想。前篇写"我"在做手术的麻醉中，灵魂脱离躯体，在死国中漫游，看到了死灵（有形的灵魂）们没有欲望和激情的沉寂生活，然后"我"又死而复生回到人间。后篇写冥冥之中的上帝，怎样煞费苦心地设置、支配人类的行动。他既要让人有梦想、有欲望，又要使人的追求永远不能满足，这就是上帝导演的"人间戏剧"。两篇作品情节荒诞、想象奇异，折射出作家对人的死亡、上帝的创造的天才破解。对生与死的探索最深切透彻的是《我与地坛》。这篇作品一般是划在散文之列的，但陈顺馨把它称为"自传散文体小说"②。其实这是一篇既可以当散文，也可以当小说的杂交文体。在那座"荒芜并不衰败"的地坛里，史铁生流连、沉思了15年。地坛成为他的精神家园、思想摇篮。地坛四百年的历史沧桑、年复一年的四季轮回、树木花草的枯枯荣荣，使他感受到了个体生命的渺小和偶然，使他认识到人的生死只是上帝或自然法则的一种安排，不必担惊害怕，也不必"急于求成"。几度自杀的念头终于打消，他超越了生。地坛里形形

① 《史铁生作品集》(3)，中国社会科学出版社1995年版，第309页。
② 陈顺馨：《论史铁生创作的精神历程》，《文学评论》1994年第2期。

色色的人生故事，特别是母亲深厚而细微的关爱，使他下定了"试着活一活看"的决心。为了使活着有成就、有自尊，他找到了文学写作道路。"活着不是为了写作，而写作是为了活着。"他终于"为生存"找到了"可靠的理由"。他超越了死。史铁生在生与死的思考、探索中，领悟了人生的意义和生命的奥秘。

寻找一种通向"心魂"的艺术形式

有什么样的文学追求，就会有什么样的艺术形式。史铁生说："写作，法无定法，唯一不变的是向自己的心灵深处去观看，去发问，不放过那儿的一丝感动与疑难。其实，写作也就是为了这个吧——自珍，自省，自我完善。"① 他把文学分为三种，纯文学、严肃文学和通俗文学，他坚守的是纯文学，认为："纯文学是面对着人本的困境。譬如对死亡的默想、对生命的沉思，譬如人的欲望和人实现欲望的能力之间的永恒差距，譬如宇宙终归要毁灭那么人的挣扎奋斗意义何在等等，这些都是与生俱来的问题，不依社会制度的异同而有无。"② 面对人的"困境"，用自己的"心魂"去领悟、去表现，这就是史铁生的文学观。这样的文学追求，必然促使作家寻求一种个性的、自由的、新锐的艺术形式和手法。史铁生曾经热衷过传统现实主义写法，但他进行了大胆的变革和实验；他不满足于那种单一的小说模式，融合了散文、诗歌、哲理的表现元素，形成了一种杂糅的文体；他还积极借鉴了荒诞、象征、寓言、意识流乃至"迷宫"叙事手法，使他的作品平添了一种现代小说气息，因此有论者认为他是一个"真正的先锋小说家"。

史铁生最突出的艺术创新表现在这样几个方面。

经典模式的突破。蒋原伦指出："铁生的早期小说章法严谨，选材精心，颇得契诃夫之真传。""对谋篇布局的讲究、对立意的追求均表明当时的铁生心目之中的艺术理想是什么。这种艺术理想来自某种文学传统，来自本世纪和 20 世纪的俄国和西方的现实主义小说。"③ 史铁生受过契诃夫、鲁迅、汪曾祺等的影响，这些构成了他较深厚的经典现实主义文学资源，但他从来不拘泥于传统模式，在继承中力图创新。《法学教授及其夫人》《绵绵的秋雨》《神童》等是作家的早期作品，属于那种传统的情节

---

① 史铁生：《病隙碎笔》，人民文学出版社 2008 年版，第 365 页。
② 同上书，第 178 页。
③ 蒋原伦：《史铁生小说的几种简单的读法》，《当代作家评论》1991 年第 3 期。

类小说，但作家把他对社会的哲理思考灌注其中，给作品赋予了一种思辨色彩，哲理性成为他后来小说的一种重要特征。《我的遥远的清平湾》《没有太阳的角落》属于自传体小说，这类作品本应以记事写人为主，而作家把抒情提升为小说的重要元素。作家十分钟情这种抒情手法，在后期的《老屋小记》中依然沿用了这种表现方式。其实表现方式和方法没有高低贵贱之分，只要能充分表达作家的思想和感情，就是最佳形式。此外，他不满足传统小说过分完整的故事模式，努力展示散碎、平淡的日常生活；厌倦那种性格化人物，着力发掘人物丰富的内心世界，都显示了他的艺术创新精神。

散文化艺术追求。史铁生小说一个很鲜明的艺术特征就是散文化。他的一些主要作品在样式、写法、笔调上往往很像散文，以致个别作品在文体上很难归类。他说："散文正以其内省的倾向和自由的天性侵犯着小说，二者之间的界限越来越模糊了。这是件好事。既不别保护散文的贞操，也用不着捍卫小说的领土完整，因为放浪的野合或痛苦地被侵犯之后，美丽而强健的杂种就要诞生了。"[1] 作家不仅要借鉴散文的具体手法，而且要引进散文的"自省倾向"和"自由天性"，这就在一定程度上改造或者说丰富了小说的审美属性，形成了一种崭新的文体。《奶奶的星星》《我与地坛》都有很浓的散文特征，但形散神不散，又有较完整的故事和人物，因此依然是小说。

诗性的融合。史铁生的小说不仅有散文化特征，同时又有诗的气韵。他说："我一向认为好的小说应该是诗，其中应该渗透着诗性。……什么是诗性呢？最简单的理解是：它不是对生活的临摹，它是对心灵的追踪与缉拿，它不是生活对大脑的操练，它是一些常常被智力所遮蔽所肢解但却总是被梦（并不仅指夜梦）所发现所创造的存在。"[2] 好的小说，特别是短篇小说，应当具有一种诗性，是很多作家的共识，譬如王蒙、铁凝都明确地讲过。但史铁生所谓的诗性，指的是小说对作家心路历程的展示，对作家梦想世界的凸显，更带有主观性。譬如《小小说四篇》《别人》就体现了这样的特点。

迷宫式叙事手法的借鉴。史铁生越走越远的思想探险，必然会使他与西方现代小说思潮不期而遇，进而借鉴一些新的艺术形式和手法。有论者认为他受到西方存在主义哲学的影响，探索的是一种存在诗学；有人称他

---

[1]　史铁生：《病隙碎笔》，人民文学出版社 2008 年版，第 214 页。
[2]　同上书，第 259 页。

的作品是昆德拉意义上的现代小说。象征主义、荒诞派、意识流、寓言手法等，在他的创作中得到了纯熟自如的运用；此外，迷宫式叙事手法他也颇为偏爱。1985 年之后，文坛上先锋、现代小说崛起，各种各样的新潮形式和手法应运而生，马原、洪峰、格非等的迷宫叙事手法风行文坛。史铁生没有去做理论上的鼓吹，但对这一手法却心领神会，在创作中进行了多次实践。迷宫叙事的理念和方法，契合了他对世界和艺术的认知。博尔赫斯是迷宫理论的倡导者，他说："迷宫可以用一个事实来解释，即我生活在一个奇妙的世界上。我的意思是说，我始终被各种事物所困惑……它们（迷宫）是我的思想状态的正确象征…… 它们不是文学手法或圈套……它们是我命运的一部分，是我感受和生活的方式。"① 很显然，博尔赫斯对世界的这种困惑和探索，与史铁生感受到的神秘、偶然、困境、宿命等生存体验，可以说是心有灵犀一点通。《毒药》《我之舞》《一个谜语的几种简单的猜法》《小说三篇》等，都明显地运用了迷宫叙事方法，使他的小说强化了故事情节，增加了可读性。但谜底依然是多种多样的，甚至更难破译了。《中篇 1或短篇 4》一直被视为中篇小说，但作品的题目就明白表示，它既可以当作一个中篇，也可以看成四个短篇，在框架结构上就有了迷宫的味道。整个小说视角多变、情节奇妙、机关重重，像一个错综复杂的迷宫。而从作品的字里行间，又折射出作家对人间沧桑、人类困境、生命意义的孜孜求索。

第九节　韩少功②：思想、文体驱动下的"先锋"写作

现实主义道路上的决然转身

在新时期文学作家中，似乎还没有哪位像韩少功一样，对文学的探索

---

① ［阿根廷］博尔赫斯：《"它像夏日的黄昏徐徐降落"》，西川译，《文艺报》1993 年 3 月 20 日。

② 韩少功，湖南长沙人，1953 年生。1968 年初中毕业后赴湖南省汨罗县插队务农，1974 年调该县文化馆工作，1982 年毕业于湖南师范大学中文系，后任湖南省《主人翁》杂志编辑、副主编，1985 年进修于武汉大学英文系，随后调任湖南省作协专业作家，1988 年迁调海南省，历任《海南纪实》杂志主编、天涯杂志社社长、海南省作协主席，中国作协第四届理事，第五届、第六届、第七届主席团委员。任海南省文联主席，兼任海南大学教授，清华大学当代文学与文化研究学术委员会委员。1974 年开始文学写作，出版有《韩少功文集》（十卷），含短篇小说《西望茅草地》《归去来》等，中篇小说《爸爸爸》《鞋癖》等，散文《世界》《完美的假定》等，长篇小说《马桥词典》。另有长篇笔记小说《暗示》，译作《生命中不能承受之轻》《惶然录》，散文集《山南水北》等。《西望茅草地》《飞过蓝天》分获1980 年、1981 年全国优秀短篇小说奖，《马桥词典》获上海中长篇小说大奖，《山南水北》获第四届鲁迅文学奖。作品有英、法、荷、意、韩、西等多种外文译本在国外出版。

和创新，充满了那样饱满、执着的精神。无论是思想上还是艺术上，他往往走在同时代作家的前列。韩少功不是那种当红一时的先锋派作家，但他是一个真正的先锋作家，30 年来不断超越，一以贯之。有评论家称："韩少功无疑是当今大陆最杰出的作家之一，说他杰出，是因为他的作品常常领风骚而由其他作家追随效法。"① "在当代作家中，韩少功以思想深邃复杂著称。他的作品（尤其是小说）大都蕴涵较强的文化意味，其内涵既具传统意象又有强烈的现代色彩。"② 探索体现了新变，也意味着冒险。韩少功是一个扎实、理智的作家，他的探索给文坛带来一次次思想和形式的刷新。但他的作品也常常招致人们的不解、误读和批评。同时因他过分发达的理性思维，有时不免压抑、削弱了作品中的形象世界，导致一些很有意义的创作构思难以生成更圆熟的审美境界。但不管怎么评价，韩少功的创作实践和成果，在新时期文学中是独特的、重要的，具有开创意义的。

梳理韩少功的文学发展道路是困难的，他的创作与他的人生一样，充满了进取、探索、迂回和变化，但粗略归纳依然可以把握到一个大致轨迹。20 世纪 70 年代末到 80 年代中期是现实主义写作时期，他的众多短篇小说新颖扎实，被视为文坛新星。80 年代中期到末期为"寻根小说"探索时期，他的"宣言"及作品被奉为这一潮流的代表作。当潮水退却之后，他依然坚守着寻根写作。20 世纪 90 年代之后到 21 世纪初期是现代小说实验时期，在十几年的时间中，文学整体上向"现实""本土"回归，但韩少功继续坚持思想和艺术上的开拓，多方探索现代小说的写法，创作出一批标新立异的长篇、中篇、短篇小说。21 世纪 10 年代中期之后可称为融合、创新时期，他一面承传五四启蒙小说的写法，另一面熔中西、古今为一炉，创作出一种新笔记体小说，进入一种自由的艺术之境。在 30 年的新时期文学发展中，韩少功几度开文学潮流之先河，以他的理论和创作带动了新时期文学的进步。韩少功是一个具有现代启蒙思想和人文情怀的作家，他密切地关注着社会的变革和民众的生存，力图用文学起到兴观群怨的作用。他在小说上的"先锋"写作，动力来自他不倦的思想探索和文体追求。对社会人生的质疑和深思，促使他不断寻求新的表现形式和手法；在小说文体上的锐意开拓，又推动了他思想情感的前行。思想和文体，成为他艺术创新的"双引擎"。

---

① ［英］玛莎·琼：《论韩少功的探索型小说》，《当代作家评论》1993 年第 5 期。
② 贺仲明：《文化纠结中的深入与迷茫》，《文学评论》2009 年第 5 期。

　　与同时代作家相比，韩少功的创作产量不算高，总字数在三百万左右。但他的作品以思想的精深和形式的新异著称，成为新时期文学中的重量级作家。他的体裁领域也不算宽，除长篇、中篇、短篇小说外，主要是随笔体散文，还有几部译作。他的三部长篇小说《马桥词典》《暗示》《山南水北》，其实是有一个松散的长篇构架，由多篇散文、随笔和短篇小说组合而成。他的中篇小说有十几部，除《爸爸爸》《女女女》《报告政府》等力作外，其他均为平平之作。他的短篇小说有 50 余篇，众多的精品都在其中。如《西望茅草地》《飞过蓝天》《归去来》《蓝盖子》《故人》《领袖之死》《是吗》《西江月》《第四十三页》《怒目金刚》等，可谓构思奇妙、意蕴深远，成为他全部创作中的精华所在。他酷爱鲁迅、契诃夫，他聚焦式的思维方式、在文体上的"探险"精神，与他们一脉相承，也最适合短篇小说创作。

　　韩少功的小说追求也与众不同。他说："我对文体和手法兴趣广泛。最早接触的文学，是鲁迅、托尔斯泰那一类，后来又读过外国现代派小说，比如卡夫卡、福克纳、塞林格等等，但也不是都喜欢。比如法国新小说的西蒙，我就看不下去，觉得太晦涩难读了。我觉得实验性的小说最好是短篇，顶多中篇，长篇则完全没有必要。"[1] 为了创造新的小说艺术形式，韩少功更多地从西方现代作家那里汲取营养，并集中力量在短篇小说上进行实验。他说："我很久以来就赞成并且实行这样一种做法：想得清楚的事写成随笔，想不清楚的事就写成小说。小说内容如果是说得清楚的话，最好直截了当，完全用不着绕弯子啰啰嗦嗦地费劲。因此，对于我写小说十分重要的东西，恰恰是我写思想性随笔时十分不重要的东西。我力图用小说对自己的随笔作出对抗和补偿。"[2] "想不清楚的事就写成小说"是韩少功的经典名言，被很多作家广为流传，它表现了韩少功的创作理念和追求，他写小说是为了带着读者领略社会人生，寻求生活的真谛。

　　韩少功曾经走过一条坚实而艰难的现实主义创作道路。在此之前，他走过一段弯路。1974 年到 1976 年发表的《红炉上山》《一条胖鲤鱼》《稻草问题》《对台戏》等，竭力表现"文革"时期的学大寨运动和所谓的阶级、路线斗争，迎合当时的政治意识形态。作家后来对此没有回避，深刻地反思自己屈从于现实环境，"参与了主流话语的生产"，"现在想起

---

①　韩少功：《大题小作》，人民文学出版社 2008 年版，第 115 页。
②　韩少功：《完美的假定》，作家出版社 1996 年版，第 89 页。

来很惭愧"。① 新时期开始后的 1977 年到 1984 年，是他创作的"喷发"时期，他一鼓作气在《人民文学》《青春》《上海文学》等重要刊物上，发表了 20 篇短篇小说和两部中篇小说，有多篇作品引起较大社会反响。此时正值"伤痕文学"和"反思文学"的热闹时候，他所依循的正是流行的现实主义创作模式。从作品的思想内容看，主要有两个类型。一类是批判极"左"思想和政治乃至国家干部的工作作风的。如《吴四老倌》用幽默的笔法，描绘了一位"文革"时期敢于同极"左"路线斗法的老农民形象。《月兰》则以"我"——一个农村工作干部的反思为切入点，讲述了贤惠、苦命、自尊的农村妇女月兰，在激进的学大寨运动中的含冤自杀。《夜宿青江铺》则是直接批评一些基层干部，面对国家建设、那种冷漠懈怠的思想和工作作风的。这些作品主题鲜明，人物突出，有浓郁的时代色彩。另一类是反思知青运动和知青人生命运的。如《西望茅草地》以沉痛的叙述，塑造了一位集崇高理想与蛮干方法、慈父情怀与封建专制手段为一体的革命老干部——张种田的悲剧形象，倾诉了知青"我"对他爱恨交织的复杂感情。《飞过蓝天》写的是知青和他的鸽子的故事。鸽子晶晶忠诚主人和故乡，放逐千里依然要艰辛飞回，最终死在自己的土地上。而知青麻雀理想幻灭，便设法弃乡回城。当他面对渺茫前途和复杂世事时，他终于又回到了知青点。在人与鸽子的对比描写中，蕴含了作者对知青命运和知青理想的探寻。这些小说情节强烈、感情激越、写法严谨，显示了作者丰富的生活积累和扎实的现实主义创作功力。

　　当时的知青作家，大都奉行的是五四新小说式的现实主义创作套路。而韩少功在具体表现手法上，却自由地运用了象征、幽默、心理描写等，在现实主义创作道路上已经驾轻就熟、有所突破、成果卓著。但就在此时，他突然转身，另起炉灶，率先提出了"寻根文学"的口号。那种追随政治、时代的写作模式，已使他产生怀疑和不满，他要用文学去发掘社会深层中的文化乃至人性。

"寻根文学"中的独树一帜

　　1984 年 12 月，一批青年作家、评论家的杭州聚会和对话，激发了"寻根文学"潮流的涌动。1985 年 4 月，韩少功发表的《文学的"根"》，成为这一潮流的"宣言"。紧接着，阿城、郑万隆、李杭育等纷纷发表文章，表达对寻根的热情，阐释寻根的意义。这些作家的理论主张加上他们此前此

---

① 韩少功：《大题小作》，人民文学出版社 2008 年版，第 165 页。

后的一大批作品，形成了一个强劲的"寻根文学"潮流。韩少功在他的文章中指出："文学有'根'，文学之'根'应深植于民族传统文化的土壤里，根不深，则叶难茂。"① 他主张发掘民族的乃至民间的传统文化，同时又强调这种发掘必须在现代思想的支配下去进行，"……中国还是中国，尤其是在文学艺术方面，在民族的深层精神和文化特质方面，我们有民族的自我。我们的责任是释放现代观念的热能，来重铸和镀亮这种自我"②。在蓬勃的寻根文学潮流面前，韩少功似乎显得更坚定也更清醒。

韩少功是寻根文学的倡导者和"主将"，但他始终保持着清醒和观察的态度。他认识到这个潮流其实是"一种早产现象"，存在着"根基不扎实，先天不足"的缺陷，因此他"从来不用这个口号"。然而他寻根的思想理念却比任何一位作家都坚定，并充分体现在了他的创作实践中。1985 年至 1992 年，他创作有 17 部中短篇小说，几乎清一色的寻根之作。特别值得注意的是，他的这些"寻根小说"，无论是内容还是形式，都带有鲜明的韩氏印记。

首先是用更理性、开阔的艺术视野，观照传统文化和地域文化以及地方风情。对以儒道释为主体的中国传统文化，20 世纪 80 年代中期的作家们多取揭露、批判的态度。韩少功是一个坚持启蒙思想的作家，但他在批判中又多了一种理解、深思乃至困惑。譬如《爸爸爸》中那个象征性形象丙崽。他一方面蕴含了民族及其文化中的愚昧、保守、陈腐等特征，另一方面则体现了民族及其文化中的顽强、坚韧、生生不息的性格。沉痛的批判中寄寓了一种同情和希望。再如《领袖之死》写小山村民众悼念领袖的逝世，披麻戴孝、组织哭丧，自然是一种迷信和愚昧行为，但其中不也包含了村民们至善至诚的品格吗？作家在善意的讽刺中多了一种理解。关于地域文化，韩少功对楚文化有很深的感情和较深入的研究，但他不满足于那种刻意的地方色彩、奇风异俗的描写，他感兴趣的是楚文化的精神，比如那种人神相通、包容天地的境界等。譬如，《空城》写历史沧桑中的锁城与一位开粉店的四姐的神秘命运，《鼻血》写古老的青砖楼房里一位年轻伙夫与当年的杨二小姐的灵魂相遇，《北门口预言》写古城民国年间的杀人情景与革命党人的悲剧等，无不表现出湖南幽深的历史、神秘的传说和奇特的风俗，传达出人与历史、人与环境、人与鬼神相通交融的楚文化精神。对于湘地的自然风物，韩少功可谓情有独钟，在他的多篇小说如《爸爸爸》《女女女》《诱惑》中，描绘了原始山林、清澈溪流、古老村寨、历史遗迹……

① 韩少功：《完美的假定》，作家出版社 1996 年版，第 2 页。
② 同上书，第 7 页。

在凝重、细密、抒情的描写中，折射出神秘奇丽、浪漫幽深的楚文化特色，从中可见从老子到庄子到屈子的文学传统对作家的潜在影响。

其次是用更深入、尖锐的思想智慧，揭示人在特定地域文化中的精神、心理变化。韩少功说："我看重文化，更看重文化后面的灵魂。"①"寻根文学"自然寻找的是民族文化和民间文化，但文化并不是社会生活中的漂浮物，它总要渗透沉淀在人的精神深处，改变着人的思想和行为。只有把握住了人的文化性格，"寻根文学"才能体现出它的深层价值来。《归去来》是"寻根文学"的代表作，但它的思想内涵却与同类作品大异其趣。"我"——黄治先——走进一个陌生的山寨，却感到似曾相识。而村民一齐把"我"当作曾在这里插过队的"马眼镜"对话、接待，"我"也渐渐成为"剧中人"。"我"究竟是黄治先还是马眼镜，自己也不甚了然起来。小说揭示的是特定的地域环境和人际关系对人的"误读"和"改造"，人在特定场域中的自我迷失和自我怀疑。就像庄周梦蝶一样。"我"到山寨里去寻找什么，但结果把自己也丢失了。这就比一般的寻根小说多了一种哲学意味。《雷祸》和《故人》则涉及了人的国民劣根性。前篇写村民抬着被雷击了的村干部，伤者的死与活，牵动着一帮村民的思想情绪。人们耿耿于怀的是这位村干部的劣迹以及对自家的好处坏处等，全然没有救死扶伤的人道主义精神，显示了村民愚昧、功利的文化心理。后篇写荣归故里的台商余先生，不忘土改中杀害父亲的仇人——老民兵彭细保，用自己如刀的眼光报复、征服了面前的穷苦农民，揭示了富商狭隘、狠毒的国民劣根性。这两篇作品都是在审视、批判传统文化中的劣根，但却是从人的灵魂层面切入的，因此显得格外深切，不露痕迹。

"寻根文学"后的1995年，韩少功出版了第一部长篇小说《马桥词典》。正如贺仲明指出的："虽然这时候作为潮流的'寻根运动'已经偃旗息鼓，但韩少功却始终在延续和深化着对乡村精神的思考和表现，《马桥词典》是其直接成果。"② 这自然是一部具有相对完整构思的长篇小说，但支撑作品的却不是一个集中的故事和几位性格化的人物，而是一篇篇自成格局的散文和短篇小说，有许多篇完全可以拿出来单独成篇。10年后的韩少功，在看取乡村生活和人物时，思想眼光已然平静、淡定、深远了许多，保留了更多生活的原汁原味。譬如叙事类篇章中，《同锅》《放锅》写"锅"在马桥社会中的重要地位和特殊风俗，《发歌》写马桥人各式各样

① 韩少功:《山南水北》，人民文学出版社2008年版，第292页。
② 贺仲明:《文化纠结中的深入与迷茫》，《文学评论》2009年第5期。

的唱歌情景,《枫鬼》写村中央历经沧桑的两棵枫树,把马桥的民情习俗和自然风景表现得历历在目、生动有趣。譬如写人物的作品中,《九袋》写最高级别的乞丐富农戴世清,《乡气》写外乡人希大杆子在马桥的命运沉浮,《觉觉佬》写民间歌手万玉的悲剧人生,把这些底层人物的性格和命运刻画得入木三分,发人深省。以上这些作品都可视为短篇小说佳作。《马桥词典》不仅在整体构思上匠心独运,而且每一篇的写作都是精雕细刻的。

营造多样的现代小说文体

20世纪90年代之后,随着市场经济在中国的确立和推进,一个世俗化的社会全面展开。文化乃至文学逐渐边缘化,文学整体上向现实回归,向世俗靠拢,已耗尽了探索、变革的能量。就连最激进的马原、余华、格非等先锋派作家,也纷纷回到了现实主义的麾下。此时的韩少功,已在海南打出了一片天下,他面对的是一个陌生的现代化城市,担负的是烦琐的行政和刊物杂务。他对当下文学的退缩、保守态势很感困惑,认为文学越是在物质化、世俗化的时代,越应该坚守精英立场和艺术探索。在纷杂的俗务中他依然坚持创作,并在创作中贯注了矢志不移的探索精神。20世纪90年代到21世纪初的十几年间,是他创作道路上较为复杂、困难的时期。乡村题材要写下去,城市题材也要尽快熟悉和尝试。这一时期,他创作了近20部长篇、中篇、短篇小说。10余篇短篇小说,在思想内容上似乎没有太多突破之处,但在艺术上却有许多实验和创新,借鉴了大量西方现代小说的表现形式和手法,显示了西方现代小说的独有风貌,也显示了韩少功一贯的"先锋"个性。

韩少功明确宣称:"我一直是文学'现代主义'的拥护者,包括对法国尤奈斯库、普鲁斯特、加缪、罗伯·葛里叶等等诸多现代作家的激进探索充满崇敬和感谢——感谢他们拓展了文学领域里想象、技巧、文体风格的广阔空间,并且率先开始了对现代性的清理和批判。"① 但韩少功对西方现代主义文学的借鉴,绝不像早期先锋派作家一样,只移植外形和皮毛,而不大顾及思想和内容。他是以现代主义文学为构架,以本土生活为血肉,创造一种新的现代小说文体。他从寻根小说开始,就吸纳了一些外来的表现手法,这一时期则表现得更加自觉和放手。

悬疑小说是新时期后期涌现的一种小说样式,是借鉴西方侦探小说写法的产物,属于通俗文学、大众文学的范畴。韩少功的小说创作受楚文化

---

① 韩少功:《大题小作》,人民文学出版社2008年版,第5页。

神秘特征的影响，在多篇作品中表现了社会人生的变幻莫测，因此借取悬疑小说的写法，是手到擒来的事情。《谋杀》就是一篇标准的悬疑小说。作者通过一个荒诞的故事，揭示了不正常的社会人生状态。《801室故事》的构思很独特，讲的是一个扑朔迷离的侦探故事。作品的开头和结尾叙述了一个无名女尸案和一把大号钥匙的关系。正文两部分是两份文件：801室的装修方案、801室的搜查报告。死去的女人与大号钥匙究竟有没有关系？室内装修与刑警队的搜查，与女尸案件看似毫无瓜葛，但又有许多细节疑点重重。整篇小说就是一个巨大的"悬疑"，吸引读者去探索、思考。

荒诞小说是西方最流行的一种现代小说，新时期初期传入中国，成为很多作家喜爱的艺术样式。韩少功无疑是一位积极的实践者。《真要出事》写的是一位小公务员，他的神经过敏、杞人忧天是荒唐的，但他在现代城市中的这种危机感和恐惧感，又是极为真实和普遍的。《余烬》和《山上的声音》写的是乡村生活，都有很强的荒诞色彩。前篇写省某局副局长李福庄，旧地重游，回到20年前当知青时偷砍竹子的山里考察矿泉水厂的建设，想不到今昔时间对接，当年在小窝棚里煮白菜的炉火还有余温，中年妇女跪求借车的事今天接住才办完。恍兮惚兮，不知是今是昔。是李福庄在怀旧吗？是时间可以倒流吗？作品留给人们无限的想象空间。后篇写"我"当年插队的山寨，不安分的二老倌被家法处死，死后灵魂飘飞，常常闹鬼。若干年后，"我"在他的坟前树下，竟发现了当时祭奠他的一支红橘牌香烟。这是封建迷信吗？但老村子里灵魂作祟的事经常发生。我们又该如何解释这样的自然和社会现象呢？作家引导人们重新看待、认识这些神秘现象。

元小说是西方现代主义文学中的新类型，新时期中的先锋派作家作了引进。元小说是一种突出小说情节的虚构及其创作过程的小说。韩少功对元小说叙事进行了一些革新，创作了数篇新颖别致的作品。《暗香》叙述业余作家老魏，历经多年写了一部小说，描写一个叫竹青的教师的命运沉浮。想不到这个小说中的人物，竟成为现实生活中的真人，几次千里迢迢来看望他。作品似在表现艺术形象的强大生命力，作家在创作艺术的同时也在创造生活。《第四十三页》讲述作家"我"创作了一篇小说，描述业余球员阿贝通过时间隧道，乘上一列"文革"时代的客车，所遭遇的奇特经历和列车在泥石流中的车毁人亡。但没有料到那场车祸竟然实有其事，阿贝亲自找"我"指责小说中的随意虚构。作品意在展示生活的急剧变化，揭示人们对历史的遗忘，内涵是深广的。

韩少功具有永不枯竭的创造能力，几乎一篇是一个样式，既不复制自己，更不重复别人。《鞋癖》是一篇关于怀念、寻找父亲的作品，充满了沉郁、悲伤的抒情色彩。《方案六号》由一位移民美国的行为艺术家的劝诫词构成，人物语言犀利、幽默、精辟。《老狼阿毛》以拟人写法，从狗的角度显示人与动物的复杂关系。长篇小说《暗示》，是一部苦心经营之作，旨在揭示生活具象在人生和社会中的幽暗真相，以及具象与语言之间的潜在联系，显然是西方现代哲学、语言学催生的硕果。创作思路晦涩，但构成的每一局部并不难解读。其中的许多篇章依然是可以独立出来的短篇小说精品。韩少功在这一时期的小说实验和变革，无疑是值得赞赏的；特别是在文学处于边缘、低潮的态势下，就更加难能可贵。但探索者往往是孤独的，也会有失误。他这一时期的小说，并没有得到文坛、读者的足够关注和评论。同时，他的部分作品理性大于形象，有些形式的实验痕迹太重，而思想内容又显得薄弱，超越前两个时期的作品难以看到。这也许与社会和文化的转型有关，也许与韩少功探索上的失误有关。

在现代、传统之间的寻觅与创新

大约从 2004 年开始，韩少功的小说创作发生了某种明显变化，那就是现实性的加强和向传统古典小说艺术的回归。此前十几年的创作，思想指向自然是紧贴当下生活的，但题材内容却同现实保持了一定距离。21世纪初期后，他的笔触再一次深入了眼前的城市生活和乡村生活。此前的创作历程中，他既借鉴西方现代表现方法，也汲取中国传统文学的艺术形式，但从审美追求上更倾向于西方现代艺术。从 21 世纪初，他调整了创作思路，像蜜蜂采蜜一样，着力于从现代和传统中采撷精华，更多地从古典小说中汲取营养，进而打造自己新型的小说文体。从现代到传统，再到融合创新，这大约是中国当代优秀作家共同的文学轨迹。

一个作家的生存环境和状态，必然会影响到他的思想和创作。2000年韩少功逃离城市，效仿古代的陶渊明和苏东坡，回到乡村和民间，迁居湖南省汨罗县八景乡的独家小院，开始了悠闲自在的"耕读"生活。虽然每年需要阶段性地赴南方处理公务，但大半时间可以在乡下体验生活、静心写作。他说："中国的乡村很有特点，是一个现代文明和传统文明撞击和融合的交错部位，很多有趣的事情正在那里发生。我站在两种文明的夹缝里，左看农村，右看城市，可以有更多的比较和辨别。"[1] 敢于舍弃城市文明与生活，自觉自愿地沉潜在底层社会、体察民情、感受自然，并

---

① 韩少功：《大题小作》，人民文学出版社 2008 年版，第 79 页。

从乡村层面反观现代文明，在中国的当代作家中韩少功是唯一的。

韩少功21世纪以后创作的小说，虽然仍以乡村生活为主，但城市题材也有了明显增加。《是吗》直接切入城市高级知识分子的治学状态和精神世界，表现了20世纪80年代绝大部分知识分子对学术事业的真诚坚守，对伪学术风气的坚决抵制和机智"斗争"，刻画了一个小有成就便利欲熏心、投机钻营爬上高位的历史学家的可鄙形象。作品构思巧妙，形象鲜活，语言幽默，可谓短篇小说精品。《报告政府》写的是城市里的监狱生活，一个难度较大的偏僻题材。作品逼真而细腻地展示了监狱里恶劣混乱的生存环境，刻画了众多不同人生、各怀绝技的犯人形象，揭示了犯人同狱警之间的交往、冲突与斗争，其中多有对社会人生的透彻反思。作品情节动人心魄，叙述语言明朗流畅。作者有意识地借鉴了通俗小说的写法，并在通俗的故事中蕴含了严肃的社会思考。这是作者强化小说的现实性和通俗性的成功实践。

韩少功得心应手的还是乡村题材小说。《西江月》描述了当下乡村社会穷人向富人"复仇"的故事。小叫花子龅牙仔吃尽苦头、顽强等待，就是要寻找欺辱了他姐姐的富豪龙贵。一旦找到仇人，龅牙仔的报复行为竟那样果断、凶狠、残忍。作品强烈地表现了现实社会巨大的贫富分化，尖锐的阶层冲突。作者在荒诞夸张的情节中，揭橥了现实社会的严峻乃至危机，不啻是向人们敲响的醒世"警钟"。《怒目金刚》的故事发生在20世纪七八十年代。乡书记邱天保与村干部吴玉和之间的矛盾、恩怨，是因为上级对下级的"国骂"。行伍出身、作风霸道的邱书记，出口"猪娘养的""妈的×"，骂了辈分高、有文化、重礼仪的吴村长。吴觉得不仅伤了个人的自尊，而且侮辱了他的亲娘。他抓住把柄，非要这位邱书记向他和亲娘赔礼道歉不可。邱吴矛盾以及吴的要求，实在有点无事生非、小题大做，但正是在这种司空见惯的冲突中，蕴含了民与官根深蒂固的对立关系。当权者惯用的是专制，老百姓争取的是民主。作家用讽刺手法凸显了荒诞背后问题的严重，表现出深邃的思想洞察力。作品结尾，死不瞑目的吴玉和终于等来了邱天保迟到的跪拜和道歉，在含泪的反讽情节中寄托了作家的美好愿望和对专制者的宽恕。两篇小说，写贫富冲突、官民矛盾，都是当下社会最突出、最敏感的问题，可谓典型的现实主义力作。作家对社会人生的思考，尖锐、精辟、深广，显示了一个作家的社会良知忧患意识。《末日》写偏僻的山村面对地震传言，各种各样农民的心理和行为，活画出一幅可笑可悲的民间众生图，揭示出民众愚昧、迷信、盲目、无知的国民劣根性。这些作品具有强烈的现实性，但又大量使用了夸张、幽默、荒诞、象征乃至意识流表现方法和手法，使严谨的现实主义小说增添了浓重的现代韵味。

2006 年，韩少功出版了描述他乡居生活的新著《山南水北》。关于本书的文体，再一次引起广泛争议。文体争论遮蔽了这部书出现的深层意义。其实它的创作，显示了作者在现代与传统之间的寻觅、融合，最终向古典小说艺术的回归。《山南水北》以作家的乡村生活为主线，涉及自然、社会、风俗、乡民等众多方面，并没有一个井然有序的构思。它的大部分篇章都是地道的笔记体短篇小说，姿态各异、结构精巧、散淡隽永。记事的《怀旧的成本》《最后的战士》等，情节精到、意蕴深远。写人的《青龙偃月刀》《神医续传》《老地主》等，形象典型、性格鲜明。抒情的《扑进画框》《残碑》《月下狂欢》等，形散神聚、感情丰沛。说理的《知情人》《雨读》等，喻理于事，启人心智。在小说的艺术表现上，多用散点透视，白描手法，显得更加朴素自然。在叙事语言上，则追求一种随意、灵动、简洁的风格。韩少功返璞归真，创造了一种散发着古典神韵的新笔记体小说。走过了 30 余年探索之旅的韩少功，依然对创新充满了渴望。他说过："小说更大的苦恼是怎么写也多是重复，已很难再使我们惊讶。惊讶是小说的内动力。……小说家们能不能说出比前辈经典作家们更聪明的一些话来？小说的真理是不是已经穷尽？"① 太阳每天都是新的，文学就会生长。读者期待韩少功能创造出新的"惊讶"和奇迹，期望文学在世俗化的时代重新点燃精神的火光。

第十节　铁凝②：人生中的"短篇"　短篇中的"人生"

人生与"短篇"之间

在新时期以来的文学中，铁凝无疑是最优秀的短篇小说家之一。她从 1975 年开始创作，30 余年笔耕不辍，精雕细刻，发表近百个短篇小说。

---

① 韩少功：《完美的假定》，作家出版社 1996 年版，第 18 页。

② 铁凝，祖籍河北赵县，1957 年生于北京。1975 年于保定高中毕业后到河北博野农村插队，1979 年回保定，在保定地区文联《花山》编辑部任小说编辑。1984 年调入河北省文联任专业作家，后任省文联副主席，省作协主席，中国作家协会副主席。2006 年当选中国作家协会主席。1975 年开始发表文学作品，主要著作有长篇小说《玫瑰门》《大浴女》《笨花》等，中、短篇小说《哦，香雪》《第十二夜》《没有纽扣的红衬衫》《对面》《永远有多远》等 100 余篇、部，以及散文、随笔等共 400 余万字，结集出版小说、散文集 50 种。1996 年出版 5 卷本《铁凝文集》，2007 年人民文学出版社出版 9 卷本《铁凝作品系列》。作品曾 6 次获包括鲁迅文学奖在内的国家级文学奖；由铁凝编剧的电影《哦，香雪》获第 41 届柏林国际电影节大奖，以及中国电影金鸡奖、百花奖。

《哦，香雪》《六月的话题》分别获得 1982 年、1984 年全国优秀短篇小说奖；《孕妇和牛》等 5 篇作品，连续获得《小说月报》第五届、第六届、第八届、第九届、第十届"百花奖"短篇小说奖，足以说明她在短篇小说创作上的勤奋和实绩。正如一些评论家说的，即使没她的几部长篇小说，"单凭她的一系列的短篇佳制，她也不愧是一名优秀的作家"①。铁凝说："……我对短篇小说近乎偏执地喜爱。我的写作是从短篇小说开始的，短篇小说锻炼了我思维的弹性跳跃和用笔的节制。我一直试图以我的实践来证明短篇小说的独立价值。"② 短篇小说是铁凝的"最爱"，她以自己特有的短篇小说思维和才华，创造了一种精湛、温润、隽永的艺术范式，一种现当代文学上的"经典型"短篇文体，折射出改革开放时代社会的千变万化和人们的精神流变，表现出作家对社会人生的深切关爱以及对短篇小说艺术的执着追求。

就像新时期以来的许多实力派作家一样，铁凝也是一位"全能选手"。长篇小说《玫瑰门》《笨花》等，在更开阔的社会画面、更久远的历史河流中，展显了形形色色的人们的性格和命运。中篇小说《没有纽扣的红衬衫》《棉花垛》《永远有多远》等，以宏观的视野、潇洒的笔墨，演绎了现实社会中各种人物的人生故事和心路历程。在她的众多散文作品中，凸显了作家自己"人间的凡事与亲情，世俗的烟火与心灵的起落"③。所有这些作品，都是铁凝创作生命中的组成部分，显示了她丰富的人生体验和多样的创作潜能。而短篇小说是铁凝整个创作中最重要、最精华的一部分。它体现了作家一种积极、明朗、中和的社会观和人生观，洋溢着一种既富有作家个性又饱含时代特征的艺术风采。

一个作家的艺术观，往往决定着他创作的基本特征和风貌。新时期以来的短篇小说，发展迅猛，百花争艳。关于短篇小说的观念，也是各抒己见，多种多样。铁凝在多篇文章中谈到对短篇小说的认识和理解，她说："……我甚至不断以一位美国作家的话给短篇小说助威，他说他终生喜欢短篇小说，是因为人生不是一部长篇，而是一连串短篇。""好的短篇正在于能够把这些片段弄得叫人无言以对，精彩得叫你猝不及防，因为世界上本不存在一气呵成的人生，我们看到的他人和自己，其实都是自己和他人的片断。"④ 在这里，铁凝把"短篇"与"人生"联系起来，认为"人生"就是由无数个"片断"组成的，那些"精彩"的"片断"，就是

① 贺绍俊：《铁凝评传》，郑州大学出版社 2005 年版，第 133 页。
② 铁凝：《铁凝文集》（三），江苏文艺出版社 1996 年版，第 2 页。
③ 铁凝：《中国当代作家系列·铁凝系列·自序》，人民文学出版社 2006 年版。
④ 铁凝：《铁凝文集》（三），江苏文艺出版社 1996 年版，第 2 页。

一个个"短篇"。这种观念也许并不新鲜，五四作家就认识到短篇小说选取的是社会人生的"横断面"。但在奔腾喧哗、泡沫飞溅的文坛上，铁凝的认知却显得格外清晰、坚定。它传承了现实主义文学"为人生"的精神传统，它把"人生"与"短篇"的关系打通了，把二者化为一体。它比那些宏大、新潮的文学观念，显得更为切实、有用。有比较才能有鉴别，铁凝在长篇、中篇、短篇小说的创作实践中，也深刻感悟到了短篇小说的艺术特性。她说："我经常想：当我想到短篇小说的时候，我想得最多的一个词是景象；当我想到中篇小说的时候，我想得最多的一个词是故事；当我想到长篇小说的时候，我想得最多的一个词是命运。"① 作家所谓的景象、故事、命运，自然都是指向人生的，但内涵却迥然有别。故事可以理解为人某个时段一连串的生活事件，命运则能解读为人一生的过程和结局。而景象应该是某个人某一时间和空间，发生的一个精彩情景。景象更带有突然性、现场感、状态性。当然，作家强调表现人生的景象，并非只注意到了事件的外在形态，而是说短篇小说的属性更适宜表现这种人生景象，最终是指向人的精神世界的。

铁凝的生活视野是开阔的，农村、城市、工厂、机关乃至街道，她自由地穿行其间，细心地作着采撷。铁凝的人物积累是丰富的，农村中的老人、青年、村干部特别是年轻姑娘，城市中的工人、干部、农民工以至各种文化人，都会聚在她的笔下，演绎着各自的故事。她的短篇小说就题材的广阔、意蕴的丰盈、人物的多样、形式的精美，在浩如烟海的作品中确实卓尔不群。她的小说又有一个总的倾向、总的主题，那就是指向人和人生、人的生存背后的精神。概括起来主要有三个方面。一是努力表现社会变革进程中人们的精神流向，代表作有《哦，香雪》《寂寞嫦娥》《秀色》《谁能让我害羞》等。二是深入开掘日常生活中那种永恒的人情人性，重要作品有《孕妇和牛》《蝴蝶发笑》《逃跑》《晚钟》等。三是尖锐揭示荒诞人生中的理性内涵，主要作品有《六月的话题》《唇裂》《马路动作》《树下》等。

有评论家认为，铁凝是一个"集体写作之外"的作家，很难归入文学思潮或文学流派中去。确实，成名于新时期文学初期，但她与伤痕、反思、改革文学，以及后来的新写实、本土化等文学思潮似乎都不大沾边。与传统现实主义、浪漫派、现代派也好像不搭界。她置身文学大潮之外，从容自在、气定神闲。但她的创作和作品，却不断地让人们惊

① 铁凝：《午后悬崖》，华文出版社 2002 年版，第 1 页。

喜、思量，谁都得承认她是一个重要的、不可替代的作家。这种奇特现象的原因似乎有两个。一是铁凝是一位真正的兼容并蓄、具有中和思想的作家，她把文学上的各种主义、流派、写法等，熔为一炉而又显得不露痕迹。譬如孙犁和赵树理，她都有所吸纳，但又难以看出。二是铁凝始终关注的是社会主体的人，人的思想、感情、心灵、人性等精神层面的世界，避开了人的部分社会、经济生活，弱化了人的现实行为和故事。这样，她的作品就与正在剧烈变革的现实生活不完全吻合，同时也与追踪时代步履的当下文学疏离开来。处于潮流之外，自然容易冷清，得不到应有的关注和评价，但也获得了一个更为广阔、自由的空间。几十年来，铁凝以一种从容、沉静的心态，静观社会风云，探索人生真谛，潜心艺术创造，创作了一批"静水深流"式的短篇佳作，真正显示了她的坚韧、睿智和强大。

社会变革中的精神走向

中国的改革开放，是一场历史转型，是一条再生之路。但怎样看待和表现这场"革命"，每个作家的认识却不尽相同。铁凝说："一个好的作家应该非常敏锐地看到时代和生活的变化。敏锐地捕捉，快速地表达，把千变万化的生活在作品中表现出来，这无疑是智慧的。这需要有多方面感悟生活的能力和敏锐地洞察生活的眼光，这是问题的一个方面。问题的另一面是在生活的千变万化中能够发现和葆有那种不变的珍贵的东西也需要同样大的智慧。"[①] 敏锐地捕捉和表达"时代和生活的变化"，这是绝大多数作家的共识，但铁凝同时清醒地意识到，还要能够发现生活长河中"那种不变的珍贵的东西"。这是一种什么样的东西呢？按铁凝的理解就是人类那种真善美的品德、美好的人情人性，等等。而小说家的"责任"，就是"耐心而不是浮躁地、真切而不是花哨地关注人类的生存、情感、心灵，读者才愿意接受你的进攻。你生活在当代，而你应该有将过去与未来连接起来的心胸"[②]。既要描绘出社会生活的种种变化，更要揭示出现实深层那种不变和渐变的精神文化积淀，显示出生活发展的某种规律，这正是铁凝的文学观，特别是短篇小说观。

铁凝在她的一系列短篇小说中，敏锐而及时地表现了改革开放给农村青年，特别是青年女性，带来的心理冲击以及变与不变之间的微妙情景。

① 赵艳、铁凝：《对人类的体贴和爱》，《小说评论》2004 年第 1 期。
② 铁凝：《铁凝文集》（三），江苏文艺出版社 1996 年版，第 2 页。

发表于 1982 年的《哦，香雪》是作家的成名作。孙犁称赞它是"一首纯净的诗"，是"清泉"，达到了一种"纯净的境界"，刻画了一个"高尚的纯洁的""女孩子"的形象。出生在大山深处的香雪，勇敢地踏上火车，用满满一篮子 40 颗鸡蛋，换到一只带磁铁的漂亮文具盒。裹胁着现代文明的火车，从此改变了香雪们的生存、心理、理想，她们有了走出大山的机会和力量。她们那种善良、单纯、勇敢的品格烁烁生辉。孙犁说过："在少女的内心埋藏着人类原始的多种美德。"铁凝认为，作家就是要努力开掘这种原始美德。在《寂寞嫦娥》里，那位从山村走进城市的嫦娥，先是当女佣，后又嫁给城里人，离婚再嫁，种花圃开花店，终于站稳了脚跟，获得了城市的接纳。嫦娥从农村寡妇到花店小老板，她的性格、行为发生了很大变化，但这些变化是根植在她作为山里人的勤劳、务实、泼辣、热忱的传统性格之上的。铁凝对这样的人生方式是肯定的。《秀色》是作者短篇小说中的一篇力作。作者一反既往那种明净、抒情、雅致的格调，创造了一个严峻、刚烈、豪迈的文本，显示了作家精神深处的那种"燕赵遗风"。秀色村的大闺女张品，才貌出众，但为了能让打井队留下来打出水，"壮烈"地献出了自己的女儿身，"光明磊落""直白放肆""纯净无邪"地"勾引一个男人"——打井队的队长。水，对秀色村人来说，不仅是活命的物质，更是一种想象中的文明。张品为了拯救自己和全村人，不惜牺牲自己的贞操、青春和声誉，这是一种多么悲壮的献身精神、仁爱品格。作者正是从这种严峻的现实、出格的行为中，发掘出了农村少女身上一种高洁的"原始美德"。

从传统社会向现代社会过渡，是历史的必然，人类的向往。传统社会自然有落后和愚昧，但也保留着人许多自然、美好的品德。现代社会无疑使人变得聪明而文明，但也往往会从另一个层面扭曲人、异化人。这大约就是传统与现代的二元悖论吧。铁凝对走出大山的香雪们，既觉得欣慰，也感到忧虑。她不无担忧地说："火车的到来，火车的'温柔的暴力'使未经污染的深山少女的品质变得可疑。……我更愿意关注火车以后乃至现在的磁悬浮列车以后的人类的精神动向；关注怎样阻挡人在物质的引诱下发生的暴力——比如富裕起来的某些香雪的坑骗旅客之行为即是一种新的暴力；关注怎样捕捉人类精神上那最高层次的梦想：唤醒这些梦想或者表达这些梦想，并且不回避我们诸多的焦虑和困惑。"[1] 铁凝在众多短篇小说中，刻画了女性、男性青年形象，揭示了他们在变革历史中的精神动

---

[1]　铁凝：《文学·梦想·社会责任》，《小说评论》2004 年第 1 期。

向。先看女性形象。在《大妮子和她的大披肩》中，那位在风景点牵马载客的大妮子，虽然不乏农村女孩子的宽厚和腼腆，但她已经有了商品观念和自我意识。《法人马婵娟》中的马丫头，本是一个丑陋、无知的女人，却靠不断地折腾和歪门邪道，竟把一个饭店越做越大，她也成为名人。铁凝对这样的市场经济、对这样的人生方式流露出深深的困惑。再看男性形象。《峡谷歌星》中的唱歌少年，因受城里人恶作剧式的哄骗，一副天才的歌喉竟哑然失声，做一个歌星的"梦想"变成了对世界的仇恨。《谁能让我害羞》则描述了17岁的农村少年，在城里打工送矿泉水所经历的精神裂变。其实他对电视台女制片人及所有的女主人并没有任何奢望和敌意，甚至有一种"艳羡"。他偷偷穿上表哥的西装革履，带上随身听，只是为了让女主人们关注他、不低看他，维护可怜的自尊。但那位傲慢的女制片人不仅目中无人，而且断然拒绝了他喝一口矿泉水的乞求。于是少年的"艳羡"在瞬间变成了"仇恨"，摸出一把小刀指向了女人。农村少年渴望进入城市，但城市阶层的森严和贫富的悬殊，不仅轰毁了他们的美德，而且扭曲了他们的心灵和人性。社会高速发展，物质日益丰富，但作为社会主体的人们的精神世界却荒芜了、扭曲了、丑恶了。铁凝要努力寻找"原始美德"，唤醒"精神梦想"，这样的使命是何其沉重！

铁凝没有追随新时期文学的种种潮流，而是深入地揣摩她所喜欢的作家，汲取各家的长处，化为她自己的创作思想和方法。她说："就像中国的作家吧，比如说孙犁和赵树理，截然不同，但我都喜欢，我就是喜欢他们的不同。"[1] 赵树理创作的宏大叙事、社会思考，孙犁小说的日常叙事、抒情风格，以及五四作家的启蒙思想，革命现实主义文学那种明朗、崇正的审美追求等，都在她那里糅为一体。铁凝在艺术上的"融通"令人叹服。短篇小说的一个核心课题是塑造人物，但究竟是写人物性格，还是写人物故事？抑或写人物的情感、心理，每个作家都各有千秋。铁凝不排斥描写人物的故事、性格、心理等，更主张表现人的精神世界，即通过一个精彩的"人生景象"，一下子把握住他复杂的、微妙的、核心的精神特征和情状，也就是给人物的精神定格和画像。这是一种高难度的追求，但更吻合短篇小说的艺术规律。

日常生活里的永恒人性

贺绍俊说："铁凝的写作实际上起到了将启蒙叙事与日常生活叙事这

---

[1]　铁凝：《像剪纸一样美艳明净》，人民文学出版社2006年版，第219页。

两种叙事传统融合为一体的作用。"① 如果说在铁凝那些表现变革生活的作品中，着重揭示了人们当下精神世界的内在矛盾，表达了她的启蒙思想；那么在她的描绘日常生活的小说里，则鼎力发掘了人们生命深处永恒的人情人性，体现了她对人类的关爱和信心。她是一位对社会人生有着"善良之心"和"温暖情怀"的作家，对日常世俗生活的沉浸和体察，使她发现了各种人物，特别是底层社会的凡夫俗子身上那种美好闪光的东西。她用温馨的心态、诗一般的语言、精美的形式，谱写了一首首人生"短歌"。

人的生命的伟大、亲情的可贵、爱情的瑰丽，是铁凝短篇小说中的亮丽风景。发表于 1992 年的《孕妇和牛》，是铁凝的经典之作，汪曾祺赞美说："这是一篇快乐的小说，温暖的小说，为这个世界祝福的小说。""这篇小说'俊得少有'。"② 怀孕的少妇、同样怀孕的黑牛、汉白玉牌楼、一群放学的孩子、辽阔而温暖的秋日平原……氤氲着孕育生命的喜悦、神圣和伟大。尽管少妇没有文化，想象和眼光那样有限，但生命的奇迹却是亘古不变的。《短歌》写的是父子之情。锅炉工老祥，家里很穷，与老伴节衣缩食，却用最大的努力满足着在外当兵的女儿的生活需求。尽管女儿并不理解父亲，但老祥的爱女之情依然那样执着。可怜天下父母心，人伦亲情永远温暖着人间。《四季歌》和《棺材的故事》，写的则是爱情的坚贞和美丽。

孩子的纯真、善良、勇敢等"原始美德"，是铁凝短篇小说中的一个特别主题。成年人因社会的污染，也许那种美好的品德渐渐流失，但在孩子和那些长不大的人身上却深藏着。《沙果》里的沙果因患脑炎变得有点憨傻，但正因"智障"使她避开了尘世的侵蚀，已做了年轻的妈妈，依然保留着一个女孩子的天真、热心和勤快。《无忧之梦》里的木木，是一个六岁的孩子，面对他所喜欢的年轻女性，毫不掩饰地表露着他的爱恋之情，勇敢地担当着"保镖"的角色，显示了一个真正"男子汉"的坦诚和侠义。而这样的绅士风度，在成年男人身上很难看到了。铁凝有一颗"童心"，她在孩子和长不大的人身上，展现了一种人类本应有的美好品质和人格。

底层民众特别是老一代农民，在日常生活中显示出来的传统性格和精神，也是铁凝短篇小说着力表现的一个领域。她最熟悉的是农村中的女

① 贺绍俊：《铁凝评传》，郑州大学出版社 2005 年版，第 143、209 页。
② 汪曾祺：《汪曾祺全集》第 6 卷，北京师范大学出版社 1998 年版，第 10 页。

性、男性青年,她与他们有一种心灵的相通。她对老一代农民也不隔膜,用她细腻和敏锐的体察,在短篇小说中展现着他们的生存状态和精神状态。《三丑爷》和《老丑爷》,以晚辈缅怀先辈的崇敬之情,抒写了三丑爷年轻时给瑞典牧师当厨师时的风光岁月和晚年贫困生活中的淡然、平和的心态,刻画了老丑爷出色的说书才华和精明的理家能力以及后半生的穷困潦倒,在纪实的叙述中凸显了先辈坚韧的生存能力和淡定的人生观念。《逃跑》中的灵腔剧团传达室临时工老宋,也是一位农民。他全心全意为剧团服务了一辈子,充分体现了一个农民勤劳、厚道、正直的性格;席卷职工为他捐献的治病钱逃之夭夭,自然不够光明,但他完全是为了一家人的生存而逃跑,一个老农民的舍己为家和顽强生存精神,依然让人们深深感动。铁凝是饱含深情写这些底层人物的,体现了她可贵的民间情怀。

自然而美好的人情人性,往往处在自然性与社会性的冲突与夹击中,造成了人内在的压抑和痛苦。铁凝在短篇小说中表现了人的人情人性的丢失和寻找,而这样的人生"景象",常常发生在那些老革命、老干部身上。早在1980年发表的《灶火的故事》,表现的就是一位老革命人情、人性的失落。《晚钟》《哀悼在大年初二》描述的则是老干部退休之后对人情、人性的寻找。在前篇里,老头、老太太一生忙碌,退下来后他们异想天开地从医院抱回一个婴儿,感受着养育孩子的辛劳和陶醉,"追补着一生中那空白的日夜"。但在儿女们眼里,他们的行为却变得可疑而荒唐。在后篇中,老张、老王夫妇俩愉快退休,决心把"失去了的对人生的必要体味,失去了的对子女的教育,失去了的对一个家庭的经营"统统补回来。但好景不长,就在他们刚刚品尝到人生的乐趣时,妻子老王患了不治之症溘然而逝。人的一生中,日常生活中的生命体验,其实是至为珍贵的。但年轻时往往忽略了、丢弃了。当你在晚年企图寻求它、找回它时,生命已经走到了尽头。铁凝在这里表达了对生命的一种理解和珍惜,呼唤着美好人情人性的复归。

铁凝的日常生活小说,有两个鲜明的艺术特点。一是富有诗情画意,辽阔原野上悠然漫步的孕妇和牛,静静公园里谈情说爱的青年男女,用心哺育婴儿的老年夫妇……画面优美、工笔细描、人物凸显、构图井然,把诗歌和绘画的手法,娴熟地运用到了短篇小说中。二是精心安排细节,汉白玉牌楼、蝴蝶结、半导体收音机、红被面、芒种节令……每篇作品总有一两个画龙点睛的好细节,照亮了人物的形象和精神,强化了生活的实感和韵味。琐碎的日常生活,因鲜亮的细节而丰富多彩,因超拔的诗意而超凡脱俗。但在铁凝后期的小说中,虽然细节依然丰盈,但诗意却有所衰退，如《有客来兮》写女主人怎样接待表姐一家，如《巧克力手印》写一个男人的情人和妻子的尴尬会面，生活的逼真细腻让人感受到的是世俗的无奈，人物的矫情多欲，使人体味到的是人生的烦恼。生活的意义和价值，人生的奋斗和追求，渐渐隐退。世俗化的潮流，似乎在影响着铁凝的创作。

<h2 style="text-align:center">荒诞人生背后的理性呼唤</h2>

铁凝的短篇小说，在创作的方法和手法上，是以现实主义为深厚根基的，但也有机地融入了一些浪漫主义、心理分析、象征性以及荒诞派等表现手法。但这些手法运用得都很节制，含而不露，使她的小说显得既坚实严谨，又风姿绰约。比较而言，荒诞手法运用较多，有的是局部，有的灌注了全篇。铁凝亲历了从"文革"到新时期的历史巨变，她不会看不到社会人生中的荒谬现象，自然会表现在作品中。但她对社会的发展是乐观的，对人生的看法是理智的，因此表现在作品中，"她的荒诞不是导致非理性，而是表达了很确定的理性认识"①。她期望通过对荒诞现象的揭示，使社会变得更加自由、文明、和谐，使人生变得更加丰富、自尊、美好。

对社会众生相的刻画，是铁凝特别擅长的。《六月的话题》是一篇题材机智、情节巧妙、刻画入木、内涵丰富的短篇精品。一封发表在省报上的揭露领导经济问题的读者来信和一张24元的汇款单，搅乱了文化局的气氛和人心。这位匿名的挑事者是谁？他的目的是什么？从局长到职工人人惊惶失措、疑神疑鬼。最终却是传达室的达师傅承担了"嫌疑"，拿汇款买了一车墩布，但局领导层也作了大调整，迷雾依然没有消散。小说通过这个荒诞事件，揭示了行政单位权利斗争的激烈，人际关系的微妙，作家似在呼唤一种透明的政治和正常的民主。《砸骨头》的格调则要温暖得多，村长和会计为交不了乡政府的税款，借用本地砸骨头的风俗大打出手，以发泄内心的焦虑和苦闷，村民由此理解了他们的"村官"，想方设法交齐了税款，使两位村干部感动不已。一场砸骨头的荒唐之战，砸出的是干部与村民的诚实、厚道与大局意识。作家由此启发人们：我们有这么好的农民，好山好水的地方，为什么不能富裕起来呢？

对知识分子精神世界的剖析，是铁凝创作的一个"强项"。作家对知识分子也十分熟悉，但多取解剖、审视、批判的态度。知识分子是社会的

---

① 贺绍俊：《铁凝评传》，郑州大学出版社2005年版，第143页。

精英、良知，但他们的思想和行为往往有悖常情常理，尤其是经历了"文革"风暴，他们的人生更显示出某种荒诞性来。《请你相信》和《树下》都写了知识分子进入新时期的生存和精神状态。前篇写主治医师于若秀分得一套新房子，经过五道关口才领到房证和钥匙。她始终不大相信这是事实，时时感觉会有意外和变故，精神恍惚最后竟晕倒在地。作品揭示了十年浩劫给知识分子留下的心理阴影，刻画了他们自卑、懦弱的精神状态。后篇写中学教师老于，去找昔日女同学、如今的副市长项珠珠为自己要房子。一晚上高谈阔论、离题万里，回家途中面对老槐树才说出了自己的请求。于老师的自尊、清高诚然可敬，但他的迂腐、虚伪也够悲哀。作家对这两位人物，同情与嫌怨的态度十分明显。走向自我封闭的知识分子是需要同情、疗救的，而滑向偏执、沉沦的知识分子则是值得警惕的。《死刑》就刻画了一个报复社会的知识分子的特殊形象。林先生在"文革"中家破人亡，"释放"之后变得精神失常，挥霍无度、丧心病狂，竟向一个孩子伸出了杀手，同时也毁灭了自己。知识分子是理性的，但贪婪、报复、凶残的丑恶人性同样会有。铁凝描写的这类知识分子，是经历过"文革"、带有病态的人物形象，从中可以看到作家对那个荒谬时代的反思与批判，对知识分子心灵精神的解剖与针砭。这些荒诞手法小说，情节奇崛，人物独特，内涵深邃，是铁凝短篇小说中的"奇葩"。

第十一节　刘庆邦①:写实与诗化的双重变奏

徘徊在乡村、城市与煤矿之间

　　刘庆邦被誉为"短篇小说之王"，这虽不是官方、体制的正式封赐，却得到了文坛和读者的认同、传播。30 多年来，他以自己谙熟的乡村、煤矿和城市生活为题材，源源不断地发表了 200 余篇短篇小说，有 20 多篇获得鲁迅文学奖、《小说月报》百花奖、《人民文学》奖等奖项，其数

---

① 刘庆邦，河南沈丘人，1951 年生。1967 年毕业于河南沈丘第四中学。1970 年参加工作，历任河南新密煤矿工人、矿务局宣传部干事，《中国煤炭报》编辑、记者、副刊部主任。中国作协第五届、第六届、第七届全委会委员，中国煤矿作协主席，《阳光》杂志主编，北京作协副主席。1978 年开始发表作品。著有长篇小说《断层》《高高的河堤》，中短篇小说集《走窑汉》《心疼初恋》《刘庆邦自选集》等。作品曾获煤炭部、河南省、北京市及《青年文学》《北京文学》《中华文学选刊》《小说选刊》《小说月报》等有关部门和文学期刊文学奖 20 余项，短篇小说《鞋》获第二届鲁迅文学奖，中篇小说《神木》获第二届老舍文学奖。

量之多、质量之优、影响之广，在新时期文学中可谓"威震一方"。作家王安忆说："我甚至很难想到，还有谁能像刘庆邦这样，持续地写这样多的好短篇。"评论家李敬泽称："在汪曾祺之后，中国作家短篇小说写得好的，如果让我选，我就选刘庆邦。"① 新时期以来的短篇小说发展，越来越走向多元化，倘若说史铁生、韩少功等体现了一种启蒙式的精英文学写作的话，那么刘庆邦则代表了一种"入世式"的底层文学创作，凸显了底层文学所能达到的广度、深度和高度。

　　从 20 世纪 80 年代之后，已经很少有"单项"写作的小说家了，刘庆邦自然也不例外。他是一个把文学当作生存方式和生命追求的作家，不可能只满足于一种小说文体。他出版了《断层》《平原上的歌谣》《红煤》等七部长篇小说，颇受好评，但比起同时代那些长篇小说杰作来，还难以争锋。他发表了《卧底》《神木》《到城里去》《月光依旧》等 30 余篇中篇小说，有数篇获得重要奖项，而在蓬勃发展的中篇小说潮流中，也被湮没而无闻了。这些长篇、中篇小说，同样表现的是乡村、煤矿和城市生活。每个作家都有自己的优势和局限，不可能样样占全。刘庆邦的优势更多地表现在短篇小说上，体式凝练、情节精彩、意蕴丰盈，有一种深厚动人的激情、温情和魅力，是一种经典艺术，在短篇小说苑中可谓独具风采，赢得了各个层面的读者特别是大众读者的青睐。

　　文学是生活之源，这对现实主义作家来说，是一条普遍规律。在 20 世纪 50 年代出生的一批作家中，刘庆邦生活阅历之丰富、多样，是令许多作家羡慕的。19 年的乡村生活，一系列的农村变迁，一个普通家庭的艰难岁月，成为刘庆邦最主要的人生积淀和文学资源。从他的《远足》《鞋》《平地风雷》《春天的仪式》《梅妞放羊》《响器》等作品中，可以窥见他刻骨铭心的乡村生涯。20 世纪 70 年代初刘庆邦走出农村、进入煤矿，先工人、后干部，一待就是九年。他后来回顾说："到了煤矿才有机会看到别一层炼狱般的天地。耐苦习以为常的矿工不愿让人夸大他们的艰苦卓绝……在他们面前，我只能感到自己的渺小和乏力。所受的艰难困苦一句也提不起了。"② 从他的《走窑汉》《检身》《阳光》《草帽》《别让我再哭了》等作品中，让人们看到了以命作赌的矿工的生存奋争和作者爱憎交织的人文情怀。乡村、煤矿成为刘庆邦的两大生活源泉。

　　刘庆邦从农村到煤矿、到城市，已有 40 年。他说："说实在话，我

① 刘庆邦：《从写恋爱信开始》，《小说评论》2009 年第 3 期。
② 刘庆邦：《走窑汉·代序》，文化艺术出版社 1991 年版，第 4 页。

对城市没有什么偏见，我对城市生活是向往的。我在城市没有受歧视受排斥的感觉，特别是像北京这样的城市，包容性很强，五湖四海的人都可以来。北京的很多人都是从农村来的。"① 他的短篇小说主要题材是乡村和煤矿，但也没回避写城市生活，尽管后者只有 10 多篇作品，也未达到前者的高度，却是他整个创作的有机组成部分。对于城市生活和文化，刘庆邦的思想感情是复杂而矛盾的，有向往、认同，也有厌倦、批判，而更多的是隔膜、困惑。譬如在《外衣》《躲不开的悲剧》《信》中，他对城市人在对待爱情、婚姻问题上的——书呆子气、大男子主义、负心背叛等行为，都做了讽刺和批评，对处于弱势的女性则给予了理解和同情。譬如在《朋友》《人事》里，对城市男女间越轨的情爱、性爱，一方面表现出一种宽容、理性，同时另一方面又流露出一种困惑和隐忧。城市没有让刘庆邦找到根和家，却让他接受了现代生活和文化。城市让刘庆邦感受到了喧嚣和孤独，反而又激发了他对世界、社会和人生的遐想和求索。

生活和工作在城市，却心系乡村和煤矿，经常沉潜在社会底层和民众中的刘庆邦，想来时时会有一种"无家可归"的痛感。豫东的平原乡村，那里有他的生活和文化之根，那里的春夏秋冬时时牵动着他的心魂，但那块土地毕竟在地理上、心理上已成为他的"故乡"，他更多的是从审美的角度去观照和描述的。亦如沈从文笔下的"浪漫乡土"。煤矿是一个独特而险峻的世界，这里既有乡村社会的特征与众多由农民演变的矿工及家属，又有城市的生活方式和城里人，是一个乡村和城市的结合部。在这里作家看到了传统文明和现代文明的融合与冲突，看到了人性真善美和假恶丑两面的强烈表现，使他更深入地认识了社会人生。城市是现代文明和文化的创造物，刘庆邦虽然觉得他只是一个"侨寓者"，但他在思想、理性乃至生活方式上已被逐渐"同化"，成为一个具有现代意识的作家。乡下人、煤矿工、城市人的多重身份和立场，使他在看取和表现生活时，感受到了一种迷惘、矛盾乃至痛苦，但也使他多了一种参照和理解。这就自然而然地形成了他的小说特别是短篇小说，题材情节的丰富、思想意蕴的驳杂和风格情调的多变。而这正是他的作品充满张力和魅力的深层原因。

刘庆邦是一个感情充沛细腻、灵感思维活跃的作家，有一种天然的短篇小说潜质和才华，正如他所说："为什么写这么多短篇，想想另一个原因也是我对短篇的偏爱，我觉得短篇小说是非常纯粹的东西，我写短篇是双向的选择，首先是我选择了它，我很尽心地伺候它，把它伺候得很不

① 　杨建兵、刘庆邦：《"我的创作是诚实的风格"》，《小说评论》2009 年第 3 期。

错，然后它就选择了我。这么长时间的磨合，我跟短篇小说好像达成默契一样，形成一种亲密关系。"① 文体的特性规律与作家的禀赋精心相契合，自然会孕育出文学的大树来。但刘庆邦并不像有些作家那样，十分注重表现形式和手法的探索，他更重视的是表现内容、艺术格调等。这自然没有错，但也表现出作家审美上的某种局限。关于短篇小说的艺术特性，他有一个比喻："我愿意拿短篇小说与瀑布相比照，除了觉得短篇小说的开头、中段和结尾与瀑布有许多对应之处，还因为觉得好的短篇小说是自然的造化，是神来之笔，不可多得。它的美像瀑布一样，只可体会，不可言传。"② 短篇小说虽然是作家的创造，但它更源于生活和自然的赐予。开篇突兀而来、酣畅强劲，中段飞珠溅玉、水声轰鸣、彩虹缥缈，尾声戛然而止、潭深幽幽。这大约就是刘庆邦心目中短篇小说的气象。

社会人生的写实图画

新时期文学发展中，有两种文学潮流影响深远。一种是以鲁迅为代表的启蒙现实主义文学潮流，另一种是以沈从文为标志的抒情乡土文学潮流。一般作家往往是跟定某一种潮流，进而借鉴其他表现形式和手法，形成自己的创作方法和风格。而刘庆邦却鱼与熊掌兼得，构成了迥异其趣的两种文学套路。他说："我把鲁迅的小说和沈从文的小说作过比较，他们的小说有着不同的风格。鲁迅重理性，沈从文重感性；鲁迅重批判，沈从文重抒情；鲁迅的小说读起来比较坚硬，沈从文的小说读来比较柔软；鲁迅的小说更深刻一些，沈从文的小说则更优美一些；鲁迅小说的风格是沉郁的，沈从文小说的风格是忧郁的。这两位文学大师的小说都对我的创作产生了影响。"③ 刘庆邦确实领悟了鲁、沈的创作真谛，创造了双峰并峙的文学风景。二者各有其美，又神韵相通，还在不经意间转化变奏。

刘庆邦的出身、经历以及中原文化的影响，决定了他是一个以现实主义为根基的作家。乡村的历史演变是刘庆邦格外关注的表现领域。他亲身经历了农村的一系列政治革命和天灾人祸，感受深刻、满怀忧患。在反映农村"大跃进"运动的狂热、荒唐方面，他写了《刷牙》，描写了刘岗村按照上级指示给所有的大牲口刷牙，在全公社放卫星的天下怪事。在表现农村大饥荒时期的艰难、残酷和农民的抗争题材上，他写了《看看谁家

① 夏榆、刘庆邦：《得地独厚的刘庆邦》，《梅妞放羊》，长江文艺出版社 2001 年版，第 380 页。
② 刘庆邦：《说多了不好》，《当代作家评论》2005 年第 1 期。
③ 杨建兵、刘庆邦：《"我的创作是诚实的风格"》，《小说评论》2009 年第 3 期。

有福》《赴宴》《枯水季节》。在揭示人民公社外强内弱的情状和充满斗争的真实生活中，他写了《乡村女教师》和《平地风雷》，在后篇小说中，作家强烈地再现了在所谓的社会主义集体中，不仅想走资本主义道路（偷偷外出做点小买卖）的货郎同坚持无产阶级专政的队长构成了你死我活的斗争，前者竟用钉耙砸烂了后者的头颅；而且社员与社员之间也充满了猜忌和仇恨，几位社员一面暗地里鼓动货郎去挣钱，另一面又挑动队长批斗货郎，当货郎忍无可忍砸死队长后，全村社员又"群情振奋"地打倒、砸烂了卑微的货郎。通过一场群殴事件，不仅揭示了公社化时代干群之间的紧张对立关系，同时折射出农民在当时的愚昧、好斗、残忍的国民劣根性。读刘庆邦的这些短篇小说，读者可以窥见中国农村走过的一个个历史脚印。

现实乡村的兴衰沉浮在刘庆邦的笔下，得到了浓墨重彩的描绘。改革开放使农村得到了巨大发展，但也出现了种种社会问题和病象。一些本来很有能力和作为的乡村干部逐渐地腐败堕落了（《黄胶泥》），乡村的伦理道德急剧衰败，导致了代沟的加深和家庭的破裂（《金色小调》《八月十五月儿圆》），村民之间的贫富差距在扩大、冲突在激化，甚至发展到了暗害、纵火的境地（《开馆子》《还乡》），大批的农村青年纷纷进城打工，但等待他们的常常是失败和沦落，他们想返乡创业，但乡村已不再能容纳他们，他们成为漂泊的一代人（《天凉好个秋》《回家》）。《汉爷》是一篇篇幅精悍、内容丰富、意味深长的佳作，浓缩了中国乡村半个世纪以来的世事变迁。

关于刘庆邦的煤矿题材，夏榆在访谈中对作家说："我觉得你的小说把矿区这样一个在以前极易简单化模式化的题材领域拓展了，小说具有真正的艺术品质，你的写矿区的小说别具一格。"[①] 刘庆邦用逼真、深情的笔触，刻画了煤矿工险象环生的工作环境和他们贫困多难的家庭生活（《拉倒》《夫妻》《光明行》）；用讽刺批判的手法，揭示了公有煤矿一些官员的腐化行为和对工人的愚弄欺骗（《新房》《征婚》）；用同情怜悯的感情，描述了矿工儿子往往只能再去下井挖煤的宿命（《踩高跷》《雪花那个飘》）。同公有煤矿相比，私营小煤窑的状况显得更加复杂而灰暗。这些小煤窑的生存，不仅要忍受政府管理干部的要挟、盘剥，还要对付江湖劫贼的骚扰、抢掠（《鸽子》《有了枪》）；挖煤工的生活和劳动也更加艰苦（《福利》《幸福票》）；煤老板与工人的关系也更加紧张（《打手》）。

---

① 　夏榆、刘庆邦：《得地独厚的刘庆邦》，《梅妞放羊》，长江文艺出版社 2001 年版，第 382 页。

在当代文学中，写煤矿题材的作家也有一些，但像刘庆邦这样写得真实、广阔、透彻的，还不多见。

刘庆邦并不满足于忠实地、多方面地展现乡村、煤矿的现实图景。他继承鲁迅创作精神，在构思和表现生活时，努力体现"坚硬""深刻""批判""沉郁"这样一些创作特点，形成了他所谓的"酷烈"小说。酷烈写法，是对现实生活的深化，是对人自身的钻探，表现出作家对刚健风格的追求。酷烈写法更多地体现在对人的人格、人性、力量的揭示上，既有对正面人格的肯定和赞颂，也有对负面人性的解剖和批判。先看肯定类作品。《美少年》写一个孩子对邪恶力量的反抗，表现了一个年幼生命的无畏精神。《走窑汉》是刘庆邦的成名作，写的是一个"复仇"故事。矿工马海州曾是一个劳动积极、追求进步、性格强悍的"青年突击手"。因为自己珍爱的妻子小蛾被支部书记张清占有，愤怒出手用刀刺伤张清而被捕坐牢。出狱之后依然仇恨难消，用他充满敌意的眼睛，用他如影随形的跟踪，威慑、拷问着被贬职的前支书，使张清无可逃避精神崩溃最终跳窑而死。马海州对张清的报复，绝不仅仅是普通工人同煤矿管理者之间的个人情仇，而是体现了一个年轻矿工对妻子的贞节、对家庭的幸福、对个人尊严的誓死捍卫。这一人物身上，有强者的性格、行为，更有强者的精神力量。《玉字》中的张玉字，则是一个漂亮心高、富有心计，借人之手杀死了强奸她的歹人的刚强女性形象。再看批判类作品。在这类作品中，刘庆邦则着力揭示了人性的扭曲、丑陋、残忍，意在剖示国民的劣根性，"引起疗救的注意"。《在牲口屋》中的金宝，显示了一个农家妇女的绝情、狠心。《人畜》写农民老祥与一头骡子的较量，把人性的残忍、狡诈、疯狂写得惊心动魄。《保镖》写窑主的保镖顺头的好色、凶狠和背叛，把人性的丑恶写到了极致。让读者看到了人在原始、恶劣的生存环境下人的非人性、非人道的一面。

刘庆邦立足现实的社会人生，写了黑暗、丑陋的一面，同时也写了社会现实明朗、温暖和人情人性美好、高尚的另一面，使他的现实主义创作出现了变奏。譬如《别让我再哭了》中，描写了一位真正把死难矿工当作亲兄弟的工会主席孙保川的形象，让人感受到了他与矿工的手足之情。譬如在《草帽》里，讲述了12个矿工在班长的约定下，用买馄饨的办法，帮助公亡工友遗属渡过难关的故事，矿工之间的深厚情谊让人感动不已。刘庆邦还表现了底层矿工人格的高洁。《检身》中的检身员包长更，在他铁面无私、一丝不苟的检查工作中，凸显出的是他对矿工生命看得重如泰山的高度责任心。刘庆邦虔诚地刻画了这些美好形象，给沉重的社会人生涂上了一层诗意的暖色。

需要指出的是，刘庆邦的现实主义小说，虽然写得逼真、鲜活、浓郁，但对错综复杂的社会人生还缺乏自己独到的、新颖的思想发现。思想性的薄弱不能不说是刘庆邦小说的局限。

风俗、人物的诗化呈现

刘庆邦向往鲁迅小说那种坚硬、深邃的品格，但更钟情沈从文那种柔美、抒情风格。他坦言："沈从文的小说让我享受到超凡脱俗的情感之美和诗意之美，他的不少小说情感都很饱满，都闪射着诗意的光辉。大概我和沈从文的审美趣味更投合一些，沈从文的小说给我的启迪更大一些。"① 他在创作初期是以现实主义为主的，后来又探索抒情浪漫小说路子。他来往于"酷烈"和"柔美"两个艺术世界之间，或悲或喜，不能自己，他说："我自己比较偏爱柔美小说。可写了两篇觉得不过瘾，又经不住现实生活的诱惑和纠缠，就得写两篇酷烈小说。我写了酷烈小说，觉得很紧张，很累，甚至觉得人活着特没劲，就回过头来再写点柔美小说。"② 刘庆邦笔下的柔美小说，再现了豫东平原壮阔优美的自然风景和丰富灿烂的民情风俗，是他童年记忆和历史传说中的地域图画，描绘了那块土地上各种各样的人物形象，特别是小男孩和小女孩形象，他们纯朴、坚韧、自尊，是传统文化和大自然的儿女，在这些人物身上寄寓了作家的人生和审美理想。

沈从文、汪曾祺的京派乡土小说，对刘庆邦的创作产生了深刻影响。他说："我们写小说的过程归根结底是审美的，我对自然之美、情感之美、民俗之美的表现和赞美都很热衷。特别是在民俗中取材，这些年我是自觉的，下了力的，并写出了一系列关于民俗文化的小说。"③ 他在小说中用朴素、洒脱的文字表现了豫东平原的风景和劳动之美。譬如在《拾麦》等多篇作品中，描绘了连天接地、金浪滚涌的麦收情景和人们欣喜而紧张的收麦劳动；在《起塘》里刻画了水美鱼跃的自然风景和全村村民壮观有序的捕鱼场面；在《拉网》中叙述的则是新河里一条黄劫大鱼作怪、十家大网户联合拉网终于捕获的有趣过程。真是美哉壮哉，如诗如画。他在小说中用多彩、传神的笔墨，渲染了豫东一带的民俗美和民情美。譬如《春天的仪式》写柳镇三月三的庙会，隆重、热烈、欢乐，竟

---

① 杨建兵、刘庆邦：《"我的创作是诚实的风格"》，《小说评论》2009 年第 3 期。
② 赛妮亚、刘庆邦：《刘庆邦访谈录》，《民间》，新疆人民出版社 2002 年版，第 358 页。
③ 杨建兵、刘庆邦：《"我的创作是诚实的风格"》，《小说评论》2009 年第 3 期。

有两班大戏演出、四家唢呐班演奏，还有各种杂耍、买卖、小吃摆摊……"庙会其实是一个约定，或者说是一个节日，到时候方圆几十里、上百里的人们都纷纷聚集到会上去了，以各自的方式，去欢度他们的'节日'。"

民俗美和民情美凝结成一首古老而深情的歌。还有《听戏》写豫东乡村唱戏风俗的盛行，爱戏如命的姑姑竟因听戏遭受了丈夫的百般虐待，依然痴心不改。《曲胡》写民间艺人瞎祥把曲胡拉得摄人魂魄，以至感动了守寡的嫂子和新婚的侄媳，竟发生了不该有的私情，瞎祥与嫂子以相同的方式上吊而死。两篇小说写的都是戏剧、音乐——艺术——同中原百姓的密切关系。一听戏就进入角色、忘却了尘世的一切，在如泣如诉的音乐中、从心灵的共鸣到肉体结合……从中可见民间艺术的强大魅力，中原百姓的艺术情结。

婚丧嫁娶风俗集中体现了一种地域文化和百姓的生活情趣。在过去的作品中，这种传统风俗被视为封建的、愚昧的、落后的东西，但在刘庆邦的小说中，则给这种传统风俗赋予了一种积极的文化和审美意义。譬如写婚姻过程中母亲如何亲自出马、为女儿慎重相家（《相家》）；写男女青年在见面交往中的观察、考验、定夺的有趣过程（《怎么还是你》）；写婚礼上千奇百怪的闹洞房风俗，大年初二新女婿隆重的走新客礼仪（《走新客》）；譬如写老人去世后丧礼的庄重、严格以及响器吹奏在整个仪式中的独特作用……这些逼真、精细的描写，再现了传统婚丧嫁娶风俗的真实情景，表现了它在社会人生中的正面作用，不仅具有社会和审美意义，同时具有民俗学价值。当然，刘庆邦也看到了传统民情风俗中，也有庸俗、虚伪、丑恶的东西，在《冲喜》《四季歌》《一句话的事儿》等作品中，尖锐地揭示了娶新媳妇为病危新郎"冲喜"的民间风俗的荒诞，依然流行的童养媳风俗对年幼女孩的压抑和摧残，打卦算命对一个无知女人婚姻的可怕误导，显示了作家的现代思想意识和对传统风俗的理性审视。

每个作家都有自己的人物谱系，他不可能把每一种人物都写好。刘庆邦短篇小说最突出的人物系列有两个。一个是那种"侠骨柔肠"式的矿工形象，如马海州、孙保川、包长更等，属于写实型人物。另一个是那种纯洁、美好的少男少女特别是少女形象，他把他们提纯了、诗化了。他借鉴了沈从文、汪曾祺写女性人物的表现方法，说："青春生命之美，是人生最美的阶段，而少女之美，又是青春生命中的美中之美。"①

---

① 杨建兵、刘庆邦：《"我的创作是诚实的风格"》，《小说评论》2009 年第 3 期。

少男形象在刘庆邦的小说中不算多，但有几位十分鲜活、感人。《远足》中不满 10 岁的金生，是一个性格内向、感情丰富、孤独内向的孩子。一次从自家到表哥家走亲戚，使他感受到了世态的冷暖，觉得自己突然长大了。《小小的船》里的男孩把自己节省下来的饼子送给要饭女人和孩子，得到一句"心眼儿好"的感谢和夸奖，竟激发了他自觉的对穷苦人的同情和爱心。《夜色》中的大男孩周文兴也才十八九岁，但一朝订婚有了对象，就突然勤快了、能干了、有心了，滋生了对未婚妻的浓浓关爱。这些少男纯朴、善良、多情、内向，他们在走向人生、社会、婚姻中一步步地成长起来。

少女形象是刘庆邦小说中最美丽、最庞大的一个人物系列。有研究者称他的作品中有一个"女儿国"。在这个系列中，有孤单、勤劳，在爹的坟头上种倭瓜的猜小（《种在坟上的倭瓜》），有贫穷、懂事，主动帮娘理家干活的王改鸽（《谁家的小姑娘》），有娘死爹走、一人拉扯弟弟顶门立户的小青（《一捧鸟窝》《守不住的爹》）。这是一些懂事、勤快、要强，"穷人的孩子早当家"式的少女形象。还有面对婚姻大事、从慌乱害羞到镇静喜悦的喜如（《红围巾》），有嫁错男人、依然执着地建家立业、追寻真爱的小文儿（《不定嫁给谁》）。《鞋》中的女主角守明，是这类人物中的典型形象，作家把一个订婚了的姑娘既幸福又伤感、既向往又胆怯、既多情又理智的性格和情感，表现得纤毫毕露、美妙动人。未婚妻给未婚夫做鞋作为定亲礼物，是小说中的一个文眼，既传递了中原乡村的婚嫁风俗，又呈现了守明复杂变幻的情感心理。这是一些在乡村的爱情、婚姻中，成长、强大起来的女性形象。还有在民间风俗和日常劳动中变化、成熟起来的少女形象。从未做过女红的女孩子格明，却接受了一个神圣的任务，给临终的三奶奶绣花鞋。她从哆嗦到镇定、从笨拙到熟练，既完成了任务，也从此在精神心理上成人了（《黄花绣》）；《梅妞放羊》是一篇表现少女成长的艺术精品。放羊女梅妞是一个大自然的女儿，她在原始的劳动中感受到了大自然的美丽和富饶，在照护两只小羊给它们喂自己的奶的举动中滋生了天然的母性之爱，特别是在面临风暴险境保护羊群的搏斗中，激发出一种高尚责任感和勇敢精神。作家把最原始的劳动神圣化了，把乡村少女的形象诗化了。

传统叙事艺术的现代转化

纵观刘庆邦 30 年来的短篇小说轨迹，确实可以看到他在艺术风格和具体表现方法上的探索，但在小说的表现模式和方法上则早已形成、一以贯之。这就是立足中国传统小说的叙事艺术，汲取部分现当代表现形式，形成了一种具有现代风貌而又彰显传统品格的小说艺术模式，较好地实现了传统叙事艺术的现代转化。这种艺术模式，不新不旧，有更长久的艺术生命。

中国古典小说的叙事艺术，博大精深，但它的表现模式基本上是"故事式"的。刘庆邦继承了古典小说的讲故事传统，同时又容纳了现当代小说写人物方法，力求在故事的讲述中塑造出独特而丰满的人物形象来。他的小说绝大部分是这样一种套路。譬如《回乡知青》作品开头就写："人们已经看过了不少下乡知青的故事，今天我来写一篇回乡知青的故事。"作者在这里端出了一个"说书人"的架势。中间写回乡青年王继国的人生命运，情节比较零碎，但因为有一个在场的说书人的讲述，因此碎而不乱，一气呵成。结尾又交代："到这里，回乡知青王继国的故事就完了。"又补了一句关于王继国因耳聋出车祸他父亲听说后会作何感想的提示，这样就使读者既满足了听故事的愿望，又留下一丝悬念，可谓曲终人散、余音袅袅。再如《不定嫁给谁》篇幅只有9000字，讲述的是乡村姑娘小文儿的爱情和婚姻故事，但作者却别出心裁地把全篇分成三部分："故事的序幕""故事这才开始""故事的结尾"。最后以"故事完了，谢谢读者"收尾。作者运用古典话本小说的方法，真真假假，一波三折，引人入胜。这是两篇典型的故事式小说，但人物形象也十分突出。作者的其他小说虽没有使用这样明显的讲故事套路，但大抵有一个完整的或事件、或线索、或细节，精心构思、细针密线、叙述有序，具有很强的可读性。

在短篇小说有限的时空中，既要讲故事，又要写人物，有相当难度。这也正是长期以来短篇不短的原因所在。而刘庆邦的短篇小说，绝大部分限定在八九千字之间，甚至五六千字，极少有万字以上的。且浑然一体，自成世界。其中的奥妙就是，作家在创作时总要找到素材中的"文眼"，或者说他善于在生活中发现、捕捉文眼，然后以文眼为内核，生发出一个小巧而齐全的艺术世界来。正如吕政轩说的："刘庆邦的每一篇短篇小说都会有一个聚焦点，作者把他对生活的全部感情和对生命的全部感受都凝结在这一聚焦点上。"① 刘庆邦则更形象地称为"短篇小说的种子"。有了一粒优种，给它一方水土，它自然会生根发芽，抽枝长叶，开花结果。譬如《草帽》中那顶连接三个女人感情的手编麦秆草帽，《响器》里让高妮

---

① 吕政轩：《民间世界的诗意抒写》，《小说评论》2005 年第 3 期。

心驰神往并最终托付一生的大笛,《鸽子》中荒凉小煤窑场院里自由飞翔的几只鸽子,等等,这些都是有形的物体,极易生成短小而完整的故事。再譬如《赴宴》里的"我"对一次难得的赴宴的渴望和错失机会的悲痛,《开馆子》中善良的女主人公对二宝猝死一案的默默探寻,《夫妻》里丢了一条腿的瘸子矿工对所有人的猜忌和仇气……这些则是人物内在的一种精神情结,它同样可以像"种子"一样长出一连串情节来。这种选取小说"种子"构筑全篇的方法,也是鲁迅惯用的一种现代艺术手段。

在短篇小说的叙事语言上,刘庆邦对那种单一、有序、粗放的讲故事语式,进行了革新。他以故事情节的走向为主线,融叙述、描写、心理为一体,创造了一种质朴、灵动、细腻、浑厚的叙事语言,它既是古典的,又是现代的。贴着人物的心理展开叙述,这是刘庆邦常用的一种方法。譬如《远足》《鞋》《红围巾》《幸福票》《福利》等。把植物、动物等拟人化,显示自然万物的和谐相通,也是刘庆邦小说叙事中的一个特点。譬如《阳光》《喜鹊的悲剧》《起塘》《拾麦》等作品。刘庆邦是豫东平原和中原文化的儿子,他在自己的叙事语言中,也渗透了眷恋、感恩、悲悯、忧思的赤子之情。

第十二节　毕飞宇[①]:精心营构情感之诗

现实——"主义"与"情感"

在20世纪60年代出生的作家群中,毕飞宇无疑是最有探索精神和艺术个性的作家之一。90年代初登上文坛,他与绝大多数同代作家一样感兴趣的是"先锋派""现代派"写法。近20年时间过去了,他所坚守的艺术精神没有变,却积极地吸纳了现实主义的精髓,形成一种具有现实品格的现代小说。他长篇、中篇、短篇小说并举,《平原》《青衣》《玉米》等中、长篇小说风行文坛,成为读者喜爱的典范性作品。但最能体现他的创作追求和个性的则是短篇小说,他在短篇写作上着力最多,数量也远远

---

① 毕飞宇,江苏南京人,1964年生。1983年考入扬州师范学院中文系,1987年毕业后历任南京特教师范学校教师、南京日报社记者、江苏省作家协会专业作家、副主席。著有长篇小说《摇啊摇,摇到外婆桥》《那个夏季,那个秋天》,小说集《慌乱的指头》《祖宗》等。出版有《毕飞宇作品集》七卷。短篇小说《是谁在深夜说话》获1995年《人民文学》奖,短篇小说《哺乳期的女人》获1996年《小说选刊》《小说月报》奖、首届鲁迅文学奖。中篇小说《玉米》获第三届鲁迅文学奖。长篇小说《推拿》获第八届茅盾文学奖。

超过长篇、中篇小说，为文坛奉献了一大批难以忘怀的短篇精品，成为当下为数不多的优秀短篇小说家之一。他不像有些"先锋派"作家，痴迷于对人、人类一些形而上课题的玄思，也不同于那些现实主义作家，紧盯着社会生活中一些具体现象和问题；而是把他的艺术目光和笔触，深入当下人们的情感部位，像一个敏感而细心的心理医生，观察、诊断、说病，为人们展现出一幅幅或意味深长或触目惊心的情感图像。短篇小说是一种精粹而深邃的体裁，它在捕捉人们的情感变化、体现毕飞宇的创作追求中，充分显示了它的优势和潜能，成为作家最得心应手的一种文体。

　　毕飞宇始终在寻找一条最适合自己的小说路径。对传统的现实主义，他与同代作家一样有一种天然的怀疑情绪，他坦率地说："现实主义是我非常鄙视的东西。那是没有想象力的标志。"① "比如说我现在的作品，评论说是现实主义，我写作的时候，也增加了很多关注现实的内容，可实际上它们并不是真正的现实主义。"② 在毕飞宇看来，文学亦步亦趋地跟踪社会的发展变化，追求对事物的理性把握，塑造个性化的典型人物，等等，实在是束缚作家的沉重枷锁，与他的艺术旨趣大相径庭。但博大的现实主义又总是有一些东西吸引着他，让他一步步地走近，他说："我比以往任何时候都渴望做一个'现实主义'作家——不是'典型'的那种，而是最朴素的、'是这样'的那种。我就想看看，'现实主义'到了我的身上会是一副什么样子。"③ 在 2006 年的一篇访谈中，他进一步指出："我理解的现实主义就两个词：关注和情怀。就我们受过现代派文学洗礼的作家来讲，重新回到恩格斯所谓的'现实主义'基本上不可能。……我指的关注是一种精神向度，对某一事物有所关注，坚决不让自己游移。福楼拜说过，要想使一个东西有意义，必须久久地盯着它。我以为，这才是现实主义的要义。简单地说，我所理解的'现实主义'，就是一颗'在一起'的心。"④ 在这里，作家"渴望"的"现实主义"，是加引号的，已不是教科书上阐述的那一种，而是他向往的、构想的那一种。而这种"现实主义"的关键词是：关注、情怀、精神向度、"在一起"。

　　那么，作家"关注"的这种"精神"的"东西"是什么呢？就体现在他的作品中，譬如童年经验、历史想象、现实强权、女性命运等，但其中一个更核心的东西是人的情感，那种在现实环境中撞击出来的各种各样

---

① 毕飞宇：《沿途的秘密》，昆仑出版社 2002 年版，第 27 页。
② 毕飞宇：《小说最后就是这么个东西》，《成都日报》2006 年 1 月 23 日。
③ 毕飞宇：《沿途的秘密》，昆仑出版社 2002 年版，第 49 页。
④ 张均、毕飞宇：《通向"中国"的写作道路》，《小说评论》2006 年第 2 期。

的情感，特别是那些被压抑、湮没、异化了的而常常引起我们"心疼"的最基本的情感。毕飞宇说："从我个人来讲，作品的产生大多来自自己身体里迸发出来的东西，它们是经验、情感和愿望。……我把那种看似无用的、没有对象和来源的情感，放在内心，反复琢磨、考虑，让这种情感尽可能地和外部发生关系，然后形成一部作品。"① 他十分注意人与人、人与事之间的关系，说"在'关系'里头，我注重的是情感"。② 这就是说，作家的创作素材，来源于现实事件背后人的情感反应，这种情感是虚幻的、变化的，但它同样具有真实性、现实性。它在作家的创作中成为表现的重心。而作家的创作动机，也往往来自主体的情感触发，这种情感包含了作家的人生经验、生活愿望和人文情怀等。毕飞宇坚持了现代派文学注重个人体验、直觉把握的精神，又融合了现实主义文学关注当下、直面人生的品格，探索出一条地道的、现代的中国小说之路。与毕飞宇同时出道的先锋派作家，大都从西方文学回到了本土经验上，毕飞宇的"回归"，似乎更加坚实、彻底。

评论家吴义勤指出："毕飞宇是一个才华出众的短篇小说高手，在营构短篇小说时其显示出的那种从容与大气令人羡慕。"③ 毕飞宇确是一位钟情短篇小说文体的作家，他的数十个作品，可以说篇篇做得精心，篇篇都有特色。特别是《祖宗》《婶娘的弥留之际》《是谁在深夜说话》《哺乳期的女人》《生活在天上》《怀念妹妹小青》《地球上的王家庄》《相爱的日子》等，其取材的巧妙、情调的丰盈、叙事的优雅等，成为当下短篇小说中难得的佳制。毕飞宇的短篇小说观也颇有独到之处，他说："我所渴望的短篇小说与经验的关系并不十分紧密，相对说来，我所喜爱的好的短篇似乎是'不及物'的。因为'不及物'，所以空山不见人；同样是'不及物'，所以但闻人语声。有时候，我认为短篇这东西天生就具有东方美学的特征。"④ 这就是说，毕飞宇的短篇小说，追求的是一种如诗词那样的境界、形态、韵味，是一种诗化的短篇小说。它的所指是最日常的世态人情，但能指则是深广的社会和丰富的情感。它不去表现太具体、实在的事和人，却可以涵盖广大的世界和人生。而作家所关注的、感兴趣的现实中的人的情感世界，就成为这种小说最恰当的表现对象。因为情感就是一种抽象的、朦胧的、"不及物"的东西。于是，毕飞宇书写了一曲曲

① 毕飞宇：《情感是写作的最大诱因》，《文学报》2007年6月28日。
② 毕飞宇、汪政：《语言的宿命》，《南方文坛》2002年第4期。
③ 吴义勤：《感性的形而上主义者》，《当代作家评论》2000年第6期。
④ 毕飞宇：《沿途的秘密》，昆仑出版社2002年版，第24页。

情感之诗。

回顾童年的心灵创伤

　　童庆炳在谈到艺术家的创伤体验时说："所谓创伤，就是指某人在生命的某一阶段，突然受到一种心灵无法承受的刺激，而引起极度的失衡，并留下伤痕，这一结果便作为残余物和沉淀物留在心灵深处，永久地扰乱这个人一生的心理活动。如果这个人是艺术家，这一创伤在他的创作心理中潜在地发挥动力作用。"[①] 毕飞宇的父亲因"右派"问题，全家下放农村。毕飞宇生在乡下，长在"文革"时期。这样一个特殊的家庭和身份，在贫困、动荡的农村，在荒谬、畸形的时代，幼年的毕飞宇能感受到什么呢？自然会有父母、老师的关爱，也会有"广阔天地"的自由，但更多的却是时代的邪恶，人与人的斗争，为官者的强权，乡村的封闭、愚昧，以及在这种环境中滋生的恐惧感、孤独感、无爱感，等等。而毕飞宇又恰恰是一个敏感、内向、耽思的人，这种心灵创伤便像伤疤一样留在了记忆里。抒发心灵的创伤，寻觅精神的慰藉，就成为他日后创作源源不断的驱动力。

　　在毕飞宇带有自传色彩的童年生活小说中，弱小者的孤独感是一个十分突出的主题。早期作品《那个男孩是我》，以散文笔法，描述了"我"寄住城里的姐姐家养病的经历。作品深切地表现了一个患病的孩子，对扮演白毛女的女孩子的"暗恋"的幻灭和难以排遣的孤独感、悲伤感。《怀念妹妹小青》以回忆的方式，叙述了"我"的妹妹小青，一个精灵似的小生命的猝然消逝。20世纪70年代冬季的农村，农田建设搞得如火如荼。"牛鬼蛇神"被赶到乡村劳动批斗的事情，屡见不鲜。妹妹小青乖巧、内向、聪颖，有一种与生俱来的艺术表演天赋。大人们谁都顾不得管她，她形单影只，自得其乐。她好奇地去捧烧红的铁块，烧残了双手；她去救一位投河的"牛鬼蛇神"，把自己吓丢了魂；最后竟死于一次电影场的踩踏事件中。在那样一个暴风骤雨般的年代，妹妹的生命是多么渺小，多么孤独，而又多么让人痛惜不已。

　　毕飞宇在他的作品中，还表现了各种各样的恐惧感。充满童趣的《写字》记叙的是父亲让"我"学写字的故事，但在字里行间蕴含的是"我"对父亲的"恐惧"。当父亲宣布让"我"开始学写字的时候，"我"的感受是"当头一棒""空前残酷"。在作品里，父亲就是"真理"，就

---

① 童庆炳主编：《现代心理美学》，中国社会科学出版社1999年版，第214页。

是"专制"，不管"我"多么不情愿，不管有多少更好玩的游戏，"我"必须"服从"。"我"对这种"专制"的反抗，只能是在操场宽阔的土地上，用小刀划下"我"的敌人的名字——譬如"小刚"，然后再加上"我是爸爸"几个字，在假想中获得"痛苦的喜悦"。在这篇带有戏谑味的小说中，我们窥见了一个孩子在严父面前的"恐惧"以及对"专制"的反抗。《白夜》中的李狠、张蛮等，不仅仅是年少顽劣的问题，更代表了一种愚昧、邪恶的力量。他们组成"地下组织"，集体逃学，用弹弓袭击老师、打碎教室玻璃，抵制和破坏着正规的学校教育。在"革"文化"命"的大背景下，显示了民间社会对现代文明的"趁火打劫"。因此在毕飞宇的童年记忆里，那个扫荡教室的白夜，是"寒冷""阴森"而令人"战栗"的。《蛐蛐　蛐蛐》从一个独特的视角，揭示了"文革"中可怕的人际关系。人们玩斗蛐蛐时发现，"现在的蛐蛐和以前真是不一样了，个个都狠，个个都凶，叫出来的声音全都透出一股杀气"。为什么呢？因为蛐蛐都是死人的亡灵变得，前世无休止的斗争结下仇恨，变成蛐蛐后依然要继续撕咬。生前有权有势、威风八面的人物，亡灵变成的蛐蛐也格外厉害。譬如村支书迫击炮、大队会计无声手枪、屠夫阿三等，他们托生的蛐蛐也是强者。通过作者描述的你死我活的斗蛐蛐场面、煞费苦心的捉蛐蛐情景，读者感受到了那个时代的荒谬和残酷，感受到了它给人们心灵投下的阴影。

那是一个让人恐惧、孤独的时代，但世间的真善美并没有泯灭。作者在作品中描述了"我"的父亲、母亲在十分困难的情况下，办起了学校。班主任王老师冒着风险，保护了"我"。"我"和妹妹小青在一穷二白的乡下，寻找着自己的自由和快乐。《地球上的王家庄》生动地描写了"我"对科学的神往和对外面世界的渴望。沉默寡言的父亲一边捧着一本《宇宙里有什么》，一边观察浩瀚的星空，激发了"我"对宇宙的浓厚兴趣。自家墙壁上贴着的一张《世界地图》，引发了全村人对地球、地理问题的大争论，更点燃了"我"对神秘远方的好奇心。"我"赶鸭子驾小舢板，出乌金荡、进大纵湖，孑然一身，向太平洋、大西洋驰去……"我"的贸然探险，自然只能是迷路、失败、被救，但一个孩子纯真的童心、自由的想象和无畏的精神，却成为一幅永恒的风景。

切入最柔软的情感地带

人的情感是一个十分广阔而复杂的世界。在这个世界中，有社会情感，如集体感、责任感、自尊感等；也有自然情感，如伴随着生存需要的喜、怒、哀、乐等。还有掺和着社会和自然需求的情爱、婚爱、性爱。而这后一种情感，是人们最日常的、最主要的、最费心的一种情感。毕飞宇把这种情感称为最"柔软的部分"。他以一个南方作家的敏锐和细腻，在人们平常的爱情、婚姻、家庭生活中，总是捕捉到一些令人动心、揪心的情感波澜，表现在他如诗如画的短篇小说中，让人读来心旌摇曳、思绪万千。

　　爱情与婚姻以及二者的关系，是一个充满诱惑力的领域，毕飞宇在他的小说中做了出色的描写。《驾纸飞机飞行》中的"我"，有一个和睦安定的家庭，却突然萌发了"又想恋爱"的念头，渴望像表姐那样有声有色地爱一场。因为他的婚姻是由工会主席撮合而成的，"温不囵吞"的家庭生活使他的身心渐渐"委顿"。如果说鲁迅的《伤逝》表现了"人必生活着，爱才有所附丽"的主题话，那么毕飞宇的作品则揭橥了"爱须生长，活着才有意义"的真谛。《元旦之夜》却反其道而行之，表现了一个自由放纵的男人对曾经的婚姻的怀恋。成功男人、公司老板发哥，拥有事业、财富，身边有众多美女相伴。但在大雪飘飞的元旦之夜，却不由自主地约了前妻相聚。他面对妻子真诚地忏悔，尽情地诉说，回味与妻子"在一起时那种天陷地裂的感受"，内心里"生出了一股极为柔软的意味，像一根羽毛，不着边际地拂过了发哥"。回到妻子身边，回到家庭港湾，是这个男人此时最迫切的愿望。这有点像钱锺书营造的那座"围城"，困在城里的人想冲出去，置身城外的人想冲进来。

　　爱情与性是当下文学表现的热门题材，毕飞宇的出众之处就在于把情和性诗意化、哲理化了。在他的笔下，男女之间的情是那样浪漫、美好，性是那样自然、激越。当然，它们都会受到来自外部的各种各样的侵蚀，却始终凸显着人性的光芒，有一种形而上的韵味。毕飞宇又是一个喜欢追寻生活真义的作家，于是在诗意的描述中又平添了一种哲理内涵。《火车里的天堂》写一个男人从离婚到复婚的故事。平庸、漫长的家庭生活消释了"我"和妻子的感情、爱情。离婚四年之后，"我"与妻子在南方某城邂逅，"他乡遇故知"，唤醒了我们沉睡的激情，"洞房花烛夜"，让"我们"领略了销魂夺魄的性爱之美。爱情与性的关系竟是如此奇妙，"自我重复"的日子消解了男女之间的爱情，于是婚姻成为"现代人的替罪羊"。无奈的"自我出逃"却修复、增强了男女之间的爱情，使性爱得以复苏和升华。《相爱的日子》是一篇让人心酸、让人反思的小说。作品中的他和她，大学毕业，流落城市，相遇酒会，一见如故。同是天涯沦落人，在茫茫人海中有缘相聚，怎么能不唤起两个年轻人真挚的爱情？他们兄妹互称，相濡以沫，互勉互励，共同寻找着生存之路。同是年轻自由身，在狭窄的、隐蔽的临时住所，怎么能不燃起蓬勃的生命之火？他们像小夫妻一样有了固定而又规律的性爱生活。性爱不仅仅是他们生理的、生命的需要，更是情感的、精神的渴求。他们用性互相温暖、安慰，用性消除内心的压抑、烦躁，用性共同抵御他们无力把握的现实社会。在一场痛快淋漓的性爱之后，她说："这会儿我什么压力也没有了，真轻松啊——你呢？"他说："我也轻松多了。"她又说："相信我，哥，只要能轻松下来，日子就好打发了——我们怎么都能扛得过去！"在两人"完美"的性爱中，原来隐藏着冰冷的现实。在两人温馨的爱情里，其实包含着临时互助组的意思。最后，她要在两个富有的结婚对象中选择，他理智地为她选了一个，然后曲终人散。美好的情爱、性爱，总是敌不过严酷的现实。真情的"相爱"虽然短暂，但它却是璀璨的明星，永远照耀着人们。

面对扑朔迷离的情爱、婚爱、性爱，毕飞宇企图作出哲理的判断，但总是顾此失彼，困惑重重，于是常常陷入一种悲观失望的境地。在《充满瓷器的时代》《因与果在风中》里，作家讲述了两个带有传说、传奇色彩的非现实故事，表达了对人性的困惑和悲哀：人的情欲、性欲是生生不息的，它既能开出瑰丽的生命之花，也会导致惨痛的人生悲剧。

关注现代人的内在"缺失"

物质的富有常常导致的是精神的萎缩，高科技的普及往往带来的是人性的变异。在物质化、科技化、现代化的时代，人们正面临着一场精神的困境和危机。在这样一个时代背景下，毕飞宇不仅洞察到了人们在情爱、婚爱等方面的情感变化，同时也扫描到了人们整个情感世界的变异和流失，呼唤着真善美的人情、人性，批判着现代文明中负面、消极的东西。

中国文化特别注重人与人之间的伦理关系，把亲人、亲属间的那种天伦之爱、天伦之乐视为人生之本，譬如父子之亲、母子之爱、兄弟之和等等。但这种根深蒂固的人间亲情，在市场经济、现代观念的冲击下，被动摇了、丢弃了。《哺乳期的女人》是一篇发掘、彰显、讴歌母性之爱的经典性作品。作家对他的创作有着明确的理性认识，他说：主人公"惠嫂的理解是针对5岁的男孩旺旺而去的。旺旺的父母挣钱去了，把他留在乡下。对一个5岁的孩子，一个物质时代的孤独者来说，母性（未必是母亲）是他的天使。应当说，'惠嫂'也是我们的天使。不幸的是，她的理

解力扑了空。取而代之的是禁忌、蛮横、画地为牢。"① 毕飞宇这里说的
"理解力"，是指一个女人对人的那种渴望母性之爱的情感需求的理解。
不管是男人还是女人，不论是大人亦或孩子，都需要一种母性的关爱和温
暖。旺旺的生母就不具有这种理解力，惠嫂转而成为旺旺心中的母亲。惠
嫂不仅深知旺旺母性需求的匮乏，同时把母性之爱毫不犹豫地给予这个孤
独的孩子。这是一种多么纯朴、无私的母性！但旺旺无意识咬了惠嫂的乳
房（其实孩子咬母亲的乳房是常见之事），竟被包括爷爷在内的镇上的人
看作"小流氓"行为，于是割断了"母亲"与孩子的天然关系。作品结
尾，"惠嫂凶悍异常地吼道：'你们走！走——！你们知道什么'"，显示
了一个圣母般的女人对世俗的愤怒，对母爱的捍卫！《婶娘的弥留之际》
选择更强烈的情节和独特的人物，表现了母爱精神和情感的奇异光辉。婶
娘没有子嗣，丈夫早丧。她做了一辈子聋哑教师，把失聪失语的孩子都当
作自己的儿女。在她住进敬老院得了癫癫病后，她的母性之爱以强劲的力
量和变异的形式爆发出来。她把所有的人都当作自己的孩子，要给他们洗
手洗脸、剪指甲，甚至敞开胸怀要给大家喂奶。她的荒唐行为自然只能导
致自己被院方关起来，直到悲惨死去。婶娘在此时什么都不知道了，唯有
母性之爱支撑着她。一个女人身上竟有如此顽强的母性之爱，它让人震
撼，也让人伤感。如果说母性之爱是自发的、单向的、无功利的，那么父
亲之爱就往往是双向的、现实的、具有社会性的了。《马家父子》中的四
川男子老马，蜗居京城，妻子离婚，生活中只剩了一个儿子。他希望儿子
会说至少喜欢四川话，希望儿子支持、热爱四川足球队。故乡话、家乡
队，维系着他的生命和精神。他渴望儿子接受它们，正是希望儿子秉承他
的精神、延续他的命脉，其中有种族的、社会的使命意识。但生长在北京
的儿子，不单不接受父亲钟爱的这些东西，甚至没心没肺地嘲讽、诋毁这
些东西。老马之所以痛不欲生地抽自己嘴巴子，正是感受到了传统的断
裂、父爱的破灭。这种父爱同样是值得我们珍惜和敬仰的！

　　人的全面实现是包含两个方面的，丰富的物质生活和同样丰富的精神
生活。但当下人们一味追求物质和金钱，精神生活就会大面积流失，成为
可怕的"空心人"。《遥控》中的那位肥胖青年，深居最现代化的高层楼
房，每日的全部生活就是窝在沙发里，操纵那些管电视机、影碟机、音
响、空调等的遥控器，外加一部大哥大。作家巧借对一条鱼的议论，解剖
了现代人畸形的生存方式："一个被扒去五脏六腑的生命何以能够如此休

———
① 毕飞宇：《沿途的秘密》，昆仑出版社 2002 年版，第 32 页。

闲、如此雍容，实在是一种大恐怖。"《与阿来生活二十二天》中的那帮兄弟姐妹们，更是过着及时行乐、浑浑噩噩的日子。二黑全然不把进局子当回事，为朋友很讲义气，但对女朋友却毫不珍惜，有人夺其所爱也满不在乎。新派丫头阿来只热爱两件事：第一是性爱，第二是麻将，"只要有这两样东西，生活其实就齐了"。作家用漫画的手法，用反讽的笔调，描述了一批现代都市人的生存方式，寄寓了他对这种物质化、拜金化、享乐化生活的隐忧和批判。

生活以加速度的方式前行，有些人能够"与时俱进"，有些人则会被淘汰，经受内心的痛苦和孤独，而这后一种往往是一些老派人物。《生活在天上》以深沉哀婉的笔触，描述了断桥镇的蚕婆婆，住进都市的高楼里，所引出的哭笑不得的喜剧故事。高高在上，"神仙"似的现代生活，蚕婆婆享受不了。她迷恋的、能感到快乐和意义的生活，其实是儿孙满堂、融融乐乐的农家"全家福"情景，是忙碌劳累、从养到收的养蚕劳动。她真是"身在曹营心在汉"，"生活在别处"！于是发生了楼房里养蚕的滑稽剧。其实蚕婆婆对现代生活的不适应，不仅仅是生活观念和方式的问题，更是传统农业文化和现代都市文化的矛盾。现代文化割裂了人与土地、劳动、乡情的血肉联系，实质上是违背人性与人情的。《彩虹》中的那两位大学退休教师铁树和妻子虞积藻，虽不是乡下人，但同样不能适应这种现代的鸟笼生活。他们年迈体衰，一个又卧病在床，儿孙们远在国外，他们只能像坐禁闭一样困在高楼上。隔壁一个男孩的出现，使老两口高兴异常，他们多么想望照看这个孩子，跟他说话、教他英语、给他关爱。但城市人之间的隔膜、警惕、防范，使这个孩子在他们的生活中只是"昙花一现"，他们又陷入了无边的寂寞和孤独中。都市的现代文明不只是把老人，还有孩子的精神情感世界，都给"沙化"了。

毕飞宇所表现的母爱与父爱的"缺失"、人性的变异、心灵的"沙化"，等等，虽然只是一些形而上的精神方面的现象，却是现实社会一些本质的、深层的问题。作家捕捉到了这些现象，并在作品中进行了艺术的放大和强化，这就使他的小说既具有了现实意义，又富有了人文情怀。

寻找诗化的表现形式

美国著名符号论美学家苏珊·朗格说："艺术品是将情感（指广义的情感，亦即人所能感受到的一切）呈现出来供人观赏的，是由情感转化成的可见的可听的形式。……艺术形式与我们的感觉、理智和情感生活所

具有的动态形式是同构的形式，正如亨利·詹姆斯所说的，艺术品就是
'情感生活'在空间、时间或诗中的投影，因此，艺术品也就是情感的形
式或是能够将内在情感系统地呈现出来以供我们识认的形式。"① 毕飞宇
对人的情感世界有着格外的敏感和兴趣，而他又有一种"多情善感"的
性格，这就决定了他的创作取材上以情感为重心，写法上"以情纬文"
（刘勰语）。毕飞宇又是一个有诗人气质的作家，曾热衷过诗歌写作，一
颗"诗心"深刻地影响着他后来的小说创作——特别是短篇小说创作。
他始终在探索着一种诗一样的表现形式和手法，譬如结构、人物、意境、
情调、意象、语言等，使短篇小说在他的手里，真正具有诗的品质。他的
短篇小说篇幅都不长，大抵在 6000—8000 字，读来就像是一首纯净的诗、
一曲灵动的词，或是一首自由的新诗。他把短篇小说化作了抒发自我的
"情感的形式"。他的艺术探索主要体现在如下几个方面。

　　以情感为主线营造作品结构。小说的结构安排，一般是以故事、人
物、心理等为主干的，但毕飞宇把情感变成了文本的重心和主线。情感表
现又有两个方面，一是作品人物的情感，二是作家主体的情感。《那个男
孩是我》中的主人公"我"，从孤独地养病，到惊喜地"暗恋"，又到
"梦幻"的破灭，构成了小主人公的情感经历，也成为小说结构的内在脉
络。这篇小说，典型地体现了作家的一种结构方法。《是谁在深夜说话》
是一篇情景交融的意境小说，幽暗、残破的明代古城墙，"我"的历史想
象与爱情故事，古建工程队的拆楼修墙……构成了一幅斑驳迷离的历史、
社会和人生图画。作家复杂混沌的情感体验，形成了作品放射性的、蒙太
奇式的结构样式。《祖宗》也是一篇意境小说，古旧、神秘的小阁楼，生
命顽强的百岁老祖母，是作品中的象征性意象。在神秘的氛围和荒诞的情
节中，蕴含着作家沉重的历史情感和尖锐的人性叩问。作家的情感波澜，
成为组合散乱情节的纬线。这是两篇独具匠心的精品，代表了作家另外一
种艺术结构方法。

　　以情感为焦点展开人物形象。毕飞宇鄙薄那种性格化的"典型"人
物，探索一种情感型的人物形象，作出了成功的实验。综观他笔下那些突
出的人物形象，虽然也有个性，也有心理，但并不很鲜明。作者鼎力凸显
的是这些人物的情感世界、情感特征。譬如小青（《怀念妹妹小青》），作
者没有过多描写她的沉默、内向、机灵的个性，而是竭力渲染了她在那个
特定时代和环境中的孤独感和恐惧感，就把这个卑微而可怜的小生命的形

---

① ［美］苏珊·朗格：《艺术问题》，滕守尧、朱疆源译，中国社会科学出版社 1983 年版，第 24 页。

象和盘托出了。譬如惠嫂（《哺乳期的女人》），作者发掘和展现的是她那种博大的"母性之爱"，便把她的个性、肖像以及经历等都隐去了，这样就更突出了她的精神特征，成为一个感人肺腑的母爱形象。譬如老马（《马家父子》），他对故乡土话、家乡足球队的一往情深，代表了老派人物的一种文化情结，表现这种情感比表现人物性格更有意义。譬如蚕婆婆（《生活在天上》），她对儿女、家庭、土地、劳动的质朴之爱，使这一形象显得更加深厚、丰满、动人。作家对这些人物的情感特征的精彩描写，使这些形象具有一种温暖、灵动、神性之美。

创新叙事语言。20 世纪 90 年代之后出道的作家，大抵注重叙事语言的营造。西方叙事学的传播，促进了这一代作家的追求，毕飞宇的探索更显得执着而精心。他的小说语言自然是以叙述功能为主的，却水乳交融地化入了描写、议论、抒情以及比喻、夸张、幽默、反讽等多种修辞手法。转换极为自然，很难让人觉察。他的短篇多选用第一人称视角，第三人称视角较少。但在叙述过程中，作者却常常跳出来，以另外一种身份描述他此时的感觉、体验、想象、思想等心理活动，使叙述呈现出一种和声协奏、华美瑰丽的审美效果。他的叙述基调是平静、优雅、机智的，诗词语言的隽永，散文语言的抒情，哲理语言的精辟，杂文语言的智慧等化为一炉，构成一种雅致而柔美、单纯而丰沛的语言风景。毕飞宇的短篇小说似一方烟雨迷蒙、楼台错落、曲径通幽的南方园林。

主要参考文献

伍蠡甫、胡经之主编：《西方文艺理论名著选编》（上中下），北京大学出版社 1985 年版。

《马克思主义文艺论著选讲》，中国人民大学出版社 1982 年版。

《卢卡契文学论文集》（二），中国社会科学出版社 1981 年版。

［美］莫里斯·迈斯纳：《马克思主义、毛泽东主义与乌托邦主义》，张宁、陈铭康等译，中国人民大学出版社 2005 年版。

［意］贝内戴托·克罗齐：《美学的历史》，王天清译，中国社会科学出版社 1984 年版。

［英］罗宾·乔治·科林伍德：《艺术原理》，王至元、陈华中译，中国社会科学出版社 1985 年版。

［美］苏珊·朗格：《艺术问题》，滕守尧、朱疆源译，中国社会科学出版社 1983 年版。

［美］韦勒克、沃伦：《文学理论》，刘象愚等译，生活·读书·新知三联书店 1984 年版。

郭绍虞主编：《中国历代文论选》（一卷本），上海古籍出版社 1979 年版。

赵仲邑：《文心雕龙译注》，漓江出版社 1982 年版。

叶朗：《中国美学史大纲》，上海人民出版社 1985 年版。

李泽厚：《美的历程》，安徽文艺出版社 1994 年版。

周扬：《周扬文论选》，人民文学出版社 2009 年版。

茅盾：《茅盾文艺评论集》（上下册），文化艺术出版社 1981 年版。

童庆炳主编：《文学概论》，北京大学出版社 2007 年版。

吕同六主编：《二十世纪世界小说理论经典》（上下册），华夏出版社 1995 年版。

朱狄：《当代西方美学》，人民出版社 1984 年版。

郑克鲁主编：《20 世纪欧美文学史》，北京大学出版社 2014 年版。

郭志刚、董健等：《中国当代文学史初稿》（上下册），人民文学出版社

1980 年版。

林曼叔、海枫、程海：《中国当代文学史稿》，巴黎第七大学东亚出版中心 1978 年版。

洪子诚：《中国当代文学史》，北京大学出版社 1999 年版。

钱理群、温儒敏、吴福辉：《中国现代文学三十年》，北京大学出版社 1998 年版。

陈思和主编：《中国当代文学史教程》，复旦大学出版社 1999 年版。

陈思和主编：《新时期文学简史》，广西师范大学出版社 2010 年版。

董健、丁帆、王彬彬主编：《中国当代文学史新稿》，人民文学出版社 2005 年版。

杨义：《中国现代小说史》，人民文学出版社 1986 年版。

杨匡汉、孟繁华主编：《共和国文学 50 年》，中国社会科学出版社 1999 年版。

陶东风、和磊：《中国新时期文学 30 年》，中国社会科学出版社 2008 年版。

朱寨主编：《中国当代文学思潮史》，人民文学出版社 1987 年版。

金汉：《中国当代小说史》，杭州大学出版社 1997 年版。

张学军：《中国当代小说流派史》，山东大学出版社 2007 年版。

董之林：《旧梦新知："十七年"小说论稿》，广西师范大学出版社 2004 年版。

杨鼎川：《1967：狂乱的文学年代》，山东教育出版社 1998 年版。

陈平原等编：《二十世纪中国小说理论资料》（1—5 卷），北京大学出版社 1997 年版。

吴秀明主编：《中国当代文学史写真》（上中下），浙江大学出版社 2002 年版。

张炯主编：《中国新文艺大系 1949—1966·理论史料集》，中国文联出版公司 1994 年版。

李庚主编：《中国新文艺大系 1949—1966·评论集》，中国文联出版公司 1994 年版。

《短篇小说选》（1949—1979）（1—8 卷），人民文学出版社 1979 年版、1982 年版。

李国文主编：《中国当代文学作品精选·短篇小说卷》，北京十月文艺出版社 1999 年版。

《中国当代最新小说文库》（6 册），浙江文艺出版社 1993 年版。

吕同六主编：《二十世纪世界小说经典》（4 卷），华夏出版社 1996 年版。

袁可嘉等选编：《外国现代派作品选》（第一册上下），上海文艺出版社
　　1980年版。

鲁迅：《鲁迅全集》，人民文学出版社1981年版。

周立波：《周立波选集》，湖南人民出版社1984年版。

赵树理：《赵树理全集》，北岳文艺出版社2009年版。

沙汀：《沙汀选集》，人民文学出版社2005年版。

浩然：《春歌集》，天津人民出版社1973年版。

王蒙：《王蒙文存》，人民文学出版社2003年版。

汪曾祺：《汪曾祺全集》，北京师范大学出版社1998年版。

《中国当代作家选集丛书·高晓声》，人民文学出版社1994年版。

林斤澜：《林斤澜文集》，北京师范大学出版社2000年版。

蒋子龙：《蒋子龙文集》，华艺出版社1996年版。

史铁生：《史铁生作品集》，中国社会科学出版社1995年版。

韩少功：《韩少功自选集》，作家出版社1996年版。

《中国当代作家·铁凝系列》，人民文学出版社2006年版。

崔道怡等编：《“冰山”理论：对话与潜对话》（上下册），工人出版社
　　1987年版。

董衡巽编选：《海明威谈创作》，生活·读书·新知三联书店1985年版。

［哥］加西亚·马尔克斯、门多萨：《番石榴飘香》，林一安译，生活·读
　　书·新知三联书店1987年版。

［捷］米兰·昆德拉：《小说的艺术》，孟湄译，生活·读书·新知三联书
　　店1992年版。

［日］《川端康成谈创作》，叶渭渠译，生活·读书·新知三联书店1988
　　年版。

［英］爱·摩·福斯特：《小说面面观》，苏炳文译，花城出版社1984年版。

［美］浦安迪：《中国叙事学》，北京大学出版社1996年版。

张寅德编选：《叙述学研究》，中国社会科学出版社1989年版。

张京媛主编：《新历史主义与文学批评》，中国社会科学出版社1993年版。

柳鸣九主编：《未来主义　超现实主义　魔幻现实主义》，中国社会科学出
　　版社1987年版。

申丹：《叙事、文体与潜文本——重读英美经典短篇小说》，北京大学出
　　版社2009年版。

杨义：《中国叙事学》，人民出版社1997年版。

孟昭连、宁宗一：《中国小说艺术史》，浙江古籍出版社2003年版。

石昌渝：《中国小说源流论》，生活·读书·新知三联书店 1994 年版。

高尔纯：《短篇小说结构理论与技巧》，西北大学出版社 1985 年版。

马振方：《小说艺术论》，北京大学出版社 1999 年版。

杨劼：《普通小说学》，江苏文艺出版社 2011 年版。

中国社会科学出版社文学编辑室编：《小说文体研究》，中国社会科学出版社 1988 年版。

高行健：《现代小说技巧初探》，花城出版社 1981 年版。

作家出版社编辑部编：《谈小说创作》，作家出版社 1963 年版。

人民文学编辑部等编：《论短篇小说创作》，人民文学出版社 1979 年版。

李犁耘、吴怀斌编：《中青年作家谈创作》，山东文艺出版社 1984 年版。

路德庆编：《作家谈创作》（上下册），花城出版社 1981 年版。

附 中国当代短篇小说纪事

1949 年

7 月 2 日—19 日，第一次全国文艺工作者代表大会在北平开幕。23 日，中华全国文学工作者协会（1953 年 9 月改组为中国作家协会）举行成立大会，选举茅盾为主席，丁玲、柯仲平为副主席。

7 月，孙犁短篇小说集《芦花荡》，由群益出版社出版。

8 月，路翎短篇小说集《在铁链中》，由大连海燕书店出版。

9 月 25 日，全国文联主办的《文艺报》（半月刊）正式创刊。

9 月 26 日，全国文协创作组召开短篇小说座谈会，丁玲、田间等出席了座谈会。会议认为，为了适应广大读者的需要，应当加强短篇小说的创作。

10 月 25 日，《人民文学》（月刊）杂志创刊。毛泽东为创刊号题词："希望有更多好作品出世"。茅盾任主编，艾青为副主编。创刊号发表刘白羽中篇小说《火光在前》、康濯短篇小说《买牛记》、马烽短篇小说《村仇》。

10 月，路翎短篇小说集《山村纪事》，由上海天下图书出版公司出版。

本年，解放区优秀文艺作品选集《中国人民文艺丛书》计 53 种全部出版，包括小说、戏剧、通讯报告、诗歌、说书词等门类。小说有《李有才板话》（赵树理）、《太阳照在桑干河上》（丁玲）、《暴风骤雨》（周立波）、《高干大》（欧阳山）、《种谷记》（柳青）、《吕梁英雄传》（马烽、西戎）、《无敌三勇士》（刘白羽等）、《地雷阵》（邵子南等）、《一个女人翻身的故事》（孔厥等）等 16 种。

1950 年

1 月 1 日，《人民文学》第 1 卷第 3 期，发表秦兆阳《改造》、朱定《关连长》等短篇小说。发表萧也牧短篇小说《我们夫妇之间》，到 1951

年因"小资产阶级创作倾向"受到了严厉批判。

1月，大众文艺创作研究会主办的《说说唱唱》在北京创刊，李伯钊、赵树理任主编。

3月，孙犁短篇小说《正月》刊于天津《文艺学习》第1卷第2期。

3月20日，淑池短篇小说《金锁》刊登于赵树理主编的《说说唱唱》第3、4期，小说发表后引起强烈反响。

3月26日，谷峪短篇小说《新事新办》在《人民日报》转载，并加"编者按"推荐。

5月1日，《人民文学》第2卷第1期刊登茅盾文章《关于反映工人生活的作品》。发表齐谷《评〈让生活变得更美好罢〉》、庐湘《评〈工作着是美好的〉》等文；转载《人民日报》文章《关于〈让生活变得更美好罢〉——从一篇小说看文艺创作中的一种倾向》。

6月，赵树理新中国成立后的第一篇短篇小说《登记》在《说说唱唱》第6期发表。

7月，萧也牧短篇小说集《海河边上》，由天津知识书店出版。

1951 年

1月8日，中央文学研究所举行开学典礼，郭沫若、茅盾、周扬等出席。该所由文化部领导，全国文联协办，成立之初由丁玲任所长，张天翼为副所长，田间为秘书长。创办的目的在于培养有一定文学水平的青年作家，学习时间为两年，由老作家、理论家担任教学工作。1953年，丁玲辞去所长职务。1954年，该所改名"中国作家协会文学讲习所"。1957年11月，文学讲习所停办。前后总共招收四期学员。

5月，《文艺报》第4卷第2期，发表4篇关于短篇小说创作的文章：何家槐《我对于短篇小说的一些看法》、许杰《我们也要更多更精彩多样的短篇小说》、陈学昭《多注意多写些短篇小说》，李纳《关于〈多些精彩多样的短篇小说〉》。

6月10日，陈涌《萧也牧创作的一些倾向》刊登在《人民日报》上，文章批评萧也牧《我们夫妇之间》《海河边上》等表现了"小资产阶级的观点和趣味"。

7月10日，马烽发表在《中国青年报》的短篇小说《结婚》，由《人民日报》加推荐按语转载。

10月6日，《光明日报》以整版篇幅刊载对孙犁小说创作倾向批评的文章，包括林志浩、张炳炎《对孙犁创作的意见》，王文英《对孙犁〈村歌〉的几点意见》等。其中林、张在文中认为：孙犁的小说创作存在着一种"依据小资产阶级的观点、趣味，来观察生活、表现生活"的"不健康的倾向"，"他的作品，除了《荷花淀》等少数几篇以外，很多是把正面人物的情感庸俗化，甚至，是把农村妇女的性格强行分裂，写成了有着无产阶级革命行动和小资产阶级感情、趣味的人物。最露骨的表现是《钟》和《嘱咐》。近年所写的作品，如《村歌》《小胜儿》等，也还浓厚地存在这种倾向。因此有值得我们注意和讨论的必要"。

1952 年

8 月 25 日，《文艺报》第 16 号开辟"关于创造新英雄人物问题的讨论"，"编者按"说："关于创造新英雄人物问题的讨论，由于各方面读者的踊跃参加，正在逐步展开。"

9 月 5 日，刘绍棠短篇小说《青枝绿叶》发表在《中国青年报》上。

1953 年

1 月 15 日，上海《文艺月报》创刊号出版，巴金任主编。

9 月 23 日，中国文学艺术工作者第二次代表大会在北京召开。此次文协大会改组了中华全国文学工作者协会，成立了中国作家协会，并通过了《中国作家协会章程》，选举丁玲、茅盾、周扬等 88 人为中国作家协会理事会成员。会议选举茅盾任主席，周扬、丁玲、巴金、柯仲平、老舍、冯雪峰、邵荃麟为副主席。

9 月，《沙汀短篇小说集》，由人民文学出版社出版。

9 月，老舍短篇小说集《月牙集》，由上海晨光出版社出版。

11 月 20 日，《河南日报》发表李凖短篇小说《不能走那条路》，《长江文艺》1954 年 1 月转载，并刊登于黑丁评论《从现实生活出发表现人物的真实形象》。

11 月，孙楷第论著《论中国短篇白话小说》由上海棠棣出版社出版。

12 月 7 日，《人民文学》12 月号发表丁玲《粮秣主任》、路翎《战士的心》、骆宾基《夜走黄泥岗》等短篇小说。

1954 年

1 月 30 日，《文艺报》发表李琮（文艺报编辑侯敏泽的笔名）的《〈不能走那条路〉及其批评》。

3 月 17 日，《人民文学》发表路翎短篇小说《洼地上的"战役"》。

《文艺报》1954 年 12 月号发表侯金镜文章《评路翎的三篇小说》，提出批评。

4 月 27 日，中国作协编辑的文艺普及刊物《文艺学习》创刊。

5 月，《文艺月报》5 月号发表峻青短篇小说《老水牛爷爷》。

7 月 19 日，中国作协举行契诃夫小说座谈会，茅盾具体分析了契诃夫的小说，秦兆阳、马烽谈了自己学习契诃夫作品的心得，汝龙分析了契诃夫创作思想的发展道路。

10 月 16 日，毛泽东给中央政治局同志和其他有关同志写了《关于红楼梦研究问题的信》。

11 月，《说说唱唱》11 月号发表编辑部文章《重视批判〈红楼梦〉研究的错误观点的斗争》。本期还发表了康濯短篇小说《春种秋收》。

12 月，《解放军文艺》12 月号发表王愿坚短篇小说《党费》。

1955 年

1 月，《文艺报》开始连载路翎长达四万字的反批评文章《为什么会有这样的批评?》

2 月，峻青短篇小说《黎明的河边》发表在《解放军文艺》第 2 期。

3 月，李準短篇小说集《不能走那条路》由中国青年出版社出版，1959 年 4 月由人民文学出版社再版，列入"文学小丛书"。

8 月 3 日—9 月 6 日，中国作协党组召开了 16 次扩大会议，批判"丁玲、陈企霞反党小集团"。

10 月，茹志鹃短篇小说集《关大妈》，由中国青年出版社出版。

12 月，《茅盾短篇小说选集》，由人民文学出版社出版。

1956 年

2 月，《文艺报》第 4 号发表林默涵《两年来的短篇小说——短篇小说选序言》。

3 月，《人民文学》第 3 期发表王汶石短篇小说《风雪之夜》。

7 月，《萌芽》（半月刊）在上海创刊。

7 月，《文艺报》第 14 号报道：近两个月来，中国作协连续举行多次会议研究在文学领域内如何贯彻"百花齐放，百家争鸣"的方针。

9 月 1 日，《文学月刊》第 9 期发表邓友梅短篇小说《在悬崖上》。

9 月，《文艺报》第 17 号发表巴人《题材杂谈》，提出应调动各方面的生活经验不断充实社会主义文学创作的题材。

9月8日,《人民文学》第9期发表王蒙短篇小说《组织部新来的青年人》,引起广泛的讨论。

11月16日,《萌芽》第10期发表陆文夫短篇小说《小巷深处》。

1957 年

1月8日,《人民文学》1月号发表林斤澜《台湾姑娘》、耿龙祥《明镜台》、何又化（秦兆阳）《沉默》、李準《灰色的帆篷》等短篇小说。

3月,大型文学理论、文学批评季刊《文学研究》在北京创刊,1959年更名为《文学评论》（双月刊）。

3月,刘绍棠短篇小说《田野落霞》发表在《新港》第3期。

5月12日,《文艺报》第6号登载一组"短篇小说笔谈",有冰心《试谈短篇小说》、萧乾《礼赞短短篇》、陈伯吹《我这样地看短篇小说》、碧野《略谈短篇小说的"长""短"》。

5月19日,《人民日报》刊登《文学界开始整风》的报道。

7月,《长春》7月号发表从维熙短篇小说《并不愉快的故事》。

7月8日,《人民文学》7月号（革新特大号）发表李国文《改选》、宗璞《红豆》、丰村《美丽》、艾芜《春天的风》等一批短篇小说。

7月,巴金、靳以主编的大型文学刊物《收获》在上海创刊。

8月8日,《文艺学习》刊载乐黛云《谈谈五四以后的小说》,分5期载完。对我国五四以来的小说做了简要评述。

9月8日,《文艺报》第22号以"文艺界对丁、陈反党集团的斗争深入开展,李又然、艾青、罗烽、白朗反党面目暴露"为题进行报道。

11月,《沈从文小说选集》,由人民文学出版社出版。

1958 年

1月,《火花》1月号为"短篇小说特辑",刊登孙谦《新麦》、马烽《"三年早知道"》等作品。

3月,《延河》第3期发表茹志鹃短篇小说《百合花》,《人民文学》6月号转载。

5月,《文艺月报》5月号发表杜鹏程短篇小说《延安人》。

5月27日,《文艺报》和《火花》编辑部在山西太原召开座谈会,探讨《火花》杂志从1956年10月到1958年5月间发表的70余篇短篇小说的创作状况。山西省文联主席李束为、《火花》主编西戎、《文艺报》副主编陈笑雨等出席了座谈会。与会者认为,这些短篇小说在人物塑造、故事编织、语言运用等方面都具有浓厚的乡土味、时代精神和生活气息。《文艺报》第 11 期报道了这次会议，并发表多篇评论。

6 月 8 日，《人民文学》6 月号刊登一组短篇小说评论，有巴金《谈我的短篇小说》、老舍《越短越难》、茅盾《谈最近的短篇小说》。茅盾在文章中指出了当下短篇小说的一些缺点，同时分析了《七根火柴》和《百合花》的创作，并给予了很高的评价。

6 月，林斤澜短篇小说集《春雷》，由作家出版社出版。

8 月，《火花》第 8 期发表赵树理短篇小说《"锻炼锻炼"》，《人民文学》9 月号转载。

8 月，《北京文艺》8 月号发表王愿坚短篇小说《普通劳动者》，《人民文学》10 月号转载。

11 月 8 日，《人民文学》第 11 月号为"小说专号"，刊登周立波《山那面人家》、沙汀《球》、王汶石《村医》、艾明之《雨》、林斤澜《送信》等短篇小说。

10 月 31 日—12 月 26 日，《文艺报》编辑部连续召开多次座谈会，与会作家和评论家深入讨论革命现实主义与革命浪漫主义相结合的问题。

12 月，《毛泽东论文学与艺术》，由人民文学出版社出版。

1959 年

4 月，《文艺报》第 7 期就赵树理短篇小说《"锻炼锻炼"》在读者中引起的不同看法，开设专栏讨论"文艺作品如何反映人民内部矛盾"的问题。

6 月，《解放军文艺》6 月号开辟"提高思想和艺术水平把部队短篇小说创作繁荣起来"专栏，发表傅钟《在部队短篇小说创作座谈会上的讲话》、邵荃麟《谈短篇小说》、老舍《人物、语言及其他》、王愿坚《在革命前辈精神光辉的照耀下》，以及《解放军文艺》编辑部小说组《短篇小说创作中的几个问题》等文章。

6 月，《人民文学》6 月号发表马烽《我的第一个上级》、周立波《北京来客》等短篇小说。

7 月，《人民文学》7 月号发表杜鹏程《严峻而光辉的里程》、茹志鹃《澄河边上》等短篇小说。

9 月，茅盾《关于艺术的技巧》，林默涵、唐弢等《题材、人物及其他》，赵树理、刘白羽等《作家谈创作经验》等合编的文论集，由中国青年出版社出版。

10 月，《文艺月报》改名为《上海文学》。

10 月，为庆祝新中国成立十周年，人民文学出版社先后出版了"建国十年来优秀创作"。短篇小说集有：康濯《太阳初升的时候》、马烽《我的第一个上级》、西戎《姑娘的秘密》、峻青《胶东纪事》、王愿坚《普通劳动者》、王汶石《风雪之夜》、李準《车轮的辙印》、胡万春《特殊性格》以及《新的生活光辉》（兄弟民族作家小说合集）等。

1960 年

1 月 1 日，《解放军文艺》1 月号发表束为短篇小说《于得水的饭碗》。

2 月，《文艺报》第 2 期发表姚文元文章《批判巴人的"人性论"》，开始了一场关于"人性论"的批判热潮。

3 月，李準短篇小说《李双双小传》发表在《人民文学》第 3 期。

3 月 19 日，《光明日报》发表北京大学中文系 1959 级文学评论组《海默的"人性"宣扬了什么？》一文，认为"海默的短篇小说《人性》……和海默几年来连续发表的《洞箫横吹》《走出狭窄的江面》《打狗》《盐》等一样，这是一篇充满了资产阶级修正主义毒素的作品"。

4 月，浩然的短篇小说集《新春曲》，由中国青年出版社出版。

4 月，沙汀的短篇小说集《过渡》，由人民文学出版社出版。

1961 年

1 月 1 日，《延河》1 月号开辟"座谈短篇小说的创作问题"专栏，刊登王汶石文章《漫谈构思》。

3 月 26 日，《文艺报》第 3 期发表由张光年执笔的专论《题材问题》。该刊 6 月号和 7 月号开辟"题材问题论"专栏，先后发表了周立波、胡可、冯其庸、夏衍、田汉、老舍等的文章。

5 月，《文艺报》第 5、6 期发表茅盾长篇评论《1960 年短篇小说漫评》。

7 月，上海、北京两地召开茹志鹃小说的题材、风格问题座谈会。讨论涉及三个问题："茹志鹃的创作特色""怎样保持和发展风格""不同的风格和反映时代"。

11 月 12 日，《人民文学》11 月号发表陈翔鹤短篇小说《陶渊明写〈挽歌〉》。

1962 年

1 月，胡万春短篇小说集《谁是奇迹的创造者》，由上海文艺出版社出版第二版。

2 月 4 日，《北京文艺》4 月号发表黄秋耘短篇小说《杜子美还家》。

2 月 20 日，《人民日报》发表李希凡文章《题材　思想　艺术——谈谈 1961 年的几个短篇》。

4 月 12 日，《人民文学》4 月号发表冯至短篇小说《白发生黑丝》。

4 月，作家出版社编辑部编辑文论集《谈小说创作》，由作家出版社出版。

5 月 4 日—13 日，河北省文联邀集本省部分青年业余作者，共同探讨如何提高短篇小说写作技巧的问题。对短篇小说的主题思想、情节、结构、人物描写及语言等问题，展开了热烈讨论。作家艾芜、康濯、魏巍、李满天，评论家侯金镜等应邀在会上发表讲话。

6 月 12 日，《人民文学》6 月号发表汪曾祺短篇小说《羊舍一夕》（又名《四个孩子和一个夜晚》）。

7 月 12 日，《人民文学》7 月号发表西戎《赖大嫂》、宗璞《不沉的湖》、费礼文《晨》等短篇小说。

8 月 2 日—16 日，中国作家协会在辽宁大连举行农村题材短篇小说创作座谈会（即"大连会议"）。会议由作协副主席、党组书记邵荃麟主持。赵树理、周立波、束为（李束为）、康濯、李准、西戎、李满天、马加、韶华、方冰、刘澍德、侯金镜、陈笑雨、胡采等 16 位作家和评论家参加了会议，茅盾、周扬到会并发表了讲话。会议就如何反映人民内部矛盾及短篇小说创作中的诸多问题进行了探讨。邵荃麟在发言中主张现实主义要深化，扩大创作题材，要重视对中间人物的描写，塑造各种人物。1964 年之后，激进评论家将"写中间人物"和"现实主义深化"概括为邵荃麟两个互相联系的中心论点，邵荃麟因此遭到批判和迫害。

9 月 21 日—25 日，浙江省作协召开短篇小说座谈会，与会的有专业和业余作者 30 余人。会议通过对具体作品的分析，集中讨论了短篇小说的特点、题材的开掘、虚构和夸张的真实性等问题。

10 月 12 日，《人民文学》10 月号发表刘真《长长的流水》、陈翔鹤《广陵散》等短篇小说。

1963 年

2 月 1 日，《解放军文艺》编辑部在京举行短篇小说创作报告会，邀请《文艺报》副主编、中国作家协会研究室主任侯金镜作了有关短篇小说创作问题的报告。

12月12日，毛泽东在中共中央宣传部1963年12月9日编印的《文艺情况汇报》上作批示："各种艺术形式——戏剧、曲艺、音乐、美术、舞蹈、电影、诗和文学等等，问题不少，人数很多，社会主义改造在许多部门中，至今收效甚微。至今还是'死人'统治着。不能低估电影、新诗、民歌、美术、小说的成绩，但其中的问题也不少。至于戏剧等部门，问题就更大了。""许多共产党人热心提倡封建主义和资本主义的艺术，却不热心提倡社会主义的艺术，岂非咄咄怪事。"

1964 年

1月12日，《人民日报》发表侯金镜《让短篇小说在农村扎根落户——农村读物丛书短篇小说集介绍和杂感》一文。

6月27日，毛泽东在《中央宣传部关于全国文联和所属各协会整风情况报告》的草稿上，再次作批示："这些协会和他们所掌握的刊物的大多数（据说有少数几个好的），十五年来，基本上（不是一切人）不执行党的政策，做官当老爷，不去接近工农兵，不去反映社会主义的革命和建设。最近几年，竟然跌到了修正主义的边缘。如不认真改造，势必在将来的某一天，要变成匈牙利裴多菲俱乐部那样的团体。"

9月30日，《文艺报》第8、9期合刊发表编辑部文章《"写中间人物"是资产阶级的文学主张》。

9月24日，姚文元在《光明日报》上发表《略论时代精神——与周谷城先生商榷》，指称"时代精神汇合论"是"脱离阶级分析的历史唯心论"，宣扬的是"阶级调和论"。

1965 年

1月11日，《文艺报》第1期发表宋汉文、戴自忠等《资产阶级阴暗心理的自我暴露——批判舒群短篇小说〈在厂史以外〉》。

11月10日，姚文元在《文汇报》发表《评新编历史剧〈海瑞罢官〉》。全国有《解放日报》《北京日报》《人民日报》《戏剧报》《解放军报》《光明日报》《新华日报》等19家报刊转载并加"编者按"。

11月29日—12月17日，中国作协和团中央在北京联合召开全国青年业余文学创作积极分子大会。与会代表1100多名，绝大多数来自工厂、农村、部队等基层单位。

12月，金敬迈长篇小说《欧阳海之歌》，由解放军文艺出版社出版。

1966 年

2 月 20 日，江青以林彪的名义在上海召集"部队文艺工作座谈会"，并形成《林彪同志委托江青同志召开的部队文艺工作座谈会纪要》，经毛泽东三次亲自审阅修改后，由中共中央于 4 月 10 日印发全党。

5 月 16 日，中共中央政治局扩大会议通过了由毛泽东主持起草的《中国共产党中央委员会通知》（即《"五·一六"通知》）。通知提出了"文化大革命"的理论、路线、方针、政策等。

5 月 20 日，《文艺报》发表杨广辉的文章《〈文艺报〉专论〈题材问题〉必须彻底批判》，"编者按"称该"专论"是"反党反社会主义的毒草"，"系统宣传了资产阶级、修正主义的文艺思想"。

8 月，全国的文学刊物大都陆续停刊，仅存《解放军文艺》延续至 1968 年停刊。

1967 年

5 月 10 日，《人民日报》发表工人作家胡万春文章《大立毛泽东文艺思想的绝对权威》。

5 月 31 日，《人民日报》发表社论《革命文艺的优秀样板》，称："为了纪念毛主席《在延安文艺座谈会上的讲话》发表二十五周年，首都舞台上正在上演八个革命样板戏：京剧《智取威虎山》《海港》《红灯记》《沙家浜》《奇袭白虎团》，芭蕾舞剧《红色娘子军》《白毛女》，交响音乐《沙家浜》。这八个革命样板戏，突出地宣传了光焰无际的毛泽东思想，突出地歌颂了历史主人翁工农兵。"

9 月 4 日，山西省昔阳县大寨大队干部、贫下中农 70 余人集会，对赵树理的小说《"锻炼锻炼"》进行批判。

1968 年

2 月 26 日，《文汇报》发表长篇文章《彻底揭露巴金的反革命真面目》。

本年，《解放军文艺》出版第 10 期后停刊。

1969 年

4 月 22 日，作家陈翔鹤遭迫害致死，终年 68 岁。

1970 年

9 月 23 日，作家赵树理被迫害致死，终年 64 岁。

10 月 15 日，作家萧也牧被迫害致死，终年 52 岁。

1971 年

7 月，在张春桥、姚文元的运作下，"上海市革委会写作组"正式成立，由在上海市委兼任第二书记的姚文元主管。写作组名义属市委领导，实际上除了张春桥、姚文元，谁也无权过问。

12 月 16 日，《人民日报》头版头条刊发《发展社会主义的文艺创作》的短评，并重新刊登毛泽东 1949 年为《人民文学》创刊号的题词："希望有更多好作品出世"。

12 月，北京市文联主办的原《北京文艺》改名《北京新文艺》复刊。

12 月，内蒙古《革命文艺》试刊，不定期出版。随后，《广东文艺》及吉林、山东、贵州、四川、湖南等省市的文艺刊物也陆续复刊。到 1973 年夏季为止，全国多数省市文联（或作协）的机关刊物大都复刊或创刊。

1972 年

1 月，《工农兵文艺》（沈阳）第 1 期发表敬信短篇小说《生命》，1974 年年初，"批林批孔"运动开始后，在"四人帮"的授意下，辽宁发动了对这篇小说的批判，此后批判的浪潮波及全国。这是一篇带有"文革"文学色彩的作品，但它的主题不符合"四人帮"对"夺权风暴"的理论定性，因此被批判为"一株包藏着反革命复辟祸心的大毒草，是那个臭名昭著的林彪反革命政变纲领《571 工程纪要》的艺术再现，是一个货真价实的'克己复礼'的黑标本"。

5 月，浩然长篇小说《金光大道》（第一部），由人民文学出版社出版。

11 月 10 日，《天津文艺》试刊第 1 期发表蒋子龙短篇小说《三个起重工》等。

1973 年

5 月，文艺作品集《朝霞》，由上海人民出版社编辑出版。该书为"上海文艺丛刊"第一辑，有短篇小说段瑞夏《特别观众》、赵自《底脚》、黄蓓佳《补考》、清明《初春的早晨》等 14 篇。

6 月，《峥嵘岁月——上山下乡知青短篇小说集》，由广东人民出版社编选出版。

7月，浩然短篇小说集《春歌集》（文革前创作选集），由天津人民出版社出版。

8月，浩然短篇小说集《杨柳风》（文革期间创作选集），由人民出版社出版。

9月15日，理论杂志《学习与批判》在上海创刊。

10月，短篇小说集《火花》由人民出版社编辑出版。浩然作序言《火花缤纷》，内收陈建功《"铁扁担"上任》《青山师傅》，郑万隆《代理班长》等18篇小说。

11月16日，《学习与批判》第3期发表工农兵业余作者集体讨论、段瑞夏和林正义执笔的创作谈文章《阳光和土壤》。

1974年

1月20日，《朝霞》文学杂志在上海创刊。"上海文艺丛刊"也同时改为"朝霞丛刊"。《朝霞》为大型文学月刊，在当时的文学和思想界影响巨大，是"文革"文学的代表性刊物。主要负责人有陈冀德、欧阳文彬、施燕平、任大霖等。上海市委写作组成员及"文革"期间活跃的文学作者，是其作者群。

3月30日，"四人帮"在文化部的亲信点名指出话剧《松涛曲》和短篇小说《牧笛》等是"翻案复辟"的"毒草"。颜慧云的《牧笛》发表在河南《文艺作品选》1973年第1期，从1974年开始，河南的多家报刊对其进行了上纲上线的批判。作品写知识青年在农村的牧羊生活，是一篇田园牧歌式的作品，是"文革"中的一朵艺术"奇葩"。

4月，《湘江文艺》第2期刊载韩少功短篇小说《红炉上山》。

6月15日，《人民日报》发表初澜文章《塑造无产阶级英雄典型是社会主义文艺的根本任务》。文章认为："社会主义文艺如果没有塑造无产阶级英雄典型这一根本任务，就无法实现在无产阶级文艺领域里对资产阶级专政，就会走上修正主义道路。"所以必须坚持"两结合"和"三突出"的创作原则。

1975年

6月20日，《朝霞》第6期发表贾平凹短篇小说《弹弓和南瓜的故事》。

7月14日，毛泽东发表书面谈话："党的文艺政策应该调整一下，一年、两年、三年，逐步逐步扩大文艺节目。缺少诗歌，缺少小说，缺少散文，缺少文艺评论。"＂不能急，一两年之内逐步活跃起来，三年、四年、五年也好嘛。"根据毛泽东的指示，中共中央批准了《人民文学》《诗刊》等杂志复刊，还出版了其他少量文艺作品，文艺界的状况开始好转。

1976 年

1 月，《人民文学》复刊。创刊于 1949 年 10 月 26 日，1966 年 5 月停刊。

2 月 16 日，江青对《人民日报》上鼓吹《朝霞》丛刊《序曲》的文章作出批示，要求把该书一些写"走资派"的作品改编为电影、戏剧。《序曲》为 1975 年"努力反映文化大革命的斗争生活"征文选辑。于会泳等人立即召集各种会议加以落实，确定将《序曲》中 12 篇小说改编为 9 部电影，并调整本年度故事片生产计划，要求计划中的 36 部故事片要有 32 部"写与走资派作斗争"。同时，要求将《序曲》中的《金钟长鸣》改编为京剧，《抗寒的种子》改编为歌剧，将话剧《樟树泉》（陆天明）重新改写，作品中的反面人物，"一律写成不肯改悔的走资派"。

4 月，短篇小说集《新的战斗》，由人民出版社编辑出版。内收北师大中文系七三级三班《新的战斗》、陈建功《算账》、李存葆《蜜桃花开》、母国政《北疆风雪》等 14 篇小说。

4 月，山西省短篇小说创作会议在太原召开。

6 月 4 日，《北京文艺》第 6 期发表伍兵短篇小说《严峻的日子》，作品以一个家庭内部冲突为背景，表现"四五天安门运动"期间与所谓"反革命分子"作斗争的故事。

7 月 20 日，《人民文学》第 4 期发表蒋子龙短篇小说《铁锨传》，小说讲述贫农妇女大铁锨与修正主义作斗争，"挖修正主义的根"的故事。同时刊发蒋子龙文章《努力反映无产阶级同走资派的斗争》。

10 月 6 日，江青、张春桥、王洪文、姚文元"四人帮"被粉碎。

1977 年

4 月 5 日，《文汇报》刊登三篇批判文章，分别批判短篇小说《闪光的军号》《为了明天，向前》和《前线》，揭露"四人帮"破坏部队建设的罪行。

7 月 20 日，《人民文学》第 7 期发表王愿坚《小说两篇》（《足迹》和《标准》）。

10月20日，《上海文艺》创刊，刊登桑城文章《评"四人帮"的帮刊〈朝霞〉》，此外还发表巴金短篇小说《杨林同志》、茹志鹃短篇小说《出山》。

10月，《人民文学》在京召开短篇小说创作座谈会，张光年、刘白羽、周立波、沙汀、王朝闻等20多位老中青专业作家、业余作家和文学评论工作者参加了座谈会。《人民文学》第11期和第12期开设"促进短篇小说的百花齐放"专栏，发表了会议发言。

11月，《人民文学》第11期发表刘心武《班主任》、叶文玲《年饭》、贾平凹《春女》、陆星儿《北大荒人物速写》、贾大山《取经》等短篇小说。其中《班主任》社会影响巨大，获1978年全国优秀短篇小说奖，开启新时期文学。

11月28日—30日，《上海文艺》编辑部召开短篇小说创作座谈会，上海市业余作者30余人与会。老作家巴金到会同大家见面。座谈会的主要内容是学习粉碎"四人帮"后发表的优秀短篇小说《取经》等，以及讨论其他两个短篇小说初稿。通过学习讨论，着重解决生活和创作的关系问题。

11月28日—31日，《人民文学》编辑部召开在京文学工作者座谈会，作家、诗人、文学评论家、翻译家、编辑、文学组织工作者一百多人参会。会议由张光年主持，郭沫若写了书面发言，茅盾到会讲话。会上大家愤怒控诉了"四人帮"对文艺队伍的破坏和对作家的迫害，肯定了新中国成立以来文艺的巨大成就，表示坚决推倒"文艺黑线专政"论，团结起来，为繁荣社会主义文艺创作而奋斗。

1978 年

1月，《汾水》第1期发表成一短篇小说《顶凌下种》，作品获1978年全国优秀短篇小说奖。

2月20日，《人民文学》第2期刊登《马克思、恩格斯、列宁、斯大林、毛泽东论题材》《高尔基、鲁迅论题材》，林默涵《关于题材》和罗晓舟《"题材决定论"与阴谋文艺》等文章。

3月20日，《上海文艺》第3期举办短篇小说特辑，发表贾平凹《满月儿》、白桦《痛苦与欢乐》等作品。

5月，《红旗》第5期刊登茅盾文章《漫谈文艺创作》、周立波文章《深入生活，繁荣创作》。

5月1日，《光明日报》头版刊登评论员文章《实践是检验真理的唯一标准》，后《人民日报》《文汇报》等于 5 月 12 日转载。

5 月，上海文艺出版社编辑出版的《建国以来短篇小说》（上册）出版。该书选入了新中国成立以来优秀短篇小说 41 篇。

7 月，《文艺报》复刊。

7 月 9 日，作家协会上海分会、《上海文艺》编辑部在复旦大学中文系的支持下，联合举办短篇小说创作辅导讲座，内容包括文学创作基础知识、中国和外国作家的作品分析、新人新作的评介等，分二十讲，每周一讲。

7 月 10 日，张洁短篇小说《从森林里来的孩子》发表在《北京文艺》第 7 期。

7 月 20 日，周立波短篇小说《湘江一夜》、林斤澜短篇小说《竹》发表在《人民文学》第 7 期。

8 月 11 日，卢新华的短篇小说《伤痕》发表在《文汇报》第 4 版。

9 月 2 日，《文艺报》编辑部在北京召开短篇小说座谈会，对一些引起读者争论的短篇小说进行了讨论。这些作品是：刘心武《班主任》、成一《顶凌下种》、卢新华《伤痕》等。

10 月 15 日，马烽短篇小说《短篇二则》（《有准备的发言》《无准备的行动》），发表在《汾水》第 10 期。

10 月 31 日，《文学评论》编辑部召开由青年专业和业余作者、评论工作者参加的关于实践是检验真理的唯一标准问题座谈会。

1979 年

2 月 11 日，郑义短篇小说《枫》发表于《文汇报》。

3 月 10 日，《北京文艺》第 3 期发表方之短篇小说《内奸》。

3 月 20 日，《人民文学》第 3 期发表张弦《记忆》、马识途《我的第一个老师》、刘真《黑旗》、贾平凹《雪夜静悄悄》等短篇小说。

3 月 26 日，1978 年全国优秀短篇小说评选发奖大会在北京举行。获奖作品有：刘心武《班主任》、王亚平《神圣的使命》、莫伸《窗口》、邓友梅《我们的军长》等 25 篇。

4 月，《当代美国短篇小说集》出版，"外国文艺丛书"陆续由上海译文出版社出版。丛书译介了当代主要国家短篇小说集和《都柏林人》《第二十二条军规》等 50 多种作品。

5 月，为纪念中华人民共和国成立 30 周年，《人民文学》编辑部选编的短篇小说选（1949—1979）开始由人民文学出版社分卷出版。

5月，"十七年"文学作品集《重放的鲜花》，由上海文艺出版社出版，印数达100000册。其中有流沙河、刘宾雁、王蒙、邓友梅、宗璞等17位作者的20篇作品，包括诗歌、小说、特写等。

6月5日，《河北文艺》第6期"新长征号角"专栏，发表李剑《"歌德"与"缺德"》和淀清《歌颂与暴露》两篇文艺短论。前者发表后在文坛引发剧烈反响。

7月，高晓声短篇小说《李顺大造屋》、方之短篇小说《南丰二苗》发表在《雨花》第7期。

9月25日，作家周立波在北京病逝，终年71岁。

10月20日，王蒙短篇小说《夜的眼》发表于《光明日报》。

10月22日，方之病逝，终年49岁。

10月30日—11月16日，中国文学艺术工作者第四次代表大会在北京举行。邓小表代表中共中央、国务院致祝词，茅盾致开幕词，周扬作题为《继往开来，繁荣社会主义新时期的文艺》的报告，夏衍致闭幕词。中国作家协会第三次代表大会同时召开，选举茅盾为主席，巴金为第一副主席，丁玲、冯至、冯牧、艾青、刘白羽、沙汀、李季、张光年、陈荒煤、欧阳山、贺敬之、铁衣甫江为副主席。

11月10日，《北京文艺》第11期发表张洁短篇小说《爱，是不能忘记的》。

1980年

1月1日，《小说月报》创刊，由百花文艺出版社编辑出版。本期刊载林斤澜《问号》、王蒙《表姐》、冯骥才《雕花烟斗》等短篇小说。

1月20日，《人民文学》第1期发表徐怀中短篇小说《西线轶事》、马烽短篇小说《结婚现场会》、王西彦短篇小说《晚来香》、白桦短篇小说《一束信札》等。

1月20日，《上海文学》第1期发表张弦短篇小说《被爱情遗忘的角落》。

2月20日，《人民文学》第2期发表高晓声短篇小说《陈奂生上城》、蒋子龙短篇小说《乔厂长后传》等。

3月25日，1979年全国优秀短篇小说评选结果揭晓，颁奖大会在京举行。获奖作品有：蒋子龙《乔厂长上任记》、陈世旭《小镇上的将军》、茹志鹃《剪辑错了的故事》、方之《内奸》等25篇。

5 月 20 日，《人民文学》第 5 期发表王蒙短篇小说《春之声》。

6 月 10 日，《北京文艺》第 6 期发表王安忆短篇小说《雨，沙沙沙》。

9 月 5 日，《朔方》9 月号发表张贤亮短篇小说《灵与肉》。

9 月 12 日，《文艺报》第 9 期开辟"文学表现手法探索笔谈"栏目，刊载王蒙《对一些文学观念的探讨》、李陀《打破传统手法》、宗璞《广采博收，推陈出新》、张洁《文学艺术面临着一场突破》、靳凡《科学·文学·形式》等文章。

10 月 3 日，中国作家协会创办《小说选刊》（月刊）。

10 月 10 日，《北京文艺》更名《北京文学》。第 10 期为小说专号，发表汪曾祺《受戒》、李国文《空谷幽兰》、母国政《傍晚，我们离别的时刻》、张洁《雨中》、郑万隆《白桦树下的小屋》等短篇小说。

10 月，袁可嘉等主编的《外国现代派文学作品选》第 1 册由上海文艺出版社出版。其他陆续出版，全书共 8 册。

11 月 20 日，《人民文学》第 11 期发表林斤澜短篇小说《火葬场的哥儿们》。

12 月 15 日，《当代》第 4 期发表王蒙短篇小说《说客盈门》、宗璞短篇小说《我是谁》。

1981 年

1 月 1 日，上海市作协主办的青年文学刊物《萌芽》正式复刊。

1 月 1 日，中国当代文学研究会创办《作品与争鸣》月刊。

2 月 15 日，《钟山》第 1 期发表宗璞短篇小说《蜗居》。

3 月 24 日，1980 年全国优秀短篇小说评选结果揭晓，颁奖大会在京举行。获奖作品有：徐怀中《西线轶事》、何士光《乡场上》、李国文《月食》、柯云路《三千万》等 30 篇。

3 月 27 日，中国文学界联合会名誉主席、中国作协主席茅盾逝世，终年 85 岁。

3 月，高行健《现代小说技巧初探》，由花城出版社出版。

3 月，李泽厚《美的历程》，由文物出版社出版。

4 月 10 日，《北京文学》第 4 期发表汪曾祺短篇小说《大淖记事》。

6 月 1 日，《上海文学》第 6 期发表张弦短篇小说《挣不断的红丝线》。

7 月 1 日，《上海文学》第 7 期发表张一弓短篇小说《黑娃照相》。

7 月 10 日，《北京文学》第 7 期发表林斤澜短篇小说《头像》。

7 月 20 日，《人民文学》第 9 期发表林斤澜短篇小说《辘轳井》、韩少功短篇小说《风吹唢呐声》。

10 月 1 日，《上海文学》第 10 期发表王安忆《本次列车终点》、林斤澜《青石桥》、范小青《我们都有明天》、张炜《黄烟地》等短篇小说。

10 月 13 日，中国作家协会第三届主席团举行第五次会议。会上讨论了"茅盾文学奖"的评奖工作，确定首届评奖范围限于 1979 年至 1981 年发表或出版的长篇小说。

12 月 29 日，《文学报》编辑部召开"问题小说"座谈会，就"问题小说"的产生、发展和存在等问题展开讨论。

1982 年

3 月 22 日，1981 年全国优秀短篇小说奖发奖大会在北京举行。当选作品有：《内当家》（王润滋）、《卖驴》（赵本夫）、《一个猎人的恳求》（乌热尔图）、《飘逝的花头巾》（陈建功）等 20 篇。

5 月 1 日，《上海文学》第 5 期刊登冯骥才短篇小说《高女人和她的矮丈夫》、浩然短篇小说《弯弯绕的后代》。

8 月 1 日，《上海文学》第 8 期在"关于'现代派'的通信"专栏里刊登冯骥才、李陀、刘心武之间对高行健《现代小说技巧初探》一书的评价意见，由此引起关于"现代派"问题的争鸣。

孙犁小说散文集《尺泽集》由百花文艺出版社出版，第一次收录了芸斋小说。

1983 年

1 月 28 日，史铁生短篇小说《我的遥远的清平湾》发表在《青年文学》第 1 期。

2 月 20 日，《人民文学》第 2 期发表何士光《庄稼人轶事》、汪曾祺《八千岁》等短篇小说。

3 月 16 日，中国作家协会主办的全国第一届（1979—1982）新诗（诗集）奖、第二届（1981—1982）报告文学奖、1982 年短篇小说奖、第二届（1981—1982）中篇小说奖的评奖结果揭晓，84 位作者的 75 篇（部）作品获奖。优秀短篇小说奖获奖作品有：《拜年》（蒋子龙）、《这是一片神奇的土地》（梁晓声）、《八百米深处》（孙少山）、《明姑娘》（航鹰）、《哦，香雪》（铁凝）等 20 篇。

3 月 20 日，李杭育短篇小说《最后一个渔佬儿》发表在《当代》第 2 期。

7月1日，刘兆林短篇小说《雪国热闹镇》发表在《解放军文艺》第7期。

7月1日，苏童短篇小说《第八个是铜像》发表在《青春》第7期。

9月13日，《人民日报》刊载《"文艺报"等报刊开展关于西方现代派文学与我国文学方向问题的讨论》，指出：在讨论问题过程中，存在着比较明显的分歧意见。

10月，王蒙《漫谈小说创作》，由上海文艺出版社出版。

1984 年

1月7日，《文艺报》第1期刊载评论员文章《清除精神污染与解放艺术生产力》、朱穆之《关于文化艺术工作中精神污染的一些情况和问题》、张炯《"从黑暗引向光明"了吗？——评〈人啊，人!〉的〈后记〉》。

1月25日，辽宁省作家协会主办的《当代作家评论》（双月刊）在沈阳创刊。

3月1日—7日，《文艺报》和《人民文学》编辑部在河北涿县联合召开农村题材小说创作座谈会。

3月15日，《小说选刊》编辑部代表中国作家协会和评奖委员会在新侨饭店召开记者招待会，公布1983年全国优秀短篇小说奖获奖篇目。这次获奖作品有：陆文夫《围墙》、史铁生《我的遥远的清平湾》等20篇。

7月20日，《人民文学》第7期发表张炜短篇小说《一潭清水》。

8月1日，马原短篇小说《拉萨河女神》发表在《西藏文学》第8期。

10月1日，中国作协作出决定，把原来的"中国文学讲习所"改为"鲁迅文学院"，作为培养文学创作、评论、编辑人员的高等院校，学制为三年。"鲁迅文学院"已开始在北京动工修建。

10月20日，《人民文学》第10期发表林斤澜《矮凳桥风情》、何立伟《白色鸟》、阿城《树桩》、李庆西《日暮》等短篇小说。

12月29日—1985年1月6日，中国作家协会第四次会员代表大会在北京举行。胡耀邦、万里、习仲勋、谷牧、乔石、薄一波、周谷城等出席祝贺。选举巴金为主席，丁玲、马烽、王蒙、冯至、冯牧、艾青、沙汀、陆文夫、张光年、陈荒煤、铁衣甫江为副主席。

12月，《上海文学》杂志社、浙江文艺杂志社和西湖杂志社联合召开"杭州会议"。一批青年作家、批评家聚会杭州，有李陀、郑万隆、阿城、李杭育、韩少功、季红真等。会议畅谈文化寻根问题，引发了全国性的"寻根小说"创作潮流。

1985 年

1月10日，《西藏文学》第1期发表扎西达娃的短篇小说《系在皮绳扣上的魂》。

1月，中国作家协会陕西分会主办的《小说评论》（双月刊）创刊，是"迄今为止全国第一家评论小说作家的专门期刊"。

3月3日，《小说月报》首届优秀中短篇小说百花奖发奖大会在天津举行，共16篇小说作品获奖。姜汤《新客规今天生效》、陆文夫《门铃》等10篇短篇小说获奖。这一奖项每两年举行一次，一直没有中断。

3月16日，中国作家协会第7届全国优秀短篇小说、第3届全国优秀中篇小说和报告文学评选揭晓。本次评选出的优秀短篇小说有：宋学武《干草》、陈冲《小厂来了个大学生》、邵振国《麦客》等18篇。

4月1日，《上海文学》第4期发表阿城短篇小说《遍地风流（之一）》。

6月1日，《上海文学》第6期发表韩少功短篇小说《归去来》和《蓝盖子》。

7月6日，《文艺报》发表阿城评论《文化制约着人类》。

7月，《芙蓉》第4期发表残雪短篇小说《公牛》。

8月20日，《人民文学》第8期发表残雪短篇小说《山上的小屋》、何士光短篇小说《远行》。

8月，《小说月报》第8期发表铁凝短篇小说《四季歌》、刘索拉短篇小说《蓝天绿海》。

9月15日，《文学评论》第5期发表黄子平、陈平原、钱理群《论"二十世纪中国文学"》。

1986 年

1月1日，《解放军文艺》第11期发表矫健《短篇小说八题》（包括《古树》《圆环》《死谜》《无期徒刑》《轻轻一跳》《预兆》《钟声》《海猿》）。

2月18日，《中国》第2期发表刘勇（格非）短篇小说《追忆乌攸先生》、杨争光短篇小说《老家人》。

4月1日，《上海文学》第4期发表李庆西短篇小说《人间笔记》。

4月15日，《民族文学》第4期发表扎西达娃短篇小说《去拉萨的路上》。

7月19日，《文汇报》报道：刘再复发表的理论文章《文学研究应以人为思维中心》《论文学的主体性》和陈涌《文艺学方法论问题》，所提出的关于文学主体性的观点，在社会和学界引起强烈反响。

7月，上海文艺出版社推出"文艺探索书系"，刘再复《性格组合论》为其中一种。

8月19日，《青年文学》第8期发表刘震云短篇小说《乡村变奏》。

9月7日—12日，中国社会科学院文学研究所在北京主持召开"新时期文学十年学术讨论会"，与会200余位理论批评家、作家从各个角度总结10年文学历史，围绕着"文学观念的变革及其流向"这一中心议题，对新时期文学进行了探讨。

9月18日，《中国》第9期发表刘恒短篇小说《狗日的粮食》、北村短篇小说《构思》。

9月20日，《人民文学》第9期发表高行健短篇小说《我给老爷买鱼竿》，刘西鸿短篇小说《你不可改变我》。

11月，《上海文学》第11期发表李锐短篇小说《厚土——吕梁山印象之三》，《人民文学》第11期发表《厚土——吕梁山印象》，《山西文学》第11期发表《厚土——吕梁山印象之二》。

1987 年

1月10日，《北京文学》第1期发表余华《十八岁出门远行》、张承志《黄昏ROCK》、王蒙《来劲》、何立伟《布告》等短篇小说。

2月1日，《上海文学》第2期发表苏童短篇小说《飞越我的枫杨树故乡》、林斤澜短篇小说《黄瑶》。

3月20日，《人民文学》第3期发表刘恒短篇小说《萝卜套》。

6月6日，《文艺报》发表白烨文章《小说文体研究概述》。

6月，《当代》第3期发表陈染短篇小说《小镇的一段传说》。

7月20日，《人民文学》第7期发表刘震云短篇小说《塔铺》。

1988 年

3月15日，《钟山》第2期发表格非《褐色鸟群》、贾平凹《油月亮》、扎西达娃《世纪之邀》等短篇小说。

4月21日，中国作家协会第八届（1985—1986）全国优秀短篇小说评奖揭晓，田中禾《五月》、扎西达娃（藏族）《系在皮绳扣上的魂》、乔典运《满票》等19篇作品获奖。

5月10日，小说家、散文家沈从文在北京去世，享年86岁。

5月27日—29日，《文艺报》、中国作协浙江分会、浙江省委宣传部等单位在杭州共同举办"中外当代小说走向研讨会"，着重从世界格局探讨了中国当代小说的走向问题。

10月7日，小说家师陀在上海逝世，享年78岁。

10月11日—16日，《文学评论》《钟山》编辑部在无锡联合召开"现实主义与先锋派文学"学术研讨会。与会者就新时期文学创作的总体发展和先锋文学近年来的疲软现象展开热烈讨论。

11月25日，《收获》第6期发表格非短篇小说《青黄》。

12月10日，《雨花》第12期发表叶兆言短篇小说《儿歌》《绿了芭蕉》和《八根芦柴花》。

1989 年

1月5日，《上海文学》第1期发表吕新短篇小说《农眼》《哭泣的窗户》《绘在陶罐上的故事》。

2月17日，中共中央通过《关于进一步繁荣文艺的若干意见》。

2月20日，小说家丰村在上海逝世，享年72岁。丰村从20世纪30年代末发表小说，直到1949年新中国成立，共发表了30多个短篇小说，曾被誉为"写短篇的能手"，"十七年"时期的短篇小说屡受批判。

3月10日，《中国作家》第2期发表王蒙短篇小说《坚硬的稀粥》。

3月20日，《人民文学》第3期发表格非短篇小说《风琴》、余华短篇小说《鲜血梅花》。

5月15日，《钟山》从第3期起开辟"新写实小说大联展"，倡导"新写实小说"。

6月，《春风》第6期发表陈染短篇小说《孤独旅程》。

8月1日，《作家》第8期发表韩东短篇小说《助教的夜晚》。

8月22日，《人民日报》文艺部和《小说选刊》杂志社举办的1987—1988年优秀中短篇小说奖发奖大会在京召开。获得优秀短篇小说奖的作品有：杨咏鸣《甜的铁、腥的铁》、雁宁《牛贩子山道》、马烽《葫芦沟今昔》等11篇。

10月31日，《钟山》与《文学自由谈》编辑部在南京联合召开"新写实小说"讨论会，就新写实小说的特点及意义展开探讨。有人认为新写实小说的出现，是现实主义文学在新的形势、新的格局下的发展和变化，是时代呼唤的必然产物，表明了现实主义文学依然有着强大的生命力。

1990 年

1 月,《小说林》第 1、2 期发表刘恒短篇小说《教育诗》。

3 月 13 日,《人民日报》文艺部在文学领域中深入反对资产阶级自由化思潮,总结经验教训,推进社会主义文学创作的进一步繁荣,邀请部分作家举行了以 "正确地认识时代,更好地反映时代" 为主题的创作座谈会。

1991 年

1 月 10 日,池莉短篇小说《冷也好热也好活着就好》,发表于《小说林》第 1、2 期合刊。

1 月 25 日,作家王愿坚在北京逝世,终年 62 岁。

4 月 27 日,《文艺报》第 16 期第 1 版刊登《加强理论探讨,繁荣小说创作——小说创作研讨会在京召开》报道,称与会者针对 "新写实主义" 小说,进行了广泛的理论探讨,并且对小说创作如何开阔视野,进行创新,突出主旋律,进一步满足时代和群众的需要等问题交换了意见。

8 月 15 日,《上海文学》第 8 期发表潘向黎短篇小说《西风长街》。

10 月 27 日,作家杜鹏程在西安逝世,终年 70 岁。

1992 年

1 月,铁凝短篇小说《孕妇和牛》《笛声悠扬》发表于《中国作家》第 2 期。

7 月 15 日,韩东短篇小说《单杠·香蕉·电视机》发表于《钟山》第 4 期。

9 月 20 日,陈染短篇小说《站在无人的风口》发表于《花城》第 5 期。

9 月 25 日,陈染短篇小说《嘴唇里的阳光》发表于《小说家》第 5 期。

12 月 5 日,作家艾芜在成都逝世,终年 88 岁。

12 月 14 日,作家沙汀在成都逝世,终年 88 岁。

1993 年

1 月 15 日,张炜短篇小说《融入野地》发表于《上海文学》第 1 期。

1 月,人民文学出版社主办的《中华文学选刊》创刊。

6 月 1 日,韩东短篇小说《西天上》、朱文短篇小说《可以开始了吗》发表于《作家》第 6 期。

7 月 13 日，由中国社会主义文艺学会和河北省文联联合主办的孙犁文学活动 60 周年学术研讨会在河北新安县白洋淀召开。

8 月 3 日，韩东短篇小说《树杈间的月亮》发表于《人民文学》第 8 期。

9 月 11 日，邱华栋短篇小说《城市中的马群》发表于《青年文学》第 9 期。

9 月 15 日，格非短篇小说《雨季的感觉》《公案》发表于《钟山》第 5 期。

1994 年

1 月，《北京文学》第 1 期开辟"新体验小说"专栏，"卷首语"说："新年伊始，本刊希冀以一个新的风貌出现在读者面前。于是，便有了对本刊坚持'二为'和'双百'办刊方针的重申，有了此次联合一批著名作家，共同发起深入喧嚣与骚动的社会生活，躬行实践，为读者奉上一批'新体验小说'的举措。"同期发表了陈建功短篇小说《半日跟踪》、谈歌短篇小说《名流》。

2 月 12 日，作家路翎在北京逝世，终年 71 岁。

3 月，《读书》第 3 期发表张汝伦、朱学勤、王晓明、陈思和《人文精神寻思录之一——人文精神：是否可能和如何可能》，开始新一轮的人文精神讨论。

5 月，《钟山》杂志社和《文艺争鸣》杂志社联合推出"新状态文学特辑"，分别从《文艺争鸣》1994 年第 3 期和《钟山》1994 年第 4 期起，陆续刊登新状态文学作品及关于文学的理论研讨和作品评论。

5 月 15 日，《钟山》第 4 期发表韩东短篇小说《西安故事》《长虫》《火车站》《重复》。

8 月 11 日，《青年文学》第 8 期发表朱文短篇小说《关于九零年的月亮》。

9 月 24 日，《文艺报》报道，中国社会科学院文学研究所当代文学研究室召开"1993—1994 中国当代文学发展态势纵横谈"座谈会。与会者认为，有两个现象是人们特别关注的，一个是"新"，另一个是"后"。有人指出，自从 1994 年年初《北京文学》《春风》和《钟山》等文学期刊提出"新体验小说""新闻小说"和"新状态小说"以后，"新"字层出不穷，如新写实主义、新历史主义、新市民、新都市、新言情、新武侠、新乡土、新古诗、新随笔、军事文学中的新英雄主义，等等。"后"亦不甘落后，目前已有十余个"后"，除后现代、后殖民主义，还有后知识分子、后朦胧诗体、后晚生代小说等。有人认为，和创作相比，批评变得越来越可悲了，一方面，批评正在沦为金钱的奴仆；另一方面，批评家的保守和迟钝，使得他们往往落后于创作，做了创作的尾巴。

11月3日，《人民文学》第11期发表朱文短篇小说《我们还是回家吧》《少量的快乐》。

本年，《青年文学》从第3期起开辟"60年代出生作家作品联展"专栏，引起很大反响。

1995 年

2月5日，刘玉堂短篇小说《自家人》发表于《上海文学》第2期。

4月11日，徐坤短篇小说《鸟粪·轮回》发表于《青年文学》第4期。

5月5日，徐坤短篇小说《遭遇爱情》发表于《山花》第5期。

6月1日，迟子建短篇小说辑《亲亲土豆》《腊月宰猪》等发表于《作家》第6期。

6月13日，中国社会科学院文学研究所《文学评论》编辑部主办的"当代历史小说创作研讨会"在北京举行，唐浩明、凌力等参加。与会者总结了近年历史小说创作取得的成绩，深入探讨了出现的难点和问题。

7月5日，《上海文学》第7期刊登张炜作品小辑，包括评论《怀疑与信赖》、短篇小说《一个故事刚刚开始》《怀念黑潭中的黑鱼》《头发蓬乱的秘书》。

7月，《小说选刊》停刊6年之后复刊。

8月20日，中共中央宣传部、《人民日报》文艺部在吉林联合召开农村题材文艺创作会议。这是继20世纪60年代大连农村题材小说座谈会和80年代农村题材小说座谈会之后又一次重要的农村题材文艺创作会议。

10月1日，《作家》第10期发表韩东短篇小说《失而复得》，朱文短篇小说《我现在就飞》。

1996 年

1月1日，《作家》第1期发表苏童《公园》、洪峰《城市睡眠》等短篇小说。"联网四重奏"栏目发表徐坤短篇小说《竞选州长》，"联网四重奏"是《钟山》《大家》《作家》《山花》四家文学期刊共同主办的一个栏目，意在同一个时间推出一个作家的不同新作，以引起文坛更广泛的关注。

1 月 15 日，《大家》第 1 期发表池莉短篇小说《绝代佳人》，徐坤短篇小说《花谢花飞花满天》（联网四重奏）。

6 月 1 日，《作家》第 6 期发表格非短篇小说《谜语》《窗前》。

9 月 10 日，《北京文学》为推动短篇小说创作，重振短篇小说雄风，从 1996 年第 9 期至 1997 年第 12 期特辟专栏，举办"短篇小说公开赛"，为了鼓励创作，他们改革了以往以字数计酬的方式，参赛作品实行以篇记酬，稿酬从优，并设立了冠军、亚军和季军三个奖项，给予重奖。

9 月，《山西文学》创刊 40 周年，作为一份以乡村小说起家并闻名文坛的"老字号"文学刊物，它再度发挥自己的优势，从第 9 期至第 11 期，连续推出三期"中国乡村小说特辑"，发表了包括山西、山东、河北、河南、湖北五个省的 21 位作家的 21 篇短篇、中篇小说。同时还开辟了"乡村小说自由谈"栏目，刊登了 10 位作家的创作谈和 4 位评论家的评论文章。

10 月 10 日，《北京文学》第 10 期发表刘恒短篇小说《拳圣》、林希短篇小说《笔记小说两篇》（《府佑大街》《匪民》）。

10 月，《上海文学》第 10 期举办"现实主义冲击波"专栏，该刊从 1996 年第 1 期刊出刘醒龙中篇小说《分享艰难》开始，积极推动"现实主义冲击波"现象。

11 月，茹志鹃短篇小说集《儿女情》，王安忆短篇小说集《人世的沉浮》，由文汇出版社出版。

11 月，韩少功短篇小说集《归去来》，由作家出版社出版。

12 月 19 日，中国作家协会第五次全国代表大会召开，产生了第五届全国委员会委员 180 名。巴金再次当选主席，马烽、韦其麟、邓友梅、王蒙、叶辛、刘绍棠、李準、张炯、张锲、陆文夫、铁凝、徐怀中、蒋子龙、翟泰丰 14 人当选副主席。

1997 年

1 月 3 日，《人民文学》第 1 期发表铁凝短篇小说《秀色》。

3 月 19 日，作家张弦在南京逝世，享年 63 岁。

5 月 16 日，作家汪曾祺在北京逝世，享年 77 岁。

5 月，《芳草》第 5 期发表林希短篇小说《小哥儿——府佑大街纪事》。

8 月 3 日，《人民文学》第 8 期发表邱华栋短篇小说《天空中最美的坠落者》和《蜘蛛人》。

8月，《作家》第8期发表徐坤短篇小说《厨房》。

8月，百花文艺出版社推出"三驾马车"丛书。包括何申《年前年后》、谈歌《天下荒年》、关仁山《大雪无乡》三种，收录了三位作家近年引起热烈反响的中短篇小说作品。

12月，《小说家》第6期发表池莉短篇小说《谁在支配一切》，朱文短篇小说《一月的感情》。

本年，为推动短篇小说创作，《作家》和《漓江》两家文学刊物决定：两刊将在1998年第1期整期联展南北新锐作家短篇小说，每位作家两篇，两家杂志各发一篇，这些作家包括徐坤、朱文、邱华栋、李冯、刁斗等共23人。

1998年

1月20日，《钟山》第1期发表莫言短篇小说《拇指铐》（附创作谈）、徐坤短篇小说《亲亲宝贝》（附创作谈）。

2月10日，中国作家协会主办的首届鲁迅文学奖各单项优秀作品奖在京揭晓。鲁迅文学奖每三年评选一次，设短篇小说、中篇小说、报告文学、诗歌、散文和杂文、文学理论和文学评论、文学翻译七项。第一届评选的是1995—1996年的优秀作品。获全国优秀短篇小说奖的有《老屋小记》（史铁生），《雾月牛栏》（迟子建），《赵一曼》（阿成），《镇长之死》（陈世旭），《哺乳期的女人》（毕飞宇），《心比身先老》（池莉）6篇。

4月29日，方纪在天津逝世，享年79岁。

5月，赵本夫短篇小说《天下无贼》发表在《作家》第5期。

7月1日，《作家》第7期推出20世纪70年代出生的女作家小说专号，有卫慧《蝴蝶的尖叫》、周洁茹《回忆做一个问题少女的时代》、棉棉《香港情人》、朱文颖《广场》、金仁顺《月光啊月光》、戴来《请呼3388》、魏微《从南京始发》等作品，同时配发作家创作谈、照片和评论家评语。

南京作家朱文向全国青年作家发出一份题为"断裂"的调查问卷。问卷共发出73份，收回55份，参加者来自北京、上海、江苏等13个省市，包括金仁顺、刁斗、东西、于坚一大批作家、诗人和学者。10月10日，朱文《断裂：一份问卷和五十六份答卷》和韩东《备忘：有关"断裂"行为的问题回答》发表在《北京文学》第10期。

10 月 7 日，女作家茹志鹃在上海逝世，享年 73 岁。

10 月 20 日—23 日，《钟山》杂志社在南京举办"新生代作家小说创作学术研讨会"。

11 月 8 日—12 日，"新中国文学五十年"学术研讨会暨中国当代文学研究会第十届年会在重庆师范学院举行，与会专家学者就如何评价 50 年来当代文学的坎坷历程、当代文学学科的建设等议题展开研讨。

1999 年

1 月 1 日，《作家》第 1 期发表池莉《一夜盛开如玫瑰》，莫言《祖母的门牙》，苏童《古巴刀》，格非《马玉兰的生日礼物》，残雪《世外桃源》，洪峰《1998 年 12 月 31 日的爱情故事》等短篇小说。

2 月 3 日，《人民文学》第 2 期发表朱文颖短篇小说《重瞳》。

3 月，《上海小说》第 3 期发表谈歌短篇小说《燕赵笔记》。

4 月，《文学世界》第 4 期发表红柯短篇小说《太阳发芽》。

6 月 5 日，作家王汶石在西安逝世，享年 78 岁。

7 月 6 日，作家高晓声逝世，享年 71 岁。

8 月，《上海文学》第 8 期发表林希短篇小说《棒槌》。

8 月，洪子诚《中国当代文学史》，由北京大学出版社出版。

9 月，《长江文艺》第 9 期发表聂鑫森短篇小说《古城旧事》。

9 月，陈思和主编的《中国当代文学史教程》，由复旦大学出版社出版。

12 月 16 日，中国当代文学研究会以"迎向新世纪：推进当代文学研究与批评"为主题，在京举行座谈会。

本年，作家韩东主编的"断裂丛书"，由海天出版社出版。"丛书"由 6 位年轻作家的中短篇小说集组成。

本年，谢有顺主编的"文学新人类"丛书第一辑，由珠海出版社出版。包括《像卫慧那样疯狂》（卫慧著）、《我们干点什么吧》（周洁茹著）、《爱情冷气流》（金仁顺著）、《迷花园》（朱文颖著）。此书为"70 后"作家正式出版的第一套丛书。

2000 年

1 月 1 日，《作家》第 1 期发表池莉《梅岭一号》、格非《暗示》、孙甘露《镜花缘》等短篇小说。

2 月 2 日，作家李準逝世，享年 73 岁。

3月，《莽原》第2期发表残雪文学随笔《博尔赫斯小说短评》。

5月23日，中国现代文学馆开馆。中国现代文学馆是中国现当代文学的资料中心，主要任务是收集、保管、整理、研究中国现当代作家的著作、手稿、译本、书信、日记、录像、文物等文学档案资料和有关的著作评论以及现当代文学期刊、报纸等。

5月，《山西文学》第5期发表孙方友短篇系列小说《小镇人物》。

2001 年

1月15日—20日，中国社科院文学所《文学评论》编辑部、《东方文化》编辑部和华南师大人文学院中文系在华南师大举办"价值重建与21世纪文学"研讨会。

3月27日，《文艺报》刊发李洁非文章《城市文学及其意义》。自本期起《文艺报》开辟"城市文学讨论"专栏。编者按说："城市文学的崛起和持续发展已经越来越突出地成为我们这个时代文学发展的重要特征，因此，考察城市文学的文化意义及美学特征，以及它的欠缺和不足，就成为文学批评的当务之急。"

8月6日，作家黄秋耘在广州逝世，享年83岁。

9月1日，第二届鲁迅文学奖（1997—2000）评奖揭晓。全国优秀短篇小说奖获奖作品有：刘庆邦《鞋》，石舒清《清水里的刀子》，红柯《吹牛》，徐坤《厨房》，迟子建《清水洗尘》5篇。

11月3日，陈世旭短篇小说《波湖谣》发表于《人民文学》第11期。

12月18日—22日，中国文学艺术界联合会第七次全国代表大会、中国作家协会第六次全国代表大会在北京举行，选举巴金为中国作协主席，王蒙、韦其麟、丹增、叶辛、李存葆、张平、张炯、陈忠实、陈建功、金炳华、铁凝、黄亚洲、蒋子龙、谭谈14人为副主席。

2002 年

1月5日，残雪短篇小说《生死搏斗》《传说中的宝物》发表于《莽原》第1期。

4月15日—18日，北京师范大学文艺学研究中心与湖南师范大学文学院在长沙联合举办"全球化语境中的文学民族性问题"研讨会。

4月20日，《文艺报》与中国作协创研部、《百花园》《小小说选刊》编辑部在京联合举办"当代小小说庆典暨理论研讨会"。

6月，吴秀明主编的《中国当代文学史写真》（3卷本）由浙江大学出版社出版。

7月5日，刘庆邦短篇小说《走窑汉》《梅妞放羊》《手艺》发表于《莽原》第4期。

7月11日，孙犁在天津逝世，享年90岁。

9月，苏童短篇小说《人民的鱼》发表于《北京文学》第9期。

本年，《北京文学》从第2期起开设专栏，围绕"寻找文学存在的理由"这一主题展开了为期近一年的讨论。

2003年

2月，谈歌短篇小说《绝地》发表于《长江文艺》第2期。

5月15日，《长城》第3期"小说界"栏目推出"历史小说专辑"。

5月，首届当代小小说金麻雀奖评选正式启动。此次评奖由《小小说选刊》《百花园》《小小说俱乐部》和郑州小小说学会联合设立，以每个作家的10篇作品为参评单元。10月23日，《文学报》刊载了获奖者名单、作品简介及获奖评语。2004年5月，由百花园杂志社选编、漓江出版社出版的《首届中国小小说金麻雀奖获奖作品集》（上下册）问世。

7月5日，陈染短篇小说《离异的人》发表于《花城》第4期。

7月5日，王安忆短篇小说《发廊情话》《姊妹行》发表于《上海文学》第7期。

8月1日，孙方友短篇小说《陈州笔记》发表于《长江文艺》第8期。

9月15日，莫言短篇小说《木匠和狗》发表于《收获》第5期。

2004年

1月31日，作家马烽在太原逝世，享年82岁。

10月3日，莫言短篇小说《月关斩》发表于《人民文学》第10期。

11月8日，《芙蓉》第6期推出"70年代人短篇小说年度展"。

12月27日，第三届鲁迅文学奖评奖揭晓，颁奖大会在深圳举行。短篇小说奖为王祥夫《上边》、温亚军《驮水的日子》、魏微《大老郑的女人》、王安忆《发廊情话》4篇。

2005年

1月1日，潘向黎短篇小说《永远的谢秋娘》发表于《作家》第1期。

9月15日，朱文颖《繁华》发表于《收获》第5期。

10月17日，小说家、散文家、出版家巴金在上海逝世，享年101岁。

2006 年

1月，李锐的系列短篇小说集《太平风物：农具系列小说展览》由三联书店出版。

6月1日，王蒙短篇小说《尴尬风流》发表于《北京文学》第6期。

9月，陈文新任总主编的《中国文学编年史》由湖南人民出版社出版。其中，《中国文学编年史·当代卷》由於可训、李遇春主编，记录了1949—2000年的文学发展。

11月10日—12日，中国文学艺术界联合会第八次全国代表大会、中国作家协会第七次全国代表大会在北京开幕，会上选出新一届领导机构，铁凝当选新一届中国作协主席。王安忆、丹增、叶辛、刘恒、李存葆、张平、张抗抗、陈忠实、陈建功、金炳华、高洪波、蒋子龙、谭谈13人当选为新一届副主席。

2007 年

3月，王祥夫短篇小说《玻璃保姆》发表于《山花》第3期。

4月，曹乃谦的系列小说《到黑夜我想你没办法》，由长江文艺出版社出版。

4月14日—15日，由扬州大学、中国现代文学馆、《文学评论》杂志、《文艺争鸣》杂志与《文艺报》联合主办的"乡下人进城：现代化背景下的城乡迁移文学"研讨会在扬州召开。

5月3日，毕飞宇短篇小说《相爱的日子》发表于《人民文学》第5期。

8月3日，郭文斌短篇小说《点灯时分》发表于《人民文学》第8期。

10月25日，由中国作家协会主办的第4届鲁迅文学奖揭晓。范小青《城乡简史》、郭文斌《吉祥如意》、潘向黎《白水青菜》、李浩《将军的部队》、邵丽《明惠的圣诞》获得全国优秀短篇小说奖。

2008 年

2月20日，作家浩然在北京逝世，享年76岁。

6月3日，《人民文学》第6期发表刘庆邦短篇小说《美满家庭》。

9月，首届蒲松龄短篇小说奖揭晓。获奖作品为卢金地《斗地主》、林斤澜《去不回门》、陈忠实《日子》、晓苏《侯己的汇款单》、莫言《月光斩》、叶弥《天鹅绒》、苏童《人民的鱼》、贾平凹《饺子馆》。

11 月 3 日，《人民文学》第 11 期，发表张炜短篇小说《东莱五记》。

2009 年

1 月 1 日，聂鑫森短篇小说《槛外人》发表于《江南》第 1 期。

4 月 11 日，作家林斤澜逝世，享年 86 岁。

4 月 25 日，第二届蒲松龄短篇小说奖颁奖典礼在淄博举行。欧阳黔森《敲狗》、陈麦启《回答》、张抗抗《干涸》、阿成《白狼镇》、徐坤《午夜广场最后的探戈》、杨少衡《恭请牢记》、鲍尔吉·原野《巴甘的蝴蝶》、红柯《额尔齐斯河波浪》8 篇作品获奖。

6 月 1 日，邓一光短篇小说《热爱一只狗》发表于《长江文艺》第 6 期。

6 月，《小说月报》第 13 届百花奖揭晓。本届获奖的优秀短篇小说共 10 篇：陈忠实《李十三推磨》、范小青《父亲还在渔隐街》、陈世旭《一看就是个新警察》、谈歌《天香酱菜》、刘庆邦《八月十五月儿圆》、裘山山《腊八粥》、须一瓜《灶上还有绿豆羊肉汤》、毕飞宇《家事》、徐岩《白粮票》、薛媛媛《湘绣旗袍》。

7 月 17 日，纪念中国文学艺术界联合会成立 60 周年大会在人民大会堂召开。中国作协向从事文学创作 60 年的 659 位老作家颁发了荣誉奖章和证书。

9 月 19 日—20 日，由首都师范大学文学院、中国当代文学研究会和文艺争鸣杂志社共同主办的"中国当代文学六十年"国际学术研讨会在京召开。

（本年表是在当代文学史料相关文献基础上搜集、补充、修订而成的，特此说明）

后 记

2013 年岁末，我的《中国当代短篇小说演变史》初稿终于杀青。没有想到，这部书陆陆续续竟写了八年。一场漫长的"抗战"。自然，开始的四五年，工程初动，不慌不忙，只是做一点挖基础、搭架子的工作，并未把时间和精力全放进去。后面的三四年，框架不断扩展、完善，篇幅逐渐膨胀、拉长，由原来预想的二三十万字，后来竟胀成四五十万字。这时，不得不全力以赴，不得不努力加速。但如老牛负重，怎么也快不起来。当代短篇小说前行的每一步，都须梳理清楚；数十位重要作家、数百篇代表作品，都须解读判断；它就像一部复杂而有机的机器，每一局部、细节，都马虎、草率不得。这真是一个费力、耗人，而又诱人的活儿。于是我明白了，为什么那些文学史教授、专家，在他们中年甚至晚年，才可以拿出一部独著的文学史来。

我与短篇小说有缘。20 世纪 70 年代初就开始学着写小说，那是一个文学荒芜的年代，找不到好作品读，也没有什么文学杂志，流行的是极"左"的文学教条，你又能写出什么呢？但在从"文革"到新时期的十年间，不管是上大学，还是当教师，或者做编辑，我孜孜不倦地写小说，写了一大批，发表六七篇，虽然不成功，但短篇小说在心里扎了根。80 年代到 90 年代我的工作是编小说，辗转两家杂志社，做了近 20 年文学编辑，主要是阅读、编辑短篇小说。阅稿无数，阅人也无数。亲历了短篇小说的春潮滚滚，也领略了短篇小说的日益退潮。在我主编《山西文学》期间，曾竭力扶助短篇小说创作，成效虽有但也有限。21 世纪之后我转移岗位研究短篇小说。2000 年我从编辑部调到文学院从事专业写作，研究领域虽然宽泛，但重点还是短篇小说。评论作家作品，探讨艺术规律，在短篇小说"王国"越陷越深，成果也日渐丰富。2005 年我用了较大精力，写了一篇 90 年代之后短篇小说的综论文章，有 18000 字，发表在《文学评论》2006 年第 1 期，颇受关注，激发了我系统研究短篇小说的"宏大梦想"。我向前看，一年一年评述年度短篇小说，已经坚持了八九年。我向后看，把新中国成立后 60 年的短篇小说作为一段历史，写出一部完整的短篇小说演变史来。大半辈子与短篇小说不离不弃，这不是一种缘分吗？

我深深感到，写一部当代短篇小说史，就如同重上一次大学并做了一回研究生。短篇小说文体虽小，但分量很重，波及甚广，是"小说中的小说"。对小说"家族"乃至整个文学，有举足轻重的作用。短篇小说不仅是文学的"风向标"，也是社会的"心电图"。短篇小说 60 年的风雨历程，不仅显示了文体本身的演变轨迹、内在规律，同时也折射了中国当代 60 年的政治风云、时代更替、文化沉浮、人心流变。正如鲁迅说的，是"时代精神所居的大宫阙"。在中国，短篇小说研究也是一门显学，不少评论家、学者都在关注和研究，我阅读他们的文章，吸纳他们的思想；特别是洪子诚先生的《中国当代文学史》，陈思和先生的《中国当代文学史教程》，给予我很多启发和助益。还有评论家张炯、雷达、白烨、孟繁华、贺绍俊、李敬泽等，对我的写作给予真诚的鼓励和指点，我深深地感激他们！

这本书的写作旷日持久，布局力求周全、评述力求精到，但遗憾还是有的。譬如我国港、澳、台地区的短篇小说创作未能涉及，譬如少数民族的短篇小说论述不多，只能日后想法弥补了。当代短篇小说史的时限设定在 1949—2009 年，但在论述中有时会溢出这个时间段。2009 年也不是多元化时期的文学界标，它还在继续，一如既往。这是请读者诸君要注意的。

就在这本书收尾的 2013 年 10 月，瑞典首都斯德哥尔摩传来消息，加拿大 82 岁的女作家艾丽丝·门罗获得诺贝尔文学奖，评审委员会用八个字作为授奖词，称她为"当代短篇小说大师"。世界级的文学奖给予一位终身从事短篇小说创作的作家，且尊称"大师"，这无疑是一个具有轰动性的文学事件，其背后的意义是极为丰富的。门罗说："我得奖对于短篇小说来说也意义非凡。我希望人们能够意识到短篇小说是重要的艺术形式，让短篇小说还原它本来的地位。"这一文学事件，在中国的反响格外强烈。人们期望借门罗的获奖契机，校正长篇小说独大的文学态势，恢复短篇小说的重要位置，提升整个社会的审美境界。

文学史证明，短篇小说兴隆的时代，往往凸显着一个国家、一个民族思想精神的蓬勃向上，我们期待着这样的时代！

书稿写成打印后，我曾试寄几家出版社，编辑来信来电说：他们很喜欢这部书稿，但出版社不能赔钱出书，希望我能找一点出版经费。我又贸然寄给中国社会科学出版社，文学艺术出版中心的郭晓鸿老师很快发来邮件说：书稿已审，颇有出版价值。并提议由他们推荐，申报国家社科基金后期资助项目。我自然求之不得，但能否如愿，心里很是没底。令人高兴的是，书稿竟顺利入选、立项，评审专家还对初稿提出了中肯而具体的修改意见。我用五个月时间，又对书稿进行了认真修改和补充。因此，我特别感谢至今未曾谋面的郭晓鸿老师！特别感谢那些匿名的我不知晓的评审老师！

段崇轩

2014 年 1 月 10 日初稿

2015 年 5 月 19 日补充